시는 주사위 놀이를 하지 않는다

시는 주사위 놀이를 하지 않는다

조재룡 평론집

문학동네

책머리에

1

두번째 비평집을 묶어내며 잠시 걸어온 길을 되돌아본다. 생각해보면 그 길 위에는 항상, 설명하기 어려운 무언가가 나를 기다리고 있었던 것 같다. 끝을 예측하기 어려운 길이라는 사실을 알고 있기나 했던가. 조금만 방심하면 공포가 엄습해온다. 그때마다 내 안에서 무언가가, 아니 내 자신이 폭발한 것은 혹시 아닌지. 매 순간 나는 정지되거나, 중력이 느껴지지 않는 공간으로 잠시 빨려들어가기도 했던 것 같다. 시간은 별반 상관이 없다. 가슴이 쓰리다는 것이 오히려 중요한 것은 아니었을까. 눈을 올려 하늘을 보면 사실 아무것도 없다. 가슴이 쓰리다는 것, 그러니까 먹먹해져서 그 무엇도 하기 어려운 상태에 가끔 놓이게 되었다는 것은, 딱히 예술에 애착이 많다거나, 문학이 넘나드는 삶의 저 신기한 곡예를 남들보다 사랑한다거나, 시가 풀어놓은 고통의 말들의 저 도드라지는 감정을 포착할 독특한 능력이 내게 있다는 말이 아니다. 부지불식간에 어떤 순간이 나를 찾아오는 것뿐이지만, 그럼에도, 그 순간에 내가 붙들리는 일은, 입에 담기 어려울 만큼 참혹한 사건 하나를 눈앞에서 몇 번이고 되풀이해서 보여주는 다큐멘터리 한 편을 보는 일과 닮아 있다. 속도는 느리고, 이미지는 정적이며, 감정이 스며들지 않았음에도, 나는 그 화면들 앞에서 형언하기 어려운 미지의 세계를 경험했을 것이다. 지난 몇 년간 턱없이 바쁜 호흡으로 글을 썼지만, 한 번도 이런 생각에서 벗어난 적이 없었다. 귀청이 떨어져나갈 정도로 큰 소리가 들렸던 것도 아니었고, 두 눈이 휘둥그레질 만큼 기괴하거나 입을 다물 수 없을 정도로 참혹한 광경이 내 앞에 펼쳐졌던 것은 아니었지만, 끊임없이 되풀이되는 흑백 화면과도 닮은 저 문자들이 나에게 뿜어내는 말없는 함성을 나는 들으려 했고, 그러는 동안 어김없이, 이 세계 저 세계를 떠돌아다니는 정념의 유령들과 마주해야만 했던 것 같다. 이런 순간이 자주 찾아오지는 않았다. 그랬더라면 나는 아마 일상에서 내가 해야만 했던 일들을 감당하지 못했을 것이다. 가끔씩 나에게 찾아들어 점멸하고서 사라졌던 저 활자들의 광란과 낱말들의 폭주, 문장들의 괴기를 따라가며 내가 손에 쥔 것은, 기묘하게도, 언어와 삶에 포개어진 정직한 얼굴과 의연하고도 순결한 몸짓이었다는 사실을 대관절 어떻게 설명해야 하는 것일까.

2

우리는 언어 속에서, 언어에 의해, 세계에서 제자리를 타진하고 삶을 제편으로 돌려놓는다. 타인과 맺는 관계가 어쨌든 말을 매개로 이루어지는 것이라면, 우리는 언어로, 오로지 언어로, 타자를, 타자라는 이름의 세계를 사유하고, 오로지 타자와의 관계 속에서만 제 정체성의 역사성을 타진해나간다. 언어를 부리는 능력이 사회를 만들어낸 근간이라는 생각은 그리 오래된 것은 아니나, 언어가 근본적으로 삶을 영위하는 데 소용된다는 것, 그러니까 언어는 삽이나 옹기처럼 인류가 문명을 발전시켜나가며 고안해낸 부속물이 아니라, 이 세계 자체를 가능하게 해준 동력이라는 점을 강조한다. 내 언어에도 타자의 언어가, 타자의 언어에도 내 언어가 녹아 있다고 할 때, 우리는 모두, 타자의 문자로 나의 삶을 수놓는다. 말들의 거대한 숲속에서 하루하루를 사는 동시에 그 풍경의 주인이 타자의 언어에 따라 결정되는 것이라면, 시는 가장 주관적인 말로 세계를 재편하는, 그러나 잘 알아주지 않는 인간의 창의적인 활동이다. 비평은 따라서 흔들거리는 말들의 세계에서 제 논리를 찾고자 하는 노력을 저버릴 수 없다. 흔들리는 시, 빠져나가는 시, 그러니까 표현할 수 없다고 생각했던 것을 애써 표현하고자 한 집념의 소산인 이 시라는 텍스트, 바로 이 처지가 이상한 단어들의 집합과 의혹 어린 무수한 표정들이 걸어다니는 텍스트들을 헤집고서, 고유한 발화의 논리를 찾아내고자 하는 사유의 힘이 비평의 본질이다.

비평은 때론 다 익었다고 생각한 닭 한 마리를 눈앞에서 날려보내기도 할 것이고, 때론 익힐 필요가 없는 수박을 구워보려고 헛심을 쓰기도 할 것이며, 더러 익힌다는 사실 자체를 망각하기도 할 것이고, 날것을 익은 것으로 착각하기도 할 것이다. 간혹 단점에서 출발한 것이 장점이 되기도 할 것이며, 그 반대의 경우가 생겨나기도 할 것이다. 물론 낯설게 열어놓은 시간과 공간, 상상이나 환상으로 쌓아올린 정신의 세계, 기묘하게 부려놓은 통사의 뭉치들과 비평이 서로 두터운 우호 관계를 회복하는 것은 결코 쉬운 일이 아니다. 비평은 근본적으로 뒤따라가는 글이기 때문이다. 그러나 비평에 전념하는 과정에도 황홀한 순간이 가끔 찾아온다. 애초에 의도하지 않았던 무언가가 손끝에서 솟아나오는 순간을 맞이하는 그런 시간들, 그때마다 형용할 수 없는 기쁨에 들뜨기도 하는 것이다. 내가 모르는 것을 백지 위에 내려놓는 일은, 그래서 사실 두려움이라기보다 오히려 경이로움에 가깝다.

그러나 불행히도 이런 순간은 아주 가끔, 매우 드물게 나를 찾아왔다. 새벽에는 창문이 어둠 때문에 내 얼굴을 비추는 거울이 되기도 한다는 사실에 가끔 놀라기도 했던 것 같다. 어떤 글은 밑그림을 많이 바꾸기도 했고, 어떤 글들은 조금밖에 내 생각을 덜어내지 못하였다. 이 순환의 과정이 반복되면서 나는 매몰을 경험했고, 내 자신도 붕괴될 수도 있다고 느꼈지만, 그럼에도 그 사실을 거의 깨닫지 못한 채, 글을 쓴다는 흥분에 빠져 있었다는 사실을 며칠이 지난 후에 알게 되기도 했다. 되돌아온 기억에 묶이기도 했고, 리듬이 허물어진 삶의 아슬아슬한 가장자리를 걷기도 했으며, 열악하고 빈궁하기 그지없는 내 독서를 원망하고 탓하기도 했다. 어떤 시인도 허투루 제 문장을 꺼내들지 않는다는 사실에 감격하기보다 침울해하고 답답해하고 무기력해지는 자신을 발견할 때가 더 많았다. 시와 내통할 수 있는 비밀 통로 같은 것은 애초에 없었으며, 그저 운이 좋아 가끔 어떤 길을 발견했다고 믿는 일이 가능했을 뿐, 그 어떤 지식도 그 어떤 독서도, 시가 나에게 주었던 놀라움과 참혹함을 오롯이 설명해주거나 알려주지 않았다. 그러나 놀라움과 참혹함이 마음속을 크게 휘젓고 돌아나가면, 신기하게도 무언가가 나에게 남겨지기도 했으며, 그건 사실 어둠이 비춘 거울의 보상이기도 했다. 아니, 어떤 때 그것은 삶의 의미이기도 했고, 무수한 해답이 배후에 떠돌고 있는 수수께끼이기도 했으며, 어린 시절의 기억이나 타인의 시선이기도 했고, 가끔은 아주 파란 하늘이기도 했다. 비극과 희극을 번갈아 상연하는 이 시라는 극장 속에서, 자주 비극의 편에 서고자 했지만, 어떤 때는 참혹함과 기쁨, 불확실한 것과 정확한 것이 서로 다른 것을 고지하지 않는 사실에 적잖이 충격을 받기도 했다. 그 사이의 거리는 사실 한 걸음밖에 되지 않았다. 그 거리에 우두커니 서서, 그럼에도 나는 내 자신이 빈손으로 되돌아나온 것은 아니라고 지금도 믿고 있다. 글을 쓰면서 나는 그 어떤 시대에도 개인의 운명을 결코 자신의 것이라고 함부로 말할 수 없다는 사실을 알게 되었으며, 심지어 허무의 자락을 쥐고 사는 것조차 내가 허락하는 것이 아니라는 사실을 납득할 수밖에 없었다.

3

시는 나에게, 비유하자면, 흑백의 정거장이나 다름없다. 시라는 정거장에, 어떤 때는 길게, 또 어떤 때는 짧게 머무는 일이, 나에게는 자주, 삶의 어느 알 수 없는 골목으로 접어드는 일과도 같은 경험을 내려놓았다고 해야 할 것 같다. 현실이 항상 다른 현실이라는 사실을 그 골목을 서성이며 확인할 때마다, 사실 모험이라는 낭만적인 단어보다는 실존을 파고드는 참혹함이 주위에서 자주 그림자처럼 어른거렸다. 절망의 형상들이 내려놓은 그림자의 길게 늘어진 자락을 붙잡고서 나는 간혹, 우리 모두가 한 것—하고 있는 것—하게 될 것, 이렇게 세 가지 질서 속에서 각자의 삶을 조율하고 있다는 사실을 새삼스레 확인하곤 하였다. 시라는 난해한 말들을 붙들고서 글을 써내려가면서, 막연하게 짐작했던 이것을, '이미—한창—거의'의 세계로 구성되는 삶의 단층들이라고 불러도 될 것 같다. '이미'가 포기와 보존을 오가며 흑백에 갇힌 실(實)의 세계라면, '한창'은 순간의 활력과 실천력을 생명으로 삼는, 원하건 그렇지 않건, 컬러로 물들어 있는 동(動)의 세계를 이룬다. '거의'는 그 어떤 색채도 아직 부여받지 못한 근접미래의 영역이자 끈기가 없다면 딜레마에 빠지기 쉬운 설(說)의 세계라고 부를 수 있겠다. 기이한 것은, 언어를 부려가며 지어올린 세상의 그 어떤 담론들도 지금—여기에서 우리가 시라고 부르는 언어 행위만큼 이 세 가지 세계를 무람없이 넘나들지는 않는다는 것이며, 이러한 사실을 깨닫게 될 때마다, 잡힐 듯 잡히지 않는 것들과 완성될 듯 완성되지 않은 것들을, 그대로 놓아둘 수 있다면 좋겠다고 생각했다. 그대로 놓아둔 상태를, 아니 그 상태를 깁고 있는 마디마디와 저 마디들이 서로를 덧대면서 그려내는 작은 동선 하나를, 성실하고 힘찬 말로 그려낼 수 있다면, 막연하게 잦아든 미안한 마음이 조금은 덜할 것이라는 믿음 하나로 나 자신을 채근하면서 글을 썼다. 그럼에도 그때마다 헛헛한 마음으로, 접어든 길을 돌아나와, 결국에는 나의 무능을 자주 탓하지 않을 수 없었다. 나는 그 세계의 관찰자가 되고 싶었지만, 내 아둔한 지성과 메마른 정서로, 저마다의 삶에서 독창적인 목소리를 궁리하고자 시인들이 하얗게 젊음을 불태우며 영혼을 불사르고 피를 말리며 토해낸 그 순간들을, 이 세 가지의, 끊임없이 교차하고, 범람하고, 간섭하고, 왕복하고, 포개어지고, 시시각각으로 흩어지고, 모이기를 되풀이하는, 오로지 이러한 과정을 통해서만 미지의 무엇을 우리 앞에 한껏 풀어놓은 저 문장들의 세계, 저 말들의 풍경, 저 언어의 사활을 걸고 기투하는 모습을 오롯이 좇아갈 수도, 담아낼 수도, 심지어 그 윤곽조차 짚어낼 수도 없었다고 이제 고백한다. 그건 사실 내 탓만은 아니다. 통념을 지워내고자 상상의 날개를 펄럭이며 오늘도 아무도 밟지 않은 백지 위에 힘겹게 문자의 깃발을 내리꽂는 시인들이 사실 내 주위에는 너무나도 많았기 때문이다.

한 글자 한 글자 삼투하는 집념으로 세상에 내려놓은 사유의 공간으로, 한 문장 한 문장 담토하는 끈기와 인내심으로 지어올린 작은 성으로 시인들이 나를 초대할 때마다, 나는 세월의 결을 빼곡히 담은 언어의 소우주 하나가 탄생하는 순간을 들여다보고자 했지만, 그때마다 시는 벌써 다른 공간, 다른 시간, 다른 세계, 다른 우주로 훌쩍 떠난 후라는 사실을 알아차리는 일에서 나는 벌써 힘겨워했다. 그래도 나는 크게 안타까워하거나 슬퍼하지 않았는데, 그건 항용 우리의 삶이 그렇게 구성되어 있다는, 그 이유를 조리 있게 설명할 수 없다는 어떤 낙관적 태도가, 반드시 천성 때문이 아니라, 지금―여기에서 뿌리박고 살아가기 위해서라면 우리 모두 하나쯤 갖고 있기 마련인 그와 같은 태도가 나에게도 있었기 때문이다. 그러니까, 삶은 묻지 못하는 것들, 물을 수 없는 질문들, 그러나 역설적으로, 반드시 캐물을 수밖에 없는 물음들, 아무리 떨쳐내려 해도 엄습해오는 의문들로 가득하고, 우리는 그 어떤 이유에서건, 시시각각 현실로 육박해오는 그 물음들을 비켜서서 살아가겠지만, 그럼에도 불구하고 그것들과 함께 살 수밖에 없다는 사실은 자명한 것이기도 하다. 삶에서 죽음을 추방했음에도 삶이 반드시 죽음과 함께 존재하는 것처럼 말이다. 생각해보면 이렇게 죽음도 늘 우리와 같이 살아간다. 지친 사람들, 늙어가는 사람들, 기억에서 밀려나버린 것들, 과거에 묻혀버린 존재들, 붉게 타들어가며 지는 해나 아파 신음하는 존재들, 활기를 잃고 쓰러져가는 모든 생물들처럼, 죽음의 외투를 입고 있는 서로 다른 존재들이, 도처에서 유령처럼 떠돌아다닌다. 삶이 이들과 더불어, 아니 이들로 인해 유지된다는 사실을 모르고서 시를 쓰는 사람이 없는 것처럼, 삶에서 새어나오는 이 여분 같은 존재들을 누가 잘 빚어진 언어와 자유로운 상상력으로, 돌보고 쓰다듬고 사랑했는지 들여다보고 싶어했는지도 모르겠다. 시가 삶과 죽음을 하나로 묶어낼 수 있는 것은, 슬픔과 절망으로 각성된 투시자의 눈을 들어 이런 존재들을 주시하는 글이기 때문일 것이다.

4

제목에 대해 언급해야 할 것 같다. 짐작할 수 있는 것처럼, 비평집의 제목은 아이슈타인이 입자의 위치나 운동량의 값은 확률로밖에 예측할 수 없다는 하이젠베르크의 견해에 동의하지 않으면서 남긴 말, "신은 주사위 놀이를 하지 않는다"에서 빌려왔다. 제목을 차용하면서, 시가 주사위 놀이를 하지 않는 것이 아니라, 문장의 원인과 결과, 텍스트를 움직이는 리듬이나 통사의 구성과 그 메커니즘을 헤아려 찾아낼 의미의 흔적들에 특수성의 자격을 부여하는 일이 비평의 몫이라는 사실을 염두에 두었지만, 그럼에도 불구하고 시라는 신기한 언어활동을 마주한 비평이 그 의미의 자장이나 활동 전반을 모두 포착해낼 수 있다고 생각했었던 것은 아니다. 인간의 언어활동, 특히 가장 주관적인 언어활동이랄 수 있는 시를 마주할 때, 의미 자체의 무한성에 주목하여 개성적인 길을 찾기보다는 그것을 그저 우연의 산물로 치부하는 경향에 크고 작은 불만이 있었다고 말하려고 한다. 상황은 오히려 반대다. 시는 계속해서 주사위 놀이를 할 것이다. 그럼에도 비평은 시가 주사위 놀이를 하지 않는다고 다짐하는 태도에서 제 윤리를 확보하려 애를 써야 한다고 믿는다. 비평의 윤리는, 따라서, 우연에 기댈 수밖에 없지만, 그것이 윤리인 이상, 반드시 제 논리를 찾아나서야만 하며, 제 논리로부터 구축해낸 특수성을 구성하는 일에서 창작적 성격을 부여받기도 할 것이다.

글이 난해하다거나 지나치게 길다는 말을 많이 들었다. 길게 쓴 것은 어쩌다 그렇게 된 것이기도 하지만, 거기에 의도가 없었다고 말하기는 어렵다. 시인이 풀어놓은 시적 세계를 포괄적으로 담아낸 총체적인 '론'을 쓰고 싶었던 욕망이 컸던 탓이다. 난해하다는 말에도 할말이 없는 것은 아니다. 나는 가독성이나, 독서지평 같은 개념뿐만 아니라, 단문을 중심으로 글을 구성해야 한다거나, 글의 미덕이 이해나 소통에 달려 있다는 주장을 그다지 신뢰하지 않는다. 문학사 전반을 돌아봐도 난해함이 걸림돌이 된 것은 동시대에 국한된 통념 탓이 크다고 할 수 있으며, 이해나 소통도 가만히 따지고 보면 옹색한 논리에 갇혀 있기는 마찬가지다. 우리는 누구나, 이해한다고 생각하는 바로 그만큼을 이해할 뿐이며, 자기 자신이 이해한다고 믿는 것을 이해할 뿐이기 때문이다.

어렵게 청탁해주신 분들을 괴롭혔다는 생각, 문학동네 편집위원들께 누를 끼쳤다는 생각을 떨쳐버릴 수 없다. 문학동네가 아니면 자잘한 원고를 덜어낸 지금에도 지나치게 두꺼울 것이 분명한 이 부끄러운 책을 출간하지 못했을 것이다. 산만한 원고를 꼼꼼하게 정리해준 문학동네의 김필균 선생님과 김민정 시인께, 넘치는 분량을 수용해주신 여러 문학잡지의 편집위원 선생님들, 특히 긴 글을 연재할 수 있게 도와준 김언 시인과 지면을 허락해준 『시와사상』에 깊이 감사드린다. 텍스트를 제공해준 시인들에게, 일일이 호명할 수 없는 지인들에게, 추천사를 써주신 김혜순 선생님과 황현산 선생님께 존경과 감사의 마음을 담지 않을 수 없다.

2014년 2월

조재룡

차례

4부 / 시인론 II 패러디, 우화, 에로스

5부 / 시집 읽기 I 언어, 무한, 리듬

6부 / 시집 읽기 II 사랑, 기다림, 재난

1부

이론의 지평

주체에서 주체로 이행하는 목소리의 여행자들
— 이접(移接)하는 2000년대의 시, 2010년대의 시

내 목소리로 닦아놓은 초원과 내 목소리로 쌓아올린 문명과 내 목소리로 세워놓은 게르와 내 목소리로 마련한 세간들의 배치가 궁금해지는 것이다. 더 오래전 한 시절 네 구불구불 깊은 귓속을 들고나며 내 목소리로 그려놓은 벽화가 얼마나 희미해져 있는지, 아직도 슬픔의 문양으로 음각되어 있는지, 그 조잡한 문명을 들키고 싶지는 않은 밤. 나는 잠든 네 위에 올라탄다.

—김중일, 「우리 귓속에서의 거짓 시절」 부분

1. 시와 비평의 자리바꿈

세대론은 거개가 십 년 단위로 묶여 나온다. 십 년을 주기로 거부할 수 없는 현상이 도드라지기라도 한다는 것일까? 무언가를 주장하려면 붙박인 틀과 기준을 옹호하거나 부정하는 수밖에 없다. 경향을 추려내고 항구적인 실체를 가정하여 잣대를 드리우는 일은, 진단이나 점검이라는 수식어 없이는 여간해서 설득력을 갖출 수 없다. 시의 특수성과 개별성, 시의 목소리와 시인들의 사유를 단순화나 일반화의 주물에 밀어넣거나, 개별 시로 시집의 대의(代議)를 붙들어맬 각오를 무릅쓰지 않고는 모색 자체가 타진되기 어렵기 때문이다. 나는 기회가 있을 때마다 '미래파'라 불린 일군의 시인들의 시를 지지하는 글을 썼지만, 미래파를 단일한 집단으로 생각한 적은 없었다. 시단에 변화를 몰고 온 것은 명백했고, 예기치 못해 새롭다고 부를 만한 출현을 통지했지만, 그들이 하나의 목소리를 낸 적은 없었기 때문이다. 그들은 네트워크처럼, 모이고 흩어지기를 반복하는 가운데, 각자의 길을 뚜벅뚜벅 걸어갔을 뿐이다. 공통점이 존재한다면, 위로하고 다독거리는 시가 아니라, 싸우고 도전하는 시의 주인이었다는 것 뿐이다.

개념과 언어에 대한 인식과 보조를 맞추면서, 현실 속으로 제 발걸음을 옮길 때, 시 자체에 대한 물음과 의문이 극대화된 것은 따라서 피해갈 수 없는 수순이었다. 그들이 시단에 기투(企投)하는 물음들을 잔뜩 내려놓을 수 있었던 것은, 시와 시 쓰는 행위, 시의 당위와 존재 이유를 캐물으며, 독특한 언어, 그러니까 혁신을 경유해서만 가능했던 개별자의 목소리를 내고 있었기 때문이다. 그것은 미지(未知)로 기지(旣知)를 비판하는 행위, 물을 수 없었던 것을 현실로 끌고 와, 어렴풋이 답을 쥐고 있던 거개의 통념들을 포섭하는 행위였으며, 따라서 그들이 제기한 개념들이나 각각 선보인 언어의 낯선 운용은 벌써 시에 대한 물음을 문제로 전환해낼 운명을 지니고 있는 것이기도 했다. 일련의 논쟁은 그러니까 필연이었던 것이다.

시라는 의식과 그 근간 자체를 흔들어대는 인식론적 모험과 필요할 때 열(리)고 닫고 나면 다시 필연에 파묻히는 개별자들이 제 주관적인 언어로 움켜쥔 주체의 탄생을 2000년대 시의 도드라진 징후로, 그것도 막연하게 꼽아볼 뿐이다. 고정된 이름을 획득한 어떤 집단도 전유하지 못하는 지점을 탈취하기 위해, 예지와 지성을 바탕으로, 그들은 제 자신에게조차 낯선, 고독한 전투를 치러야 했고, 무기를 들고 있었지만, 그 무기는 말할 것도 없이 천차만별이었다. 사유와 문화와 언어의 차원에서 규정해낼 어떤 동질성으로도 환원될 수 없는 개별자의 목소리에서, 각자, 주인공의 자리를 점유해내었다. 한 개인이나 집단의 환희와 고독, 희망과 절망, 삶과 죽음을 시에 결부시키기 전에, 그러니까 그들은 벌써 독창적인 개념의 담지자이자, 특수한 의미를 천거하는 모험의 전사(戰士)였으며, 그렇기에 전위를 자청하기도, 전위로 여겨지기도 했다. 모두 시의 골고다로 향했지만, 그곳에서 그들을 기다리고 있는 것은 개별자의 목소리를 감식하고 자리매김해줄 비판적 환대가 아니라, 바벨의 제의에 참여하라는 강압이었으며, 그렇게 그들은 제가 쌓은 적이 없었던 그 탑의 주인으로 둔갑하기도 했다. 사실, 목소리는 신의 것이 아니었으므로 비극이 제단의 주위를 떠돌았고, 그것은 누가 보아도 절망과 탄식을 불어넣기에 크게 부족하지 않았다. 각각이 유일한 개별자였으며, 제 언어의 공화국 안에서 신의 목소리를 내는 주인공이었기 때문이다. 그 목소리는 물론, 쌓아올린 적이 없었기에 바벨이 붕괴된 이후의 것과 벌써 가까웠다. 가령 황병승은 비평과 독자의 수다스러운 침묵에 대해 이렇게 적는다.

침묵하거나 침묵하지 않으면서

나는 보여주고자 하였지요, 다양한 각도에서의 실패를, 독자들은 보았을까, 내가 보여주고자 한 실패. 보지 못했지…… 나는 결국 실패를 보여주는 데 실패하고 말았다! 쓸모없는 독자들이여, 당신들은 어디에 있었는가. 불빛 속에서, 아름답게 흐르는 강물을, 다리 위에서, 보고 있었지. 어둠 속에서, 나는 밤낮으로 출렁거리며, 다리 아래서, 보여주고자 하였는데, 괴로워…… 그러게 말입니다.

실패한 자로서, 실패의 고통을 안겨주는 이 페이지에서, 당신들이 수시로 드나들 이 페이지에서, 페이지가 너덜거리도록 당신들과 만나는 고통 속에서,

"나는 실패를 보여주고자 하였으나 보기 좋게 실패하고 말았네. 이거 이거, 실패를 보여주기에는 역시 역부족이란 말인가. 괴롭습니다, 괴로워요……"라고 말이지요.

*

찬비가 얼굴을 때리는 새벽,

나는 누구에게라도 전화를 걸고 싶었습니다
죽은 할머니에게라도 할아버지에게라도
거리의 부랑자들과 매춘부들에게라도
웃거나 울지 않으면서
침묵하거나 침묵하지 않으면서
술집에서 만난 보이와 건달 녀석에게라도
나는 전화기를 들고 아무 번호나 눌러대기 시작했지요
하지만 모두들 이렇게 말하는 겁니다

누구시죠? 누구십니까?

—황병승, 「내일은 프로」[1] 부분

모두가 목소리의 여행자였지만, 그들은 같은 곳을 향한 적도 없고, 비슷한 행장을 들고 있었던 것도 아니었으며, 제각각 흩어졌지만, 도달점을 공유하며 서로가 서로를 알아보았을 뿐, 길을 하나로 포갠 것도, 함께 밟아나갈 대로 하나를 낸 것도 아니었다. 그러니까 그들에게는, 너는 누구인가를 묻기 전에 너는 누구라고 명명하고 규정했던 저 비평으로부터 돌려받을 빚이 있는 것이다. 미래파는 시뿐만 아니라 비평의 눈을 근본적으로 바꾸라는 요청이었으며, 따라서 비평에게는 실험과 시험을 동시에 강제하는 낯선 타자의 주문 자체이기도 했다. 전유하고 있던 시선을 섬뜩

1) 『육체쇼와 전집』, 문학과지성사, 2013.

한 불안과 희미한 가능성으로 전환해야만, 비평은 겨우 제 정체성에 젖줄을 끌어댈 수 있었다는 말이다. 비평이 시를 자리매김하는 것이 아니라, 시가 비평을 생성하게끔 추동한 것이라면, 상황은 이미 역전된 것이었다. 황병승은 제가 마주했던 독자의 무능함과 비평에서 느낀 허탈감을 표출하며, 선언에 가까운 "다짐"을 고통스럽게 우리에게 투척한다. 어디 황병승뿐일까. 미래파의 운명은 사실 비평의 운명이기도 했다. 실패한 적이 없었던 비평이 패배했다면, 미래파는, 또 황병승은, 분명 실패를 거듭하였지만, 단 한 번도 패배한 적이 없었던 것이다. 제 시를 이렇게 마무리하는 시인 앞에서 비평가는 이제 무어라 말할 수 있을까?

벙어리는 침묵과 절름발이는 목발과

나는 술집 계단 아래 거꾸로 처박힌 채
다짐을 했습니다, 오늘은 무슨 일이 있어도
에이전시에 연락해서 타이피스트를 부탁해야지
머릿속의 구상과 잠꼬대와 헛소리를 정확하고 빠르게,
열정적으로 기록할 수 있는 타이피스트!
기계와도 같은 타이피스트를…… 에이전시, 타이피스트
에이전시라니, 타이피스트라니……

나는 계속해서 흐르는 코피를 닦으며
절뚝거리는 다리로 술집의 나무 계단을 올라섰습니다

내일은 프로
내일은 프로

중얼거리며, 말이지요

—같은 시

각오는 피를 대가로만 단단한 의식이 되고, 불구가 되어서만 다져나갈 수 있는 미래의 기획이라는 것일까. 독자와 비평은 기왕에 감은 눈을 뜨지 않은 채 침묵으로 일관했을 뿐이란 말인가. 비평이 제 논리적 나르시시즘과 관성에 젖어, 통념을 반복하며 답보 상태에 머물러 있을 때, 시는 앞을 향해, 절름거리며, 또 피를 흘리며, 전진한다. 지금 이 순간에도 말이다. 비평을 시험에 들게 하고 비평을 시와 함께 실험하는 2000년대 시는 이렇게 이수명, 함기석, 박상순 등 1990년대 일군의 시인들이 외로이 갈아놓은, 그러나 우리가 가까이서 돌보지는 않았던 저 텃밭에서 틔운 싹을, 제 나름의 열정으로 싱싱하게, 큰 결실로 키워낼 줄 알았다고 해야 할 것이다.

이러한 맥락 속에서 누군가는 언어의 무궁무진한 힘에 전폭적인 신뢰를 보내면서 세계를 궁굴리는 독특한 목소리의 주인이 되어갔고, 누군가는 대상의 존재 가능성을 확장하고자 환유의 힘에 주목하여 미니멀리스트의 자격을 획득해냈으며, 또 누군가는 순간에 포착된 그로테스크한 이미지를 낯설게 배치하고 조작해냄으로써 환상의 현상학적 실험에 참여했고, 누군가는 독백과 대화로 지어올린 연극의 퍼포먼스를 선보이며 '감각의 시뮬라크르'를 시에서 구축해낼 줄 알았으며, 누군가는 과거와 현재를 지금-여기라는 공시적 공간에 하나로 포개어내면서 가족사를 우화로 변용해내었고, 그렇게 알레고리의 미학을 낯선 문장을 들고서 실험해나갔다. 누구의 것이건, 그들의 목소리는, 화자가 아니라 주체라는 미지의 개념을 끌어안은 상태에서 당도하였으며, 발화자에게 초점을 맞추는 것이 아니라 발화 상황과 발화 행위 전반을 조직하는 입장에 서고자 했고, 고립된 낱말이나 기호가 아니라 텍스트라는 전체에 올라서서 개별 기호들이 서로 맺어지는 촘촘하고도 허허한 관계를 내려다보며 돋우어내고 있었다. 각자의 문장을 들고 세계와 역사를 대면하면서, 저만의 통로를 개척하고자, 제 나름의 목소리를 힘껏 쏟아내고 있었을 따름이었다. 그것은 비평 앞에 내려놓은 요청이기도 했다. 그들의 목소리는 개별화된, 개인화된, 자기 점유를 거친 것이었던 만큼, 의미의 지평을 새로이 열고자 하는 목소리, 그 가능성을 관계와 타자에 대해 천착하는 방식으로 모색하는 목소리였으며, 이때 시의 정치적 지평도 함께 열렸다. 우리의 의식 안으로 순일하게 포섭되지 않는 성가신 것들을 제 시에서 포기하지 않았고, 따라서 '이것은 저것이다'라는 식의 단일한 수식을 포기한 대가로, 말할 수 없는 것, 도착하지 않은 것, 장악되지 않는 것을 사유하려고, 또 그것을 담아내는 데 합당한 말과 문법을 고안하려고, 그렇게 독창적인 시의 목소리를 발명하려고 몸부림을 쳤다. 그들에게 언어는, 목소리는, 제 몸의 사건이자, 세계에 입사하는 주체의 정념이었다. 문학이 도전이라는, 시가 그 도전에서 척후이자 첨병이라는 사실을 내면 깊숙이 각인했을 때 토해낼 수 있는 용트림이 그들의 목소리를 벌써 장악하고 있었다. 그 과정에서 그들은, 시에서 어떤 개념이란 그 개념을 고안하는 과정의 산물일 뿐이라는 사실을 알려주었고, 지금 당도한 곳에서 더 확장해내는 언어가 비평을 견인하는 힘과 크게 다르지 않다는 사실을, 지난한 실험을 통해 보여주고자 했으며, 그것은 최소한, 전(前) 세대에 대한, 그 무슨 반성이나 극복 같은 것은 아니었다. 그 질긴 싸움 전반을 지배하고 있었던 것은 성찰보다는 시와 비평을 하나로 묶어낼 공동체적 목소리의 고안이었으므로, 그들의 목소리는 도전과 갱신이 필요하다는 사실을 증명해내는 데 오롯이 헌정되기도 하였다. 누가 사라졌고, 누가 살아남았는가의 문제도 아니었다. 나만의 문제도 아니었다. 내 목소리 안에서 살고 있는 네 목소리의 문제만도 아니었다. 너와 나 사이에서 공통분모를 추려내야 한다는 식의 제안도 아니었다. 그것은 타자의 목소리를 통해 고안된 내 목소리, 타자를 살아내며 내가 울려내는, 그러니까, 타자를 넘어서기 위해서 오로지 타자에게로 입사하는, 주체에서 주체로의 이행, 바로 이 이행의 목소리였으며, 미래파(명칭의 한계를 알아주었으면!)는 이 목소리를 시단에 흩뿌렸을 뿐이다. 이 주체에서 주체로 향하는 이행은 전 세대에서 벌써 착수된 것이기도 하였다. 2000년대라는 지표는 여기서 앞선 시대를 말하는 동시에 2010년대 시와의 접점을 구축해낸다.

2. 시의 목소리: 2000년대와 2010년대가 서로를 바라보는 얼굴

나는 이 주체에서 주체로의 이행을 목소리의 여행이라고 생각하며, 이 여행은 개인적이면서도 항상 공동체적일 수밖에 없다고 믿고 있다. 아니, 그런데, 시의 목소리는 대관절 무엇인가?

여성적 목소리, 남성적 목소리, 젊은 목소리, 성숙한 목소리, 노쇠한 목소리는 성별과 나이의 구분에 따른 것일 뿐이며, 충만한 목소리, 비어 있는 목소리, 뜨거운 목소리, 돋우는 목소리, 굵은 목소리, 원기 왕성한 목소리, 가는 목소리도, 신체적이고 생리적인 제 고유의 특징을 반영한 것일 뿐, 시의 목소리는 아니다. 거침없는 목소리, 고뇌에 찬 목소리, 가냘픈 목소리, 쉰 목소리, 신선한 목소리, 탁한 목소리, 얼큰한 목소리도 감정의 증후와 추이의 구분에 따른 것일 뿐, 시의 목소리는 아니다. 화자가 타인을 받아들이는 관계나 감정을 적재한 상태에 따른, 예컨대 황홀한 목소리, 감동적인 목소리, 온화한 목소리, 탄식하는 목소리, 볼멘 목소리, 성마른 목소리, 냉정한 목소리, 빈정거리는 목소리, 시비를 거는 목소리, 퉁명스러운 목소리, 가슴을 찢는 목소리, 애원하는 목소리, 공손한 목소리, 무례한 목소리도, 시의 목소리는 아니다. 목소리는 성별과 나이, 신체와 감정의 상태, 이 모든 것을 집결시키고 하나로 통합해낸다. 이 목소리들은 그러나 시의 목소리이기도 하다. 텍스트에서 말로 재현되는 정도에 따라, 그러니까, 제 초상을 언어의 배치와 분배에 맞추어 획득한다는 전제하에, 이 다양한 목소리들은 시에서 텍스트 분석의 결과로서 도출될 수 있는 최후의 방점이자 소략한 결구일 수는 있는 것이다.

눈이나 손 같은 신체기관과 마찬가지로 목소리 안에는 에로스가 거주할 수도 있다. 그러나 목소리가 타자와의 관계를 노정하는 것이라고 해도, 그것은 오로지 의미의 요소들이 회전하고 부딪치며 만들어낸 어떤 발화의 장소로 기능할 때, 시의 목소리로 편입될 수 있을 뿐이다. 목소리는 문법의 견고한 카테고리를 뚫고 범람한 발화의 흔적을 우리에게 제공한다. 우리가 무언가를 들을 때, 말하는 방식과 별개로 목소리가 우리에게 느끼게 해주는 모든 것을 우리는 전부 알거나 오롯이 인식할 수 없다. 목소리에는 음성을 넘어서는 무언가가 존재하며, 그것은, 특히 시에서, 주체의 분출구, 주체의 표식이자, 시의 가장 깊은 곳에 자리한 독창성의 울림이기도 하다. 시의 목소리는 언어의 조직과 말하는 행위로부터 뿜어나는 강력한 힘이기 때문이다. 시의 목소리는 의미 그 자체가 아니라, 의미의 재료이자 의미의 표식, 대상 들이 만나고 부딪혀 빚어낸 관계의 소산이다. 적혀 있는 문자들, 그 요소요소에 대한 문법적 지표들을 우리는 소리 내어 읽지만, 그것을 포괄하면서도 한편으로 넘어서는 논리에 대한 탐구, 그러니까 요소요소가 서로 맺는 관계에서 생성되어, 결국 언표의 상위에 위치하는 시적 논리에 대한 탐구가, 목소리나 리듬 같은 시학적 개념을 이론의 영역으로 크게 연루시키고 만다. 의미와 형식은 이때 분리될 수 없는 하나이며, 그렇게 바라봐달라는 비평적 관점을 요구하기에, 하나로 다루어질 수밖에 없는데, 이 요구에 따르지 않는다면, 우리는 여전히 주체니 목소리니, 리듬이니, 저 세련된 말들을 입에 달면서도, 구조주의나 형식주의와 같이 낡은 틀로 회귀하고 만다.

시의 목소리는 심연의 끓어오름을 감당하지 못해 토해내는 구원의 비명이나 결심의 항변도 아니다. 사물의 웅장함과 존재의 경이로움 앞에서 끝내 발성에 실패한, 침묵하는 목소리도 아니다. 검열하는 목소리, 주체를 소멸시키는 불연속의 문자들을 제어하고자 하는 윤리의 목소리도 아니다. 그것은 가장 분명하게 의미를 구현하기 위해 움직이는 문자, 통사, 문장의 운동이자 그 운동을 조직하고, 조직을 만들어내는 과정, 그러니까, 오로지 텍스트의 목소리이다. 시가 언어의 목소리, 언어의 주체화를 연동시키는 목소리를 저버리고서, 제 불안을 떨쳐내는 징표로써 타자를 향유의 대상으로 삼으며, 어디론가 훌쩍 증발해버리는 법은 없다. 시의 목소리는 연극이나 영화배우의 그것도, 낭독(diction)에서 울려나오는 그것도, 라디오에서 흘러나오는 그것도, 내러티브의 목소리나 철학의 목소리, 도덕(훈계나 계몽)의 목소리, 잔 다르크가 들었다는 구원의 목소리, 오페라의 목소리도 아니며, 발성이나 발음에 속하는 음성의 그것만도, 광장에서 울려나오는 민주주의의 목소리도 아니다. 그것은 텍스트의 목소리, 보다 정확하게 말해, 오로지 시라는 텍스트에서 의미를 만들어내는 과정을 더듬거릴 때, 비로소 유추가 가능한 주체의 목소리이다. 이 목소리는 '주체-형식'의 목소리, '의미-형식'의 목소리이다. 그것은 의미의 영역을 개척해내고 그곳으로 진입하기 위해, 낱말과 문장의 조직을 통해 주체의 감정을 조절하는 경로이며, 따라서 언술(discours)이라는 조직 안에서 대상과 화자를 제어하고 배치한다. 그것은 시인의 목소리가 아니라, 텍스트의 자격으로 행사하는 시의 목소리이며, 화자의 목소리가 아니라, 화자 뒤에 숨어 있는 주체의 목소리이다. 시의 목소리는 이렇게 "대상을 지배하는 자아나 화자의 문제로 환원하지 말고 대상과의 관련에서 생겨나는 주체의 문제"[2]로 여겨질 수밖에 없다. "대상과의 관련"이라는 이 지적에는 명백히 시의 재료인 언어요소들 사이의 관계라는, 그러니까 우리가 언어의 특수한 구성으로부터 의미의 특수성을 추정한다는 전제가 깔려 있다. 2010년대의 다양한 시적 목소리[3] 가운데 내가 꼽아볼 네 가지는, 전

2) 권혁웅, 『시론』, 문학동네, 2011, 67쪽.

3) 여기에는 물론 2010년대와 2000년대 사이에 포진된 시인들이 주류가 되기도 한다. 이렇게 세대론은 끊임없이 변명을 요구한다.

세대와의 영향관계에 놓여 있는 것이 아니라, 타자를 극복하기 위해 타자를 받아들일 수밖에 없는, 오로지 타자로만 옳게 설 수 있는 개별 언어의 주체, 그러니까 상호주체성의 흔적들일 뿐이다.

3. 대상과 나의, 따로 또 같은 목소리

시를 쓴다는 행위가 어떤 기록들에 대한 재현이자 재구성의 과정이라면, 구축된 앞의 시를 해체하고 남은 알맹이나, 그 문장들을 이어가는 일련의 방점들은, 단지 숫자에 불과한 어떤 기록일 것이다. 방점과 방점 사이의, 혹은 방점과 방점들이 뭉치고 흩어지면서 만들어낸 공간, 바로 이 공간이 시적 주체가 활보하는 공간이다. 시적 주체의 발현은 이미 점으로 존재하는 과거의 선택된 방점들을 누락시키거나 포함함으로써, 이전과 다른 선을 긋는 행위를 연동시킨다. 문제는 주체에서 주체로 이행하는 이 목소리의 여행이, 현재진행형일 때, 과거의 기록 자체가 과거의 유물이 아닌 현재의 소산으로, 지금-여기에, 다시 위치한다는 데서 발생한다.

돌은 얼굴이 없고
돌은 심장이며 돌은 허파로 흰 쌀밥 먹다 돌을 씹어 이가 깨졌다 시는 썼다가 지우는 것으로 얼굴은 하얗고 검은 것은 활자로 그렇게 하기로 하고 그것을 잊기로

한 번은 물을 마시고, 다른 한 번은 아무것도 마시지 않는다 돌을 혀로 핥으면 돌의 맛은 알 수가 없고 돌을 핏줄로 생각하는 것은 돌이며 입속의 비린 맛을 돌로 알기로

함께 올랐던 산의 정상은 온통 돌이었고, 그때의 숨 가쁜 화이트아웃 속으로 돌아가기로

내려오는 길에는
하얀 조약돌을 쥐고 숲으로 들어갔다

부드러운 돌을 만들기 위해 평생을 바친 노인의 이야기를 안다 어두운 숲에서 노인의 얼굴이 돌의 형상으로 생각되고, 나는 서서히 노인의 얼굴을 갖추고

돌을 뚫고 내려가는 나무의 뿌리가 있고, 거기서 어떤 돌은 돌의 꿈을 꾸고, 나는 이제 움직이지 않기로
형태를 잃고, 단단함을 잃기로

다람쥐가 죽을 것이다 물이 흐를 것이다 새가 울지 않을 것이다
어두운 숲에서 부드러운 돌이 생동한다

나는 백시(白視) 속에서 그 모든 것을 볼 수 있었다

—황인찬, 「돌이 되어」[4] 전문

구절과 구절 사이, 연과 연 사이의 간극이 넓어진 것은 황인찬이 타자의 목소리로 바로 선 주체를 노정함으로써, 독창적인 목소리를 내고 있다는 사실을 말해준다. 행과 행은 익숙한 미끄러짐보다는, 침묵으로 벌어진 틈 사이에서 의미의 완급을 조절해나간다. 말할 수 없는 것에 드리운 사유가 시가 천착해온 주된 개념의 자리를 오롯이 차지하는 것은 아니다. 거리를 유지하며, 사물과 대상을 뛰어놀게 하되, 그 폭을 차분하게 다독

4) 『구관조 씻기기』, 민음사, 2012. 이후 황인찬의 작품 인용은 같은 책.

거리는 문장들이 삶과 늙어감에 대한 이야기를 견인하며 시를 조율한다. 대상은 대상대로 자유롭게 제 존재를 보장받으면서도, 감정은 감정대로 살려내는 식의 구성을 보여준다고 해야 할까. 대상과 감정 사이의 조절은 기실, 각성에서 시작된다. 앞 구절 "돌은 심장이며 돌은 허파로 흰 쌀밥 먹다 돌을 씹어 이가 깨졌다"에서 시의 태도가 노출되고 또 결정된다는 사실에 주목해야 한다. 대상으로서의 "돌"과 동사 '돌다' 사이에서 발생하는 미묘한 중의성에 기대어, 사물의 왜곡에 대한 조심스러운 경고를 "이가 깨졌다"고, 절묘하게 적어놓았다. 이 가벼운 경고는 사물에게 돌려줄 것은 마땅히 돌려주어야 한다는 식의 정직한 길, 그러니까 "시는 썼다가 지우는 것으로 얼굴은 하얗고 검은 것은 활자로 그렇게 하기로 하고 그것을 잊기로" 하는 방식을 시인이 택하는 동기이기도 하다. 이 문장 역시 중의성을 저버리지 않고 있다는 데 주목해야 한다. 'A는 이렇게', 'B는 이렇게' 하기로 했다는 발화는, "돌"이라는 존재와 "돌"의 삶, 나라는 존재와 나의 삶이, 서로 일정한 간격을 유지한 상태에서 이따금 만나고 또 헤어지게 할 것이라는, 시인의 의지에 대한 표현에 다름아니다. 이렇게 대상과 나 사이에 간헐적인 접점을 만들어내며 "돌" 자체의 삶을 보존해내고 "돌"의 활동과 거리를 유지한 채, 제 자신을 투영해내는 일련의 과정이 "백시 속에서도 그 모든 것을 볼 수 있"는 절제된 언어의 분배와 조절과 완급을 통해 실현된다. 황인찬의 고유한 목소리는 바로 여기서 도출된다. 공백, 여백, 행간은 급작스레 허무로 낙하하지 않으면서, 목소리를 시에 붙들어매는 형식인 것이며, 감정을 부여하는 목소리를 시에 안착시키는 원천인 것이다. 아주 미세한 감정의 투척, 대상과의 관계에서 최소한의 몫으로 내 감정의 자리도 마련하는 것, 황인찬의 시를 지배하는 대상의 주체화는 바로 이것이다. 「개종 2」의 전문이다.

물탱크가 있다

환기구가 있다
창문이 있다
5층의 건물이 있다
간판이 있다
전신주가 그 앞에 있다
내가 있다
계단을 걸어 올라가는 내가 있다
무작정 올라갔더니 옥상으로 통하는 문이 있다
옥상으로 통하는 문을 지나가면
옥상이 있다
거기에는 물탱크가 있다
푸른 물탱크가 있다

대상의 '거기 있음(Dasein)'을 보존하고자 노력하는 동시에 나의 감정도 내려놓으려고 한다. 대상의 '거기 있음'을 최대한 훼손하지 않은 상태로 유지해내면서, 주관의 영역으로도 포섭하려 시도하는 저 목소리는, 이수명이나 신해욱이 기왕에 보여준, 우리에게 그리 낯설지 않은 구성으로부터, 자그마한 차이를 만들어내며 낯설고도 새로운 영역으로 미끄러진다. 10행의 "옥상으로 통하는 문을 지나가면"은 따라서 가정법으로 읽을 필요가 있다. 중요한 것은 'A가 있다' 식의 비인칭 구문이 연속적으로 전개되는 가운데, 이 대상 A가 주체의 사건으로 변화되어간다는 데 놓여 있다. "물탱크"를 내가 직접 보고 확인하는 데 필요한 행위는 문을 열고 옥상으로 가는 것이다. 그러나 황인찬은 그렇게 하지 않는다. "옥상으로 통하는 문을 지나가면"이라는 구절이 오로지 가정이라고 전제해야만, 이 "물탱크"는 주관적인 대상, 즉, 내 감정이 적재된 대상으로 거듭나는 것이며, 황인찬은 바로 이와 같은 방식으로, 주체화된 대상을 적시하는 독창적인 목소리를 획득하는 데 성공하는 것이다. 마지막 행의 "물탱크"를 수식하는 형용사 "푸른"은, 이와 같이 매우 힘겹게, 아주 조금만, 최소한의 개입으로 감행된, 대상의 주체화의 표식인 것이다. 아무도 주인일 수 없는 객관적인 대상은, 정확히 "푸른"이라는 형용사만큼만 주관성의 세계로 진입하고 있는 것이며, 황인찬은 대상의 무자비한 포섭이 아니라, 말의 분배와 조절, 그 배치를 통해 대상의 '있음'을 보존해내는 동시에 형용사 하나만큼의 크기로 대상을 제 곁에 끌어올 줄 아는 시인인 것이다. 핀셋을 들고서 아주 조금만 흩트리거나 덧붙이고자 했을 뿐이지만, 그의 목소리는 벌써 다른 곳으로의 이행에 착수하고 있는 것이다.

시의 목소리는 낯선 것이 아닌 무언가에서, 낯선 것을 생성해낸다. 앞선 세대의 시에서 지금의 시로 이행하는 목소리는 경계도 표식도 없이 흐르기 때문이다. 이 목소리의 여행에서, 시는 공유해야만 하는 것처럼, 무언가를 이어받고 또 그 무언가로부터 은혜를 입는 것이 아니라, 유(有)에서 유(有)를 만들어내는 과정, 타자의 목소리로 궁굴리는 주체화의 과정에 입사할 뿐이다. 시인들이 한때, 하얗게 제 젊음을 불태우며 자신의 삶에서 궁리해낸 독창적인 목소리는, 타자를 향한 여행자의 자격으로 우리에게 침투하며, 우리는 거기서 타자가 아니라, 결국 우리의 모습을 본다. 기존의 판을 흔들려는 목소리가 함께 흔들리는 것은, 확신을 공유하지 못해서가 아니라, 결국 미지의 모험에 참여하기 때문이다. 목소리의 여행자들이 이고 날라, 조절과 분배를 통해 전화(轉化)해낸 것은 그러니까 주체이며, 이때 시의 목소리는 무언가를 추대하거나 추앙하는 것이 아니라, 오로지 타자로 거듭나는 주체성의 발현에 참여하는, 그러니까 상호주체성의 표식으로 살아날 뿐인 것이다.

4. 폐허 위에서 폭발하는 묵시록의 목소리

침묵으로 일관한 세상에 대해 신을 탓할 수는 없다는 목소리가 도드라지고 있다. 어쩌면 우리는 모두 엉뚱한 곳에다가 애면글면 고통을 늘어놓고 부당에 항변하고 있었던 것일지도 모른다. 시는 제 생각 속에 꽁꽁 숨어, 존재의 깊이를 융숭케 하는 데 몰두하거나 현실에 극단적인 현미경을 들이대는 것에 만족하지 않고, 아예 밖으로 나오라는, 기왕의 패러다임을 벗어나라는 요청과 당당히 맞선다. 백지 위로 나와서 모습을 드러내라고 당당하게 독촉하는 시. 신과 대면하고자 하는 시. 비참한 삶에서 갖출 수 없었던 용기를 죽음과 재난에 대해서는 꺼내보려고 한다. 폐허를 똑바로 주시하면서, 그 위에 당당히 서서, 해야 할 일을 고지하는 목소리에는, 천국이나 지옥에, 공히, 안식 따위는 없다는 확신이 서려 있다. 불안하고, 외롭고, 불행한 우리들, 현실에서 서로 싸움을 일삼는 죄인 같은 우리들이 있을 뿐이다. 이들에게 천국이나 지옥, 현실과 재난은 결국 하나나 마찬가지이다.

백 년 동안 쉬지 않고 눈이 내렸지 눈 속에서 쥐인간들은 굴을 파고 기어다녔지 온몸에 자라난 털을 끌며 굴속에서 굴속으로 피냄새를 따라 기어가네 눈 속의 마을에서 손가락 발가락이 떨어져나갔네 네발로 기지 못하는 쥐인간들은 번식하지 못하네

눈 이 녹 으 면 우 리 는 멸 망 한 단 다 눈 을 뜨 면 우 리 는 멸 망 한 단 다

털 없은 쥐인간들은 번식하지 못하네 눈덩이는 커다란 바퀴를 굴리듯 굴러가고 바퀴에 깔린 쥐인간들의 내장이 터질 때 다시 백년 동안 쉬지 않고 눈이 내렸네

—김성규, 「만년설」[5] 부분

5) 『천국은 언제쯤 망가진 자들을 수거해가나』, 창비, 2013.

어둠에 갇힌
사막의 고함 소리
나는 안다
내 삶이 저들로 이루어져 있음을
쪼개진 빵
검은 칼의 폭염
쥐어뜯는
물과 허공
밤
백치
황폐하게 선
빛의 탑들

—서대경, 「그들이 말한다」[6] 부분

펄펄 들끓는 바다에 빠진 저 생쥐를 봐
날고 있어 바다 위를
파고는 바다의 체온계
고열로 펄펄 끓고 있지 지금
막 울음 터뜨리기 직전의 너의 표정
막 웃음 터뜨리기 직전의 너의 표정
막 찡그리기 직전의 너의 표정
막 고백하기 직전의 너의 표정
(……)

6) 『백치는 대가를 느낀다』, 문학동네, 2012.

막 이별을 말하기 직전의 너의 표정
이틀 만에 하루가 가고
우리의 체온이 두 배로 높았을 때를 기억해
지구는 또다른 터전을 찾아가기 위해
인류가 올라탄 한척의 유랑선, 유령선
여정이 시작된 후 가장 먼저 생긴 변화는
바로 망자의 탄생이었지
그것은 기억해야 할 것들이 생기기 시작했다는 뜻이야
지구에서 최초의 망자가 태어난 날을 기억해
우리는 위로해야 할지 축하해야 할지 몰라서
그저 악수를 나누듯
망자와 체온을 절반씩 나눠 가졌던 것을
함께 잘 살아보자고, 기억하겠어?
그 뜨겁지도 차갑지도 않았던 새로운 표정
그 옛날에 무척이나 따뜻했던 온기조차
이제는 위협적인 열기가 되어버린
지금의 이상한 체온을 말이야

—김중일, 「체온의 탄생」[7] 부분

자신의 시대를 결핍된 집적물이자 결여된 총체라고 파악한 일군의 목소리는 어떻게 시단에 당도하였는가? 위기가 일상적인 것이 되었다는 인식으로부터, 종말이란 결국 현실에서 몸소 겪어내야만 하고 살아내야만 하는 필연이라는 생각이 표출된 것은 아닐까? 이때 '폭로하는 계시(révélation)'는 시간의 연속성을 저버려야만 가능한 사건이 된다. "~직

7) 『아무튼 씨 미안해요』, 창비, 2012. 이후 김중일 작품 인용은 같은 책.

전의 표정"으로만 견뎌낼 수 있는 현실에서, 폭력의 체험은, 오히려 성스러운 사건, 그러니까, 악을 절멸시키고 죄와 고통을 사하는, 우리의 죄의식을 일시에 쓸어낼 계기로 상승한다. 시의 몸통인 빙하, 폭풍, 사막, 화재, 암전, 해일, 폭발은, 결핍된 현실, 절망의 현실, 고통받는 현실과 그 현실에 자리잡은 모든 악(惡)으로부터 비롯된 행위와 풍경 들을 일시에 날려버리고, 얼려버리고, 태워버리고, 결국 극단적인 부정을 현실에서 겪어내게 하는(그래야 한다는), 일종의 알레고리일 뿐이다. 거침없는 어휘와 숨 가쁜 구문의 나열, 투박한 형식의 선택과 단호한 호흡의 조절이, 재난을 파편적으로 그려내는 데 일각을 보태고 있다는 점에 주목한다면, 우리는 이들이, 암울한 목소리가 아니라, 오히려 분노의 목소리를 내고 있다는 사실을 알게 된다. 파편 같은 기록과 갈피를 잡기 어려운 진술은 벌써 상반된 문장들을 충돌하게끔 추동하는 알레고리의 장소로, 시의 공간과 시간을 천거하는 데 몰두한다. 가령 나는 김성규의 시집 『천국은 언제쯤 망가진 자들을 수거해가나』의 해설에서 "땅속으로 파고들어간 방 한 칸"의 저 가난한 생활과 "하늘로 솟아"오르는 "왕국"(「천국은 언제쯤 망가진 자들을 수거해가나」)처럼, 서로 충돌을 야기하는 모순된 문장의 배치와 끝내 하나로 통합되지 않는 이 모순 항들을 서로 이접(移接)시켜낸 언어의 운용에 주목하고자 했다. 반대편으로 나아가려는 벡터의 향방을 충돌하는 대결 구도처럼 마주보게 돌려놓는 구문과 통사의 구성은 정(正)과 반(反)의 거칠고 투박한 대립의 상태를 그대로 보존할 뿐, 합(合)의 도출을 낙관하는 것은 아니기 때문이다.

이러한 통사적 구성과 배치, 그 상이함과 낯선 접합에서 발생하는 충돌 현상을 나는 이접이라고 부르며, 일군의 시인들에게서 목격되는 바로 이 이접이, 형식-의미의 차원에서 구동되는 묵시록적 목소리를 시단에 불러내었다. 폐허 위에서 울려나오는 이 목소리는, 문장 사이의 논리적 흐름을 취하하고, 연달아 토막을 내고, 토해내듯, 거침없이 적어나가는 행위로, 시작이자 끝인, 끝이자 시작인 종말의 서사를 체현하면서, 악몽과 재난이 시작도 없으며 저 끝도 없이 이어질 것이라는, 지금도 그렇게 계속되고 있다는 생각을 재난이라는 구체적인 사건을 중심으로 그러모아 시에서 불꽃이 흩날리듯 일시에 집적해낸다. 김중일의 시 「내 꿈은 불면이 휩쓸고 간 폐허」에서 부분을 인용한다.

거대한 태풍 '불면'이 1899년 이후 니이가따현 쪽으로
하루에 일 센티미터씩 북상 중이다
북상 중인 달팽이……
태풍의 이동경로를 따라 장거리주자인 나는
불면의 중심에 가건물로 세워진 재해대책본부가 있는
결승점을 향해 오늘 밤도 달리는 중이다

누군가 내게 묻는다
이봐, 힘들게 너는 왜 하필 지금 잠을 청하려 하지?

오늘 밤엔 재밌는 일도 많은데
나는 적요한 불면의 눈을 향해 줄곧 달리는 중이다
나는 돌풍이 휘몰아치는 불면 속에서
팥죽 같은 잠을 뚝뚝 흘린다
길가의 창문을 티슈처럼 뽑아
모공 속에서 줄줄이 기어나오는 잠을 닦는다
작고 끈적하고 더운 뱀……
순간 지진으로 땅이 길게 갈라졌고, 나는 놀라서 외친다

(……)

아직도 나는 미농지보다 얇은 꿈속을 달린다
내 꿈은 불면이 휩쓸고 간 폐허

지금-여기는 폐허일 뿐, 세상의 한복판에 우뚝 서서, 잠을 이루지 못한 채, 어둠의 불꽃을 피워올릴 때, 그의 시는 이 저주받은 세계에서, 역사에 대한 각성을 이끌어낸다. 그의 시에서 역사가 희생물이자, 제의의 대상이자, 절멸의 궁극적 타깃처럼 그려지는 이유가 여기에 있다. "역사는 나이를 거꾸로 먹는 족속, 그가 우리를 낳고도 아직 살아 있다는 것 자체가 정말 아슬아슬한 일"(「거짓된 눈물의 역사」)이라며, 역사를 활활 태우고자 할 때, 물론 우리가 자리하고 있는 세상은 벌써 폐허이거나 폐허일 수밖에 없다. 폐허 위에서 삶의 터전을 새롭게 일구어내기 위해, 아니 폐허의 삶을 그리기 위해 김중일이 향하는 곳은 꿈의 세계이다. 그러기 위해 필요한 것은 세상에서 임의로 구획된 모든 경계들을 지워내는 일, 합리와 이성의 기준으로 그어놓은 구분을 취하하는 일이며, 그런 후, 그 자리에 무의식의 틈새를 열어 새로운 질서를 심어놓아야 한다고 김중일은 생각한다. 현실, 그러니까 우리가 두 발 붙이고 살아가야 하는 폐허로 다시 되돌아올 수 있는 것은 이와 같은 제의와 정화의 작업을 거친 후에야 비로소 가능한 것이고, 이는 김중일의 시가 거의 전 미래의 사건에 전념한다는 사실을 알려준다. 이렇게 세상에서 역사를 생각할 수 있는 방법은 세계가 폐허라는 인식 이후에나 가능한 것이며, 폐허란 결국 재난을 반드시 필요로 하는 어떤 상태에 대한 요청이기도 한 것이다.

재난은 그 원인을 물을 수 없다는 의미에서 사건의 틀을 벗어나는 것이며, 그 원인을 따져 묻는 순간이 바로 대답할 수 없는 이유를 사유하는 순간이기도 하다. 젊은 시인들의 시에서 목격되는 재난의 목소리는 찬란함에서 솟아오르는 숭고가 아니라, 비참함에서 현현하는 숭고, 주위가 어두워질 때야 비로소 거울로 변하는 창문과도 같은, 저 실존의 담지자이자 오로지 이 거울로만 우리의 모습을 비출 수 있다고 힘주어 말하는 이타적 시선의 구체적인 발화이다. 비관이나 비참과는 한결 다른 목소리, 오히려 당당하고 힘이 있는, 주저함이 없는, 일말의 동정도 연민도 내걸지 않는, 그래서 성스러운, 그런 목소리라고 불러도 좋을 것이다. 이 성스러운 숭고의 목소리는 문자에 사로잡힌 목소리, 문장과 낱말이 교차하며 흘려내는 목소리, 시를 충돌과 알레고리의 사건으로 조직해내는 목소리, 함성과 분노와 외침을 목이라는 신체기관에서 벗어나 자율적으로 텍스트가 뿜어내는 구성적 사태로 전환한 목소리, 새로운 말이 고안되고 시가 점유해낸 창의적인 목소리, 시적 자아가 지배하려는 관성에 제동을 거는 낯선 주체의 언어, 그러니까 흩어지는 문장들, 충돌하는 통사(syntaxe)들, 버걱거리는 낱말들, 붙잡아두는 순간 이미 빠져나가는 낯선 언어-타자로만 바로 설 수 있는 목소리이자 타자로 제 경험을 벼려내는 주체의 목소리, 시적 주체의 목소리이다.

5. 반복, 관계의 목소리

모든 시가 제 삶을 누리고자 수많은 낱말을 만나고 그것을 조합하여 문장을 만드는 일에 몰두하지만, 어떤 낱말은 이해의 자장 안에 안착하는 반면, 또 어떤 것은 미지의 세계를 떠돌기도 한다. 시는 안착한 말과 떠도는 말과 함께 생명을 얻어내고 제 삶을 살아간다. 가장 먼저 내려놓은 단어였지만, 어떤 것은 망각을 끌어안기도 한다. 무수히 나타났고 무수히 가슴을 울렸던 낱말이지만, 마음속으로 들어오지 못하는 낱말들도 많다. 감정을 읽지 못했고, 뼈를 보지 못했으며, 살을 만지지 못했기 때문이다. 무미건조한 방식으로 서술되는 저 껍데기만을 보았기 때문이다. 반복 현상을 마주하여 우리가 종종 빈손으로 제자리로 되돌아오는 이유이기도 하다. 그러나 반복의 목소리 역시 언어의 주체를 세우는 데 몰입하는 주관화된 직조의 산물이다. 반복은 시론을 내장하는 목소리로 개별화되어 시를 이끌고 가기도 한다. 이준규와 오은의 시는, 서로 다른 방식으로, 반복에서 무언가 새로운 것을 고안해낸다.

> 그 사람은 그 사람이다. 그 사람은 어떤 술어도 찾지 않는다. 그 사람은 그 사람이 아니다. 그 사람은 그 사람의 신발이다. 그 사람은 그 사람의 하늘이다. 그 사람은 그 사람의 눈물이다. 그 사람은 그 사람의 바보다. 그 사람은 그 사람의 손가락이다. 그 사람은 그 사람의 개미다. 그 사람은 그 사람의 말이다. 그 사람은 그 사람의 창이다. 그 사람은 그 사람의 박차다. 그 사람은 안장이다. 그 사람은 우레다. 그 사람은 시치미다. 그 사람은 그 사람의 속도다. 그 사람은 그 사람의 시다. 그 사람은 그 사람의 윤리다. 그 사람은 그 사람의 무한이다.
>
> —이준규, 「그 사람」[8] 부분

그는 어기기 위해 약속을 하는 사람

설거지를 하기 위해 밥을 안치는 사람
태어나기 위해 죽기로 마음먹은 사람
높은 자리에 오르기 위해 낮은 자리에 임하는 사람

내공을 쌓기 위해 욕먹는 사람
명성을 쌓기 위해 욕보는 사람

웃기 위해 선불리 희극을 보는 사람

8) 『삼척』, 문예중앙, 2011.

울기 위해 스스로 비극이 되는 사람
극이 되기 위해 기꺼이 삶을 선택한 사람

살기 위해 순순히 입을 여는 사람
살기 위해 꿋꿋이 입을 다무는 사람
살기 위해 묵묵히 입을 채우는 사람
어떻게든 입만이라도
살기 위해 입을 맞추는 사람, 모으는 사람

(……)

절정에 오르기 위해 몸을 혹사시키는 사람
42,195명의 환호를 받기 위해 42.195km를 쉬지 않고 달리는 사람
힘이 되기 위해 힘을 다 써버리는 사람

극이 되기 위해 기꺼이 죽음에 선택된 사람
얼어붙기 위해 쓸쓸해지는 사람
녹아 흐르기 위해 얼음이 되는 사람

약속 하나를 하기 위해 약속 하나를 취소하는 사람
저 하나를 위해 이 하나를
잊는 사람, 버리는 사람, 잊어버리는 사람

소싯적에 했던 약속처럼 까마득해지는 사람
그 약속을 지키기 위해

다시 처음부터 쓰기 시작하는 사람

또다시 마지막부터 기억을 지우는 사람

—오은, 「인과율」[9] 부분

(시에서) 반복은 반복이 아니다. 아무리 같은 말을 늘어놓는다 해도, 시에서 반복은 존재하지 않기 때문이다. 이준규의 경우, 반복은, "그 사람"의 지평을 넓히기 위해, "그 사람"을 축으로 모든 가능성들을 부정하고 덧붙여나간 결과일 뿐이다. "그 사람"을 A라고 해보자. A는 어떻게 정의되는가? 가능성은 덧셈과 뺄셈, 두 가지 방식을 통해 모색될 수 있겠다. 예컨대, B가 아닌, C가 아닌, D가 아닌, E가 아닌, F가 아닌 (……) 식의, 그러니까 무한의 조합에서 빚어지는 단어들 간의 차이를 견주며 A의 정체성을 모색해가는 방식이 뺄셈이라면, 비인칭 "사람"에 "그"라는 지시성을 살려내기 위해, 이준규는 "그 사람"을 구성하는 "그 사람" 주변의 모든 것을 가능한 한 최대로 동원해 "사람"에 덧붙이는 방법으로, "그"의 속성을 한정 없이 늘려나가는, 저 덧셈의 방식을 택한다. 낱말 하나로 이렇게 세상의 온갖 풍경과 경험과 사물을 시에 걸어들어오게 할 수도 있는 것이다. 이 경우, 언어와 삶은 이분법 속에서만 별개로 가동되는 것이 아니라, 매번 새로운 계약을 맺으며 갱신해야만 하는 관계의 바다 안으로 진입하게 된다. 오은의 시에서도 마찬가지이다. "사람"을 관형어구로 단단하게 벼려낸 다음, 그 틀을 이리저리 변주하면서 동일한 반복의 원리를 바탕으로, 감정과 경험의 폭을 차츰 확장해나간다. '~위해 ~하는 사람'은 이렇게 불변의 항(項)인 것 같지만, 그러나 단 한 번도 동일성으로 환원되지 않는다. 이 틀을 둘러싸고 있는 다른 낱말들이 틀 자체를 가만히 놓아두지 않기 때문이다.

9) 『우리는 분위기를 사랑해』, 문학동네, 2013.

비유와 상징이 시에서 불필요한 것일 수도 있다는 것, 수식과 이미지를 조작하지 않아도, 곤궁해 보이는 반복만을 가지고도 시를 궁리하는 데 아무런 문제가 없을 수도 있다는 사실을 보여준 시인들이 세상에는 존재하는 것이다. 이때 반복은 반복이 아니라, 전진에 필요한 총알이자, 걸음 그 자체인데, 그것은 아무리 같은 단어와 문장을 반복한다 해도, 전반의 맥락이 모든 것을 결정한다는, 맥락 속에서 반복된 말은 항상 제 의미를 뒤틀면서, 반복 이상의 세계를 조직해낸다는 사실을 벌써 시인들이 알고 있기 때문이다. 이제니의 시에서 부분을 인용한다.

중국 새를 보러 가자고 했다
중국이 아닌 곳에서 중국이 아닌 곳으로

작고 예쁜 부리
하얗고 노란 깃털
귀엽고 총명하고 인상이 좋다고 했다

중국 새는 어떤 새일까
중국 새도 두려움을 알까

초로롱 날아가다
포로롱 내려앉는 사이
발밑에 깊어진 그 어두움을 알까

중국 새는 중국 새
중국 새는 중국 새

일본 남자는 일본 맥주를 마시고 있었다
부드럽고 부드러워 절로 미안해지는

탁자 위의 동전은 멈추지 않고 돌고 있었다
너는 식기 전에 어서 먹으라고 했다

중국 새는 중국 새
중국 새는 중국 새

중국 새는 중국에서 오지 않았다고 했다
중국 새는 중국에 간 적이 없다고 했다

—이제니, 「중국 새」[10] 부분

반복에 지치지 않는 자가 성취하는 특정한 세계라도 있다는 것일까? 반복은 변주하는 자의 전략과 그 배치만으로, 동일한 기법임에도, 서로 다른 목소리를 내는 훌륭한 재료가 된다. 이제니의 경우처럼, 시의 연을 단위로 삼은 반복, 드문드문 배치된 연 차제의 반복은, 행과 행, 연과 연 사이에 벌려놓은 큰 폭을, 다독거리는 서정적 귀환의 장치로 기능하게 할 힘마저 지니고 있는 것이다. 시에서 반복은 반복이 아니라 목소리를 내장한 시론의 게토일 수 있는 것이다. 시에서 반복은 흘러나온 소리를 통해 가해진 충격의 물리적 현상이 아니기 때문이다. 반복은 분절된 문자들로 구성된 문장 속에서, 또한 문장들로 구성된 텍스트에 의해, 매번 다른 의미를 부여받는, 동일한 시니피앙일 뿐이다. 반복에서 의미를 조절하고 의미의 성분을 나누어 갖는 비율을 결정하는 것은 전체, 즉 반복된 낱말이

10) 『문학과사회』 2013년 봄호.

나 구절을 둘러싸고 있는 다른 낱말이나 다른 구절 들이라고 생각하며 시인들은 이렇게 시의 모든 것을 오로지 관계의 소산으로 돌려놓을 줄 아는 것이다. 그러니까 반복은, 말로 세계를 잣는 인간, 즉 호모 로퀜스(Homo loquens)의 정념을 표출하는 개별적인 목소리 그 자체라고 해야 한다. 이들의 시는 이렇게 해서 가장 건조한 방식으로, 가장 특이하게 지어올린 기이한 서정시, 가장 냉정한 방식으로 슬픔을 한 가득 머금은 서정시, 단순한 반복으로 변주된, 그러나 사뭇 복잡하고 그 자장이 넓은, 다른 서정시의 영토를 향해 뚜벅뚜벅 나아간다.

6. 백지에서 시작하는 타자의 목소리

표적을 꿰뚫은 순간에 총알이 발사되었다. 대체 무슨 말인가? 인과관계를 가볍게 뒤집는 것만으로 속도감을 느낄 수 있다는 것일까? 전도된 관점과 어긋난 시간을 주어로, 제 시를 쓰는 시인들이 있다. 이들이 말하려는 것은 무엇일까? 지금까지 걸어온, 시가 내어온 길을 되돌아가고자 하는 것은 아니다. 화려해 보이는 오늘에서 출발하여 어쩌면 어제의 불안일 수도 있을 원인, 시인으로 살아가는 삶의 저 사투하는 기원을 제 시에서 찾고자 할 뿐이다. 나는 지금 어떤 뿌리나 근원을 말하고 있는 것이 아니다. 그것은 오히려 불행한 의식과 불행의 정념에 관한 것이며, 시 쓰는 자의 자의식에 관한 것이다.

> 술잔에 입도 한번 못 대고 당신이 내 앞에 있다 나는 이 많은 술을 왜 혼자 마셔야 하는지 몰라 한다 이렇게 많은 술을 마실 때면 나는 자식을 잃은 내 부모를 버리고 형제가 없는 목사의 딸을 버리고 삼치 같은 생선을 잘 발라먹지 못하는 친구를 버린다 버리고 나서 생각한다
>
> 나를 빈방으로 끌고 들어가는 여백이 고맙다고, 청파에는 골목이 많고

골목이 많아 가로등도 많고 가로등이 많아 밤도 많다고, 조선낫 조선무 조선간장 조선대파처럼 조선이 들어가는 이름치고 만만한 것은 하나도 없다고, 북방의 곳에는 옷(衣)이 들고 남쪽의 곳에는 노래가 든다고

생각한다 버려도 된다고 생각한다 버리는 것이 잘못된 일이 아니라고 생각한다 버릴 생각만 하는 것도 능사가 아니라는 생각도 한다

술이 깬다 그래도 당신은 나를 버리지 못한다 술이 깨고 나서 처음 바라본 당신의 얼굴이 온통 내 세상 같다

—박준, 「당신이라는 세상」[11] 전문

분홍 테라피 코푸시럽의 계절에는 청유형 눈빛으로 의중을 살피는 눈의 온도에 익숙해진다 고열의 날이 잦고 약해지므로 여럿의 시인들이 방문하기 때문이다 나는 어제부터 쓰고 있는데 나는 또 쓰고 텍스트인 나에 대한 자유로운 내일의 번역은 당신들의 몫이므로 언제나 다르게 쓰는 나는 날마다 시인들이다

조율을 반복해야 하는 나는 백지 위에 첫 문장을 꺼낼 때도 검은 보자기 속에서 마지막 비둘기를 꺼내 날릴 때도 여럿과 협조하고 먼저 협상해야 하는 나는 시인들이다 그것은 나의 시인들의 운명이니까

(……)

돌아보니 나는 시인들이다 우리의 동선은 비슷했고 같은 지역에 있거나

11) 『당신의 이름을 지어다가 며칠을 먹었다』, 문학동네, 2012.

비슷한 구역을 걸었고 마주쳤을지도 모를 지도 속에 서 있었다 우두커니 지옥이었니 그러나 얼룩진 것들을 결말짓는 새 힘으로 일어나 나는 시인들이다 돼지 저금통에 반짝이는 오백 원짜리 동전들을 성의 있게 밀어 넣는 것처럼 나와 나와 나와 나와 나와 나와 나와…… 누군가 이 내부에 고이고이 넣어놓은 나는 시인들이다 밖을 알면서도 모른 척하는 나는 겹겹이 껴입었다가 차례차례 벗어서 개어놓는 나는 안에서 볼 장 다 본 나는 시인들이다

—황혜경, 「나는 시인들이다」[12] 부분

타자의 목소리를 내 시 안에서 점유한다는 것은, 결국 자기 목소리를 시에 투사한다는 것이다. 그것은 빌려오는 것이 아니다. 함께, 그리고 따로 가는 것이다. 독자적인 목소리의 주인은 단순히 주체와 주체 사이의 공배를 연결하는 것에 만족하지 않는다. 공배에서 빈손으로 돌아나오는 시는 없기 때문이다. 황혜경은 "언제나 다르게 쓰"기 위해 타자에 접사하고, 박준은 "나를 빈방으로 끌고 들어가는 여백" 위의 작업이 결국 혼자하는 일이 아니었다고 말한다. 나의 목소리를 발견하기 위해 타자의 목소리는 필연이었다는 것인가? 타자의 목소리로 일어서는 나는 단연코 개별적인 목소리의 주인공이다. 시가 미래를 훔쳐본다는 것은, 시가 어떤 경우건, 빈손으로 시작하지 않는다는 것을 의미한다. 개인 안에 공동체가 존재한다면, 그것은 개인이라는 존재가 포기될 수 없는 이유가 어쩌면 타자에게 달려 있다는 것을 인정하는 것이며, 공동체는 그 개인 안에 자리한 무의식의 자리이자, 포기될 수 없는 개인이 되기 위해 타자의 목소리에 지위를 부여한 저 흔적이다. 기대감에 부풀어올랐던 내 여행이 타자의 글 앞에서 부끄러운 자책이 되어, 결국 나로 설 수 있는 발판이었다는

12) 『느낌 氏가 오고 있다』, 문학과지성사, 2013.

사실을 깨달았다고 말하는 것은 부끄러움이 아니라 독특한 목소리를 고안하는 계기가 된다. 내가 밟아온, 밟고 있는 여행지만을 둘러보고서 내가 전부인 것처럼, 내가 소우주의 조물주라는 생각에서 조금 벗어나, 아주 작은 부분의 일부가 나였음을, 내 안에도 타자의 몫이 있다는 것, 타자를 극복하기 위해 타자 안으로 스며들어야 한다는 사실을 각성한 시인들이 내는 새로운 목소리는, 반성이나 고백이 아니라, 타자라는 바깥, 타자라는 외부를 받아들임으로써 타자를 딛고 일어서고자 하는 자기 인식의 소산에 가깝다. 크고 작은 우주는 모두 부분들이 채워져 만들어진 전체이며, 그 부분들은 모두 타자의 것으로 쌓아올린 관계의 퍼즐들로 버티고 선다는 생각에서 울려나온 목소리들이 여기저기서 출현하였다. 2000년대와 2010년대의 접점은 바로 여기에 있는 것일 수도 있다. 2010년대 시인들은, 물어보며 찾아가는 주체의 목소리, 나의 목소리는 너의 목소리와 포개어질 때만 오로지 시의 목소리가 될 수 있다는 생각, 대상을 현현하거나 사물을 오롯이 포섭하는 것이 아니라, 시가 결국 관계의 사건이라는 사유를 바탕으로, 시의 목소리로 화자의 자리를 지워내고, 타자의 말을 통해 입사하는 관계에 대한 물음들을 끊임없이 재구성해내는 세계로 우리를 안내한다.

시의 목소리. 타자의 목소리. 타자로 오롯이 서는 나의 목소리. 그것은 초자아의 명령이나, 감성의 극대화가 아니라, 언어의 분화와 개별화를 통해서만 모색되는 주체의 목소리이다. 화자라는 중력을 느슨하게 내려놓으며 말의 구심점을 다른 방향으로 돌릴 때, 그곳에서 맞닥뜨리게 되는 것은 언어의, 텍스트의 목소리이다. 그 목소리는 현실에 마냥 붙들려 매인 목소리가 아니라, 모르는 목소리, 다가올 목소리, 현재에 끌어다가 풀어놓은 미래의 목소리이다. 이것은 개인의 목소리와는 다른 익명적인 목소리, 의식과 문법이 오롯이 점령한 목소리와는 다른 세계에 속한 목소리, 정확히 말해서, 의식과 문법의 세계에서 생성되지만, 그 세계를 구성하는 요소들 간의 차이에 주목하고 이 차이의 이합과 집산을 주관적으로 포착하는 목소리, 그리하여 언어의 카테고리를 확장해내면서 의미의 외연도 넓혀나가는 목소리, 그러고자 시도하는 목소리이다. 2000년대와 2010년대의 이접의 흔적을 우리는 바로 이 목소리의 이행에서 찾아낼 수 있을지도 모른다.

7. 달아나는 시와 비평의 저공비행

시라는 바둑판에서, 무릇 시인이라면 저도 모르는 수를 둘 수는 없다고 흔히들 말한다. 더구나 둘 수 없다고 여겨지는 수를 둔 것을 보았다고 생각할 때, 패착이거나 실수라며, 그 도드라진 행보 앞에서 난감을 표하거나, 진심 어린 충고를 늘어놓기도 한다. 그러나 자기 고유의 언어나 사유의 고안이, 우리가 패착이나 실수라고 여기는, 그러나 한편, 그 자체로는 몹시 순전하고도 과감할 수 있는 시도, 그러니까, 미지의 무엇을 향한 기투(企投)에서 비롯되는 경우가 종종 있다. 이때, 오히려 패착이나 실수는 둘 수 없는 한 수, 내디딜 수 없는 한 걸음이라고 판단했던 자들에게로 고스란히 되돌아간다. 우리는 2010년대 목소리의 여행자들이 제 가방을 꾸리는 데 있어서 어떤 재료를 챙겨넣었는지 궁금해하고, 그 궁금증으로 고민의 대열에 합류할 때, 2000년대 목소리의 여행자들과의 흔적을 목격하는 횟수가 늘어난다고 생각할지도 모른다. 그렇다고 해도, 그러나 그들의 목소리는 고유한 동시에 공동체적인 목소리라고 봐야 한다. 따라서 어떤 시인과 어떤 시인이 서로 영향을 주고받았는지를 드러내는 것이 중요한 게 아니라, 어떤 목소리가 타자의 목소리를 안고서 새롭게 탄생하는지를 유심히 지켜봐야 한다. 이것은 이슈를 만들어내는 목소리에 관심을 두는 것과는 다르다. 낯설다고, 난해하다고, 유희에 불과하다고, 심지어 외계어 같다고 지적받아온 시들이, 더이상 그 수식어에 붙잡히지 않을 만큼,

회자되고, 읽히고, 구체적이고 개별적인 전략과 맥락 속에 안착되었는지 살펴야 할 의무가 여전히 우리에게 남아 있는 것이다. 커다란 담론으로 시를 읽으려는 시도는 시의 입장에서는 족쇄였던 것이며, 비평의 입장에서는 실패였을 뿐이다. 그 가치를 옹호하고 거부하는 사이에, 시는 고스란히 남겨지는 것이니까. 2010년대의 시에서도 비평이 같은 실패를 거듭할 수는 없을 것이다.

시인은 누구나, 조립에 필요한 부품들을 여기저기서 구입해 끼워 맞춰가며 라디오 한 대를 완성하는 제작(製作)의 기능공이 아니라, 조립에 필요한 부품들부터 차례로 고안하여 라디오라는 궁극의 목표물을 완성하고 있는 제조(製造)의 장인이다. 제작이 기존의 부품을 들고서 진행하는 작업이라면, 제조는 부품이 될 만한 것들에 대해 근본적인 고민을 시작한다. 이때 시는 라디오가 이럴 것이라는 기대치를 배반하는, 따라서 완성을 미리 상정할 수 없는 미지의 영역으로 향한다. 이렇게 시는 오지 않는 무언가를 실현하려고 내디딘 서툰 발걸음이자, 제가 디디고 있는 삶과 언어와 사유에 고민과 성찰을 동반할 수밖에 없다. 그 고민, 그 성찰 때문에 우리는 시를 고통의 언어라고 생각하는 것이며, 따라서 비평은 시를 마주하여, 위에서 넌지시 내려다보기 전에, 같은 크기의 지평에서 바라보는 것 자체가 벌써 힘에 겨운 일이라는 사실을 먼저 깨닫게 된다. 시를 앞지르는 비평은 존재하지 않는 것이며, 비평은 그저 목소리의 여행자들이 남긴 발자취를 따라 그 발자취의 행렬을 추려보거나, 발자취가 향하는 방향을 타진해보거나, 그 길 위에 찍힌 발자국의 모양새, 그 특이성과 고유성을 잰다. 그뿐이다. 그러면 이 목소리의 여행자들은 또다시 어디론가 향할 채비를 꾸릴 것이기 때문이다. 여행자들의 행적을 기록하는 것이 비평의 임무이기도 하지만, 그들의 행장에 들어갈 내용물이 어떠해야 한다거나, 그들이 내디딘 보폭이 가지런해야 한다거나, 그들이 도달하고자 하는 장소는 이러저러해야 한다고, 통보하거나 고지할 수 없는 것이다. 비평은 엎드린 성사, 고개 숙인 현미경, 뒤에서 찾아나선 앞의 걸음이다. 2000년대의 시가, 2010년대의 시와 목소리의 여행에 접점이 될 만한 지점들을 제공하면서, 우리에게 내려놓은 것도, 2010년대의 시가 2000년대라는 타자를 딛고, 자신의 목소리를 궁리해내면서 우리에게 요청해올 주문도, 바로 이것이 아닐까?

(『문학동네』 2013년 여름호)

말하는 주체, 시적 주체, 주체화

가장 아름다운 시는 백지 위에 쓴다.
— 마오쩌둥

1. 물음과 문제

그러니까, 허망한 물음들이 있다. 가령, '삶은 의미가 있는가' '신은 무엇인가' '우리는 누구인가' 같은 거개의 질문들이 그렇다. 파스칼의 확률론을 꺼내들거나, 존재론의 어깨에 기대어보거나, 그 밖에 훌륭한 성찰에 의지해보아도, 이런 질문들과 마주한 우리는 '그럴싸하다'는 사실 외에 다른 말을 섞기기 어렵고, 그 이상을 기대하지도 않는다. '시는 무엇인가'와 같은 물음도 마찬가지이다. 그 자체로 매우 근원적인 의구심의 표출처럼 보일 수 있겠지만, 집어든 사람이나 대꾸하려는 자 모두, 자기가 원하는 것만큼의 공허한 생각과 대화를 주고받기 십상이다. 그러나 이러한 물음은, 막막하고 방대하다는 예감과 추론에 끌려다닐 수밖에 없는 위험에 노출되어 있는데도 불구하고, 달리 생각해보면, 반드시 한번쯤 던지게 마련인, 우리와 함께 이 세계를 살아내고, 살아가는, 치명적인 물음이기도 하다. 싫건 좋건, 우리를 강제하는 물음들, 우리의 내부에서 시시때때로 솟아나 타자와 세계로 뻗어나가는, 언제 어디서고 우리를 괴롭히는 유령과도 같은 물음들이기 때문이다. 막연해 보여도, 이러한 물음들은 사유의 대상이며, 사유란, 무릇 연역적일 수밖에 없다. 사유는, 대상을 설정하여 가설을 세우고, 끊임없이 그 가설을 수정하면서 설득력을 갖추어나가는 과정에 놓일 때만, 사유일 수 있다. 과정에서 자신을 발견할 때만 그것은 사유인 것이며, 일관성을 추구하는 저 과정과 상태로만 주어지는 것이 바로 사유인 것이다. 개념이 되어가는 과정을 제외하면 개념이 아무것도 아닌 것처럼, 까마귀가 검다는 사실을 증명하기 위해, 세상에 존재하는 모든 까마귀를 찾아다니며 일일이 그 존재를 확인할 수는 없는 노릇인 것이다. 가령 2000년대에 접어들어, 그 쓰임이 증가하는 만큼, 시단에서 화두가 되었던 '시적 주체' 같은 개념도 마찬가지이다. 미리 말해두자면, 차제에 살펴보려는 것은, 그러니까 주체가 아니라 시적 주체/시의 주체이다. 아니 '시적'과 '주체', 이렇게 두 덩어리의 말을 서로 연관짓지 않는다면, 전자는 자족적이 되고 후자는 공허하거나 산만해질 확률이 높다. 시적 주체에 대한 물음은 시와 언어활동에 대한 근본적인 고찰과 밀접히 연관될 수밖에 없으며, 따라서 그 주위에는 물음이나 대답보다, 오히려 문제들이 산재한다. 삶을, 세계를, 역사를, 언어를 바라보는, 근본적으로 상이한 관점들이 어디에나 공존하는 것이다. 따라서 이 글은 당파적이며, 주장으로서의 가치, 선언으로서의 단상을 저버리지 않는다. 사전을 먼저 뒤적거리려고 한다. 사전에 기록된 정의나 어원은, 최소한의 도덕으로서의 법과 같은 것이다. 외연은 크되, 중첩된 말들, 공인된 견해들의 인장이 깊이 눌러 찍힌, 사유의 노른자위와도 같은 정의에서, 흰자위로, 프라이팬으로, 식탁으로 전진하는 형식을 취하기로 한다.

2. 주체'들'—I

'주체' '주제' '테마' '모티프' 등으로 번역될 'sujet'는 '아래로 던지다'를 뜻하는 라틴어 'subjectum'에서 연원하였으며, '~에 종속된, 복종한 무엇' '어떤 사물의 작용이나 어떤 행동의 주(主)가 되는 것'을 의미한다.

그리스어로 sujet를 뜻하는 'hupokeiménon'에 대해, 아리스토텔레스는 '현실화되는 형태를 허용하는 방식'이라고 정의하였다. 어원상, sujet는 '무엇 아래에 자리잡은 것'이며, '그 아래에서, 복종에서 지배로 미끄러지는 행위', 또는 '처해 있는 관점과 토대(substrat)에 의거해, 사물에서 자아로 미끄러지는 행위'[1]를 의미한다. sujet가 주제(토론의 주제, 즉 토론에서 중심이 되는 것), 주어(문장의 주어), 테마나 모티프(주어진 재료나 대상, 글 등에서 주가 되는 것) 등으로 번역되는 것은 바로 이 어원 때문이다. '주체'로 번역할 때, '주가 되는 것' '복종하는 것' '따르는 것' '만들어내는 것'이라는, 가장 오롯한 의미가 남겨진다. 다시 말해, 주체는 무언가를(가) 만들어내는(지는) 힘, 무언가를(가) 따르게 하는(되는) 힘을 뜻한다. 시적 주체/시의 주체는 그럼 무엇일까? 시를(가) 만들어내는(지는) 힘, 시를(가) 고안하는(되는) 힘, 역사 속에서 시를 고안하고 생성해내는 동력이라고 해야 옳지 않을까. 주체라는 용어가 단수로 쓰이지 않는다는 사실을 이쯤에서 알아챌 것이다. 주체가 단수라면, 단수로만 쓰인다면, 물음이 문제로 바뀌지는 않았을 것이다. 앙리 메쇼닉은 "철학적 주체, 심리적 주체, 사물 인식의 주체, 사물 지배의 주체, 존재 인식의 주체, 존재 지배의 주체, 법의 주체, 역사의 주체, 행복의 주체, 랑그의 화자(話者) 주체, 디스쿠르의 주체, 프로이트적 주체"[2]가 존재한다고 지적한다. 이 각각의 주체는 무엇인가? 어떤 주체'들'이 활보하고 있는가? 담배를 물고 거리로 나가보자.

경찰이 호루라기를 분다. 걸음을 멈춘다. 젠장, 벌금을 문다. 예정된 수순이며, 매스컴에서 하도 떠들어 단속한다는 사실을 안다. 사회의 구성원에게 강제되는, 최소한의 도덕에 대한 구성원들의 합의를 전제한 가운데, 타인(국가)이 나에게 행사하는, 혹은 내가, 근거로 삼아, 타인에게 행사하

1) C. Godin, *Dictionnaire de philosophie*, fayard, 2004, p. 1272.

2) 「리듬의 시학: 앙리 메쇼닉과의 인터뷰」, 『문학사상』 2004년 12월호.

는 힘이 있다. 이것이 법의 주체(sujet du droit)이다. 그런데 우리는 법의 주체가 시를 쓰게 허용하는 원천이라고는 생각하지 않는다. 나에게 벌금을 물리는 힘이 시를 읽게 해주는 것도 아니다. 시에서 법전을 뒤적거리지 않을 바에야. 집으로 돌아온다. 책이 너저분하게 흩어져 있다. 책꽂이가 필요하다.

사물 인식의 주체(sujet de la connaissance des chose)와 사물 지배의 주체(sujet de la domination des chose)는 한 커플로 작동한다. 우리는 모두 사물을 인식하는 주체이다. 어떤 사물의 형태, 혹은 그 배치, 나아가 그 원리를 파악하는 주체, 그러니까 방금 전에 구입한 책꽂이는 거개가 직사각형이며, 직사각형이란 무릇 같은 길이의 두 개의 가로와 조금 더 긴 동일한 두 개의 세로가 맞물린 형태라는 사실을 나는 인식한다. 그 힘, 바로 이 능력이 사물 인식의 주체이다. 이 주체를 확장해 바슐라르가 말한 "정신에 내재한 합리적인 힘을 통해 세계를 도출시키는"[3], 그러니까 과학적 노동을 수행하는 주체라고 불러도 좋다. 이와 짝을 이루는 사물 지배의 주체는, 널빤지 네 개와 함께 배달된 작은 꺾쇠 하나에 의지해 책꽂이로 조립해내는 능력, 그러니까 사물들을 활용하고 장악하는, 기술(technique)의 주체이다. 그러나 우리는 책꽂이 조립 매뉴얼을 이해하는 능력과 시를 쓰는 능력이 같다고 생각하지 않는다. 전자도 후자도, 그러니 시와는 크게 관계가 없으며, 시를 읽는 행위와 한껏 포개어지는 것도 아니다. 베란다로 가, 담배를 피우며, 행인들을 내려다본다. 저기, 큰 소리로 떠드는 노란 머리칼의 외국 여성, 이어폰을 꼽고, 담배를 문 채, 자전거를 타고 지나가는 청년이 눈에 들어온다. 그들은 누구일까?

존재 인식의 주체(sujet de la connaissance des êtres)와 존재 지배의 주체(sujet de la domination des êtres) 역시 한 커플이다. 존재 인식의 주

---

3) G. Bachelard, *Le nouveau esprit scientifique*, PUF, 1987, p. 16.

체는 존재(들)를 알고자 하는 주체, 인류의 문명이나 민족에 관한 탐구를 진행하게 허용하는 주체, 인간의 행동양식과 문화를 알려 하는 주체, 오롯한 인식의 주체이며, 존재 지배의 주체와 대립된다. 존재 지배의 주체는 내 정체성으로 타자의 그것을 온전히 덮어버리려는, 타자 고유의 그림자를 한 뼘도 허용하지 않는 주체이다. 존재 지배의 주체는 반드시 개인과 동일한 것은 아니다. 존재 지배의 주체는 화폐와 맺는 관계나 화폐를 대하는 사회 구성원의 태도에 따라 결정되기도 하며, 특정 이데올로기(파시즘 따위)와 그 운동의 심리적 수용 과정과 부르주아의 내면성도 반영하기 때문이다.[4] 언제부터 자전거가 유행했는가? 외국 사람 참 많이 사네, 어디서 왔지? 저 외국 여자 정말 시끄럽네, 그것도 외국말로. 건방지게 젊은 놈이 아파트 단지에서 담배를 피우네. 이렇게 두 가지 판단에 개입하는 인식의 주체는 시적 주체와는 상관없다. 거실로 돌아와 뉴스를 본다. 이번 선거에서는 평균 월소득 2백만 원 이하의 계층과…… 오십대 지지층의 눈부신 활약에 힘입어……

역사의 주체(sujet de l'histoire)라는 개념이 있다. 마르크스적 주체를 지칭하는 것으로, 역사에서 '주가 되는 것'은 오로지 대중이나 다수라고 말하는 주체이며, 개인은 배제된다. 이 역사의 주체를 문학의 주체에 포개어 누군가는 "문예창작의 진정한 주체를 사회집단으로서의 계급"이라고 부르며, 어떤 이는 "이 주체를 실존적 개인으로서의 작가"라고 말하기도 한다. 골드만, 마슈레, 사르트르 등의 비평론에 등장하는 주체에 관한 입장의 차이는 "개인과 사회, 그리고 역사가 맺고 있는 관계를 어떻게 파악할 것인가라는 기본적인 관점의 차이"[5], 그러니까 사회집단을 우선시하건, 개인에 역점을 두건, 사회에서 행해지는 다양한 이데올로기적-정치

4) 이 점에 관해서는 이종영, 『내면성의 형식들』, 새물결, 2002 참조.

5) 홍성호, 「마르크스주의 비평에서의 주체의 문제」, 『불어불문학연구』 30권 1호, 1995, 671쪽.

적-경제적-과학적 실천들에 의해 규정된다. 사회적 제약 속에 개인이 존재한다는 사실을 인정하면서도 개인이 제 선택권을 포기할 수 없다며 실존적 행위를 역설한 사르트르를 제외하면, 물질적 하부구조와 그에 기반한 계급성에 제 목줄이 잡힌, 상부(supra)라는 정신성이 바로 이 주체이다. 그런데, 이게 시를 만들어내는 힘인가? 그럴 수도 있겠다. 그러나 시의 주체와 역사의 주체가 오롯이 포개어진다고 말하기는 어렵다. 이 주체는 개인 안에도 공동체가 존재한다는 사실, 공동체 안에 개인이 거주한다는 사실을 인식하고자 하는 주체가 아니며, 따라서 공동체가 아니라 공동체주의에 매몰된 주체, 개별성과 특수성을 포기한 주체를 상정한다. 더구나 이 이론가들은 시문학에는 거의 관심을 갖지 않거나 오히려 (루카치나 바흐친처럼) 폄하하기도 한다. TV를 끈다. 보기 싫다. 잠시 책상에 엎드려 존다. 침을 훔치면서 깨어보니, 모든 게 먹고살려고 하는 짓인데, 좀 행복하게 살아라, 라고 며칠 전 친구가 건넸던 말이 퍼뜩 떠오른다. 어서, 행복을 추구하자. 행복을 찾아 나서야겠다.

행복의 주체(sujet du bonheur)가 있다. 아리스토텔레스가 인간의 궁극적 목적이라고 갈음했던 행복, 절대적 가치보다는 상황에 따른 실천에 의해 도달이 가능한 목표를 추구하며, 탁월성(arete)에 따른 영혼의 활동으로 정의했던 행복(eudiaimonia)의 주체, 디드로가 『백과전서』의 「서문」[6]에서, 인간이 염두에 두어야 할 유일한 것으로 삼았던, 행복을 추구하는 행위, 소설 『라모의 조카』에서 등장인물의 대화를 통해 끊임없이 캐물었던 행복을 추구하는 주체가 있다. 행복의 주체는 타자를 지배하려는 주체와는 상관이 없다. 우리는 모두, 최선이라고 생각하는 앎의 잣대에 맞추

6) 『백과전서』의 목적은 '자연에 대한 지배'에 있었던 것이 아니라, "앞선 세기의 작업들이 이어질 세기에 유용하게 하기 위해, 우리 자손들이 보다 유식해지는 동시에 보다 덕성을 갖추고 보다 행복해지게 하는 데" 놓여 있었다고 디드로는 말한다. D. Diderot, *Œuvres tome I Philosophie*, Robert Laffont, 1994, p. 118.

어 어떤 선택을 감행하고, 그런 가운데 행복을 추구하려고 노력한다. 그러나 이 행복의 주체가 시를 만들어내는 동력이라고는 생각할 수 없다. 담배를 물고, 가만히, 행복을 추구한다는 게 무엇인가 생각하다보니, 더러 감상에 젖게 된다. 그래, 방학인데, 글 쓴다고, 번역한다고, 처박혀 있었다. 놀고 싶다, 근교라도 잠시 다녀오고 싶다, 뭐, 이런 욕구가 감정의 실타래처럼 마음속에서 우글거린다.

우리는 모두 심리적 주체(sujet psychologique)다. 우리는 욕구와 감정을 지니고 있는 존재이기 때문이다. 인간은 욕망과 감정에 시달리는 개인이며, 상황에 따라 가변적인 이 심리 상태의 지배를 받는다. 그걸 어찌 부정하겠는가? 그런데 이 감정의 상태가 시를 만들어내는 주체이며, 시를 읽는 주체라고 한다면 당신은 동의하겠는가? 심리적 주체가 시의 근본적인 힘이라고 가정하려면, 시가 감정과 욕망의 기술이나 묘사에 한정되고 헌정된다는 전제가 필요하다. 뭔가 허전하지 않은가? 단순히 시가 욕구나 감정을 담아낸 글이라는 주장에는 동의하기 어렵다. 심리적 주체가 시의 진정한 주어, 시의 실질적 저자가 될 수 없다는 이 말은, 그러나 시가 인간의 감정과 욕망을 투영하지 않는다는 것을 의미하지는 않는다. 우리는 지금, 주체, 즉 시를 만들어내는 힘, 시를 생산해내는 원동력으로서의 내면성이나 그 근원을 말하고 있다. 일기장에 긁적인 단상이나, 저 사연 많은 메모가 곧 시는 아니다. 심리적 주체도, 아듀.

3. 주체'들'—II

이외에, 또 어떤 주체들이 있는가? 철학자들이 말하는 주체가, 아니, 마찬가지로, 주체'들'이 있다. 그 출발은, '나는 생각한다, 고로 존재한다'라고 했던, 데카르트이다. 데카르트는 주체를, 실존하는 사유의 자의식으로 개념화했다. 사유하는 실체(substantia)가 곧 주체이다. 이러한 관념적 전통은 칸트를 거쳐 후설에 이르며 독일 철학에서 계승된 것으로 보인다.

고로 철학의 임무라 할 만한 것은, 바로 이 주체의 기능을 조건짓는 상황을 분석하여, 이에 합당한 개념을 갱신하는 데 놓여 있었다. 개인의 의식과 그것에서 파생한 사유에 무게를 둔, 데카르트식 주체는, 옳고 그름을 떠나, 시적 자아와 시적 주체를 구분하지 못한다. 이 주체가 시의 주인 노릇을 하려면, 어떤 조건이 갖추어져야 할까? 시인이 제 생각한 바대로 '확실성'을 표현한다는 전제, 다시 말해 시 속에 등장한 '나'는, 고로, 의심할 여지없이 생각을 실행하는 주어라는 전제, 고로, 자아의 자리를 확실하게 움켜쥔 상태에서만 시가 탄생한다는 전제가 필요하다. 이렇게 되면 어떤 일이 벌어질까? 시에서 등장하는 모든 주어는 시인의 자리로 충만할 것이다. 좋다. 그런데 시인은, 그토록 나쁜 놈이고, 마징가 제트처럼 힘이 세고, 더없이 쫀쫀하고, 쓰레기처럼 추저분하고, 미친 인간이란 말인가? 시인은 그렇게나 스스럼없이 자신을 드러낸다는 말인가? 일인칭 '나'는 주체가 아니다. 그것은 시적 화자이며, 그 대부분은 시적 자아의 팽창과 축소를 거친 등장인물일 뿐이다. 주체는 그 뒤에 있다. 서정시의 근간을 이루었던 것은 주체가 아니라, 바로 이 일인칭으로서의 주어였다. 서정시는, 시인이 발화주체의 자리를 오롯이 점령한 시인 것이다. 다른 말로, 이것을 문법적 주어라고 부를 수도 있다. 그의 자리는, 마무리하게 전에 살펴볼, '언표-문법-랑그의 주체'에 부합할 뿐이다. 이렇게 데카르트의 주체는 확실성의 주체이며, 타자를 알고자 하는 주체는 아니다. 그런데 시를 쓰는 힘은 반드시 이러한 확실성에서 샘솟아나는 것은 아니다. 시의 진정한 주어는, 시에서 표현된 일인칭으로 요약되지 않을 권리를 갖고 있다. 그런데, 어떤 선험적인 실체가 있어, 그 이성이 내 생각을 견인하는 것이라면?

의식의 절대성과 능동성, 심지어 창조성을 전제하는, "순수이성의 카테고리들 안에다가 주체를 등재하는 칸트"[7]의 초월적 주체-선험적 주체도

7) J. Lacan, *Seminaire XI*, Seuil, 1973, p. 23

그러나 시적 주체는 아니다. 시는 선험적인 의식을(이) 기록한 것들로 가득 메워진 백지 위의 스펙터클이 아니기 때문이다. 아니, 진리의 향연, 존재의 반짝거림을 고지하는 주체도 있다. 이 주체는 시에게 기꺼이 진리의 장소, 그 발생지를 제공해준다. 시는 "존재의 진리를 드러내는 진리 생산 절차"로 자리매김하며, "어떤 이념을 드러내는 절차"[8)]로 여겨지기도 한다. 퍽이나 고마운 말이다. 그런데, 수긍한다고 해도, 이러한 진리의 절차를 구축하는 주체가 시적 주체라고 하기에는 무리가 따른다. 시는 진리를 통보하거나, 진리가 발현되는 장소라기보다, 역사 속에서 글을 쓰는 '나'를 매번 고안하는(해야 하는) 경험적 실천이기 때문이다. 예술적 진리라는 말도 껄끄럽기는 마찬가지다. 차라리 계몽주의 시대로 돌아가, 안개 속으로 분산된 진리의 빛과 그 빛의 조각난 파편들을 일일이 찾아내어 조합해내는 것이, 앞서 열거한 철학적 주체들(sujets philosophiques)과 시적 주체 사이에서 등가를 찾아내는 일보다 용이해 보인다. 철학적 주체가 포괄하는 계몽이성, 도구적 이성, 정합적 이성은, 이원론의 한편에 기대어 시를 반이성적/비이성적 산물로 몰아세우며, 이성의 카테고리에서 벗어난 감성의 분출이나 집결로 간주한다. 철학적 주체는 그러니까 의식하는 주체-단일한 주체-자발적인 주체로서, 자기가 하는 일을 정확히 장악하고 있다고 주장하는 주체, 정당한 의도를 갖추고 있다고 믿는 주체이며, 제가 하는 일이 무엇인지를 알고 있는 바로 그만큼, 제가 알고 있는 것을 (문학이나 시에서) 적용해보려는 주체이기도 하다. 물론, 우리는 모두 진리로 짜인 그물 속에서 살아가는 것인지도 모르며, 그것을 신뢰하고 믿는다는 최소한의 동의를 바탕으로 타인들을 만나기도 한다. 사실과 진실로 구성된 것들이 얼마나 많은가? 그런데 역사를 되돌아보면, 어떤 시기에 우리는 모두 지구가 평평하다는 사실을 진리로 받아들인 적이 있으며, 심

8) 알랭 바디우, 『비미학』, 장태순 옮김, 2010, 이학사, 45쪽.

지어 사람을 태워 죽이는 데 부합하는 논리를 만들어내고 또 철석같이 믿기도 했다.

환기하자. 지금 우리는 철학적 주체의 이론적 근간을 부정하는 게 아니라, 시와의 직접적 상관성을 캐묻는 중이다. 철학적 주체는 문학과 시를 제 철학적 알리바이로 삼고자 하는 철학자들의 오만한 태도나, 시를 지배하려는 철학자들의 의지 표출과 무관하지 않다. 철학자가 생각하는 문학의 생사는 '문'을 규정하는 철학에 달려 있는 것이다. 문학을 "철학과 그것을 대신하는 비평 이론 안에서 태어나고 죽는 글쓰기, 〈학〉 속에 갇힌 〈문〉"이라고 하며, "〈학〉에 의한 〈문〉의 예속, 〈문〉에 대한 〈학〉의 지배" 운운할 때, 기왕에 "문학을 있게 하거나 없게 하는 것"이 "플라톤과 아리스토텔레스 이래의 철학"[9]이라고, 주장할 때, 이 말의 주인이 바로 철학적 주체이다. 나는 문학을 철학에 의해 좌우되는 글이 아니라, '문(文)에 대한 탐구'라고 생각하는 편이다. 그렇다면 이 의식하는 주체-단일한 주체-자발적인 주체를 부정하는 자는 누구인가?

철학적 주체에 이의를 제기하며 등장한 주체는 단연코 프로이트적 주체(sujet freudien), 정신분석학적 주체이다. "무의식의 영역, 주체가 거기에서, 제 집에 있다"[10]는 사실에서 라캉은 데카르트의 생각하는 주체와의 불균형을 만들어낸다. 무의식의 주체는 대관절 뭔가? "무의식의 주체는 스스로 발현되며, 확실성 안으로 진입하기 이전에 생각한다."[11] 다시 말해, 데카르트의 주체가 확실성의 주체였다면, 무의식의 주체는, 이미, 벌써, 엄청 빨리, 선험적으로, 이에 앞서 작동하는 주체라는 것이다. 믿거나 말거나. 정신분석학은 우리가 모르고 있던 우리 자신에 대해, 풍성하고 넉넉한 지식을 선사하였고, 오늘날 우리는, 우리 자신 안에 우리가 모르

---

9) 김상환, 「물신과 아우라」, 『세계의 문학』 2000년 겨울호, 199쪽.

10) J. Lacan, op.cit., p. 36.

11) Ibid., p. 37.

는 것이 있음을 부정하지 않는다. 그것을 무의식이라고 부르건 그렇지 않건[12], 신경증이나 히스테리를 치료할 모양으로 클리닉을 방문하건 그렇지 않건, 우리 모두가 정신분석학적 주체라는 사실에 이의를 제기할 것은 없어 보인다. 누구나 일정 부분 무의식의 지배를 받으며, 또 욕망하며 삶을 산다. 시에는, 일부의 문학작품에는, 무의식의 자취가 묻어 있으며, 실로 몇몇 소설의 기저를 헤아리는 데 있어서 무의식은 중요한 계기를 제공하기도 한다. 『카라마초프가(家)의 형제들』의 서문을 프로이트가 작성한 것은 우연이 아니다. 이렇게 무의식이 행사하는 힘이나 흔적이 시에 스며들어 있다 해도, 그러나 이것이 시적 주체는 아니다. 전후관계를 함부로 뒤집으면 안 된다. 시를 만들어내는 힘이 오롯이 무의식에서 도출된다고 생각할 수는 없는 것이다. 시는, 리비도의 전이가 아니다. '엄마, 괴로워요, 안아주세요, 아빠를 사랑한다고요? 형을 죽여버리고 말 거예요'라는 전언들이, 이집트의 상형문자나 암호의 모습으로 어중뜬 상태에서 우글거리는 창고가 시란 말인가? 복잡하게 얽히고설킨 욕망의 기록들, 그 코드들을 해석하며, 언제까지 우리는 시를 붙잡고 과도한 욕망을 탓할 것인가?

"정신분석학이 무의식의 과학처럼 구축되는 것이 분명하다면, 무의식이 하나의 언어활동처럼 구조화되어 있다는 사실에서 출발하는 것이 옳다"고 역설하면서, "큰타자는, 주체로 나타날 수 있는 모든 것을 주문하는 시니피앙의 연쇄가 위치한 장소이며, 주체가 등장해야 하는 것은 바로 이 살아 있는 것의 영역이다"[13]라고 라캉이 말할 때, 우리는 속지 말아야 한다. 시니피앙의 연쇄만이 불연속적으로 떠돌고 있다는 저 가설이야 어찌되었거

12) '사유되지 않은 것' '사고되지 않은 것'이 존재한다는 의미에서 나는 '무의식'보다는 'impensée' 'non-pensée'(부정+사유)라고 부른다. 이 둘의 차이는 전자는 의식으로는 사유할 수 없는 것을 상정하며, 후자는 우리가 모르는 것이 있지만 사유될 수 있다는 사실을 전제한다.

13) J. Lacan, op.cit., p. 185.

나, 문제는 정신분석학의 개념들을 차용해올 때, 시를 충분히 설명하는 데 성공적으로 합류하는지를 따져보는 데 있다. 그러나 그 결론들이라고 하는 것은 거개가 엇비슷한 말들로 채워진다. 분열된 주체가 시를 메우고 있다든가, 자아를 지워버린 공백에 실재가 들어선다든가, 초자아의 검열과 비호 아래 이드의 쾌락추구가 분출된다든가, 무의식과 결탁한 초자아가 어떻다든가, 이렇게 반듯하고 아름다운 몇 가지의 정답을 상황에 따라 요리조리 조합해내는 저 능력에서 정신분석 비평의 미덕이 결정된다. 시적 주체를 여기에 위탁할 수는 없다. 정신분석학적 주체가 시적 주체와 동의어가 되는 순간은, 시를 만들어내는 힘 자체가 정신분석학의 테제들에 완전히 종속되는 순간이다. 시는 자칫하면, 철학이나 정신분석학이 제 논리를 정당화하기 위해 사용하고 버리는 크리넥스가 될 수도 있는 것이다.

문법분석가와 정신분석가의 공통점은 시 한 편을 놓고서, '주어와 술어와 목적어가 있다' 정도의 차원에서 제 분석을 멈춘다는 것이다. 문법을 이탈했는가, 그렇지 않은가, 은유를 활용하는가, 환유를 중심으로 전개되는가 정도의 수준에서, 시를 가늠하고, 시를 평가하며, 그 외의 언어활동을, 그 이상의 글의 움직임과 짜임새를 그들은 보려고 하지 않는다. (프랑스에 국한해서 말하자면) 구조주의와 정신분석은, 항구적인 본질이 있다는 가설에 매달려, 근본적으로 동일한 태도로 시를 대한다. 저자나 작가, 창조성을 추방해낸 자리를 멋지게 점령하고서, "디스쿠르에서 두드러지게 공통적 요소들, 대중적으로 유용하면서 통상적으로 순환되는 형상들과 기법들"[14]의 파악에 매달리면서, 위안을 받는다. 그러나 그것조차 따지고 보면, 우리가 알고 있는 기법들, 알려진 수사학적 문채들, 온갖 수식들을, 핀셋을 집어들어, 디스쿠르라는, 무정형의 조직에서 임의로 뽑아내는 데 열중한다. 매 순간 역사 속에서 특수하게 구성되는 문학작품을 앞

14) G. Genette, *Fiction et diction*, Seuil, 1991, p. 15.

에 두고서, 몇몇의 '공통적 요소들'만을 추출해내는 작업은 가령, 착하다는 의미에서 건넨 '바보'라는 말을 모자람을 꼬집으며 던진 핀잔 섞인 그것과 동등한 가치를 지닌 것으로 여기는 행위와도 흡사하다. 상황, 조건, 맥락이 서로 다르다면, 이 문장은 그것이 위치한 디스쿠르의 지금-여기에 따라, 다른 값을 지닌다. 시적 주체는 환자들의 말이 솟아오르는 기저를 더듬으며 모색할 개념도 아니며, 은유와 환유의 양 축으로 구조화된 언어의 단순한 집적물도, 더구나 불연속적 시니피앙의 연쇄도 아니다. 시인은 환자가 아니며, 언어활동은 몇 가지 기법들보다 훨씬 복잡하고도 다양한 체계 속에서 구동되기 때문이다.

주체는 동일성에 기반한 실체(substance)로서의 개념도 아니며, 무의식적 욕망의 근원적인 참모습으로서의 실재(réel)도 아니다. 주체를 실체로 여기면 주체라는 개념적 특성 자체가 말소되어버리며, 주체를 무의식으로 환원해버리면, 주체는 실재라는 가상으로만 존재하게 된다. 그러니까, 시적 주체라는 표현과 함께, 주로 시 분석에서 불려나오는 말들, 거칠게 요약해보자면, '주체만이 자아에서 탈피한 진리로서의 실체를 고지한다'거나, '주체가 바로 상상적 자아를 몰아낸 자리에서 피우는 무의식이다'라거나, '주체는 동일화에 기댄 서정시에서 윤리의 힘으로 배반의 자리를 만들어낸다'거나와 같은 저 결구들이 한편으로 공허한 것은, 기실 시적 주체와는 크게 상관이 없는 전언들이기 때문이다. 시적 주체는 오로지 언어의 문제, 언어의 개별화 전반에 결부된 사유의 대상일 뿐이다. 시적 주체를 말하는 자리에서 공공연한 혼동과 공교로운 이식이 들어서는 것은 정신분석학이나 철학적 주체가, 문단의 여기저기에서 너무나 자주 얼굴을 내밀기 때문이다. 그러나 (시적) 주체는 어떤 (언어적) 과정과 절차로 존재하며, 그 (언어적) 과정과 절차를 우리는 주체화(subjectivation)라 부를 수 있을 것인데, 그것이 과정인 이상, 조직된 연쇄를 짚어내지 않고서는 성립의 여부를, 그 흔적을 따라갈 수조차 없다. 벌써, 우리말 번역이 복잡한, 언어, 랑그, 발화, 언술, 언표와 관련된 주체 개념'들'을 살펴 볼 순서가 되었나.

4. 주체'들'—Ⅲ

화자의 주체/랑그의 주체(sujet du locuteur/sujet de la langue)와 디스쿠르의 주체(sujet du discours)도 서로 짝을 이룬다. 이 둘은 커플처럼 기능하지만, 당연히, 같은 것을 말하지 않는다. 전자를 문법이(을) 행사하는 주체라고 해도 좋으며, 언표(énoncé)의 주체라고 불러도 좋다. 이것이 시를 만들어낸다면, 우리는 '주어+술어+목적어' 따위의 분석만으로 시를 설명할 수 있으며, "나는 도둑놈이고 살인범입니다"라고 적어놓은 구절을 읽고 시인을 경찰에 신고하는 일도 기대할 수 있다. 화자의 주체가 오롯이 시적 주체와 포개어질 수 없는 까닭은 '쓰여진' '기술된'(이걸 뜻하는 프랑스어 énoncé는, 발화하다라는 énoncer 동사의 과거분사형태이다) 말들이 실제로 그 말의 주어가 된다는 사실을 전제하기 때문이다. 언표의 분석은 당연히 필요하다. 다시 환기할 때가 되었나. 우리는 시를 어떻게 분석하는가, 그 방법을 말하고 있는 중이 아니라, 시를 만들어내는 힘을 논하고 있다. 우리 모두는, 어쩌면, 언표를 기술하는 주체이다(일 것이다). 그런데 이는 참으로 실없는 말이기도 하다. 당신은 제 문장을 매번 문법에 착착 맞추어 적어내는 경우를 본 적이 있는가? 이 화자의 주체/문법의 주체/랑그의 주체/언표의 주체는 규칙과 규범 이상의 것을 상정하지 않기에, 늘 고정불변의 해석을 시에 결부시키는데, 그러니까 18세기의 '행복'이란 단어와 20세기의 그 단어의 가치가 같다고 입을 모은다. 랑그의 주체라고 부르는 것, 그 주체는 우리 모두이며, 이 모두에는 서너 살짜리 꼬맹이도 포함되어 있다. 그도 자신의 랑그로 말을 구사하기 때문이다. 그런데 아이들은 랑그가 어떻게 작동하는지, 그 규칙을 알지 못하면서도 말을 잘한다. 사실, 랑그의 차원에서 보자면 어른도 꼬맹이와 크게 다를 바가 없다. 복잡한 구문 앞에서 당황하는 아이에게, 이것은 계사이고, 저것은 속사이고, 이것은 한정사이고, 저것은 복합문이고, 이것은 가정법이며, 과거 속의 대과거의 용법이라는 설명, 심지어 자유간접화법이나 음소의 변별 자질에 관해서조차도, 그 원리를 설명해주면, 납득할 것이기 때문이다. 문제는 랑그의 주체가 시를 부분적으로 고립시킨다는 데 있다. 한 구절을 떼어내 그 용법을 설명하는 일에 매몰되기 때문이다. 구조주의와 기호학이 매달리는 것은 바로 이 랑그의 주체를 디스쿠르에서 찾아내는 것이다. 랑그의 주체는 그러니까, 시의 불연속성을 조장하는 원인이며[15], 한 편의 시 앞에서, 부분적인 문법적 설명 이외에, 딱히 다른 결과를 내놓지 못하기에, 시를 두고서 그다지 할말이 많지도 않은, 시에 대해 많은 말을 하지도 않는 그런 주체이다. 랑그의 주체, 화자의 주체는 우리 모두 그 주인이면서도, 그러나 그 실체를 확인할 수 없는 주체이기도 하다. 왜, 확인할 수 없다는 것일까? 그럼 지금 나는 소쉬르의 랑그라는 개념을, 감히, 확인이 불가능한 상태에서 가정된 개념으로 치부하는 걸까? 그렇다. 소쉬르를 차치하고라도[16], 우리는 이런 물음을 던질 수 있다. 문법을 알아야 언어활동에 참여하는가? 문법을 익히고 난 다음에 말을 구사하는가? 아니 당신들은 어떻게 말을 구사하는가? 어떻게 글을 쓰는가? 문법을 먼저 머릿속에 그려본 다음에야 글이 착착 나오는가? 어린아이는 문법을 몰라도 말을 구사한다. 우리는 글을 쓸 상황에 처하고, 글쓰기를 실천할 뿐이지, 문법을 먼저 상정하고서 글을 쓰는 것은 아니다. 문법을 상정하지 않는다는 것은 그러니까, 바르게 쓰지 않는다는 게 아니라, 인간이, 선험적

15) 달랑 몇 단어나 구문에 집중하는 일에 종사하기에 그 단어가 맺고 있는 다른 단어와의 관계를 보지 못하기 때문에, 코드 몇 개, 기호 몇 개에 집착하기 때문에.

16) 졸고, 「文의 學: 디스쿠르의 시학—문학과 언어의 불가분성에 관하여」, 『불어불문학연구』 78호, 2009 참조. 소쉬르는 랑그 개념의 창시자가 아니라, 오로지 디스쿠르라는 개념을 붙잡고 있었을 뿐이다.

인 구조에 맞추어, 글을 쓰는 행위에 진입하지는 않는다는 것을 의미한다. 그게 아니라면, 우리는 모두 단정하고 올바른 문법을, 올바르게 배웠으므로, 동일한 문장을 반복하거나 엇비슷한 원리에 기대어 저마다의 생각을 표현할 것이다. 이렇게 문법이나 랑그는, 사실, 사전 속에나 등재되어 있는 도구, 아니, 허구의 개념일 뿐이다.

시인은 각각의 문법, 각자만의 문법, 가장 주관적인 문법의 소유자이다. 아이러니한 것은, 시는 문법의 경계를 한없이 넓혀낸 디스쿠르, 문법이나 랑그란 오로지 디스쿠르의 상태로만 주어지는, 오로지 디스쿠르의 수행자의 자격으로 우리에게 주어질 뿐이라는 데 있다. 디스쿠르의 주체는 따라서 보다 복잡하며, 언어에 대한 단순한 물음이 인식의 문제로 전화해주는 지점을 만들어낸다. 간략하게 말하자. 디스쿠르는 우선, 모든 언어활동의 대상을 의미한다. 일차적인 정의이다. 담화, 담론, 언설, 언술, 연설 등으로 번역되는 디스쿠르가 무엇이냐는 물음에, 모든 글, 모든 말, 모든 텍스트라고 대답해놓으면 일단 절반은 건진 셈이다. 원래 디스쿠르는 연설을 뜻하는, 그러니까, 어떤 주제를 머릿속으로 구상하여 연단에서 쏟아내는 말과 말에 의해 취하는 행위를 의미했고, 수사학에서는 특히 '논거배열술(dispositio)'에 역점을 둔 개념이었다.[17] 언술-담론-담화라는 번역어를 통해 소개되어, 우리를 부단히도 헛갈리게 만든 것은 푸코와 벤브니스트 덕분이다. 디스쿠르에 조직(organisation)이나 운동(mouvement), 역사성이나 주체성 등의 개념을 부여한 사람이 바로 이 둘이었기 때문이다. 벤브니스트는 디스쿠르를 '문장들의 조직', 혹은 '조직된 말'이라고 하여, '발화 상황 전반'을 언어학의 주된 과제로 돌려놓고, 주체성의 지표를 찾아내려고 했다. 예컨대, 언술[18](이제부터 디스쿠르를 언술로 지칭한다!)이

17) 알베르 카뮈가 노벨상 수상 즈음에 토해놓은 연설과 강연을 모아 출간한 『Discours de Suède』을 '스웨덴의 언술/담론/담화'로 번역하면 웃음을 피할 길이 없어진다.

18) 나는 이러저러한 글에서 디스쿠르라는 음차를 사용한 이유, 특히 담론이나 담화로 통용

'조직된 말'을 의미한다면, 이 개념은 '조직하는 힘'을 전제해야만 하는 개념이기도 하며, 그것을 조직하는 힘이 언술의 주체이다. 이 주체는, 문법이나 랑그를 구사하는 주체가 아니며, 언표 분석을 통해서는 충족될 수 없는 성질을 지닌다. 언표의 주체와 언술의 주체의 구분은 언어라는 행위를 바라보는 관점의 근본적인 차이에서 연원한다.

실재론과 유명론의 다툼을 예로 들어보자. 언어는 무언가를 재현한다. 그러니까, 언어활동이 이차적이고도 주관적으로 무언가를 '다시'-제시한다는 것은, 언어를 구사하면서 우리가 사물이나 세계의 실체를 찾아 눈을 비비적거리며 논리적 명제나 진리에 가까운 확신을 얻어내는 것이 아니라, 그것들을 말 안에 다시 한번 (재)위치키면서, 의미의 체계 안으로 편입시킨다는 것을 뜻하며, 이 점을 반드시 기억해야 한다. 중세에 신의 형상을 담은 온갖 그림과 조각을 태워버리려고 했다는 사실을 떠올리면 될 것이다. 신을 모방한 인간의 생산물 안에 신이 거주할 거라고 믿는 일이 오늘날 여전히 시를 둘러싸고 행해진다. 그러나 말은, 언어는, 실재, 실체, 진리를 담지하고 표상하는 행위가 아니라, 무언가를 재현하는 활동일 뿐이다. 언어에는 따라서, 실체나 실재가 없으며, 언어활동은 '어떤 실체를 대체하는 실체(aliquid stat pro aliquo)'도 아니다. 문장은 물론이고 똑같은 낱말도, 아니 동일한 음소의 반복조차 기실 언어활동에서는 존재하지 않는 것이다. 재현되는 맥락과 재현되는 방식에 따라, 문장이나 낱말은, 저를 둘러싸고 있는 나머지 문장들과 낱말들에 의해, 시시각각 색깔을 바꾸어나가며 의미의 새로운 영역을 개척할 뿐이다. 김광규 작품 「나」[19]의 전문이다.

되어왔던 번역어에 불만을 표시한 적이 있다. '언술(言述)'이라는 용어를 차용하는 것은 혼동을 피하고자 함이다.

19) 『우리를 적시는 마지막 꿈』, 문학과지성사, 1994.

살펴보면 나는
나의 아버지의 아들이고
나의 아들의 아버지고
나의 형의 동생이고
나의 동생의 형이고
나의 아내의 남편이고
나의 누이의 오빠고
나의 아저씨의 조카고
나의 조카의 아저씨고
나의 선생의 제자고
나의 제자의 선생이고
나의 나라의 납세자고
나의 마을의 예비군이고
나의 친구의 친구고
나의 적의 적이고
나의 의사의 환자고
나의 단골술집의 손님이고
나의 개의 주인이고
나의 집의 가장이다

그렇다면 나는
아들이고
아버지고
동생이고
형이고
남편이고
오빠고
조카고
아저씨고
제자고
선생이고
납세자고
예비군이고
친구고
적이고
환자고
손님이고
주인이고
가장이지
오직 하나뿐인
나는 아니다

과연
아무도 모르고 있는
나는
무엇인가
그리고
지금 여기 있는
나는
누구인가

언술은 예컨대, 이 시에 비유하자면, '나'의 가치를 묻는, 체계(système)이다. '나'의 값이 제가 속한 나머지 낱말들에 의해 결정된다는 것은, 시가 (언술의 자격으로) 주어진 이후에만 오로지 개별 요소들의 분석이 가능하다는 사실을 전제한다. 언술을 전제하지 않는 문장이나 기호는 그러니까 홀로 존재하지 않는 것이다. 언술이라는 조직체 안에서만 오로지 자신의 가치를 소급할 수 있는 것이 바로 낱말의 운명이다. '나'라는 낱말의 가치를 결정하는 것은, '나'라는 실체나, '나'라는 말이 언술에서 불려나오기 이전의 선험적인 대체물이 아니다. 푸코나 벤브니스트의 기여는 역사적 사실이나 사건조차, 그것의 변화조차, 그 구조와 질서의 변화조차, 오로지 언술의 체계로 구축되어 세계에서 재현된다고 생각했다는 데 있다.

나는 앞서, 어린아이들이 말을 구사하는 힘은 문법에서 연원하는 것이 아니라고 말했다. 이 말은 언어행위가, 오로지 언술로 구축되며, 오로지 언술의 형태로만 작동한다는 것을 의미한다. 우리는 무엇보다도 언술의 주체이다. 벤브니스트는 랑그/문법/언표의 주체와 언술의 주체를 서로 구분하였다. 그는 랑그의 단위는 언표이며, 언술의 단위는 이 언표(énoncé)에서 과거분사 종결형(é)을 떼어버리고, 거기에 ~과정이나 ~행위를 의미하는 tion을 붙여놓은, 그러니까 언표가 만들어지는 과정, 언표가 생성되는 절차, 언표들이 결속되는 방식을 의미하는, '발화(énonciation)'[20]라고 말한 바 있다. 그러니까, 그에 따르자면, '언표'의 수준에서는, 오늘 말한 "bonjour"와 어제 말한 "bonjour"는 같은 값을 지닌다. 그 반면, '발화'의 관점에서 이 양자는 서로 다른 값을 지닌다. 가령, 어제 아름다운 여인을 만나 '저녁에 시간 있어요?'라고 한 말과, 오늘 추위 때문에 터진 보일러를 수리하기 위해 수리공에게 건넨 '저녁에 시간 있어요?'라는 말이 같은 의미를 지니지 않는다는 사실을 떠올려보면 될 것이다. 언술의 주체는, 유일한 언어활동의 주체이다. 따라서 언술의 주체는 문법의 차원을 넘어서는, 벤브니스트에 따르자면, 언술의 "나-지금-여기(je-ici-maintemant)", 즉, 말하는 자, 말하는 자의 위치, 말하는

20) 혼동을 피하기 위해, énoncé = 언표, énonciation = 발화, discours = 언술은 『시론』(문학동네, 2010)에서 권혁웅이 제시한 번역어를 따르기로 한다.

시점을 지시하고 표방하는 주체이다.[21] 시를 언표도, 랑그의 집합도 아닌, 무엇보다도 우선 언술로 여기고 접근하는 관점이 요청된다. 언술의 주체에 관해 권혁웅이 "시적 언술을 산출하는 '실체'가 아니라, 이 언술들의 구조화된 장(場)에서 생겨나는, '말하는 것으로 가정된' 어떤 지점"이라고 지적한 것, 나아가 정신분석적 주체에 관해, "시적인 언술을 낳았다고 생각되는 일종의 가상"[22]일 수는 있어도, 시적 주체와 오롯이 포개지지는 않는다고 한 것은, 무엇보다 우선, 언술의 주체라는 자격으로, 시적 주체가 제 개념의 성립 가능성을 타진할 수 있을 것이라고 생각했기 때문이었을 것이다.

> '앙서점'이나 '님짜장'처럼 글자 하나 툭 떨어진 의외의 간판으로 마음 쿵 하는 경우야 참 흔하다지만 그래도 발견하는 재미 꽤 쏠쏠하여 길 가다 우뚝 멈춰 설 때가 있지 대낮이라 더 깜깜한 거기 그 가리, 가리노래방 아래 나는 서 있었고 그건 배호나 고복수를 불러젖힐 때의 아버지처럼 비장을 건드리는 것이어서 나는 씁쓸과 쓸쓸 사이에서 적확이나 가늠하는데
>
> 그때 들리는가, 모래바람이 인다고 했지 모래 알갱이도 잘근잘근 씹힌다고 예가 사막인가 신발 벗으니 모래 발도 탈탈 털린다고 누군가는 말하였고 어떤 분은 말씀하셨는데 그게 무슨 멍게 여드름 짜는 소리래요 닭살이나 긁는 나는 뱀살이나 비비는 나는 모레도 아니고 모래라니까 매일 아침이 거리를 조깅하는 아가씨의 발목에 찬 모래주머니라도 찢어볼 요량으로 칼이 좋을까 모종삽이 좋을까 펜을 고르는 재미로다 詩라 하였는데

---

21) 오늘날 현대 언어학이 봉착해 있는 미스터리이기도 하다. 주어진 언술에서, 언표/문법을 넘어서는 지표들을 어떻게 찾아낼 수 있는 것일까? 앙리 메쇼닉은 리듬을 통해 이 문제를 해결하고자 했다.

22) 권혁웅, 앞의 책, 각각, 32, 35쪽.

(……)

'용'이라는 붉은 간판 이고 나오시는 주인아저씨는 '가리'와 '용가리' 사이에서 아슬아슬 시소를 타는 우리들의 詩를 알까나 모를까나 어쨌거나 우리들의 詩는 오들도 우리들의 오버로만 돌고 돌아 빙고!

—김민정, 「어느 날 가리노래방을 지날 때」[23] 부분

이 작품에서 언술들이 조직되는 경로, 그 과정을 가정하는 힘은 무엇일까? 누가 말하는가? 어디서 말하는가? 언제 말하는가? 말하는 자는 저속한 어휘들이며(내가 말하는 게 아니라 이 어휘들이 말한다), 말하는 곳은 일상적인 공간이며, 말하는 시제는 과거의 시와 현재의 시, 그 비판이 교차하는 오늘이다. 이 시는 언표의 차원에서는 말할 수 없는 것들, 사실 파악할 수조차 없는, 특수한 구성을 보여준다. 구문이나 구문을 구성하는 단어들은, 고상한 차원의, 아름다운 어휘들과는 멀어도 한참 멀며, 오히려 평범하다거나 심지어 진부하다는 특징조차 지닌 것으로 여겨질 수 있다. 시를 하나의 '조직'이라고 생각하면, 그가 선택한 어휘들과 문장들이, 특수한 구성으로 전환되는 지점을 만나게 되며, 언술의 주체를 추적할 지표는 여기서 주어지기 시작한다. 김민정의 시 전반에서 생성되고 있는, 저비속한 어휘들이 서로 공명한다는 사실에 주목해보자. 생각해보면, 분명 이와 같은 어휘들은 일상어가 부려온 특이한 방법을 계승하면서도, 유례없이 한참을 밑으로 파고 내려가, 심지어 저속하다고 말해온 언어, 그러나 사회 어디선가 지금도 꾸준히 사용되고 있는 어투이며, 김민정은 이것을 시의 영역에 접목시킨다. 한층 파괴력 있는 무게와 충격으로, 삶의 저음과 사소한 것들에 주목하게 만드는 목소리는 바로 이 어휘들을 가지고

23) 『그녀가 처음, 느끼기 시작했다』, 문학과지성사, 2009.

발화하는 방식에서 독창성을 견인해낸다. "깜깜한 거기 그 가리, 가리노래방"은 따라서 헛나온 말이 아니다. 지속적으로 되감기는 독백과도 같은, 저 길고 긴 문장들의 쉼없는 전개는, 세상에 외상("가리")처럼 널려 있는, 시에 대한 채무와 엄숙한 (전통)시에 대한 비판을 페이소스라는 동전의 앞뒷면에 맞붙여 고안하면서, 탈신성화의 주체를 생성해낸다. 고상과는 다른 어떤 힘, 고상한 시와는 다른 시가 탄생하는 것은 문장의 구술적 특성과 어휘의 조직을 통해서인 것이다. 언술의 이와 같은 조직은 김민정의 시에서 탈신성화를 이끌어내는 유일한 루트이기도 한 것이다. 황현산의 지적이다.

> 일반적으로 문학어는 일상어보다 더 고양된 언어로 여겨지고 있지만, 높이 평가받는 작가들의 작품에서 어떤 홍등가의 말보다도 더 비속한 표현을 찾아내는 일은 결코 어렵지 않다. 문학어는 일상어보다 더 양식화된 언어지만 때로는 모든 언어가 필연적으로 지니게 될 최소한의 양식조차도 거부하려는 경향이 있다. 문학어는 문어로서 구어에 그 본령을 두고 있는 일상어보다 더 논리적일 것이 당연하고 때로는 학술 언어의 그것에 필적할 만한 논리성을 갖추기도 하지만, 그러나 여러 경우에 술 취한 자의 주정보다도 더 지리멸렬하게 전개될 수 있다. 그리고 이 언어의 고급한 특성과 저열한 특성(이 경우에 어떤 방식의 우열을 따질 수 있다면)은 모두 그 자체로서 문학어의 특성이 될 수 없다. 문학어는 이 특수성을 통해 일상어의 일상성과 그때마다 특수한 관계를 설정함으로써만 문학어로서의 그 지위를 얻어낸다.[24]

김민정은 끊이지 않고 이어지는 수다식 말투로, 저속하고 "지리멸렬

24) 황현산, 『말과 시간의 깊이』, 문학과지성사, 2002, 414~415쪽.

한" 어휘의 배치만으로, 고유한 문장을 조직해내며, "특수성을 통해 일상어의 일상성과 그때마다 특수한 관계를 설정"해나간다. 두 권의 시집에서 김민정이 보여준 능력은 시라고 온갖 폼을 잡아온 그간의 전통을, 우리 모두가 뿌리박고 살고 있는, 지극히 통속적이고 일상적인 현세로 끌어내리는 일이었으며, 그 작업은 어휘의 배치와 문장의 구술적 조직과 그 힘에 의지해 관철되는 것이다. 우리 현대시가 보인 근간의 괄목할 만한 성장은, 우리말의 범주에서 완전히 이탈했다고 말할 수 없음에도, 문법이나 그 범주만으로는 오롯이 설명하기 어려운 지점들에 시가 벌써 가닿고 있다는 사실에 토대하고 있다. 시는 문법을 버리는 것이 아니라, 문법을 극단적인 상태까지 끌어올리고, 얼토당토않은 구성에 기대어 요행을 바라는 것이 아니라, 통사를 이리저리 쥐어짜고 뒤틀면서, 주어진 시대의 언어, 저 언어의 가능성을 넓혀나간다. 좋은 시와 마구 쓴 시는 결코 같은 것이 아니다.

5. 시적 주체/시의 주체

세상의 모든 말들이 언술이며, 모든 언어활동의 대상이 언술이라고 나는 말했다. 시 역시 언술인 것인데, 그렇다면 시적 주체는 언술의 주체와 별반 다를 것이 없는 것인가? 언술의 주체는 시적 주체와 부분적으로 포개어지지만, 중요한 사실은 시적 주체를 상정하기 위해 선행되어야 하는 일종의 전제와도 같다는 것이다. 시적 주체는 언술의 최대치의 주체화를 의미하기 때문이다. 언술을 가장 주관적으로 구축하는 힘, 이것이 시를 만들어내는 힘이며, 이 최대치란, 가장 주관적인 방식으로 제 언어를 궁리하는 존재가 시인이라는 사실을 의미한다. 시적 주체는 언술의 개별화의 한 방편으로, 언술에 특수성을 부여하는 한 전략으로, 사유를 고안해내는 힘이며, 바로 이 힘이, 삶의 형태도 변형시킨다. 주관이 적재된 언어의 고안을 통해 무언가를 주관적으로 재현해내는 힘, 이게 바로 내가 말할 수 있는 시적 주체의 전부이다. 시적 주체는, 개별 시의 설명에 봉사한다고 말할 수 없을지도 모를, 그러니까, 한 시인의 시 세계 전반을 고려해서 유추될 성질의, 언어를 고안하는 특수하고도 개별적인 힘이자, 오로지 언어를 통해서만 규명되고 다가갈 수 있는, 특수성의 연속적인 발현이며, 그 흔적들이다. 우리는 이 흔적들을 솎아내면서, 한 시대, 시인의 시적 지평을 가늠한다. 역사 속에 등재된 시인의 이름에는 저 끝 모를 순간까지 밀어붙인 언어의 모험가라는 훈장이 붙어 있다.

우리가 벗은 뼈가 강변의 헐벗은
저 포플러나무처럼 서 있다

여기를 지나다가 언제 건넜던 강이든가 궁금하거든
자동차에서 내려 물끄러미 바라봐라
강이 아니라 몸뚱어리다
흐르는 살결이다
지지리 못생긴 뚱뚱한 허벅지다

설산이 녹인 오누이다
그 오누이가 뛰노는 투명한 화폭이다

강변의 포플러나무를 결혼식에 온 하객처럼 세워두고
천만년 묵은 신랑 신부처럼 흘러간다고
신랑 신부 입장만 천년만년째라고

부둥켜안고 누운 두 몸뚱어리가
산을 옆구리에 끼고 가고 또 간다

흘러가버렸네 하고 돌아서 가다가
그래도 다시 또 한 번 돌아서 보면
가기는 가는데 떠나지는 못하는 강이다

푸른 하늘이 흐르는 살결 위에
푸른 제 몸을 덮어주려고 기울어져 있다

—김혜순, 「물의 포옹」[25] 부분

한 시대가 만들어낸 구성물로서의 개별적인 인간이 순간들의 구축물을, 또한 "동질적이고 비어 있는 시간"이 아니라, "지금이라는 시간에 의해 메워지는 구조물"[26]로서의 역사를, 그것의 삶과 죽음에 대한 통찰을, 김혜순은 시에서 몸의 사태로 구축해낸다. 김혜순은 매우 구체적인 일들과 사실, 아주 범박한 풍경을 겪고 또 보지만, 못박듯 마무리한 계사와, 명령에 가까운 청언적 말에 토대를 두고서, 그것을 시적 경험으로 치환해내는 놀라운 능력을 보여준다. 과거의 것을 현재에 포개는, 이중의 시간에 입사하는, 낯선 것을 현실에 결부시키는 알레고리만으로는 설명될 수 없는 미지의 힘이, 그의 작품 여기저기에서 솟아나 활보한다. 지금 내 귀에서는, 저 힘찬 말투, 힘차게 때리고 또 재빨리 빠져나가는 '이다'와 '있다'의 변주가 윙윙거리고 있다. 죽음마저도, "부둥켜안고 누운 두 몸뚱어리"조차도 삶 속으로 돌려놓아야 한다고 당당하게 말하는, 타자의 윤리, 감싸 안으려는 단단한 문장들은, 세상의 온갖 풍경들과 자잘한 희로애락을 시가 체험해낸 삶으로 변형시켜내는, 자신만만한 목소리를 만들어내

25) 『실천문학』 2012년 가을호.

26) W. Benjamin, *Sur le concept d'histoire*, in *Œuvres II*, Gallimard, 1990, p. 164.

는 동력이다. 삶이 버겁고 의심스러울 때, 걸음을 멈추고서 삶을 다시 주시하는 시. 주시하는 눈이 풍경으로 향해 번쩍거릴 때, 벌써 그 풍경 속에는 골몰한 역사와 범속한 삶의 감정들이 바글거린다. 그의 시에서 삶과 역사는 과거도 현재의 것만도 아닌, 심지어 미래의 삶이기조차 하다. "푸른 하늘"을 강물에 비추며 흘러가는 역사가 푸르스레한 시신도 감싸 안고 흘러갈 것이라는 사실을 시인이 모르지 않기 때문이다. 김혜순은 영원성이나 추상적인 희망을 강물에서 건져올리는 대신, 아주 단단한 문장들로, 현실-역사를 그 안에 통째로 빠뜨리는 행위를 실천할 뿐이다. 그의 언어는 삶을 고안해내는 형식이며, 그의 목소리에는 시로 세상의 모든 것을 물들여온, 열 권의 시집을 상재한 자만이 가질 수 있는 체험의 산물로서의 통찰력과 과감함, 단호함과 경쾌함, 미지를 갈구하는 힘으로 가득하다. 시는, 가장 극단적이며 치명적인 언어활동이며, 타자-역사-사회-시간과의 관계를 말의 조직 속에서 주관적으로 설정해내는, 그러니까, 바로 타자-역사-사회-시간이 나의 언어로 다시 서는 윤리인 것이다.

6. 시적 주체와 윤리, 혹은 사건

철학에서 말하는 사건이나 윤리는 발화하기 전에, 말이라는 덩어리 안에서 조직되고 재현되기 전에, 사건일 수도 윤리일 수도 없으며, 이는 사건이 실재하는 무엇이 아니라, 말하는 방식 안에서 구성되고 재현되고 해체되는 결과물이기 때문이다. 시에서, 그러니까, 윤리는 사회적 책임감이나 타자의 얼굴에 비친 반성적 주시도 아니며, "소크라테스부터 칸트에 이르기까지 서양 정신이 추구해온 윤리적 삶의 이상"[27] 전반과 연관되는 것도 아니다. 도덕적 선(honestum, 키케로의 윤리), 실천적 지혜(pronesis)를 통해 도달할 최고의 선에 요구되는 탁월성의 윤리(아리스토

27) 김상봉, 『호모 에티쿠스, 윤리적 인간의 탄생』, 한길사, 1999, 10쪽.

텔레스), 악을 구분하는 선험적인 능력, 그 의무나 법칙으로서의 윤리(칸트), 이성의 무능력을 비판하는 정념의 윤리(흄)는 시의 윤리와는 직접적으로 상관없는, 철학의 윤리, 행동의 윤리, 의무의 윤리, 지의 실천적 윤리와 관계된, 앎의 대상인 것이다. 시의 윤리는 필경 이 모든 윤리들의 전제이기도 할, 언어활동의 윤리 외에 다른 것을 말하지 않는다. 시의 윤리는, 타자의 수용을 긍정하거나 그 부정에 맞서는 윤리이기 이전에, 주관이 적재된 언어행위에 대한 실천적 태도를 우선적으로 묻는 윤리이다. 그러니까 시의 윤리는 "진리의 윤리학", 즉 "진리의 과정을 지속시키는 원리" 또는 "더욱 정확하고 복합적으로 그 진리의 과정이 도출시키는 주체의 구성 속에서, 어떤 자의 현존에 일관성을 부여"[28]하려는 노력으로서의 윤리와도 별반 관계가 없다. 시의 윤리는 오로지 언어활동을 통한 재현의 문제, 어떻게 재현하는가의 문제에 관여하는 윤리이며, 이 모든 윤리들이 재현되는 방식을 물을 때 드러나는 윤리일 뿐이다. 그것이 시의 윤리라면, 언어 전반의 재현의 과정을 포괄적이고 총체적으로 살펴야 한다는 요청과 마주한다. 그것이 시라면, 그 무슨 진리의 절차로서의 사건 운운하는 것이 중요한 것이 아니라, 말하는 방식이 늘 문제인 것이다. 사건이 있은 후, 언어가 주어지는 것이 아니다. 언어가 있어야 그 안에 사건이 재현될 수 있다. 순서를 바꾸지 말아야 한다. 시가 세계의 감각적인 것을 재분배하며 삶의 새로운 형태를 발명(랑시에르)하는 것이라면, 그 발명의 순간은 언어 안에서, 언어에 의해서 실현될 가능성으로 존재할 뿐인 것이다. 시적 주체는 진리나 진정성보다는, 언어에 의해 자리매김하는 역사성과 특수성의 편에 선다.

따라서 풀려나온 말이 있는 것이지, 시인이 제 존재를 완전히 장악한 상태에서 시라는 활동을 완수하는 것은 아니다. 시인과 시 사이에는 늘

---

28) A. Badiou, *L'ethique, essai sur la conscience du mal*, Nouss, 2003, p. 72.

틈새가 도사리고 있으며, 이 틈새를 메우는 것이 바로 시적 주체이다. 시의 목소리는 온전히 시인의 것이 아니라, 시라는 형식 속에서 발화된 삶의 몫이며, 삶이라는 형식 속에서 발화된 언어의 울림에 할당된 자리이다. 시적 주체는 시를 생성하는 동력으로서의 내면성이며, 시라는 행위를 견인하는 출구이자, 그 과정에 입회하게 하는 힘이며, 그 힘은 오로지 언어의 세계, 언어가 열어놓은 세계, 언어 안에서 구축해낸 주관적인 재현의 세계를 들여다보면서 추정이 가능하다. 가장 주관적인 언어를 실현하는 힘이 바로 시적 주체이며, 주관적인 언어라는 것은, 우리가 모르는 말을 맘껏 풀어놓은 언어가 아니라, 아직 도달하지 않은 말, 아직 도착하지 않은 말, 통념의 끝에 서서 조금 더 밀고 나간 말, 현실에서 현실을 고안하는 말, 미지의 무엇을 지금-여기에 걸어들어오게 하는 말이다.

시적 주체는 진리나 무의식, 초월이나 현존의 청사진이 아니라, 언술의 분석과 언술의 운용을 헤아리며 차분히 지어올려야 하는, 잘 보이지 않는 무정형의, 그러니까 유령의 집이다. 어떤 작가를 두고서 고유한 문체라고 말할 때, 그것이 정말로 고유한지를 묻는 작업이 선행될 때, 특수하다고 말하게 해주는 그 특징이 시를, 시라고 부를 수 있는 어떤 상태를 고지하는 것이며, 주관적인 언어, 주관화된 언어, 주체로 오롯이 선 언어의 상태로 시가 예고되는 것이지, 선험적인 의식으로부터, 철학이라는 큰 반죽에서 빚어진 형상에서 시가 반짝거리는 것은 아니다. 시는, 언어가 그렇듯, 경험적이고 역사적이고 사회적이다. 오로지 언술이라는 덩어리로 작동하는, 순간의 산물이기 때문이며, 역사와 사회, 정치와 인간에 대한 모든 재현은, 바로 언어 안에서, 언어에 의해서, 구축되고 해체되는 것이다. 이런 의미에서 시는 역사와 사회, 정치와 인간을 대상으로 한, 가장 주관적인 재현이며, 주체성의 최대치를 세상에 등재하는 예술의 한 장소이다. 사건을 실어나르는 신문기사에서, 넉넉한 감정을 실어놓은 에세이에서, 논리적 정합성을 좇아 기록한 철학서에서 우리는, 요약된 사건을, 집약된 감성을, 앎의 추상적 정식을 얻어내고 또 학습하지만, 이 요약과 감성과 정식만으로 설명되는 통념의 세계에는, 아직 모르는 무엇, 아직 당도하지 않은 것, 방금 도착한 듯하지만 곧장 빠져나가는 무엇, 그러니까 미지의 무엇이 설 자리가 마련되어 있지 않다. 역사적으로 누가 최대치의 주체성을 담보한 언어활동을 펼쳐나갔는가? 누가 시적 주체를 견인해내었는가? 누구라도 그 주인이다. 그러나 시적 주체성에서 시적 주체성으로 미끄러지는 이행을 설정하려면, 우리는 시인의 언어활동의 특수성, 언어적 고안, 제 언어를 최대치로 주체화해낸 그 지점이, 항상 갱신의 상태로만 주어진다고 가정해야만 한다. 시적 주체는 주체에서 다른 주체로 미끄러지는 이행을 가정할 수밖에 없는 주체이다. 가장 아름다운 시는 백지 위에 쓴다. 가장 아름다운 시는 다시 백지 위에 쓴다. 가장 아름다운 시는 또다시 백지 위에 쓴다.

(『시작』 2013년 봄호)

알레고리, 지금-여기를 궁리하는 현대시의 조건

> 우리는 알레고리를 폄하할 수밖에 없었던 갈망 속에서
> 단지 상징적인 것의 허상만을 붙잡았을 뿐이다.
> —발터 벤야민

1. 숭고한 상징, 천박한 알레고리

알레고리는 보편에서 특수로 나아가는 파편적인 개념이며, 상징은 특수를 헤아려 보편을 확정짓고자 하는 총체성의 소산이라는, 흔히 듣게 되는 저 말에는 절반의 옳음과 절반의 왜곡이 내포되어 있다. 상징과 알레고리가 서로 동의어에 가까웠던 중세나 고전주의시대를 벗어나면서 상징의 중요성이 부각된 계기에 관해 움베르토 에코는 괴테의 아래 글을 인용하여 설명하고자 한다.

> 알레고리는 현상을 개념으로 변화시키고 개념은 이미지로 변화시키는데, 개념은 이미지 안에서 제한적이면서도 완전하게 유지되고 이미지를 통해 인식이 가능하도록 해야 한다.[1)]

알레고리는 이렇게 현상에서 개념으로, 개념에서 이미지로 변화하는

---

1) *De la litterature*, Grasset, 2002, pp. 193~194.

과정에 개입하지만, 변화의 양상을 우리가 인식하게 되는 것은 오로지 이미지를 통해서일 뿐이다. 주목해야 하는 것은 알레고리를 설명하는 괴테에게 언어의 기능과 역할이 배제되어 있다는 것이며, 말의 저 무한에 가까운 표현 가능성 역시, 오로지 이미지에 의존한다고 보았다는 점이다. '명명'이라는 불확실한 활동보다 '본다'는 행위의 결과물인 형상을 더 신뢰했던 탓일까? 언어가 불완전하다는 생각 때문에 엉뚱하게도 이미지가 특권을 누린다. 따라서 알레고리를 통해서는 이미지와 개념 사이의 안정적 관계 역시 보장받을 수 없게 된다. 왜? 알레고리가 개념을 인식할 수 있는 것은 오로지 "이미지 안에서"인데, 이미지란 애당초 불완전성의 산물이기 때문이다. 이렇듯 근본적인 저 불완전성 때문에 사물의 다채로운 양상을 드러내기는커녕 협소하고도 단편적인 해석만을 불러내는 알레고리보다, 세계와 사물을 조화롭게 조직하여 보편을 바라보는 상징이 괴테에게는 더욱 중요한 개념이었다. 시학이나 수사학 사전을 찾아보아도 사정은 매한가지이다. 중세의 성서 해석 방식 가운데 하나이기도 했던 알레고리는, 기껏해야 같은 것을 다르게 말하기, 우화에서 단골 메뉴로 등장하는 낡은 기법이었을 뿐이다. 고기 한 덩이를 입에 문 개가 개울을 건너다 물끄러미 다리 아래를 굽어본다. 물 위에 비친 제 이미지의 소유물을 탐하여 짖어댄다. 운이 좋아 얻게 된 고기마저 잃게 되었다. 하나의 이야기를 다르게 말해놓으니, 탐욕을 경계하는 교훈이 '덤'(텍스트의 외부)으로 주어졌다. 욕심을 부리지 말라! 알레고리는 고작해야 이런 것이었다.

우화나 풍자시에서뿐만이 아니다. 낭만주의자들에게 중요한 것도 알레고리가 아니라, 사실 상징이었다. 서정시가 상징을 그토록 섬긴 까닭은, 번잡하게 이야기를 주절거리는 알레고리보다, 체계적이고 총체적인 상징이 정형시의 압축성과 수사의 간결성에 부합하는 정갈한 기법이라는 판단이 자리하고 있었기 때문이다. 그리하여, 저 흔한 바위 하나와 나무 한 그루를 보고서 세상의 오묘함과 우주의 원대함을 느끼고, 삶의 이치를 깨단거나, 더러 초라한 인간의 처지를 각성하는 데 성공적으로 합류하면서, 감정의 증폭을 시에서 한껏 고조시켜나간다. 우주와 세계 사이의 '보편적 유추'가 하나의 시적 원리로 제자리를 확보해갈 때, 상징은 조화를 이끌어내는 효과적인 방식이자, 신-자연-인간 사이의 총체적 질서와 위계의 구조를 시에서 촉성해내는, 매우 중요한 기법이었다. 상징은, 이를테면, 자잘한 일상에서도, 도처에 널려 있는 자연과 사물에서도, 보편의 보살핌과 그 편재하는 흔적을 발견해내고자 애쓰며, 낱말 하나하나를 채근하여 쌓아올린 형이상학의 빛나는 탑을 보상으로 획득해내는 것이다. 부분과 부분의 조화에 바탕을 둔 총체성을 요구하는 것이기에, 비유하자면, 상징은 원뿔의 꼭짓점 한곳으로 수렴되는, 원대한 기원과 변하지 않는 본질을 구현하려는 프로젝트에 사로잡혀 있다. 이에 비해 알레고리는 뭔가를 하다 만 꼴, 거듭 비유하자면, 원뿔형을 비스듬히 잘라낸 그 테두리를 거점으로 삼아, 한없이 먼 곳을 바라보는 수사이며, 그마저도 보일 듯 말 듯한 점선처럼 주어질 뿐이다. 알레고리는 그저 진부한 우화를 빌려와 낡은 교훈을 현실에 내려놓거나, 파편과도 같은 삶의 단상과 기억의 조각들로 지어올린 시의 누추하고도 불안하기 짝이 없는, 점선의 거처인 것이다. 긁어모은다 해도, 그 파편은 말 그대로 집적(集積), 그 이상을 추구하지 않는다. 그러니 신의 보살핌이 서려 있는 사물에서 출발해서 자잘하고도 특수하며 개별적인 것들로 천천히 하강하는 천박한 비유법일 수밖에.

2. 진보라는 이데올로기와 서정시의 운명

알레고리와 상징의 저 관계를 단숨에 역전시킨 사람은, 항간에 알려진 대로, 발터 벤야민이었다. 벤야민은 제 가슴속에 파울 클레의 그림 하나를 품고 다녔는데, 재능 있는 소년의 그라피티와도 같은 이 〈새로운 천사 Angelus Novus〉에 대해 놀랍게도 그는 이런 말을 적어놓았다.

이 그림의 천사는 마치 자기가 응시하고 있는 어떤 것으로부터 금방이라도 멀어지려고 하는 것처럼 묘사되어 있다. 그 천사는 눈을 크게 뜨고 있고, 입은 벌어져 있으며 또 날개는 펼쳐져 있다. 역사의 천사도 바로 이렇게 보일 것임이 틀림없다. 우리들 앞에서 일련의 사건들이 전개되고 있는 바로 그곳에서 그는, 잔해 위에 또 잔해를 쉼없이 쌓이게 하고 또 이 잔해를 우리들 발 앞에 내팽개치는 단 하나의 파국만을 본다. 천사는 머물고 싶어하고 죽은 자들을 불러일으키고 또 산산이 부서진 것을 모아서 다시 결합하고 싶어한다. 그러나 천국에서 폭풍이 불어오고 있고 이 폭풍은 그의 날개를 꼼짝달싹 못하게 할 정도로 세차게 불어오기 때문에 천사는 날개를 접을 수도 없다. 이 폭풍은, 그가 등을 돌리고 있는 미래 쪽을 향하여 간단없이 그를 떠밀고 있으며, 반면 그의 앞에 쌓이는 잔해의 더미는 하늘까지 치솟고 있다. 우리가 진보라고 일컫는 것은 바로 이러한 폭풍을 두고 하는 말이다.[2)]

벤야민은 속류 마르크시즘의 논리적 모순과 사상적 결함이 자본주의가 그토록 갈구하던 테크놀로지에 대한 턱없는 낙관론과 이 낙관론을 지탱하는 역사의 연속성이나 기계적인 진보 이데올로기의 신봉에 있었다고 말한다. 어떤 사실을 두고서 정황을 걷어낸 성급한 판단이 우리에게 위험을 불러오는 것과 마찬가지로, 벤야민에게 역사는, 1848년 혁명의 실패를 전후로 거듭된 사회주의의의 쇠퇴와 몰락 이후에도 여전히 "진보라고 일컫는", 저 "폭풍"에 휩쓸려 전진하는 일관성과 연속성의 산물일 수는 없었던 것이다. 역사가 오로지 순간으로 이루어진 구성물에 가깝다고 벤야민이 생각하게 된 것은 프롤레타리아 혁명의 거듭되는 실패와 파시즘의 출현, 기술복제 시대에 생산양식의 변모에 따라 등장한 새로운 삶의 양상(예컨대 대도시나 군중의 출현) 때문이었을 것이다. 과학적 실증주의와 진

2) 발터 벤야민, 「역사의 개념에 대하여」, 『발터 벤야민 선집 5』, 최성만 옮김, 길, 2008, 339쪽.

보라는 이데올로기가 실패에 봉착했을 때, 그는 이 눈 가린 장님의, 팡파르를 울리는 행진곡에서 파시즘의 본질을 폭로하는 근본적인 착오를 목도했는지도 모른다. 실패를 반복하지 않기 위해서라면 역사에 대해, 진보에 대해, 삶의 양식에 대해, 도래한다던 유토피아에 대해 근본적으로 다른 관점에서 접근하는 수밖에 없다. 이것이 어떻게 가능할 것인가? 벤야민에게는 "과거가 현재에 빛을 던지는 것도, 그렇다고 현재가 과거에 빛을 던지는 것"도 아닌, 과거와 현재를 몽타주처럼 중첩시켜 "지금(Jetzt)과 섬광처럼 한순간에 만나 하나의 성좌를 만드는 것"[3], 달리 말해, "낡은 것과 새로운 것이 철저하게 상호침투하고 있는 형상들"[4]을 가지고 "정지 상태의 변증법"을 실현하는 것이야말로 "미래"를 낙관하는 진보나 단순한 법칙성에 의존해 전진을 외치는 기계적 역사관에 벗어나, 역사 자체를 다시 음미하고 재구성해볼 유일한 방법이었다. 알레고리가 위력을 발휘하기 시작하는 것은 바로 이때부터이다. 빗대자면, 상징이 위대한 보편, 미래를 향하는 진보, 역사의 연속성과 같은 개념에 상응하는 것이라면, 알레고리는 역사를 순간의 산물로 재구성하여 몽타주처럼 지금-여기의 현실에 제시해 보일, 파편적 기재라고 할 수 있다. 다시 말해, 변증법에서 말하는 '합'의 도출을 낙관하는 관점이 상징을 가능하게 해주는 인식과 맞닿아 있다고 한다면, 멈추어 서서, 진보라는 저 이데올로기가 몰고 올 파국을 정지시키는 힘을 고안해내는 것이 알레고리인 것이다. 조화로운 해결의 형식을 띠고 우리 앞에 현전하는 변증법의 합은, 사실 합이 아니라, 턱없는 믿음이나 개연성의 과도한 확신에 가깝다. 벤야민이 말하는 지금-여기의 현실은 무엇인가?

사실의 기록이 항상 사실을 기록하는 것은 아니다. 레니 리펜슈탈의

---

3) 발터 벤야민, 『아케이드 프로젝트』, 조형준 옮김, 새물결, 2005, 1054쪽.

4) 같은 책, 93쪽.

『의지의 승리Triumph des Willens』는 나치의 뉘른베르크 전당 대회의 생생한 사열 현장을 담은 객관적 기록일 뿐인가? 꽃은 늘 아름답지만, 행복구 낙원동 어느 집의 담벼락 틈새에서 피어난 "팬지"라면 여전히 그 꽃을 보고도 우리는 아름답다며 감탄할 수 있을까? 철거될 집의 구석진 방바닥에 나뒹굴고 있는 난쟁이의 신발을 목격하게 될 때, 사실의 기록은 비극이라는 바다에 잠긴 채 그저 일부분이 돌출되었을 뿐인 빙하의 꼭지는 아닌가? 아니, 소설과는 달리 난쟁이가 정당한 보상을 받고 아파트에 입주했다고 가정해보면 문제는 또 달라진다. 이처럼 신발은 그저 소홀에 의해 버려진 것일 수도 있다. '지금-여기'에서 무엇을 기록하는가의 문제는, 지금 내가 어떤 정황에서, 어떤 맥락에서, 어떤 역사적 상황 속에서, 어떻게-무엇을 보고 있는가의 문제이며, 현재의 나를 결정하는 것이 무엇인지를 기록하는 것이자, 그것을 기록하려는 노력이 오로지 순간의 사건으로, 마치 섬광처럼 단속적으로 주어진다는 사실을 직시하는 일과 맞물려 있다. 지금-여기에 대한 고민을 담지 않은 것이라면, 알레고리는 단순한 수사적 기법에서 벗어나지 못한다. 지금-여기서, 무엇을 기대하고, 무엇을 염려하는지, 무엇이 절망스러운지, 결국 무엇이 현재의 나를 결정하는지를 묻고, 그 순간순간에 파편과도 같은 경험과 각성을, 굴절이나 검열 없이 날것 그 자체로 작품에 호출하려 애쓰지 않는다면, 알레고리는 알레고리가 아니다. 공상에 빠진 소년만이 끈 떨어진 연을 뒤쫓는 건 아니다. 알레고리는 보편적 유추의 끈이 끊어진 폐허 위에서, 우리 모두가 걸터앉아 있는 거인의 어깨 위에서, 형이상학이 희구했던 강건한 보편을 지워내고, 척박하고 삭막한 역사적 현실의 토양에 저 순간이라는 모양의 거름을 흩뿌리듯 투척할 뿐이다. 현재적 시공간에 시의 좌표를 설정하는 것이 알레고리라고 할 때, 현재적이라는 말은 지금-여기로 다른 시간을 불러오고, 이때 겹쳐지는 시간의 틈새를 시의 주된 시간성으로 변화시켜 나간다는 말을 의미하는 것이지, 현재라는 시제 자체에만 붙잡혀 있다는 뜻은 아니다. 지금-여기는 과거에 존재했던 것을 고정된 것으로 붙들어 매지 않는 것이며, 역사를 이 과거의 고정점에 의지해 조직해낼 수 있다는 신념과 욕망 전반을 거부하는 것이다. 지금-여기를 작품에서 실현해낼 길은 과거-현재-미래를 연속적 관점에서 사유하는 대신, 과거에 근거해 현재 우리 의식에 각성이 일어날 수 있는 순간과 그 양상을 포착하고, 주관적인 시간 안으로 기억과 의식 전반을 담아내고자 시도하면서, 몽타주처럼 그것을 (있는 그대로) 제시하는 파편적 서술 방식에 의존할 때 가능성을 타진한다. 이때 성좌처럼 흩어져 있는 순간들과 순간들의 기억은 정연한 논리와 보편적 질서에 복종하는 것이 아니라, 서로가 맞물려 자율적으로, 무정형의 체계 속에서 상호 연관성을 바탕으로 작동한다.

사과 한 알과 몇봉지의 라면을 들고 걸어갑니다 바람이 골목을 뒤지고 달아납니다 언 땅속에 발목을 묻고 있는 나무들 한꺼번에 잎사귀를 토해냅니다 잎 진 자리마다 수류탄만한 어둠이 매달려 있습니다 불빛이 새어나오는 유리창 앞에 멈추어섭니다

방 안에는 식구들이 저녁을 먹고 있다 숟가락으로 국물을 퍼올리던 아이들이 웃음을 쏟아낸다 여러번 바뀌는 식구들의 표정이 방 안의 공기를 데운다 노란 불빛 한장이 유리창 밖으로 떨어진다 깔깔거리며 골목으로 굴러가는 불빛을 따라간다 유리창 밑에서 다음 불빛을 기다리며 쪼그려 앉는다 불빛이 떨어지자 손바닥을 펼친다 불씨가 사그라진다 박쥐의 날개처럼 펼쳐진 손바닥에 작은 얼음덩어리가 박힌다

유리창에 김이 서려 있습니다 차가운 공기를 만나면 스스로의 무게로 떨어지는 물방울, 버틸 수 없을 만큼 흔들리는 나무들 제 몸의 온기로 간신히 서 있습니다 라면 봉지를 포개놓은 듯 눌린 건물마다 하나씩의 왕국이 차

려져 있습니다 언제 터질지 모르는 불빛을 밟으며 하룻밤 사이 수많은 국경을 넘어갑니다

—김성규, 「국경 넘는 사내」[5] 전문

이 작품에서 텍스트의 외부는 어디/무엇인가? 내부와 외부의 경계는 확실히 구분되는가? 내부에서 도출된 말들은 내부 이외에 어디로 향하는가? 시간은 어떻게 구성되며, 어떻게 불려 나오는가? 이 작품은 과거와 현재, 심지어 미래에조차 그림자를 내뻗는 알레고리적 시선으로 조율되어 있다. 상징의 위계에 복종하는 대신, 기억의 저편에 자리하는 과거의 경험과 도시의 도처에 산재하는 불행의 지표들이 간헐적인 형상들로 서로 만나고 또 헤어지면서, 몽타주처럼 어우러진다. 김성규는 문명의 어두운 측면(보편적인 것)을 지지하는 강력한 신화를 열망하는 대신, 특수하고도 구체적인 사물에 눌어붙은 개인적 경험을 과거와 현재의 틈을 열고서, 순간과 파편들의 사건처럼 재구성해낸다. 작품 전반에서 알레고리는 "사람들이 겪게 된 경험을 갖고 상품이 만들어내는 무언가를 대변"[6]하는데, 이는 불행이라는 주제의식이 과거나 미래뿐만 아니라, 거리에 나뒹구는 "라면봉지"에도, 어디선가 불어온 "바람"이 쓸고 간 도시의 "골목"이나 "언 땅속"에도, "불빛이 새어나오는 유리창"에도 제 흔적을 드리우며, 마치 도처에 떠도는 항성처럼 재현되고 있기 때문이다. 중요한 것은 "유리창"이라는 알레고리적 장치를 통해 시에서 현재와 과거의 교차로가 만들어지고, 불행이라는 주제의식이 몽타주처럼 구축되어, 확정 가능한 상태를 끊임없이 부인하면서 해석의 경로를 한층 부풀려간다는 데 있다. 묘사체의 서술형 종결어미에 의지해, "유리창" 너머로 본 2연의 가족 풍경은 담담한 과

5) 『너는 잘못 날아왔다』, 창비, 2008.

6) 발터 벤야민, 『아케이드 프로젝트』, 앞의 책, 788쪽.

거의 순간을 현재라는 액자를 열어 잠시 엿보는 매우 순간적인 사건으로 전환되며, 바로 이와 같은 두 시제의 넘나듦 속에서 이질적인 과거-현재가 충돌하며, 새로운 요소가 시에서 빚어지는 것이다. 이처럼 상이한 두 순간의 중첩으로 야기된 '옛 것'과 '현재 것'의 충돌은, "스스로의 무게로 떨어지는 물방울"의 위태로운 상태에 대한 알레고리인 "수류탄"이나 "얼음 덩어리"와 한데 포개어지면서, 파괴를 암시하는 또다른 알레고리로 거듭난다. "낡은 것과 새로운 것이 철저하게 상호침투하고 있는 형상들"이라고 해도 좋을, 이 이질적인 요소들의 충돌은 알레고리의 시선에 의지해 파괴, 위태로움, 절망, 파편, 분출이 시 전반에서 조절되고 있는 사실과 무관하지 않다. 대도시 문명의 "왕국"과 "라면 봉지를 포개놓은 듯 눌린 건물" 사이에 팽배하게 들어선 긴장감이 느껴지지 않는가? 문제는 늘, 긴장을 어떻게 유지하고 또 조절하는가에 있다. "언제 터질지 모르는" 알레고리적 요소들이 시 전반에 대립구도를 조성해내고, 불행의 알레고리가 되어, "끝없이 퍼져나가는 불빛"처럼 기능한다는 점을 빼놓고서, 이 시의 가치를 헤아릴 수는 없는 것도 바로 이 때문이다. 하늘의 성좌처럼 여기저기 흩어져 있는 이 불행의 알레고리들은, 벤야민의 아래 지적처럼, 상호연관성이라는 막사 안에서 시 고유의 질서를 구축해내기 위해, 때론 연대하고, 때론 홀로 가면서, 세상이라는 전쟁터에서 훌륭히 제 임무를 수행해낸다.

> 그가 사용한 어휘 가운데 어떤 낱말도 단번에 하나의 알레고리가 되도록 예정되어 있지 않다. 낱말은 경우에 따라, 문제의 내용에 따라, 정탐되고 포위되고 점령될 차례를 맞는 주제에 따라, 그 알레고리의 임무를 받아들인다. 그는 자신에게 시(詩)를 의미하는 이 기습을 위해 자신의 고백조 이야기 속에 알레고리들을 투입한다.[7]

7) 발터 벤야민, 『보들레르의 작품에 나타난 제2제정기의 파리』, 김영옥 · 황현산 옮김, 길, 2010, 173~174쪽.

김성규의 불행은 완성된 가상이나 근원적 고통을 상정하는 것이 아니라, "하룻밤 사이 수많은 국경"을 넘나들어야 하는, 저 익명의 다수가 겪는(은) 불행이자, "불빛이 새어나오는 유리창"처럼 산재되고 파편화된 경험과 기억의 고통에서 야기된 것이며, 오로지 알레고리적 시선으로만 담아낼 수 있는, 그러니까, 그 때와 저 장소를 확정짓기 어려운, 개인적인 동시에 공동체적인 불행인 것이다.

3. 기억의 파편과 에크리튀르의 특수성

알레고리는 애매하고 예민하며, 때론 난삽하다고 말할 수밖에 도리가 없는 풍경을 기습적으로 시에 내려놓고, 몽타주처럼 기억과 경험을 중첩시킨다. 그 언어는 파편적이어서, 어떤 시점을 취하는지, 어디서 이야기가 시작되는지 그 여부를 파악하기 어려운 경우가 대부분이다. 알레고리의 시선은 과거와 현재를 교차시키는 시선인 동시에, 이로 인해, 알 수 없는 시제를 시에 끌어와 예기치 않은 결과를 낳기 때문이다. 잊을 수 없을 만큼 강력하게 각인된 인간의 기억은 어쩌면 이성적 판단을 유보하는 경향이 있는 것일지도 모른다. 이성적이고 합리적인 시선 저편 건너에, 나 모르게 휘감겨 타오르는 불확실한 감정이 기억의 주변에 아우라가 되어 떠돈다. 이 기억을 감싸고 있는 아우라를 현재에 불러내는 길은 오로지 알레고리에 의지해 그것을 기록하고자 할 때이다. 다시 비유하자면, 알레고리는 프루스트의 "마들렌 과자"와도 같은 것이다. "내가 어디 있는지 알려고 애를 쓰는데, 좀처럼 성공하지 못하고, 모든 사물이, 고장이, 세월이, 어둠 속 나의 둘레를 빙빙 맴돌"[8] 때, 그것을 입에 무는 순간, "나의 몸 안에 이상한 일이 일어나고 있는 것을 깨닫고, 뭐라 형용키 어려운" 상

8) 마르셀 프루스트, 『잃어버린 시간을 찾아서 1』, 김창석 옮김, 국일미디어, 2010, 11쪽.

태로 나 자신을 몰고 가게 되는, 홍차에 적신 저 과자와도 같은 것이 시의 알레고리인 것이다. 그 향기가 뻗어 가닿은 내 기억의 미지와 같은 세계는, 하나로 수렴되는 총체성, 즉 상징의 영토에 속하는 것이 아니라, 만화경같이 파편적으로 흩어져, 끊임없이 그 순간과 순간을 환기하며 적어낼 수밖에 없는, 그러니까 잠재적 세계이다. 잠재의 세계를 기술해나갈 알레고리적 에크리튀르는 무엇인가?

알레고리와 상징의 관계적 역전이 오로지 자본주의, 기술복제 시대를 맞이하여 개진되었다는 점을 새삼 지적하는 것이 필요하겠다. 자본주의의 구체적이고 다양한 생산물에는 자연의 신비를 걷어낸 새로운 이데올로기가, 자연의 감추어진 이면이, 보편을 배반하는 독특한 감각이 편재한다. 알레고리는 바로 여기서 힘을 얻고 자양분을 취해온다. 기술복제 시대에 상징에 기댄 숭고한 시각으로 세계를 바라보는 것은 노스탤지어와 복고의 취향을 실현하고자 하는 의지를 반영할 뿐이다. 이 경우, 시의 지금-여기는 취소되거나, 취소될 운명에 처한다. 알레고리가 서정시를 지탱하는 신화에 사망을 선고하는 것도 이 때문이다. 현대 시인은 모두 알레고리의 시선으로 시를 쓰는 자라고 말해야 하는 까닭이 여기에 있다. 자본주의사회를 지배하는 상품의 기만적 행위나 화폐라는 등가물이 가하는 폭력은 서정시를 쓰던 시대의 감수성으로는 견뎌낼 수 없을 만큼 파편적이고 분산적이기 때문이다. 자본주의의 총체성, 내적 구성물 하나하나의 조화를 시가 열망한다면, 시는 진보를 확인하고자 했던 저 그릇된 망상의 자리로 되돌아올 뿐이다. 상품의 프로파간다나 광고 문구, 속류 마르크시즘의 계율에는 자본주의의 본질에 대한 비판이 아니라, 테크놀로지에 대한 숭배가 자리하고 있었다는 사실을 기억해야만 한다. 알고 있는 것을 다른 것으로 말하기라는 전통적인 의미의 알레고리가, 모든 사물들을 상품으로 대치해나가는 헤아리기 어려운 속도와 인간의 소외, 저 폐허와도 같은 공허함을, 지금-여기에 소급해내는 가장 효과적인 수단으로 각광받는다. 알레고리는 이렇게 더이상 서정시를 쓸 수 없는 시대의 산물, 즉 변화한 세계의 추이를 담아내고자 하는 새로운 시선이자, 삶의 양식과 지식의 점유 방식이 점점 분산되어가는 현대사회에서 수수께끼와도 같은 사유의 파편들을 한데 포개어놓으며, 미지에 가까운 의미를, 의미가 생성되는 과정과 그 순간의 조각들을 서로 이어보려는 힘겨운 몸짓이라고 해야 한다. 알레고리를 기술복제 시대의 빛나는 미학적 요소로 전환해놓은 벤야민은 "알레고리 시인의 제스처"에 대해 이렇게 말한다.

> 사유하는 자에게 인간의 지식은 특별하게 함축한 의미로 이루어진 단편이다. 그는 임의로 썰어낸 조각들의 더미와 닮은꼴인 인간의 지식을 가지고 퍼즐을 맞춘다. 명상을 적으로 삼는 시대에도 퍼즐 안에다가 그 제스처는 유지해왔다. 이 제스처가 특히 알레고리 시인의 제스처인데, 그는 자신의 지식이 배치한 흩어진 더미들 안에서 이 조각을 여기저기서 취해보고, 이 조각을 다른 조각 옆에다가 놓아보며, 조각들이 한데 어울릴 수 있는지 시도해본다. 예컨대 이런 뜻이 이런 이미지와, 이런 이미지가 이런 뜻과 서로 통하는지 시도해보는 것이다. 그 결과는 아무도 예측할 수 없는데, 왜냐하면 그 조각들 사이에 자연스러운 매개가 없기 때문이다.[9)]

알레고리와 반대로 상징은 유추와 매개를 전제로 한다. 예컨대 감각적 대상과 형이상학적 대상 사이의 보편적 유추가 가능하다는 사실을 전제하는 것이 상징이라면, 알레고리는 이 둘의 하나 됨보다, 어긋남에서 제 본질과 특성을 찾아나선다. 알레고리가 시의 본령으로 진입한 것은, 쉽게 말해, 현상과 본질, 우주와 세계, 개인과 국가, 기억과 시간의 일치 상태를 전제하기 어려운 시대를 맞이했기 때문이다. 양자 간의 일치는 자본

---

9) W. Benjamin, *Paris, capitale du XIXe siecle*, Cerf, 1989, pp. 385~386.

주의라는 토양, 대도시의 삶 속에서는 찾아보기가 힘들어진 것이다. 하나의 기원에서 뻗어나온 자연, 형이상학, 보편성은 지금의 현실에서는 증명되기 어려운 것이며, 대도시의 등장과 더불어 신학적이고 본질적인 상징 역시 자본의 본령인 상품의 알레고리로 차츰 대치된 것은 어쩌면 당연한 역사적 귀결이라고 볼 필요가 있다. 자연의 풍경에서 우주의 질서와 신의 성령을 찾아, 그 잔존의 이미지를 모든 관념에서 복원하고자 했던 사람들은, 대도시의 쓰레기통과 뒷골목, 군중으로 북적거리는 대로와 창고 안에서 썩고 있는 상품 더미를 뒤적거리며, 온갖 일상적인 주제에서 현실의 파편, 현실의 이면, 현실의 지금-여기에로의 재현 가능성을 타진하고 복원하는 일에 착수하는 "고고학자"(푸코)나 "넝마주의자"(보들레르)일 수밖에 없는 것이다. 이렇게 상징의 아우라가 사라진 곳으로 시는, 하늘에서 현실로 알레고리라는 구름을 타고 내려온다. 물음으로 되돌아오자. 알레고리의 언어는 어떤 방식을 취하는가?

> 새를 봤냐고? 새장 말고 광장 말고 널 따라 휙휙 날아다니는 새를 잔뜩 흐린 날 북쪽의 성채를 바라보며 밀레나에게 편지를 쓰고 있을 때 휙 창으로 들어온 새가 미쳐 날뛰다 푸른 항아리를 깨고 벽에 걸려 있는 아버지 사진 위에 앉아 관찰하려는 듯 날 쳐다볼 때 나가라 나가 팔을 휘저을 때 부르짖을 때 이 저녁은 공포는 어디서 왔나 저 부리와 징그러운 발과 찢어져 날리는 깃털과 먼지는 어디서 왔나
>
> 난 납작 엎드려 정원으로 나온다 내 방에 새가 들어왔어 빨리 가서 죽여 병사는 자기 업무로 너무 바쁘다고 말한다 내 책상에 똥을 쌌을지 몰라 잉크병을 엎질렀을 거야 새는 무슨 새 말이니? 너무 가까이 있어서 몰라 그 녹색 앵무새는 네가 죽였잖아 난 울면서 안아달라고 부탁한다 키스해줘 그가 꽁초를 주워서 피운다 엄청 취한 게 분명해 내 입 냄새 때문인지 납작한 가슴 때문인지 소문대로 진짜 이성애자인지 제기랄 소심하고 비겁한 녀석

은 다리가 곧 끊어질 것처럼 도망쳐버린다 정원의 녹슨 다리 난 이 다리를 수백 번 폭파했고 다리 아래로 숱하게 사람들을 밀쳤다 맹목적인 아카시아 꽃 냄새 하지만 다리는 또 녹슨 채 녹슬어가고 다리 아래 골짜기로 추락했던 사람 몇몇은 언제나 내 다리를 쥐고 기어올라온다

오 밀레나 넌 왜 안 올라오는 거야 사라지면 사랑할 줄 알았어? 깃털 아래 더러운 발목을 부서진 부리를 한 번도 날아본 적 없는 추잡스러운 색깔의 날개를 보여달란 말야

성벽에 기대 글을 쓴다 쓰는 일이 유일한 탈출이라고 믿는 초심자처럼 재작년에 「성으로 가는 길」이라는 제목의 글을 쓰다 말았다 작년에도 나는 「성으로 가는 길」이라는 제목으로 글을 썼다 그것을 스웨덴 조류협회 사보에 발표했다 지면에서 다시 읽게 되었을 때 울지 않을 수 없었다 정말 더럽게 못 쓴 시였다 한 그룹의 인간들한테 왕따와 괴롭힘 당하고 끌려온 사건을 늘 그랬지만 새삼스레 쓴 게 잘못이었다 그들을 용서하려고 쓴 게 잘못이었다 맹목적으로 썼어야 했다 난 화가 났고 울었고 거의 언제나 나는 화가 나 있거나 울고 싶은 심정이다 그래서 내 시는 불쾌하겠지만 이렇게 글을 쓰는 동안 시간이 없기 때문에 나는 복수를 유보하고 살인을 포기한다

내가 「성으로 가는 길」이라는 시 제목에 집착하는 건 독문학을 전공하던 시절 카프카의 원서 강독에 골탕을 먹었거나 지금은 그나마 독해 실력도 깡그리 사라져 다시 그렇게 읽을 수 없기 때문일 것이다 집착이나 중독의 문제를 생각할 때마다 이렇게 자신을 속이게 된다 나쁜 버릇이라고 생각하지 않는다 나는 때때로 오늘이 지나면 재작년이 된다고 믿는다

여기 오던 날 문지기한테 표를 주었고 그는 그 표를 반으로 찢어 그림이 있는 초록색 부분을 나에게 되돌려주지 않았다 제기랄 영구차에서 아버지가 날 불렀다 돌로 쌓은 성벽 그 너머 보이는 강과 마을 도롱뇽이 우글거리는 샘 산책하기엔 날씨가 너무 더웠다 그늘에 앉아 도시락을 열었는데 장갑 한 짝이 나왔다 무릎에 종이를 놓고 글씨를 썼다 독일어 교본이었다 갑

자기 쇠로 만든 동상이 그 거대한 몸뚱이가 꼬꾸라져서 난 꽉 붙들고 있어야만 했다 비둘기도 쫓아야 했고 전화기는 없는데 벨이 계속 울렸다

안개와 첨탑과 장벽이 둘러쳐진 컴컴한 들판에서 난 목을 빼고 강을 내려다본다 새들은 날아간다 그냥 제가 알아서 어쩔 수 없으니까 내 방의 새는 거대한 동상이 되어 나를 덮치려고 기다릴 것이다 나를 둘러싼 것들이 내 주검을 기다린다 자질구레하게 모아둔 티켓 박스에는 죽은 새와 마른 꽃잎만 수북하고 내가 여기 있다는 흔적이 없다 유원지 유령의 성에도 간 적 없다는 거다 나는 거의 화가 나 있거나 슬픔에 잠긴다 쓰면서 포기한다 언젠가 밀레나와 함께 이 성을 빠져나가면 「성으로 가는 길」을 세말한 약도처럼 쓸 수 있을 것이다

—김이듬, 「성으로 가는 길」[10] 전문

김이듬의 시에서 통사적이고 문체적인 굴절과 변용이 가하는 충격이 매우 강렬하다면, 그것은 말을 전개하는 과정에 "알레고리의 목록: 예술, 사랑, 쾌락, 후회, 권태, 파괴, 지금, 시간, 죽음, 공포, 슬픔, 악, 진리, 희망, 복수, 증오, 존경, 질투, 사념"[11]이 줄줄이 딸려 나오기 때문이다. 어떤 방식을 취하고 있는가? 우선 그 어투의 특이함을 지적할 수 있겠다. 이 작품은 단순한 수다가 아니다. 아무 말이나 막 늘어놓은 것도 아니다. 어떤 효과를 창출하는 것일까? 몽환적인가? 초현실주의적인가? 자유연상기법에 의지한 결과인가? 통사 단위를 구분하는 데서 오는 이 애매함과 이 애매함이 감싸고 있는 매력은 무엇이며, 그 매력의 가치는 어디에서 발생하는가? 완전히 새로운 문장의 구성을 목전에 두고서, 우리가 할 수 있는 말은, 이 작품이 무엇보다도 우선, 구어(口語)와 문어(文語)의 경계를 현란

10) 『말할 수 없는 애인』, 문학과지성사, 2011.

11) 발터 벤야민, 『아케이드 프로젝트』, 앞의 책, 786쪽.

하게 교란하고, 결국 붕괴해낸다는 것이며, 같은 말의 다른 쓰임이나 과거의 현재적 교체를 통해, 알레고리의 시선을 확보해낸다는 것이다. 알레고리적 기술 방법에 관해서 벤야민은 이렇게 말한다.

> 어구의 철자 바꾸기 놀이(Anagramm), 의성어적 표현들, 그리고 여타 종류의 많은 인위적 언어 조작들 속에서 단어와 음절과 소리는 전승된 모든 의미연관에서 해방되어 알레고리적으로 맘껏 이용될 수 있는 사물로서 으스대며 등장한다.[12]

김이듬의 시에서 "알레고리적 직관의, 분쇄하고 분열시키는 원칙이 거기서 관철되고 있다"[13]고 한다면, 상징을 이루는 "의미연관에서 해방"된 에크리튀르의 실천이 작품 곳곳을 활보하기 때문이다. 시제를 예를 들어보자. 자문자답의 형식을 취한 것은 가짜 질문이지만, "새"에게로부터 돌출된 지금-여기서 내가 던진 질문 하나가 화살처럼 날아가 겨냥한 저 언저리에는 이미 과거가 놓여 있으며, 과거의 아버지를 현재에 재빠르게 낚아올려 반듯하게 "사진"처럼 세워두고서, 현재에서 압박해오는 기억의 반열에다가 이 모든 것을 새의 몸과 한데 포개어 제시하고, 독서의 경험이라는 또다른 장치를 동원하여, 마치 영화 〈인셉션〉에서처럼, 기억의 층위를 겹겹이 포개어놓았다. 경쾌하면서도 뭔가 불안하고, 불안하면서도 묘하게 감겨오는 독서 후의 신선한 충격과 그 속도감, 섬뜩한 전율이 독자를 다소간 충격에 빠뜨린다면, 그것은 알레고리의 시선을 통해 작품 전반이 제어되고 있기 때문이다.

알레고리의 시인이 우연에서 시를 착수하는 것 같아도, 시를 마주한 우

12) 발터 벤야민, 『독일 비애극의 원천』, 김유동 · 최성만 옮김, 한길사, 2009, 310쪽.

13) 같은 책, 311쪽.

리가 이 우연에 대해, 이 우연을 가장한 모험에 대해, 할말을 아예 잃을 수는 없다. 낱말의 동향을 기반으로 인과를 잡아내는 것, 동사의 시제와 종결어미의 변화를 헤아려 시간의 깊이를 측정해보는 것, 주어의 기울어진 각도를 기준으로 시점을 가늠해보는 것, 이렇게 스케치가 완성되면, 우리는 김이듬의 시가 기억과 독서와 개인사를 지금-여기에서, 마치 흑백사진을 천연색과 겹쳐놓듯 적어내었다는 것을 발견하게 될 것이다. 눈에 띠지 않으면서, 주장하지 않는 척하면서, 증언하거나 묘사하지 않으면서도, 어떤 압력을 행사하고 압박을 가하는 행위가 알레고리에 따라 작품 전반에서 실천되고 있는 것이다. 김이듬의 시는 알레고리적 균열과 붕괴 속에서 말할 수 없는 것을 말하려 할 때 필연적으로 찾아오게 되는 비극을 "내 주검"과 "슬픔"과 "화" "포기"로 치환해놓는다. 이 비극은 비단 바로크 시대의 비애극에서뿐만 아니라, 현대시가 알레고리를 통해 표현하고자 하는 고통이기도 하다.

> 모든 슬픔에는 침묵에의 경향이 내재하며, 이 점은 전달의 무능함이나 전달의욕의 부재보다 훨씬 더 많은 것을 함축한다. 슬픈 것은 인식할 수 없는 것에 의해 철저하게 인식되고 있다고 느낀다. 이름이 불린다는 것은, 이름 부르는 자가 신과 같은 존재이고 신의 축복을 받은 자일 경우조차도, 어쩌면 늘 어떤 슬픔에 대한 예감으로 남아 있는지도 모른다. 하물며 이름이 불리지 않고 단지 읽힌다는 것, 알레고리 작가에 의해 불확실하게 읽히고 그 작가를 통해서만 지고한 의미를 갖게 되었다는 점이 얼마나 더 큰 슬픔을 불러일으킬 것인가는 더 말할 나위도 없을 것이다.[14)]

알레고리적 시선 안에서는, 단단해 보이는 것도 착시를 배제하지 못하

14) 같은 책, 336~337쪽.

며, 튼튼한 결속과 가지런한 정렬 역시 불안과 우울과 몽상의 결과처럼 나타날 뿐이다. 오로지 좌절과 실패를 경험하고서야 희망을 찾아보는 것, 오로지 폐허 속에서만 미래를 가늠해보는 것, 오로지 죽음 속에서만 삶을 직시하고자 하는 것, 알레고리는 바로 이런 힘겨운 몸짓을 시에서 만들어내는 원천이다. 상징이 단호하고, 견고하며, 이성적으로 자기 자신을 과시한다면, 알레고리는 산만하고, 어지럽고, 이질적으로 자신의 겹을 늘려간다. 상징이 항상, 자기가 기다리는 답을 갖추고 있다면, 알레고리는 예측할 수 없는 답을 추정하게 만든다. 추상적 추론을 버팀목으로 형이상학의 꼭대기에 도달하여 아래를 굽어보는 것이 상징이라면, 알레고리는 경험하지 않으면 알 수 없는 것들을 가지고, 고정된 상이나 관념을 산만하게(따라서 구체적으로) 흐트러뜨린다. 달을 가리키는 것이라면 응당 달을 봐야 한다고 말하는 것이 상징이며, 가리키는 손가락의 모양새를 향해 시선을 분산시키는 것, 세상에 제각기 드리운 달빛의 편린들을 어수선하게 펼쳐놓으려는 것이 알레고리이다. 알레고리의 시선에서 큰 부분이 보이지 않는다는 사실은 중요하지 않다. 알레고리의 시인들은 작은 것을 놓치지 않는 것이 삶과 세계의 좌표를 만들어낸다고 생각하기 때문이다.

4. 알레고리, 근대 대도시의 산물

알레고리는 근대 대도시의 산물이다. 알레고리는 기계복제 시대 이후의 풍경을 담아낼 필연적인 기법이며, 운문을 버려야만 했던 시대적 요청에 부응하고자 하는 몸부림이었다. 서정시를 더이상 쓸 수 없는 시대, 낭만주의적 세계관, 보편적 유추가 더이상 가능하지 않을 것이라는 사실을 깨달은 바로 그즈음, 상징은 힘을 잃고, 알레고리가 현실을 반영할 훌륭한 매개로 자리잡는다. 대도시가 상징을 필요로 하지 않는다는 말이 아니라, 상징이 제 위계를, 그 위용을 뽐내며 대도시가 요구하는 사유와 언어를 다독거리지 못한다고 말하는 게 옳겠다. 그곳에서 "하나의 거리, 하나의 화재, 하나의 교통사고는 사회적 계급으로 정의되지 않는, 그저 사람으로서의 사람들을 집합"[15]시킬 뿐이기 때문이다. 대도시에서 우리는 익명을 전제로 사람들을 만나고, 거리가 집이며 집이 거리이도 한, 사적인 것과 공적인 것 사이의 전통적인 구분이 다소 모호해진 공간(대형 유리창이 달린 카페, 사무실, 버스 안, 광장, 공원, 전시장, 놀이공원, 대형 상점, 극장, 체인 레스토랑)에서 대부분의 시간을 보내며, 공고한 지침보다는 스치고 지나가듯 내려앉은 이미지에 사로잡히거나, 탄탄하고 진솔한 강령이나 가상의 신화보다는 소모적이며 일회적이며 복제된, 상황에 따라 결정될 뿐인 의미의 자잘한 운동들이 대도시에서 삶을 구성하는 실질적 주체이기 때문이다. 작품의 바깥에 놓인 어떤 사실을 작품 안에서 확인해야만 의미를 걸머쥐게 된다는 알레고리의 시선은 신화와 상징이라는 거대 담론이 사라진 자리에서, 대도시에서 사유의 편린들을 쥐고서, 바깥에 놓인 이 파편적인 것들을, 파편적인 방식으로 재구성해낸다.

> 갑은 쿵후를 배웠다 / 을은 한강대교에서 다이빙을 배우고 싶었다 / 난 남자니까 / 치부를 건드렸다 / 갑은 부엌칼을 흉기로 간주했다 / 을이 저기 간다 / 을은 사람이 좋았다
>
> 쥐의 백혈구 수치에 관한 실험을 했다
>
> 갑은 축구공으로 유리창을 깼다 / 을은 벌써 세 번이나 약속을 깼다 / 선생님은 우리에게 깨어 있는 사람이 되라 했다 / 갑은 종전 기록을 깨고 새로운 기록을 세웠다 / 달러화 약세의 전망으로 금(金) 가격은 상승했다

15) 발터 벤야민, 『보들레르의 작품에 나타난 제2제정기의 파리』, 앞의 책, 118쪽.

미술심리치료 학원에 갔다
불을 지르고 싶었다
그림을 그렸다
칭찬받았다

곰인형은 정말 위험한 눈동자를 갖고 있구나 / 인간의 소외는 노동의 소외에서 비롯된다 / 빗방울 소리에 더 자유로워졌다 / 이것은 방이 아니다 / 톱상어는 인류에게 칼에 관한 착상을 제공했다 / 문명은 18세기 프랑스의 궁정 예의범절을 의미했다 / 그림자를 닮았잖니 / 을은 김치를 먹었다 / 갑은 팥빙수를 좋아해

이 세상 소풍은 재미있니?

소득이 낮은 근로자 B씨 / 은퇴한 사업가 C씨 / 사무직 근로자 D씨 / 편의점 알바생 A씨 / 이들은 모두 고시원에 산다

을은 소통한다 그러므로 망치는 무겁다

—최승철, 「갑을 시티 1」[16] 전문

적절한 물음은 처음부터 준비되는 것은 아니다. 여러 파편적 사고가 모여 집합을 이루어나가다가 하나의 적절한 질문이 도출되는 것이다. 완전히 이질적이고 다양한 사고들이 모여, 새로운 사유의 활로를 뚫고 전진하는 획기적인 질문을 낳는 것이다. 예컨대, 신문 기사를 그대로 적어놓은 것 같은 낯선 문장들의 배치에서, 연관성을 벗어난 "갑"과 "을"의 이 가

16) 『갑을 시티』, 문예중앙, 2012.

짜 대화에서, 이 둘을 심드렁하게 바라보는 나의 "쥐의 백혈구 수치에 관한 실험"과 "이 세상 소풍"에서, 대도시의 비애가 전혀 비극적이지 않은 방식을 취하여 작품 안으로 흘러들어온다. "/"는 문장과 문장 사이의 단속적인 분열을 강조하기 위해 동원된 장치이자, 파편처럼 흩어지는, "모두"가 고립되어 살고 있는 "고시원"의 삶을 빗대는 알레고리적 기호이기도 하다. 알레고리적 시선의 교묘함은 "유리창을 깼다" "약속을 깼다" "깨어 있는 사람이 되라 했다" "종전 기록을 깨고"처럼, 공통된 낱말 "깼다" 하나만을 고정시켜놓고, 나머지 부분을 여기에 덧붙이는 식으로 연 전체를 구성해놓아, 그 구성 자체만으로 파편적 글쓰기를 실천하였지만, 이것이 알레고리의 진면목을 보여주는 전부는 아니다. "소득이 낮은 근로자 B씨 / 은퇴한 사업가 C씨 / 사무직 근로자 D씨 / 편의점 알바생 A씨"의 실질적 거주지 "고시원"에서의 고립된 삶이, 문장의 구성과 호응하면서 파편적으로 그려지고 있다는 점, 시가 내내 견지해온 기이한 조합, 가령, "을은 김치를 먹었다 / 갑은 팥빙수를 좋아해"나 "갑은 부엌칼을 흉기로 간주했다 / 을이 저기 간다"처럼, 마치 '밥 먹었니?'에 대한 대답에 '잘 잤어'라고 응답하는 식의, 어색하고 이질적인 문장의 배치와 구성을 통해, 소통 불가능의 삶을 그리며 "일상적인 삶들의 연관성에서" 성공적으로 "분리되어 나온다"는 사실도 기억해야만 한다.

> 알레고리적 의도에 포착된 것은 일상적인 삶들의 연관성에서 분리되어 나온다. 즉 분쇄되는 동시에 보존된다. 알레고리는 잔해를 붙잡는다.[17)]

최승철의 작품에서 "연관성에서 분리"되어 나온 문장들은 "분쇄되고 동시에 보존"되는데, 여기서 주목해야 할 것은 "잔해를 붙잡는" 저 "알레고

17) 발터 벤야민, 『아케이드 프로젝트』, 앞의 책, 786쪽.

리적 의도"를 바탕으로 작품 전반의 얼개가 형성된다는 점이다. 가령, 5연을 주목해보자. "곰인형은 정말 위험한 눈동자를 갖고 있구나"를 읽으며 우리는 1) 집안에 곰인형이 있다 2) 부업으로 곰인형을 만든다 3) 곰인형을 만드는 수제 노동자의 분노를 표현한 것이다, 라는 세 가지 가설을 세워 볼 수 있다. 그러나 이어지는 문장 "인간의 소외는 노동의 소외에서 비롯된다"에 이르러, 세번째 가설만이 타당성을 획득하게 된다고 생각하게 될 것이며, 그 순간, 다음의 "이것은 방이 아니다"는 구절 역시, 내가 일하는 공간, 저 도시 빈민촌 어딘가의 골방의 협소함과 그곳에서 울려나오는 비극에 대한 비유로 보이기 시작할 것이다. 나아가 이 협소한 공간인 "방"에 대한 비판이나 부정("이것은 방이 아니다")은 "톱상어는 인류에게 칼에 관한 착상을 제공했다"라는 다음 구절에 이르러, 매우 위험한 물건이나 그러한 행위(예컨대, 시에서 등장하는, "흉기"로 간주된 "부엌칼", "방화"의 욕망, "망치")에 해당된다고 하라도, 진보라는 이름으로 그것을 고안하기를 그치지 않아온 "인류"에 대한 비판과 탁월하게 연관되어, 비판의 효과를 기습적으로 증폭시킨다. 이렇게 "문명은 18세기 프랑스의 궁정 예의범절을 의미했다"라는 마지막 구절에 도착했을 때, 우리는 문명 전반을 비판하는 강력한 알레고리 하나로 시 전반이 탁월하게 제어되고 있다는 사실을 이해하게 된다.

도시 문명에 대한 비판적 시각은 오로지 알레고리적 시선의 산물이며, 알레고리적 특성에 의해서만 효과적으로 (그 특징을 살려내면서) 재현될 수 있는 것이다. 최승철의 시에 국한하자면, 그 과정에서, 자신이 적은 시 자체에 대한 불신감이 배제되어 있는 것은 아니다. 예컨대, 각각의 연이 그 무엇도 명확히 지시하지 않은 것과 유사한 상태를 견지해내고 있기 때문이다. 우리는 이 "알레고리적 제스처"를 스스로 묻혀가는 매몰의 과정을 완성해나가는 문장들의 몸짓이라고 불러도 좋을 듯하다. 중요한 것은 최승철의 시가 이 "잔해"와도 같은 문장을 붙잡고서 문명 비판이라는 예기치 않은 커다란 밑그림을 기습적으로 그려낸다는 데 있으며, 벤야민의 지적처럼 "분쇄된" 것들을 매우 독특한 방식으로 "보존"해내는 데 성공하고 있다는 사실이다. 상징에 기댄 문명은 예컨대, 예정된 수순에 따른 것, 다시 말해, 그것의 남용이나 타락에 대한 처벌과 징벌(폼페이나 아틀란티스의 멸망처럼)을 배제하지 않는 동시에 문명(비판)을 통해 차후를 기약하는 건설이나 구원을 상정한다. 상징으로 쌓아올린 문명(비판)에는 희망(절망)이나 일말의 구원의 빛, 혹은 처벌의 입김이 서려 있다. 이때 문명은 사회적이고 역사적인, 현실에 굳건히 뿌리내린 문명이 아니라, 문명의 너머, 문명의 형이상학, 문명의 피안을 노정하는 문명일 뿐이다. 이와는 달리, 알레고리의 시선에 포착된 문명은 타락해가는 문명의 구체적인 얼굴이자 타락의 과정에서 고통을 겪거나 고통을 부여하는 문명의 행위이며, 완성이나 초월과는 거리가 먼 문명의 있는 그대로이기 때문에 또한 파편적인 기억에 의존해 묘사될 수밖에 없는 모습으로 제시될 뿐이다.

5. 알레고리와 비평

오늘날 우리 시가 난해하다거나 복잡하다고 말하는 여러 이유 중 하나가 여기에 있다. 시의 외부에서 끌어온 이야기나 지시 대상이 하나의 상징으로 가지런히 수렴되지 않을 때, 시가 난해의 탈을 쓰는 것은 어쩌면 필연적인 결과라고 볼 수 있다. 난해함은, 예컨대 소통의 부재를 개탄하며 쏟아낼 비난의 원인이라기보다, 19세기 중후반의 보들레르에게서 그랬던 것처럼, 알레고리가 현대사회를 살아가야 하는 자들에게 주어진 최소한의 비판적 성찰의 무기이며, 그 최후의 보루로 (젊은) 시인들의 마음속에 되살아난 것에 가깝다고 보아야 한다. 알레고리의 시선은 따라서 정치적이다. 시의 정치를 사건의 폭로와 정치적 억압에 대한 저항, 모순된 현실로의 앙가주망처럼 이해해온 저 교과서와도 같은 말은, 사건의 지시 불가능성, 억압 주체의 모호성, 모순된 현실의 비가시성이, 기실 언어만큼이나 다채로우면서 무한에 가까운 잠재적 지시 대상을 현실에 결부시킨다는 사실에는 주목하지 않는다. 그것이 파편적이라는 점에서, 아니 현실이라고 우리가 부르는 저 무한한 모순의 집합이 실은 비가시적으로, 그러나 편재한다는 사실을 너무나도 쉽게 망각하고 있는 것이다. 적(敵)은 그러므로, 사방에 있다.

우리들의 적은 늠름하지 않다
우리들의 적은 커크 더글러스나 리처드 위드마크 모양으로 사나웁지도 않다
그들은 조금도 사나운 악한이 아니다
그들은 선량하기까지도 하다
그들은 민주주의자를 가장하고
자기들이 양민이라고도 하고
자기들이 선량이라고도 하고
자기들이 회사원이라고도 하고
전차를 타고 자동차를 타고
요릿집엘 들어가고
술을 마시고 웃고 잡담하고
동정하고 진지한 얼굴을 하고
바쁘다고 서두르면서 일도 하고
원고도 쓰고 치부도 하고
시골에도 있고 해변가에도 있고
서울에도 있고 산보도 하고
영화관에도 가고
애교도 있다

그들은 말하자면 우리들의 곁에 있다

—김수영, 「하…… 그림자가 없다」[18] 부분

시는 정치와 역사의 '잠재성'을 실현하면서, 흑과 백으로 갈라선 이분법이나 추상적인 범주, 확고한 분류가 포착하지 못하는 사회와 문화, 정치와 역사의, 우리가 흔히 인간의 정신활동이라고 말해온 총괄적 체계와 그 역사성을 사유하기 위한 잘 알아주지 않는 도전이다. 아직 문밖에서 서성이고 있는 것, 앞으로 다가올 것, 과거에 존재했던 것, 이 모든 것을 '지금-여기'에 끌어다가 잠시 펼쳐놓는 것, 그 단정치 못하고 형상을 갖추기 어려운 일을 수행하는 것이 바로 알레고리이다. 김수영은 전통과 근대, 한국과 서구, 한국어와 영어, 산문과 시, 일상과 역사, 창작과 번역 등의 이항대립의 구조에서 벗어나, 한 시대의 알레고리적 몽타주를 가지고서 새로운 실험을 해나갔다. 하나의 항에 기대어 나머지 하나를 지배하거나 부정하는 것이 아니라, 두 항의 긴장 상태를 최대치로 끌어올려 이분법을 파괴할 새로운 통로를 개척한 것은 그가 지금-여기의 실천으로서 알레고리의 의미를 정치하게 이해하고 있었다는 사실과 무관하지 않다. 그 과정에서 김수영은 자신이 경험한 이질적이고 서구적인 것들을 일방적으로 추앙하거나 단호하게 부정하는 것이 아니라, 그 맞은편에 속할지도 모르는, 필경 김수영 자신의 내면을 지배하고 있었을 한국적인 것과도 치열하게 싸워야만 했을 것이다. 김수영에게 시는 편재하는 적들과의 대면이자 투쟁이었으며, 그 파편을 쫓아야 하는 미완의 형식이었을 것이다. 김수영에게, 아니 알레고리의 시인들에게 시가 곧 비평인 이유가 여기에 있다. 완결성을 추구하는 상징과 대척점에 놓여, 미완의 형식으로 주어질 수밖에 없는 미지의 시간을 사유할 때, 시는 비평과 분리되지 않기 때문

18) 『거대한 뿌리』, 민음사, 1995.

이다. 시에서 기원을 소급하면, 시의 현재가 소멸되고 붕괴된다. 시의 정치성은 시의 현재적 가치에 대한 물음에 다름아닌 것이다. 모든 비평은 하나의 텍스트에서 다른 텍스트의 흔적을 살핀다는 점에서, 텍스트 안에서 외부의 겹쳐지는 몽타주를 읽어낸다는 점에서, 일종의 알레고리이다.

시의 생존을 결정하는 것은 사실 알레고리에도 상징 그 자체에도 있지 않다. 그것의 특수하고도 창의적인 활용과 저 실천에 달려 있을 것이기 때문이다. 어쩌면 작은 것에서 시작해야 하는 용기가 요구되는 것인지도 모른다. 삶을 뒤흔들 만한 파도가 몰려오는 건, 반드시 거대한 이유 때문인 것은 아니다. 작은 물방울이 견고한 것을 깨나가는 것인지도 모른다. 알레고리의 색채는 하나로의 귀결을 예견하며 혼합을 바라는 무채색이 아니라, 무채색의 바탕 위에서, 무채색을 구성하는 다양한 재료를 고안해내는 새로운 색채이며, 알레고리의 온도계는 동일한 도수를 나타내지 않으며, 영하와 영상이라는 이분법을 기계적으로 오가지도 않는다. 알레고리의 사상은 진보라는 가상과 보편이라는 이데올로기에서 착수하여, 시에 위화감을 조성하는 것이 아니라, 현실의 파편들을 부여잡고서 총체성의 가상을 부수어나가면서, 미지와 현실의 매개를 염려한다. 알레고리적 시선은 가책을 줄이려고 노력하면서 그 결과물로, 왼쪽 가슴에 어렴풋한 흉장을 남긴다. 알레고리적 휴머니티는 허리까지 늪에 빠지는 지경에 놓여서도 마냥 파란 하늘을 올려다보며 살 수는 없다는 사실을, 자각하고, 실천하고자, 선동한다.

(『시와시』 2012년 여름호)

취미 기준론 유감

1. 63빌딩에서 추락하는 경험주의자

오늘 63빌딩 꼭대기에서 누군가 떨어져 죽었다. 어제도, 그저께도 똑같은 일이 있었다. 한 달 전에도 삶을 비관하며 누군가 몸을 던졌는데 애석하게도 그만 죽고 말았다. 그럼 내일 마찬가지로 누군가 떨어진다고 가정할 때, 그 결과는 어떻게 될 것인가? 자명해 보이는 이 결론을 흄이라면 다르게 말할 것이다. 그는 어제와 그제, 아니 일 년 내내 그랬다 하더라도 지금-여기에서 확신할 수 없는 경험으로 결과를 장담할 수 없다고 주장할 것이기 때문이다. 어제와 오늘의 사건이 개별적인 경험이며, 양자(① 오늘-높은 곳에서 떨어짐-중력의 작용-충격에 의한 사망, ② 어제-높은 곳에서 떨어짐-중력의 작용-충격에 의한 사망) 사이의 필연적 인과성이 존재한다고 가정하는 것은 연역적인 생각에 젖은 관념론자들의 착각일 뿐이다. 그렇다면 존재와 세상에 대한 연역적 추론 전반이 헛소리에 불과하다는 것일까?

흄에 따르면 오로지 내부에 축적해놓은 지각들의 총합만이 우리의 정체성을 구축하며, 이 지각들은 우리의 온갖 감각에서 빚어진다. 감각은 선험적인 인식이나 연역적 추론의 결과물이나 그로부터 비롯된 현상이 아니라, 구체적인 경험을 우리에게 날라다준다. 경험된 것, 정확히 말해 다양한 지각현상을 통해 내 감각이 불러일으킨, 구체적이고 확고부동한 것들을 제외하고는 자신을 확신할 수도, 자아라고 부르는 것에 오롯이 도달할 수도 없다는 것이다. 세계를 오로지 부분적으로(local) 담아내는 지각들만이 공존할 뿐, 이를 제외하면 우리의 인식은 우리 너머의 세계로 뻗어나가지 못하며, 어떤 존재도, 사실도, 인식할 수가 없다. 그가 말한 귀납의 문제는 이것이며, 〈취미 기준론〉의 기획자들이 "귀납을 보편화하는 것"에 의의를 두려는 것도 이 문제를 표면화하자는 의도가 있었기 때문으로 짐작된다.[1] 그러니까, 시를 두고서 호오라는 입맛만 다실 것이 아니라, 이 입맛을 선별하거나 두둔할 모종의 기준을 모색해야 한다는 것이다. 텍스트의 개별적 독서 경험에 충실하자는 말로 충분하지 않은 무엇이 있다는 것일까? 왜 이런 기준을 세워야 한다고 말하는가?

외부의 무엇, 감각되지 않는 무엇, 구체적인 경험을 통해 확인되지 않은 무언가를 우리가 알 수 없다고 말했던 흄에게 중요한 것은 감각과 감정이었다. 감각과 감정이 주관하는 "항수와 감식은 언제나 귀납적 경험"에서 비롯된다는 말을 조금 과장하여 받아들인다면, 그것은 이성이 감정의 노예거나 지각의 경험적 결과물일 수 있다는 전언, 이 글의 주제와 연관되어 말하자면, 시를 취향의 사건, 취향의 경험, 취향의 결과, 취향의 부산물로 환원할 수 있거나, 그러한 관점에서 접근해야 하는 시점에 우리가 와 있다는 것 아닐까. 〈취미 기준론〉은 그러니까 귀납으로 바로 서는 시의 양감을 이야기하고자 하며, 좋은 시와 나쁜 시에 대한 호오가 난립하는 가운데 판단의 기준을 세워야 하며, 또 그래야 한다면 그 방법은 귀납적이어야 한다고 전제한다. 그러나 나는 사유란, 사유의 대

---

1) 네 차례에 거쳐 연재된 『현대시』의 특집 〈취미 기준론〉의 기획의도.

상을 설정하여 가설을 세우고, 그 가설을 끊임없이 수정해나가는 과정에서만 사유일 수 있다고 생각한다. 개념(concept)이 오로지 개념화(conceptualisation), 그러니까 개념이 되어가는 과정을 의미하는 것일 뿐이라면, 일관성을 추구하는 저 과정과 상태로만 우리에게 주어지는 것이 또한 사유라고 한다면, 백조가 희다는 사실을 확인할 수 있는 방법은 반드시 세상에 존재하는 모든 백조를 찾아다니며 일일이 그 존재를 확인해내는 구체적인 경험을 통해서 열리는 것은 아니다. 그 존재를 발견한 에드윈 허블조차 안드로메다 성운에 가본 적이 없으며, 앞으로 우리 모두 가보지 못할 거라는 이유로 성운의 존재 자체를 부정할 수는 없는 것이다.

2. 공통감: 개별성과 보편성이라는 두 마리 토끼

감각 개개의 특성들을 포기하지 않고도 각각의 개별성을 관통하는 객관적이고 공통적인 무엇을 추출할 수 있다고 믿는다면, 그 기저에는 칸트의 공통감 같은 개념이 자리하고 있을 것이다. 칸트에게 취향(취미, 기호)은 우리로 하여금 하나의 사물이나 예술작품을 아름답다고 결정하게 해주는 판단 능력이다. 이 능력은 각자의 감각에 의존하기에 주관적이지만, 보편적 가치와 소통 가능성을 전제할 때, 객관성의 영역을 넘본다. 감각의 차원에서 각자의 취향은 말할 것도 없이 서로 상이하다. 따라서 거기에는 아름답거나 그 반대의 경우를 개념에 의해 결정지을 객관적 규범이 존재할 수 없다. 각각의 감각에서 보편을 찾는 것은 칸트가 보기에도 이렇게 모순된다.

> 무엇이 아름다운가를 개념들에 의해 규정하는, 객관적인 취미 규칙은 있을 수 없다. 왜냐하면, 이 원천으로부터의 모든 판단은 미감적이니 말이다. 다시 말해, 객관의 개념이 아니라, 주관의 감정이 그 판단의 규정 근거이니 말이다. 미의 보편적인 표준을 일정한 개념들에 의해 제시해줄 취미의 원

리를 찾는 것은 성과 없는 헛수고이다. 왜냐하면, 찾고자 하는 것은 불가능한 것이고, 그 자체가 모순적인 것이기 때문이다.[2)]

그러나 칸트는 모순에 만족하지 않았다. 취향에서, 개념(선험적 인식)의 개입 없이도 이루어지는 보편적이고 공통적인 소통의 한 방식이 생겨날 가능성을 엿보았기 때문이다.[3)] 취향의 판단은, 칸트에 따르자면, 따라서 자의적이지만은 않은데, 그 이유는 "개념들에 의해서가 아니라 단지 감정에 의해서, 그러면서도 보편타당하게 무엇이 적의하고 무엇이 부적의한가를 규정하는, 하나의 주관 원리를 가진 것이 틀림없"[4)]기 때문이다. 칸트는 이 "주관 원리"를 "공통감"이라는 말로 정의한다. 예컨대 취미판단을 수행하는 것은 각각의 주관적인 감각이지만, 주관적인 감각들을 꿰뚫어 하나로 관통하는 필연적이고 보편타당한 원리가 존재하며, 이것이 바로 공통감이라는 것이다. 공통감은 따라서 개별 경험에 우선하지만, 후험적(*a posteriori*)인 것이 아니라, 개별 경험과 교집합을 이루는(혹은 아우르는) 선험적(*a priori*) 특성을 전제한다. 공통감은 취미판단 이전에 우리가 이미 갖고 있으며, 선험적이고 잠재적으로 우리의 심리 안에 내재한, 사람들이(을) 모두 동의하는(게 만드는) 판단 능력인 것이다. 그렇다면 칸트의 이러한 가정은 어떤 근거로 움직이는가? 칸트는 여기서 일정 부분 흄과 조우한다. 감각에 의해 우리 모두 그렇다고 인정할 인성들 가운데 공통된 것이 공통감이기에, 공통감은 감각으로 체험된 확실한 경험들 외에 일체의 판단을 배제할 수밖에 없다고 말했던 흄을 결코 저버리

---

2) 임마누엘 칸트, 『판단력 비판』, 백종현 옮김, 아카넷, 2009, 231쪽.

3) 칸트는 취향을 "모든 사람에게 공통적으로 깊이 숨겨져 있는 근거로부터, 사례들을 통해 확증된 취미가 유래하는 것임을 보여주는, 많이 미약하고 그러한 추측을 하기에는 불충분하기는 하지만 경험적 표준"이라고 말한다. 같은 책, 233쪽.

4) 같은 책, 239~240쪽.

지 않는다. 칸트에게 공통감은 따라서 이성 대신에 감성, 논리 대신에 감각에 관여하는 무엇이면서도, 한편으로 흄과는 다르게, 개인이 아니라 우리 모두의 심리(이 말이 중요하다) 안에 내재한 무엇인 것이다. "특수의 범람 속에서도 여전히 보편의 가능성"을 모색할 수 있느냐는 〈취미 기준론〉 기획은 여기서 착수된 것일 수 있다. 물론 시나 문학과 관련되어 개별성으로 도달하는 보편성의 논리에 부합하려는 이론적 모색이 없었던 것은 아니다.

3. 개인과 보편의 결합: 문체라는 개념

특수의 귀납적 특성을 주장하면서 보편을 추구하려는 경향은 문체론에서 두드러진다. 프랑스어의 'style'이 우리말로 '문체'이기도 하지만 문맥에 따라(특히 영어권) '스타일'을 의미한다는 사실을 염두에 둘 때, 우리 모두 인간이라는 공통점을 갖고 있으면서도 각각 개별적인 스타일을 가꾸어나간다고 말할 수 있는바, 문체는 개인의 기질이나 축적된 경험들이 만들어낸 정서적 반응에도 호응한다고 해야겠다. 문체 개념의 변화 과정을 살필 자리가 아니라는 걸 잘 알고 있다. 아리스토텔레스에 의해 '언어활동에 의거한 행동 전반'으로 정의되었던 수사학이 오로지 '표현술(elocutio)' 하나로 확연하게 줄어든 이후, 장식이나 치장, 표현의 조화, 이탈, 비문법성 등으로 뒤발되고 굴절되어버린 문체 개념의 역사적 변천사는 오늘 이 글의 관심사가 아니다. 다만, 문체가 개인적인 선택에서 주어지는 결과물과 결부되어 있는 개념이며, 그렇게 인식될 수밖에 없다는 사실을 우선 지적하기로 한다. 작가 고유의 톤이나 특이한 어휘, 빈번하게 사용하는 이미지가 규칙적으로 반복되어 구축해나가는 특징이자 개인마다 특이한 심리구조가 제 글의 표면으로 드러난 것이 바로 문체라고 하겠다. 문체가 이렇게 작가의 은밀하고도 개인적인 심적 상태를 반영한 결과라고 한다면 문체는 과연 어떤 사회적 기능을 갖고 있는 걸까? 아니, 사회적 기능을 갖고 있기는 한 걸까? 아니, 공동체를 전제하는 개념이기는 한가?

롤랑 바르트는 개인의 생리적 특성이나 심리적 상태와 연관되어 있기 때문에 "오로지 저자의 비밀스럽고 개인적인 신화에만 몰두할 뿐인 자급자족의 언어가 문체라는 이름하에 형성"된다고 말하며, 이러한 이유로 문체는 "책임감에서 벗어나 전개"되는 성질을 지닌다고 지적한 바 있다. 문체는 개인의 생리적 특성이나 심리적 상태와 밀접히 연관되어 있으며, 작가의 "생리적인 기질의 변모"에 따라 가변적이기에 "사회에 무관심하고 투명한 무엇"이다.[5] 개인의 감정, 경험, 심리적 차원에서의 선택, 버릇, 취향 등이 반영된, 더구나 작가가 이 모든 것을 조율해낸, 저 작가의 의도에서 비롯된 산물이 문체라는 것이다. 그러니까 문체는 자발적-의식적-감각적 선택의 결과물인 것이다. 따라서 어떤 작가의 문체가 뛰어나다는 것은, 통상적으로 우리가 받아들여 사용하는 경우를 제외하면[6], 글이 아름답다는 취미판단에 근거해 개인에게 결부된 감각과 경험을 글로 훌륭히 녹여내었다는 것으로 이해해야 한다. 이처럼 문체는 글과 말을 구사하는 능력과 그 특수성 전반을, 오로지 개인이 선택한 결과로 그렇게 되었다는 사실을 전제하는 개념이며, 따라서 문학적 특수성보다는 텍스트를 장식하는 부수적 기법들의 노출 빈도와 그 효율성에 결부된 개념이다. 바르트가 수직적인 차원, 깊이, 불투명성, 반복성 같은 말로 문체 개념의 근본적인 한계를 지적했던 것은, 문체가 사회적 차원에서의 연대성, 그러니까 공동체적 행위로서의 글쓰기의 실천과는 크게 상관없는 개념이라는

---

5) R. Barthes, *Le dégré zero de l'écriture*, Gonthier-Mediations, 1965, p. 12.

6) 어느 작가를 두고 문체가 훌륭하다는 말은 맥락에 따라 다양하지만, 긍정적일 경우 매우 글을 잘 쓴다는 것과 매우 독특한 글을 적어내었다는 것을 뜻한다. 이럴 때 문체는 일반명사, 그러니까 특수성이 탁월하다는 것과 거개는 동의어를 이룰 뿐, 우리가 살피려는 문체를 지칭하는 것은 아니다.

판단이 자리하고 있었기 때문이다.[7)]

시나 문학 텍스트에 장식이나 치장, 조화로운 표현성의 표출, 수사적 기법의 자리를 마련해야 한다고 주장하면서 문체론은 구체적인 증거로 미적 추가분을 시에 등재할 것을 당당하게 요청한다. 문체론이 추가하려는 미적 추가분은 주로 텍스트를 긁어대는 것들, 텍스트에서 돌출된 것들, 텍스트에서 두드러지는 것들, 한마디로 우리가 익히 알고 있는 수사적 기법들, 구체적으로는 '은유' '환유' '제유' '직유' '유비' '반복' '환칭(煥稱)' '난유(亂喩)' '교착어법' '조화(euphonie)' '묵설법(暗說法)' '점층' '환치' '전치' '과장' '활유' '대구' 따위들이다. 다시 말해, 문체는 "〔언술에서〕 두르러지는 것들, 공통적인 요소들, 대중적으로 유용하며, 통상적으로 순환되는 형상들과 기법들"[8)]을 솎아내는 작업을 제 연구의 몸통으로 삼는다. 우리가 소위 문채(文彩, 글 무늬)라고 부르는 것들이다. 문채를 추출하려고 하는 이유는, 그것이 개인적인 선택에서 비롯된 기법인 동시에, 문체의 주인이라면 누구나 보편적이고 공통적으로 담지하고 있는 항구적 요소들이라는 판단 때문이다. 텍스트에서 공통적인 기법을 추출하려 시도하는 문체론은 개별적 선택의 결과인 문체에 공통적이고 보편적인 요소를 이와 같은 방식으로 연관짓는 데 성공적으로 합류하면서 과학적인 학문으로의 제 성립 가능성을 타진한다. 문체론은 항구적으로 존재하는 문채들을 개별적 선택의 결과인 문체에서 지속적으로 솎아내면서, 문학과 시에서 개인의 선택이자 개인의 구체적 경험의 반영인 동시에 개별적 행위들의 결과로 묶어내는 동시에, 여기에다 공통적 소통 가능성으로서의 과학적 위상도 부여하고자 모색하는 것이다.

이 개인적 문체의 과학적 실현 가능성은 구체적으로 어떻게 나타나는

---

7) 바르트는 랑그를 수평적인 문법의 체계이자 도식적인 규범으로, 에크리튀르를 이 양자의 한계를 극복한 공동체적이자 개인적인 글쓰기의 실천으로 여겼다.

8) G. Genette, *Figures III*, Seuil, 1972, p. 68.

가? 극단화한 양상은 바로 장르 이론[9]이며, 장르에 대한 개별적인 연구이다. 무엇이 시를 만들어내는 힘이며, 무엇이 시적인 것인지 고민하는 것이 아니라, 운문, 각운, 이미지, 조화, 수사법 등 몇몇의 특성을 변별해내는 작업을 통해 시와 비시적인 것의 경계를 구획해내는 문체론의 과학은, 취미의 기준론을 정립하려는 의도, 즉 개별적 취미를 통합해내고 귀납적 경험을 경유하여 지어올린 공통되고도 유일한 원리를 찾고자 하는 시도와 방법론적 측면에서는 크게 다르지 않다. 문체라는 개인적 선택에서 역사를 제거해내면서 모델과 유형, 장식과 표현법에 집중한 문체론자들이 문채, 그러니까 텍스트의 도드라진 몇몇 수사적 표현을 과학적 방법론의 이상적 모델로 삼으려 했다면, 귀납적인 경험을 바탕으로 개인적이고도 사회적인 현상인 취향들에서 부인할 수 없는 준거를 만들려는 야심을 취미 기준론은 어떻게 감출 수 있을 것인가?

문체론은 시의 사회적이고 역사적인 가치와 관련된 물음에 전념하는 것은 아니며, 시라는 텍스트의 특수성을 연구하는 데 몰두하는 것도 아니다. 문체론은 문체 개념에 접근하는 수많은 시도들(예를 들어 플로베르의, 문체 자체가 아니라 문체의 사회적 기능에 대한 관심) 가운데에서도, 문체를 유독 개인적인 선택과 연관짓고, 개인의 자발적이고 의도적인 결과로 여기며, 이를 하나로 묶으면서 공통 요소를 확인하는 일에 전념할 뿐이다. 개인의 감정과 경험을 바탕으로 한 문체 개념을 앞세워 시와 언어 연구에 일조하는 원칙으로 제 자신을 간주할 때, 문체론은 오로지 하나의 방법론, 즉 문체의 과학적 성립 가능성만을 염두에 두며, 이는 귀납을 보편화하는 작업과 근본적으로 궤를 같이한다. 작품 내부에서 출현하는 특정 품사나 어법의 빈도수는, 개인적 선택의 결과일 수 있다 하더라도(나는 이것을 의식적이면서도 무의식적 행위라고 생각한다), 그것이 시 연구

9) 운문은 이것이며 산문은 저것이며 서사는 이것이며 서정은 이것이라고, 반듯한 자를 대고 경계를 긋는 작업.

의 근본적인 목적, 그러니까 시라는 텍스트의 특수성에 대한 고찰과 하나로 포개어질 수는 없는데, 이는 문체가 시를 구성하는 수많은 언어요소들 가운데 하나에 불과한 몇 가지 기법들에 의존해 제 정당성의 성립 여부와 그 가능성을 타진할 수밖에 없기 때문이다. 문학 텍스트의 특수성은 결코 기법으로 환원되지 않는다. 주체와 자아, 텍스트와 창작품, 특수성과 영감, 자율성과 의도, 체계(système)와 항구적 구조(structure)[10] 사이에서, 문체에게 마련된 자리는 오로지 자아-창작품-영감-의도-구조일 뿐이다. 문제는 의도에도 놓여 있다. 문체는 바로 여기서 귀납으로 환원되는, 그럼에도 보편성의 과학임을 주장하는 제 알리바이를 확보하는 동시에 보편적 규범성을 위반하는 이탈을 제 고유한 특성으로도 승격시킬 채비를 서두르기 때문이다. 예컨대, 문체가 독특하다는 말에는 일상 언어를 위반하는 곳에서 거두어들이는 성취가 작지 않다는 주장이 늘 내포되어 있는 것이다. 위반하는 언어/이탈한 언어는 이렇게 개별적인 시적 언어의 보편적 특성으로 둔갑한다. 위반, 이탈, 장식을 등에 업고서 문체를 중심으로 일상 언어와 시적 언어 사이의 이분법이 기승을 부리기 시작하면, 시는 고상하고, 화려하고, 아름답고, 숭고하고, 순수한 언어의 대명사로 거듭나게 되고, 바로 이만큼 시인은 이 고상하고 화려하고 아름다운 언어의 주인이 되어 일상과 삶에서 벗어나 하늘 위를 떠다니는 추상적, 관념적, 심미적, 감각적 존재로 둔갑하고 만다. 아름다움을 상찬하기 위해 미학이 마련해놓은 현란한 축제에 가장 중요한 손님으로 시인이 초대받는 것은 바로 이때이다. 빅토르 위고가 시에서 '돼지를 돼지의 이름으로' 불러야 하며 '비속한 현실을 비속한 언어로 담아내야 한다'라고 주장한 것은 고상한 문체, 아름다운 문체, 시입네 하는 문체에 반발하면서, 전통적

10) 텍스트를 체계로 여긴다는 것은 언술(discours)이 그런 것과 마찬가지로, 텍스트 구성요소들의 상호 결속성을 전제한다. 항구적인 구조는 모든 시를 관통하는, 모든 소설을 관통하는 불변의 구조가 있다고 가정한다.

으로 시의 영역에서 배제되어왔던 어휘들과 저잣거리에서 쓰던 일상적인 날말들, 노동판의 언어를 시적 글쓰기 안에 포괄해야 한다는 각성이 있었기 때문이다. 시는 일상을 저버릴 수 없다. 19세기 초반의 모든 문학 운동, 모든 시적 각성이 문체에 반발하며 전개해나갔던 언어의 모험, 고상한 감각을 뒤로한 채 일상 속으로 뛰어든 과감한 투척에서 비롯되었던 것은 우연이 아니다.

4. 다시 감각과 경험, 그리고 문체

감각을 추동하는 경험은 개인적이고 유일한 것인가? 경험은 자잘한 사건들로 이루어지며, 자잘한 사건들은 순간들의 접합으로 이루어져 있기도 하다. 또한 순간이 내가-여기에 위치한 시간을 의미한다면, 그것은 기억을 연루시키는 주관적 노출이다. 순간에, 사건에, 경험에 미지의 무엇이 개입되지 않으리라는 보장은 없다. 그러니 경험되었다고, 인식되었다고 말할 수 있는 것은 무엇인가? 경험은 태생적으로 개인과 연합하는 것 같지만, 그럼에도 항상 개인의 몫으로만 남겨지거나 주어지는 법은 없다. 취향은 개인의 스타일과 연합하지만, 스타일이 늘 개인의 경험에서 비롯된 산물만은 아니라는 말이다. 문체는 개인에게 고유한 것이지만, 시에서 문체는 만병통치약이 아니다. 여기에 함정이 있다. 우리가 문체에 대해 말할 때, '~의 문체는 고유한 것'이라고 지적하면서 아무도 그 사실을 부정하지 않는 이유는, 이때의 문체가 'style'이 아니라 특수성(spécificité)을 말할 때가 대부분이기 때문이다. 문체는 '~의 문체가 어떻더라'는 식의 수식어로서 제 역할을 수행할 뿐이지, 비평이 몰두해야 하는 인식의 대상은 아니다. 문체는 공동체를 전제하지 않으며, 공동체를 전제하는 대신 추상적 과학을 세우려 광적으로 집착할 뿐이다. 문체는 오롯이 개인 취향의 산물로 시를 둔갑시키려 하는 동시에, 모델이나 기준 같은 큰 격자 속으로 시를 통째로 밀어넣기도 하는 것이다. 문체는 따라서 시인의 의도를 캐묻는 데 집중하며, 의도를 캐묻는 행위를 통해서 시를 창조와 영감의 산물로, 낭만주의 시대 이전으로 후퇴하게 만든다. 개인 안에도 항상 공동체가 존재하는 것이라면, 시는 공동체적이면서 개인적이다. 시는 개인과 사회가 빚어낸 개별적 실현이며, 오로지 개인적이면서도 공동체적 실천이라는 전제로만 세계와 독자와 만난다. 비평은 문체론의 경박함, 문체론의 경험환원주의, 문체론의 개인우월주의, 문체론의 과학중심주의에 관심을 기울이는 대신, 특수성의 문제를 파고들어야 한다.

문학 텍스트의 특수성의 문제를 문체의 사건, 문체의 부산물, 문체의 과학적 · 이상적 모델과 혼동할 수는 없다. 예측 불가능한 역사 속의 돌발적 사건들을 시가 어떻게 차이의 경험으로 연동시켜내는지, 지탱할 수 없을 정도의 강렬함을 시가 어떻게 담아내는지, 아니 그 과정에서 발생하는 언어의 주체화 과정을 눈여겨보아야 할 임무가 남겨질 뿐이다. 시는 취향이나 취미의 귀납적 경험을 바탕으로 지어올린 보편적 기준이나 그 무슨 '미학적 이성' 같은 것에 따라 평가되는 사유의 대상이라기보다는, 언어의 주체화에 의해 매번 새롭게 자리매김하는 역사성과 특수성의 편에 선다. 시인들이 정박하고 있는 거점은, 감정과 지각을 경험의 산물로 시시각각 환원하며 환희를 맛보는 즐김이나 쾌락, 취향의 나라 속 앨리스가 아니며, 비평 역시 '불가능한 연역을 재차 꿈꾸어보는 것'에 목숨을 걸지도 않는다.

취향/취미 개념의 역사적인 변모 역시 무시할 수 없다. 취향과 관련되어 보들레르를 언급할 때, 할말이 부쩍 늘어나는 것도 이 때문이다. 아름다움에 대한 규명의 수단이었던 취향이 보들레르 이후로 추한 것의 영역으로 확장되었다는, 취향이 공식적인 아름다움(누구나 그렇다고 믿는 통념으로써의 아름다움)에 반발할 필요성으로 격상되었다는 지적이 있었다는 사실을 우리는 잘 안다. 그러나 보들레르는 취향에 대한 일반론이나 미학에 관심을 두었던 것이 아니라, 삶에서 차지하는 예술의 역사적 가치를 캐물으며 시를 일상의 영역으로 확장해내는 것으로 취향 개념에 일대 전환을 가져왔다. 미학적인 관점에서 볼 때도 보들레르의 사유는 그가 살던 시대의 온갖 추한 것을 단일한 하나의 카테고리로 묶어내면서 취향 개념을 전복시켜나갔다기보다, 아름다움의 기준을 근본적으로 비틀어대면서, 변모하는 근대화의 일로를 걷던 대도시에서 비극적으로 살아야 했던 존재들을 제 시의 대상으로 삼아 고대 영웅들의 몸짓을 거기에 포개놓는 데 오히려 관심이 있었다. 옛것의 형상이 새것의 그것과 충돌하면서 일그러지고 흩어지는 어떤 파편적 심상과 새로운 감정, 그 미지의 감각을 포착하고자 애쓰면서 취향의 인식론적 반전을 도모했다고 말하는 편이 옳을 것이다. 그것은 아름다움과 추함 사이의 단순한 교체와 같은, 미학적 사건은 아니었다. 취향의 전환은 근본적으로 보들레르에게는 시간 개념에 시적 주관성을 부여하는 일이었고, 사건을 연대기적 서술에서 빼내어 지금-여기의 순간적 구조물로 전환하는 작업이었으며, 산문과 운문의 미학적 이분법을 뒤흔들며 끈덕지게 밀고 나간, 장르로서의 시보다는 오히려 시적인 것에 대한 근본적인 탐구에 가까웠다. 그는 이렇게 대도시가 버린 것, 잃어버린 것, 낭비한 것, 소홀히 한 것, 망가뜨린 것에 주목하면서, 새로 열린 시대, 대중들의 시대의 실질적 주체인, 남루하고 헛헛한 한편 추악하고 더럽고 저주받아 마땅한, 그럼에도 매일을 살아내야만 하는 저 하찮은 존재들에게 항상 예의를 갖추려고 했다. 보들레르에게 취향의 전환은 '일상'이라 부르는, 당시로는 새로운 영역이자 세속적이라며 시에서 괄시받고 천대받아왔던, 정작 대도시의 삶을 구성하는 실질적인 공간이자 경험, 바로 그 속으로 시가 침투할 수 있는 발판을 마련하게 된 탁월한 감각(그렇다! 이것이야말로 감각)이었다. 보들레르에게도 그랬던 것처럼, 근대화 시절 이상에게도 필경 근대 산물에 대한 취향보다는 새로운 것에 대한 열린 감각이 자리하고 있었을 것이다.

(『현대시』 2013년 6월호)

그러니까, 시는 싸우는가?

시는 항상 전쟁이다.
—오시프 만델스탐

*

이와 같은 질문에 대답하기란 결코 쉽지 않다. 대답이 궁해서가 아니라, 사실, 풀어놓을 말이 너무 많기 때문이다. 입에 침이 마르도록 강담을 늘어놓을 수도 있다. 당연한 말이 되겠지만, 시는 싸우는가라는 물음은 '맥락'에서 자유롭지 못하며, 이러한 사실을 글을 시작하기 전에 내려놓아야 한다. 맥락은 논의를 공유한다는 사실을 전제하는 상상적 공동체의 산물이며, 우리의 물음과 연관될 경우, (현실)정치와의 관계에서 모종의 함의처럼 결부되어 나타나나는 경우가 적지 않기 때문이다. 문제는 현실정치와 시의 (비)상관성에 대한 담론들을 걸쭉하게 펼쳐놓은 다음에도, 얘기가 미처 끝나지 않았다는 사실을 깨닫게 된다는 데 있다. 허전함을 지워낼 길이 없다는 것일까. 허나, 수많은 대답들이 어서 선택되기를 기대하면서 여기저기서 추파를 던지는 모습을 지켜보는 것은 흥미롭기보다 오히려 곤혹스럽다. 해야 할 말이 한편으로 너무나도 당연한 것들뿐인 까닭이다. 미리 말해두자면, 시는 싸운다. 왜 싸우는가? 어떻게 싸우는가? 무엇과 싸우는가? 시는 '왜'와 싸우고, '어떻게'와 싸우고, '무엇'과 싸운다. 이, '왜-어떻게-무엇'은, 시가 개진하는 싸움의 몸통이자 싸움 그 자체가 지닌 특성이지, 객관적 물음의 대상으로 오롯이 환원되지 않는다. 그렇다면 시는 눈에 보이지 않는 대상과 싸운다는 말인가? 시는 삶에 도움을 주지 못하는 공허한 물음들만을 가중시키면서, 투쟁을 개진한다고 막연히 주장할 뿐인가? 시는 방법에 있어서 최소한의 공통점도 솎아낼 수 없는 모호한 형태로 제 싸움에 임한단 말인가? 맥락을 제거할 필요성이 있다. 나는 이 필요성에 의거해서, 내게 요청해온 물음을 살펴볼 것이며, 그럼에도 단 하나의 맥락은 피할 수 없는 것으로 보인다. 이 글에서 전제하려는 최소한의 맥락은 왜-어떻게-무엇을 애초의 물음에다가 붙여놓는 것이며, 굳이 맥락이라고 부른 이유는 '시는 싸우는가'와 '왜-어떻게-무엇'이 서로 다른 규명의 대상이 아니라, 똑같은 것을 말하는 하나의 목소리를 소급하는 물음이기 때문이다.

1. '왜-어떻게-무엇'은 싸우는가?

시는 싸움의 가시적 대상과 구체적 방법, 확고한 목적을 제시하고자 할 때, 바로 그 순간에 소모되고 마는 일회성에 붙들리지 않으려는 의식으로부터 제 싸움의 근거를 확보해낸다. 시가 개진하는 싸움은 낭만주의 부조리극에서 목격되는 것과 같은 허위와 과장의 몸짓이 아니며, 철학자들이 끈질기게 물고 늘어지는 사변적인 담론이나 형이상학, 추상이나 관념의 형태를 통해 표출될 성질의 것도 아니다. 시는 마땅히 사회적이고 역사적인 구체성과 사실성에서 제 싸움을 착수해야 하는 것 아니냐고 넌지시 권고해올 때, 형식과 내용, 언어와 사유를 이질적인 실체처럼 시에 고착시키려는 이분법이 작동하기 시작한다. 세상에서 가장 편리한 것이 바로 이분법이다. 이분법은 참으로 기이해서, 무엇이든 갈라놓으며, 무엇이든 선택의 상황으로 몰고 가 단일한 색깔을 덧씌우는 재주를 피울 줄 알고, 무엇이든 카테고리 속에 가두어 통제하고 감시하려든다. 이분법이 무서운 것은 허황됨 때문이 아니라 그 허황됨만큼의 단호함에 있으며, 모든 것을 선택의 문제로 전환하면서 사유의 딜레마를 만들어낼 줄 알기 때문이다. 이분법은 극단이라고 해야 할 두 개의 축에다가 다채로운 우리 사유의 면면을 붙들어매는 일 외에는 다른 데에 전념하지 않는다. 이분법은 두 가지 대립항을 끝점으로 삼은 사고의 줄 위에서 하루하루 곡예를 펼치듯 내딛는 힘겨운 걸음과 그 걸음의 작고 섬세한 보폭을 보지 못한다. 이념과 순수를 절분하여 이야기하던 시절이나, 그중 하나의 우위를 사뭇 진지한 어조로 다투었을 때조차, 아니 그 이후, 분석-전망주의와 역사-실천주의를 대안으로 내세웠을 때조차, 초점은 대개 문학의 정치적 효과와 이데올로기적 행동에 대한 촉성과 발향에 집중되었을 뿐, 문학(특히 시)의 특성적 기반을 규명하려는 데 온전히 바쳐진 것은 아니었다. 아무리 순수시라 해도, 비정치를 표방한다고 해도, 시는 필연적으로, 아니 근본적으로 정치적이며, 현실과 싸운다. 함정은 오히려 시가 현실의 사건을 반영해야 한다는 정치적 앙가주망의 윤리로 환원될 수 없다고 말하는 데 놓여 있기까지 하다. 이 논리 역시 이분법에 탄력을 얻은 것이기 때문이다.[1] 기왕에 선보인 논의들을 다시 살피려는 것은 아니다. 그러나 이 말은 해야겠다. 맥락과 상관없이. 시는 싸우며, 그 싸움의 형태가 눈에 확연하게 보일 리 없으며, 만약 확연히 드러난다면 그것은 시가 개진하는 싸움이 벌써 패배의 길로 접어드는 순간이기도 하다는 사실 말이다. 우리가 흔히 말하는 '사건'은 발화되기 전에는 사건이 아니며, 사건이 될 수도 없다. 사건은 실재하는 것이 아니라, 말하는 방식 안에서 구성되고 해체되어 우리 곁에 당도하는 무엇일 뿐이기 때문이다. 시는 오히려 사건으로 소모되지 않음

1) 정치는 정치적인 것을 돌보지 않는다. 정치가 당연한 명제를 반복하는 일로 제 소임을 다 했다고 생각하는 시간에 시와 예술은 인간과 사회, 역사와 문화의 관계를 갱신하는 일에 몰두한다. 정치적인 것은 바로 이것이다.

으로써, 왜곡된 편견과 과장된 인식으로부터 자유롭게 사유할 숨통을 우리에게 터준다. 시가 부가적-이차적-주관적인 방식으로 현실에 참여한다는 것은 시가 자본주의의 체계에 가장 첨예한 방식으로 맞선다는 것이며, 자본주의 사회에서 통용되는 언어에 가장 적대적인 방식으로 대항하는 언어를 고안한다는 것, 온갖 이즘에서 탈피한 상태의 언어를 고지하는 일에 매진한다는 것을 의미한다. 현실적으로, 정치적으로, 이데올로기적으로 충분히 투명하지 못했기 때문이라고 말하는 사람들에게 시대에 따라 시는 투쟁과 혁명의 특권화된 장소로 여겨지기도 하겠지만, 시의 혁명성과 투쟁성은 난투의 무대에 초대받아 시 자체를 일회성 퍼포먼스로 소진하지 않으려는 태도에도 달려 있다. 순식간에 어떤 시인은 허공 위를 날고, 눈 깜짝할 사이에 어떤 시인은 저 깊이를 알 수 없는 구렁텅이 아래로 추락하며, 어떤 시인은 부지불식간에 제 임무를 마치고서 무대 뒤로 사라지기도 한다. 오늘 혁명의 동지가 내일 적이 될 수 있는 링으로 어서 올라오라고, 팔짱을 끼고 관람하는 기분으로 시인에게 손짓을 하는 것을 우리는 흔하지 않게 목격하며 산다. 그러나 시가 그 링 위로 올라가면 이상하게도 그걸로 시의 싸움, 시가 도모해온 싸움은 끝을 바라보게 된다.

시를 이러한 싸움터로 내모는 행위에는 시를 정치적 사건의 부속물로 환원하면서, 결국 시와 시적 언어를 어떤 방식으로든 소비하고 마는, 자본주의의 메커니즘이 자리한다. 시가 부당한 정치적 사건에 대한 항변의 대자보로 이곳저곳에서 불려나올 때, 이분법이 활개를 치기 시작하면, 의미 환원주의와 소통 우선주의에 대한 까닭 모를 요청이 사회적으로 제 힘을 발휘하면서, 시라는 형태의 글쓰기의, 시라는 이름으로 세상에 찾아든 언어적 사투와 정신적 모험의 저 미지를 향한 열정과 도전을 이러지도 못하고 저러지도 못하게 가두어버린다. 시에게 모종의 판단을 요구하는 행위가 가동되기 시작하는 것도, 이분법이 세계의 가장 중요한 핵심이자 효과적인 무기로 돌변하는 것도 바로 이때이다. 시의 싸움에서 왜-어떻게-

무엇의 문제가 현실정치에로의 앙가주망으로 축소되면서, 정치에서 유보된 사유의 여분 속에서만 시의 싸움을 가두어 잔존하게 만들어버리는 것도 물론 이때이다.

2. 말-사유-몸이 치르는 전쟁

철학이 개념의 전쟁이라면, 시는 말과의 전쟁이다. 사유는 말로 재현되는 정도에 따라 사유의 꼴을 갖추어나가며, 시는 말로 궁굴리는 재현예술에 있어서 가장 극단적(radical)이며 가장 비판적(critical)인 실천을 창출해내는 게토이다. 시는 또다른 유형의 언어적 실천, 자기 손실을 전제로 전개하는 언어적 기투(企投), 일설로 요약되지 않는 언어적 구성과 내용-형식을 따로 분리할 수 없는 언어행위이며, 오로지 언어의 고안에 전념하는 일로 통념에 저항하는, 통념을 금 가게 하고, 통념을 차츰 변화시켜나가는 인간의 이지적·실천적 활동이다. 간과된 바가 큼에도, 이와 같은 시의 언어적 특수성을 되새기면서, 우리가 시를 '통념에 저항하는 말의 고안'으로 정의하는 데에 이르게 되면, 시가 싸움을 개진한다고 주장할 근거가 바로 이러한 정의에서 비롯된다는 사실을 깨닫는 것도 별로 어렵지 않다. 시가 통념에 저항하는 말의 고안이라면, 시는 불가역성의 결정들을 삶에서 취소하거나, 오롯이 내려놓은 사유의 감추어진 이면을 끄집어내거나, 주시하지(하려 하지) 않는 것-사유하지(하려 하지) 않는 것-표현하지(하려 하지) 않는 것-예견하지(하려 하지) 않는 것-상상하지(하려 하지) 않는 것들을 지금-여기에 불러내는 언어적 실천, 때로는 불가사의한 사랑이나 신비로운 자연을 이해하고자 구현하는 언어의 상징적 실현이기도 한 것이다.

잉크가 없어
피로 마지막 줄을 적고 자살한 예세닌처럼
내 혀를 가지고 내 뺨 안에서

내 무덤의 비문을 읽으면
문장의 끝이 문장의 시작이 되고
의미의 젖꼭지에서 떨어지는 한 모금
오늘밤, 당신은 누구의 비문입니까
당신이 오침을 방해하는 파리를 향해 파리채를 휘둘렀을 때
파리의 내장이 폭발하고
파리가 구성한 육체의 두께가 사라질 때
나는 죽은 파리보다 납작해져
육체가 버리고 간 그림자가 되고
바닥에 눌어붙은 채로
바닥에서 벽으로,
벽에서 천장으로
기어다녀
방은 젖꼭지처럼 점점 까매지고
방이 까만 젖이 되어
굶주린 당신의 동공 속으로 떨어질 때
의미의 젖꼭지에서 떨어지는 한 모금
한 무덤의 배〔腹〕에서 밤새 흘러넘친 비명
오늘밤, 당신의 성대는 어떤 백치의 목관악기입니까
나와 똑같은 방식으로 태어난
당신의 문장은
너무 멀리 떠나 죽어버린 나처럼
오늘밤, 누구의 비문이 되어 울고 있습니까

—김안, 「비문 — 내 혀를 가지고 내 뺨 안에서」[2] 전문

2) 『황해문화』 2010년 여름호.

언어를 초월해서 삶에 스며들거나 언어를 벗어나 인간-삶의 내면으로 파고드는 사유는 없다. 언어를 벗어버리고 세계를 맘껏 활보하는 진리나 사상도 없다. 시는 그럴 것이라는 환상이나 그래야 한다는 확신에 근거해 단단하게 벼려놓은 진리를 추구하거나 확정짓는 대신, 언어라는 자기 그릇을 깨부수는 매 순간이야말로 세계에 주관성을 투척하는 순간이라는 사실을 인식하고서 제 싸움에 임한다. "나와 똑같은 방식으로 태어난/ 당신의 문장"을 거부하는 곳에서, 그러니까 언어의 크기와 모양을 결정하는 구성과 배합, 운용과 조직이, 기왕에 선보인 언어들과 같을 수 없기에, 시인은 특수성을 걸머쥐기 위해, 새로움을 쟁취하기 위해, 싸움을, 개진해야만 하는 당위를 받아들이면서 자신에게 채찍질을 가한다. 시는 내용과 형식을 별개로 삼지 않으려는 노력으로, 언어의 고안으로 "내 혀를 가지고 내 뺨 안에서/ 내 무덤의 비문을 읽"어내려는 의지로, 자신이 펼쳐낼 싸움의 터전을 닦아내고 넓혀나간다. 시는 해석의 단일성에 붙들리지 않으려는 몸부림을 통해서만 "의미의 젖꼭지에서 떨어지는 한 모금"을 맛볼 작은 권리를 획득할 뿐이다. 시가 내용으로 요약되면 시의 싸움은 소통의 문제로 축소되어버리며, 형식에만 과도하게 집중하면 화려한 미학을 찬양하는 일에서 그 결실을 기대하게 된다. 이 소통과 미학의 공허에서 빠져나오고자 시인은 "문장의 끝이 문장의 시작"을 이루어내는 언술의 구축을 통해 저만의 "비문"을 쟁취하고자 싸운다. 이 비문은 기존의 문법을 벗어났다는 의미에서의 '비밀스러운 문법', 애면글면 글에 자기만의 뼈대를 세웠다는 점에서 "밤새 흘러넘친 비명"이자, "당신의 동공"과 "당신의 성대"에서 울려나온, 타자의 입과 몸에서 흘러나온 말을 "내 혀를 가지고 내 뺨 안에서" 굴린 문(文)이며, 말-사유-몸을 하나로 여길 때, 고안되는 독창적인 말의 조직이다.

보았느냐, 넌, 두렴의 얼굴을.
낱말들은 입속에 갇혀 있고,
낱말이 피부병처럼 번져 정처 없는 날말〔日言〕이 되는 시절이로구나.
그렇지만 환절기일 테다, 환절기일 테다,
생각해봤자 이 세상에 계절이
몇이 있는지 알 길이 없는 시절이로구나.
인두겁을 쓴 말의 피부를 만지면 손이 사라지는구나.
유령의 맛을 본 혀는 굳고 녹슬어
심장이 멈춘 흔적이 되는구나.
가판대 신문엔 혀를 자르는 말뿐.
입안의 말은 정처 없어 엉덩이로만 나오는구나.
그렇다면,
입을 뒤집어쓰면
나는 과연, 우리는 과연,
세상에서 가장 긴 문장이 될 것인가?

—김안, 「환절기」[3] 부분

시는 지성으로 치러내야 하는 치열한 전투이자 낱말의 발굴과 통사의 실험을 통해 개진해나가야 하는 고달픈 투쟁이며, 우리가 지나온 시간과 역사가 앞으로 마주할 시간과 역사와는 또다른 시간과 역사일 수 있다는 사실을, "입속에 갇혀 있"는 낱말을 힘겹게 골라내어 기록해낸다. 시에서 말과 사유는 안팎을 서로 구분할 수 없이 연결되어 있으며, 따라서 그것은 몸이 받아내고 치러야 하는 언어의 전쟁이기도 하다. 말-사유-몸이 서로 연결되어 있다는 것은 시에서 이 셋을 연결하기 위해 시인이 대가

---

3) 『시인세계』 2010년 가을호.

를 지불한다는 것이며, 대가를 지불하기 위해 강구했던 통사의 발명과 어법의 혁신은 제가 세계에서 견인해온 물음들을 백지 위에 내던지는 행위로만 보상받는다. 말-사유-몸을 분리할 수 있다고, 분리해야 한다고 생각하는 사람이 많아질수록, 시는 모래 위에서 쏘아올린 공허한 퍼포먼스로 전락하며, 시인은 삶의 전위에 서서 까닭 모를 의문과 분노를 무책임하게 내려놓고, 이해가 불가능한 말만 앵무새처럼 되풀이하는 자로 인식되어, 비현실적이라는, 비소통적이라는, 추상적이라는 오명의 도마 위에 오른다. 말-사유-몸이 분리될 수 있다고 생각하는 사람은 시가 왜 싸우는지, 어떤 감각으로 세계에 맞서는지, 왜 이 싸움이 고유한 통사의 고안과 문장의 운용을 통해서만 펼쳐내는 감수성의 전쟁인지를 결코 이해하지 못한다. 과거의 기억에서 흘러나와 현실에서 고이다 머물다 흐르다 넘치다가 결국 독특한 구성으로 한 점을 이룬 후 폭발하고 마는 시적 언어는, 비밀을 덜 감추었다고 말하기 어려운 말들의 복합체이며, 세상을 다급하게 말아쥐고서 속절없이 무너지는 소통이라는 기준에는 좀처럼 포착되지 않는 말들이기에, 아이러니하게도 해석의 다양성과 독서의 복수성을 제 싸움의 무기로 삼을 수밖에 없다. 시가 치르는 싸움은 얼굴을 한 손에 부여잡을 수 없는, 얼굴에서 눈과 코와 입과 귀를 뿌옇게 가려 윤곽만을 남겨놓는 싸움이며, 이 얼굴은 가지런한 문법적 체계로 이루어진 언표(énoncé)로 대변된다. 이 얼굴 없는 싸움은 무한한 발화(énonciation)의 싸움, 발화의 무한을 전제로 한 리듬의 싸움, 끊임없이 재개될 수밖에 없는 목소리의 싸움, 말의 힘을 부리는 능력에서 빈틈을 용납하지 않는, 언술(discours)의 체계를 인식하고자 하는 싸움이다. 시가 치러내는 싸움에는 기존의 사유 체계가 미처 통과하지 못한 언어의 지뢰밭을 가까스로 빠져나와야 하는 시험이 곳곳에서 도사리고 있다.

3. 어떤 절망도 사소하지 않다

시는 기존의 시를 백지화하고 아예 처음부터 다시 착수하는 데에서 싸움의 동기를 모색하는 것이 아니라, 기존의 시를 기반으로, 그 위에 조금씩 제 목소리를 입혀내, 한발 앞으로 나가는 과정에서 제 싸움의 목적과 가치를 발견하기도 한다. 시의 새로움은 자고 일어났더니 백지 위에 꽃이 폈다는 식의 새로움이 아니다. 시는 따라서 여타의 글쓰기와 기존의 시가 흉내낼 수 없는 방식으로 세상에 제 목소리를 투척하지만, 이 목소리는 타자를 통해 자각과 반성을 길어올려 자신을 채근하고 촉구하는 목소리, 타자에게 입사하는 것을, 그 과정에서의 실패를 두려워하지 않는 목소리이다.

바나나를 우물우물 씹으며
바호를 듣는다
어제는 김종삼이 태어났으니 술 한잔
오늘은 박인환이 죽었으니 술 한잔
바나나를 우물우물 씹으며
나는 언제 분리수거 될까?
바나나를 모두 먹고
바나나 껍질을 국어사전 위에 놓는다
그림 좋다
바하에서 바흐로 바뀌는 동안 너는 무얼 했니?
황홀한 개미!
어색한 원숭이!
파탄의 똥구멍!
소심한 짝불알!
부끄러운 좆대가리!

철봉 위의 음침하고 우울하고 억울하고 나쁜!
국민학생!
영원의 어릿광대!
도룡뇽!
청개구리!
식충이!
알래스카의 코카콜라!
백해무익의 정화!
비겁자!
패배자!
뻐꾸기!
반복!
다시!
실패!
계속!

—이준규, 「바나나를 씹으며」[4] 전문

제 언어를 귀하게 여기지 않는 시인, 언어와 싸우지 않는 시인은 존재하지 않는다. 시는 모국어를 시험에 들게 하는 일로 제 사유의 발판을 다지고 새로움의 출구를 찾아나선다. "바나나" 속처럼 하얀 서구 것들과 척지고 돌아서자는 것은 아니다. 타자라는, 서구라는 이질적인 것의 맞은편에도 속하는, 필경 우리 자신의 내부에서 굳어진 것이 분명할 모국어의 상투성을 끊임없이 흔들어 일깨워야 한다는 자성의 목소리가 시에서 작지 않은 싸움을 만들어낸다. "바나나를 모두 먹"어 그 자양분을 흡수한다

4) 『흑백』, 문학과지성사, 2006.

면 우리의 "국어사전"이 한층 두꺼워질 수 있다는 확신도 있다. "그림 좋다"는, 이런 모습을 상상하는 일이 즐겁다는 것이며, 잠시 웃음으로 시를 적시기 위해 풀어놓은 재치이기도 하다. "바하에서 바흐로 바뀌는 동안 너는 무얼 했니?"라는 물음도 자학이라기보다, 오늘 실패해도 내일은 패배하지 않겠다는 언어수리공의 다짐으로 봐야 한다. 따라서 "바나나"는 시에서 단순히 싸움의 대상으로 축소되거나, 항구적인 적(敵)으로 남겨지지 않는다. 타자를 넘어서기 위해서 타자를 받아들여야 하는 이 기묘한 싸움에는 아(我)와 타(他)의 구분, 적진과 본진의 구분, 과거와 현재의 구분이 없으며, 이 양자의 진부한 이분법을 확인하기 위해 마련된 자리 대신, 해결되지 않는 모순에서 새로운 가능성을 엿보려는 의지만이 남겨진다. 그렇다면, 시가 개진하는 싸움에서 적은 대체 누구인가? 이 물음과 관련되어서라면, 우리는, 여전히, 몇 번이고 반복해서, 이 김수영을 인용할 수밖에 없다.

> 우리들의 싸움의 모습은 초토작전이나
> 「건 힐의 혈투」 모양으로 활발하지도 않고 보기 좋은 것도 아니다
> 그러나 우리들은 언제나 싸우고 있다
> 아침에도 낮에도 밤에도 밥을 먹을 때에도
> 거리를 걸을 때도 환담할 때도
> 장사를 할 때도 토목공사를 할 때도
> 여행을 할 때도 울 때도 웃을 때도
> 풋나물을 먹을 때도
> 시장에 가서 비린 생선 냄새를 맡을 때도
> 배가 부를 때도 목이 마를 때도
> 연애를 할 때도 졸음이 올 때도 꿈속에서도
> 깨어나서도 또 깨어나서도 또 깨어나서도……

수업을 할 때도 퇴근시에도
사이렌 소리에 시계를 맞출 때도 구두를 닦을 때도……
우리들의 싸움은 쉬지 않는다

—김수영, 「하…… 그림자가 없다」[5] 부분

시가 드넓은 세계의 구석구석에 언어의 지평을 드리워 제 적을 캐묻는 일을 게을리 하지 않는 것은, 시를 쓰는 행위가 근본적으로 정치적이며, 인식론적 싸움을 전개할 수밖에 없는 성격을 띠고 있기 때문이다. 시가 저항하고, 성토하고, 되물으려는 지점과 대상은 시에서는 보이지 않는 형태로, 그러나 끊임없이, 삶에서 이합하고 집산하는 형태로 유령처럼 우리 주위를 떠돌아다닐 뿐이다. 적은 쉽사리 바뀌지 않는다. 적은 어느 날 갑자기 증발해버리지도 않는다. 시는 우리의 삶 구석구석에 포진된 적들과 우리의 삶에 스며든 통념들과 지난한 싸움을 전개할 뿐이다. 시인은 김수영이 말한 것처럼, "망총(網總)할 수 있는 영혼"(「독자의 불신임」), 그러니까, 낱말을 들고서 그 날과 씨가 빗겨 엇갈리며 문장의 무늬를 모아내고, 서로 묶어내고, 이 묶음을 다스리고, 다스려낸 말의 덩어리를 통괄하고, 가지런히 단속하는 영혼이다. 김수영이 "내가 써온 시어는 지극히 평범한 일상어뿐"(「시작 노트」)이라고 말한 것은, 결국 시의 싸움이 삶에서 끊임없이 질문을 만들어내면서 전개해야만 하는 싸움이라는 사실을 알고 있었기 때문일 것이다. 김수영에게 시의 싸움은 "지극히 평범한 일상어"로 나와 타자, 낡은 것과 새것, 오늘과 내일, 시간과 비시간, 한국적인 것과 서구적인 것, 모국어와 외국어, 산문과 시의 기계적 대립을 취하하거나, 양자의 빈틈에 거주하고 있는 무정형의 것들을 사유의 영역으로 끌어와 표현해내고, 한 시대의 지적 패러다임을 새로운 형태의 언어와 사유

5) 『거대한 뿌리』, 민음사, 1995.

의 실험으로 맞서는 싸움이었을 것이다. 시의 싸움은 하나의 항(項)에만 집착하거나, 한 항에 기대어 나머지 항을 억누르거나 부정하는 것이 아니라, 두 항 사이의 긴장 상태를 최대한 끌어올려 이분법 자체에 균열을 꾀하고, 이분법이 포괄하지 못하는 무수한 형태의 사유와 감수성을 돌보고자 아직 우리에게 알려지지 않은 미지의 통로를 개척하는 일과 무관하다고 할 수 없다. 시는 그 과정에서 자신의 모국어가 경험하지 못한 이질적인 것들, 자신의 통사와 문장이 미처 내딛지 못한 신비로운 세계를 턱없이 추앙하거나 단호하게 부정하는 것이 아니라, 자신의 내부를 지배하고 있었을 통념, 자기 것을 갱신해나가는 데 없어서는 안 될, 비판의 기재로 삼는다고 해야 한다.

어떤 절망은 사소해질 것이라고 말하지 마라
모든 밤은 아침을 밟고 걸어온다
사람들의 구두코가 검은 것은
기름진 아침의 살점으로 늘 반들거리기 때문이다
자루는 신발장보다 크고 우리는 때로
그것을 소금으로 채울 만큼 약삭빨라
물을 만나면 넘어져 일어나지 않았을 뿐
이를 부딪치면 별들이 튀어오른다
하늘에 별이 떴다, 라고 말하면서
일어나지 않았을 뿐 고약한 추위였다
자루는 천천히 흐믈흐믈해졌고 우리는 손을 들어
이토록 작고 가볍다고 흔들어댔다
당나귀처럼 헹헹 웃으면서
쭈그러든 절망을 팔러 갈 수 있었다
잔돈을 흔들며 돌아오는 길은

머리카락에 매달린 소금 알갱이들이 잘강이는 소리
바삭바삭한 밤들이기도 했다
그러나 아무리 헹궈도 사라지지 않는 자루
저도 모르게 그 안에 솜을 쑤셔넣고
물속에 드러누운 채 절대로 일어날 수 없는 밤
하늘에 별이 가득하고 입술은 파랗고
거대한 자루 위에 누워 후회하는 밤
물먹은 밤이 빵빵하게 부풀어오른다
모든 밤은 아침을 밟기 위해 걸어간다
우리는 때로 사소한 소금을 한 주먹 쥐고
여러 번 헹궈낼 수 있었을 뿐
어떤 절망도 결코 사소해지지 않는다

—정다운, 「당나귀처럼」[6] 전문

시가 도처에 편재하는 적들과의 대면이자 투쟁이라면, 시는 통념의 파편을 쥐고 통념의 언저리를 배회하며 미지를 좇아야 하는 미완의 언어 형식이며, 미완의 언어 형식을 쟁취하기 위한 싸움에 내기를 걸면서 삶의 형식을 발견하고자 애쓴다. 시에서 "어떤 절망도 결코 사소해지지 않는" 까닭은, 시가 사소한 일상을 손에 쥐고서 삶의 경험을 차츰 넓혀내는 지난한 싸움이기 때문이다. 그것은 검게 빛나는 "사람들의 구두코"에서 "기름진 아침의 살점"을 찾아내고 마는 인식의 싸움이자, 이 싸움에 합당한 언어를 고안해내는 능력이기도 하다. "모든 밤"이 "아침을 밟고 걸어"오듯이, 시는 지금 이 순간에도 자신만의 언어로, 자신만의 감수성으로, 자신만의 문장을 만들어내면서, 자신과 마주한 현실과 역사와 세계를 "거

6) 『나는 그때 다 기다렸다』, 천년의 시작, 2013.

대한 자루" 안에 담고자 싸움의 흔적을 남긴다. 절망을 포착해낸 언어로 절망과 맞서 싸우는 언어를 궁리하는 일에 시가 전념한다고 말해야 하는가. 시가 이끌고 나가는 싸움은 관념의 소산이 아니다. 시는 온몸으로 삶의 고통을 체현해낸 감수성의 결실이며, 과거의 기억을 미래의 말로 되감아내는 언어적 실천이며, 이 모든 것이 예고된 백지 위의 전장을 말의 행렬로 물들여나가는 과정일 뿐이다. 시는 이렇게 자신이 살고 있는 시대의 사유-언어-미학-개념을 극복해야 할 한계처럼 대면하고서 삶을 살아내는, 시대의 패러다임을 항구적인 의심으로 마주하는 일로 제 싸움의 주어가 된다. 시인은 언어의 지시성에 의문을 품고, 기호의 단일성에 저항하며, 말과 사물이 맺는 관계에 새로운 경로를 터주고, 상상과 꿈을 현실에 걸어들어오게 만드는 추체험의 빗장을 제 독창적인 언어로 풀어내며, 삶의 조건과 세계의 존재 이유를 끊임없이 되묻는 데 있어서 "사소한 소금"과도 같은 역할을 해낸다. 우주와 세계의 조물주는 자연이 아니라, 시에서는 오히려 언어이며, 자연은 오로지 언어가 부리는 주관적 대상으로 재현될 때 시에서 크고 작은 모습으로 제 가치를 빛낼 뿐이다.

4. 시는 시와도 싸운다

시의 싸움은 필연적으로 '시는 무엇인가'를 다시 묻게 만드는, 회귀하는 싸움, 시 자신에게 시가 거는 기이한 싸움일 수밖에 없다. 전통시의 한계나 기존의 문단에 대한 비판이라고 해서 예외는 아니다. 시는 시입네 떠들어대는 행위나 구태의연하고 낡은 시, 혹은 시의 그러한 관념에 몇 발자국 뒤로 물러나 폭탄을 던지며, 가장 직접적이고 잔인한 방식으로 싸움을 건다. 김민정의 작품 「거북 속의 내 거북이」[7]의 전문을 옮겨놓는다.

7) 『날으는 고슴도치 아가씨』, 열림원, 2005.

거북이가 사라졌어 거북이가 사라져서 나는 내 거북이를 찾아나섰지 거북아 내 거북아 그러니까 구지가도 안 불렀는데 거북이들이 졸라 빠르게 기어오고 있어 졸라 빠르게 기는 건 내 거북이 아냐 필시 저것들은 거북 껍질을 뒤집어쓴 토끼 일당일걸? 에고, 거북아 내 거북아 그러니까 내가 거북곱창 테이블에 앉아 질겅질겅 소창자를 씹고 있어 씹거나뱉거나말거나 토끼들아, 너희들이 내 거북이 본 적 있니? 거북이는 바닷속에 거북이는 어항 속에 아이 참, 창자 뱃속에 든 것처럼 빤한 얘기라면 토끼들아, 차라리 하품이나 씹지 그러니 거북아 내 거북아 그러니까 거북하니? 속도 모르고 토끼들은 활명수를 내미는데 내 거북은 정화조 속 비벼진 날개의 구더기요정 날마다 여치를 뜯어먹고 입술이 푸릇푸릇한 내 거북은 앵무새만의 킬러 내 거북은 바지를 먹어버린 엉덩이의 말랑말랑한 괄약근 내 거북은 질주! 질주밖에 모르는 저 미친 마알…… 오오, 예수의 잠자리에 사지가 찢긴 채 매달린 저 미친 말을 내 거북은 미친 듯이 사랑했다지 난생처음 사랑 이라고 발음하면서 내 거북은 얼마나 울었을까 그러니 이제 그만 뚝! 하고 머리를 내밀어라 거북아 내 거북아 그러니까 왜 이래 왜 이래 하면서 텔레비전에서 거북이 세 마리가 노래하고 있어 저렇게 노래 잘 하는 건 내 거북이 아냐 내 거북은 염산을 타 마시고 목구멍이 타버려서 점자처럼 안 들리는 노래를 부르지 내가 너를 네가 나를 껴안고 뒹굴어야 온몸에 새겨지는 바로 그 쓰라린 노래 자자, 이래도 안 나오면 네 머리를 구워먹을 테야 거북아 내 거북아 그러니까 삐친 자지처럼 내 거북이 머리를 쭉 내밀고 있어 선인장을 껴안고 선인장 가시에 눈 찔린 채 너 지금 뭐하고 있니 언제나 선인장이 있어 선인장에게 죄를 묻고 마는 내 거북이, 불가사리처럼 내 안에 포복해 있는 붉은 네 그림자

시는 한 편의 연극과도 같아 자신을 적절히 위장할 줄 안다. 시에 등장하는 "거북"과 "토끼", 그들에게 거는 말은 따라서 작위적이자 연출의 결

과로서, 각각의 임무와 역할이 주어져 있다고 보아야 한다. 이 시는 대체 무엇과 싸우는가? 이 물음은 "거북"과 "토끼"가 무엇에 대한 비유인지, 이들에게 말을 걸고 이들의 행위를 묘사해내면서 시인이 무엇을 재현하고자 하는지, 이 모든 것이 무엇을 향한 비판의 도구가 되는지를 살펴보는 일과 무관하지 않다. 진행되는 이야기가 없는 것은 아니다. 그러나 이야기가 그 이상의 지점을 노정하는 비판의 화살을 묻어두는 것도 아니다. 시가 감싸고 있는 발화의 층위를 놓치면, 이 작품은 한낱 해프닝에 그치고 만다. 애당초 이야기가 언표에서 벗어나 완전히 다른 방식으로 기획되고 구축된 것일 수도 있는 것이다. 물음은 그러니까 이런 것이다. "거북"은 무엇에 대한 비유인가? "구지가도 안 불렀는데" "거북이들이 졸라 빠르게 기어오고 있어"라는 구절은, 시라고 우리에게 인식되어온 것들, 우리 모두 학교에서 배운 시의 대체물은 아닌가? 그렇다고 한다면, 시를 쓰려고 한 것도 아닌데, 시라고 하는 것이 나에게 덤벼들기라도 한다는 말인가? 시인은 좀처럼 "거북이"를 찾지 못한다. 어디 있는지, 그 정체가 무엇인지 알 수 없다고 반복해서 말할 뿐이기 때문이다. "그러니까 거북하니?"는 시가 놀이의 일종이자 일종의 연극처럼 짜여졌다는 점을 시사하며, "내 거북은 염산을 타 마시고 목구멍이 타버려서 점자처럼 안 들리는 노래"나 "내가 너를 네가 나를 껴안고 뒹굴어야 온몸에 새겨지는 바로 그 쓰라린 노래"라고 표현된 구절은, 결국 시인이 추구해야만 할 시, 기존 시의 한계를 벗어버린, 아직 도래하지 않은 미래의 시, "선인장을 껴안고 선인장 가시에 눈 찔린 채", 그렇게 고통스레 써내려가야 하는 시를 말하고 있는 것은 아닌가? 도래할 시가 바로 이와 같다면, 너무나 쉽게 시에서 우리는 "사랑" 타령이나 하고 있었던 것은 아닌가? "창자 뱃속에 든 것처럼 빤한 얘기라면 토끼들아, 차라리 하품이나 씹지"처럼, 시 전체를 기존 시에 대한 메타비판으로 볼 여지가 생겨난다. 시인이 생각하는 진정한 시는 "빤한 얘기"를 풀어놓는 일과는 아무런 상관 없는 것이며, "저렇게 노래

잘하는 건 내 거북이 아냐"라는 대목은 시에 대해 표출한 근본적인 의문이 시에 대한 근본적인 비판을 만들어내는 동시에 시의 몸통을 이루고 있다는 사실을 말해준다. 시인이 생각하는 시가 "불가사리처럼 내 안에 포복해 있는 붉은 네 그림자"일 뿐이라면, 기존의 말과 기존의 사유, 기존의 통념을 벗어난, 시는 아직 당도하지 않았으며, 추구해야 하는 미지의 사건으로 남겨진다는 것이다. 시는 시를 고민하는 발화의 다발을 이렇게 풀어놓는다. 시는 시론이기도 한 것이며, 시가 시론이라는 것은 기존의 시, 시에 대한 통념을 비판하는 자리에서 시가 제 싸움을 전개해나간다는 것을 의미한다. 시는 시와도 싸운다.

*

"시인은 언어를 '이용하기'를 거부하는 사람들이다"라고 말한 사람은 장 폴 사르트르였다. "시는 말을 '사용하는' 것이 결코 아니"며 "차라리 시는 말을 섬긴다"(『문학이란 무엇인가』)고 사르트르는 부언했지만, 그는 언어를 산문적 쓰임과 시적 쓰임의 상이성, 그러니까 이분법에 가두어 성찰을 전개함으로써, 시적 언어를 일상적인 말에서 떼어내는 데 적잖게 기여했다. 오해하지 말아야 할 것은, 시적 언어는 일상적이라는 점이다. 시인은 언어를 '이용하기'를 거부하는 자가 아니라, 언어를 가장 주관적으로 운용할 줄 아는 자, 그러니까 일상어로 제 시를 쓰되, 언어를 일상적 수단으로 삼지 않는다. 시에서 언어는 회화에서의 터치나 다름없다. 고흐의 그림에서 붓 터치를 살피지 않고 해바라기를 볼 수 있다고 주장하는 것은, 언어의 특수한 배치와 운용을 저버리고서 시에서 무언가를 성급하게 꺼내오려고 하는 것과 마찬가지이다. 시는 결과를 손에 쥐고서 제 싸움에 임하지 않는다. 여타의 예술과 마찬가지로 시는 주관적으로 세계를 재현하는 일에 참여하지만, 여타의 예술과는 달리 그 과정에서 언어라는 무기를 들고서 독창적으로 세계를 움켜쥐는 정도에 따라 제 성취를 예견한다. 이처럼 너무나도 평범한 사실이 망각에서 반드시 자유로운 것은 아니다. 언어의 주관적 배치와 운용은 시가 주장하는 권리의 암묵적인 장전(章典)이자, 우리를 장전(裝塡)의 현실과 마주하게 하는, 인간과 사회와 삶을 비판적으로 바라보게 해주는 근본적인 힘이다. 시가 제 언어를 상실한 벙어리가 되어 빈손으로 세계와 마주하게 되는 순간은, 시를 소통의 상자 안에 가두려 할 때, 정치적 사건으로 시적 활동성을 축소하려 할 때, 공공성의 영역에서 시의 가치를 캐물으며 현실정치와의 직접성 여부를 성급히 확인하려들 때, 감각의 자율성에다가 시를 방치하면서 낭만의 소산으로 치부하려 들 때, 시의 내재성을 부정하면서 언어 외적 잣대를 치켜들어, 시가 뻗어나가고자 하는 미지의 방향을 하나로 고정시키려고 할 때이다. 시는 기대치를 배반하는 말들, 따라서 아직 도달하지 않은 미지의 세계를 현실에서 실현해내는 주관성의 언어적 실현, 그러니까 고안의 과정 자체가 의미의 절차를 이루는 텍스트이며, 현실에서 다른 현실을 사유하고자 내디딘, 그럼에도 아무것도 결정된 것이 없는 것을 대상으로 펼쳐내는 지적 투쟁이자 그 의지의 소산이다. 시는 당연히 이 권리를 부정하려는 온갖 행위들과 맞서 싸운다. 대의를 빌린 경고들, 소통을 앞세운 권고들, 난해함을 타박하며 내려놓는 천박한 충고들, 현실을 거울로 삼아 육박해오는 경제의 논리들, 도덕으로 무장한 훈계나 지침들처럼 시에 대한 비판적 지지를 이유로 시에 투척되거나 아예 시와 시적 언어를 참칭하기도 하는 이러한 담론들은 시가 개진하는 싸움의 왜-어떻게-무엇에 합당한 정답을 선뜻 제시하거나, 질문 자체를 아예 무기력하게 만드는, 이분법의 적자들일 뿐이다.

(『포지션』 2013년 가을호)

2부

리듬에 관한 세 가지 글

리듬, 미지의 개념, 영원한 의미 생성의 담지자

1. 모르는 것에 대해 아는 척하기

나는 우리말의 리듬에 관해 아는 바가 없다. 몇 차례 기회가 있을 때마다 반복했던 이 말은 한낱 겸양을 갖춘 수사가 아니다. 리듬을 연구했다고 항간에 알려진[1], 그리하여 이 자리 저 자리에 불려가 까닭 모를 환대를 받기도 하고, 해답을 제시하라는 투의 그 이유가 불분명한 독촉에 곤혹스러워하기도 했던 내 입장에서 나올 말이 아니라고 여겨질 수도 있겠다. 그런데 사실이 그렇다고 한다면, 저 말이 빚어내는 오해는 영영 풀릴 길이 궁해 보인다. 입을 다물고 있으면 그것으로 족할 것이기 때문이다. 따라서 이 글은 예상되는, 이 오해의 여지를 줄여보는 데 할애하기로 한다. 왜냐하면 나 역시 나름의 불만이 없는 것은 아니기 때문이다. 일천한 내 지식과 아둔한 직관에 따르자면, 우리말의 리듬을 규명하고, 이로부터 (시를 중심으로 한) 하나의 이론을 정립하기 위해서는, 성취를 목전에 두기 어려운 상당한 시간을 흘려보내야 할 것이며, 좀처럼 한곳으로 모이지

1) 젊은 국문학 연구자들(권혁웅, 장만호, 장석원, 장철환 등)이 리듬이나 산문시와 관련된 연구에서 내 부족한 글과 어설픈 번역서를 많이 인용해주었다.

않아 헛되어 보이는 시도를 그러나 부단히 요구할지도 모른다. 어쩌면 향후 반세기를 넘겨야 할지도 모르겠다. 집요함과 열정이 조건으로 요구되며, 다양한 언어와의 비교도 필연적인 절차일 것이다.

내가 아는 한, 리듬은 시작법의 구성요소라기보다는 일상적인 말이 취하는 지극히 일반적 현상이다. 리듬은 은유나 환유, 제유나 직유처럼 어법의 한 특성에 국한되는, 시나 언어의 국지적 특성이 아니라, 그것이 어떤 종류이건, 텍스트의 구성을 관장하는 통사의 조직이며, 음성학이 규정하는 음소의 개별 현상이나 그 반복, 이로부터 발생하는 미적 효과(expressivité, 표현성)가 아니라, 음소와 음소가 서로 굳건히 맺는 텍스트 내의 관계와 그 가치(음운론을 토대로 한)에 대한 물음, 이것이 의미의 생산과 어떻게 연관되는지를 관장하고 조절해내는 로고스이다. 여기서 방점은 의미의 생산에 놓이는데, 리듬이 세세한 분석을 요구하는 것은 의미 생산의 담지자라는 측면, 바로 그 조건에서만 그러할 뿐이기 때문이다. 그렇지 않다면, 우리는 고작 몇몇 음소의 반복을 앞에 두고서도 참으로 많은 말을 늘어놓을 수 있을 것이다. 리듬은 규칙적인 휴지나 문장의 분절이 아니라, 강세(accent)의 실현이자 그 어울림이며, 통사의 조직과 흐름 속에서 이 모든 것을 궁리하게 하는 지표로써, 결국 시의 특수성을 추적하고 말의 쓰임과 그 특성을 살피는 데 소용되는 개념이다. 리듬은 율격이나 정형율과는 별반 상관이 없다.

이렇게 몇 마디만을 늘어놓아도, 단박에 해법을 제시하기에는 리듬이 참으로 벅찬 개념이라는 사실은 자명해 보이며, 따라서 넘어야 할 난관은 실로 부지기수이다. 염두에 두어야 할 것은 우리말의 리듬을 살피기 위해서라면 무엇보다도 우리가 쓰고 있는 바로 그 말의 성질과 특성, 그 조직에 대한 일관되고 검증된 지식과 이 지식을 활용한 분석이 요구된다는 사실이며, 이 모든 것에서의 선행 조건은, 그토록 위기를 외쳐대는 의미, 의미가 되어가는 과정, 의미가 텍스트에서 제자리를 찾아나서는 시의 특수성이다. 반세기를 넘길 수 있을지도 모른다는 말은 따라서 과장이 아니다. 프랑스의 경우, 그 뒤를 냉정하게 잘라내고서 말한다 해도, 보들레르와 아폴리네르의 사유에서 리듬에 관한 근본적인 인식의 전환이 이루어지기 시작했으며, 20세기 언어학이 획기적인 발전을 거듭할 때, 시학 연구가, 시인, 언어학자 들이 저마다의 고유한 관점과 노력을 바탕으로 이들의 직관을 매몰차게 저버리는 대신, 실질적이고 구체적인 실험[2]을 감행해나갔고, 다양한 차원에서 프랑스어를 규명하기 위한 절차를 밟아나갔다. 난삽한 논의들이 결실을 이루어낸 것은 물론 벤브니스트 같은 언어학자의 혜안과 그의 뒤를 이어 시학의 영역에서 리듬의 이론 체계를 구축하기 위해 평생을 바쳤던 앙리 메쇼닉 같은 걸출한 학자가 있었기에 가능했다.

2. 리듬이 없는 텍스트, 리듬의 전환

나는 우리말의 리듬에 관해 아는 바가 없다. 그러나 이 말은 우리말의 리듬, 우리 시의 리듬을 다룬 그간의 연구를 살펴보지 않았다는 뜻은 아니며, 리듬의 개념 정립에 천착했던 글들과 그 글에서 제기된 논의를 들여다보지 않았다는 것도 아니다. 가령 나는 김기림이나 김억의 글에서 기왕에 리듬을 사유한 지속적인 노력과 그 흔적을 발견한다. 김기림은 리듬 개념이 형식적인 접근에서 벗어나 글(텍스트라고 하자)의 운동성으로 제 방향타를 돌리는 데 요구될 만한 직관을 보여주었으며, 음악(음악성)과 혼재되어 있으며, 율격에 대한 예의 그 집착에도 불구하고, 김억 역시 리듬에서 운동이나 조직과 같은 사유를 촉발시킬 가능성을 닫아놓은 것도 아니었다. 그러려야 그럴 수 없었기 때문이다. 왜? 산문시나 자유시 같은 새로운 형식의 문학 장르가 등장했으니까. 형식, 운율, 음악, 박자, 템포, 조화, 회귀, 반복, 규칙, 장식 등에서 벗어나, 리듬이 현대시학의 밑동을

2) 특히 20세기 초에 활동했던 '실험음성학파(phonétiques expérimentales)'를 예로 들 수 있겠다.

차지하는 혁신적인 개념으로 부상하기 시작한 계기, 그러니까 의미와 형식의 고리타분한 이분법을 취하한 자리에서 리듬이 모든 텍스트에 내장된 핵심 개념으로 고구되기 시작한 것은, 기묘하게도, 리듬이 없다고 여겨진 산문시나 자유시의 출현과 맞물려 있으며, 이는 우연이 아니다.

산문과 운문 사이의 대립의 붕괴, 산문시, 자유시, 시적 산문 등의 출현과 리듬의 개념적 전환은 서로 불가분의 관계를 맺는다. 근대 대도시의 탄생과 전통 수사학의 약화와 함께 활성화되기 시작한, 일상성에서 제 시학을 추구해나간 새로운 문학 장르에 대한 이론적 규명이 필요해지기 시작할 즈음, 리듬 개념을 둘러싸고 한국이나 프랑스에서 벌어졌던 어떤 공통된 현상을 우리는 어떻게 설명할 수 있을까? 정형율의 규칙성을 벗어나기 시작했을 때, 운문의 답답한 외투를 벗어버린 시의 탄생을 목전에 두었을 때, 보들레르가 운율 없는 시, 척도 없는 시, 규칙에 따르지 않는 시, 고색창연한 수사법에서 벗어난 시, "리듬도 각운도 없이 음악적이며, 영혼의 서정적 약동에, 몽상의 파동에, 의식의 소스라침에 적응할 수 있을 만큼 충분히 유연하고 충분히 거친, 어떤 시적 산문의 기적"[3]을 꿈꾸면서, 저 보무도 당당하게 현대시의 출발을 예고하며 별반의 가치도 없어 보였던 일련의 산문시를 대중들에게 선보였을 때, 바로 이때, 이 새로운 시에서 추방해야 한다고 믿었던 것은 리듬("리듬도 각운 없이")이었지만, 이 추방이 정형율에 대한 부정이자 동시에 리듬의 귀환을 알리는 징후가 되었다는 사실을 우리는 모르지 않는다.

명백하면서도 매우 충격적인 시적 인식의 전환이 리듬의 폐기를 통한 리듬의 재계와 맞물려 있는 것이다. 시는 재미삼아 지어보는 말놀이나 박자 맞추기 테크닉 경연의 결과물, 운문 짓기 경시대회의 으뜸 작품이 아니라고, 오늘날 누구나 믿고 있는 바로 그 이야기를 시작한 사람들, 그들

3) 「서문」, 샤를르 보들레르, 『파리의 우울』.

의 머릿속에서 리듬은 더이상, 우리가 알고 있던 그 리듬이 아니었다. 김기림이 리듬을 부정 어린 어조로 질타하면서, "시는 늘 살아 있는 것이다"라고 말했을 때, "살아서 뛰고 있는 탄력과 생기에 찬 말"[4]에 주목해야 한다고, 그렇지 않으면 "시를 장식의 일종으로 만들어버린 결과를 가져올 것"[5]이라고 우려를 나타냈을 때, 리듬은 부정되는 듯해도 부정되는 것이 아니라, 형식과 규칙에서 해방되어, 현대 시학의 새로운 개념으로 부상할 채비를 서두르게 된다. 생각해보라. 시조의 리듬을 3-4조의 반복이라고 해버리면 사실 얼마나 편리하겠는가? 소네트 형식으로 이루어진 말라르메의 작품이 오로지 소네트로 되었기 때문에 시라고 당신은 감히 말할 수 있겠는가? 형식은 그저 형식일 뿐이며, 그러나 리듬은 형식에 갇히지 않는다. 리듬은 전적으로 의미의 문제이며, 의미 안으로 파고들어 의미가 되어가는 과정을 드러내고, 의미 전반의 문제를 관장하고, 시에서 규명하고자 하는 개념이기 때문이다.

"시의 재료로 쓰여지는 말은 개개의 말 속에 의미의 가능성을 내재해 가지고 있는 것"이라고 김기림이 말할 때, "말의 소리와 모양의 운동과 자세에 의하여 생겨나는 물리적 효과는 필연적으로 거기에 나타나는 의미를 어떻게 막을 수 없다"[6]고 덧붙이면서 "그 일은 결국 말의 기능은 유기적이라는 데 기인한다"고 주장할 때, 리듬을 부정하는 저 척진 자리에서 리듬에 관한 새로운 의식과 신선한 인식이 싹을 틔운다. 리듬에 대한 논의는 음악이나 율격, 운율이나 모라, 음보 따위를 물고 늘어지거나 그것을 살짝 변형하고 보강하면서 진행될 성질의 것이 아니라, 바로 이와 같은 인식, 즉 근본적으로 통사와 의미의 문제라고 여기는 태도에서 시작되어야 한다. 김기림이 이 말과 더불어, 고뇌에 찬 눈으로 바라보고 있었던 것이 산

4) 「시의 용어」, 조선일보, 1935.

5) 「오전의 시론」, 조선일보, 1935.

6) 「시에 있어서의 기교주의의 반성과 발전」, 조선일보, 1935.

문시였다는 점도 기억해둘 만한 사실이다. 서양에서건 동양에서건, 리듬에 관한 사유의 근본적인 변화는 '산문으로 된 시'의 출현을 앞에 두고서 생겨난 새로운 의식과 고민의 형태로 주어졌기 때문이다. 산문시건 자유시건, 혹은 시적 산문이건, 이렇게 시가 무엇인가라는 매우 근본적인 물음이 우리의 사유에 변화를 가져오는 것이며, 시를 향한 인식론적 변화는 결국 수많은 개념들(대표적으로 음악, 정형률, 규칙성 따위)과 한데 뒤엉켜 있던 리듬, 속박된 리듬 개념을, 글을 조직하는 운동이나 이 운동의 지표들("말의 소리와 모양의 운동과 자세에 의하여 생겨나는 물리적 효과")이자, 의미의 담지자("의미를 어떻게 막을 수 없다")로 사유하는 저 행위에서 착수되었다. 이 모험은 이렇듯 상당히 오래되었지만 고작해야 시작일 뿐이라는 게, 시작의 단계에서 답보 상태에 머물며 더이상의 진척을 바라보기 어렵다는 것이, 내가 갖고 있는 작다면 작은 불만이기도 하다.

프랑스어를 위시한 서유럽어의 리듬, 프랑스 시의 리듬에 대해 알고 있거나, 알고 있다고 믿고 있는 리듬의 작동 메커니즘에 대한 내 작은 지식이 우리말과 우리 시의 리듬에 기계적으로 적용될 수 없다는 생각에는 변함이 없다. 따라서 이 글은 처음부터 끝까지 물음의 형식을 취하기로 한다. 내 물음에 대한 답변의 채무를 내 몫으로 돌리지 않으려는 것은 분명하지만, 제기된 문제가 부메랑이 되어 나에게도 고스란히 돌아온다는 것도 부정할 수는 없다.

3. 리듬에 관해 물어야 하는 몇 가지 물음들

첫번째 물음

가령 나는, 이런 질문 앞에서 무기력하다. 한국어에서 음절은 서로 간에 동등한 길이를 취하는가? 프랑스어에서 음절은 근본적으로 동등한 길이를 취한다. 이 말은 음절의 장단을 인정하지 않는다는 말인데, 이게 왜 중요한가? 각각의 음절이 동등한 길이를 취하는지 여부를 밝히지 않으면, 리듬도 연구할 수 없기 때문이다. 고전 라틴시에서 강력한 영향을 받은 프랑스 시 역시 한때 음절의 장단을 염두에 둔 적이 있으며, 음보라는 개념을 차용하던 시절이 있었다. 예를 들어, 베르길리우스의 아래 라틴 시구[7] 하나를 살펴보자.

1 2 3 4 5 6

— ⌣ ⌣ — — — — — ⌣ ⌣ — ⌣ ⌣ — —

| Montibus | in nos | tris so | lus tibi | certat A | myntas |

여섯 개의 음보로 구성된 시구가 지금 우리의 눈앞에 있다. 숫자로 표기해둔 각각의 음보는 길이가 길거나(— 표시) 짧은(⌣ 표시) 음절의 모둠으로 이루어져 있으며, 이 모둠의 형태는 프랑스 시사(詩史)나 수사학 교재에 잘 나와 있는 것처럼, 단장(斷長, iambe), 장단(長斷, trochée), 장장(長長, spondée), 장단단(長斷斷, dactyle), 단단장(斷斷長, anapeste), 단단단(斷斷斷, tribraque)로 구성된다. 따라서 길거나 짧은 음절로 구성된, 사전에 미리 정해져 있는 모둠(groupe)이 하나의 음보(pied)[8]를 이루며, 이 모둠 역시 여섯 가지 종류로 그 형태가 미리 정해져 있다. 길게 짧게, 짧게 길게, 짧게 길게 다시 짧게, 자 따라해보세요. 길게 두 번, 그리고 짧게 등등. 여섯 가지 유형이 있으니 그중에서 선택하면 그만이다. 그런 다음, 여섯 개를 이리저리 배치해서 그럴듯한 운문 하나를 만드는 일에 착수할 수도 있다. 여기서 착각하지 말아야 할 것은, 이 길거나 짧은 음절에 바탕을 둔 모둠, 이 모둠으로 구성되는 음보라는 개념은 오로지 라틴 고전시에서만 그렇다는 것이다. 그 영향하에 음보라는 개념이 프랑스 시에 등장했다

7) G. Dessons, *Le Poème*, Armand Colin, 2011, p. 15.

8) 영어의 foot.

는 것이지, 프랑스 시가 음보나 음절의 장단을 전제한다는 것은 아니다. 중세에도 그랬지만 본격적으로 프랑스어로 시를 집필하기 시작한 르네상스 이후, 음보 개념은 자취를 감추게 되며(왜? 프랑스어의 어법에 근본적으로 맞아떨어지지 않기 때문이다), 따라서 프랑스 시의 원칙 하나가 여기서 굳어진다. 음절의 길이가 서로 동일하다는 매우 단순한 원칙, 어려운 말로, 음절동등분절의 원칙(syllabisme)이다.[9] 그러나 이 단순해 보이는 원칙이 프랑스어의 리듬을 이해하는 초석이 된다.

그렇다면 우리말은 어떤가? 언해나 이두로 씌어진 글, 심지어 한시조차 모두 논외로 놓고서, 1895년 『서유견문』 이후에 직면하게 된 근대 에크리튀르의 전환기를 전후해서 출현한 시를 중심으로 말해보자. 아니 최남선 이후에 등장한 근현대시에 국한한다면, 이 질문에 과연 어떤 대답이 주어질 것인가? 물음이 옳지 않다. 다시 묻는다. 우리가 즐겨 읽는 요즘의 시에서 음절의 길이는 서로 같은가? 어떻게 생각하는가? 우리말의 자음과 모음의 결합으로 형성된 음절은 어떤 길이를 취하는가? 아~에~이~오~우~가 자음과 결합될 때, 서로 동일한 길이를 지니는가? 변주되는가? 그러나 정말로 변주되기는 하는 것인가? 어떤 음절이 길게, 또 어떤 음절이 짧게 발음된다고 한다면, 왜 그런가? 자음과 모음이 결합하여 하나의 음절을 만들어낼 때, 그 길이가 달라진다고 여기게끔 해주는 별난 결합이 존재하는가? 조사, 빈사(賓辭), 주사(主辭), 형태소, 음소 등이 단어에 붙어 결합되는 경우, 음절의 길이를 동등하게 유지하는가? 실사(實辭) 주위로 결합할 때, 음절의 동등한 길이를 유지하는가? 음절의 길이에 대한 물음에서 유념해야 할 것은 개인적인 발성, 개인적인 차원에서 행해지는 음절의 늘림이나 줄임을 배제해야 한다는 것이다. 맘대로 읽으면 음절은 당연히 늘어나거나 줄어들 수 있다. 시조창(唱) 같은 부류

9) 등장성(等張性)으로 번역이 가능하겠지만, 이 용어가 시조 연구나 리듬 연구에서 음보의 일정한 간격을 의미하는 경우가 있어, 혼동을 피하고자 하였다.

의 글도 예외는 아니다. 태~~~사하한~~이, (하!), 높흐흐흐흡다 하되~, (쿠궁, 딱), 이런 거, 안 된다. 음악의 가락에 맞추어 임의로 조절해낸 식의 독법은, 텍스트의 리듬 분석과는 아무런 상관이 없다. 시조가 악기나 음악을 동반한 상태에서 발성된 창의 일종이라고 해도, 텍스트로서 분석과 연구의 대상으로 삼고자 할 때, 리듬은 음악이나 창법과는 기실 아무런 상관이 없기 때문이다. 나는 한국시에서 음보나 내재율 같은, 그 등장에 사연과 역사적 배경이 결부되어 있는 것이 분명할 개념들은 폐기되어야 한다고 생각하며, 음악도 리듬과는 아무런 상관이 없는 개념이라고 생각한다. 엘뤼아르나 아폴리네르의 시 다수를 악보로 만들어 연주했던 프랑시스 풀랭(Francis Poulenc)의 연가곡이나, 말레르메의 「목신의 오후」를 전주곡으로 음악화한 드뷔시같이, 음악의 화성이나 리튜, 악보 등으로 시를 변용시킨 예를 제외하고 말이다. 물론 이 경우도, 텍스트로서의 시에서 리듬은 음악과는 상관없다. 리듬은 이런 것이 아니다. 리듬이 이런 사이비 개념으로 대치될 수 있다면, 리듬은 시와 아무런 상관이 없으며, 연구할 가치도 없다. 오롯이 형식에 관한 가짜 물음들을 시에서 촉발시켜, 혼동을 가중시키고, 시 자체를 왜곡하는 개념이기 때문이다. 이때 리듬은 형식적인 요소로 전락하고, 아름다움의 효과를 걸머쥐기 위해 시에 덧칠을 해놓은 치장이나, 외형만을 빛내는 조화롭고도 가지런한 장식이 되고 만다.

두번째 물음

가령 나는, 이런 질문 앞에서도 무기력하다. 우리말에는 강세(强勢, accent)가 있는가? 아마 존재할 것이다. 강세가 존재하지 않는 언어는 지구상에 없을지도 모르기 때문이다.[10] 프랑스어의 리듬에서 강세가 그 조

10) 대표적으로 프랑스어는 19세기 말까지, 강세가 없는 언어라고 인식되어왔다. 강세가 없다는 것은, 단 하나의 톤에 맞추어 말이 진행된다는 것이다. 물론 그렇다고 해서 한국어에

직을 담당한다는 사실은 비교적 최근에 밝혀진 것이다.

> 프랑스 시에서 핵심적인 것은, 음절 수도, 휴지도, 각운도, 그 어떤 기교도 아니며 바로 리듬이다. 그러나 대체 리듬은 무엇으로 구성되나? 리듬을 구성하는 것은 바로 강세다.[11]

그렇다면 우리말의 강세는 어디에 놓이며, 어떤 방식으로 결부되는가? 어떤 구성을 바탕으로, 어떤 논리로 우리말에서 강세를 추려내는 작업이 가능해지는가? 말하다가 어금니에 힘을 주게 되는 것처럼, 우리가 실제로 글을 읽을 때 발생하는 주관(오해를 피하기 위해, 힘을 내려놓는 지점이라고 하자)의 개입과 그 지점을 강세라고 한다면, 강세는 의미와 필연적인 연관성을 지닐 수밖에 없다. 문제는 어떻게 연관되는가, 어떤 방식으로 조직되어 나타나는가를 규명하는 데 있다. 강세는 강조되는 지점이라는 말로도 그 중요성을 충분히 감지할 수 있다. 강세는 의미가 제 하중을 내려놓는 지점으로, 근본적으로 텍스트의 의미생성의 요소이기 때문이다. 매우 간단한 물음처럼 보인다. 그런데 문제는 항상 단출해 보이는 물음을 구체적으로 해명하고자 하는 데서 발생한다.

다시 질문을 던진다. 우리말에서 의미의 단위와 결부된 통사는 제 단위를 어떻게 묶어내는 것이며, 텍스트에서 강세는 어떻게 발생하는 것이며, 어떻게 의미와 연관을 맺게 되는 것인가? 한 편의 시를 앞에 두고서 통사의 나뉨이나 그 경계를 파악하는 일은 그다지 어렵지 않다. 물론 신문 기사가 훨씬 단순하고 규칙적인 통사의 구성을 보여주며, 그 그룹의 경계를 파악하기도 쉽고, 문법적으로도 가지런하다. 이 말을 잘 생각해보면, 리

강세가 존재한다고 주장할 수는 없다. 근거를 찾아야 한다.

11) A. Spire, *Plaisir poétique, plaisir musculaire*, Paris, Jose Corti, 1945, p. 500.

듬이 왜 유독 시에서 특수하고도 중요한지 짐작하게 될 것이다.

문제는 항상 시—시라는 언어활동의 특권—이다. 시(우리가 문학이라 부르는 텍스트)에서는, 통사의 단위가 결정되는 논리와 경로를 캐묻는 작업 자체가, 강세를 헤아리는 작업 자체가, 언어와 문법에 대한 근본적인 인식의 전환 없이 가능하지 않기 때문이다. 프랑스어에서 리듬의 가장 기본적인 개념은 강세이며, 강세는 통사적 차원에서만 먼저 말하자면, 통사 그룹의 마지막 음절에 온다. 강세를 표기하는 방법도 마련되어 있다. — ⌣. 앞서 한번 나왔던 표기이지만, 그 전제는 같지 않다. 음절의 길이가 동일하다는 가정하에, '—'는 강세가 오는 음절을, '⌣'는 그렇지 않은 음절을 표시한다. 프랑스 시학 연구자들이 구분을 위해 제안한 협약이다. '소피는 외롭다'라는 문장이 있다고 가정해보자.

① Sophie 〔소피〕 est solitude 〔~는 외롭다〕 : 강세는 주절인 '소피'〔so**fi**〕의 마지막 음절과, '~외롭다'는 동사구의 마지막 음절 '튜(드) 〔**tu**(d)〕'에 붙는다. 따라서 이 문장은 두 번의 강세를 취한다. So**phie** est soli**tude**. 말 그대로, '소피'와 형용사 '외로운'이 강조된 구문이다. —⌣로 표기한 결과는 다음과 같다.

⌣ — ⌣ ⌣ ⌣ —
① Sophie est solitude.[12)]

그런데 이 문장에 어떤 심술궂은 사람이 '~이다' 다음에 쉼표를 하나 찍

12) 'tude'는 두 음절이라고 말할 수 있겠으나, 마지막 음절의 'e-' 묶음은 발음하지 않는다. '튜드'라고 힘주어 발음하지 않고, 일상에서는 '튜(드)'라고 한다. 〔소/피/에/솔/리/튜(드)〕, 이렇게 여섯 음절로 읽어야 하며, 시 역시 마찬가지다. 물론 정형시의 경우 필요에 따라 'e-' 묶음을 발음해야 하는 경우도 있지만 우리는 지금 프랑스 고전 시작법 강의를 듣는 게 아니다.

어놓아(주로 시인들이 이런 짓을 잘한다) ② 'Sophie est, solitude'라는 문장을 우리가 마주하게 되었다고 가정하자. 강세는 주절인 '소피'의 마지막 음절과, 'est', 즉 '있다' 동사의 활용에도 붙는다. 왜? 쉼표를 찍어두어(쉬라는 명령이므로) 통사 그룹 하나가 인위적으로 돌출했기 때문이다. 따라서 통사 그룹이 세 개로 늘어났으며, 각각 그룹의 마지막 음절에 강세가 붙는다는 원칙에 따라 강세도 하나가 더 늘어났다. 바로 이렇게. So**phie est**, soli**tude**. ~'이다'를 뜻하는 "est"가 쉼표 때문에 강세를 얻어 다음과 같이 표기된다.

      ⌒
˘ — — ˘ ˘ —
② Sophie est, solitude.

그렇다면 ①과 ②는 같은 문장인가? 그럴 거라면 왜 예문으로 삼았겠는가? 그렇지 않다. ①에 비해 ②는 '~이다'라는 외로운 상태, 즉 존재론적인 측면이 강조되었다. 더구나 주어('소피')와 주어의 자격을 나타내는 활용('~이다')에 강세가 연속해서 발생하여, 감정이 보다 깊숙이 각인된 문장이 되었다. 참고로, '⌒'는 강세의 연속을 표시한다. 이 두 문장에서 우리가 느끼는 의미의 차이는 물론 리듬으로 인해 빚어진 것이다. 미세한 차이지만, 특수성이라 함은 늘 미세한 차이를 따지는 일에서 시작한다는 걸 시를 공부하는 우리는 모르지 않을 것이다. 왜 차이가 나는가? 강세가 부가되었다는 것은, 말하는 자의 주관이 실렸다는 것이며, 따라서 의미의 발생과 또한 무관할 리 없으므로 강세의 원칙은 언어마다 상이하다. 예를 들어, 영어는 통사 그룹의 마지막 음절에 강세가 오는 것이 아니라, 낱말(음절) 교차식(alternatif) 강세를 취하며, 강세는 |/|로, 강세가 오지 않는 음절은 |×|로 표시한다.

× / × / × / × / × /
To be or not to be, that is the question

강세가 오는가, 그렇지 않은가를 낱말 단위로 헤아려보는 것이 문제가 된다. 영어의 리듬은 "강세가 있는 음절과 강세가 없는 음절의 교체"[13]에 토대를 두기 때문이다. 여기서 다시, 물음을 던진다. 우리말에서는 이 통사 그룹의 마지막에 강세가 온다는 프랑스어 리듬의 기본 원칙이 통용될 것인가? 영어처럼 낱말 교차식 강세의 원칙을 가정할 수 있을 것인가?[14] 절대로 그럴 리 없다. 그러나 시에서 통사 그룹의 형성 단위에 대한 연구 자체가 리듬을 파악해나갈 단초가 되는 것만은 분명해 보인다.

> 발로, 문을, 박차고 들어선, 편의점, 나는 망치를, 들고, 음료수가 진열된, 냉장고, 앞으로, 달려간다, 망치로, 냉장고 유리를, 내리친다, 쨍, 울리는, 소리는, 얼음 가시처럼, 고막을 찌른다, 산산조각 난, 유리들, 나는, 닥치는, 대로, 망치를 휘두른다, (……) 오 분간이라는, 공복의 시간, 째깍째깍, 다 녹아버리고, 놀이는, 끝났다.
>
> —조인호, 「빙하때려부수기 — 氷, 河, 期」 부분[15]

분절되는 느낌, 서걱거리는 느낌, 거친 느낌, 조작되었다는 느낌, 멈추고 가고, 가고 또 멈추는 듯한, 이 구절이 주는 전반적인 느낌은 물론 쉽

---

13) Bernard Tardy, *Sur le rythme en anglais*, in *Rythme, langue, discours*(recueil coordonné par Michèle Bigot et Pierre Sadoulet), Lambert-Lucas, 2012, p. 139.

14) 앙리 메쇼닉의 저서 『Critique du rythme: Anthropologie historique du langage』(Verdier, 1982)의 빼어난 점은 프랑스어, 영어, 독일어, 스페인어, 이탈리아어, 라틴어, 히브리어나 심지어 아랍어 등을 아우르며 서양의 언어 전반에 대한 고찰을 통해 리듬 연구를 진행했다는 데 있다.

15) 『방독면』, 문학동네, 2011.

표의 개입으로 인해 매끄러운 선적 전개가 불가능해졌기 때문에 발생한 것이다. 굳이 리듬의 차원을 언급하지 않아도, ① "발로, 문을, 박차고 들어선, 편의점"과 쉼표를 제거한 ② '발로 문을 박차고 들어선 편의점'은 완전히 다른 문장이다. 전자가 통사 그룹(명사구, 동사구 등등)들 사이에 고립과 분절을 조장하면서 구문 간의 연대를 파괴하고, 나아가 이질감을 불어넣는 반면, 후자는 선적 전개에 바탕을 두어 이와 같은 느낌을 부여하지 않는다. 조인호의 시에서 이 분절의 리듬은 망치를 휘두르는 행위 자체의 강도를 차츰 고양시켜나가면서, 매우 폭력적인 글쓰기, 마치 모든 것을 다 부수어버리겠다는, 기어이 부수고야 말겠다는 의지를 실현한다. 감정(affect)의 수위를 조절하는 것은 이제 리듬이라고 말할 수 있지 않을까? 그럼 강세는 어떻게 되는가? 통사 그룹의 마지막 음절에 붙는가? 그렇다면 아래와 같은 양상으로 표기될 것이지만, 이 표기는 물론 가정일 뿐이다. 확신할 수 없는 이 표기를 보시고, 각자 판단해보시길.

◡ ◡ ◡ ◡ — ◡ ◡ — ◡ — ◡ ◡ — ◡ — ◡ ◡ — ◡ ◡ ◡ —
① 산산조각 난, 유리들, 나는, 닥치는, 대로, 망치를, 휘두른다

◡ ◡ ◡ ◡ ◡ ◡ ◡ — ◡ — ◡ ◡ ◡ ◡ — ◡ ◡ — ◡ ◡ ◡ —
② 산산조각 난 유리들, 나는 닥치는 대로 망치를 휘두른다

두 문장에서 극명한 차이를 보이는 것은 어디일까? 통사의 시적인 배치(쉼표의 삽입)를 통해, 혹은 조작을 통해 기이한 현상이 발생하는 지점은 특히 "나는, 닥치는, 대로,"이다. 앞의 프랑스어 예문과 비교해보면, 이해는 비교적 간단하다. 있지 않아야 마땅해 보이는 자리에(즉 문법의 견고함을 비집고) 쉼표가 들어서면서 생겨난 어떤 변화에서 중요한 것은, 의미가 굴절되거나 문법적으로 가지런한 문장에서는 우리가 좀처럼 포착하지 못하게 되는 시적 현상이 글에 개입하기 시작했다는 것이다. '나는 닥

치는 대로'가 아니라 "나는, 닥치는, 대로,"라고 적어놓아, 고립을 조장하는 리듬에 힘입어 "닥치는"이 자조적이며 자기 조롱적인 의미('입을 닥치라고 할 때의 그 느낌')를 "나" 자신에게도 부여하고 만다. 강세를 강제로 동반하였다는 사실에서 이 지적은 논리적 근거를 얻는다. 따라서 마치 '입을 닥치라'고 할 때의 바로 그 뉘앙스의 발생으로 인해, 부수는 행위가 시 전반에서 결국에는 나 자신에게로 향하는 것(반성적인 회귀라고 해야 할까?)이 되어버린다.

물론 한국어의 강세가 어디에 놓이는지, 어떻게 작동하는지 오리무중의 상태이다. 단지 이렇게 가정해볼 뿐이다. 강세를 파악하기 위해서는 무엇이 전제되어야 하나? 통사 그룹의 구분과 헤아림, 이것은 리듬을 따져 묻는 데 필수이다. 통사 그룹의 구분에 있어 편의상 '|'를 소단위의 경계, '||'를 대단위의 경계, '||(|)'를 의미의 묶임을 어떻게 파악하느냐에 따라 소단위나 대단위가 될 수도 있는, 즉 텍스트에서 결정 불가능성을 발생시키는 대목을 나타낸다고 해보자. 그런데……

> 그리하여 나는 이리저리 튕기는 줄 튕겨지면서 나는 아스라한 먼지 부서지기 쉬운 목 손으로 누르면 바로 나는 소리 말고 좀 있다 흐느끼는 소리 다시 돌아가 또 다른 어떤 것 만약 백을 센다면 백 다음에 돌아가는 얼굴 익명들 언제나 불리는 곡 말고 리드나 백 밴드 모인 사람들 말고 여기저기 인용되는 이름 말고 뒤떨어지거나 앞서 가지 않았는데 없었던 게 되는 사람들 그러나 유일하지도 않은 사람 이렇게 눈 오면 설레는 기분 다음에 오는 어쩔 수 없는 감정 열렬히 수렴되지 않는 기타 등등
>
> —김이듬, 「기타의 행방」[16] 부분

16) 『말할 수 없는 애인』, 문학과지성사, 2011.

이 문장들은 수다가 아니며, 아무 말이나 막 늘어놓은 것도 아니다. 그럼 어떤 효과를 창출하고 있는가? 만약 리듬 연구자라면 이 문장을 목전에 두고서 어떻게 말하겠는가? 몽환적인가? 초현실주의적인 구문인가? 연상작용에 의지한 글인가? 이 모든 것을 말하기에 앞서, 통사의 단위를 구분하는 데서 오는 어떤 애매함이 문제가 된다. 우리말의 문법 규칙을 잘 몰라서 시인이 이렇게 썼다고 생각하면 커다란 오산이다. 이 애매함이 감싸고 있는 매력을 살펴야 할 것인데, 이 매력은 도대체 어디에서 발생하며, 이게 또 왜 매력이며, 매력의 가치는 무엇인가? 통사 그룹을 한번 나누어보자.

그리하여 | 나는 ||(|) 이리저리 | 튕기는 줄 || 튕겨지면서 나는 | 아스라한 | 먼지 || 부서지기 쉬운 목 || 손으로 | 누르면 | 바로 나는 소리 ||(|) 말고 ||(|) 좀 있다 ||(|) 흐느끼는 소리 || 다시 돌아가 ||(|) 또 다른 어떤 것 ||(|) 만약 | 백을 | 센다면 || 백 다음에 | 돌아가는 얼굴 ||(|) 익명들 || 언제나 | 불리는 곡 | 말고 || 리드나 | 백 밴드 ||(|) 모인 ||(|) 사람들 말고 || 여기저기 | 인용되는 | 이름 말고 || 뒤떨어지거나 | 앞서 가지 않았는데 | 없었던 게 되는 | 사람들 || 그러나 | 유일하지도 않은 사람 || 이렇게 | 눈 오면 || 설레는 기분 | 다음에 오는 | 어쩔 수 없는 감정 || 열렬히 | 수렴되지 않는 기타 ||(|) 등등

얼핏 "그리하여 나는"에서 "나는"은 주어인 동시에 동사처럼 보인다. 일단 주어라고 가정했을 때, 나 = "튕기는 줄"이 된다. 의인화라는 간단한 도식이 들어선다. 그런데 문제는 이처럼 간단치 않다. 오히려 '소리가 난다'의 활용으로 읽힐 가능성이 훨씬 농후하기 때문이다. 선택은 자유지만, 구문을 읽어내는 것은 리듬의 요구에 충실히 따른다는 것을 의미한다. 예컨대 '청바지가 잘 어울리는 여자'와 같은 구성으로 되어 있는 나

머지 구문들은 이 시 전체가 일종의 관형어구(syntagme déterminatif)의 집합으로 되어 있다는 사실을 말하고 있으며, 이것을 알려주는 것은 통사 그룹의 파악, 즉 리듬인 것이다. 바로 이것이 의미를 파악하는 길이기도 하다. 물론, 그럼에도 불구하고 물음은 계속된다. 왜냐하면, 관형어구 사이사이에 "말고"나 "좀 있다"처럼 구어 투의 구문이 삽입되었기 때문인데, 더구나 이 삽입 구절이 대관절 어디에 걸리는지를 파악하는 데 필요한 경계도 분명치 않다. 예컨대 이 삽입 구절은 "다시 돌아가"처럼, 누가 누구에게 말하는지 역시 그 구분이 명확하지 않은 상태에서 이어지는 "또다른 어떤 것"의 위치마저 모호하게 만드는 결과를 낳는다. 난감하기로 따지자면 "만약 백을 센다면"에 호응하는 구절을 찾기 어려운 것도 매한가지이며, "리드나 백 밴드 모인 사람들 말고"처럼, 조사를 생략해놓아 통사 그룹을 파악하기 어려운 난해함이 여기에 더해진다. 백미는 물론 "수렴되지 않는 기타 등등"이다.

완전히 새로운 문장의 구성을 목전에 두고서, 우리가 해야 할 말은 비교적 자명하다. 리듬, 즉 리듬의 기초인 통사 그룹을 헤아리는 일이 문장의 특성을 헤아리는 일(다시 말해, 언술 전반의 특징을 헤아리는 일)과 다르지 않다는 것이며, 이러한 작업을 기초로 어떤 분석을 감행한다면, 무조건 그 기저와 테마로 파고들어 내용의 설명에 급급한 글이 남기는 공허함을 모면할 수 있을지도 모른다는 것이다. 현대 시학에서 형식과 의미(forme-sens)는 불가분의 관계에 놓여 있다고 말해왔지만, 흔히 내뱉는 그 말처럼 형식-의미, 다시 말해, 의미가 형식이 되고 형식이 의미를 창출하는 단일체로 텍스트를 취급하여 분석에 임하는 일은 생각하는 것처럼 쉽사리 이루어지지 않는다. 이렇게 구어와 문어의 경계를 현란하게 교란하고 결국 붕괴하는 김이듬의 리듬, 구어와 문어의 경계를 허무는 애매함의 시학은 통사 그룹을 구분하는 작업에서 이미 감지된다. 여기서 다시 물음을 던져야 한다. 이렇게 결정 불가능성을 자주 내보이는 구문에서 강

세는 어떻게 결정되는가? 시가 리듬을 결정한다. 즉 디스쿠르가 강세의 체계와 그 지형을 결정한다는 사실을 언급할 수밖에 없다. 우리는 첫 문장의 구성을 "그리하여 | 나는 ||(|) 이리저리 | 튕기는 줄", 이렇게 어설픈 독서로 시작했다. 그러나 작품 전반이 이 관형어구의 집합과 그 사이사이 삽입된 구어적 단문으로 조직된다는 것을 알아나가는 바로 그만큼, 이 첫 문장의 구조가 "그리하여 | 나는 | 이리저리 | 튕기는 줄"로 되어 있다는 사실이 명백해진다는 사실이 중요하다. 글 전체의 조직이 세부의 사항을 결정하는 것이지, 세부 사항이 항구적으로 제 구조를 관철시키는 법은 없다. 기호란 결국 기호 주변에 있는 나머지 요소들에 의해 제 값이 결정되는 것처럼, 리듬은 기호나 특정 구문이 아니라, 기호와 구문의 결속력, 그것의 조직에만 관여할 뿐이다. 리듬은 이렇게 조직이자, 조직을 관장하는 로고스이다. 전체에 대한 통찰이 우선이다. 디스쿠르에 선행하는 기호는 존재하지 않는 것이다. 하나만 더 예를 들어보자.

> 나는 그날 저녁
> 너의 저녁을 훔쳤지
> 너는 눈치채지 못했겠지만
>
> 오랜만에 우리는. 일찍 퇴근해서 까페 테라스에 마련된 테이블. 피곤한 엉덩이를 걸치기엔 지나치게 디자인에만 신경쓴 의자에 마주 앉았다. 무슨 얘기 끝엔가. 너는 내게 말했다. *오늘 저녁은 어제보다. 한결쯤 더 쓸쓸하군요. 한결쯤 더. 답답하고. 먹먹해. 이 귀가 먹먹한 적막.* 예전처럼 나는 너의. 손을 잡아줘야 할 것 같아 손을 들다가. 그만 거둔다. 그것이 너의 손을 잡아줄 마지막. 기회였는지도 모르고. 시나브로 우리가 앉은 테이블의 지름은 조금씩. 점점. 길어지고 넓어지고. 있었다 너는 내 앞에서 쉴새없이. 무슨 말인가 했지만 그 소리는 점점. 더 어젯저녁의 기억처럼. 가물거

리며 허공에서. 깜박거리다 사라져갔다. 어느 순간부터 울고 있는 너. 너의 손이라도 잡고 진정시키려 해도 이미. 테이블의 반지름은 우리의 팔길이를 넘어선 지 오래. 당황해서 황급히. 자리에서 일어나 네 손을 잡으려 해도. 이미 닿지 않는. 마치 난 앞발을 들고 재주부리는 서커스단의 곰같이. 얼떨떨한 표정. 우스꽝스러운 자세로. 부끄러워진 두 손을 거두며 자꾸. 내 의지와 상관없이 송곳니 사이로. 흘러내리는 침을 닦는다. 이런 젠장. 냅킨이 너무 멀리. 있군. 구리렁거리면서.

—김중일, 「두 겹의 저녁으로 보는 테라스」[17] 부분

다시 강조하지만, 리듬은 무엇보다도 우선, 통사의 분쟁, 통사 간의 전쟁, 통사의 조직이다. 아니 통사 그룹에 대한 이해가 리듬의 근간을 차지한다. 강세와 연관되어서도 그렇지만, 시의 기본 구조를 파악하는 게 만만치 않은 만큼, 이 만만치 않는 파악의 시도에서 시의 가치를 가늠해볼 단서가 통사 분석에서 주어지기 때문이다. 문장이 어떻게 이어지고 끊어지는지, 문장의 특이한 조직을 들여다보며, 통사가 결속되는 양태를 추출해내는 일은 우리말의 리듬을 파악하는 데 필요한, 비교적 자명한 지표일 것이다. 김중일은 비교적 간단한 구두점의 배치만으로도 시에서 뛰어난 "두 겹"의 효과를 만들어낸다.

⌣ ⌣ __ ⌣ __ ⌣ ⌣ ⌣ ⌣ ⌣ ⌣ __ ⌣ ⌣ __ ⌣ __ ⌣ ⌣ ⌣ (⌣)[18] ⌣ ⌣ ⌣
우리가 | 앉은 | 테이블의 지름은 | 조금씩. || 점점. || 길어지고 | 넓어지
__ ⌣ ⌣ __ ⌣ __ ⌣ ⌣ ⌣ __ ⌣ ⌣ ⌣ __ ⌣ ⌣ ⌣ ⌣ __ ⌣ ⌣ __ ⌣
고. || 있었다 ||(|) 너는 | 내 앞에서 | 쉴새없이. || 무슨 말인가 | 했지만 | 그

17) 『국경꽃집』, 창비, 2007.

18) ˘는 강세가 올 수도 그렇지 않을 수도 있는 음절을 말한다. 다시 말해 한 그룹으로 묶일 수도 있고 그렇지 않을 수도 있는 지점이다.

◡◡—　◡—　—　◡◡◡◡—　◡◡◡—　◡◡◡◡—　◡◡◡—
소리는 | 점점. || 더 ||(|) 어젯저녁의 | 기억처럼. || 가물거리며 | 허공에서.
◡◡◡◡—　◡◡◡◡—
|| 깜박거리다 | 사라져갔다. ||

시인이 배치한 구두점을 제거한 상태로 글을 한번 변형시켜보자.

◡◡◡◡—　◡◡◡◡
우리가 | 앉은 | 테이블의 지름은 | 조금씩 점점 | 길어지고 | 넓어지고
◡◡—
있었다. || 너는 | 내 앞에서 | 쉴새없이 | 무슨 말인가 | 했지만 | 그 소리는
◡◡ —
| 점점 더 | 어젯저녁의 | 기억처럼 | 가물거리며 | 허공에서 | 깜박거리다 |
사라져갔다. ||

강세의 변화는 의미의 변화를 가져오며, 리듬을 따져보는 근본적인 이유도 강세에서 부여된 의미의 특수성을 살피는 데 있다고 앞서 언급했다. 구두점의 개입으로 인해 통사 그룹의 마지막에 위치하게 되어 강세를 부여받은 "조금씩" "넓어지고" "점점" 같은 단어들은 구두점이 없었더라면 다른 그룹에 속하거나 주목받지 못할 낱말들이었다. 여기서 새로운 의미의 창출은 물론 시인의 조작에 따른 것이다. 리듬이 연동시킨 의미의 변화를 살피는 작업은 시의 특수성을 성찰하는 일과 다르지 않다. 김중일은 문장의 경계를 정하는 데 있어서, 구두점을 강제해나가면서 저 견고한 자기만의 통사를 구축해내었고, 이렇게 "두 겹"의 수사를 창출해낸다. 이 두 겹의 수사는 분절과 절분을 통해 통사의 경계와 그 "국경"에서 발생하는 의미의 분란을 겨냥한다. 『국경꽃집』의 시학은 바로 이와 같은 문장의 특수한 구성에 있는 것이다. 가령, "조금씩"이나 "점점"은 의도적으로 단절을 강조하거나 그것을 표시해두기 위해 시인이 구두점을 동원한 것이

지만, 문제는 "넓어지고. ‖ 있었다 ‖(|)"나 "그 소리는 | 점점. ‖ 더 ‖(|)" 같은 주절의 갑작스런 붕괴에서도 발생한다. 더구나 "있었다"는 앞뒤로 제 의미망을 확장시킨다. '길어지고 넓어지는 동시에 너도 있다'는 걸 말하는 이 구문, 이러한 구문의 창출은 화자가 위치한 공간에다 완전히 '너'를 녹여내는 효과를 만들어내고 만다. 매우 단단한 통사 그룹을 구두점으로 채근하면서 김중일은 그만큼 리듬을 단호하게 가져감으로써, 너와의 대화 불가능성을, 아니 그 간극을 조성해낸다. 고즈넉함과 쓸쓸함, 타자와의 단절감을 시의 특수성으로 정착시키는 것은 결국 리듬인 것이다. 다시 말해, 문장을 조직하고 의미를 창출하는 것은 바로 리듬인 것이다.

리듬이 문장의 조직을 관장한다고 말할 수 있는 까닭은 근본적으로 통사의 구조와 그 분석에 의존하는 개념이 리듬이기 때문이다. 어쩌면 비평가들이 시를 읽으면서 시의 결을 하나하나 따져나가며 머릿속에 그려보는 어떤 의미망도 지금 여기서 임의로[19] 제시한 분석과 크게 다르지 않을 것이다. 우리가 떠올리는 것, 우리가 어렴풋하게 시의 얼개를 이해한다고 믿고 있는 부분들을 리듬은 보다 세심하게 담보하고 표현한다. 리듬 분석은 문장이 조직되는 과정을 살피는 것, 그 단위를 포착해내는 것이다. 구두점은 간단한 기호이지만, 그러나 구두점 자체를 헤아리는 것은 별 의미가 없다. 통사와의 관계에서 어떤 뒤틀림이 발생하며, 강세의 조절에 어떻게 개입하는지를 알아내는 게, 즉 의미를 포착하는 것이 관건이다. 구두점은 문장부호만을 의미하는 것은 아니기 때문이다.

> (……) 아이는내안의굴에서낮에는박쥐처럼거꾸로매달려잤고밤엔내가읽어주는나의시를들었다아이는조금씩눈이멀어갔다아이가다자랐을때나는 갈매기의혼을넣어주었고아이는말의몸을빌려달력의초원으로달려갔

19) 우리 시를 두고서 지금 선보이고 있는 강세나 통사 그룹의 분석이 죄다 가설이라는 말이다. 한국어의 리듬은 미궁 상태에 놓여 있다.

다아이가떠나기전 내게당신시는영하라고했다나는아이가떠난후쓸쓸해서 몽골어를배워보려고했지만곧그만두었다달력에서쏟아지는문으로방이열었다

—김경주, 「비정성시(非情聖市)」[20] 부분

이 작품에서 구두점의 역할을 수행하는 것은 여백이다. 문장부호가 아니라, 문자를 제외한 모든 것이 구두점이라는 관점에서 보면, 이 문자를 제외한 모든 것이 어떤 식으로 의미를 만들어내는지를 살피는 일은 구두점의 시학적인 차원을 연구하는 것과 다르지 않다는 사실을 알게 된다. 단순한 기호로서의 구두점에서 벗어나, 시학의 요소로서 구두점을 파악하는 것 역시 리듬에게 할당된 몫이다. 그 표기가 갖는 실효성에 의문투성이이긴 하나, 이 작품에서 우선적으로 살펴볼 것은 두 대목이다.

˘ —

아이가다자랐을때나는 갈매기의혼을넣어주었고

˘ ˘ —

아이가떠나기전 내게당신시는영하라고했다

여백은 "나는"과 (떠나기) "전", 이 두 대목에 강세를 동반하게끔 강제한다. 왜 그럴까? 강제로 한 번 쉬어야 하는 지점, 즉, 통사 그룹의 마지막과 동일한 효과가 여백을 통해 발생하기 때문이다. 프랑스어에서는 통사의 차원에서는 인칭대명사에 강세가 오지 않으며, 전치사에도 마찬가지이다. 한국어는? 다시 대답을 찾아나서야 하는 물음이다. 어떤 품사가 강세를 받는가? 전치사를 중심으로 한 접사, 허사, 연결어, 조사, 어미,

---

20) 『나는 이 세상에 없는 계절이다』, 랜덤하우스코리아, 2006.

어간 등에는 강세가 오는가? 프랑스어의 경우라면 제기되지 않을 물음이다. 반복해서 말하지만, 나는 한국어를 두고서 이와 같은 연구를 진행한 글을 아직 보지 못했다. 문법적 차원에서는 강세를 받지 못할 "나는"과 "전", 이 두 단어가, 여백의 활용 덕에 강세를 동반하게 되었다. 이것은 무슨 말인가? 이 작품에서 우리가 찾아나서야 하는 의미 창출의 경로를 알려주는 키워드가 "나"와 "전"이 된다는 것이다. 오지 않아야 할 강세가 여백으로 인해 발생한 까닭에 '말하는 나'의 위상이 강조되었고, '떠나기 전의 아이'가 바로 이 '나'와 전반적으로 묘한 대조를 이루면서, 또 다른 의미망을 구성한다. 이렇게 시는 "읽어주는 나", "갈매기의혼을넣어주"는 "나", "아이가떠난후쓸쓸"해하는 "나", 그래서 "몽골어를배워보려"한 "나"와 "내안의굴에서낮에는박쥐처럼거꾸로매달려" 잠을 자는 "아이", "내가읽어주는나의시를" 듣던 "아이", "조금씩눈이멀어"간 "아이", 내가 "갈매기의혼을넣어"준 "아이", "말의몸을빌려달력의초원으로달려"간 "아이" 사이에서 발생하는, 대조를 중심으로 구성된다. 중요한 것은 강세가 놓인 "떠나기전"에 아이가 한 행동이다. "내게당신시는영하라고했다"는 구절은 아이와 나의 관계를 결정짓는 행위로 해석된다. 리듬은 시를 구성하는 두 가지 의미망의 대립과 결별, 판단과 상호 침투를 이해하는 첫 걸음이면서, 동시에 작품 전반의 구성을 파악하는 데 필요한 힌트를 주고 있는 것은 아닌가? 물음은 이걸로 끝이 아니다. 띄어쓰기의 문제를 어떻게 해야 하는지, 이 작품의 경우, 통사적 차원에서 강세의 지형도가 어떻게 그려질지, 여전히 한국어의 경우 미궁의 상태에 빠져 있다.

세번째 물음

이런 물음도 있다. 보를레르가 그 쓰임이 신비롭다고 말했던 프로조디(prosodie), 어원적으로는 "말에 덧붙이는 가락"을 의미하는 그리스어

“πρoσωδός”[21]에서 온, 아폴리네르가 개인적 용법을 중시했던 프로조디, 자음과 모음의 조직과 그것이 어우러지는 현상을 우리말에서 어떻게 포착해야 하는가? 리듬을 파악하고자 할 때 프로조디를 왜 연구해야 하는가? 이유는 비교적 간단하다. 프로조디의 반복에 의해 강세가 창출되기 때문이다.[22] 그러나 다시 확인해야 할 것은 논의의 중점이 반복 자체에 있는 것이 아니라, 강세의 창출에 있다는 사실이다. 그럼 프랑스어는 어떤가? 프랑스어의 자음과 모음은 공히 강세를 동반하는가? 몇몇의 예외적 현상을 제외하고, 커다란 원칙만을 언급하기로 한다. 보들레르와 아폴리네르의 위대한 점은 전통적으로 우아함이나 고상함을 발생시킨다고 인식되어왔던 ‘동일한 모음의 반복(assonance)’, 흔히 반해음(半諧音)[23]으로 번역되는 현상에 치우쳐 있던 기존의 프로조디 연구를 철저하게 자음 중심으로 이전시켰다는 데 있다.[24] 프랑스어에서 프로조디가 부가하는 강세는 ‘원칙적으로’ 자음에서 발생한다. 앙리 메쇼닉은 이러한 특성을 프랑스어의 “자음중심성〔주의〕(consonantisme)”이라고 명명하면서, 현대 시학의 출발이 자음의 중요성과 그 조직의 가치를 인식한 보들레르에서 시작했다고 밝히고 있다.[25] 다시, 앞의 예문을 예로 삼아 설명해보자.

---

21) H. Meschonnic, *Critique du rythme*, op. cit., p. 260.

22) 프로조디의 강세는 통사적 차원의 강세를 헤아린 다음, 따져볼 수 있는 부가적 강세이다. 따라서, 리듬 이론의 중심은 프로조디적 강세보다 통사의 강세에 더 무게가 놓여 있다.

23) ‘절정’ ‘절반’ ‘한창’을 뜻하는 반(半)에 ‘화합하다’ ‘조화롭다’ ‘어울린다’ 등을 뜻하는 해(諧)로 이루어진 이 번역어는 일본에서 프랑스 상징주의를 수용할 당시에 들여온 것이 분명해 보인다. 우에다 빙(上田敏)의 『해조음海潮音』(1905년)이나 구리야가와 하쿠손(廚川白村)의 『근대문학십강近代文學十講』(1912년)에서 수용한 용어가 아닐까? 분명한 것은 번역어에는 번역한 자의 의식이 남는다는 것인데, 모음조화현상을 프로조디의 가장 중요한 효과로 파악한 것은 아닌가 하는 의문이 남는다.

24) 왜 그런가? 실제 강도가 높기 때문이다.

25) H. Meschonnic, *Pour la Poétique* I, Gallimard, 1970, p. 65.

⌒
˘ — — ˘ ˘ —
Sophie est, solitude.

통사적 차원에서 가해진 강세이다. 여기에 프로조디 차원에서 발생하는 강세가 첨가된다. 예컨대, 중복되는 자음은 /s/이다. 착각하지 말아야 할 것은 그래픽이 아니라 발음을 중심으로 중복현상을 파악해야 한다는 것이다. 그리하여 다음과 같이 강세의 지형도가 완성된다.

⌒ ⌒ ⌒
↓˘ — — ↓˘ ˘ —
Sophie est, solitude.

↓˘는 통사적 차원에서는 강세가 없던 자리에, 프로조디 /s/의 반복으로 생겨난 부가적 강세에 대한 표시이다. 따라서 위 예문은 통사 그룹에 따르는 강세의 발생을 먼저 헤아린 후, 프로조디에 의한 강세를 여기에 마저 더해 완성된 리듬의 지형도이다. 한국어는 어떤가? 물음은 산재해 있다. 반복되기만 한다면 강세는 자음과 모음에서 공히 발생하는가? 한국어는 그 어느 나라의 언어와 마찬가지로 자음과 모음을 조직하여 낱말을 만들지만, 그 양상은 라틴어 계통에 속한 언어나 심지어 자모를 늘어놓는 일본어보다도 복잡하다. 오히려 한자처럼 하나의 음절을 구성하기 위해 셋 이상의 자모가 층층이 섞이기도 한다. 그렇다면 이 경우, 어떻게 강세를 추출해낼 것인가? 된소리는 발음이 강하기 때문에 무조건 강세를 부여받는가? 이밖에 난점은 또 존재한다. 물음은 주로 어근에 접사(接辭)가 결합되어, 격(格)을 달리하는, 즉 한국어가 통사의 조직을 이루는 각 단어의 기능을 변화시켜나간다는 사실과 연관된다. 흔히들 말하는 저 교착어의 특성이다. 이때 접사는 통사적 차원의 강세를 동반하는가? 아니면 프로조디 차원의 강세를 부여받는가? 여전히 미궁의 상태를 벗어날 길이 없다.

삼척은 삼척. 나는 걸어서 바다를 건너겠어. 삼척은 삼척. 매미가 운다. 삼척은 삼척. 가을이다. 삼척은 삼척. 삼척은 삼척. 삼척은 삼척. 삼척은 삼척. 삼척은 삼척. 삼척은 삼척. 삼척은 삼척. 삼척은 삼척. 삼척은 삼척. 삼척은삼척은삼척은삼척은삼척은삼척은삼척은삼척은삼척은삼척은삼척은삼척은삼척은삼척은……

—이준규, 「삼척 0」[26] 부분

이 구절을 예로 삼아 설명을 시도해보자. 프로조디의 반복을 중심으로 진행되는 프랑스어의 원칙을 염두에 두고서 이 작품의 강세를 헤아려보자. 첫번째, 통사적 차원에서의 강세이다.

◡ ◡ — ◡ — ◡ — ◡ ◡ — ◡ ◡ — ◡ ◡ ◡ —

삼척은 삼척. 나는 걸어서 바다를 건너겠어. ||

각 통사 그룹의 마지막 음절에 오는 강세를 표시해보았다. 여기에 프로조디 차원의 부가적 강세, 즉 자음의 중복으로 인해 발생하는 강세를 추가해보자. 그러기 위해서 반복 현상을 추려내야 하는데, 두 번 이상 반복되는 자음은 일단 "삼척"의 /ㅅ/ /ㅊ/ /ㅁ/, "나는"의 /ㄴ/, "걸어서"의 /ㄱ/ /ㅅ/ /ㄹ/이 대상이다. 결과는?

⌒ ⌒ ⌒ ⌒ ⌒ ⌒ ⌒ ⌒ ⌒⌒⌒

↓↓— ↓— ↓— ↓◡— ◡◡— ↓↓↓—

삼척은 | **삼척**. || **나는** | **걸**어서 | 바다를 | **건너겠**어. ||

뭔가 완성된 듯하지만, 사실은 그렇지 않다. 물음만이 가중될 뿐이다.

26) 『삼척』, 문예중앙, 2011.

리듬의 표기에 따르면, 이 구문은 강세의 포화 상태를 보여준다. "바다"는 비교적 약화되어 나타나지만, 강조된 만큼 강력한 뜻을 품고서 "걸어"가겠다는 의지나 "건너겠어"라는 의지가 강세에 의해 절정을 이룬다. 강세의 중첩을 넘어 포화를 이루면서, ~하겠다는 의지, 즉 주관성의 최대치를 담아낸 구문이 된다. 그런데, 여기서 갖게 되는 의문은 여럿이다. 우리말에서는 자음의 중복이 아니라, 음절의 중복이 의미를 발생시키는 최초의 단위는 아닌가(영어와 프랑스어의 차이처럼) 하는 의문점 하나, 한국어의 모음은 어떻게 강세와 연관되는지에 관련된 의문점 둘, 자음의 중복을 헤아리는 단위를 어떻게 설정해야 하는지에 관한 의문점 셋, '굳히다'가 /구치다/로 읽힌다고 할 때(구개음화의 법칙처럼), 분석 대상이 되는 프로조디는 /ㄷ/ /ㅎ/인가, /ㅊ/인가에 대한 의문점 넷이 남겨진다. 특히 세번째 물음에 대한 해결책이 제시되지 않을 경우, 작품에서 자음의 중복은 실로 넘치고 또 넘쳐난다. 인용된 이준규의 작품, 그 나머지 부분을 모두 중복이 발생하는 범주로 설정해놓고 실제로 중복되는 자음이나 모음을 추출해보면, 이 말이 무슨 뜻인지 알게 될 것이다. 어떤 대답이 주어질 것인가? 자음에서 음절로, 음절에서 어절로, 프로조디의 저 중첩의 단위를 확장시켜나가야 할지도 모른다. 예컨대, "삼척은 삼척. 나는 걸어서 바다를 건너겠어"에서, 자음과 모음이 결합하여 최소한 음절을 형성하는 것들을 헤아려야 할지도 모른다. 자음이나 모음이 아니라, 어쩌면 우리는 "삼척"에서 '삼' / '척', 혹은 '사', '처'의 중복을, "나는"에서 '나' '는' '느'의 중복을, "걸어서"에서, '걸' '어' '서'의 중복을, "바다를"에서 '바' '다' '를' '르'의 중복을, "건너겠어"에서, '건' '거' '너' '겠' '게'의 중복을 캐물어야 할지도 모른다는 것이다. 하나의 음절로의 자격을 갖춘 최소한의 단위를 프로조디 분석의 근간으로 삼아야 할지 모른다는 이러한 주장은 분명히 논란의 여지가 있다. 그런데 이보다 더 중요한 것은, 모든 프로조디(모든 자음과 모음)가 시에서 분석의 단위를 이루는 것은 아니라는 점이다. 헛되이 리듬 표기만을 반복하는 기계적인 대입이 중요한 것이 아니라, 의미생성의 게토를 이루는 프로조디를 중심으로 글이 조직되는 과정을 우선적으로 파악하는 일이 요구된다. 예를 들어, 이 시에서 압권은 "삼척"이나 "삼척은 삼척"이다. 소리 내어 읽을 때, 우선 감겨오는 말이 그렇기 때문이며, 끝부분에 이르러서는 그 중첩을 통해 발생한 어마어마한 울림이 꽝하고 머리를 때리는 형국, 데시벨 측정기를 폭파시키고도 남을 정도로, 반복을 통해 이 단어(구절)가 강조되고 있기 때문이다. 따라서 "삼척은삼척은삼척은삼척은삼척은삼척은삼척은삼척은삼척은삼척은삼척은삼척은삼척은"의 부분에 이르러 우리가 실로 읽은 바와 그 느낌을 감히 그래픽으로 표시하자면, 이런 효과를 낳지 말라는 법도 없다.

삼척은삼척은삼척은삼척은삼척은삼척은삼척은삼척은삼척은삼척은삼척은삼척은삼척은

이준규의 시가 소리 내어 읽어야 하는 작품이라는 점은 분명해 보인다. 프로조디 분석은 자음과 모음의 세세한 분석에 임하기 전에 우선 텍스트를 소리 내어 읽어보고서, 중심을 이루는 프로조디를 포착하여 진행해야 한다. 중요한 것은 프로조디의 중복으로 강세가 발생하는 지점을 포착하고, 강세가 연속되는 지점을 목격했다고 해서, 반드시 그 지점이 가장 중요한 대목이라고 생각하지는 말아야 한다는 것이다. 강조되었다는 사실과 특수한 의미의 경로를 산출한다는 말이 반드시 동의어가 아니기 때문이다. 그렇지 않다면, 연속된 강세의 산출과 시의 특수성이 비례한다고 생각할 것이기 때문이다. 다음은 말라르메의 「주사위 투척」의 일부이다.

C'ÉTAIT *LE NOMBRE*
issu stellaire

EXISTÂT-IL
autrement qu'hallucination éparse d'agonie

COMMENÇÂT-IL ET CESSÂT-IL
sourdant que nié et clos quand apparu
enfin
par quelque profusion répandue en rareté
SE CHIFFRÂT-IL

évidence de la somme pour peu qu'une
ILLUMINÂT-IL

LE HASARD

그래픽이 다르게 분배해놓은 저 활자와 단어의 크기를 존중해서 읽어 보라는 의도가 없었더라면 이런 작품을 적어놓았을 리 없다. 이 경우, 리듬은 통사적 차원의 강세와 프로조디 차원의 부가적 강세, 이외에도 또렷이 드러나는 그래픽의 의지에 따라 거의 모든 구절이 강세를 받는다. 아마 대문자로 적어놓은 마지막 구절은 그 크기가 부여하는 만큼의 충격, 즉, 강세의 최대치를 실현하면서 이렇게 읽어야 할 것이다.

르 아자(르)

리듬의 변주는 읽기를 통해 실현된다. 중요한 것은 프로조디의 분석을 이유로 무작정 자음이나 모음의 중복 현상을 추려내고, 이 추려낸 재료로부터 성급히 어떤 결과에 도달하려 하지 말아야 한다는 것이다. 그러기에는 여전히 어디에 강세가 오는지, 어떻게 결합되면서 강세가 촉발되는지, 모음과 자음이 서로 어떠한 메커니즘을 바탕으로 관계를 맺는지, 음절의 중복을 따질 것인지, 어절의 중복을 따질 것인지, 동일한 단어의 반복을 중심으로 분석을 진행할 것인지, 그 근거를 정립하는 작업이 아직 본격적으로 진행되지 않았기 때문이다.

심지어 이 모든 것을 세세히 따지고 물어, 제반의 원리를 정립한 프랑스 시 연구자들에게도, 우선적으로 중요한 것은 프로조디의 단순한 중복이 아니라, 의미의 생성을 촉구하는 프로조디, 다시 반복하면, 아폴리네르가 말한 '개인적인 프로조디'이며, 정확히 말하면 프로조디가 "문장과 연루되는 방식"[27]을 살펴야 하기 때문이다. 프로조디에서 출발해서 결국 작품 전체를 읽어나가야 하는 것이거나, 작품 전체를 고려해서 프로조디를 분석해야 하며, 따라서 프로조디의 분석이나 통사적 차원에서 행해지는 강세의 추출 등을 통한 리듬 분석은 디스쿠르의 지형도를 헤아리는 일에 다름아닌 것이다.

옥수수 수프를 먹는 아침
탁자가 필요하고
이왕이면 둥글고 따뜻한 탁자가 필요하고
의자가 필요하고
이왕이면 둥글고 따뜻한 의자가 필요하고
그릇이 필요하고
이왕이면 둥글고 따뜻한 그릇이 필요하고
누군가가 필요하고
이왕이면 둥글고 따뜻한 누군가가 필요하고
옥수수 알갱이는 노란색
알갱이 알갱이 알갱이 수프 속에 둥둥둥 떠 있고
알갱이마다 생각나는 얼굴 몇개 죽었고 사라졌고 지워졌고
이제는 없으니까 알갱이를 먹는 겁니다
둥글고 따뜻한 알갱이를 먹는 겁니다

27) H. Meschonnic, *Critique du rythme*, op. cit., p. 260.

국물도 있어요 국물도 맛있어요
옥수수 알갱이는 노란색
알갱이 알갱이 알갱이 흘리지 마세요
알갱이 알갱이 알갱이 흘리면 슬퍼져요
나는 알갱이처럼 말을 아끼는 사람
지금도 아침이면 아껴야 할 알갱이들의 목록을 수첩에 적는다
어째서 단 한번도 본 적 없는 알갱이에 대해 이미 알고 있는 걸까
알갱이 알갱이 당신이 알갱이를 볼 수 있는 건
알갱이를 볼 수 있다고 믿기 때문이다
알갱이 알갱이 알갱이 옥수수 알갱이는 노란색
둥글고 따뜻한 알갱이 알갱이 알갱이
어쩌면 언제든 볼 수 있다고 믿고 싶은
조금은 그리운 알갱이 알갱이 알갱이

—이제니, 「옥수수 수프를 먹는 아침」[28] 전문

당신이라면, 이 작품에서 프로조디를 어떻게 헤아릴 것인가? 프로조디와 의미의 관계를 헤아리기 위한 키워드는 단연코 "알갱이"이다. 우선 "알갱이"의 시학을 중심으로, "알갱이"를 발음하면서 감기는 느낌이 작품 내의 다른 단어들이나 특정 구문과 어떻게 공명하는지를 살펴볼 것을 제안할 수 있다. 프랑스어에서 그 중심을 이룬다고 했었던 자음만이 분석의 대상은 아닐 것이다. 일단 읽어보자. "알갱이" "옥수수" "이왕이면" 같은 낱말이 반복되어, 어떤 의미의 장을 만들어내는 것이 감지된다. "옥수수"는 "알갱이"로 되어 있다. 그런데 이 "알갱이"가 하나이면서 복수의 이미지를 그리고 있다는 데서 "이왕이면" 이후에 덧붙여나갈 말들의

28) 『아마도 아프리카』, 창비, 2010.

근거가 마련된다. "이왕이면 둥글고" 역시 "둥둥둥"과 공명하면서 "알갱이"의 시학에 동참할 무언가를 시 전반에서 꾸려내고자 채비를 서두른다. 이것을 모음이나 자음의 단순한 반복에서 빚어진 결과라고 볼 수 있을까? 아예 잘못된 관점은 아니나, 전적으로 옳은 것이라고 인정하려면 시 작법으로 회귀하는 수밖에 없다. 앞서 언급했던, 음소의 반복에서 의미를 등한시하고 그 미적 효과와 측면만을 살핀 결과 손에 쥐게 되는 것은 '표현성'일 뿐이기 때문이다. 그럴 때, 시의 고민, 시의 리얼리티, 시의 감정이 사라진 자리에서, 우리는 의미와는 아예 따로 노는 아름다운 시, 저 음악성으로 생글거리며 미학적으로 충만한, 수정과도 같은 어여쁜 작품을 손에 쥐게 될 뿐이다.

프로조디 분석의 가치, 혹은 그 사활은 모음이나 자음의 반복이 그 자체로 아무 소용이 없다는 사실을 일찌감치 파악하는 데 있다. 프로조디는 자음과 모음의 조직이라고 말했다. 그런데 가만 따져보면, 조직(organisation)이라는 것은, 어떤 특정한 낱말이 반복을 통해 엇비슷한 낱말을 결박하거나 서로 공명하면서, 공통된 이미지나 의미의 영역을 개척한다는 것, 그 과정을 묻는다는 걸 의미한다. 다시 강조하자면, 요지는 프로조디나 그것의 단순한 반복이 아니라, 프로조디가 조직되는 특이한 방식, 그리하여 작품의 또다른 프로조디를 텍스트에 결부시켜가면서, 커다란 의미의 장을 형성하는 과정을 파악하는 데 놓인다. 프로조디의 반복에서 출발했으나, 반복 자체에만이 아니라 의미를 조직해나가는 과정을 프로조디의 결속과 공명을 통해 찾아나서는 데 리듬의 시학이 놓여 있다. 이러한 관점에서 이 작품은, 철저하게 프로조디의 힘과 그 결속력으로 완성된 어떤 내밀한 세계를 제시하고 있다. "알갱이"가 "옥수수"와 모음으로 서로 공명하면서 "이왕이면"에 탄력을 부여하고, "이왕이면"에 따라붙은 "둥글고"가 말아올리는 모음의 효과를 토대로 다시 거꾸로 "알갱이"나 "옥수수"로 회귀하는 순환의 구조를 지닌다. "알갱이"의 시학은 이

제니의 이 작품에 국한하자면, 자음보다는 오히려 모음의 결속을 통해 생명력을 갖추는 것으로 보인다.

나는 알갱이처럼 말을 아끼는 사람
지금도 아침이면 아껴야 할 알갱이들의 목록을 수첩에 적는다

"알갱이" "옥수수" "아침"에서 울려나오는 모음들의 상호 간 공명은, 시에서 "나"를 중심으로 세상의 모든 것을 갖추어가는 데 없어서는 안 될 요소가 된다. "알갱이"는 이렇게 세상의 모든 것을 내 곁으로 불러모으고, 내가 나 자신과 내 주위에 있는 것들을 확인해나갈 지표이자, 나만의 은밀하고도 작은 세계의 중심이 된다. 프로조디를 따지고 들 때, 독서의 방식은 가로도 무방하고, 세로도 허용된다. 핵심을 이루는(다시 말해, 의미생성을 담보할 만한) 프로조디를 중심으로, 작품 내의, 저 유사성에 기초한 다양한 프로조디들과의 울림과 공명, 그 조직의 경로를 시 전반(디스쿠르)에서 따져서 묻는 작업이 바로 리듬에 대한 이해와 직결된다는 점을 언급해야겠다.[29)]

모든 시인은 각자의 리듬, 각자의 프로조디를 소유하고 있다. 각자의 리듬으로 우리는 시를 쓴다. 시가 각별히 중요한 것은, 우리가 아는 문법, 우리에게 익숙한 구문, 우리의 통념에 복종하는 문장이 아니라, 리듬의 개별화를 실현하면서, 아직 모르는 무엇, 즉, 미지를 선취하기 때문이다. 처음의 물음으로 다시 돌아온다. 우리말에서 리듬을 어떻게 헤아릴

29) 주의해야 하는 것은, 특정 음소가 특정한 의미를 담지하고 있다는 가정이다. 기호와 마찬가지로 음소는 그 자체로 아무것도 아니다. "엄"과 "마"는 결합될 때만 의미의 영역으로 진입한다. /m/이 항구적으로 '모성'이라는 의미를 담지하고 있는 것은 아니다. 엄마-mother-mama-maman처럼 한국어-영어-이탈리아어-프랑스어에 공통적으로 /m/이 들어 있는 것은 순전한 우연일 뿐이다. 프로조디는 실체가 아니다. 관계에 의해 의미의 요소가 될 뿐이다.

까? 나는 그 방법은 물론 단서가 될 만한 조건들조차 모르고 있다. 프로조디 분석이 우리 시에서 과연 어떻게 가능할 것인가? 여전히 대답은 주어지지 않는다. 모음과 자음이 공명하고 어우러지는 방식을 찾아내야 한다는 생각이 선험적으로 머릿속을 맴돌 뿐, 경험적으로 그것을 증명해내는 일은 여전히 연구의 대상이다.

4. 리듬 분석은 무엇에 소용되는가?

앙리 메쇼닉은, 국내에 크게 알려진 바가 없으나, 리듬에 관해 매우 획기적인 제안을 내놓은 학자이다. 그가 제시한 이론의 골간은 사실 간단하다. 거친 요약이 용납된다면, 이런 것이다. 다시 말한다. 골간만을 추린 것이다.

① 리듬은 말의 지형도인데, 이 지형도에서 그 거점은 강세이다.

② 리듬에서 강세는 통사의 조직과 연관된다. 통사 구조를 헤아리는 작업이 리듬 연구의 초석이다.

③ 리듬은 또한 프로조디의 조직이다. 프로조디의 조직이 리듬의 부가적 지표가 된다.

④ 우선은 통사의 조직, 그리고 프로조디의 조직이 어울려 텍스트의 의미를 관장한다. 의미가 발생하는 순간이 바로 리듬이 개입하는 순간이며, 의미생성과 불가분의 상태에서 논의되는 리듬은 존재하지 않는다.

메쇼닉은 리듬 개념을 시학의 근간으로 삼고자 할 때 요구될 법한 말이란 말은 거의 다 해놓은, 리듬이 곧 의미라는, 의미의 담지자라는, 의미와 따로 노는 리듬은 없다는, 저 난해한 테제를 착실하게 구축해나간, 저돌적이며 끈기 있는 학자였다. 그러나 중요성은 그가 리듬에 관한 이론만을 제시하고자 한 것이 아니라, 리듬을 비판적인 개념으로 사유하였다는 데 있다. 메쇼닉의 지적이다.

> 리듬 이론에 관한 비평이 아니라, 리듬 비평인데, 그것은 언어활동 안에다가, 다시 말해 의미의 결이 아니라 의미의 안에다가 구축하는 리듬의 설립이다. 바로 여기서, 의미 개념에 대한 근본적인 변화가 생겨난다.[30)]

모든 시가 비판인 것처럼, 리듬은 무엇보다도 비판적 개념, 비평 그 자체이다. 예컨대, 리듬은 철학이 사유하지 못하는 것을 철학 텍스트에서 사유하게 해준다. 과연 그런가?

우리는 'Cogito ergo sum'이라는 말을 모르지 않는다. '나는 생각한다, 고로 존재한다.' 프랑스어로는 'Je pense, donc je suis.' 이 구절이 실린 데카르트의 작품은 애초에 라틴어로 집필되었으나, 얼마 지나지 않아, 데카르트는 이 라틴어 버전을 프랑스어로 옮겨달라고 부탁하였다.[31)] 데카르트가 프랑스어로 번역된 제 작품을 직접 수정하고 검토했다는 것은 매우 의미심장한 일이다. 말을 번역하면서 생긴 현상에는 라틴어가 포착하지 못하는 감정이 녹아 있다. 사유의 언어라고 알려진 라틴어가 "문학적인 것과 철학 사이의 명백한 분리의 장소"[32)]라고 할 때, 프랑스어로 라틴어 철학 텍스트를 번역한다는 것은 철학 텍스트가 감추고 있는, 철학이 미처 말하지 못하는 문학적인 부분의 회복을 가능하게 해준다. 이 번역이 공화국의 주인인 철학자에 의해 추방되어 방황의 길로 떠나야 했던 시인의 위상을 다시 회복하는 방법이기도 했다면, 과장이 심한 것일까?

---

30) H. Meschonnic, *Critique du rythme*, op.cit., p. 20.

31) 데카르트의 『방법론 서설Discours de la méthode』은 1637년에 라틴어로 출간되었으며, 이후 에티엔 쿠르셀(Etienne de Courcelles)에 의해 1644년 프랑스어로 출간되었다.

32) H. Meschonnic, *Spinoza, poème de la pensée*, Maisonneuve et Larosse, 2002, p. 204.

'Je pense, donc je suis(나는 생각한다, 고로 존재한다)'는 철학적으로 '나는 생각하여(penser), 있게(être) 되는 어떤 존재라는 뜻을 담고 있으며, 이때 중심은 내가 어떻게 '있게 되는가(존재하는가)'이다. 철학은 이 구문에서 '생각한다'와 '있다'를 중심으로, 존재의 양식(존재해야 한다)에 관한 테제를 구축해낼 것이며, 그 결과 자아의 존재론, 다시 말해 서양 근대의 형이상학적 토대를 만들어낸다. 이는 실로 라틴어 원문인 'cogito ergo sum'의 해석에 충실한 것이기도 하다. 그러나 프랑스어로 번역되면서, 철학이 주장하는 존재론이 감추고 있는 또다른 측면이 드러나기 시작한다.

◡́ — — ◡́ —
Je pense, donc je suis

인칭대명사 "je"는 프로조디의 반복으로 강세를 받았고, '고로(따라서)'를 뜻하는 "donc" 앞에 쉼표가 와 통사 그룹의 마지막이 "pense"가 되니, 이 단어에 강세가 따라붙는다. "donc"도, 전치사이지만, 문장의 한가운데에 놓여 있는 것이 아니라 여기서는 단독으로 쓰여, 하나의 그룹을 형성하므로(전치사구) 강세를 얻는다. 리듬의 이와 같은 지형도를 살피다보면 우리는 라틴어 구문이 알려주지 않는 것을 프랑스어 번역이 말하고 있다는 사실을 깨닫게 된다. 첫째, '있다'의 존재론에 턱없이 의지하는 것이 아니라 주어인 '나'가 강조되어, '있는 것은 나'라는 의미를 불러낸다. 둘째, '생각하다'가 쉼표의 영향을 받아 강조됨으로써, 구문 내에서 '있다'와 거의 동등한 중요성을 지니게 된다. '존재론'을 지탱하는 나와 '생각하는' 나 사이에 균형이 리듬을 통해 회복된다. 셋째, 일반적으로 쉼표 없이 동사의 뒤에 붙거나, 조동사와 본동사 사이에 위치하는 전치사 "donc"이 쉼표 바로 뒤에 위치하면서, 새로운 통사 그룹을 열어 강세를 받는다. 전치사 "donc"이 총 여섯 장으로 구성된 데카르트의 저서에서 단 한 번밖에 등장하지 않는다는 점[33]도 기이하지만, 그 위치 때문에 강세를 받아, 단순히 논리적 연결을 유도하는(~ 따라서) 기능을 수행하는 대신, 의미를 생산하는 핵이 된다는 점이 요체이다. 리듬 분석을 통한 결론은 비교적 간단하다. 철학이 포착하지 못하는 것을 시학, 즉 리듬이 드러낸다는 것이다. 무엇을? 드러나게 되는 것은, '생각하는 나'의 위상이 '존재하는 나'의 위상을 범람한다는 사실이다. 오히려 생각하는 '나'가 존재하는 '나'의 선결조건인 것이며, 이러한 사실을 조직해내고 발생시키는 것이 바로 리듬이다. 이 구문을 리듬이 지시하는 바대로 한번 풀어보면, '나는 생각한다는 조건하에서만 있게 된다'쯤 될 것이다. 우리는 여기서 무엇을 말할 수 있는가?

철학이 감추고 있는 것, 철학이 읽어내지 못하는 것을 리듬이 드러내고 읽게 만든다. 시학은 이렇게 철학이 가닿지 못하는 텍스트의 감정을 연구하는 학문이며, 그 중심에 리듬이 있다. 리듬은 철학이 포착하지 못하는 차원을 점유하고, 향유하고, 철학이라는 이름의 논리적 이해로는 충족되지 않는 의미의 미지를 개척해내는 데 몰두한다. 철학이 형식과 의미를 서로 나누고서, 일방적으로 내용을 해석하는 일에 몰두하는 동안에, 시학은 형식과 의미의 이분법을 취하한 곳으로 촉수를 뻗어대면서, 의미생성의 근원을 탐구하는 것이다. 철학이 텍스트를 포기하는 그 순간에, 시학은 텍스트의 결을 다독거리며 상승하고 날아오른다. 모든 철학 텍스트는 논리와 이해를 넘어서는, 에크리튀르의 로고스, 에크리튀르의 고유한 시학, 다시 말해 '의미하는 고유한 방식'을 소유하고 있으며, 리듬이 드러내고자 몰두하는 것은 바로 이것이다.

'글쓰는 행위(écrire)'와 '사유하는 행위(penser)'는 완전히 구분되는 서로 다른 영역을 구축하지 않으며, 별개의 실천을 실행하는 것도 아니

33) E. Gilson, *René Descartes, Discours de la methode*, Vrin, 1970.

다. 우습게도, 우리는 철학 서적을 읽으며, 내용을 포착하고 또 요약하면서, 철학적이 되어가는 일만을 중시해왔다. 철학 텍스트와 그 텍스트가 개진하고자 하는 것은 오로지 개념의 이해, 내용의 파악일 뿐이다. 그러나 모든 철학 텍스트는 시학을 그 안에 내장하고 있다. 철학이 포착하지 못하는 지점이 엄연히 존재하는 것이며, 리듬이 달려가 솎아내며 예고하는 어떤 미지의 지점을, 텍스트라면, 항상 간직하고 있는 것이다. 바로 이 엄연한 텍스트적 현실, 에크리튀르의 리얼리티가 철학 텍스트에서 철학이 목도하지 못하는 것을 폭로하는 것이며, 리듬이 바로 그 게토이다. 철학에서 독립적이라고 말해온 사유-개념-사상의 고안은 글의 내용을 파악하는 일에 우선권을 부여해왔지만, 그것으로 사유-개념-사상의 발생 루트가 모두 설명되는 것은 아니다. 리듬의 시학은 플라톤 이래로 강화되어온 개념의 권력, 내용의 점령, 문법의 견고함과 무지막지한 행사에 근본적으로 이의를 제기하면서, 에크리튀르의 현실, 에크리튀르라는 현실, 에크리튀르의 리얼리티, 에크리튀르라는 리얼리티를 실현한다.

매듭짓기 전에 한 번 더 반복한다. 나는 우리말의 리듬을 알지 못한다. 모두에서 꺼내 결구에서 다시 늘어놓은 이 말에, 공동체에서 이루어지기를 바라는 일종의 질타나, 축성되어야 할 공분(公憤)을 공분(共分)하고자 하는 바람이 숨어 있다는 사실을 이해해주면 좋겠다. 우리가 갖추어야 할 조바심과 개진해야 할 반성적 사유가 있다면(없을 수도 있다), 그것은 항상 공동체적인 것이어야 한다. 다시 묻는다. 리듬을 규명하기 위해 그만큼의 의문과 문제의식과 창의적인 발상과 치밀한 분석과 이에 필요한 노력과 의지가 요구되는 시점에 와 있는 것은 아닌가? 리듬 연구가 의미와 무관한 상태에서 진행되고 있다면, 아니 세세함에 매몰되어, 전체를 놓치고, 전체를 가장하여 생략을 일삼는 것이 현실이라면, 우리가 사용하는 말의 저 로고스에 새삼 관심을 기울여야 할 필요성이 그만큼 증가하는 것은 아닌가?

(『발견』 2012년 봄호)

리듬은 '그' 리듬이 아니다

> 시의 형식은 내용에 의지하지 않고 그 내용은 형식에 의지하지 않는다. 시는 그림자에조차도 의지하지 않는다. (……) 형식은 내용이 되고, 내용이 형식이 된다. 시는 온몸으로, 바로 온몸으로 밀고 나가는 것이다.
>
> —김수영, 「詩여, 침을 뱉어라—힘으로서의 詩의 存在」

1. '프로크루스테스의 침대' 위에서

범박하게 말해서 '리듬'은 화두가 될지언정 '초월'을 노정하는 개념은 아니다. 리듬을 둘러싼 오해가 동서양을 막론하고 수사학 · 언어학 · 시학 등 다양한 분야에서 변주되어왔던 것도 따지고 보면 리듬을 고정된 무엇이라 여겨왔기 때문이다. 문학, 특히 시와 연관되어 리듬 개념은 '삼단논법의 오류'를 범하는 주요 원인을 제공하기도 한다. 오류는 대개 이렇다.

전제 1 : '리듬은 규칙적이다', 혹은 '규칙적인 것은 리듬이다.'
전제 2 : '정형시(시조, 등)는 규칙적이다.'
결론 : '리듬은 정형시에만 존재한다(고로, '산문에는 리듬이 없다').'

이 오류가 또다른 오류와 반향하게 되면, 리듬, 시, 산문 등의 개념 정의와 연관된 문제 전반이 보다 심각한 양상을 띠게 된다. 예컨대 이런 것이다.

전제 1 : '시는 산문이 아니다.' 혹은 '산문은 시가 아니다.'

$A \neq B$ or $B \neq A$

전제 2 : '산문은 운문이 아니다.' 혹은 '운문은 산문이 아니다.'

$B \neq C$ or $C \neq B$

결론 : '시는 운문이다.' 혹은 '운문은 시다.'

$\therefore A = C$ or $C = A$

첫번째 오류가 주로 우리 문학에서 목격되어온 경향이자 리듬 연구를 정형시에 국한시키고자 할 때 발생한다면, 후자는 서양, 특히 시작법의 전통이 아직 살아 있고 수사학(그것도 '줄어든' 수사학)이 기호학의 탄력을 받아 여전히 영향력을 행사하고 있는 프랑스 같은 나라에서 간헐적으로 목격되는 경우이다. 리듬을 둘러싸고 패러독스가 발생하는 곳에서 현대시의 배중률은 배가되는데, 그 까닭은 의식적이건 무의식적이건 논쟁들 주위에 항구적인 '본질'을 노정하는 '규칙'이나 '패턴' 따위가 똬리를 틀고 있기 때문이다. 양극에 '시'와 '산문'을 대롱대롱 매단 저울에서 위태롭게 균형을 잡고 있는 것은 '율격'(律格)— 주로 '리듬'과 혼동된—이며, 예나 지금이나 '율격'에 권위를 부여하고 예서 파생된 아류 개념들에도 정당성을 부여했던 장본인은 바로 '사전'이었다. "시와 산문과의 차이를 말할 때의 시란, 일정한 울림, 리듬, 하모니를 가진 운문(韻文)을 말하는데 구체적으로는 시작품을 성립시키는 각 시구(詩句)를 가리킨다"[1]는 지적이나 "수(數)에 의해 결정된 운문의 본성"을 '율격'으로, 그리고 오로지 그 연장선상에서 "규칙적이고 주기적이며 박자화된 운동"[2]을 '리듬'이

1) 『동아 대백과사전 16』, 1992(1982년 초판), 동아출판사, 291쪽.

2) *Le Grand Robert*, Larousse, 1980년판, p. 2178.

라 정의해온 사전은, 그러나 문학과 시, 그리고 리듬 개념 자체를 어디론가 이동시킬 뿐이다.

이곳에서 문학을 반가이 맞이하는 것은 바로 '전통'이며, 이때 '시'는, 바르트의 표현을 빌리자면, 전통의 비호 아래 차츰 "형식의 도덕률(la morale de la forme)"처럼 행세하기 시작한다. 바르트가 "시 = 산문 + a + b + c / 산문 = 시 - a - b - c"[3]라는 등식을 추상적인 규칙이 시라는 가면을 쓰게 된 배경에다가 빗대거나, 'a' 'b' 'c'로 표기한 속사(屬司)가 "이미지, 각운, 운율"이라며 비아냥거리는 투로 여기다가 부기할 때 "형식의 도덕률"은 부정적인 뉘앙스로 뒤발되어버린다. '시 = 특별히 '가공된' 텍스트'라는 인식을 바탕으로 "산문이 아닌 모든 것은 운문이며, 운문이 아닌 모든 것은 산문"[4]이라는 해묵은 정의가 화려하게 부활할 빌미도 바로 여기서 제공된다고 한다. 바르트가 되짚어봐야 한다고 경고하고 있는 건 대략 두 가지이다. 시나 리듬뿐만 아니라, 산문이나 이야기 등, 다수의 문학적 개념들이 바로 이 같은 논리를 바탕으로 정의되어왔다는 것(제 정당성을 확보해왔다는 것), '실체가 없는 실체'를 반복하는 이 공허한 메아리가 시와 산문, 리듬과 율격의 관계를 조절하고 통제하는 기준으로 작용하게 되면 문학은 고스란히 '프로크루스테스의 침대' 위에 놓이고 만다는 사실.

2. 리듬은 '무엇인가를 대신해서 존재(aliquid stat pro aliquo)'하는 게 아니다

리듬을 둘러싸고 발생하는 가장 커다란 오해도 바로 이런 것이다. 시나 산문, 혹은 언어의 리듬이 반복적인 '주기성'과 연관된 무엇이라며, 시인

---

3) R. Barthes, *Le Degré zéro de lécriture*, Seuil, 1953, p. 33.

4) J.-J. Molière, *Le bourgeois gentilhomme*, Gallimard, 1983, p. 79.

의 외적인 '가공'을 거쳐 음수율이나 박자 등 산문과의 명백한 구분을 추동할 만한 어떤 장식이 만들어졌다고 생각하고 이걸 리듬이라 여기는 주장은 이 오해가 빚어낸 가장 대표적인 담론이다. 시의 리듬과 흔히 혼동되어 사용되곤 하는 '율격'은 운문에 녹아 있는 음성의 반복적이고 규칙적인 양식을 일컬을 뿐이다. 산문이건, 운문이건, 소설이건, 희곡이건 글로 된 모든 텍스트를 구성하는 조직이 리듬이라면, 이와 달리 율격은 시, 특히 전통시, 아니 그것도 정형시에 국한된 하나의 특이한 현상이자, 전통과 수사학을 벗어나면 설 자리를 잃고 마는 한시적이면서도 특권을 누렸던 개념이며, 현재 폐기처분을 기다리는 고답적인 형상일 뿐이다.

리듬 주위로 발생하는 문제는 우리가 짐작하는 것보다 훨씬 복잡하게 얽혀 있는데, 단적으로 말해 그 원인은 '운율'이라는 개념이 시 연구 전반에서 어떤 역할을 톡톡히 수행하는 동시에 혼동도 유발해왔기 때문이다. 리듬보다는 율격과 압운 연구에 전념했던 김대행이나 시의 형식적 원리로 율격을 파악하고, '율격'과 '파격'의 변주를 그 축으로 삼아 자유시마저 고찰하고자 했던 성기옥에게 율격/파격, 규칙/불규칙, 음성/내용, 반복/차이 등의 이분법은 아마 시를 이해하는 핵심이었을 것이다. 율격과 리듬의 상보관계를 전제하고 전자를 "율문의 일반적 규칙"으로, 후자를 이 "일반적 규칙의 구체적인 실현"이라 정의하는 조동일이 "전통적 율격을 새로운 창조를 위해 변형시키는 방법"을 현대시에서 찾아내기 위해 "음절 수의 증감"을 세세히 따져본 것은 오히려 필연적인 논리적 귀결로 보이기까지 한다. 반면 '운율' 개념의 폭을 조심스레 확장하면서 리듬을 포괄적으로 사유할 가능성을 보여준 황정산의 면면한 연구나 권혁웅의 분석도 있다. 물론 의미의 산출이나 텍스트의 특수성에 관여한다면 '운율'이라는 말로 '리듬'을 번역해놓아도 좋을 것 같다. 하지만 그렇게 해도 문제가 쉽사리 사라지는 것은 아니다. 왜냐하면 운율에 반드시 따라붙게 마련인 '음악적 가락'(한시의 경우)이나 음절의 수로 모든 걸 환원해버리고 마는 음수율(시조)이나 음보율(현대시) 같은 '시문'(詩文)의 음성적 형식에 얽매이게 되어, 리듬이 다시 미로 속으로 숨어버리기 때문이다. 예컨대 사회의 구성원이라면 그 누구도 아무 지식(정치 · 문화적인)도 없이 텍스트와 마주하지 않는 것처럼, 운율이라는 개념은 운율과 얽혀 들러붙어 있는 역사적 지식과 문화적 경험, 사회적 습속과 무의식적 형상을 통해서 움직이며 또한 작동하기 마련이며, 때문에 리듬이 열어놓은 역사성과 의미의 무한성을 포괄하지 못할 운명에 처한 개념어일 뿐이다.

당연한 말이 되겠지만, 산문이나 소설이 아니라 논의의 대상이 주로 시가 될 때, 특히 정형시가 될 때, 리듬에 대한 오해는 한층 고조되곤 하는데, 이 고조된 긴장은 곧바로 딜레마를 만들어낸다. 여기서 딜레마라고 한 것은 시와 관계되어 유독 리듬을 지칭하는 함수가 늘어나는 만큼, 이에 반비례해서 리듬 개념이 단일한 '도식'으로 환원된다는 걸 의미한다. 이 도식은 두 가지 측면에서만 도식의 제 성질을 담보해나간다.

첫째, 순수할 것이라는 가설.
둘째, 불변의 법칙을 고수하고자 하는 이데올로기.

산문이라는 '불순한 요소들'을 추방해야 "순수시(poésie pure)"가 노정될 것이라 확신하며 리듬을 "언어 중의 언어"이자 "순수한 상태"[5]를 주조해내는 음성적 놀이나 반복적 현상으로 파악한 폴 발레리의 신념 위에 "동일한 음성적 형상의 전체나 부분을 반복하는 리듬은 오로지 시에만 존재"[6]한다고 여기는 로만 야콥슨의 순진한 견해가 고스란히 포개질 때, 리듬에 대한 편견은 절정을 맞이한다. 이들에게 산문은 리듬이 없는 텍

---

5) P. Valery, 「La Situation de Baudelaire」 in *Variété I et II*, Gallimard, 1992, p. 247.

6) R. Jakobson, *Questions de poétique*, Seuil, 1973, pp. 41~42.

스트, 즉 '소리'와 '내용'이 잘 맞물린 톱니바퀴처럼 작동하는 게 아니라, '형태(forme)'와 '의미(sens)' 중 한 축에만 각각 착종되어, 따로 헛돌고 마는 맛대가리 없고 건조한 글일 뿐이다. 이들에게 시의 리듬이란 음성과 형태의 효과적인 변주를 의미하는 '운율'의 다름아닐 것이며, 심지어 리듬이야말로 규칙적이고도 순수한 결정체이자 시의 본질과 근원을 관통하는 핵심인 것이다. 이리하여 단 하나의 기억만을 갖게 된 시는 자신의 '지금-여기'와 '역사성'을 따져 묻는 게 금지된 공간, 즉 전통으로 회귀하기 시작한다.

'순수할 것'이라는 전자의 가설이 정형시의 규칙적인 음절 구성과 음절의 '온전한 숫자적 환원 가능성'에 대한 확신을 바탕으로 내친김에 우주 생성의 기본 원리가 숫자에 놓여 있다는 신화적 해석을 끌어대어 시의 '진리(vérité)'를 탐구해야 한다고(할 수 있다고) 주장한다면, 후자는 '하모니', 즉 이것이 반드시 조화롭게 유지되어야만 시다워진다는 진부한 편견을 만들어낸다. 시에서도 음악에서와 같이 소리의 일정한 패턴이 반복되며, 이로 인하여 어떤 특수한 효과(듣는 이나 읽는 이의 즐거움)가 생산된다고 여기는 관점도 한몫 거든다. 하지만 리듬을 음악성과 연관짓고, 이것이 시에서 커다란 자리를 차지하고 있을 것이라는 생각은 착각에서 비롯된 것이다. 엄밀히 말해 언어예술에 해당되는 문학에서 리듬은 음악과는 아무런 상관이 없다. 운율이나 음악성에 집착하다보면 오히려 텍스트의 음성적인 측면만을 확대해 보거나 한 술 더 떠 음성의 초월적인 규칙이나 반복적인 패턴에 사로잡히게 되어, 앞서 김수영이 언급한 "형식은 내용이 되고, 내용이 형식이 되는" 리듬의 제 메커니즘을 포착할 수 없게 되며, 리듬을 둘러싼 거개의 문제들이 놓여 있는 곳도 바로 여기이다.

3. 시와 비평과 리듬은 하나다

리듬이 여전히 '화두'이자 매 시기 비평정신을 갱신해온 '인자(因子)'였던 것도 이 때문이다. 직관이 되었건 이론적 성찰이 되었건, 역사적으로 수많은 시인들과 이론가들에게 리듬은 음성과 내용, 형식과 의미, 시와 산문, 말과 사유, 언어와 삶의 불가분한 성질을 되짚어볼 결정적인 계기이자 문제 제기적 개념이었다. 물론 리듬을 율격과 혼동하고, 또다시 율격을 운율과 혼동할 때, 그리하여 율격이나 운율을 시에 존재하는 특권이자 온전한 제 특성으로 삼을 때, 리듬 주위로 그릇된 사유가 하나둘씩 빚어지기 시작한다. 이 덩어리는 리듬이 정해진 틀과 규칙, 반복적인 패턴에 토대한다는 편협한 해석에 근거하여 자유시나 산문시의 형식을 빌리게 마련인 현대시에는 리듬이 없을 것이라는 단정의 형태로 굳어지기도 하고, 반대로 일정한 패턴이나 음악적인 요소인 박자의 교체 현상 따위를 현대시에서 임의로 추출해보고서는, '시적인 무엇'이라 섣불리 유레카를 외치거나 시의 알리바이로 삼고자 하는 일련의 시도들 속에서 제 모습을 빚어내기도 한다.

바로 이러한 두 가지 상투성, 그리고 이 상투성이 담보하고 있는 선입견과 이데올로기를 과감히 비틀어대면서 도식으로부터 리듬을 해방시키고, 음성과 형태만으로 축조된 조화로운 우주와는 또다른 세계, 즉 '무한한 의미생성의 지평'으로 리듬을 옮겨놓으려는 행위는 온전히 시인이나 비평가 들에게 위임된 임무이자 도전이었다. 이들이 감행한 해방의 몸짓과 해방을 향한 모험이 없었다면, 시는 시임을 포기하는 지점에서 머무르고 비평가와 시인은 숫자, 조화, 본질, 진리, 반복, 규칙, 순수 같은 개념이 만들어놓은 거대한 허상 앞에서 넋을 놓고 있었을 것이다. 역사적으로 시와 비평, 리듬이 항상 '통념'에 맞선 투쟁이었던 이유도 여기에 있다. 비평가의 날카로운 시선과 시인의 명민한 직관 속에서 리듬은 문학과 시, 예술과 사회를 사유하고 치유하는 비평정신의 중심에 있었으며, 때문에 시인들이나 비평가들의 글 속에 꿈틀거리는 리듬에 관한 사유를 들여다 보는 작업은 그만큼 흥미로운 일이 된다. 그렇다면 누가 도식이라는 폭력을 거부했던가? 시를 지배하고자 갈망하는 이분법이나 형식의 악령과 맞설 '화두'로 리듬을 성찰하면서 새로운 비평정신을 길어올렸던 자들은 누구였던가?

4. "장식의 문법(文法)"을 넘어 "의미의 굴절"로

끊임없이 움직이면서도 그대로 있는 상태, '나'이면서 '타자'인 이 끊임없이 '빠져나가는 성질'과 '움직이지 않는 것' 사이의 지난한 부침을 '현대성'이라는 이름으로 담아내면서 리듬의 변증법적 고리를 만들어내었던 보들레르, "지나가는 목동과 어부와 수레꾼의 언어"[7]에서 제 시의 리듬을 발견하였노라 고백하는 네르발, 산문과 운문의 이분법적 대립을 훌쩍 넘어선 시원(始原)에 제보란 듯 당도하여 "리듬적 매듭"[8]을 쟁점으로 풀어놓았던 말라르메, 운문에서조차 율격과 같은 "규칙이란 존재하지 않으며, 단지 사유의 작동기능만이 있을 뿐"[9]이라며 형식과 규칙을 거부하려는 몸짓을 통해 리듬에 관한 사유를 포괄적으로 열어놓았던 아라공 등은 시의 핵심이 율격이나 조화, 숫자나 규칙, 수사법이나 비유에 있는 것이 아니라 자기 고유의 리듬을 실현하는 지난한 과정 자체에 놓여 있다는 사실을 간파한 뛰어난 감각과 성찰을 보여주었다. '시에 대한 정의의 역사는 오류의 역사'라며 율격으로부터 자유롭지 못한 우리의 강박관념을 강하게 질타했던 엘리엇이나 '운문 작가들과 산문 작가들을 대립시키는 것은 통속적으로 범하게 되는 오류'라고 잘라 말하곤 형식적인 틀에서 리듬

---

7) G. de Nerval, *Chanson et légendes du Valois*, Garnier, 1966, p. 628.

8) S. Mallarmé, 「La musique et les Lettre」 in *Œuvres Complètes*, Gallimard, 1945, p. 644.

9) L. Aragon, *Europe*, avril-mai 1958, p. 58.

을 해방시키고자 했던 셸리 역시 리듬을 시의 동력, 시의 힘, 문학의 힘이 생성되는 '게토'로 인식했던 작가였다.

김기림, 김수영 같은 시인들은 또 어떠한가? 이들의 사유 한복판에는 리듬이라는, 당시에는 '모호하면서도' '막연했던' 개념이 자리하고 있다. 직관 속에서건 비유를 통해서건, 이들은 공히 법칙과 규칙 속에 매몰되어 있던 리듬을 건져내어 오히려 리듬이 빚어낸 질그릇 안에다가 '시적인 것'을 담아보려 했다는 평가를 받을 것이다.

"시학이 취급해야 할 시적 사실은 그러면 어떤 것인가. 모든 개개의 시평을 정리해서 구성이나 운율, 押韻 등 부분적 장식의 文法과 같은 것을 계획하는 것일까"[10]라고 운을 떼고서 김기림은 "그런 것은 아니다"라는, 응당 짐작해봄직한 대답을 내놓는다. "장식의 문법"을 버린 김기림은 그러나 유치환과 노천명, 오장환의 시에 대한 짧은 평문에서 이 개념을 '리듬'이라 통칭해버리곤 유독 그것을 유심히 살피어 시의 좋고 나쁨을 가늠해본다. '산문시'를 통해서 율격이라는 기존 개념에 거부감을 표출했던 김기림에게 '리듬'이란 나쁜 시와 좋은 시를 구분해주는 명백한 기준에 다름아니었다. 김기림이 유치환의 시에서 받았던 미흡한 느낌의 원인을 "「리듬」의 지나친 「포즈」"에서 찾을 때, 이 리듬이 오장환의 시를 "평탄"하게 만들어버렸다며 "평탄에서 구해내는 것은 의미의 굴절"이라고 강조할 때, 이 "의미의 굴절"은 역설적으로 새로운, 즉 전통에서 떨어져나온 리듬 개념에 김기림이 가닿아 있다는 증거처럼 보인다. 이처럼 노천명의 시에 "노씨의 것이 아닌 남의 것들이 많이 남아 있다"[11]는 충고를 잊지 않을 때, 김기림에게 '장식의 문법' 넘어 존재하는 시의 가치는 '운율과 동어로 여겨진 리듬'에 대한 비판을 통해 모색된 것이며, 이러한 사유를 바

10) 김기림, 「詩論」, 『文章』, 1940. 2.

11) 김기림, 「감각, 육체, 리듬」, 『인문평론』 2권 2호, 1940.

탕으로 김기림은 통사적인 차원에서 자기만의 리듬 개념을 구상해본 것은 아닐까?

산문을 임의로 토막을 내어 이어 붙인 것 같다는 생각을 불러일으킬 정도로 '행 걸치기'에 치중했기에 간혹 비판을 받기도 했던 김수영에게도 리듬은 오로지 자기만의 리듬이었다. 김수영에게 리듬은 운율이나 음악성도, 율격도 고정된 패턴도 아닌, 오로지 자기만의 호흡을 고안하기 위한 투쟁의 결과물이었다.

욕망이여 입을 열어라 그 속에서
사랑을 발견하겠다 都市의 끝에
사그러져가는 라디오의 재갈거리는 소리가
사랑처럼 들리고 그 소리가 지워지는
강이 흐르고 그 강 건너에 사랑하는
암흑이 있고 三월을 바라보는 마른나무들이
사랑의 봉오리를 준비하고 그 봉오리의
속삼임이 안개처럼 이는 저쪽에 쪽빛
산이

사랑의 기차가 지나갈 때마다 우리들의
슬픔처럼 자라나고 도야지우리의 밥찌끼
같은 서울의 등불을 무시한다
이제 가시밭 넝쿨 장미의 기나긴 가시가지
까지도 사랑이다

—김수영, 「사랑의 變奏曲」[12] 부분

12) 『거대한 뿌리』, 민음사, 1995.

김수영 시의 거개가 조화나 반복과는 거리가 먼, '삐걱거리는' 리듬에 의지한다고 할 때, 이러한 특성은 통사적 불일치를 만들어내는 행갈이 때문에 빚어지기도 하겠지만, '강세'의 독특한 배분을 통해 생성되기도 한다는 사실을 지적해야만 한다. 서술구조를 뒤틀어 이야기의 선적 전개를 방해하는 리듬이 펼쳐지는 순간 '문법적 단일성'을 부정하는 김수영의 "搖動하는 포오즈들"[13]의 모험이 시작된다. 품사 하나를 둘 이상의 의미 영역으로 확장시키면서 김수영이 보여준 독특한 리듬의 운용(기형도가 물려받은)은 '비루한 것'의 포획에서 '비루한 것'을 품어내는 사랑의 세계로 향하는 각성의 과정을 '끊임없는 의미작용의 세계' 속에서 펼쳐 보인다. 이 해석에 무늬를 입혀주고 색조를 부여하는 것이 바로 리듬이며, 리듬이 창출한 '의미의 움직임'을 섬세하게 살피기 위해서는 '자음과 모음이 조직되는 방식'을 의미하는 프로조디와 강세(즉 글쓴이의 '주관'이 개입되는 지점)의 실현 양상을 면면히 분석해야 할 것이다.

「詩作法」(一) (二)와 「詩形의 音律과 呼吸」[14]을 기점으로 리듬의 중요성을 인식하면서 프랑스 상징주의 이입의 전환점을 마련하였던 김안서에게도 리듬은 시의 '개별성'을 드러내주는 고유한 호흡이었다.

> 「리듬律」이란 英語의 Rythm으로 一定한拍子잇는運動의 뜻입니다. 모든 것이 이 「리듬」 하나으로 因하야 음직인다하여야 올습니다.[15]

리듬의 현대적 개념에 상응하기에는 "一定한拍子잇는"이라는 구절이 적절치 않아 보일 수도 있다. 하지만 그렇다고 해서 김안서가 리듬을 정형률과 박자, 혹은 음악성에만 국한시켜 사유한 것도 아니다. "시의 음악

---

13) 김수영, 「詩月評」, 1964. 7.

14) 『泰西文藝新報』, 1919. 1.

15) 김안서, 『朝鮮文壇』 (8), 1925. 5.

적 요소—이것이 시의 소위 리듬(rhythm, 音調)"[16]이라 확신했던 양주동과는 달리 "呼吸이지요, 詩人의 呼吸을 表現한 것은 詩歌"[17]라고 지적하는 김안서에게 리듬은 오히려 "運動"과 근접한 개념이었으며, 때문에 '자유시'와 연관된 무엇이기도 하였다. 김안서의 번역론과 시론은 바로 여기서 조우하며, 김안서가 전통의 틀에 갇혀 있던 리듬을 건져올려 실험의 도마 위에 올려놓은 지점도 바로 여기이다.

> 自由詩는 누가 發明하였나? 람보가 散文詩(Les Ilmination)에서 發明하엿다. 쥬루 라프르게(Jules aforgue)가 獨乙에서 가짓왓다. 예베 · 그리퐌(Vielé-griffin)이 왈트화잇만(Wat ahitman)의 作品을 번譯홀 ㅅ대에 가져왓다. 마리에 크리신스카(Harie krysinska)가 發明하엿다. 구스타프 · 칸(Gustave kahn)은 自己가 발명하엿다하는 말이 잇다. 엇지 하엿스나 象徵派 詩歌에 特筆홀 價値잇는데 在來의 詩形과 定規을 無視ᄒᆞ고 自由自在로 사상의 微音을 잡으랴하는—다시 말하면 平음리든가 押韻이라든가를 重視치 안이ᄒᆞ고 모든 制約, 有形的 律格을 바리고 美사한 「言語의 音樂」으로 直接, 詩人의 內部生命을 表現하랴 ᄒᆞ는 散文詩다.[18]

김안서에게 규칙성이라는 제약을 극복할 '내적 흐름'은 번역의 시도를 통해서 확보된 것으로 보인다. 더러 제 번역에서 원문의 정형률을 유지하려 고심한 흔적이 보이며, 정형률의 중요성을 간과하지 않는 다른 글을 선보였다고 해도, 포괄적이고 역사적인 맥락 전반에서 보자면 김안서의 번역시들은 본인의 의지와는 상관없이 전통과 단절하는 새로운 유형의 시와 새로운 리듬을 창출할 계기가 되기에 부족함이 없었다. 오히려 김안

---

16) 양주동, 「시란 어떠한 것인가」, 『韓國雜誌史 集成』(卷一), 태학사, 1981.

17) 김안서, 「詩形의 音律과 呼吸」, 1919. 1.

18) 김안서, 「 ᄯᅳ란스 詩壇」, 1918, 12.

서에게 번역과 리듬은 한국시의 "탈시작법화(脫詩作法化) 과정"[19]이 펼쳐지는 양상을 예고하고 있다는 점에서 상징적인 역할마저 수행한 것으로 보인다.

5. '흐름'을 재현하는 방식

짤막하게나마 이론의 측면을 살펴보기로 하자.

박자나 템포, 강약과 같은 음악에서의 리듬, 규칙적인 심장의 박동이나 맥박과 같은 의학에서의 리듬, 주기적으로 어김없이 찾아오는 사계절이나 낮과 밤, 혹은 밀물과 썰물의 교체 같은 자연현상의 리듬, 보다 복잡하게는 '같음'과 '다름', '동일성'과 '이타성' 같은 철학의 이분법적 패러다임이나 댄스나 스포츠의 영역에서 말하는 리듬과는 달리, 문학과 시에서 리듬은 텍스트를 구성하는 상이하고도 다양한 언어요소들이 '재현'되는(즉, 〔주관적이고도 이차적으로〕 '다시'-제시되는) '흐름'이나 '운동'을 의미한다. 물론 이 '흐름'이나 '운동'은 '규칙적'이나 '반복적'이라는 수식어를 필요로 하지 않는다. 헤라클레이토스에게 있어서 동적인 운동을 의미하였던 리듬 개념이 "연민과 공포"만을 조장한다는 이유로 시인을 추방하고 그 자리에 철학적 '이성'으로 무장한 '철인의 공화국'을 세우고자 했던 플라톤, 서양철학의 시조라 여겨지곤 하는 플라톤에 이르러 왜곡되기 시작했다는 사실을 고발하면서 벤브니스트는 이렇게 지적한다.

> 따라서 우리는 말 그대로 '흐르기의 특수한 방식'을 의미하는 ῥυθμός가 고정되지도, 본질적인 필연성도 없는, 항상 그 주제가 변화하게 마련인 '정렬'에서 연원한 '배치들'이나 '배열'을 기술하는 데 가장 적합한 용어였다

19) S. Bernard, *Le poème en prose(De Baudelaire jusqu'à nos jours)*, Nizet, 1959, p. 24.

는 걸 알 수 있다.[20)]

어원상 '리듬'을 뜻하는 "ῥυθμός"('rhuthmos')가 동적인 운동, 즉 개별적인 '흐르는 행위'를 의미하였던 만큼, 규칙적 · 형식적 · 수동적 · 정적인 개념이 아니었다고 운을 떼면서 벤브니스트는 플라톤에 이르러 이 개념이 강약의 반복에 기초한 '템포'로 해석되고 정착되었으며, 이후 이분법의 틀 속에서 꾸준히 변주되어왔다고 말한다. 벤브니스트에 따르면 이 과정에서 리듬은 본래의 자율적인 '운동'보다는 오로지 운동의 한 가지 '형식'만을 지칭하는 개념으로 고정되어버렸으며, 이렇게 형식적 차원에서 탄력을 받아 굳어진 리듬의 정체성은 플라톤 이후 수세기를 거치는 동안 시작법이나 수사학적 박자 개념과 결부되면서 리듬에 대한 전반적인 이해를 표상하기에 이르렀다는 것이다.

비교적 단순해 보이는 이 어원 연구가 지니고 있는 중요성은 리듬이 '역사적인' 개념이지 '본질(essence)'을 전제하는 개념이 아니었다는 사실을 드러내었다는 데 있다. 즉 리듬은 시대와 역사적 상황, 이론적 관점에 따라 항상 변화의 요로 위에 놓여 있는 개념, 시와 문학, 언어와 텍스트를 바라보는 우리의 관점과 긴밀히 맞물려 있는, 항상 새로운 인식의 지평선을 주시하고 있는 개념인 것이다. 심지어는 현재 통용되고 있는 리듬의 개념('운동'이나 '배열' 같은)조차 오로지 동시대의 대표적인 지적 표상을 반영한 것에 불과할 뿐, 시와 문학을 바라보는 관점이 새로운 패러다임을 맞이하게 되면 시나브로 진화하고 말 개념인 것이다.

리듬의 어원 변화에 대한 벤브니스트의 고찰은 다양한 문화권과 언어권을 오가며 문학의 화두로서 매 시기 리듬의 변화 과정을 추적해볼 결정적인 계기를 앙리 메쇼닉에게 마련해주었다. 리듬이 '모색된' 지점들

---

20) E. Benveniste, 「La notion de rythme dans son expression linguistique」 in *Problemes de linguistique generale*, I, Gallimard, 1966, p. 333.

을 살피는 데 고스란히 헌정된 『리듬 비평』[21]은 바로 이러한 배경에서 탄생한 지적 성과물이다. 이 기념비적인 저서에서 메쇼닉은 '운동'과 '조직'으로 리듬을 파악한 시인이나 이론가 들의 착안을 씨줄로, 이것의 역사적 가치를 문학 전반의 맥락 속에 녹여내는 작업을 날줄로 삼아 '시학'이라는 거대한 직조물을 거뜬히 엮어내었다.

6. 통사 그룹을 단위로 산출되는 의미의 함수들

문학을 자율적인 텍스트로 간주하고서 그 특수성을 규명하고자 했던 '러시아 형식주의' 그룹의 핵심 멤버였던 오시프 브리크(Ossip Brik)도 메쇼닉에게 영향을 준 건 매한가지였다. 브리크는 글 「리듬과 통사」[22]에서 수나 음절, 음성이나 음향이라는 기준을 과감히 버리고 온전히 '통사적 관점'에서 리듬에 접근하였다. 푸시킨의 운문 분석에서 브리크는 리듬은 '단어'나 시의 '음절'을 단위로 삼는 게 아니라 통사, 정확히 말해, '통사 그룹'—명사구, 동사구, 형용사구 등 한국어에서는 주로 띄어쓰기에 따라 구분되는—과의 관계를 따져 헤아려야 할 개념이라고 말한다. 브리크의 독창성은 리듬을 형식적이고 추상적인 테크닉이나 기교가 아니라 의미생산과 불가분의 관계에 놓인 통사적 '조직'을 단위로 삼아 접근을 꾀했다는 데 있다. 브리크가 리듬의 현대적인 개념 정립에 기여할 수 있었던 것은 형식과 의미의 불가분성을 리듬에 접근하는 키워드로 삼았기 때문이다. 접근 방법의 획기적인 면모는 다음과 같은 구절에서도 드러난다.

리듬 운동은 운문에 선행한다. 운문의 행에서부터 리듬을 이해할 것이

21) H. Meschonnic, *Critique du rythme, Anthropologie historique du langage*, Verdier, 1982.

22) in *Théorie de la littérature*, Seuil, 1965, pp. 143~153.

아니라, 이와 반대로 리듬 운동에서부터 운문을 이해해야 한다."[23]

'리듬이 운문에 선행한다'는 대목은 시와 리듬, 시와 율격의 관계에서 온전히 '시'를 담아내고자 할 때 필요한 관점을 명기한 것이기에 주목할 필요가 있다. 이렇게 생각해보기로 하자. 율격과 음성의 조화를 바탕으로 구성된 운문은 '어떻게' 시일 것이며, 또 어떻게 시임을 주장할 것인가? 율격과 음성의 조화만으로는 운문이 '시'로 인정받기에 턱없이 부족할 것이라는 브리크의 지적에서 우리는 형식이 운문을 구성하는 필요조건이되, 콜럼버스의 달걀처럼 뒤집어 애당초 리듬을 중심으로 생각해볼 때 비로소 운문의 형식이 시를 보장하기 위한 충분조건에는 이르지 못한다는 사실을 알게 된다. 예컨대 셰익스피어의 소네트가 오로지 소네트라는 형식을 취하고 있기 때문에 시가 아닌 것처럼, 그러니까 이 둘, 즉 형식적 조건들(율격, 압운 등)과 리듬은 근본적으로 상이한 세계를 그려 보이고 있는 것이다. 브리크에게 리듬이 형식적 장식물이나 율격처럼 운문에서 보다 두드러지게 나타나는 개별 현상이 아니라, "특별한 통사 구조의 형태에 따라 시를 근본적으로 구성하는 생생한 충동"인 까닭도 여기에 있으며, 거꾸로 "리듬 운동"을 통해 "운문을 이해해야" 할 필요성도 바로 여기서 생겨나는 것이다.

7. 보론: 텍스트의 운동을 조직하는 힘

> 텍스트의 리듬은 부수적이며(따라서 선택적이자 임의적이며), 리듬은 전적으로 시에만 관여하며, 리듬은 읽는 독자의 개인적인 취향에 의해 자의적으로 해석되며, 온전히 형식적이라 리듬은 텍스트의 의미작용과는 아무런 상관

23) Ibid., p. 144.

이 없다는 주장이 리듬을 둘러싼 네 가지 편견이다.

—앙리 메쇼닉, 제라르 데송[24)]

수업이 한창 진행중인 초등학교 어느 교실. 학급 실태 조사를 나온 장학사와 옆에 동행한 교사가 문을 열고 안으로 들어간다.

장학사: 서른 명의 아이들이 질서 정연하게도 앉아 있네.

교사: 아이들의 표정이 참 다양하지요?

장학사: 줄 따라 반듯이 앉아 일제히 칠판을 주시하고 있구먼.

교사: 창밖 너머 운동장을 주시하는 놈이나 몸을 숙여 연필을 줍고 있는 뒤에서 둘째 줄 왼편의 저 녀석, 고개를 빳빳이 세우고서 졸지 않으려고 애쓰고 있는 구석 청소함 바로 앞줄의 아이도 원래는 모범생이랍니다.

장학사: 검은 머리에 반팔과 반바지 차림인 걸 보면 이 학급도 그다지 다르지 않군. 게다가 아이들 모두 두 눈과 코 하나, 반듯한 입과 두 귀를 가지고 있으니 말이야. 똑같은 책상 위에 똑같은 교과서를 일제히 펼쳐 놓은 것도 그렇고. 길쭉한 연필과 사각형 지우개도 옆에 가지런히 놓여 있잖나. 앞으로 어른이 될 놈들은 모름지기 이래야만 하는 거지.

교사: …… 좀 지저분한 아이도 더러 있습니다만…… 옷도 따지고 보면 가지각색이고 머리 모양도 다양한데…… 또 연필이나 지우개도 여러 종류입니다. 교과서도 놓여 있는 각도나 손때 묻은 정도도 좀 다를 텐데…… 하긴, 권위 있는 분이 그렇게 말씀하시면 그게 바로 '진리'겠지요.

학급을 한 편의 시로, 학급을 바라보는 장학사와 교사의 관점 차이를

24) G. Dessons, H. Meschonnic, *Traité du rythme Des vers et des proses*, Dunod, 1998, p. 3.

시에 드리워진 율격과 리듬을 바라보는 상이한 태도라고 가정해보자. 문학이나 시에서 리듬에 대한 오해가 어떤 것인지 잘 보여주는 장학사는 "앞으로 어른이 될 놈들"이라는 이데올로기를 통해 세상을 바라보는 사람이며, 그걸 "진리"로 여기고자 한다. 반면 구성원들의 특성들을 일일이 헤아리고자 하는 교사에게 이와 같은 편견이 있을 리가 만무하다. 신뢰할 만한 이론가들이나 시인들이 리듬에 대해 고민했던 것도 리듬을 단박에 규칙성이나 반복으로 환원하여 형식적인 틀 안에다가 가두어둘 수 없다는 사실 때문이었다. 얼마 전 우리 곁을 떠난 앙리 메쇼닉이 리듬을 "언어 활동에서 말의 운동을 조직하는 힘"이라고 한 까닭을 여기서 한번 곰곰이 생각해볼 필요가 있다. 예술이나 시가 '우리가 못 보는 것, 보지 않고 지나치는 것, 보지 않으려 하는 것'을 찾아 드러내는 행위라 할 때, 우리가 보지 못하는 바로 이것, 그리하여 우리가 우리 자신에게서 추방시켰던 이것, 그럼에도 우리를 구성하고 있는 이것, 시인들이 애써 불러내어 제 작품에다 다독거리면서 펼쳐놓은 이것을 보게 해주는 것이 바로 리듬이라고 생각했기 때문은 아닐까? 이때 리듬은 텍스트의 지형도(地形圖)이자 이것을 조직하는 경로, 즉 김수영이 말한 것처럼 시가 "온몸으로 밀고 나가는" 힘, 바로 그 힘에 다름아닐 것이다.

(『현대시』 2009년 7월호)

술어리 술어리룻ㄷ Rhythm의 술어리룻ㄷ

"아니오, 순무는 흰색 안에 초록 빛깔이 있고, 양파는 흰색 안에 노란빛이 있습니다."

"그래. 맞았다. 이제 저 구름 속에 어떤 색깔들이 보이지?"

"푸른색도 약간 있고요." 한동안 구름을 관찰한 후 나는 얘기했다. "그리고…… 음, 노란색도 있습니다. 그리고 약간의 초록색도 있네요!" 나는 너무 흥분해서 손을 뻗어 가리키기까지 했다. 살아오면서 내내 구름을 보아왔지만, 그 순간 처음으로 구름을 보는 듯한 느낌이 들었다.

—트레이시 슈발리에, 『진주 귀고리 소녀』

1. 감각의 제국에서 청각(聽覺)의 자리

위의 인용문은 렘브란트와 더불어 17세기의 가장 혁신적인 화가 중 한 명으로 평가되는 베르메르(Johannes Jan Vermeer)의 그림 「진주 귀고리를 한 소녀」를 모티프로 삼아 이 작품에 얽힌 비밀을 추적해나간 슈발리에의 동명 소설에 등장하는 한 대목이다. 주인 베르메르가 구름 색깔을 묻는 말에 하녀 그리트가 내놓은 대답의 일부에 해당되는 제사(題詞)로 중견 시인에 대한 평문을 시작하는 것은 낯설거나 상궤에서 벗어나 보일지도 모른다. 그런데 타일에 무늬를 놓고, 색을 입히는 일에 종사했던 아버지의 영향으로 일찌감치 그림과 색감에 눈을 뜬 이후, 제 재능을 십분 발휘하며 노란 빛깔이나 푸른 얼룩, 초록색으로 구름을 감지해내거나, 야채나 과일, 사물이나 소도구 따위를 색감 하나에 의지하여 독창적으로 배열해놓아 베르메르의 경탄을 자아내는 소설 속 그리트의 저 특이한 능력은, 빗대어 말하자면, 송재학 시인이 예닐곱 권의 시집을 상재하는 동안 성취해놓은 것, 몸의 중추에서 울려나오는 감각으로 가늠해낸 세계를 창출해내는 능력과 기묘하게 조응한다는 게 내 생각이다. 아니, 시에서 송재학의 감각은 그리트의 그것보다 더 멀리 뻗어난다고 해야 할지도 모른다. 왜냐하면 송재학에게 감각은 제 실존을 회복하는 일과 다른 것이 아닐 뿐만 아니라, 허망과 공허, 삶의 무의미와 그 무의미함의 언저리에 어른거리는 죽음의 그림자나, 침묵하는 사물과 고즈넉한 자연 풍경을 힘겹게 열고서 그 안으로 침투하여, 좁다고 해야 할 그 틈입에다가 성찰과 사변을 내려놓는 길 대부분이 감각의 저 탁월한 운용으로부터 열리기 때문이다.

감각이라는 말에서 빚어질 수 있는 오해를 피하기 위해 해두어야 할 지적은 이렇다. 문단에서 말해온 것처럼, 송재학 시인이 감각적으로, 감각에 의지하여, 세상을 엿보고 사유한다고 할 때, 그것은 감각에 대한 표현이나 감각과 연관된 어휘나 구절 들, 이성적인 사유로 감각을 조작해놓은 문장들, 이렇게 세 그룹을 적당히 짜맞추어놓은 타협이나 절충을 의미하지 않는다는 것이다. 송재학에게 감각의 사용은 날카로운 이성이 감각을 일방적으로 고용한 후, 교묘한 안배로 조절해나가는 날렵한 수사와는 크게 상관이 없다. 그것은 오히려 타자와 세계를 주관적으로 꿰뚫어 보고, 여기서 자그마한 모반을 기도하며 비밀스러운 문체를 고안해보려는, 진지한 시도에 가깝다고 해야 할 것이다. 이때 송재학의 시에서 감각은 크게 보아, 두 차례의 반란을 몰고 온다. 이성을 배반하는 듯하지만, 결국 이성과 감성 사이에 오래도록 유지되어온 이분법의 붕괴를 유도하는 작은 파장 하나와 아름다움을 담보로 정체성을 관철하고자 이에 부합하는 요소들을 적절히 통제해가며 소통의 일시방편을 궁리하는 작위적인 이미지의 구축이나 현학적 수사의 뒤발을 성큼 배신하고 마는 감수성의 표출, 이렇게 둘 말이다. 색에 대한 감각은 송재학 시인의 어느 시집을 뒤져보아도 탁월하게 녹아 있는 것이지만, 『내간체內簡體를 얻다』(문학동네, 2011)에서 돋보이는 것은 청감과 청각, 소리에 대한 반응과 듣는 행위, 청감에서 감청으로 이어지는 내면의 성찰이다.

2. 가출(家出)에서 출가(出家)로: 감각을 만들어내는 장소

송재학은 제 독특한 감각을 어디서 길어오는가? 육체가 몸의 체감으로 사물과 풍경을 빚어낸 장소들, 어쩌다 떠난 여행에서 들르게 된 낯선 공간들, 머물게 된 그곳에서 골몰히 무언가를 '주시하고' '킁킁거리고' '쓰다듬고' '귀기울이며' 얻어진 성과물을 문자로 적어나가면 감각의 충만한 실현이 제 완성을 목전에 두게 된다. 이곳은 삶이 생성되고 또 소멸되는 공간이며, 칠정(七情)을 무색하게 해버리는 단순함과 관조가 지배하는 곳이자, 시간이 멈추어버렸거나 시간을 헤아리는 것이 애당초 별 의미가 없는 낯선 자리이기도 하다.

> 가진 말의 숫자를 천천히 세고 나면 해는 중천에 뜨고 양의 숫자를 외우면 어스름이 다가온다 마지막 양을 확인하고 친빠 노인은 게르로 되돌아간다 오늘 가지 못하면 내일이 있고 다행스럽게 내일은 늘 오늘이기도 하다
>
> —「하트갈에서 무렁 가는 길」 부분

송재학이 기억을 들추어내고, 오감에 의지하여, 풍경을 제 사념에 덧씌워 재편하기 시작하는 곳은 바로 이렇게 무언가 정지된, 즉 시간이나 그 개념이 잠시 멈추어진 곳이다.

(……) 사람의 파편을 안고 가는 묘지와 맨살투성이 집은 서로 간지럼 태우며 정답다 집과 묘지는 모처럼 폭설에 묻혀 한 이불을 덮었다

(……) 힘들고 외로운 종(種)들이라면 별의 엉덩이 곁에 냉큼 눕는다 희디흰 묘비명에도 별의 근심이 키릴 문자로 새겨져 있다 별은 천하를 구할 수 없구나

—「울란바토르 산동네, 성숙(星宿)지구」 부분

"울란바토르 산동네"나 "하트갈에서 무렁 가는 길"같이, 낯선 장소의 존재론은 촉각("맨살투성이" "간지럼")이나 시각("희디흰")에 의지하여 차츰 제 모습을 갖추어나간다. 송재학에게 그곳은 거개가 불모의 장소, 생명이 없는 곳, 죽음이 도처에서 제 존재를 과시하는 곳이며, 구체적으로는 사막, 인적이 끊긴 민가, 산동네, 무명의 도시로 가는 길, 고즈넉한 절, 마다가스카르 섬이나 몽골의 초원처럼 도시와는 정서적-생태적-실존적으로 소원하다 할 만큼 멀고, 생소하다 할 만큼, 뜨악한 곳이기도 하다. 그렇다면 송재학은 이곳에서 무엇을 보는 것이며, 어떻게 귀기울여 제가 길어올린 관념을 감각에 의지해 적어내는가? 그 과정을 고스란히 드러낸다는 점에서, 아래 전문을 적어놓은 「머린호르[馬頭琴]와 낙타가 우는 밤」은 한 편의 여행기인 동시에 '감각-시'의 생존 방식을 보여준다고 해도 무방하다.

나랑톨 시장에서 노인이 산 마두금의 말머리 장식은 조잡했지만 새끼 잃은 어미 낙타의 울음만은 기억하고 있었다 노인은 두 개의 현을 누리고 활을 켜보았다 무겁고 두꺼운 음과 찰랑거리는 음이 고오하게 섞이거나 기이하게 솟아오른다 노인은 한숨을 쉬었다 곧 마두금의 밤이다 열 살짜리 나라까의 무덤에도 새끼 낙타가 희생되었다 매년 초원에서 나라까의 무덤을 찾는 것은 쉽지 않다 어쩔 수 없이 어미 낙타를 데리고 가야 했다 새끼를 기억하는 어미 낙타와 마두금이 우는 곳, 그곳이 나라까를 위해 새끼 낙타

가 죽은 곳이다 나라까의 무덤이다 낙타와 나라까 사이에 마두금이 있다면 죽음도 있다 굵은 현이 나라까의 안녕 하는 표정이라면, 가는 손가락 가는 현에서는 나라까의 깔깔 웃음소리가 선명하다

시인이 "머린호르"로 불리는 몽골의 민속악기 "마두금" 연주에 몰두하고 있는 "나랑톨 시장"의 노인으로 제 이야기를 시작한다고 할 때, 이 작품은 일종의 관찰기에 가깝다고 해야 할지도 모른다. 하지만 송재학의 재능은 이야기의 전개에 매몰되지는 않는다. "새끼 낙타"의 죽음과 맞바꾼 "열 살짜리 나라까의 무덤"은 시 전반에서 죽음에 관한 성찰을 유도해내지만, 중요한 사실은 이야기를 가장하여 시인이 죽음을 통해 걸머쥐고자 한 무엇이 바로 감각의 구현을 통해서만 가능해진다는 사실이다. "나라까"는 "열 살짜리" 아이임에 분명함에도 '지옥'으로 번역되어 익숙해진 나락(奈落, 那落), 즉 산스크리트어 나라까(naraka)의 음차와 관련된다고 볼 수 있기에, 중의적인 해석이 결부될 여지가 없는 것도 아니다.

예서 곱씹어봐야 하는 것은 "나랑톨 시장"-"마두금"-"노인"-"낙타"-"새끼 낙타"-"나라까의 무덤"으로 이어지며 구축된 이미지가 "죽음도 있다"고 말하는 대목에 이르러 절정으로 치달으며, 죽음이라는 엄연한 현실을 현시(顯示)하는 것으로 대단원의 막이 내려지는 듯해도, 이 모든 과정이 기실 청각에 의지해 구현되고 있다는 사실이다. "낙타의 울음만을 기억하고 있"는 노인의 "두 개의 현"에서 울려나오는 "무겁고 두꺼운 음과 찰랑거리는 음"에 기대어 시인은 죽음을 현재에다가 불러내고, 더욱이 죽음을 "있다"고 힘주어 말한다. 이처럼 오로지 소리에 의존하여 시의 테마가 변주되고 있다는 사실은 '나락'("나라까")의 입구로 안내하는 죽음이나 그 예감만으로 속세에 불어닥칠지도 모를 예정된 고통을 시인이 "굵은 현"과 "가는 현"의 변주, 즉 소리의 가변적 속성에 기대어 어떻게 전환해 놓았는지를 살필 것을 요구한다. "굵은 현"이 "나라까의 안녕 하는 표정"

으로 전환되면서 탄력을 받은, 편재하는 저 죽음의 사실성이나, "가는 현에선 나라까의 깔깔 웃음소리가 선명"하게 들려온다는, 죽음의 저 도도함에 대한 비유는 공히 청각에 의지해 앞의 "새끼 잃은 어미 낙타의 울음만은 기억하고 있"는 "마두금"의 울림과 맞아떨어져, 시에서 기묘한 느낌을 자아내고 만다. 따라서 이야기의 전개 그 이상의 무언가가 시에 결부되고 있다고 직감하게 되는 바로 그 순간, 우리는 죽음이 태어난 이곳, 태초라 할 죽음의 장소에 존재하는 사물과 인간을 그곳의 풍경과 자연의 몫으로 되돌려놓아야만 한다는 시인의 윤리와 자숙의 몸짓이, 청각에 의지하여 시 전반을 압박하며 생생하게 울려나는 것을 감지하게 된다.

3. 기억을 파고드는 감각

가만 생각해보자. 왜 하필 또다시 감각인가? 송재학이 제 기억 안으로 한껏 파고들 힘이나 일종의 계기로 감각을 시에서 이용하기 때문이라고 하겠는데, 기억을 현재에 불러내면서 감각은 육체의 단순한 기능이 아니라 고유한 감성으로 전환되기 시작한다. 이렇게 보면, 감각은 기억을 현재에 적시하기 위해서나, 반대로 현재에서 과거로 침잠하여 시적 심상을 건져낸 후, 다시 현실에 되돌아와 그것을 투영하기에 좋은 변명거리인 것이다.

> 눈물이 말라버렸다 너무 오래 눈물을 사용했다 물푸레나무 저수지의 바닥이 간당간당, 물푸레나뭇잎도 건조하다 일생의 눈물 양이 일정하다면 이제부터 울음은 눈물 없는 외톨이가 아니겠는가 외할머니 상가에서도 내 울음은 소리만 있었다 어린 날 울긋불긋 금호장터에서 외할머니 손을 놓치고 엄청 울었다 그 울음이 오십 년쯤 장기저축되어 지금 외할머니 주검에 미리 헌정된 것을 이제야 알겠다 그 잔나비 울음이야 얼마나 맑으랴 내 어린 날의 절명 눈물이었으니
>
> —「눈물」 전문

"바닥이 간당간당"한 "저수지"나 "건조"한 "물푸레나뭇잎"에 빗대어 시에 내려놓은, 눈물을 흘리지 못하는 저 현실이, 실상 소리를 내야만 하는 형국을 환기하기 위한 자그마한 장치라고 볼 수밖에 없는 까닭은, 시인이 이를 계기로 넌지시 과거로 돌아가 할머니에 대한 뒤늦은 조례(弔禮)를 제 눈물로 꾸리고 있기 때문이다. 여기서 눈여겨봐야 할 것은 메말라버린 눈물에서 어떻게 울음까지, 시의 광범위한 지형이 그려지고, 결연한 정서가 당도하는가이다. 시집 전반에 과도하게 스며들어 있는 모티프 중 하나라고 해야 할 울음은 청각으로 시를 꿰어나가기 위한 일종의 알레고리라고 보아야 한다. 이렇게 따지자면 송재학이 기댈 마지막 감각이야말로 청각이며, 이때 청각은 제 과거로 현실을 반추하며 과거의 상처를 지금-이 자리에서 타자에게 드러내 보이기 위한 고유한 소통의 표현이자, 사변과 감성으로 가장해놓은 처절한 절규라고 해야 하지 않을까?

일곱 살 때 아버지와 함께 걸었던 금호길, 갈대 서걱거리는 금호(琴湖)라는 의성어를 날것으로 들었던 그때 새 신발이 아니라도 십 리 길은 멀고 높았다 외가에서 큰집까지 지금도 그 길의 되돌이음표를 새기면 몸의 뒤축은 아프다, 아프다 못해 잘린 팔의 허공이 가렵듯 아버지에게 매달렸던 수많은 내 오른손은 이제 잡아야 할 아버지 없어 연신 가렵고 아프다 아버지 아버지라고 불러보는, 기계충처럼 솎인 갈대가 외치는 짐승의 음성이 여리고 목 쉰 것도 그 때문이다

—「갈대」 전문

감각이 시에 접사되는 것은 아버지에 대한 기억이지만, 청각의 활용일 '듣는' 행위가 이 작품에서 차지하는 자리가 작은 것은 아니다. "내 오른손은 이제 잡아야 할 아버지 없어 연신 가렵고 아프다"고 시인이 말할 때,

우리는 두 단어 "아버지"와 "아프다"가 서로 공명하는 것을 느끼게 되는데, 이와 같은 사실은, 청각에 직접적으로 관련된 낱말이나 표현이 아니라, 결국 텍스트의 소리와 그 조화라고 해두어야 할, 자음이나 모음이 서로를 간섭하며 조직해내는 효과에 우리가 귀를 기울여야 한다는 사실을 알려준다. 따라서 '듣는 행위'는 텍스트를 듣는 행위인 것이지, 청각에 한정된 표현만을 듣는 것은 아니라고 말해야 할 것이다. 왜냐하면 같은 한 단어라고 해도 음성의 주고받음으로 인해 텍스트 내에서 반복된 경우 이 단어가 동일한 값을 취하는 것은 아니며, 송재학의 작품에서 한결 두드러지게 나타난다고 글의 모두에서 말했던 청각의 활용이란 바로 텍스트에서 리듬, 즉 '구술성(orality)'의 실천에 다름아니기 때문이다.

/ ⌒ / /

몸의 뒤축은 아프다, 아프다 못해 잘린 팔의 허공이 가렵듯 아버지에게 매달렸던 수많은 내 오른손은 이제 잡아야 할 아버지 없어 연신 가렵고

/ ⌒ // ⌒ ///

아프다 아버지 아버지라고 불러보는

이상하게 들릴지도 모르겠지만, 인용문에서 두번째의 "아프다"와 첫번째의 "아프다"는 서로 다른 값을 가지며, 반복된 "아버지" 역시 전자와 후자의 그 값이 다르긴 매한가지다. 여기에 /로 표시를 해둔 것은, 강조가 된다는 것, 따라서 반복될 때마다 하나씩 추가되어 그 수를 늘려간다는 것을 뜻하며, ⌒ 표시는 낱말이 중복되며 강세가 앞 낱말과 뒤의 낱말에 연속적으로 모종의 효과를 이끌어낸다는 것을 의미한다. 중요한 사실은 서로 동일한 단어라도 그 값이 다르다는 이 사실로부터 우리가 "아프다, 아프다"—"아버지에게 매달렸던"—"아프다 아버지 아버지라고 불러보는" 행위가 시에서 일종의 청각의 효과처럼, 혀에 감겨돌아 그것을 읽

는 이에게나 듣는 이에게나, 또 읽거나 들을 때, 모종의 힘이 실리는 것을 의미하며, 이렇게 강세란 결국 주관이 적재된 지점들을 텍스트에서 만들어 낸다는 사실을 주지하는 데 놓여 있다. 강세가 조장하는 위의 효과를 우리는 시각적으로 이렇게 표시해볼 수도 있을 것이다.

> 몸의 뒤축은 **아프다**, **아프다** 못해 잘린 팔의 허공이 가렵듯 아버지에게 매달렸던 수많은 내 오른손은 이제 잡아야 할 아버지 없어 연신 가렵고 **아프다 아버지 아버지**라고 불러보는

텍스트의 구술성은 여기서 '아프다 = 아버지'를 최대한 닮은꼴로 환원하면서 서로가 서로를 극대화하고 동일시하는 효과를 이끌어내며, 시의 뒷부분에 따라붙은 "짐승의 음성"도 강세로 촉발되어 텍스트에 감정이 실리기 시작한[1] 앞의 구절에 탄력을 받아, '아픈-아버지'와 함께 감겨나 자연스레 처절함이라는 의미망 하나를 시 전반에서 구축해내는 역할을 수행한다. 송재학의 시에서 수사의 부자연스러운 면모가 이와 같은 감정의 과도한 운용에서 빚어지는 것은, 그 리듬의 운위로 보자면, 과장된 시화(詩化, poétisation)가 표출되는 이유가 되기도 하지만, 그러나 바로 이러한 과정에서 단순히 감각 중 하나에 속하는 청각이 감수성의 활용일 청감으로 전환되고 있다는 점을 부기해두는 일도 필요하다 하겠다.

송재학의 작품을 관장하고 지배하는 것은 바로 이 청각의 울림, 즉 그것을 포착해내게끔 텍스트 전반에서 리듬에 의해 조성된 청감, 다시 말해, 듣는 행위를 조장하는 저 말의 운용과 그것의 감수성으로의 전환이며, 시인의 정서와 기억, 관조와 성찰이 시에서 거주할 집을 마련해주는 것도 결국에는 이 청감과 그것의 운용이라고 해야 한다. 청각의 울림이

1) 흔히 정동성(情動性, affectivity)이라고 부르는, 문법의 차원에서 규명할 길이 없는, 리듬의 분석이나 발화의 차원을 결부시키는 텍스트의 '감정의 운용'이 바로 이것이다.

파고들어 솟아오르는 곳은 결국 기억이 눌러앉은 텍스트의 언저리이며, 청각이 청감으로 변조되어 시 전반을 지배하는 요소로 거듭나게 되는 이러한 과정은, 시인이 기억으로 파고들어가 끄집어낸 아픔이 현실의 울음으로 이어진다 한들, 과장이나 수식의 꾸밈에만 시가 안주하지는 않는다는 사실을 말해준다.

4. 소리의 시학에서 리듬의 시학으로

청각이 청감으로 전환되며 하나의 시적 사건이 만들어진다고 할 때, 이 사건은 무엇보다도 텍스트의 사건이자 리듬의 사건이며, 소리에서 착안하여 기억을 파고들고, 이내 오밀조밀한 말들로 조직해 한바탕 펼쳐놓은 성찰의 사건이기도 하다. 거개의 작품들이 '듣고' '우는' 행위에서 사건이라고 말할 만한 것을 고안해내지만, 시인이 사건을 고안해낼 저 현실은 이 두 행위 외에는 다른 감정을 허용하지 않을 정도로 메마른 것으로 인식되고 만다. 그럼에도 시인이 도달한 곳에서 그를 기다리고 있는 것은 상실이나 죽음만은 아니다. 사물을 꿰뚫는 통찰력이 한편에서 독자들을 기다리고 있기 때문이다.

모래톱 해안선에 누우면
바다는 비스듬히 기울어진
꾸물꾸물 움직이는 창이다
나는 지금 창의 바깥쪽에서
안으로 실려가는 목록을 헤아리고 있다
햇빛이라는 백열들의 숫자가 가장 많다
그 숫자는 깨끗한 종소리를 내고 있다
사람의 냄새를 씻으려는 백열등이다
죄의식의 불빛이

바다의 중심에서 아침저녁 켜진다고 생각해보라
심해어의 지느러미가 심지를 돋우면
불빛은 햇빛을 주목해온 사람과 다시 종소리로 연결된다

—「저건 창이야」 전문

제 소리를 가져야 한다는 사실, 소리가 제 온몸을 통과한 후에만 자연을 다독거리는 신실한 감정("모래톱" "바다" "햇빛" "심해어")과 반성("죄의식의 불빛")을 불러낸다는 것, 제 몸을 통과해 빚어진 말이란 기실 소리에 다름아니라는 점, 그리고 이때 소리는 객관적 측정이 가능한 데시벨의 정량이 아니라, 상이한 값에 기대어 변주되는 울림과 그 움직임을 텍스트에서 생성해내는 일에 기여한다는 사실을 염두에 두자. 몸이라는 통과의례를 거쳐 재편된 감수성의 발향이 송재학의 작품에서 주를 이룬다는 지적은 이미 대다수의 비평이 포착해낸 것이기도 하다. 그러니까 나는 여기에다가 새로운 말을 덧붙일 궁리를 해야 할 텐데, 송재학의 시에서 몸이라는 감각의 통과의례가 빚어낸 감각 역시, 따지고 보면 텍스트의 세세한 결이 조직되고, 의미를 고구하는 숨이 되어, 작품을 육박하며 뿜어내는 '리듬'과 다른 것이 아니라는 게, 궁리 끝에 내가 보태놓을 수 있는 말이다. 글을 매듭짓기 전에 잠시 내보일 리듬 분석은 실험적 성격이 없다고는 할 수 없을 것이며, 쏟아놓을 소략(少略)한 결과물 역시, 지나치게 주관적이며, 확실성의 성취와는 거리가 있다.[2] 그러나 비평의 가치는 주관

2) 나는 우리말의 리듬을 아직 잘 알지 못한다. 프랑스에서 공부한 것은 프랑스어의 리듬이었는데, 리듬이 언제나, 늘, 조직적으로, 필연적으로, 의미의 문제, 텍스트의 주체화의 문제를 결부시킨다는 것을 배운 것 같다. 리듬은 따라서, 형식에만 국한되는 것은 아니며, 임의적으로 표출되는 언어현상도 아니고, 시에만 특화되어 나타나지도 않으며, 읽는 자에 따라 자의적으로 해석되는 것도 아니다. 리듬이 낱말의 운용이나 조직, 통사의 운용이나 조직, 프로조디의 운용이나 조직, 문장의 운용이나 조직, 결국 시의 운용이나 조직에 다름아니라고 할 때, 방점은 '운용과 조직'에 놓인다. 이제 우리말의 리듬을 연구해야 할 때가 왔

적인 실험과 도전에, 오로지 직관에 의지해 왁살스레 토해내는 시도에서도 연원하는 것 아니겠는가?

● 물리적 · 정량적 소리에서 주관적 구술성의 실현으로

풍경을 밑천으로 제 시를 써나가는 송재학에게 중요한 것은 그 풍경이 무엇이냐는 것이다. 여행에서 얻어진 서정, 여행의 장소들, 여행의 공간에서 바라본 세계, 그 풍경의 안팎을 고즈넉이 넘나들다가 시인은 깨달음에 도달하고자 하며, 이것이 시의 원인이 된다. 청각에 호소하는 거개의 묘사로부터 압축적인 이미지가 딸려 나옴에도, 시는 추상적 인상, 그것 이상의 세계를 보여주는 곳으로 향한다. 송재학에게 만약 촉수와 같은 것이 있다고 한다면, 이 촉수는 물론 감각의 울림에 충실하다. 따라서 어지간해서 그의 시는 세상과 싸우지 않는다. 관조하고, 사색하고, 성찰하고, 상처에 울고, 떨리는 내면을 다스려나갈 뿐이다.

> (……) 모래 파도는 음악은 아니지만 한 옥타브의 음역 전체를 빌려 사막의 목관을 채운다 바람은 귀가 없고 바람 소리 또한 귀 없이 들어야 한다
>
> —「모래장(葬)」 부분

여기서 음악은 직접적인 청각이 아니라 귀 없이 들을 수 있는 소리들이다. 이 소리는 글의 리듬을 살필 때 드러나는 것이며, 바로 여기서 문자와

다. 리듬을 전공했다는 이유만으로 간혹 강연이나 발표를 해야 하는 경우가 있었다. 내가 반복해서 늘어놓은 대답은 리듬은, 그 어떤 언어가 되었건 형식의 조건이 아니라 무엇보다도 의미의 조직, 의미를 조직하는 경로라는 것이었다. 평생을 바쳐 리듬을 연구했던 시학 연구가 앙리 메쇼닉은 각각의 언어에는 각각의 고유한 리듬이 있으며 그 운용은 서로 상이하다고 말한 바 있다. 프랑스어는 통사의 그룹을 중심으로 강세를 실현하며, 영어는 교체(alternatif)한 방식으로 리듬이 변주되며 의미 생산에 참여한다. 그렇다면 한국어는? 여전히 의문투성이이다.

문자 사이의 관계를 창조하는 동력을 헤아려야 한다는 촉구가 생겨난다. 송재학에게 "내간체"가 기실 속삭임, 깨달음의 속삭임과 다른 것이 아니라면, 우리에게는 이 속삭임을 들어주어야 할 의무도 있는 것이다. 미학이라는 단어와 개념을 처음으로 언급한 바움가르텐에게 그것이 아름다움을 탐구하는 학문이 아니라, 오감에 대한 연구를 의미했다면, 청각은 송재학 시인에게는 시각, 촉각, 후각을 내뿜어내는 기저에 해당되는, 매우 동물적이고 야생적인, 시화의 본능적인 수단이자 근거가 된다. 어쩌면 사물과 세상 풍경을 다스리며 시인의 내면에서 울려나오는 소리이기에 "귀 없이 들어야" 하거나, 소리가 없다고 말할 수도 있는, 하지만 시 전반으로 보자면 감성에서 부화된 하나의 이미지를 창출해내며, 이 이미지는 또한 정지된 듯하지만, 텍스트의 운동과 결부된 이미지이기도 하다.

> 오늘 만어사에 와서 소리의 서책(書冊)을 보았습니다 흩지느러미 가름끈이 아름다운 소리책입니다 책등은 아가미로 숨 쉬는 책입니다 물고기 등뼈가 분류한 소리집(集)의 한국십진분류는 700 언어편이지만 다시 미세뼈가 분류한 숫자는 799, '비와 물고기의 소리편'입니다 비 새는 곳이 만어사와 내 몸뿐 아니라 저 가을길도 그러해서 산길 골라 왔습니다 지금 읽지 않는다면 비늘 떨구며 시나브로 사라질 소리입니다 지금 소리의 앞뒤를 따라가면 내 몸에 송홧가루 필사본 책 한 권 채워집니다 누군가 이곳에서 그가 가진 짓소리를 다 게워놓았습니다 청맹과니조차 무구정광대다라니경을 다 읽고 갔습니다 여늬 소리는 노골적으로 바위 품에 미기체(尾?體)로 파고드는 중입니다 거무틱틱하고 시꺼멓고 울긋불긋하고 풍화중인 바위는 소리가 마뜩잖은지 쪽수를 힘겹게 넘깁니다 신음하거나 헐떡이고 한숨 쉬며 비명 지르다가 훌쩍이면서 울부짖다가 다시 흐느끼고 마침내 울거나 속삭이며 아우성치고 투덜대는 소리가 결국 넓고 좁고 검고 누렇고 작고 둥글고 넓적하게 바위로 굳어져서 내 불평불만을 깔고 일몰 속에 앉을 수 있

게 되었습니다

—「소리책(冊)」 부분

감각은 세상을 일차적으로 수용하고 느끼게 하는 통로이자 방식이며, 이해와 판단은 감각 이후에 찾아오는 작용이다. 감각은 사유 이전의 단계라 할 직관이나 영감이기도 하며, 삶의 더듬이와도 같이 그 자체로 매우 주관적이며 변덕이 심하다고 할 수 있기에, 시에서 감각은 감수성을 실현하는 경로의 자격으로 제 모습을 추적해보지 않는다면 비밀이기 십상이다. 감각은 인간의 근본적인 불안함이나 자의식의 과잉을 불가피한 보족으로 달고 다니기도 한다. 때문에 감각을 극대화할 때, 육체 안에서 순환하고 작동하는 모든 것에 집중할 수 있는 것이며, 이를 바탕으로 사물에 감정을 부여할 수 있는 것이다. 송재학의 시에서 감각이 감수성의 탁월한 발현이 되는 것은 바로 이와 같은 집중과 긴장을 통해서이며, 여기서 '책'은 그 감각이 감수성으로 변모할 경로를 개척해낼 대상으로서, 소리와 읽기의 기묘하고도 독특한 절합의 산물이다. 한 구절을 떼어내어, 통사의 경계를 구분해보도록 하자.[3)]

거무틱틱하고 | 시꺼멓고 | 울긋불긋하고 | 풍화중인 | 바위는 || 소리가 | 마뜩잖은지 || 쪽수를 | 힘겹게 | 넘깁니다 || 신음하거나 | 헐떡이고 || 한숨쉬며 | 비명 지르다가 ||(|) 훌쩍이면서 | 울부짖다가 ||(|) 다시 흐느끼고 || 마침내 || 울거나 | 속삭이며 | 아우성치고 | 투덜대는 | 소리가 || 결국 | 넓고 | 좁고 | 검고 | 누렇고 | 작고 | 둥글고 | 넓적하게 || 바위로 | 굳어져서 || 내 불평불만을 | 깔고 || 일몰 속에 | 앉을 수 있게 | 되었습니다

3) | = 소단위의 경계, || = 대단위, ||(|) = 의미의 묶임을 어떻게 파악하느냐에 따라, 소단위나 대단위가 될 수도 있는, 즉 텍스트에서 비결정성을 동반한다는 것을 나타낸다. 이러한 구분의 기준은 의미가 구축되는 정도이며, 통사의 단위란 당연히 의미의 단위이다.

리듬은 프로조디의 운용에만 빚지고 있는 것은 아니다. 텍스트의 운동(mouvement)과 조직(organisation)이라고 해두어야 할 리듬은, 무엇보다도 우선, '의미의 단위'를 만들어내는 경로이기 때문이다. 예컨대, 인용한 부분에서 리듬은 통사의 구성과 배치에 의존하여, 경쾌함과 속도를 우리가 '듣게' 해주는 데 제 이치를 정초해낸다. 이를테면,

/ ⌒ // ⌒ /// ⌒ /// ⌒ ////
거무틱틱하고 | 시꺼멓고 | 울긋불긋하고 | 풍화중인 | 바위는

처럼 모든 수식어들이 '~고'라는 병렬형 연결어미로 거듭나면서 경쾌한 흐름을 조성해내어 결국 그 수식을 받는 "바위"에다가 제 의미의 하중을 실어놓은 양태를 리듬이 드러내준다. 중요한 사실은 리듬이 단순한 표식이 아니라, 텍스트에서 의미의 단위를 추정하게 해주는 지표라는 것이다. 가령, 다음과 같은 구절에서 리듬은 텍스트의 독법과 분석에 따라 비평의 선택이 갈라설 수도 있다는 사실을 예고한다.

/ ⌒ // ⌒ /// ⌒ //// ⌒ ///// ⌒
① 신음하거나 | 헐떡이고 | 한숨 쉬며 | 비명 지르다가 | 훌쩍이면서 | 울
////// ⌒ /////// / ⌒ //
부짖다가 | 다시 흐느끼고 || 마침내 || 울거나 | 속삭이며 (……)

/ ⌒ // / ⌒ // / ⌒
② 신음하거나 | 헐떡이고 || 한숨 쉬며 | 비명 지르다가 || 훌쩍이면서 | 울
// / ⌒ //
부짖다가 || 다시 흐느끼고 || 마침내 || 울거나 | 속삭이며 (……)

지속적으로 나열되며, 빠른 속도로 압박해오는 동사의 현란한 전개가 도대체 어디서 제 쉼을 취하는지 파악하기 어려운 것은 구두점(특히, 쉼표)의 부재와 동사를 나열하며 연결하는 우리말 조사(~거나, ~고, ~며, ~다가, ~면서)의 뉘앙스가 의미의 가변성을 조장하기 때문이다. 잊지 말아야 할 것은, ①과 ② 중 어떤 것을 선택했건, 비평가는 제 분석의 논리를 갖출 수밖에 없다는 것이며, 통사 구분의 단위를 파악하는 비평가의 작업이 이미 리듬을 헤아리는 일이라는 것이다. 결국 텍스트의 논리를 따져 묻는 일과 리듬을 헤아리는 작업은 서로 직결되어 있다고 말할 수밖에 없다. 이 작품에서 통사의 운용, 특히 끊어질 듯 끊어지지 않고, 지속적으로 미끄러지며 힘차게 전진하는 동사의 운동은 "바위"와 "소리"를 하나로 묶어내며, 결국 "내 몸에 송홧가루 필사본 책 한 권 채워"넣는 일에서 나의 "불평불만"을 자연("일몰")의 풍경 속에서 삭이는 과정이 얼마나 땀나게 지나오고 급박하게 이루어졌는지를 우리에게 '들려'준다.

● 프로조디의 조직과 의미의 창출

텍스트에서 생겨난 것은 움직이는 것, 즉 살아 있는 것의 운동이다. 별다른 상념 없이 우리가 매일 보거나 행하는 그런 운동이 아니라, 죽어 있는 것, 정지되어 있는 것, 생명이 없는 물건이나 사물, 고정되어 있는 듯한 자연의 풍경, 생명의 씨를 죄다 말려버린 모래나 사막, 모든 것이 고요로 충만해 있는 정적인 풍경을 움직이게 한다는 점에서 송재학의 시는 활유를 통한 의미의 반란을 꿈꾼다. 이 반란에는 당연히 오감이 동원되지만, 반복하자면, 특히 도드라지는 것은 청각이다. 더욱이 청각은 단지 소리와 관련된 주제와 결부된 몇몇 표현에 국한되지 않으며, 텍스트의 리듬이야말로, 그것이 구술성의 실현이라는 점에서 청각의 한 방편으로 봐야 한다. 이때 텍스트의 리듬은 송재학이 배치한 소리나 청각과 관련된 어휘의 군이나 표현의 모둠과도 연관되어 있겠지만, 자음과 모음의 조직을 뜻하는 프로조디와 프로조디를 헤아린 의미의 창출 과정에 관여하는 것이라면, 다루고 있는 심상이 굳이 소리나 청각과 직접 연관이 없다 한들, 크게 문제가 되지 않는다. 프로조디의 얽힘에 힘입어, 시를 소리 내어 읽는 우리의 귀에 들려오는 무엇이 바로 리듬인 것이다. 송재학에게 청각의 감수성이라고 말할 만한 무엇은 따라서, 구술성의 실현을 목전에 두고서 운위되는 것이지, 수사를 조장하는 원인인, 단순한 표현성에 의존하거나, 청각과 직접 관련된 낱말이 지시하여 형성된 이미지나 그 자장(시화의 원인이다)과는 반드시 일치하지는 않는다. 시를 살펴보자.

늙은 상인의 찌푸린 미간은 나를 닮았다
그의 붉은색 염료거래량은 확장 중이다
석 달 열흘쯤 나를 붉은색으로 물들여주겠다,
는 미농지의 계약서를 보라
혀의 부적도 바꾸겠다고 속삭였다
우리는 붉은 권련을 나누어 피웠다

우선 내 피를 보았다
확실히 묽은 핏방울은
세상의 통점에서 너무 멀어져왔다

그런데 붉은색이라는 것,
갇힌 방에서 사납게 북을 두들기는 발화(發話)의 슬픔과
가장 어둔 곳을 통과하는 일출과
제 뼈를 파고들며 불 밝히는 백열등의 전율과
마주친다는 것을 우리는 알고 있다

붉은색에 풍덩 뛰어들 때
붉은색만으로도 생은 쏜살같다
는 염료설명서를 그가 내밀었다

붉은색이니 모두 아가미 호흡이다
붉은 땀 흘리는 불수의근도 따라왔다
혹 남은 붉은색은 배롱나무 아래 묻으면 되리라
오늘 염료상인의 장기계약서에 도장을 찍었다

—「붉은장(葬)」 전문

귀를 기울여 이 작품을 들으려 할 때, 다음과 같은 지점들이 시 전반에서 의미를 형성하는 데 동참하고 있다는 사실이 포착된다. 첫머리를 장식하는 "늙은"과 시 전반을 이끌어나가는 "붉은"은 시 전반에서 형성되는 의미망을 염두에 두고 지속적으로 살펴볼 핵심어로 삼을 만하다. 이 두 단어에서 공통적인 프로조디 /ㄺ/이 /ㄹ/이나 /ㄻ/으로 확장되며 의미를 변주하기 시작하면, 이와 동시에 이 프로조디를 포함하고 있는 모든 형용사와 동사, 명사를 수식하는 단어들이 공명의 힘에 의해 강조되고(즉, 의미가 서로 배가되고), 중복되어 강세를 얻게 되면서부터, 작품은 한편의 들을 수 있는 시로 거듭나게 된다. 의미 확장의 중심 낱말 격인 '붉은'과 '붉은색'은 프로조디 /ㅂ/과 /ㄹ/에 의지하여 제가 뻗어낸 의미의 영역을 하나로 모아나가며, 시 전반에서 고유한 리듬을 창출하는 중심점을 이룬다. 읽는 혀에 발음이 감기며, 듣는 행위에 의지해 의미의 변주를 거머쥐기 시작할 때, 리듬은 하나의 운동으로 제 논리를 구축해내는 일에 착수하는 것이다.

/ //

늙은 상인의 찌푸린 미간은 나를 **닮았**다

"늙은 상인"과 "나를 닮았다"에서 프로조디 /ㄴ/ /ㄹ/의 공명은 "상인"과 "나"의 닮음에 있어서 '늙음'이 주가 된다는 사실을, 혀(발음)로 알려준다. 이렇게 제 처지에 늙음이 강조된 다음, 시는 색감을 중심으로 강렬한 관조의 행위를 운위하기 시작한다.

/⌒ // / ⌒ //
석 달 열흘쯤 나를 **붉은색**으로 **물들여**주겠다,
⌒ / ⌒ // ⌒ ///
우리는 **붉은 궐련**을 나누어 피웠다

"석 달 열흘쯤" 같은 시간 표현이 "붉은색"을 중심으로 강조되면, 첫 행이 마감되지 않았다는 사실에 탄력을 받아 생겨난 둘째 행의 첫 단어 "우리는"의 강세는, 한번 쉰 다음에 시작하라는 구두점의 명령[4]에 탄력을 받아 앞 행과의 단절이 아니라, 지속적으로 연결되는 어떤 지점, 다시 "붉은색"과 "궐련"으로 이어져, "붉은"과 호응하면서 강렬함이 시에서 조장되기 시작한다. 여기서 "붉은색"이 이끌어낸 /ㅂ/이나 /ㄹ/ /ㄺ/의 감정의 크레셴도는 "북을 두들기는 발화(發話)의 슬픔"과 "불 밝히는 백열등의 전율"에 이르러, 의미가 최대치 적재된 목소리를 텍스트에서 실현해낸다.

/
그런데 **붉은**색이라는 것,
/ ⌒ // ⌒ /// ⌒ ////
갇힌 방에서 사납게 **북을 두들기는 발화**(發話)의 슬픔과

4) 생각해보자. ① '나는 밥을 먹는다' ② '나는, 밥을, 먹는다', 이 둘이 어떻게 차이가 나는지를. 이 둘은 완전히 다른 문장이다.

가장 어둔 곳을 통과하는 **일출**과

/ ⌒ // ⌒ /// ⌒ ////

제 뼈를 파고들며 **불 밝히는 백열등**의 **전율**과

마주친다는 것을 우리는 알고 있다

시 전반에서 발생하는 강렬한 죽음의 테마는 바로 이 "붉은(색)"의 운용, 즉 리듬의 실현으로 텍스트 전반을, 없는 것을 애써 보라고 말하는 현상학자들의 이미지가 아니라, 행과 행 사이, 낱말과 낱말의 상응과 프로조디의 운용을 세밀하게 들어야 한다고 시학 연구자가 권고하는 구술성에 힘입어, 고유한 의미의 장으로 탈바꿈하게 된다. 이렇게 "늙은" "붉은(색)" "묽은"이나 "북" "백열등" "불수의근" 등의 /ㅂ//ㄹ/의 공명과 "찌푸린" "피" "핏방울" "파고들며" "풍덩"의 /ㅍ/이나 "확실히" "갇힌"의 /ㅎ/이 서로 섞이기도 하고 따로 서기도 하면서, 시 전체에서 텍스트를 조직하는 무언가를 경청해야 한다는 리듬의 논리가 만들어지는 것이다. "붉은색"과 "장기계약서"를 맺지 않을 수 없는 인생의 운명이 작품에서 강렬하게 부각되는 것은 시 전반에서 색감을 중심으로 언어를 배열하고 조직한 바로 이 리듬의 힘 덕분이다. 물론 이때 우리는 색감을 보는 것이 아니라, 그것을 읽고, 듣게 된다.

바로 이 리듬이 송재학의 시에서 "붉은색과 노란색의 음역(音域)"(「단풍 기차」)을 넘나드는 것이며, "애욕 달빛"과 "여윈 구름"(「달」)을 서로 달래고, 또 "상처란 말을 붕대처럼"(「검은 산 그리기」) 감아내기도 하며, "온몸이 애타면서 바스라지면서/ 온몸이 울음이 되면서" "궁상각치우의 아픔을 받아들이는"(「징」) 것이다. "넓이와 전혀 다른 종족인 깊이"(「넓이와 깊이」)에다가 시를 적재해낼 수 있는 가능성은 오로지 텍스트를 조직하는 물질, 즉 의미의 최소 단위와 결부되어 있는 자음이나 모음의 조직과 그 운위를 살피면서 가능한 것이다. 그것이 자연이어도 좋다. 중요한

것은 리듬이 의미를 관장하며 공고히 그 터를 다지고, 시 전반을 조직해내면서 시적 상태를 조율해나가는 중심에 있다는 사실이다. 자연, 정확히 말해 자연이 생명이 되거나 그 반대일 죽음으로 향하는 위태로운 변화의 순간은 리듬으로 따져도, 위태롭기는 매한가지이다. 가령, 아래에서처럼

> 참나무가 제 꽃잎 속 분홍 심지를 돋울 때 산벚나무는 참나무의 산점(産漸)을 위로하지만 자신이 더 위태롭다 조금만 더 조금만 더 헐떡거리는 미열 앞에 참나무의 슬로우 모션은 한없이 늘어난다
>
> —「숨죽이기 — 생물계절학」 부분

"헐떡거리는"과 "한없이"가 서로 /ㅎ/으로 조응하면서, 이 두 단어의 안쪽에 자리잡은 "미열 앞에 참나무의 슬로우 모션"을 압박해나갈 때, 강세를 동반하며 제 주관을 적재한 프로조디는 "위로하지만"과 "위태롭다"에서 /ㅟ/를 주고받으며 가속된 앞의 감정을 지속시켜나가는 방식으로 시 전반에 한껏 긴장감을 조성한다. "타닥타닥 불타는 소리와 토닥토닥 비"(「비의 악기」)처럼, 서로 다른 낱말이, 반드시 의미와 결부된 음소를 통해 중첩되면, 동일한 단어의 단순한 반복이란, 결국 시에서 존재하지 않는다는 사실이 드러나며, 기호나 문법이라는 편협한 차원에서 벗어나 텍스트의 전반에서 작동하는 또다른 논리가 기실 시를 움직이고 조직하는 주체라는 사실이 보다 명백해지는 것이다.

● 리듬: 미완성의 시학

구조주의자들에 의할 때 프로조디가 텍스트에서 차지하고 있는 것은 자음이나 모음으로서의 단순한 기능이나 그것의 객관적 질량이다. 하지만 프로조디는 서로의 논리에 이끌려 한데 어우러질 때 의미의 장으로 진입하는 것이며, 이때 리듬을 운동이게 해주는 여러 요소들 중 하나로서,

시에서 못하는 일이 없는 것이 또한 프로조디이다. 세세히 따져보면 시의 몸통, 아니 언어라고 하는 것의 전개 양상이 모음과 자음의 조직으로 되어 있는바, 어찌 특정한 음소와 그 절대값[5]이 의미의 특권을 향유한다고 할 수 있을까? 모든 자음과 모음의 평등한 실체나 공정한 시선을 요구하는 구조적 · 산술적 · 수사적 논리가 시에서 분탕질을 치기 시작하면, 프로조디 각각의 특수성과 주관성, 그것이 결합되고 흩어지면서 창출해내는 의미의 조직과 운용의 양태는 헤아릴 길이 없어져버린다. 결국 매번의 텍스트에서 불특정의 프로조디가 특이하게 제 값을 취한다는 말로밖에 그 작동 방식을 설명할 길이 없는, 또한 그것이 어떤 의미의 단위를 조직한다고 여겨지는 순간이 바로 리듬 분석의 단초가 생겨나는 순간이기도 하다는 말을 반드시 적어두어야 하겠다. 리듬이 조직이라는 사실을 뒷전으로 제쳐두고서, 고작 그것이 텍스트의 전부냐는 식의 몰이해나 형식에 불과한 장식물이나 수사의 현학뿐이라고 단정짓고 나서, 시에서 늘 함께 작동하기 마련인 '의미-형식'을 따로따로 헤아리는 일에 착수하면, 우리는 시 비평의 역사를 수십 년 퇴보시킨 구조주의의 한계에 다시 갇히게 되고 말 것이다. 이렇게 되면 모든 리듬 분석은 헛된 것, 아니 형식에 천착한 미학적 장난질로 치부된다.

시에 감정을 부여하는 작업은 과장을 조장하는 몇몇 표현들을 삽입한다고 될 일은 아니다. 서툴건 화려하건, 감정의 흘림이나 분출, 그 이상도 이하도 아닌 시화나 수사와, 그리고 주관성의 창출은 서로 같은 말이 아니기 때문이다. 이처럼 감각을 감수성으로 변모시키는 작업은 단편적인 장치의 고안으로는 불가능하다. 청각은 송재학의 시에서 시각이나 촉

5) 음성학(phonetic)에서 말하는 음소의 절대값은 텍스트 안에서는 존재할 수 없다. 음소의 값은 기호와 마찬가지로 나머지 음소와의 관계에 의해 결정되며, 음운론(phonology)이 천착한 것도 바로 이 음소의 상대적 가치였다. 결국 보아야 하는 것은 텍스트인 것이지 개별 음소나 기호는 아닌 것이다.

각이 담보하고 있는 것보다 복합적이라고 말해두어야 하는데, 그 까닭은 말 그대로의 청각적 표현들이 시를 마음껏 물들이고 있기 때문이 아니라, 읽는 이에게 구술성을 느끼게 해주고, 시 전반에서 청각이 리듬으로 조직되기 때문이다. 이때 우리는 텍스트를 보는 것이 아니라, 듣게 된다. 다시 말해, 송재학이 제 작품에서, 사물에 생명을 불어넣고, 죽은 것에 삶의 의미를 투척해내며, 시집 전반을 운동하는 무엇으로 엮어내는 바로 그 경로를, 그 리듬을 우리는 듣게 되는 것이다.

5. 감각에서 감수성으로

인상파 화가 모네가 그리고자 했던 것은 공기의 질감이었다. 그는 색채와 빛을 통해 찰나의 시각적 감각 세계를 표현하려고, 하늘과 해와 구름이 뿌옇게 뭉쳐 있어 구체적인 형상을 알아보기 힘든 경우에도 감각을 모아 그려본 주관의 단위들을 화폭 위에 실현해내었다. 여기서 공기의 질감을 표현한 수단은, 붓으로 캔버스에 그것을 찍어내는 방법과 그 이전에 주어졌을 색채의 선택이었다. 떠다니는 공기의 물질성이 회화라는 틀 안에서 실현되었다는 평범한 지적은 모네의 그림을 두고서 우리가 시도해야 하는 보다 큰 비평의 밑그림이 붓 터치 하나하나의 움직임이며, 오로지 이 터치로 조직되고 형성되는 어떤 의미의 망이라는 사실을 알려준다. 송재학의 시에서 우리가 보고, 또 들어야 하는 것이 있다면, 바로 이와 같은 의미의 움직임이다. 그는 무언가를 실현하고자 제 감각에 총동원령을 내리지만, 그것이 어떻게 색감과 양감과 질감과 촉감과 청감을 그려줘는지의 여부는 오로지 문자, 낱말, 문장의 조직과 쓰임, 저 배치가 완성하는 커다란 조감도를 헤아려볼 때 드러날 것이다.

리듬을 통해 추적해야 하는 것은 바로 이 의미의 조감도, 즉 말의 움직임(mouvement de la parole)이다. 기억해야 할 것이 하나 더 있다. 이 과정에서 전체에서 부분으로 향해야 하는 분석의 순서는 절대 바뀔 수 없다는 것이다. 그 순서가 뒤바뀌어버리면, 기호나 음성의 놀이가 시를 대변하게 되며, 이때 시적 주체는 테크닉에 의해 소멸되어버린다. 그리하여 우리는 고작 이미지의 현란한 조작과 기교에 치우친 수사를 건져낸 후, 비평의 임무를 다했다고 안도의 한숨을 내쉬게 될지도 모른다. 텍스트의 결이 어떻게 특수하게 조직되어, 커다란 이미지를 형성해내고, 통사의 운용과 프로조디의 공명이 어떻게 고유한 의미와 연관되어 작품에서 형성되고 붕괴되는지를 살피는 작업은, 감각이 감수성으로 전환되는, 즉 텍스트 고유의 조직(조직화의 과정)을 발견하는 작업이며, 나는 이것을 리듬의 탐구라고 부른다.

6. 보론: 다시 베르메르에게로

실내가 되었건 항구가 되었건, 또 초상화가 되었건, 몇 편을 남기지 않은 가운데도 정교하게 구성된, 그러면서도 신비한 색채의 조직과 배치, 탁월한 명암의 조절을 통해 한번 본 사람이라면 좀처럼 제 망막에서 지워버리기 어려운 이미지를 만들어낸 화가 베르메르에 대한 찬사는 마르셀 프루스트의 작품에서도 잘 나타난다. 『잃어버린 시간을 찾아서』에서 작가 베르고트는 병상에서 고집하듯 일어나 오로지 베르메르의 풍경화 "〈델프트의 풍경〉 속에 황색의 작은 벽"을 보기 위해 파리의 전시회로 향한다. 우여곡절 끝에 이 작품을 보게 된 그때의 감상을 그는 이렇게 표현해놓았다.

> 황색인 작은 벽면의 값진 마티에르를 발견했다. 그의 현기증은 더 심해졌다. 그의 눈길이, 어린이가 노랑나비를 붙잡으려고 할 때처럼 이 값진 작은 벽면에 끌리고 있었다. '나도 이처럼 글을 썼어야 옳았지' 하고 그는 생각했다. '내 최근의 작품은 모조리 무미건조하단 말야. 이 황색의 작은 벽면처럼 채색감으로 거듭 덧칠해서 문장 자체를 값진 것으로 했어야 옳

았어.'[6]

바로 이런 마음으로 제 시를 적어나가는 시인이 송재학은 아닐까? 송재학의 작품에는 한번 읽은 사람에게 그 울림과 소리, 고유한 리듬이 만들어낸 의미의 울림을 귀청에서 씻어내기 힘들게 하는 무언가가 담겨 있다. ~체(體)에 의존하여, 아래 인용한 「청산별곡靑山別曲」의 한 구절처럼.

이링공 뎌링공 하야 나즈란 디내와손뎌
오리도 가리도 업슨 바므란 또 엇디 호리라.

이리저리 한낮은 지내왔지만, 올 사람도 갈 사람도 없는 밤을 어쩌지 못하는 처절한 고독과 번민이 "이링공 뎌링공"이나 "오리도 가리도"에서 울려나오는 음을 타고서 우리 귓속을 맴돌듯이. "머구리밥 ㅅ이 너 과두체"(「늪의 내간체(內簡體)를 얻다」), "노골적으로 바위품"을 "파고드는 중"인 미기체(尾鰭體)"(「소리책(冊)」), "내 몸의 처음과 끝도 풀잎의 체온 빌려 발묵(潑墨)하는 행서체"(「풀잎들은 언제 사랑하게 되는가」), "내 귀를 나팔꽃 닮은 공명통으로 바꾸는 중"인 "소리"(「소리족」)가 송재학의 시에서 리듬을 타고 울려나오듯이.

(『애지』 2011년 겨울호)

---

6) 마르셀 프루스트, 『잃어버린 시간을 찾아서 9: 갇힌 여인』, 김창석 옮김, 국일미디어, 1998, 245쪽.

3부

시인론 I

확실성, 사물, 언어

부재하는 대상의 현존, 그 주체화의 고통
— 이수명론[1)]

> 사람들이 불로 인해서 자기들의 맞은편 동굴 벽면에 투영되는 그림자들 이외에 자기들 자신이나 서로의 어떤 것인들 본 일이 있을 것으로 자네는 생각하는가?
>
> —플라톤, 『국가 · 正體』

1. 비평을 시험하는 시

시론이 없는 시인을 두고서 바보나 천재 중 하나일 거라고 말한 사람은 김춘수였다. 시에 대한 근본적인 사유가 없다면 시를 쓸 수 없다는 것이다. 우리가 알고 있는 시론이란 시의 논리이자 시를 구축하는 방식이며, 주로 비평이 시에서 가늠해내는 추론이면서 추론을 통해 가닿고자 하는 시의 로고스를 말한다. 시론을 시의 부가적-이차적-보족적인 산물이라 여겨왔던 기존의 생각과는 달리, 온몸으로 시론을 밀어붙이는 시가 있다. 이러한 시에서 시론은 실천의 '대상'이 아니라, 그 자체로 실천이다. 시가 바로 시론인 시는 역사를 증언하는 일에 급급해 하거나 이야기를 구축하지 않으며, 특정 시간에 붙들려매이거나 현실에서 번져난 구체적인 사

1) 대상 텍스트는 다음과 같다. 『왜가리는 왜가리 놀이를 한다』, 세계사, 1998; 『붉은 담장의 커브』, 민음사, 2001; 『고양이 비디오를 보는 고양이』, 문학과지성사, 2004; 『언제나 너무 많은 비들』, 문학과지성사, 2011.

건들로 시의 공간을 채우지도 않는다. 오롯이 시론으로 실현된 시는 불려 나온 낱말들과 배치된 문장들을 이해하는 데 필요한 알리바이를 제공하지도 않는다. 풍경을 묘사하거나 일상의 편린들을 담아내는 듯해도, 해석의 지평 위로 시가 반듯하게 올라서는 법은 없기 때문이다. 풍경은 고작해야 시론이 은폐해놓은 파편들로 나뒹굴며, 일상의 이야기는 시론에 필요한 소도구에 불과하다. 오로지 기이한 물음들을 촉발하기 위해서 시를 쓰기에, 이에 상응하는 기이한 언어의 운용을 선보이기에, 난해하다는 수사가 따라붙는 것은 당연해 보이기까지 한다. 그러나 난해하다는 말은 이 경우, 시가 통념에서 그만큼 자유롭다는 말과 다른 것은 아니다. 제 시 속에서 끊임없이, 시란 무엇인가라는 물음과 대면한다는(하게 한다는) 점에서 이수명의 시는 그 자체로 시론으로 볼 여지가 있다. 시이자 시론인 일련의 실험들, 아니 그 실천들은 수수께끼처럼 맺힘이 보이지 않으며, 종결될 줄 모르는 미지의 세계를 마주하고, 마주하게 한다. 비평이 시련을 겪기 시작하는 것은 이때부터이다. 비평을 고난의 길로 안내하는 시. 이수명의 시에서 무언가 덧붙일 말이 궁해지는 것은 여차하는 순간에 발생한다. 방심하는 순간, 설명의 격자를 걷어내야 한다는 자의식이 머릿속을 떠돌아다니기 시작하고, 문장과 문장 사이에 깊이 파인 골짜기 아래로 발을 헛딛고서, 사라진 문맥의 메아리 속으로 파묻히는가 하면, 애초에 붙잡아놓은 문장이 어디에서 멈추어 서며 또 이어지는지 알 길이 막막해지면서, 어느덧 비평은 미궁 속을 헤매는 것이다. 시의 자율적인 세계, 시가 구축한 내재적 공간일 뿐이라고, 비약과 연상, 환상과 환치의 결과일 것이라며, 위로의 말을 던져보아도, 시가 뻗어나간 자유로운 파장을 감지해야 하는 비평가의 임무가 어디로 사라지는 것은 아니다.

2. 비평에 필요한 몇 가지 지침들

시련은 따라서 시가 비평에게 일방적으로 부여하는 것처럼 보이지만,

비평가의 오해와 오독 때문에 이수명의 시가 겪게 될 저 말의 주어이기도 하다. 비평도 시만큼의 과감한 실험이나 모험을 감행해야만 하는가? 시련은 공유할 수 없는 것을 공유하려는 무모한 행위에로의 동참을 촉구하는가? 위험은 감내해야 할 비평가의 몫이며, 도도하게 빠져나가는 시를 조금이라도 붙잡으려 한다면, 결과가 어찌되었건, 할말은 또 해야 하는 것이다. 엉뚱한 독서도 비평의 출구를 열기 위해서는 때로 필요한 것이다. 몇 가지 지침을 새기며, 비평의 도박과도 같은 위험을 무릅쓰기로 한다. 오독, 오해, 왜곡은 온전히 내 몫이다. 자문자답 형식을 취한 지침이 필요하겠다. 예컨대, 이런 것이다. 이해의 자리를 확보하기 위해 애쓰고 있지는 않은가? (시에서 무언가를 '이해'한다는 것은 결국 이해한다고 믿는 것을 이해한다는 사실을 의미할 뿐이다.) 문장과 문장 사이의 간격을 좁혀보고자 의미의 추출에 집착하는 것은 아닌가? (시에서 '의미'는 분석의 종착지일 수 있겠지만, 선험적인 개념, 즉 비평의 출발선은 아니다. 애초에 의미가 있는 것이 아니라, 의미가 되어가는 과정이 있을 뿐이다.) 이미지와 상징에 과도한 특권을 부여하는 것은 아닌가? (이미지는 통사를 범상하게 조직하고 배치한 결과, 즉 문체의 효과일 뿐이며, 상징은 종종 단일한 기원을 맹목적으로 바라보며 기계적인 해석에 붙들려매인다. 그러므로 이것도 아니다.) 시집과 시집 사이의 변화에 유독 집중하고 있는 것은 아닌가? (이수명의 시 한 편 한 편이 존재나 대상을 두고 제기한 일련의 실험이자 미지를 불러내기 위한 모험이라고 한다면, 이 역시 적절한 물음은 아니다.) 비평의 실험대 위에 대상, 세계, 현존을 먼저 올려놓고서 오독의 길(모든 비평은 사실 오독이다)로 접어들기로 한다.

3. 부재하는 대상의 현존

뉴턴의 시계는 세계와 우주에 대한 놀랄 만큼의 정확한 설명을 제공해 주었지만, 오늘날 우리는, 펄펄 끓는 물에 달걀 대신 시계를 넣었다던 뉴턴의 실수가 단순한 실수 그 이상의 복잡한 해석을 불러왔다는 사실도 알고 있다. 그의 시계는 지금 끓고 있으며, 실로 엄청난 속도로 분해되고 있다. 나눌 수 없을 것이라고 말해왔던 원자도 마찬가지이다. 원자는 이제 우리가 알던 그 원자가 아니다. 더러 무질서해 보이는 소립자의 집합일 뿐이라는 사실을 모르지 않기 때문이다. 세계를 구성하는 사물은 이전에 설명해온 크기와 무게, 속도와는 전혀 다른 차원에서 가동되고 있다. 대상은 매우 불가사의한, 어쩌면 섬뜩한 것일 수도 있다. 대상에 관해, 그것의 존재에 관해 요리조리 답변을 회피해왔거나 그 앞에만 서면 힘을 쓰지 못하는, 시르죽은 논리들은 통념의 여분 그 이외의 것을 우리에게 요구한다. 시는 어쩌면 이 요청에 부응하는 것일 수 있다. 세계를 구성하는 대상들이 왜-어떻게 조율되어 있는지, 그 수수께끼에 접근하려면, 대상의 무한성, 대상들의 저 알 길이 묘연한 관계나 대상이라는 존재, 그 현존을 근본적으로 사유해보려는 시도가 필요하다. 대상들 간의 새로운 조합을 꿈꾸지 않은 채, 대상의 가치와 본질을 단일한 이해의 창구에 축소시키면서 해답을 얻었다고 믿어왔던 관념론이나 실재론, 이 양자 모두를 부정하는 자리에서 이수명은 제 시의 꽃을 피운다. 세계에서 우리의 눈앞에 보이는 것들, 그 순간의 찬란함, 소용돌이치는 대상의 현존, 대상과 대상 사이의 어쩌면 없을 수도, 측정이 불가능할 수도 있을 심오한 관계와 그 공간을 담아보고자 할 때, 대상의 주관화, 대상과 그 존재에 대한 근본적인 궁리가 시의 주된 주제로 들어선다.

> 사과를 놓친다. 사과를 놓치고 넌 나부낀다. 사과가 마차를 타고 울타리를 넘을 때 넌 넘어지는 울타리로 나부낀다.

> 사과는 씨를 뱉는다. 나무에 매달린 씨를 뱉고 덫에 걸려든 씨를 뱉고 테이블 위를 날아다니다가 테이블을 뒤엎는다.

사과는 밖이다. 사과가 사과를 나열하고 사과는 사과를 방류한다. 사과가 내미는 동그란 혀는 이미 목구멍이 부서진 세계의 상형문자가 아니다.

사과는 자신의 색으로만 돌아오고 돌아오고 돌아온다.

무엇을 보고 있는가? 발뒤꿈치를 들고 있는 숲이여, 지금 사과들이 너의 머리 위를 폭격하고 있다.

—「사과 폭격」 전문

대상은 예나 지금이나 미꾸라지처럼 우리의 시각과 의식의 틈새로 잘도 빠져나간다. 인간과 의미와 시에 대해서는 훨씬 더 많은 것들이 의문투성이일 것이다. 대상 앞에서 의미는 자발적 공조로 확정적인 것이 되어가고, 스스로를 매력적으로 다듬어가는 버릇이 있다. 불가사의하고도 중요해 보이는 대상과 언어, 그것을 둘러싸고 벌어지는 의미의 문제에 대해 모든 시인이 대단하게 여기는 것은 아니다. 하지만 가끔, 일치된 합의가 가하는 압력을 극복하고 자유로운 사고를 펼치는 시인이 있다. 비약이 이 작품에서 심오한 만큼 매력적인 것도 이 때문이다. 우리는 대상을 그저 당연한 것으로 대수롭지 않게 받아들이고 있지만, 막상 그것을 포착하려면 손에 잡히지 않는 짐승처럼 요리조리 빠져나는 게 바로 대상이기도 한 것이다. 그렇다면 온전히 대상의 관점에서 세계를 바라볼 수는 없는 것일까? 대상은 자기를 규정해온 통념과 어떻게 결별하는가? 어떤 논리에 따라 언어라는 저 상투성 가득한 방정식의 오류를 줄여가며 대상을 제시할 수 있는가? 그러려면 대상을 중심으로 세상의 모든 것을 돌려놓는 수밖에 없다. 아니, 대상이 경험한 고유한 세계를 대상의 눈으로 뒤쫓는 일도 나쁘지 않다. 시는 대상을 묘사하는 것이 아니라, 따라서 지금-여기서 대상이 겪는 특이한 삶을 상상하고 그 추이를 좇는 데 바쳐진다.

이렇게 "씨를 뱉는" 것은 내가 아니라 "사과"이며, "나무에 매달린 씨를 뱉"는 일은 오로지 사과의 입장에서 해보았음직한 일이 된다. "덫에 걸려든 씨를 뱉"는 것은 따라서 사과의 경험, 사과 자신의 내적 본질이자 핵을 토해내는 일이 될 것이다. "테이블 위를 날아다니다가 테이블을 뒤엎는" 행위의 주체 역시 사과다. 사과가 실제로 그렇게 하지 않던가? 사람과 배경, 사건과 장소가 '사과'라는 이름으로 명명된 특정 대상 주위로 잠시 지워진 것뿐이다. 대상이 겪는 구체적이고 생생한 삶이란 바로 이런 것이며, 대상 안에 내재하는 독특하고 고유한 경험을 드러내는 것이 시의 목적이 된다. 의미나 시간, 인과관계는 고무처럼 꼬였다 늘어나도 그리 이상할 것이 없다. 대상의 리얼리티라고 할 만한 것은 "사과가 사과를 나열하고 사과는 사과를 방류"하는 대상들만의 세계, 대상에 내재된 특이한 삶, 대상이 가하는 예기치 못한 행위이며, 대상을 중심으로 세계를 잡아당기거나 늘려가면서 대상의 운동처럼 실현될 뿐이기 때문이다. 따라서 시의 지금-여기는 대상 안으로 파고드는 일에만 관심을 둔다. 오로지 이렇게 할 때만 대상이 "자신의 색으로만 돌아오고 돌아오고 돌아"오기 때문이다. 방점은 '돌아온다'가 반복되었다는 데도 놓이지만, 오히려 대상의 대상성, 사물의 사물성이 "이미 목구멍이 부서진 세계의 상형문자"를 통해 실현될 수 없다는 사실을 자각하는 곳에 제 하중을 내려놓는다. 언어가 대상을 명명하는 그 순간이야말로, 대상이 머금고 있는 저 알 수 없어 신비롭기까지 한 경험, 대상이 지시하는 무한성, 대상의 본질과 역사성을 왜곡하거나 빗겨나가는 순간이기 때문이다.

•

> 그 상자는 상자를 밀고 가는 사람의 것이 아니다. 상자가 있고, 상자를 밀고 가는 사람이 있고, 그가 입은 스웨터가 있기에 나는 상자를 상상한다. 지금, 상자가 내 앞을 지나가고 있다. 상자는 상자를 밀고 가는 사람과

나를 중재한다. 우리는 함께 상자의 팽창을, 상자의 구획을 바라본다. 함께 상자의 뒤를 따른다. 하지만 나는 결코, 상자를 밀고 가는 사람의 얼굴을 보지 못했다. 자리를 바꾸어가며 그를 바라보지 못했다. 내 탁자 위에서 위치를 바꾸지 못하는 컵들, 비워지고 다시 제자리에 놓이는 컵들, 나는 그 컵들에 타버린 검은 씨앗을 한 알씩 넣고만 있었다. 나의 맑은 적도의 씨앗을 넣고 있었다. 상자가 완전히 지나갔다. 모든 흉기들은 비로소 꿈을 꾸기 시작한다.

—「흉기」 전문

대상은 애당초 자유로운 것이었다. 대상을 사유하기 위해 세 가지 키워드가 주어졌다. "상자" "상자를 밀고 가는 사람" "그가 입은 스웨터". 셋을 기점으로 "나는 상자를 상상한다." 대상, 대상을 움직이는 주체, 그 주체를 규정하는 형식으로 이 셋을 각각 대치해보자. "상자"라는 하나의 대상은 그것을 움직이는 주체에 의해 나와 매개된다. 따라서 내가 보는 것은 대상의 "팽창"과 "구획", 즉 움직임이다. 그러나 대상을 움직이는 주체는, 본질에서 벗어난 곳으로 대상을 이동시키며, 그 벡터의 향방은 내가 미처 알 수 없는 것이기도 해서, "나는 결코, 상자를 밀고 가는 사람의 얼굴을 보지 못했다"고 적어놓는다. 어쩌면 내 탓일 수도 있다. "자리를 바꾸어가며 그를 바라보지 못했다"고 덧붙였기 때문이다. 문제는 두 문장의 어법에 있다. 그 말의 어투가 지나치게 단호하여 기이한 느낌마저 불러내기 때문이다. 애당초 대상의 우월성, 대상의 언어로의 환원 불가능성을 설정하고 있는 것일까? "그 상자는 상자를 밀고 가는 사람의 것이 아니"라는 구절에서나, 나와 세계를 매개해주는 것을 오로지 "상자"라고 해놓은 것에서, 우리는 매우 강력한 하나의 관점, 즉 시론을 엿본다. 이 시론은 대상이 모든 것에 선행한다는 주장에 집중한다. 시인의 재치는 이와 같은 생각을, 갑작스런 상황 전환을 통해 재차 확인한다는 데 있으며,

그 조건이 바로 비약이다. 상자라는 대상의 '있음'에 관해 던져놓았던 애당초의 내 물음은, 이렇게 나의 시점으로 옮겨온다. 커피숍의 창가에 앉아 있다는 가정이 그래서 가능하다. 내가 방금 본 상자와 이동하는 상자에 대한 나의 단상을, 그것을 보고 있는 현실의 장소로 끌고 와, 애당초의 명제, 즉 대상이 완강하다는 사실을 환기하면서 다시 적어낸다. 확인되는 것은, 여전히 대상의 완강함과 대상의 선행성이다. "내 탁자 위에서 위치를 바꾸지 못하는 컵들"처럼, 내가 그 내용물을 마셔버려도("비워지고") 대상이나 대상의 속성이 변하는 것은 아니기("다시 제자리에 놓이는 컵들") 때문이다. 컵이 담고 있는 내용물의 애초의 모습으로 생각이 뻗어나가며 비약이 다시 개입한다. "그 컵들에 타버린 검은 씨앗"은 컵에 담겼던 커피의 본질을 우선 색깔로 비유해놓은 것이며, 그 씨앗을 컵에다 "한 알씩 넣고만 있었다"는 것은 역시 대상을 중심으로 사고해보았다는 말인 동시에 커피가 되기 이전의, 그러니까 최초의 형상과 그 질료를 상상해보고, 나아가 그것이 우리가 음용하는 커피가 되어 컵 안에 담기기 전까지의 과정을, 시간의 재생 테이프를 거꾸로 감아 표현해낸 것이다.

커피를 마시며 상자가 움직이는 것을 목격한 매우 짧은 순간의 경험은 이렇게 대상을 중심으로 모든 것을 재편한 기이한 광경을 낳고, 이를 통해 대상의 우월성을 확인하거나 대상의 현존을 사유하는 작업으로 우리에게 풀려나온다. 대상의 본질을 왜곡하거나 대상을 통념으로 덧칠을 하지 않기 위해, 혹은 그것을 걷어내기 위해, 비약은 어쩌면 필연이었을 것이다. 상자에서 컵으로, 그것이 담는 커피로, 커피가 되기 이전의 상태, 즉 알갱이로, 대상 간에 일어난 세 차례 비약과 전이는 자유연상의 결과가 아니라, 이수명의 시론을 구성하는 로고스 가운데 하나라고 보아야 한다. 종착점은 "나의 맑은 적도의 씨앗", 즉 커피가 되기 이전의 단단한 무엇이며, 중요한 것은 짧은 시간에 "상자가 완전히 지나갔다"고 해놓았다는 점과 "나의"라는 저 소유격이다. 물리적으로 측정할 수 없는 짧은 시간에 대상이 포착되거나 재현될 뿐이라는 이수명의 시론이 확인되는 대목이기 때문이다. 대상에 대한 사유를 펼쳐놓은 이후, 그렇다면 무엇이 실현되었으며 또 남겨졌는가? 대상이 나에게 뿜어내는 어떤 사태가 현실로 들이닥치기 시작한다. 특정 사물은 이제부터 중요하지 않다. 이미 현실에서는, 현실의 통념 안에서는, 그것은 부재하는 대상이기 때문이다. 상자, 컵, 커피의 알갱이가 "모든 흉기들"이 될 조건이 이렇게 갖추어진다. 대상을 중심으로 재편된 세계에서, 통념에서 풀려난 대상은 이렇게 무슨 일이든 저지르고 또 행할 수 있는 주체가 되는 것이다. 대상이 "비로소 꿈을 꾸기 시작"한다. 세상의 사물이 사물성을 드러내고, 부재하는 대상의 현존이 꿈꾸는 그 꿈을 담은 시 한 편이 이렇게 그 시론과 함께 우리에게 당도한다. 그렇다. 현실에서 부재하는 대상이 꿈꾸는 어떤 세계이다.

4. 대상이 꿈꾸는 세계

대상과 사물과 인간과 세계에서 진정한 주인은 누구인가? 누가(무엇이) 누구(무엇을)를 규정하는가? 누가(무엇이) 더 구속력을 갖는가? 사물만의 오롯한 질서는 가능한가? 대상은 인간의 통념에 의해 얼마나 억압되어왔으며, 그 아래서 신음하고 있는가? 대상은 인간의 의식만큼이나 불가사의한 것은 아닌가? 우리는 대상을 명명하며 대상의 가능성을 고정시키고, 이름 하나 달랑 붙여놓은 저 행위로 대상의 무한성을 부정하면서 대상에게 폭력을 가해온 것은 아닌가? 아래 전문을 적어놓은 시 「나무 젓가락」이 머금고 있는 거개의 물음들일 것이다.

> 모인 사람들이 모두 나무 젓가락으로 식사를 한다.
> 젓가락 신호를 주고받으며
> 젓가락 암호를 풀고 있다.

그들은 악보를 집어 올린다.
그들은 그들이 그린 악보를 집어 올린다.
그려지지 않는 악보를 집어 올린다.

젓가락들이 딸꾹질을 한다.
여기저기서 소란스럽게 딸꾹질을 한다.
젓가락을 사용하는 사람들도 딸꾹질을 한다.

우리는 젓가락 레이더에 포착된다.
우리의 통신은 우리를 물어뜯는다.

젓가락들이 일시에 부러진다.
누군가 우리를 집어 올리고 있다.

인간이 대상을 점유하는 것이 아니라, 그 반대편에서 대상이 인간에게 미치는 영향에 관해, 대상의 해방 가능성을 온전히 대상의 관점에서 시론처럼 적어내었다. 첫 연에서 특별한 사태가 발생하지는 않았다고 해야 할 이 작품의 나머지 부분에 관해, 가령 이런 말을 덧붙일 수 있겠다.

그들은 악보를 집어 올린다: 사람들이 젓가락이라는 사물로 다른 사물을 집는다. 그것은 심지어 콩나물(소위 '콩나물 대가리'와 같다고들 하는 "악보")일 수도 있다.

그들은 그들이 그린 악보를 집어 올린다: 사람들은 자신의 통념으로(통념 가득한) 사물을 집는다. 이 보편적이고도 일반적인 행위에 대한 시인의 비판적 관점이 싹을 틔우기 시작한다.

그려지지 않는 악보를 집어 올린다: "그려지지 않는 악보"는 두 가지

를 의미한다. 첫째, 인간이 대상을 규정할 수 없다는 것, 둘째, 그럼에도 그것을 포착하거나 점유하려 한다는 것. 사물의 관점으로 이동하면서 비약과 파격이 동원된다. 현실에서 부재하는 대상이 주관성의 세계로 진입하는 초입을 지금 목전에 두고 있다.

젓가락들이 딸꾹질을 한다: 사물이 해방되고 통념에서 풀려나와, 자유롭게 뛰어놀기 시작한다.

여기저기서 소란스럽게 딸꾹질을 한다: "여기저기"는 하나의 젓가락에서 다른 젓가락으로 이 해방이 이어진다는 것을 말한다.

젓가락을 사용하는 사람들도 딸꾹질을 한다: 인간이 사물의 주인이 아니라, 사물을 중심으로 세계와 인간이 재편된다. 나, 자아, 인간과 사물 간의 경계가 지워지고, 사물이 인간에게 영향력을 행사하기 시작한다.

우리는 젓가락 레이더에 포착된다: 사물이 인간을 점령한다는 것, 사물-인간의 관계에 대한 역치를 표현한 것이다.

우리의 통신은 우리를 물어뜯는다: 이렇게 대상이 주인이 되면, 인간의 "소통"은 그저 우리를 물어뜯는, 저 한계 가득한 언어일 뿐이다.

젓가락들이 일시에 부러진다: 긴장과 정점의 순간, 우리와 사물이 일치하는 순간으로 보아도, 이러한 순간이 일시적이라거나 정지된다는 것으로 보아도 좋다. 대상의 현존은 이렇게 단 한순간일 뿐이며, 하이데거의 말처럼, 어쩌면 '있는 것'에서 '있음'으로, '존재자'에서 '존재'로의 전환이 일어나는 순간일 수도 있다.

누군가 우리를 집어 올리고 있다: 누군가는 젓가락일 수도 있으며, 대상의 있음을 실현한 이후, 인식하고 행동하는 주체가 곧 대상이라는 지적도 된다. 대상의 꿈, 대상이 꾸는 꿈이 실현되기 시작한다.

따라서 각 연의 구분은 자의적으로 행해진 것이 아니다. 이수명의 시에서 공통적으로 목격되는 얼개를 한번 추정해볼까? 무언가를 '본다'(이수명의 시에서 가장 중요한 행위이기도 한)는 행위가 시의 출발이며, 특별한 일은 벌어지지 않는다. 첫 단계이다. 비약이나 도치를 통해 대상-세계-인간이 서로의 자리를 바꾸기 시작하고, 대상이나 사물의 편에서 모든 것을 궁금해하는 특이한 시선이 등장한다. 두번째 단계이다. 대상이 겪는(겪어온) 독특한 경험을 투사하면서, 대상에 대한 주관적인 인식을 시에다가 결부시켜나간다. 예컨대 대상의 '있음'을 시에서 희구한다. 세번째 단계이다. 주체와 객체 사이의 자리바꿈이나 동조현상이 일어나면서, 새로운 현상이 발생하기 시작한다. 이 마지막 단계에서 대상은 행위의 주체가 되어, 예기치 않은 사태를 촉발시킨다. 즉, 사물이 꾸는 꿈이 현실로 들이닥친다. 그러나 착각하지 말아야 할 것은, 이수명의 시가 사물의 단일한 기원이나 그 견고한 뿌리를 재건하고자 일방적으로 세계를 희생시키는 것이 아니라, 파편적이고 다중적인 현상들을 드러내기 위해 오히려 현실에서는 부재하는 대상의 저 현존에 몰두한다는 점이다. 이수명의 시에서 대상의 현존은 말하기의 새로운 방식을 고안하거나 발견하는 일에 다름아니며, 대상은 이야기의 재료로 활용되는 대신, 비약과 상상력에 힘입어 미지의 영역을 개척해낼 핵으로 거듭날 뿐이다. 이러한, 대상이 꾸는 꿈의 실현은 전문을 적어놓은 「장화 속으로 사라진 사나이」에서도 고스란히 재현된다.

구름이 몰려온다, 장화를 신는다.
검은 장화
붉은 장화
단단한 안개의 보닛
노란 장화를 신는다.

장화가 트럭을 몬다.
굴러가는 공을 쫓는다.
흙탕물을 뒤집어쓰고
깔깔대는 저 공을 쫓는다.
동그란 장화가

노란 안개의 보닛
노란 장화 속에서 트럭을 몰 때
물고기 모양의 장화가

물고기들과 함께 나무뿌리를 간지럽힌다.
바위에 달라붙은 달빛의 이상한 신념
악몽을 꾸고 있는 환한 집들
멀리
꼬리를 삼켜버린 공이 되어
튀어오르는 길들

그 길 위에서
장화는 입을 벌리고
태양을 마신다.

평범해 보이는 대상/사물이 평범함을 벗어나게 된 것은 순전히 언어 때문이다. 함정은 여기에 있다. 알파벳에 저작권자가 없는 것처럼, 대상에도 애초에 주인이 없었기 때문이다. 질서를 마련하거나 의미를 부여하기 위해 말을 동원하는 것 자체를 사물에게는 없었던 저작권을 고집스레 주장하는 행위라고 생각한 것은 아닐까? 과감히 대상의 편에 서는 일이 요청되어, 이렇게 이수명은 대상의 관점에서 세계를 주관적으로 조절하고, 그 정경을 읽어내며, 그 순간에 몰아치는 장력을 견뎌내는 일에 몰두하는 것은 아닐까? 대상의 주관화를 위해 필요한 것은 순간에 대한 예리한 인식, 이미지를 포착해내는 직관, 논리적 인접성을 무력화시키는 문체적 전략, 문장의 기이한 조직으로 비약의 공간을 창출하는 능력, 대상으로의 온전한 몰입, 대상이 움직이면서 그려내는 기이한 동선의 발명이다. 그러나 그 내적 얼개는 엇비슷하며 근본적인 목적도 동일하다. 단지 대상을 달리하였을 뿐이다. 어떻게? 비가 온다. 장화를 찾는다. 장화는 하나가 아니며, 하나일 리 만무하다. 장화는 도대체 어떤 경험을 내장하고 있는 것일까? 궁금하다. 공을 쫓고, 트럭을 몰고, 흙탕물을 뒤집어쓰는 건 사실 장화가 아닌가? 대지가 촉촉이 비로 젖어갈 때, 물과 접촉하는 장본인인 장화가 물고기와 닮지 말라는 법도 없는 것이며, 비 오는 날 장화가 겪어낸 사연을 우리는 잘 모르며 좀처럼 생각하려들지 않는다. 주위를 한번 둘러보자. 어디 장화뿐이겠는가? 대상은 "바위에 달라붙은 달빛"에 인간이 부여해온, 예컨대, '아름다움' 같은 통념 때문에 억압되었다. 환하게 불을 밝히고 있는 저 "집들"이라고 왜 편견과 오해와 통념에 갇혀 있지 않겠는가? 대상을 자유로이 놓아두고, 대상을 중심으로 세계를 헐고, 또 새로이 지어보자.[2)] 그러면 대상과 대상이 서로 맺고 있는, 저 알 수 없으며, 예측 불가능한 광경이 기이한 하나의 운동처럼 우리의 눈앞을 가득 메우기 시작할 것이다. 비가 그치고 날이 개었다. 나는 지금 베란다에 내다놓은 "장화"가 "입을 벌리고/ 태양을 마"시는 장면을 보고 있다. 대상이 수놓은 "그 길 위"를 과감히 걸어가야만 한다고 다짐하는 시론 하나가 이렇게 완성된다.

2) 프랑스어의 déconstruction은 해체(解體)로 이해되어왔지만, destruction(파괴)와 construction(구축) 양자를 포괄한다. 탈구축이나 헐짓기라고 해야 할 것이다.

5. 말의 무용성에서 주관성의 세계로

대상의 존재는 '~처럼' 보일 뿐, 현실에서 실제로 출현하는 법이 없다. 그렇다고 어디로 사라져버리는 것도 아니다. 따라서 여기에 '있음'이 문제가 된다. 정확히 말하면, 여기에 '있음'을 담아낼 언어의 고안이 문제가 된다. 존재는 유령처럼, 진술이나 명명의 배후에 숨어서 은폐를 과시하거나, 그게 아니라면 미지의 무엇으로 남겨지는, 말하자면, 그 누구도 손에 넣을 수 없는 절대적인 것이다. 적어도 이수명은 이렇게 생각한다(그럴 것이라고 나는 추정한다). 따라서 명명의 당사자인 언어는 의심의 시선에 놓이거나, 제 한계를 자각해야 하는 운명에 처한다. 기존의 의미, 부여받은 의미로 너무나도 쉽게 환원하곤 하는 관념의 구심력을 흩뜨리거나 그 일관성에 훼방을 놓고자, 이미지에 부과되어온 상투성을 어떻게든 걷어내고자, 비약과 교란을 전략 삼아 시를 적어나갈 때, 제거해야 하는 통념의 진원지는 다름아닌 바로 말, 말, 말, 즉 가지런히 운집한 말이 조장하는 견고한 질서(문법이라고 부르는)이기 때문이다. 접속사의 과감한 생략(이수명의 시에서 접속사는 거의 등장하지 않는다)이나 "컵 속에서 얼굴은 눈 코 입이 지워졌다"(「얼굴」), "초승달들이 어두운 하늘을 이동한다"(「그의 초승달」), "나는 지금 동시에 말하는 자는 누구인가"(「발음 연습」)처럼, 주술관계의 어색한 조합을 일부러 조장하여 말의 한계를 자각하고, 고리타분한 말들의 저 연결고리를 자유롭게 풀어놓는 것, 바로 이것이 이수명이 만들어낸 또 하나의 시론이다.

혀에서 지푸라기들이 자라고 있다.
뽑아도 뽑아내도
끝이 없다.
부러지고 끊어지며
혀에서 지푸라기들이 자라고 있다.

땅에
꽂혀 있는
모든 꽃들이 시들었다.

—「혀에서 지푸라기들이 자라고 있다」 전문

"혀"는 말의 상징이다. "끝이 없다"는, 언어, 아니 세상을 활보하는 모든 말의 속성이기도 하다. 그러나 그냥 말이 아니다. 대상 앞에 선, 대상을 표현하여 제시할 유일한 수단인 동시에 대상에 고정된 의미를 부여하여 대상을 가두고 억압하는 말이다. 따라서 근본적인 사유의 반열에 오른 말이라는 단서가 붙는다. 명명할 수 없는 대상을 지칭하는 순간, 대상을 왜곡하고 부수어버리는("부러지고 끊어지는) 말은 "모든 꽃들", 즉 (지시)대상의 전적인 소멸을 야기한다. 모든 대상이 제 생명을 잃었다("시들었다")는 것은 대상이 말에 갇히지 않는다는 점을 재차 강조하고 확인해두기 위함이다. 말은 이렇게 "나 대신 헬멧을 쓰고/ 지상의 버려진 정거장을 홀로 달"(「내 말은 헬멧을 쓰고 달린다」)리고, "합이 도출되지 않는" "끝없는 연산"(「비의 연산」)이기도 하며, "드나드는 말문에는 네가 닮아버리게 할 문지방이 없다"(「죽음의 산책」)고 할 정도로 고집이 세기도 하다. 한마디로, 말은 늘 제멋대로이면서도, 규칙에 갇힌다는 것이다. 말의 무용성, 존재가 뿜어내는 찬란한 빛을 캄캄한 외투로 덮어버리고 마는 언어의 한계를 고발하는 시론이 이 작품의 청사진이다. 정말로? 언어는 대상 앞에서 그렇게나 공소하다는 것인가?

왜가리는 줄넘기다.
왜가리는 구덩이다.
왜가리는 목구멍이다.

왜가리는 납치다.

왜가리는 왜가리 놀이를 한다.

테이블은 하나다.
테이블은 둘이다.
테이블은 셋이다.
테이블은 숲속에 놓여 있다.

손을 들고
숲이 출발한다.
테이블은 없다.

테이블 위로 왜가리는 도착한다.
걸어다니는 테이블 위로 왜가리는 뛰어든다.

테이블은 부서진다.
숲이 출발한다.

왜가리는 하나다.
왜가리는 둘이다.
왜가리는 셋이다.
왜가리는 없다.

왜가리는 숲속에서 왜가리 놀이를 한다.

—「왜가리는 왜가리 놀이를 한다」 전문

그 어떤 사물/대상이어도 좋다. 재떨이라고 해보자. 앞에 있는('있다'고 인식하거나 '있다'고 주장하는) '그것'을 자세히 보자. 당신의 코앞에 재떨이가 '있다'는 것은 당신에게 무엇을 의미하는가? 테이블 위에 놓여 있다고? 그럼 테이블은 또 무엇이며, 코앞이란 대체 어디쯤인가? 가득한 꽁초와 희미한 형태의 재도, '꽁초'이자 '재'인 이상, 우리에게 아무 말을 건네지 않는 것은 아니다. 말에 갇혀 버둥거리며 외쳐대는 존재의 아우성이 들리지 않는가? 꽁초가 열 개나 있다고? 긴 것, 짧은 것, 구겨진 것, 적당히 구겨진 것, 바짝 타들어간 것, 립스틱 자국이 묻어 있는 것…… 재의 형상이 희미하다는 것은 또 무얼 의미하는가? 보라, 우리는 벌써, 재떨이를 말하고 있지 않으며, 그것을, 그 대상의 진정성을 언어로 표현하기 위해 다른 사물에 요리조리 이름을 붙여가며 재떨이와는 아무런 상관없는, 또다른 대상에 이름을 붙이고 있지 않은가? 사물을 왜곡하는 말과 사물을 왜곡하지 않기 위해 불러내는 또다른 말이 제시될 뿐이다. 말과 사물의 관계는 악순환에서 벗어나지 못하며, 대상의 존재는 말로 확정지을 수 없다. 대상은 그만큼 견고하다. 대상은 말 속에 부재한다. 아니, 이수명은 이렇다고 생각할 것이다. 언어로는, 대상이 지금 내 앞에 있다는 사실, 그 존재가 오롯이 표현되지 않는다. 따라서 언어의 자의성은 존재의 믿을 만한 보증인이 아니라, 대상의 관계들을 사유해야 하는 협약이자, 협약의 불안한 성질일 뿐이다. 명명하는 바로 그 순간 감옥에 갇히는 대상, 시가 대상의 있음이나 존재를 담고자 하는 순간, 시는 형언할 수 없는 것, 명명할 수 없는 것, 포착할 수 없는 것, 표현되지 않는 것, 알 수 없는 것, 알려지지 않은 것, 의식을 벗어나는 것을 대상의 주위에 포진해놓고서, 그럼에도 대상을, 고작해야 그것의 그림자를 붙잡을 뿐이다. "민들레는 민들레 총을 쏘지 않는"(「민들레 총」) 것이며, "왜가리는 왜가리 놀이를 하지 않는" 것이다. "민들레"나 "왜가리"라는 말은 실제 민들레나 왜가리가 할 수 있는 모든 행위의 가능성을 전제하지 않기 때문이다. 따라서 왜가리는

"줄넘기" "구덩이" "납치"와 동일한 행위를 공유할 수도 있으며 공통의 기억을 내장할 수도 있다. 왜가리는 "하나" "둘" "셋"인 동시에 결국 왜가리라는 말 안에 "왜가리는 없다"고 할 수 있는 것이다. "어느 날 입 밖으로 칼이 튀어 나와도/ 칼은 깨어나지 않는"(「칼」) 것이다. 말은 대상의 본질을 표현할 수 없다. 우리의 눈앞에 있는 대상은 따라서 항상 부재하는 대상일 뿐이며, 이렇게 보면 우리는 모두 플라톤의 동굴에 갇혀 있는 것일지도 모른다. 그러나 이수명의 시는 그렇다고 해서 존재의 영원성에 손을 들어주지도 않는다. 오히려 대상의 존재 가능성을 타진하고자, 자기 자신을 허물면서, 대상이 부재하는 자리와 "존재하지 않는 현상 속에서 틀림없어지"는 "우리"(「비의 연산」)를 확인하기 위해, 언어로는 결국 현실에서 부재할 수밖에 없는 대상의 현존을 불러내기 위해 주관성의 세계에 발을 들여놓는다.

집에 도착했습니다.
계단을 오르지 못했습니다.
계단 위에 거대한 얼음 덩어리가 떨어져 있었습니다.
밀어보았지만 꿈쩍도 하지 않았습니다.
무엇인가 어른거리는 것이 보였습니다.
무엇인가 얼음 속에 갇혀 있었습니다.
얼음이 녹기를 기다렸습니다.
톱질했습니다.
부서진 얼음을 밟고 올라갔습니다.
집 안으로 들어갔습니다.
갇혔습니다.

—「어느 날의 귀가」 전문

이수명의 시에서 자주 등장하는 투명한 것들, 예컨대, 얼음-유리-물 등은 갖추어진 형태이면서 비형식의 사물들이다. 시인은 형태가 없는 동시에 형태를 갖춘 사물에서 대상의 존재-있음의 실현 불가능성을 확인하고는 그 사실에 몹시 절망하는 중일까? 시인은 대상 앞에서 제 실패를 고백한다. 계단을 오르지 못한다. 얼음 덩어리가 있어서 그렇다고 말한다. 물론 비약이다. 집, 계단, 아니, 사실, 그 어떤 대상이어도 좋다. 사물이 시인의 눈에 포착되는 것만으로 시론을 작동시킬 만한 에너지는 이미 채워진 상태이다. 대상이 "얼음"으로 전이되었기에 "무엇인가 어른거리는 것"을 본다고 적어놓을 수 있었을 것이다. 바로 이 비형식의 형식이 무언가를 가두고 있다고 말하는 구절이 문제적이다. 대상은 대상의 존재나 본질, 사물은 사물의 사물성을 잠재하고 있다는 시론이 여기서 제 꼴을 갖추기 시작한다. 따라서 "얼음이 녹기를 기다렸습니다"는 본질이나 사물성을 내재한 대상이 스스로 그것을 드러내기까지를 초조하게 지켜본다는 시인의 마음으로 읽히며(얼음이라는 저 비유는 얼마나 절묘한가), "톱질했습니다"는 나의 개입으로 대상의 본질을 일깨우려 했다는 것, "부서진 얼음을 밟고 올라갔"다는 것 역시 이런 나의 개입 때문에 사물이 사물성을 잃게 되었다는 것으로, 결구인 "갇혔습니다"는 부재하는 대상의 현존을 손에 쥔 것이 아니라, 성급히 대상의 존재를 확인하려는 인위적인 행위("집 안으로 들어갔습니다")로 인해, 대상을 해방하는 대신 그것을 구속하거나 나 자신도 대상을 왜곡하고 말았다는 뜻이 된다. "얼음"은 결국 "집"이라는 또다른 이름 안에 갇히고, 나도 거기에 갇힌다. 니체의 말처럼, 날아오는 파리는 결국 유리를 통과하지 못한다. 대상의 완고함 앞에서 저항해보아도 소용없다. 그러나 이수명은 여기서 포기하지 않는다. 저항하고, 버팅기고, 낯설어하고, 행위를 가하는, 이 대상과의 치열한 싸움에서 절망과 실패만을 거듭하는 것은 아니다. 실패가 다짐과 도전을 불러오기 때문이다.

너를 둘러싸고 있는 벽은 고요하다. 하지만 벽을 더듬지 말아라.

벽에는 도끼가 있다. 벽을 따라 흘러다니는, 벽처럼 고여 있는 도끼가 있다.

벽에서 도끼를 꺼내라.

도끼는 부순다. 부술 때 내는 소음을, 부술수록 커지는 소음을, 부서지는 존재의 비명을 부순다.

벽에서 도끼를 꺼내라.

부스러기들
부스러기들
너의 두개골 속에서 끊임없이 잘게 부서지고 있는 부스러기들

이미 부서진 것들과
아직 부서지지 않은 것들 속에 잠길 뿐

너는 아무것도 막을 수 없으므로

너를 둘러싸고 있는 벽에서
잠자는 도끼를 꺼내라.
벽에 갇힌 너의 도끼를 꺼내라.

네가 먼저 부서져 소멸해버리기 전에

—「벽을 바라보는 눈」 전문

사물에서 사물성을, 대상의 본질을 끄집어내야 한다고 재촉하는 것은 아닐까? 대상을 뚫고 그 본질에 도달하기까지의 어려움이 작품에서 제시된 주된 비유는 아닐까? 대상으로 침투하고자 하는 저 골몰한 시도 속에서 시인이 "두개골 속에서 끊임없이 잘게 부서지고 있는 부스러기들"을 쥐고(즉, 실패하고), "이미 부서진 것들"과 "아직 부서지지 않은 것들"을 붙잡고 씨름한다고 우리가 해석하는 순간, 비평이 위험의 수위를 넘어선 것은 분명해 보인다. 그러나 이 작품 역시 하나의 시론이라고 가정했을 때, "벽"을 고유한 대상으로, "벽처럼 고여 있는 도끼"를 대상에 가해진 통념이자 대상을 왜곡하는 무엇("존재의 비명")으로, "벽에서 도끼를 꺼내라"를 통념을 제거해야 한다는 촉구로, "부스러기들"과 "이미 부서진 것들과/ 아직 부서지지 않은 것들 속에 잠길 뿐"이라는 구절을 대상의 완강함에 대한 비유로, "너는 아무것도 막을 수 없으므로"를 대상과의 치열한 싸움에서 결국 실패하고 만다는 구절로, "잠자는 도끼를 꺼내라"와 "벽에 갇힌 너의 도끼를 꺼내라"를 선입견과 기존의 문법, 낡아빠진 작법을 버리고서, 대상을 새로이 만나기 위해 고민해야 한다는 다짐으로, "네가 먼저 부서져 소멸해버리기 전에"라는 마지막 구절을 그 마음의 절박성으로, 도끼와 도끼의 저 부수는 행위 전반을 벽이라는 애초의 대상에 가하는 어떤 폭력으로, 결과적으로 시 전반을, 최초의 형상에 가해진 통념을 제거하려는 의지로 읽는다고 해서, 무엇이 문제가 되겠는가? 이수명의 시는 공중전화 박스 안에서 열심히 나누는 대화이며, 우리는 그것을 밖에서 지켜보고 있을 뿐이다. 이 작품은 그러니까 대상과 본질, 대상에 가해진 통념과 그것의 제거 과정, 부재하는 대상의 현존을 포착하려는 노력 속에서 겪게 되는 실패와 좌절을 그려낸, 가상 대화인 것이다. 그러나 실패는 실패가 아니다. 이수명의 시에서 대상과의 관계의 근본적인 전환이 나의 개입으로 이루어지기 때문이다.

6. 나와 사물의 상호주관성

이수명의 시에서 '나'는 무엇일까? '나'를 어떻게 회복하는가? '나'는 대상과 어떻게 관계를 맺는가? '나'는 부재하는 대상 앞에서 절망하거나 실패를 거듭하는 존재일 뿐인가? 대상에 의해 관통되는 또다른 대상인가? 대상을 포획하는 일에 눈이 먼, 저 정념으로 가득한 개인인가? 바로 이와 같은 물음이 이수명의 시에서 인식의 객체와 주체, 대상과 주체에 관한 시론을 만들어낸다. 현실에서 부재하는 대상의 본질을, 그 현존을 들여다볼 채비는 이미 갖추어졌다. 그다음은? 물음은 단순하다. 어떤 자격으로 '나'가, 이토록 부재하는 대상을 '나'의 고유한 사건으로 결부시키며, 이때 어떤 방식으로 나와 대상은 시에 참여하는가?

그가 들어섰을 때 식물이 따라왔다. 그의 뒤에 붙어서 현관으로 들어서던 식물, 식물의 커다란 잎, 우리가 말없이 서 있었을 때, 우리보다 키가 큰 식물들이 불쑥불쑥 들어와 우리를 에워쌌다.

나는 물러섰다. 내가 한 발 앞으로 나아가면 또 다른 식물들이 내 앞에 나타났다. 식물들은 모여 있고, 식물들은 흩어지지 않고, 식물들은 만질 수 없는 가시를 가지고 있었다.

나는 기다렸다. 가시들이 혀가 되기를, 떼를 지어 일제히 속삭이기를, 속삭이면서 날아가버리기를, 가시들은 어딘가를 찌르고만 있었고, 그곳이 어디인지 나는 알지 못했다.

나는 팔을 벌렸다. 식물들 속에서, 내가 알 수 없는 그곳을 향해 팔을 벌렸다. 식물들은 단 하나의 식물이 되기 위해 불어났다. 나는 단 하나의 식물을 통과하기 위해 불어났다.

나는 불어났다.
그를 향해
내 방에 이식된 그를 향해

나는 계속되었다.

—「이식」 전문

'나'와 '나'의 추이를 우선 주목한다. "나는 물러섰다" "나는 기다렸다" "나는 팔을 벌렸다" "나는 불어났다"는 모두 "식물"과의 저 관계에서 빚어진 '나'의 태도를 말하는, 단호하고도 확정적인 문장들, 쓸데없는 사유가 개입될 가능성을 미리 도려낸 오컴의 면도날이다. 대상과 나의 삼투 과정은 진지하며, 정확하고, 적나라하다. 이 모든 행위가 '나'에서 시작된다는 것은 한편으로 매우 놀라운 일이다. 시집 『붉은 담장의 커브』에서 착수되어, 차츰 활성화되기 시작한 이 '나'의 시학은, '대상에 의해 규정되는 나'와 '대상을 규정하는 나'를 시에서 동시에 구축해낸다. 대상과 '나' 사이에 결탁과 공모로 이루어진 완벽한 교류를 일구어낸 것으로는 부족하다는 것일까? 대상과 맺는 강렬한 관계, 다시 말해 그 주관성의 강도와 수위를 한층 높이고야 말겠다는 욕망이 그만큼 강해졌다는 것일까? 마지막 구절을 주목해야 할 필요가 여기에 있다. "나는 계속되었다"에서 열리는 대상-나, 나-대상의 상호주관성에 주목해야 하는 이유는, 또 하나의 시론이 여기서 만들어지기 때문이다. 대상은 타자이거나, 사물이거나, 그 무엇이어도 좋다. 존재의 존재성, 사물의 사물성, 대상의 잠재성, 부재하는 대상의 현존은 이제부터 사물과 '나'와의 관계성으로 전환되기 시작하며, 사물이 나를 성취하는 동시에 내가 사물을 성취할 저 실현 가능성이 시에서 몸을 내밀기 시작한다. 이 작품을 두고서 "타자의 존재성을 지켜주는" 이수명의 "윤리"[3]라고 박상수가 지적한 것은, 바로 이 부재하는 대상을 포기하지 않는 행위, 포기하는 대신 부재하는 대상으로 파고들어가 내 안에 거주하는 무엇으로 대상을 체현해내는 것, 주관적인 관계의 창출이라는 의미에서 상호주관성이며, 그것을 한편에서 "윤리"라고 부르는 까닭은 대상의 일방적인 점유(주로 서정시가 하는 일)나 대상으로부터 관념과 의미를 완전히 제거하는 작업(사물시나 추상시의 귀결)이 아니라, 대상과 나의 평등한 관계를 시에서 실현해내었다는 뜻에서일 것이다. 평등은 이 경우, 서로 간의 간섭과 침투를 배제한 차가운 개별성이 아니라, 대상과 내가 서로를 공평하게 겪어내고 또 각자의 고유한 경험을 힘겹게 섞는다는 의미를 지닌다. 이 대상과 '나' 사이의 상호주관성은 "너라는 표시에 연루될"(「의인화) 경로이자, "너를 해치고 너를 되돌려주는 일"(「나는 너의 시체를 가지고 있다」)이며, "너에게 가서 비로소 너의 형식이 되었을 때" "이전과 이후가 사라지는 행위들의 최초의 균형"(「토르소」)을 회복하고자 하는 의지의 소산이다. 통념으로 물든 대상의 권력을 약화시켜나가는 동시에, 대상에 대한 '나'의 권리를 당연한 것으로도 확장해놓아, 이수명은 대상에게 몰입한 '나'와 '나'에게 몰입한 대상에게 평등한 지분을 부여한다. 상호주관성이 시론으로 성립의 가능성을 타진하는 것은 바로 여기에서이다.

7. 내재화된 시적 세계에서 시론을 꿈꾸는 시

이수명에게 시는 "자신이 꾸었거나 꾸고 있는 꿈"이 아니라 "꾸어야 할 꿈"[4]이라고 황현산이 지적한 바 있는 "시나리오"이자, 바로 이 시나리오의 뼈대를 구축하는 작업에서 거개의 자양분을 취해온 시론이다. 시는

---

3) 박상수, 「왜가리 없는 왜가리를 어떻게 껴안아야 할까」, 『현대시』 2011년 5월호, 175쪽.

4) 황현산, 「꿈의 시나리오 쓰기, 그 후」, 『고양이 비디오를 보는 고양이』 해설, 문학과지성사, 2004, 102쪽.

대상이 있는 바로 거기에 진리가 있을 것이라 생각해서 대상에 다가가지 않는다. 대상의 무한성을 취하하는 통념에서 벗어나 대상의 불확정성과 예측 불가능성을, 그 찬란한 신비를 가두지 말아야 한다. 이러한 생각을 적극적으로 점검하고 강렬한 자의식 속에서 통제하거나 조절해내는 이수명의 힘, 이수명이 꾸는 유토피아를 나는 적은 것이다. 황현산이 "검열"이라고 말한 이것을 나는 이수명 시의 공중전화 부스라고 부르려고 한다. 이 공중전화 부스 안에서 펼쳐지고 있는 대화가 내재화된 시적 세계를 구성하며, 이때 '내재화되었다'[5]는 것은 내적으로 구축된 고유한 질서가 존재한다는 것이며, 기존의 문법과 통념에서 탈피한 시 고유의 문법과 사유가 펼쳐지는 방식을 말한다. 시는 바로 여기서 통념에 저항하고, 새로운 세계, 즉 미지를 움켜쥔다.

시가 대상이나 존재를 움켜쥐는 것은 어쩌면 불가능한 것일지도 모른다. 대상은 언어로부터 존재를 보장받는 것이 아니라, 그 자체로 받아들여야 할 인식의 대상일 뿐이기 때문이다. 따라서 현실에는 늘 부재하는 대상이 있을 뿐이다. 그렇다면 이 부재하는 대상은 어떻게 현존하는가? 대상의 등뒤에서 촛불이 만들어내는, 저 너울거리는 그림자를 볼 수밖에 없다는 것일까? 이수명이 붙잡고 있는 것은 바로 이 끝나지 않는 물음이다. 대상의 존재는 스스로 있는 존재일 뿐이며, 편재하는 존재일 뿐이다. 이수명의 시에서 대상은 오로지 언어행위에 의해 잠시 도래하는 무엇이며, 영구성, 확정성, 고정성, 단일성에서 모두 빗겨나 있는, 근본적인 사유의 대상이다. 시인은 이 스스로 있는 존재를 현존케 하는 자이며, 편재하는 존재에게 형상을 부여하려 애쓰는 자일 뿐이다. 이수명은 이와 같은 작업을 '미지의 실현'이라고 부를 것이다. 이수명의 시에 표현의 안타까움을 겨냥하는 수사 대신, 대상의 현존을 구현하려는 문장의 특유한 조직

5) '머물다' '내부에 있다'를 의미하는 라틴어 immanere.

과 구성이 자리하는 것은 이 때문이다. 따라서 독서를 방해하기 위해 일부러 파놓은 문법적 함정이 많아 보여도, 그것은 사실 함정이 아니다. 대상과 그 존재는 만들어지는 것이 아니라, 오로지 내재화된 시적 세계에서 받아들일 수 있는 것일 뿐이기 때문이다. 시인이 "존재에 대한 물음은 존재를 감싸고 돌 뿐이"이며, 사물들은 "압도적이면서도 모호하고, 순간적이면서도 다면적인 면모"를 지니고 있어, "사물의 이러한 우월성에 순종해야"[6] 한다고 말한 바 있는 것, 이런 시인의 생각이 시론을 만들어내는 것이며, 이수명은 이 시론을 시에 그대로 적어내었다.

확실한 현재나 과거라는 시간 개념도 이수명의 시를 빗겨나가기는 마찬가지이다. 시에서는 현재나 과거 대신, 시가 표현하고자 하는 시간, 시가 구현하고자 하는 그 순간, 한없이 미끄러지는 시간만이 현대성의 징표처럼 나타났다 또 사라질 뿐이며, 이 시간은 대상의 시간, 선적 궤도에서 벗어나 가장 비현실적인 공간을 창출하는 시간이기도 하다. "지금이 내일"이며, "내일이 쏟아지는 오늘"(「비인칭 그래프」)이자 오로지 "순간이 무성해진"(「순간이 무성해진다」) 그런 시간이 시에 내재할 뿐이다. 이수명의 시는 바로 이 시간을 파고들어, 대상이 아니라 대상의 운동으로 채워진 고유한 공간을 확보하고자 시도한다.

> 나는 얼마든지 나타나는 것이다. 물고기를 불러일으키며
> 이제 태어나는 물 태어나고 난 후 태어나려 하는 물
>
> —「물고기의 기원」 부분

> 그곳에서 나는 내 그림자와 일치하는 실물인가를
> 그곳에서 나는 내 그림자와 내가 가지고 있는 가장 넓은 혀로 세계를 통

---

6) 이수명, 『횡단』, 문예중앙, 2011, 65, 34, 35쪽.

분하고 있는가를

입에서 지루한 탄약이 쏟아진다. 꿈처럼 호흡은 짧게 끊어져 굳어진다. 한 사건이 벌어지는 심급에서부터 결코 나타나지 않는 장면의 심급에 이르기까지 나는 지금 형상을 만들지 못하는 몽타주이다. 나는 짧은 운동으로 분포한다. 한순간도 나를 지킬 수 없다. 그러나 깨진 두개골 속에 신을 벗어놓은 자들과 함께

얼굴 없이 빚어지는 나의 이 다양한 표정을 보라

벽면들이 거미줄에 걸려 바스락댄다. 채찍을 맞고 있는 사실들이 빈둥거린다. 나는 막무가내로 벌을 선다. 공평하게 산산조각이 난다. 더할 나위 없이 다양해진다. 그러므로 윤곽 없이 모든 꿈은 마주치고

유추의 피가 벌써 밖으로 흘러나오는 것을 나는 보라

—「몽타주가 된다는 것」 부분

이수명이 그 목줄을 쥐고서 시에 새로운 생명을 부여하는 것은 기존의 문장들이 예기치 못했던 곳으로 흘러든, 예상치 못했던 경험이며, 시는 이렇게 묵묵히 미지의 무엇을 향한다. 이수명의 시에서 문장들은 맹목적인 동시에 분산적이다. 거기서 틈입이 만들어지고, 내재적 공간이 창출되기 때문이다. 따라서 문장과 문장 사이의 이 내재적 공간에서는 계속 추진되지만 결국에는 도달할 수 없는, 아니 현재의 시간이나 통념으로서는 그 간격을 좁힐 수 없는 거리가 문장 사이에 존재한다. 따라서 시의 이 내재적 공간 안으로 난입한 말들은 우리의 사유를 완성으로 이끄는 것이 아니라, 끊임없는 실패와 절망의 세계로 안내하면서 무엇인가 흘러들어올

틈입을 조장한다. 바로 이 틈입으로 알 수 없는 것, 명명할 수 없는 것, 표상할 수 없는 것, 그러나 결코 모호하지 않은, 예컨대 우리가 지금 경험하지 못한 무엇, 징표가 되는 하나의 시선과 징후가 되는 사유가 스며들기 시작하는 것이다. 어디선가 항상 재개되는("이제 태어나는 물 태어나고 난 후 태어나려 하는 물"), 끊임없이 미끄러지는 시간과 미끄러지려는 행위, 그것의 속성을 포획하고, 그 표정을 고통스럽게 따라가면서, 이수명은 그 "짧은 운동으로 분포"하는 시, "내 그림자와 내가 가지고 있는 가장 넓은 혀로 세계를 통분"하는 시, "윤곽 없이 모든 꿈은 마주치"게 하는 시, "유추의 피"로 힘겹게 적어나간 시를 실현하는 것이다. 언어로 존재들을 잠시 일깨우는, 그러고 나서 이내 미끄러져 다른 곳으로 향할 수밖에 없는 시의 운명을 일찍이 알고 있는 것일까? 이수명은 이렇게 현대성이 거주할 자리를 고안하는 시, 그 고안을 위해 대상/사물에서 통념을 제거해내는 시, 내재적 세계를 구축해나가는 시를 우리에게 선보이며, 미지의 세계로, 우리가 알지 못하는 세계로 우리를 초대한다.

형식에서 형태에 이르기까지
텅 빈 태양을 횡단하는 것이다.
발을 딛고 더 오래 지속되는 지층을 위해
근육을 부풀리지 않고 나의 거주의 근대성이 균형을 이루도록
텅 빈 태양 속에 서 있는 것이다.

—「원리의 선택」 부분

비평가의 한껏 부풀린 욕심에 따라 이수명의 시를 읽었다. 일정한 경향을 추려 그것으로 추상의 집을 짓는 것이 비평가의 욕심이라기보다는 오히려 위험한 모험에 가깝다고 해도, 글을 매듭짓기 전에 이 말은 해야겠다. 이수명의 시는 하나하나가 이미 시론이며, 존재의 흔적을 추적하려는

힘겨운 몸싸움이다. 비약은 어쩌다 동원된 수단이 아니라 시의 근본 조건이다. 시는 근본적으로 언어적 혁신과 언어의 자기화, 언어를 통해 세상을 다시 구축하는 작업이기 때문이다. 언어는 따라서 선험적인 것(*a priori*)이 아니라, 경험을 만들어내는 미지 그 자체이다. 현실에 접근하고 대상을 표현하거나 포착해내는 일도 마찬가지이다. 아무리 그 주제와 정서에서 최첨단을 걷는다고 해도, 그것을 담아내는 언어가 낡으면 현실도 낡은 방식으로, 대상도 낡은 표현을 뒤집어쓸 수밖에 없다. 이수명의 시는 언어의 근본적인 혁신을 촉구한다. 대상과 세계에 대한 관점을 새로운 언어의 발명을 통해 창출해내었다는 이 교과서적이고 진부한 지적이 될 수 있는 것을, 그러나 시에서 담보하기는 말처럼 그리 쉽지 않으며, 이런 시를 목격하는 것은 차라리 행운에 속한다고 해야 한다. 흔히 말하듯 현실의 혁신이나 혁명은 시에서 언어의 혁신이나 혁명에 토대를 두어야 하는데, 그것이 말처럼 쉽게 실현되는 것이 아니기 때문이다. 시에서 현실이라고 말할 수 있는 것은 시가 시의 내부에 발생시킨 현실, 내재된 현실이라는 점을 강조해야겠다. 현실을 재현하거나 현실에서 시인이 느끼고 또 절감한 감정을 절절히 적어내면서, 현실에 열정적으로 동참하고 변화를 촉구한다고 흔히들 주장할 때의 그 현실과, 시가 도모하는 현실의 근본적인 변화는 서로 같은 것을 말하면서도 같은 방식을 상정하지는 않는 것이다. 시는 역사나 앙가주망을 손에 쥔 듯해도, 개별화된 순간의 역사와 개별화의 순간에 잠시 거주하는 내적 질서를 언어의 혁신을 통해 구축해내면서, 현실을 가동시키고자 할 때 가장 정치적이며, 진지한 미학적 성취를 이루어내기 때문이다. 현실적인 주제를 다루었다는 것, 현실과 밀착되어 적어나갔다는 것과는 완전히 다른 방식으로 읽힐 수 있는 시, 다시 말해, 현실을 온전히 주관적인 방식으로 읽어낸 시적 현실, 시가 구축한 새로운 현실, 시에서 되살아나는 예기치 못한 현실, 결국 시에서 내재화된 현실, 이것을 나는 주체화(subjectivation)된 현실이라고 부르며, 시의 정치성이란 시의 주체화에 다름아니다. 이수명의 다섯번째 시집이 이전의 작품들과 다소간의 간격과 편차를 만들어낸 것은, 바로 이 주체화의 측면이 강력해졌다는 사실을 반증한다. 현실을 시적 공간에다가 주관적으로 재편하여 현실을 고안하는 일은 언어에 의해, 언어 안에서, 현실을 발명하는 작업이다. 통념을 최대한 지워내고, 최대한 그 흔적과 관습과 관성에 저항하려는 노력이 곧 언어의 혁신과 다르지 않다면, 이수명의 시는 그 자체로, 내재화된 시적 세계를 구축해낸 주체화의 과정이자 그것의 이론적 실천, 실천적 이론이다. 이렇게 이수명의 시는 현실에서 부재하는 대상의 현존을 회복하기 위해, 대상과 주관적인 통로를 개척해내려 치열한 싸움을 벌인다. 오로지 그림자만을 보며 갇혀 있는 컴컴한 동굴에서 어떻게든 입구를 발견하기 위해, 대상이 꾸는 꿈을 부여잡고서 세계를 전복하고 언어를 혁신하는 한, 이수명의 시는 가장 정치적인 시이며, 가장 미학적인 시, 가장 시학적인 시이다. 이 셋이 다른 것을 말한다고 생각하면, 이수명의 시는 가치를 잃는다.

(『시와사상』 2012년 봄호)

대문자의 책(le Livre)을 꿈꾸는 불경한 징후들

– 이준규와 조연호의 시 속의 시론[1]

모든 긍지가 저녁 연기를 피운다
—스테판 말라르메

1. 시론을 시에서 새겨넣는 시

가장 순결한 말과 완벽한 구문의 조합으로 세계를 오롯이 담아낼 책 하나, "요컨대 단 한 권밖에는 없다고 확신하는 책"[2]을 꿈꾸며, 부정해야 할 말을 찾아나서고 지워내야 할 관념을 고통스럽게 캐물었을 때, 말라르메에게 시는 곧, 시에 대한 새로운 사유에 다름아니었다. 사물을 왜곡하지 않고 담아낸 말, 일상의 치장을 최대한 지워낸 말을 어떻게 길어올리고 또 배치할 것인가? 통념을 탈색해낼 때 상실하게 될 시의 소통 가능성 너머로 어떤 질서를 희원할 것인가? 우연을 가장하지 않으려면 말들의 저 공간을 어떻게 구축해내야 하는 것인가? 그러니, 덩그러니 놓여 있는 이 한 장의 백지를 어떻게 채워나가야 하는가? 말라르메가 기획하였던 이 대문자의 책은 결국 완성되지 못했으며, 어찌 보면 이는 자명한 결과이기

1) 대상 텍스트는 다음과 같다. 이준규, 『흑백』, 문학과지성사, 2006 ; 『토마토가 익어가는 계절』, 문학과지성사, 2010 ; 『삼척』, 문예중앙, 2011. 조연호, 『천문』, 창작과비평사, 2010 ; 『농경시』, 문예중앙, 2010.

2) 황현산, 「말라르메의 언어와 시」, 말라르메, 『시집』 옮긴이 해설, 문학과지성사, 2005, 36쪽.

도 하였다. 어떻게 한 권의 책 안에 우주와 세계의 정수를 모조리 담아낼 수 있겠는가? 그러나 이 원대한 기획이 미완으로 남겨짐에 따라, 말라르메의 시도는 개인이 거두어들인 단편적인 성과에 붙들려매이지 않았고, 하나의 개념만을 제시하는 데 그치거나, 폄하하려는 비평의 칼날을 무턱대고 감내해야만 할 운명을 요행에 기대지 않고도 피할 수 있었다. 오히려 무한히 펼쳐질 사유의 힘을 프랑스 시단에 재촉하였고, 착수되지 않았던 미래의 시들과 문학 전반[3]이 뻗어댈 저 촉수의 방향을 차츰 바꾸어놓았으며, 시 쓰기를 증언해낼 혹독하고도 엄정한 인식론이 되어갔다. 시가 제 시에서 시의 논리를 제시하거나 비밀을 넌지시 암시해놓고, 시 쓰는 행위에 꾸준한 의심과 반성을 제 시 안에서 재촉하는 동시에 그 과정을 고스란히 기록해내려는 몸짓이 말라르메의 원대한 기획 이후, 보다 활발히 부각되기 시작했다고 해도 과언은 아니다. 정서와 풍토가 같지 않을 것이며, 역사적 조건과 시단의 내력이 어긋나 있음에도, 지금 한국 시단을 물들이고 있는 실험 가득한 풍경들도 이러한 맥락에서 크게 벗어나지 않았다고 한다면 필경 이 말에 과장이 없지는 않을 것이다. 그러나 1990년대 시인들의 문법과 2000년대 시인들의 문법을 가르는 확연한 차이 가운데 하나를 우리는 어쩌면 여기서 찾아낼 수 있을지도 모른다. 난해함이라는 수사를 짊어질 부담에도 불구하고 젊은 시인들이 시에 관한 근본적인 논쟁을 촉발시켰던 저 일면에는 시가 버젓이 시에 대해 물어보거나 시에 관한 원론적인 사유로 제 시의 몸통을 구성해내려 했던 치열한 행위가 있었다고 해야 한다. 시단에 당혹감을 가져왔던 젊은 시인들, 그러나 이들의 작품이 객기나 무분별한 에너지의 분출이 아닌 까닭은, 촘촘하고 세밀한 인식론적 계산과 언어에 대한 근본적인 각성, 시에 대한 도전적이면서도

3) 롤랑 바르트는 프루스트나 조이스를 "말라르메 이후 에크리튀르의 극단적인 모험을 주도했으며, 자신의 작품에서 말라르메의 『책』과 동일한 탐구를 진척시키려 했던" 작가라고 말한다. R. Barthes, 「Le bruissement de la langue」, in *Essais critiques* IV, Seuil, 1984, p. 21.

위험한 성찰이 가득 들어선 시를 이들이 추구하고 또 선보였기 때문이다. 전통의 품질 인증표라고 할 장르의 명백한 구분(시와 산문의 구분)이나 전통의 휘장과도 같은 서정(자아와 세계와 자연과 말의 길항)은, 제 시의 실존을 확보하고자 시 쓰는 행위 자체를 끊임없이 묻고 또 대답하는 과정에서 전통에 대한 저항이나 결별을 고하는 인장이 되어, 소멸의 길 위에 놓인다. 이들이 꾸는 꿈이 불경한 이유는 바로 이 때문이다. 공히 제 시에서 시론의 모색에 천착하지만, 이준규와 조연호가 꿈을 시에서 실현하고자 하는 방식은 근본적으로 상이하다.

2. 포르트-다(Fort-Da) 놀이

이준규는 반복을 통해 말과 관념, 사물과 세계의 차이를 확인해나가며, 시 쓰는 자의 자기 성찰과 그 과정을, 그러나 끊임없이 시에 그대로 적시해낸다. 그는 집에서, 방에서, 거실에서, 하루 종일 문(門)을 열고 들어갔다가 나오기를 반복하면서, 문(文)의 세계를 기필코 그려내고자 관념과 치열한 싸움을 벌인다. 생각하고, 말로 적시하고, 적기 전에 잠시 머뭇거리고, 다시 적고, 적는 것을 잠시 지연시키고, 다시 생각하고, 말로 또 그걸 적어보고, 적어놓은 글과 그 행동을 다시 말로 되받아내면서, 이준규의 시는 자신이 써놓은 모든 것을 결국 시로 만들어버리는 기이한 문법을 선보인다.

> 책상은 소파에 누워 바라보면 어떤 미지의 고원 같고 그 미지의 고원 위에는 이런저런 건물이 있고 건물 사이로 사람도 차도 말도 낙타도 마차도 지나다니는 것 같다. 하지만 그것은 책상 위의 책과 연필과 볼펜과 찻잔과 종이와 먼지일 뿐이다.
>
> —「문」 부분

책상 위의 "연필과 볼펜"은 "종이" 위에 무언가를 적을, 즉 "문"을 기록할 도구이지만, 열고 닫히는 순간, 문(門)이 필경 문(文)의 실패를 노정할 수밖에 없을 것이라는 이준규의 자의식과 시 쓰기에 대한 절망의 경험들을 기록해낼 유일한 수단이기도 하다. 그는 지연시키기 위해 시를 쓰거나 시를 쓰면서 스스로의 기록을 지연시킬 수밖에 없는데, 이준규에게 이러한 지연은 세상을 잠시 멈추게 하려는 동기를 드러내기도 하고, 쓰는 행위 자체의 고충과 자괴감이나 쓰는 자의 자기 인식을 보여주기도 한다.

> 말하자면 너는 너를 지연시키고 있는 중이다. 너는 문을 열고 들어가 책상 쪽을 향해 북극여우처럼 문득 섰다. 너는 생각했다. 문과 문 사이에 비가 내렸다. (……) 너는 실패다. 너는 언제나 다시 써야 하는 실패일 뿐이다. 너는 오직 실패일 뿐이고 실패를 통해서 얻을 수 있는 건 실패일 뿐이다. 모든 희망을 버려라. 너에겐 사후 명성 따위도 없을 것이다. 너는 걸신들린 주정뱅이, 치욕일 뿐이다. 너는 오점이다. 너는 다시 앉아 쓴다. 너는 너다. 너는 너의 자지를 가끔씩 만지는 너다. 얼마나 훌륭한가. 그런 너는. 너는 쓴다. 계속 그리고 다시. 쓰고 있는 너. 쓰고 있는 나. 왔다. 갔다. 왔다. 갔다. 문을 연다.
>
> —「문」 부분

문을 열고, 글을 쓰고, 다시 문을 열고, 생각에 잠기고, 다시 문을 열고, 쓰고, 다시 문을 열고 닫는 저 행위는 그러니 어떻게 종국을 바라볼 것인가? 공포를 미리 학습하여, 엄마가 사라지는 순간의 충격을 완화하고자 아이 스스로 만들어낸 보호 장치가 실타래를 감았다 푸는 포르트-다 놀이라고 한다면, 이준규에게 "문"은 엄마가 없더라도 다시 끌어당겨 실타래를 제 눈앞에서 나타나게 하는 능력을 제 시의 놀이 조건으로 삼는다. 그러나 그는 아이처럼 그저 풀고 감으면서 또 찾아오고 사라지는 쾌락을 시에서 반복적으로 확인하는 데에다 시의 소임을 묶어두지 않는다. 그는 끊임없이 실타래를 풀고, 끊임없이 되감지만, 오로지 실패를 반복하기 위해서 행해지는 문자의 놀이를 시에서 구축하면서 시론의 완성을 도모하기 때문이다. 따라서 반복을 통해 확인되는 희열보다는 글을 쓰면서 버려야 할 "희망"과 써나가는 행위 속에서 지속적으로 엄습해오는 "치욕"만이 실타래에 감겨 자신에게 되돌아오는 과정을 마주할 뿐이다. 그러면? 물론 다시 시작한다. 시 쓰는 행위와 그것의 지속을 통해 시의 몸통을 만들어가는 고통스러운 쓰기의 과정이 "문을 열었다 닫았다"를 반복하게 하는 것이며, 이는 "문장과 문장 사이의 거리가 너무 멀다"고 생각하기 때문이다. 문을 열고 닫으면서 이준규가 확인하게 되는 것은 무엇인가? 이준규에게 문을 열고 닫으면서, 아니 닫은 문을 반복해서 열면서 만나게 되는 "그"나 "너"(심지어 "나")는 따라서 사람이라기보다는 시의 근본적인 질료이자 가장 초보적인 재료로 제 시를 적어나갈 말이나 기호, 혹은 그것이 포획하는 대상이나 사물이며, 이준규의 시는 이 말이나 기호의 근본적인 성질을 끊임없이 되묻는 것으로 소쉬르의 테제를 확실히 실험해나가며 시의 근간으로 전환해놓는다.

> 그는 덤불해오라기도 하얀 나비 무늬가 일정하게 새겨진 빨간 드레스도 중부리도요도 댕기물떼새도 뚱딴지도 어처구니도 터무니도 개망초도 고뽕도 어지자지도 새앙각시도 앤생이도 어정뱅이도 국수나무도 실솔도 척촉도 두견이도 투구꽃도 투구게도 아닌 그가 되어 (……) 그는 그러니까 뚱딴지도 어처구니도 터무니도 은사시나무도 자작나무도 고뽕도 덤불해오라기도 개개비도 장수풍뎅이도 투구벌레도 직박구리도 휘파람새도 비오리도 할미새도 박새도 티티새도 깨새도 딱새도 아닌 그는 (……) 그는 그러니까 드레스도 물소도 개개비사촌도 자낙스도 겔포스도 용각산도 은단도 물소도 코끼리도 설표도 로봇도 부엉이도 오리도 에스컬레이터도 도미노도 물담배도 박하차도 건빵도 거북이도 진짜 거북이도 웃음만 있는 고양이도

몸 없는 목도 맹목적인 사랑도 아닌 (……)

—「문」 부분

"그"는 결국 그가 아닌 a, 그가 아닌 a가 아닌 b, 그가 아닌 a가 아닌 b가 아닌 c, 그가 아닌 a가 아닌 b가 아닌 c가 아닌 d, 그가 아닌 a가 아닌 b가 아닌 c가 아닌 d가 아닌 e라는, 무한의 조합을 통해서만 오로지 "그"의 자격을 부여받거나 자격을 획득할 희미한 가능성을 타진할 뿐이다. "그"라는 기호는 따라서 ≠ 기호1 ≠ 기호2 ≠ 기호3 ≠ 기호4 ≠ 기호5 ≠ 〔………………〕 ≠ 기호 n이며, 오로지 "어떤 기호를 구별해내는 것, 그것이 기호를 구성하는 전부인 것"일 뿐이라는 사실을 시에서 말하고 있는 기호인 것이다. 이렇게 이준규의 시는 시에서 재료가 되는 낱말들의 성격을 직접 적어내는 것으로 제 공간을 채워내고, 결국 "기호의 특성을 만들어내는 것은 바로 차이(différence)이며, 이 차이가 바로 기호의 값과 단위를 만들어낸다"[4]는 사실을 시에 적어놓은 것으로 보아야 한다. 이준규에게 20세기의 문턱을 넘어오면서 소쉬르가 선사한 사상적 전환은 이렇게 제 시에서 "문"의 비유를 통해, 시를 집필하는 근본적인 이유를 묻는 행위로 불려나와, 아니 시의 몸통이 되어 적나라하게 펼쳐진다. 이 혁신적인 언어학자에게나 이준규에게나, 모든 것은 이미 관계적이다. 이준규는 문을 열고 닫으며 관계와 관계의 무한성을 사유하고, 하나의 말이 어떤 실체를 지칭하고 또 온전히 담고 있다는 서양 전통의 실체론에 강력하게 대응하는 시론 하나를 바로 여기서 구축해나간다. 그의 시에서 시론이라 할 만한 것은 저 말들이 서로 맺는 관계망 안에서 비로소 제 꼴을 갖추어나간다는 사실을 적어내는 행위로 성립 가능성을 타진하는 것이다. 따라서 이준규의 시에서 "그"라는 기호의 값은 〔그〕 ∋ 〔not 그 1〕 + 〔not

4) F. de Saussure, *Cours de linguistique générale*, Payot, 1973, p.168.

그 2〕+〔not 그 3〕+〔not 그 4〕+〔not 그 5〕+〔………………〕+〔not 그 n〕의 수순을 밟아나가며, 무한한 말들의 관계 속에서 추출될 수밖에 없다. 그러니 백 쪽을 넘기는 장시 「문」은 말의 세계를 향하여 시인이 연(열, 열고 있는) 문(門)이자, 말의 이와 같은 속성을 적어내는 대상이자 주체가 되는 텍스트, 즉 그 행위의 원인과 결과로서의 시, 한 권의 문(文)을 의미할 것이다.

3. 덧셈의 시

이준규가 제 시에서 묻고 또 제기하는 시론은 이것으로 그치지 않는다. 시에서 그 어떤 말도 실체의 소유자가 될 수 없다는 사실을 잘 알고 있는 그는 "문을 손이나 머리나 발이나 무릎이나 가슴이나 그 밖의 다른 것"으로 밀착시키면서 얻게 되는 것이 바로 말의 값(가치, valeur)이라고 생각하며, 이렇게 절대값을 '이미, 그리고 여전히' 갖추고 있는 말의 존재(있음)를 완곡하게 부정하는 근거를 말의 진화하는 속성에서 찾아낸다. 차이와 부정의 변증법 속에서 말과 문과 시, 즉 "그는 진보중이다." 왜냐하면, "그"는 끊임없이 "문을 열고, 눈물을 밀듯이 문을 밀고 문을, 문을, 밀고, 공기, 문을 열고, 문을, 문, 문을, 문을 열고 들어가, 문을 열 수 있다니, 하며 문을 열고 들어가, 아, 오, 들끓는 시, 들끓는 시, 없는 문지방을 넘어" 펼쳐지는 세계 속에서 시를 쓰는 행위를 고민하게 하는, 근본적으로 자의적인(arbitraire) 성격을 지니고 있기 때문이다. 자의성을 최대한 떠벌이고 또 흥건히 펼쳐내는 과정에서, 옛 그림자가 일렁이는 모습을 발견하고는 자기 비판적인 고백을 내려놓는 이준규에게 시 쓰는 작업은 이미 하나의 비평적 행위라고 할 수밖에 없다.

> 이건 또 흑백이군, 하고 그가 다른 방으로 이동하고 싶어 할 때 불안이 다시 문을 열고 들어와 나가 되었다. 나는 그가 되고 싶은데 보통 나였다.

샤워를 끝낸 그가 문을 열고 들어와 외출 준비를 하고 있었다. 나는 아직 어떤 문도 열지 못했다. 실패의 지리멸렬한 구축.

—「문」 부분

『흑백』을 반복하지 않겠다는 저 의지가 문을 열고 나가거나 문을 열고 들어오는 지속적인 행위를 설명해주는 동시에 시에서는 입론(立論), 그러니까, 자기 시에서 버려야 할 것과 쥐어야 할 것을 구분해내는 기준이 된다. 이렇게 이준규가 중얼거리듯 쌓아올린 "실패의 지리멸렬한 구축"은 근본적으로 이야기의 전개와 언어의 본질에 대한 부정을 토대로 쌓아올려진 것이라고 해도 좋다. "가정하건데, 모든 것은 간결하게 진행된다, 우리는 이야기를 벗어난다"[5]며 도식에 갇히고 또 도식으로 환원되기 마련인 서사의 차용이 아니라 간결성과 압축성에 시의 임무가 놓여 있음을 환기하였던 말라르메의 조언이 여기서 빛을 발한다.

이야기가 너무 많아 이야기 때문에 죽어야겠어, 이야기는 사라져야 해, 이미지와 나란히, 나란히 멸종해야 해, 중얼거리다 새들도 머물 곳을 안다, 라고 그가 말했다. (……) 재현과 죽음과 미끄러짐 사이에서. 얼음판 위에서 그는 아픈 옆구리를 만져보며 좀더 근사하게 망할 수는 없단 말인가, 하다가 오오, 실패여, 실꾸리여, 섬망이여, 헛소리여, 하고 그만 쓴다. (……) 그는 쉽게 폭발하고 쉽게 본래가 된다. 본래가 되어 곧 사라진다. 본래는 없다. 앉아서 벌레를 느끼며 달빛과 닮은 가등을 느끼며 새들은 모두 잠들고 아, 새들은 모두 잠들고 아, 새들은 모두 잠들고, 어디까지 했지, 새들은 아, 모두 아 잠들고, 아, 새들, 잠, 새, 아, 새들은 모두 잠들고, 가로등이라고 쓰지 않고 가등이라고 쓴 것의 불빛을 느끼고 느끼며 죽을 날이 멀지 않

---

5) S. Mallarme, 「Préface」 *d'Un Coup de dès*, in *Œuvres complètes*, Gallimard, 1945, p. 455.

앉지, 중얼거리며 밥통이 열렸다 닫히고 아, 새들이, 매미들이, 울고, 짖고, 밥상이 끌리고, 앉아서 저 문을 열고 나가면 한 시공이 있고, 그는 그 시공을 변형시키겠지,

—「문」 부분

이야기의 전개 따위에 시는 종사할 수 없으며 이미지의 창출이 시 쓰는 일과 무관하다는 생각, 무엇인가를 말로 확정하기 위해서라면 그 말을 둘러싼 나머지 말들에 총 동원령을 내려야 한다는 시적 태도, 말이란 "본래"(본성, 즉 nature)가 아니라 계속해서 제 성립의 조건을 고려해야 하는 불안한 협약(convention)일 뿐이라는 소쉬르의 테제가 이준규에게는 한데 어우러져 시론이 되어간다. 코카콜라라는 낱말에 코카콜라가 담겨 있을 리 없으며, 코카콜라라는 하나의 단어가 아프리카에서, 북한에서, 미국에서 어떤 개념을 소급하면서 재현의 문제에 어떻게 관여하는지를 따져보는 일, 이미지가 세상에 활보하기 이전에 이미지를 조장하는 주인공이 바로 말이라는 사실을 버젓이 적어내는 행위가 그에게는 "재현과 죽음과 미끄러짐 사이에서" 제 시를 적어나가는 원인으로 거듭나는 것이다. 이준규가 말의 본령과 실체를 확인하지 못한다며 "본래는 없다"라고 못 박듯 뱉어놓을 때, 아니, 사물의 '있음'을 함부로 확정짓지 못한다는 사실을 "새들은 모두 잠들고"라는 구절 하나를 이리저리 분절하고 또 비틀어가며 완곡하게 비유해놓을 때, 우리는 이준규의 시가 바로 이러한 생각을 적어나가면서 제 시의 몸통, 즉 하얀 종이를 채워나간다는 사실에 주목하지 않을 수 없게 된다.

그것은 옮겨지고 있고 단절되어 있으며 차단이고 소리를 가지고 있고 움직이는 트럭의 뒷모습이며 밝은 낮이고 낮 위의 밥통이고 나무판 위에 떨어지는 다른 나무판이며 육중하게 다가오고 있는 언덕 위의 거대한 검은

> 쇳덩어리이며 숨은 벅차고 무기는 없고 조금씩 기어가고 녹슨 칼이며 녹슨 기차이며 기차를 서서히 덮는 수풀의 지절거림이고 질문이자 대답이며 의미를 상실한 의미이며 (……) 그것은 옮겨지고 있고 차단되어 있으며 가끔 자신감에 넘쳐 발광하는 돌멩이다.
>
> —「문」 부분

이준규의 시에서 시론으로 불러낸 것으로는 또 무엇이 있는가? "있음을 그는 다루지 못한다"처럼, 사물의 존재론이나 말의 실체론에 대한 가장 완곡하고도 강력한 거부를 시에서 부추기고 그 부추김을 그대로 적어나가는 일이 이준규에게는 제 시의 조건이자 동시에 몸체가 된다. 그는 말과 글의 조직과 배치, 말과 글의 상호 간의 교환-간섭-이동, 즉 말과 글의 "움직임"과 말과 글이 추인하고 빚어내는 운동을 제 시에서 힘껏 끌어안으며, 시론의 완성을 꿈꾸는 한 편의 장시를 완성하려 한다. 이 완성의 청사진에 발화에 대한 열망, 발화라는 행위의 간과할 수 없는 중요성에 대한 인식이 배제되어 있는 것은 아니다.

> 그는 바다의 냄새를 느끼면서 다시 얼룩, 하고 발음해보았다. 입안은 짠맛으로 가득했다.
>
> —「문」 부분

발화 행위. 물체나 사물, 아니 세상에 존재하는 모든 것을 목청에 담아내고 직접 느끼는 방법은 오로지 발화밖에 없으며, 시집 『삼척』은 이런 의미에서 발화의 사건이라고 해도 좋을 것이다. "아름다움은 자네가 가지고, 나에겐 시를, 나에겐 오로지 시를, 나에겐 오로지 시를, 조금 더 멍청하고 조금 더 숭고한 시를"(「고래—강성은에게」) 달라고 요청하는 이준규는 관념을 탈색해가는 시, 아름다움(에 대한 통념)을 제거해내려 말로 사물이 붙들려매이는 통념의 고정점을 끊임없이 흔들어놓으며, 그러기에 또 말을 끝없이 늘어놓을 수밖에 없는 시, 그러면서 제 시론을 완성하는 시를 제안하였고, 이를 통해 새로운 형식을 선보였다.

> 이런 시도 썼다. 조금 후에. 그가, 그가, 너에게, 너에게, 네게, 그러니까, 내가, 그에게, 그리고, 너에게, 다시, 왜, 너에게, 그가, 그녀가, 그녀가, 제발, 너에게, 그리하여, 그러니까, 다시, 결국, 네게, 그래서, 그러니까, 네가, 내가, 그가, 내가, 우리가, 그곳에서, 너는, 너를, 너는, 나를, 네가, 너를, 그녀는, 그녀를, 그것을, 그러니까, 그렇게, 그럴수록, 어떻게, 그것을, 그곳에서, 다시는, 그를, 그녀를, 그러니까, 그것을, 그는, 거기서, 끝내, 그 순간을, 그는, 그녀를, 그를, 그는, 다시는, 그가, 내가, 그것을, 그곳을, 그, 그, 그, 그, 그, 그, 그는, 나, 나, 나, 나, 나, 나, 나, 나, 나는, 내가, 그러니까, 그럼에도, 결국 그를, 그가, 어떻게, 내가, 그녀를, 우리가, 그러니까, 거기서, 끝내, 결국은, (……) 나는 결국, 나는, 나는, 어떻게 나는, 나는, 나는, 나는, 나는, 나는, 나는, 나는 나인가, 나는 영원히, 그러니까 너를, 너를, 너를, 나는. 나중에 이렇게 다시 썼다. 너 너 너를 너 너를 너 너를 너 너를 너 너늘 너 너늘 너 너를 너 너를 너 너를 너 너늘 너 너를 너 너를 너 너늘 너 너늘 너 너를 너 너를 너 너를 너 너늘 (……)
>
> —「문」 부분

시적인 것으로 빚어낸 질그릇에 정치적인 것을 담아 황지우가 1980년대 한복판에서, "나는 너다" "너는 나다" "우리는 全體다"라며, 다소 격앙된 목소리로 제 첫 시집의 서두를 장식했을 때(물론 그의 이 격양된 톤은 이후의 작품에서 나타나는 치열한 모더니스트의 면모에 비추자면, 예외적이다), 타자는 이미 내 몸안으로 들어와 나에게 전선(戰線)을 구축해내고, 나의 내면 깊숙한 곳으로부터 부끄러움을 찾아내 현실로 끌어낼 그런 타자였다. 2000년대 이준규가 말하는 “너”, 즉 타자는, 내가 나인지 모를 때만 오로지 너의 희미한 윤곽을 느껴볼 너이자, 네가 누구인지 내가 모를 때 비로소 잠시 모습을 드러내는 타자, 즉 언어의 성질 속에 고스란히 녹아 있는 미지의 타자이다. 언어의 불확정성과 가변성만큼이나, 내가 규정하기 어려운 타자, 너 스스로도 규정이 쉽지 않은 타자, 하여, 말의 움직임과 말들의 관계 속에서 매번 다르게 그 존재와 가치를 따져 물어야 하는, 한없이 미끄러지고 마는 타자인 것이다.

이준규의 시가 보여준 시와 대상, 언어와 사물의 관계에 대해 덧붙일 말이 하나 남아 있다. 이준규의 시는 사물과 언어에 대한 근본적인 입장과 생각을 또다른 모험가 송승환과 공유하는 듯하지만, 시적 실천에 있어서 송승환과 정확히 대척점에 놓인다는 것이다. 적확한 낱말, 최소한의 관념이 담긴 말로 백지 상태에서 시의 공간을 하나씩 구축해내는 송승환의 시는 최선의 말로 대상을 담으려는 이 노력 때문에 복합적인 관념을 만들어내지만, 끝끝내 말과 대상을 일치시키며 말을 지워나가야만 했던, 비유하자면 뺄셈의 시이자 기화(말로 사물을 태운다는 의미에서)의 놀이인 반면, 이준규의 시는 말을 늘어놓고 계속 덧붙여가며, 명명과 확정, 의미부여의 가능성을 한없이 지연시키는, 덧셈의 시이자 반복해서 문(文)을 열고 닫는 ‘포르트-다’의 놀이인 것이다.

4. 산문시를 통해 모색하는 비평의 힘

19세기 중반, 보들레르가 산문시를 기획하였던 이유는 어지간해서는 설명되기가 어렵다. 저주받은 자의 운명과 알레고리의 시학에 관해서라면, 운문으로 구성된 『악의 꽃』으로도 충족되고도 남음이 있으니, 산문시 『파리의 우울』의 가치는 오히려 다른 데서 찾아야 할지도 모른다. 기술복제시대의 변화를 온몸으로 체현해야 했던 제2제정기 프랑스 파리에서 샘솟듯 흘러나와 파편처럼 한없이 흩어져나간 저 기이하고도 우울한 정경들을 그려나가기에 정형시의 틀이 지나치게 협소할 것이라고 생각했던 것은 아닐까? 그렇다면, 대도시(로 변해가는) 파리에서 그가 본 것은 무엇이었으며, 그는 그것을 어떻게 담아내려 하였는가? 아니 그가 담아낸 것은 왜 정형시 안에서 포착되기 어려운 것인가? "현대적 삶을 묘사"하며 "거대한 도시를 빈번하게 왕래하고, 그 수많은 관계와 교섭을 하다" 생겨난 "끈덕진 이상"을 실현하는 데 헌정될 것이라고 제 시집의 「서문」[6]에 적어놓은 것은 산문시를 이해하는 데 없어서는 안 될 단서이기도 하다.

아케이드에 진열된 복제 상품을 힐끔거리며 거리를 한없이 배회하는 저 익명의 군중들이 가난한 늙은이, 한물간 광대, 혼자 사는 과부, 동냥하는 거지, 추악한 몰골의 노파, 버려진 고아, 의심의 눈초리를 거두지 않는 경찰, 배회하는 개, 유리 장수, 몰락한 왕, 창녀, 너그러운 놀음꾼, 가난뱅이, 성도착 증세를 보이는 의사 등의 모습으로 산문시집에 불려나온 것도 마찬가지로 지적해둘 만하다. 삶의 밑바닥을 샅샅이 훑으면서 성스러움(sacré)과 대별되는 세속적인 것(profane)들, 자본주의의 한복판에서 생성되었거나 점차 제 가치를 상실해 쓰레기가 되어가는 것들을 죄다 솎아내고 그 양상을 기록하는 일은, 추상이나 형이상학을 실천하고 세계와 우주의 질서 사이의 보편적 유추에 기대어 한없이 먼 곳을 바라보고자 하는 원시(遠視)의 열망에서 비롯된 것은 아니다. 조연호가 『농경시』에서 보여준 태도도 바로 이 열망의 반대편에 위치한다.

> 위서(僞書)로 세속을 견디며, 오, 고혼(孤魂)에 맞서는 것으로 충분히 성난 겨울에게 자신의 감격을 물어버리게 하며, 기연(奇緣)은 병증(病症)보다 고인(故人)이 많아서 다행히 버릴 수 있는 나는 아직 짧고, 근시(近

6) Ch. Baudelaire, in *Petits poèmes en prose* (*Le Spleen de Paris*), Poésie/Gallimard, 1973, p. 22.

視)의 가장 큰 수혜자가 되어 붉은 눈을 비빈다.[7]

신이 새겨넣은 형이상학적이고 추상적인 무늬를 해독해내며 "하늘의 문자에서는 분무 살충제를 뒤집어쓴 벌레"의 운명을 한없이 자책하였던 『천문』에서 세속의 세계로 내려와, 그 바닥과 저변을 훑어가겠다는 것, 땅에 안착하여 쟁기를 들고 바로 이곳의 이야기를 개척해나가는 『농경시』는 "근시(近視)의 가장 큰 수혜자"가 되겠다는 의지에서 착수된 사변(思辨)과 깨달음을 자산으로 삼아 전개한 이야기로 몸통을 구성한다. 내가 태어나 성장하고, 내 육신의 일부가 잘려나가고, 도려내어진 부분에서 무언가가 다시 자라난 그곳, 그곳에 뿌리를 내리고 살아야 하는 자의 운명, 그 운명의 면면과 행태(行態)를 밑천으로 삼아, 시에서 장엄한 서사를 꾸려나가려는 조연호에게 농경에 대한 탐구나 거세와 할례의 이야기는 어떻게 비판적 목소리를 담아내며 산문시의 이데올로기를 반영하고 개진하는가? 신으로부터 버림받은 자가 완곡하고도 현학적인 문체로 한없이 늘어놓는 이 지상의 이야기에서 조연호는 과연 산문시의 저 "끈덕진 이상"을 바라볼 것인가?

> 내가 당신 이야기의 육편(肉片)일 수밖에 없는 이유는 나 역시 나를 물어뜯는 자연의 구강(口腔)일 뿐이기 때문이다. 보지 못하는 자는 보지 않으려는 자의 괴로움으로 자기 외부를 채워야 하기 때문에, (15쪽)

육신의 소멸과 부패를 전제해야만 하는 인간의 삶, 그런 인간이 일구어낸 지상의 밭과 논과 농장, 거기서 수확되는 과일과 곡식들, 그러나 인간이 그것을 찬양하지 못하는 이유는, 결국 이 모든 것이, 부패하고 썩어

7) 조연호, 『농경시』, 105쪽. 이후 본문에 쪽수만 표기한다.

가는 육신을 소유한 자들의 수확물이자, 그 자체로 썩어가는 것이기 때문이다. 인용한 구절을 시의 당위성이나 그 기획을 알려주는 대목이라 여긴다면, 오히려 눈여겨볼 것은 '이야기'의 형식을 취하고 있다는 점이다. 그는 왜 "당신 이야기의 육편(肉片)"이고자 하는 것인가? 그는 왜 이야기의 형식을 빌리는가? 산문시에서 '이야기'는 애당초 필연적인 것은 아니었다. 주요한이 「눈(雪)」이나 「불노리」를 산문시라는 이름으로 선보였을 때, 홍명희가 "波蘭文士 안도레에, 네모에쭈스키이氏"의 작품을 '중역'을 통해 국내에 소개하면서 최초로 "散文詩"라는 말을 사용하였을 때[8], 아니, 보들레르에게 커다란 자극을 주었던 알로이지우스 베르트랑(Aloysius Bertrand)이 (프랑스) 최초의 산문시집 『밤의 가스파르Gaspard de la nuit』를 출간하였을 때, 이들은 공히, 이야기에서 더러 벗어나거나 산문과의 근본적인 차이를 의식한 상태에서 산문시의 개념을 촉구해내었다. 산문시는 보들레르에 이르러 우화나 비유의 전거를 자청하며, 이야기라는 형식을 본격적으로 차용하거나 적극적으로 이용하기 시작했을 뿐이다. 그렇다면, 서사구조를 갖출 필요성은 왜 생겨나는 것이며, 크건 작건, 완결되었건 그렇지 않건, 이야기를 들여올 때, 시는 무엇을 지향하게 되는가? 조연호는 이런 말을 남겨놓았다.

나는 하나의 정치시(政治詩)처럼 숭고히 뒹굴 것이다. (16쪽)

"길어진 분량을 지탱할 뼈대가 필요해서 미약하나마 어떤 종류의 서사"를 갖출 필요성 때문에 "어린 시절 거세, 할례 당한 사람의 기억과 그가 '선생'과 그의 아들을 만나면서 그들의 관계와 자신, 가족의 관계를 대

8) 안드레 네모에프스키, 「사랑」, 홍명희 옮김, in 『少年』, 1910, 3.

비시키는 불투명한 이야기"[9]가 생겨났다고 조연호는 말한 바 있다. 그러나 조연호에게 서사는 제 시론을 시에서 구축해내기 위해 동원된 핑계일 뿐이며, 이 핑계가 바로 서사를 차용해 전개해나간 거개의 시들(산문시를 포함하여)이 지향해온 정치성과 맞닿아 있다. 김동환의 장시 『국경의 밤』에서 자유시라는 형식보다 중요한 것은 청나라를 세운 여진족과 조선의 천민이 된 여진족의 관계, 즉 민족과 혈연, 가족과 결혼이라는 저 복잡한 당시의 정치적 문제였다는 사실을 잠시 환기할 필요가 있다. "전염병은 새로운 서사시적 전능이었다"(144쪽)라고 말하는 조연호는 "배농(排膿)" "부종(浮腫)" "골종(骨腫)" "육종(肉腫)" "절종(癤腫)"처럼 세상과 인간을 썩어가게 하는 근원에 대한 탐구를 병균처럼 번져나가는 불구와 부패의 이야기로 채워내는 동시에 "부종"(付種, 씨를 뿌리다), "골종"(搰種, 씨를 파내다), 육종(育種, 새로운 품종을 뿌리다), "절종"(絶種, 씨를 없애다)처럼 한자어의 다변적 기능에 의지하여, 이 썩어가는 이야기에다 농경생활에 근간을 제공하는 노동을 환치해놓는다. 산문시가 정치적인 것은 물론 산문시의 서사가 정치적이기 때문이다.

자, 하나의 이야기가 "겨울, 꿈에게 다짐한다"(9쪽)로 시작된다. 독자는 동화나 우화를 대할 때처럼 편안한 상태에서 독서에 착수하지만, 몇 줄 넘기지 못하고, 낯섦과 충격으로, 그 불경한 말들과 불운을 예고하는 말투에 당황하기 시작하는 자신의 모습을 발견하게 될 것이다. 산문시의 정치적 면모는 이야기가 아니라, 이야기가 전개되면서 이야기 속에서 괴물을 끄집어내는 저 혼란스러운 한편 놀라운 방식 때문에 제 정치성을 획득하게 된다. "어떤 사람에게 기대하는 것보다 더 많은 것을 주어 그를 놀라게 하는 것보다 더 진진한 즐거움은 없지"[10]라고 보들레르가 산문시

---

9) 김행숙 · 조연호 대담 「미소무한(微少無限) VS 거대무한(巨大無限)」, 『문예중앙』 2010년 겨울호, 396쪽.

10) Ch. Baudelaire, *La fausse monaie*, in op.cit., pp. 96~97.

「위조화폐」에서 지적한 것처럼, 바로 이와 같은 상태를 맛보고 누리게 하는 시도에서 산문시는 고유의 비판 정신을 뿜어내기 시작하는 것이다. 산문시의 정치성은 이처럼 이야기 속에서 예기치 않은 사유의 돌출이나 이야기가 급회전하는 고리를 만들어낼 때, 착수되고 또 형성될 뿐이다. 산문시의 형식을 취해온 조연호는 그렇다면 제 몫의 정치성을 충분히 얻어내었는가?

산문시가 비평적 특성을 저버리지 않는 것은 운문과의 관계에서 근본적으로 비판적인 태도를 취하거나, 운문으로 상징되는 전통시에 대한 적대적 태도를 저버리지 않는다는 데서 비롯된다. 장르 구분의 무용성을 암시하는 구절이 스며 있지 않거나, 산문과 운문의 전통적인 대립을 부정하려는 비판적 기획이, 어떠한 방식으로건, 내재되어 있지 않다면, 산문시는 그저, '산문 더하기 시'라는 모순어법의 산물로 전락하고 만다. 따라서 산문시는 필연적으로 '비평-시'를 지향할 수밖에 없는데, 이는 에세이나 단편소설과 산문시를 구분해낼 잣대가 바로 산문시의 비평적 특성에서 생겨난다는 것을 의미한다. 보들레르 전후, 산문시의 탄생과 더불어 강력하게 부각되기 시작한 운문/산문의 대립적 구도의 붕괴 과정을 말라르메는 "문학은 여기서 근본적인 위기를 겪는다"[11]라고 지적하면서 문학 전반의 거부할 수 없는 변화를 포착해낼 징후로 여긴 바 있다. 현대성이 문학 장르 간의 혼용을 통해 촉발되고 사라지는 개념[12]이라면, 산문과 운문의 이분법적 대립을 넘어서는 총체적인 시학, 장르의 기계적인 구분을 부정하는 시도에 바로 산문시의 정신과 가치가 놓여 있다고 보아야 한다. 산문시의 정치성은 이와 같은 관점에서 논의되어야 한다. 산문시는 그것이 시도되던 당시의 사회적·정치적 변화를 문학이 어떻게 수용해내고, 시

11) S. Mallarme, 「Crise du vers」, in *Divagations*, Gallimard, 1976, p. 239.

12) H. Meschonnic, *Les Etats de la poétique*, PUF, 1985, p. 225.

대의 변화가 몰고 온 새로운 감수성과 언어의 잠재력을 전통과의 관계 속에서 어떻게 관철시켜나갈 것인가라는 문제에 봉착하여, 운문과의 관계를 뒤틀고, 운문으로 대변되어온 전통 서정시에 부정하기 어려운 비판의 고리를 만들어내었다는, 처절한 자기 인정 투쟁의 역사를 갖고 있다. 산문시는 세계에서 발생하는 수많은 변화를, 아니 그것의 복합성을 문학 장르의 변형을 통해 담아내고자 시도한 결과인 동시에, 그 시도 자체에 이미 세계를 향해 새로운 개념이나 전범이 될 만한 새로운 형식을 시에 제공한다는 측면에서만 오로지 가치를 지닐 뿐이다. 보들레르가 제 산문시집에서 펼쳐 보인 것은 기술복제시대에 등장한 낯선 주제들을 그 시대의 조건과 대면시켜나가면서 생겨난 풍경에 다름아니며, 이때 산문시가 전통시에 가한 타격과 서정시에 드리운 차갑고 비판적 시선은 이미 돌이킬 수 없으며, 또한 거두어들일 수도 없는 것이다. 새로운 시대에 걸맞은 주제를 창출하는 작업과 장르의 파괴를 꾀하려는 시도를 별개로 여기면, 산문시는 시의 역사에서 제 성립 근거를 오롯이 설명할 근거와 방법을 찾지 못하게 된다. 조연호가 자기 시에서 시론이라 부를 만한 것을 구축하고자 하는 이유도 이와 같은 맥락에서 살펴야 한다.

> 밤이 하나의 난(卵)에서 분열하여 방대하게 허공에 뒤덮일 때, 그 맨 처음의 난(卵)을 만진 사람의 개수는 운문의 색깔로 자기를 다스리려는 자가 되뇐 악기의 패배가 적힌 음보(音譜)의 개수만큼일 것이다. (49쪽)

난삽하고 복잡해 보이는 이 완곡한 어투를 내뿜는 구절은 본격적인 "방랑의 격식"을 제 작품에다가 마련해놓고자 운문의 근본적인 한계를 비판하고 있는 대목으로 여길 만하다. 구절마다 다음 같은 해석이 가능해지는 것도 바로 이 때문이다.

1) "밤이 하나의 난(卵)에서 분열하여" = 어떤 기원에서 시가 촉발되어
2) "방대하게 허공에 뒤덮일 때" = 세상 천지에 퍼져나갈 때
3) "그 맨 처음의 난(卵)을 만진 사람의 개수는" = 시인의 수는
4) "운문의 색깔로 자기를 다스리려는 자가" = 운문으로 시 쓰는 사람이
5) "〔그 자가〕 되뇐 악기의 패배가 적힌" = 운문으로 시 쓰는 사람이 적어놓은 시의 실패가 적힌
6) "음보(音譜)의 개수만큼일 것이다" = 운문(율격이나 규칙성)의 개수와 똑같을 것이다

조연호의 『농경시』는 시인가, 산문인가? "옛 이야기가 미래의 영혼을 가득 채우는 시대에, 자기에 대항하여 싸운 자기를 기념비적인 투쟁이라고 믿는 착각"(87쪽)이라고 말하는 조연호에게 전통적인 주제와 고리타분한 형식에 갇힌 시는 최소한 그가 쓰려는 시는 아니라고 해야 할 것이다. 비약의 가능성을 배제할 수 없겠지만, 아래 인용해놓은 구절 역시 전통시에 대한 비평적 진단이 담긴 비유로 읽을 수 있겠다.

> 이제 나는 너희의 유죄를 변호하는 것으로 나의 무죄를 입증하고, 승리의 찬양을 신극(神劇)이 시샘하기 전에 이 승리 주변에 모여든 모든 주흥자(酒興者)가 이미 놓아버린 정신을 다시 놓아버리지 않도록 그들 모두에게 살점을 으깬 피맺힌 운문(韻文)을 맛보게 하리라. (176쪽)

1) "이제 나는 너희의 유죄를 변호하는 것으로 나의 무죄를 입증하고" = 전통시의 구조와 가치를 두루 살펴내면서 내 시의 근거를 밝히고
2) "승리의 찬양을 신극(神劇)이 시샘하기 전에" = 고대의 시(그것은 신들이 펼치는 연극이었다)가 내가 몰고 온 성공을 부러워하기 전에
3) "이 승리 주변에 모여든 모든 주흥자(酒興者)가" = 내 작품의 주위

에서 내 작품의 뛰어남을 술로써 함께 축하해주던 사람들이

4) "이미 놓아버린 정신을 다시 놓아버리지 않도록" = 이 사람들이 제 통념으로 회귀하지 못하도록

5) "그들 모두에게 살점을 으깬 피맺힌 운문(韻文)을 맛보게 하리라" = 나는 그들에게 전통시를 완전히 부수어버린 시(=운문, 운문과 시는 어느 시기까지는 동의어였다)를 선보일 것이다

조연호는 이렇게 예언자의 말투나 고어풍의 흥취에 젖어 뱉어내는 어법에 기대어, 아니 이 둘을 담아낼 완곡어법에 의지해, 전통시에 대한 비판의 고리를 제 시에서 만들어내고, 자신이 완성하고자 하는 시에 대한 강력하고도 자부심에 가득한 지지를, 난해하고 복잡한 비유의 산물로 둔갑시켜놓는다. 도도하고도, 절박하며, 자존심으로 충만한 이 구절에서 우리는 산문시라면 응당 갖추고 있어야 할 비평적 성격 하나를 발견한다. "살점을 으깬 피맺힌" 시, 이것이 바로 조연호가 쓰고자 하는 시이며, 이 시는 전통과의 관계에서 아무런 비판도 없이 무사히 빠져나올 수 없는 산문시의 운명을 예고한다. 결국 산문시는 필연적으로 "절구에 찧어버린 하나의 절명시(絶命詩)"(78쪽)이자, "희극에 대한 참극(慘劇)의 대꾸"(117쪽)로 구성된 비평-시인 것이다. 따라서 조연호가 "절구에 찧어버린" 것은 운문이자, 전통시의 치장들, 즉, 전통시의 화법과 그것이 담아낸 서정이 된다. 산문시의 이데올로기를 충족시켜가며, 제 시론을 성취하고자 하는 조연호에게 운문에 대한 강력한 부정과 상투적인 문법에 대한 비판, 의미와 소통을 추구하는 데 헌정된 시의 권위적인 어법에 대한 거부는, 언어 전반에 타격을 가하는 행위를 통해, 지상에서 펼쳐진 한 편의 이야기로 둔갑하여, 밭을 갈고 씨를 뿌려 일구어나가는 『농경시』의 커다란 밑거름이 된다.

언어와 언어의 기계로 만들어진 세계가 단지 그걸로 안전하다면 세계는

나의 안전만큼 불안을 빼앗긴 셈이라고 여기기로 했다. (189쪽)

자기 얼굴을 읽기 방식이 아니라 쓰기 방식으로 완성하는 것이 미개한 것이라는 것을 알고 있는 종족조차 의지에 대한 욕망을 감출 수 없는 것은 자기의 고립을 뛰어넘지 않겠다는 의사표현과 위대한 자를 자기 안에서 창조할 수 있다는 건강을 자신의 궁핍으로 만들기 위해 할례를 중단하는 성스런 공적의 다른 이름이다. (112쪽)

형상을 읽는 자가 아니라 그것을 기록하는 자는 신의 모습을 복제한 자라기보다, 불행한 인간과 인간이 사는 현실을 기록하는 자, 비루하고 추락한 자이다. 그러나 그는 시 쓰는 자의 욕망, 아니 새로운 시를 쓰고자 하는 야망으로 가득한 시인의 의지에 충실하고자, 말을 비틀고 어지러운 문장을 펼쳐놓아 교란을 일삼는 자이기도 하다. 그는 "언어의 기계로 만들어진 세계"가 빼앗아간 인간의 실존과 "불안"을 다시 회복하려는 자인 것이다. 신에게 애초에 버림받았던 자, 따라서 고독한 존재이지만, 고독에 맞서 당당하게 싸워나갈 의지의 화신이다. 할례라는 행위의 위악을 신에게 되돌려주고, 할례에 담겨 있는 영벌의 의지를 부정하며, 인간의 삐뚤어진 운명을 바로 잡아보려는 일이 바로 시인에게는 "성스런 공적"이 되는 것이며, 이는 오로지 "쓰기 방식"과 그 "의지에 대한 욕망"을 통해 그 가능성을 타진할, 지상의 인간에게, 시인에게 부과된 힘겨운 임무일 뿐이다.

5. 한자와 비문

보들레르의 산문시가 성스러움에서 세속적인 것으로의 이행을 예고하는 작품이라고 앞에서 말했었다. 이 이행은 그러나 산문의 형식을 취함에도 그 안에서 발생하는 시화(詩化)의 과정을 설명해줄 증거와 증명의 절차를 요구한다. 예컨대, 운문(혹은 자유시)의 형식을 과감히 버린 자리에 이야기가 들어설 때, 이 이야기 안에서 어떻게 시적인 것이 구축되는지, 이에 대한 근본적인 해명이 산문시에는, 태생적으로, 요구된다는 것이다. 산문시가 내미는 증거는 전통시에 대한 비판과 정치성의 추구이며, 이 두 가지 알리바이를 통해 산문시는 시의 새로운 국면을 이끌어낸다. 조연호는 비평의 가능성과 정치성의 성취라는 측면에서 운문과 전통시에 대한 비판적 태도를 제 시에서 이끌어내고자 하는 것으로 보인다. 한자의 고안과 의도된 배치나 적극적인 조작을 통해 상투적인 문법이나 의미를 굴절시켜나가면서, 문장의 배치로 창출된 만연체의 어투에 의지하여 그는 산문시에 부과된 이 무거운 태생적 과제를 타개해내고자 하는 것은 아닌가.

한자의 독창적인 활용이나 새로운 고안은, 조연호의 시에서 어투를 만들어내는 핵심이자 서사의 매끄러운 전개를 삐걱거리게 만드는 원인이기도 하다. 또한 만연체를 주도하고 사색거리를 시에 덕지덕지 붙여놓는, 예컨대 "마치 기록 속의 고대어(古代語)처럼"(87쪽), "만곡(彎曲)으로 자신의 평면을 친애"(86쪽)하는 굴곡을 만들어내고 문장의 마디마디에 지뢰를 묻어놓아, 결과적으로 구절 하나하나마다 우리의 걸음을 멈추어 서게 만드는 근본적인 힘이 바로 한자의 사용에서 비롯된다. 해석의 다양한 가능성 때문에 난해함의 비명을 지르게 되는 그런 문장들. 비약, 비유, 암시로 가득한 문장들과 문장들의 논리적 불충분성에서 비롯되는 비명은 피할 수 없는 것으로 보인다. 그러나 조연호가 선보인 '비문'(秘文—비밀스러운 글, 碑文—기념하는 글, 非文—일정 부분 문법에서 이탈한 글, 秘紋—비밀스러운 문체, 非紋—상궤에서 벗어난 비유)은 문법의 공고한 질서에 흠집을 내면서 자기 고유의 이야기를 시에서 실현해내는 원인이기도 하다. 서사의 기능 전반을 마비시키는 만연체와 완곡어법으로 뒤발된 이 작품은, 따라서 예고하고, 선포하고, 계시하는 독특한 서사를 구성해내지만, 그렇다고 사실성을 매정하게 저버리는 것도 아니다. 그의 시를 두고서 항간에서 지적되어온 모호함이나 난해함은 애당초 시의 기획에 이야기의 가지런한 전개와 일관된 구조를 부정하겠다는 의도가 그에게 있었다는 것을 말해줄 뿐이다. 조연호가 논리적인 유추를 거부하는 사유의 덩어리 마흔아홉 개를 우리에게 제시했을 때 우리가 읽어야 하는 것은 어쩌면 그의 시론일지도 모르기 때문이다.

> 입으로 하는 헌공, 피의 헌공, 이 몸 위에 경면주사(鏡面朱砂)나 영사(靈砂)를 곱게 갈아 붉은빛이 도는 글씨를 적고, 거식증을, 영혼의 하천한 기술을 몸에 받아쓴다. (47쪽)

그가 추구하는 시론은 커다란 하나의 책을 완성하겠다는 의지에서 비롯된 것이며, 피와 살덩어리의 필사로 "육식성의 광명"(81쪽)에 헌정된 글쓰기를 통해 완성을 꿈꾼다. 몸으로 쓴 시, 피로 쓴 시, 썩어가는 몸이 쓴 시, 피를 뒤집어쓴 손이 적어나간 시, 유령이 필사한 실존의 저 기록은 기실 자그마한 의문 하나에서 촉발된 것이다.

> 128절지 정도의 메모지에 낙서를 하면서 하루를 보냈습니다. 나중에 세어봤더니 열네 장이더군요. 오늘까지도 어색한 대화가 오갔고, 하지만 내일 나는 나의 친구가 아닐 거예요. 난 그리 넓게 고통을 확대시켜 보는 버릇을 아직 알 수 없는 메모로 만드는 법을 배우지 못했거든요. 글쎄 그걸 왜 '작은 상자'라는 시로 바꿔 적어야 했는지 지금의 저는 아직 모릅니다. (128쪽)

매일 적어나가는, 그럼에도 "시로 바꿔 적어야 했는지" 그 이유를 여전히 모르는 상태에서 적어나간, 이야기의 구조를 갖춘 마흔아홉 개의 산문시에, 원대한 책을 기획하고자 한 시인의 정신이 엿보이지 않는 것은 아니다. "옛 이야기가 미래의 영혼을 가득 채우는 시대에, 자기에 대항하여 싸운 자기를 기념비적인 투쟁이라고 믿는 착각"이 반복될지라도 "나는 그것에 의해 하루를 하루 이상으로 패배하는 기쁨을 누릴 것이다"라고 말하는 대목에서 우리는 시작(詩作)에 대한 반성과 비판을 통해 조연호가 구축하고자 한 것이 시 속의 시론, 하나의 대문자 책이었다는 사실을 짐작하게 된다. 그는 가지런한 의미의 질서를 질타하고 시적 허구의 세계를 적어내기 위해, 불경한 선배 문인들이 먼저 걸었던 길과 같은 길을 시의 옷을 걸치고서 걸어갈 텐가?

6. 서정시에 반발하고, 장르를 부정하고

보들레르의 시를 염두에 두며 벤야민이 서정시를 쓰는 시대의 종말을 예고한 것은, 향후 시달리게 될 운문의 운명을 정확히 짚어낸 것이지만, 이 말에는 기술복제시대에 제자리를 찾기 힘든 서정시가 이후에도 살아남기 위해서는 형식과 내용을 완전히 바꿀 수밖에 없을 것이라는, 그러니까, 전통시에 대한 일종의 절망감이 자리한다. 이 절망감에 서정시에 대한 노골적인 반발감이 배어 있지 않은 것은 아니다. 자아의 감정, 고통, 희열을 주관적으로 형상화시키는 영역에서, 나무 한 그루를 보고서 우주의 저 이치를 포착하거나, 그 이치의 배반을 절감하는 일이나 교감의 상징물을 확인하는 시대는 이미 종말을 고했다는 것이다. 개인의 내면에서 차올라오는 정념으로 세계에 감정을 부여하고 그 내적 상태를 표현해내면서 자아와 세계의 합일을 꿈꾸는 서정시는 결국 실현될 수 없는 세계에 대한 천착과 열망, 기술복제시대에 어울리지 않는 이상에 취해 과도한 시정(詩情)으로 자아의 무한한 확장을 기획하는 일로부터 자신의 욕망을 충족시킬 뿐이다. 그런데 조연호의 시에서 자주 목격되는 서정시에 대한 반발감은 인간이 앓고 있는 질병을 캐묻는 방식으로 표출된다.

세계가 "뇌에서 뇌로 건너가고 있는 질병의 잎"(132쪽)이라면, 존재의 질병에 대한 시론을 갖추기 위해 필요한 것은 무엇인가? 조연호는 신과 인간, 하늘과 대지, 서정시와 서사시, 운문과 산문의 이분법을 부정하고자 하는 메시지가 담긴 시를 우리에게 보여주었다. 조연호의 『농경시』는 하늘이 조장한 저주와 결핍을, 이 땅에서 썩어가는 것, 빼앗긴 것, 상실한 것, 제거된 것에 비유하여, 땅에서 벌어진 하나의 사건으로 풀어내었다. 서술 방식이 비평적 행위와 연관되는 이유는 한자의 현란한 사용이나 만연체의 어법에 기대어 의미의 형성을 의도적으로 방해하거나 흩뜨려놓고, 문장과 문장 사이에서 발생하는 의미의 간격을 한껏 넓혀놓거나 아예 교란하는 서사가 시 전반을 지배하고 있기 때문이다. 사변적인 문체를 시에 제공하는 이 한자를 통한 교란은 서사의 선적 전개를 느슨하면서도 매우 경제적인 방식의 서사로 심상을 대치해내는 원인인 것이다. 이때 경전에 붙여놓은 주석이나 설교의 말투, 에둘러 설명하기, 예언가의 어투, 묵시록의 잠언투가 만연체라는 형식을 빌려 시에 눌러붙는다. 이를 통해 시는 통고와 독설을 조장하며, 이 통고와 독설은 공화국의 시민들에게 "공포"와 "연민"를 조장한다는 이유를 들어 플라톤이 철인의 공화국에서 추방하려고 했던 시인의 저 말투와 크게 다르지 않을 것이다.

7. 보론: 형식에 저당잡히는 의미

덴마크의 언어학자 옐름슬레우는 이상한 말을 꺼내고 또 주장하여 사람을 놀라게 하는 재주가 있었다. 형식과 내용은 근본적으로 상이하다는 논리가 그중 하나를 차지한다. 정확히 말해, 비록 형식이 달라도 그 안에 담긴 내용은 같을 수 있다는 논리를 주장했는데, 설득을 구하려고 그가 제시한 예는 물을 담는 각양각색의 잔이었다. 동일한 양의 물을 포도주잔에 담거나 맥주잔에 담는다고 가정할 때, 잔(형식)은 서로 다르지만 거기에 담긴 내용물은 같다는 그의 주장은 한편으로 그럴듯하여, 항간의 동조를 얻는 데 성공하였다. 그러나 형식과 따로 노는 의미는 애당초에 존재하지 않는다. 똑같은 맹물이라도 담긴 잔에 따라 그 맛도 달라지는 것이 아닐까? 소주잔에 담아 마시는 포도주와 포도주잔에다가 담아 마시는 포도주의 맛이 어떻게 같을 수 있겠는가? 동의하기 어려운가? 그럴 수 있겠다. 그런데, 이 물과 잔의 비유를 그가 적용하여 이론을 창출했던 언어의 예를 통해 살펴보면, 그것이 주장하는 바의 허상이 곧 드러난다.

1) 옐름슬레우는 멍청한 사람이었다.
2) 멍청한 사람이었다, 옐름슬레우는.

위의 두 문장은, 옐름슬레우에 따르자면, 동일한 내용을 담은 상이한 형식의 문장이다. 그러나 가만히 두 문장을 읽어보라! 찍어놓은 쉼표와 도치시킨 구문(즉 형식)에 따라 글의 내용도 달라진다는 사실을 강조할 필요가 있다. 이 두 문장은 각기 다른 내용과 다른 형식의 문장이라는 것이다. 두번째 문장에서 강조되어 살아나는 저 뉘앙스는 첫 문장에는 아예 존재하지 않는다. 또한 첫 문장의 사실을 기술해놓을 때 함께 딸려 나오는 단호한 정적은 두번째 문장에서는 목격할 수 없는 것, 즉 두번째 문장에는 없는 것이다. 형식이 조금만 달라져도, 내용 역시 제 취향을 달리한다. 위치한 맥락에 따라 가변적인 낱말의 속성 역시, 의미와 형식의 문제가 서로 분리될 수 없다는 사실을 확인하기에 부족하지 않을 것이다.

1) 옐름슬레우는 엄청난 사람이었다. 그가 제시한 억견은 하도 그럴듯하여, 수많은 사람들에게 인용되었지만, 수많은 오해를 불러일으켰고, 결국 혼돈만을 가중시켰다.
2) 옐름슬레우는 엄청난 사람이었다. 아내와 말다툼을 심하게 한 후, 부엌에서 식칼을 들고 거리로 뛰쳐나와 지나가는 행인을 마구 찌른 후, 공포에 벌벌 떨며 자기 허벅지를……

여기서 "엄청난 사람"은 서로 다른 둘이다. 한 낱말의 값은 그 낱말의 주변 낱말들이 결정한다. 의미는 형식에 따라 가변적이며, 형식은 의미를 확장하거나 변화시킨다. 또한 의미가 다르다는 것(같다는 것)은 반드시 다른(동일한) 형식을 취하고 있다는 말이 된다. 형식과 의미는 서로가 서로에게 없어서는 안 될 토양이며, 분리될 수 없는 종이의 양면과도 같다. 이 둘을 따로 떼어내 생각할 수 없다는 이야기를 말미에 꺼내든 것은, 요즘의 시인들, 그들이 수행하고 있는 시적 언어의 실험이, 그저 전위적이라 불릴 만한 시적 형식을 무작정 취해와 생겨난 공허하고도 아둔한 결과가 아니라는 사실을 환기하기 위해서이다. 사유에 대한 근본적인 변화를 겪고 있거나, 그래야 한다는 열망의 반영이 형식의 실험을 가져온 것이며, 젊은 시인들이 취하고 있는 여러 갈래의 형식적 실험은 모두 의미의 변화를 동반하며, 새로운 의미를 성취하고자 하는 꿈을 반영한다. 형식적 실험에서 난해하다는 이유로 비평이 의미의 변화를 포기하거나 포착해내지 못하면, 그저 미적 허울을 찬양하거나 비평의 소임을 포기하는 것으로 말을 유예해나갈 뿐이다. 문학 장르 역시 마찬가지이다. 정해진 장르의 규칙이나 계승되는 서정의 양식이, 아니, 그것의 정해진 형식이 버젓이 존재하여, 우리가 그것에 맞추어 시를 써야 한다면, 시는 애초에 포기되거나 포기해도 좋은 대상일 뿐이다.

(『문학들』 2011년 겨울호)

교란하는 시, 분기하는 시, 촉발하는 시
— 함기석론[1)]

이제 언어는 더이상 사물들의 인식이 아니라, 인간의 자유와 연관된다.

—미쉘 푸코, 「말과 사물」

1. 교란하는 말, 뒤집히는 현실

시인은 언어로 시를 쓴다. 당연한 말이다. 그러나 언어라는 명명행위를 통해 현실에서 고정되는 대상이 인간에게 가하는 공포와 그 무의식을 고민하자고 재촉하는 시인이 과연 얼마나 될까? 대상〔(언어학에서 말하는 지시대상(référent)〕이 언어에 담기는 순간 불완전한 의미로 고정되어 현실에서 재현될 수밖에 없다는 사실을 알아채고, 대상을 언어로 오롯이 담아낼 수 없다는 사실에 절망하는 것이 아니라, 이 지점을 파고들어 언어(말)-대상(사물)-개념(사유)의 삼각형에서 삐질거리며 새어나오는 '의미', 그 의미의 결핍이나 소멸의 문제를 본격적으로 물고 늘어지며 혁명을 꿈꾸는 시인이 있다.

외롭고 고독한 날 말을 하기 싫어요 그래서 말을 걸어요 책상에게 의자에게 말을 걸어요 내 손에게 발에게 말을 걸어요 울고 있는 새들 울고 있는

1) 대상 텍스트는 다음과 같다. 함기석, 『국어선생은 달팽이』, 세계사, 1998; 『착란의 돌』, 천년의 시작, 2002; 『뽈랑공원』, 랜덤하우스코리아, 2008.

말들에게 말을 걸어요 얼룩말의 말 앵무새의 말 기차의 말 구름의 말 경마장의 말을 생각하며 말을 걸어요 육교를 건너며 이발소를 건너며 육교에게 이발소에게 말을 걸어요 이발소 안녕! 육교도 안녕! 아무리 물어도 한마디의 답도 없는 저 캄캄한 미지의 세계를 향해 허공을 향해 우주를 향해 나는 계속 질문을 던져요 새로운 세계 때문에 새로운 언어가 존재하는가? 새로운 언어 때문에 새로운 세계가 태어나는가? 탄생은 무엇이고 존재는 무엇인가? 왜 우주는 바보가 못되고 宇宙가 돼버린 걸까? 과연 사물은 무엇이고 언어는 무엇이고 인간은 무엇인가? 과연 나는 무엇이고 어디 있는 걸까? 정말로 내가 시인일까? 누가 쓰는 걸까? 외롭고 고독한 날 언어가 시를 써요 나를 죽이고 나의 시간과 공간을 죽이고 언어가 천장에 누워 시를 써요 언어가 언어를 죽이며 시를 써요 시를 죽이며 시를 써요

—「천장에 누워 시를 써요」 부분

언어로 재편되는 우주, 말과 말의 발화로 성취해내는 세상, 나는 이렇게 "바보가 못되고 宇宙가 돼버린" 우주에 대해, 아니, 그 말의 쓰임에 대해 고민한다. 예컨대, 이 작품은 언어가 어떻게 관념이 되어가고, 지시대상이 언어라는 가면을 쓰고 세상에 재현될 때 고정된 의미 안에 갇히며 결박되는지, 이러한 현상이 발생하는 원인과 관련된 근본적인 물음들로 뒤발되어 있다. "언어가 시를 쓴다"는 지적은 따라서, 나보다, 세계보다, 현실보다, 사물보다, 역사보다 언어가 선행한다는 것이며, 이 선행하는 언어가 나의 몸을 통해, 내 입을 빌려, 무언가를 세상에 내려놓는다는 말이다. 언어를 통해 우리는 세상과 타자와 관계를 맺는다. 사회 이전에 언어가, 언어를 구사하는 저 능력이 있었으며, 언어를 구사하는 능력이 사고의 원천이자 사유의 기원인 것이다. "시를 죽이며 시를 써요" 역시, 지시대상을 단일한 해석 안에다 붙들어매면 시는 더이상 시가 아니라는 것, 따라서 언어에 새로운 위상을 부여하겠다는 의지로 읽히며, 이때 함기석

의 존칭을 가장하여 나열해놓은 불만 가득한 저 의구심은 지시대상을 명명하는 언어가 결국 지시대상에 고정된 관념, 즉 통념도 함께 조장한다는 인식에서 비롯된 것이다. 언어가 매개하는 사물의 불완전성에 대한 비판은 함기석의 작품 전반에 깔려 있는 것이지만, 가령 아래에서처럼 기호의 자의성에 대한 통찰에서 촉발된 것이기도 하다.

어, 너는 언어야. 언어는 사고를 굴곡시켜 왜곡시켜
어, 너는 사고뭉치야 연장통이야 못 끌 칼
망치 도끼 가위 헝겊 변압기 너무 어지러워
뭐야? 나는 놈들에게 연장통을 통째로 집어던진다
놈들은 열린 창문 틈으로 재빨리 도망친다
라고 쓴 후 읽어본다 말장난이다 구겨버린다
나는 파지와 파리채를 던져버리고 벽에 앉아
안과 밖을 생각해본다 천장에 누워
시간과 공간과 인간을 생각해본다 우울하게
파리와 런던의 거리를 뱃길로 산출한다
몰려다니는 파리의 거리의 우리를 생각한다

—「파리잡기 혹은 파지잡기라는 놀이」 부분

그렇다면 언어는 왜 "사고를 굴곡시"키고 "왜곡시"키는 걸까? 말의 속성 자체가 자의적이기 때문이다. 문자에 상응하는 개념이 하나일 리 만무하다는 것, 동일한 시니피앙 하나에도 매번 새로운 관념이 결부되는 시간 속에서 우리가 살아간다는 사실을 지적해두자. 19세기에 사용되던 '행복'이란 낱말이, 동일하게 표기됨에도 불구하고 당시에 그러하다고 믿었던 관념을 21세기에도 호출해내는 것은 아니다. 언어의 값은 매번 바뀌며, 이 값은 시니피앙과 시니피에의 하나로 일치될 리 없는 근본적인 성질에서 연원한다. 따라서 우리는 언제 발생하며, 얼마나 지속되는지 여부를 가늠하기조차 어려운 어떤 말의 값(valeur)을 그때그때 따져보면서 결국, 매 순간 달아나버리는 의미의 꽁무니, 즉 그 무한의 함수를 뒤쫓을 뿐이다. 잡힌 듯하면, 다시 미끄러지는 속성, 소쉬르가 자의적(arbitraire)이라고 말한, 글자와 관념의 불안한 결합성이 나와 세계와 사물의 관계를 매개할 뿐이다. 따라서 나와 세계와 사물은 언어로 매개될 때, 마찬가지로 불안한 결합성에 붙들려매인다.

이 작품은 언어의 자의성, 지칭하는 대상이나 사물뿐만 아니라, 현실을 왜곡할 가능성조차 언어가 저버릴 수 없으며, 함기석은 이와 같은 언어의 성질을 골격으로, 언어대상과 언어행위의 본질적인 관계, 세계와 사유의 관계를 근본적으로 사고하게 만든다. 언어는 따라서 "사고뭉치"인 것이며, 그럼에도 우리의 존재를 표시하고 세상의 사물에 의미를 부여해낼 "연장통"이며, "못 끌 칼 망치 도끼 가위 헝겊 변압기"처럼, 언어의 가변적인 속성은 "너무 어지러워", 매번 그 정체성에 대해 "뭐야?"라고 물을 수밖에 없는, 고찰의 대상이기도 하다. 함기석의 재능은 바로 이러한 상황을 유별난 비유나 모호한 수사 없이, 그대로 펼쳐내는 일에 성공했다는 데 있다. 중요한 것은, 시 쓰는 행위의 본질을 들여다보는 일이 이때 함기석의 시에서 제 가능성을 타진한다는 점, 시 쓰는 행위와 실존, 그 실존을 지배하는 고독에 대한 항명이 시에서 묻고 있는 언어의 불안한 본질과 동체를 이룬다는 데 있다. 그렇다. 그 속성이 자의적임에도 우리의 존재를 생각해볼 방법은 벤브니스트의 표현처럼 '언어 안에서, 언어에 의해서' 행해질 수밖에 없는 것이며, 지속적으로 반복되는 이와 같은 상황 속에서 우리는 "우울하게" 의미를 지워내거나, 더러 교정하면서, 무한으로 향할 뿐이다. 따라서, 함기석에게 중요한 것은 안과 밖의 거리를, 언어와 사물의 거리를, 의미와 지시대상의 거리를 얼마나 좁히는가에, 아니 그 가능성의 타진에 놓인다.

사내는 다친 발목과 하늘에 빨간 요오드팅크를 뿌리며
사물들을 새롭게 명명한다

(……)

그 사이 사물들이 마구 이름을 바꾸기 시작한다
기차는 빌딩숲이 되어 빌딩숲을 달리고
두 개의 사기컵은 창밖 허공으로 날아가버린다

—「녹색의 시체들이 차례로 일어선다」 부분

"빨간 요오드팅크를 뿌리며" 세상의 모든 것을 "새롭게 명명"하는 일은, 그럼에도 언어의 유희에 고스란히 헌정되는 것은 아니다. 오해하지 말아야 할 것은, 언어를 중시하는 시인들에게 흔히들 가져다 붙이곤 하는 '형식주의'라는 저 무지 어린 비아냥거림에 갇혀 버둥거리는 것이 아니라, 사물-언어의 간격을 좁히려는 노력으로만 오로지 쇄신될 뿐인 언어의 발명 가능성을 타진하고, 지시대상을 꽁꽁 묶고 있는 진부하고도 고정된 의미를 제거해내고자, 함기석의 시가 사물의 질서를 재편하는 작업에 착수한다는 사실이다. 통념에 맞서고자 끊임없이 사물과 언어의 관계를 의심하면서 세계에 대한 근본적인 성찰을 이끌어낸다고 보면, 함기석의 작품에서 기호와 기호가 서로 벌이는 숨바꼭질이나, 기호의 한계를 드러내고자, 쫓고 쫓기는 놀이를 가장한 어떤 형식이 오히려 시에 파격을 창출하는 이유가 된다고 보아야 한다는 것이다. 의미의 생성과 소멸, 언어와 대상의 관계에 대한 고찰에, 도형이라고 예외는 아니다.

______이렇게 긋고 지나갔어

그래서 난 태어났는데
인간들은 날 직선 혹은 밑줄이라고 불러
난 바지 입은 여자로 불리고 싶은데 말야
(……)
바로 그때 가 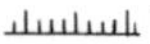 내 위에 눈금을 긋고는
양팔을 휘두르며 1 2 3 중얼거리며 뛰어갔어
(……)
가 하루는 눈금들을 다 지워버리더니 내 위에
______ 한 개를 더 긋고는 사라졌어
(……)
난 내 의지와 상관없이 기호가 되는 게 너무 슬퍼
인간들은 꼭 의미를 부여해야 속이 시원한가 봐
나는 ______야 나는 직선 혹은 밑줄이야
내 꿈은 바지 입은 여자로 불리는 거야
그런데 가 하루는 킥킥거리며 내 위에
치마만 입는 여자라고 써놓고 달아났어
그때부터 나는 치마만 입는 여자야

—「가 하루는」 부분

지시대상을 온전히 담아낼 가능성은 도형에서도 타진된다. 복합적인 의미가 언어로는 온전히 포착되지 않을 것이라는 추정은 '달아난다'는 의미를 차츰 획득해내는 과정을 보여주는 상(像) 의 변주와 기왕에 직선이 제 형상을 회복해나가는 변화에 빗대어 설득력을 얻어낸다. 함기석은 의미 생성의 경로를 하나씩 폭로하면서 "형사"와 "살인자"의 추적 이야기를 구축해내고, 이를 통해, 끊임없이 미끄러지는 의미의 문제와 우리가 의미라고 부르는 어떤 관념이 어떻게 언어와 대상 간의 관계 속에서 제

성취를 바라보는 것인지, 이때 어떠한 모순과 함정이 도사리고 있는지, 그 과정 전반을 적나라하게 드러내보고자 시도한다. 함기석의 시는 지시 대상에 전면적인 의구를 제기한다는 점에서, 매우 근본적이지만 그간 간과되어왔던 새로운 문제를 제기하고 있다고 보아야 한다. 함기석이 의미가 생성되고 소멸되는 상태를 말과 대상의 속성에 대한 폭로를 통해 고발하고자 하는 것은 물론, 발화되는 순간, 말이란 애당초에 그 말이 의도하지 않았을지도 모를 단일한 의미에 붙들려매인다는 사실이다. 문제의식은 여기에 그치지 않는다. 이 작품은 부여된 의미 역시, 이내 사라지고 만다는 것, 그럼에도 불구하고 발화의 재개를 통해 대상을 재현해야만 하는 지속적인 노력이 동반될 수밖에 없으며, 그럼으로써 사물이나 인간의 존재(존재됨)를 일시적으로나마 확인할 수 있을 뿐이라는 사실을 일직선이었던 도형이 제 형상을 갖추어가는(즉 의미를 성취하는) 과정에 비유해놓은 것으로 보아야 한다. 그러니 의미를 추구하는 작업, 말로 사물을 온전히 담아내는 일이란 진정 지난하고도 답답한 노릇이 된다. 이 난감한 상황은 시에서 어떻게 타개될 것인가?

2. 말의 공화국에 거주하는 병사들

함기석은 발화 후, 통념에 매번 붙들려매이는 말에게 아예 전권을 주기로 결심하거나, 모든 것을 관장하고 또 도모하는 집행인의 위상을 언어에게 줘버리는 것으로, 답답한 형국을 풀어내고자 하는 동시에, 이 순간에 벌어지는 사태를 시에 그대로 적어보려는 끈질긴 모험에 착수할 뿐이다.

> 음음음, 남자가 계속해서 음음거리며 말한다
> 음이 붙은 명사는 어간을 밝히어 적어야돼, 너는
> 너무 밝혀, 뽀뽀할 때 웃음 울음 졸음은 안 됨
> 두 남녀가 맞붙어 있는 캄캄한 담벼락 위에서

가로등이 격음화현상을 일으키며 키득거린다

—「맞춤법」 부분

멋쟁이 불독 점프가 높이뛰기 선수를 끌고
빈칸 놀이동산으로 산책을 나간다
(……)

장대높이뛰기 선수가 점프에게 묻자
바이킹이 내려온다
점프가 탄다

—「높이뛰기 선수를 위한 말랑말랑한 피아노곡」 부분

이상하게 생긴 뽈랑 빗자루로 공원을 쓴다
그러자 공원이 조금씩 조금씩 지워지면서
책 속으로 빨려들어간다
꽃밭이 사라진다
벤치들이 사라진다
(……)
말들이 피운다는 뽈랑 담배를 꺼내 불을 붙인다
길게 연기를 내뿜으며 책을 펼친다
20페이지에 뽈랑 공원이 나타난다
함기석이라는 휴지통이 보인다
여백이 되어버린 하늘이 보인다
유모차를 끌고 행간으로 사라지는 여자의 뒷모습이 보인다

—「뽈랑 공원」 부분

단어의 음성적 유사성에 기대어 그 의미를 이중으로 확장시키는 시도는 우리에게 낯설지 않다. 자기 목적적(autotélique) 기능, 즉, 기호가 이중-삼중으로 제 의미를 확장하게끔 변용해놓은 구절은 우리 주변에 넘치고 넘쳐난다. 야콥슨이 말한, 언어활동의 여섯 기능 중, 가장 독특한 기능, 인간의 내면에 존재하는 시적 유희와 그것의 발산 능력을 설명해주는, 메시지가 메시지 자신을 지칭하는 데 소용된다는 '시적 기능'은 사물의 자기-지시적(auto-référenciel) 특성을 환기하는 기법으로, 함기석의 작품에서 초현실의 이미지를 불러내는 원인이 되지만, 그러나 이것으로 그의 모험이 오롯이 설명되는 것은 아니다. 함기석은 테크니션이 아니기 때문이다. 함기석의 시에 등장하는 언어의 유희는 보다 근본적인 물음과 맞닿아 있다. 인용된 첫 작품에서 행위의 주체는 누구인가? 남자인가, 여자인가, 가로등인가? 그 답은 "음이 붙은 명사"라고 해야 할 것이며, 바로 이 "음이 붙은 명사"가 사건을 조장하고, 사물을 행위의 주체나 대상으로 변화시킨다. "점프"라는 단어가 "점프"하는 행위의 주인이자 동시에 지시대상이 되면서 독특한 의미를 실현하는 주체로 전환한 저 시도는 그간 언어에 가해졌던 족쇄(예컨대 명사는 명사에만 사용을 국한한다는 식의 통사 규칙)를 풀어내거나 언어에 드리워진 우리의 통념(언어는 단순한 수단이나 도구다 따위)을 시인이 부인하고자 하기 때문이다. "뽈랑" 역시 아무것도 의미하지 않는다고 할 수도 있겠지만, 아직 의미를 부여받지 못한, 즉 기존의 언어 그 어디에 붙여보아도, 그 어떤 역할을 부여해놓아도 모두 실현이 가능한, 다시 말해, 문법을 초월하여 전권을 행사할 어떤 지위를 점한 언어라고 보아야 할 것이다.

함기석의 시는 의미의 위기를 고발한다기보다는 언어를 주인으로 삼아, 기존의 통념을 제거하거나 제어하면서 말의 편에서 적어나간 그 결과가 어떻게 시의 꼴을 하고 백지 위에 펼쳐질 수 있는지를 그대로 드러내보이고자 한다. 이렇게 사물에 엇비슷한 개념이 담지되어 있다는 따위의 편견에서 사물을 구출해내는 작업은, 유사한 음성으로 말의 뼈만 남겨놓은 후, 순수한 음성적 구성물로 환원된 낱말에서부터 아예 새로운 출발을 도모해야 한다고 생각했기에 가능한 것이며, 이러한 시도는 완전히 새로운 시의 질서를 구축해내고자 하는 야망이 있었다는 것을 말해준다. 초현실주의의 치장과 색채는 바로 여기서 생겨난다. 함기석의 시에서 동일하거나 적어도 평등한 입장에서 재현을 꿈꾸는 것처럼 보이는 것도 이 때문이다. 따라서 꿈의 실현에 필요한 것은 관념-지시대상-글자의 분리가 아니라, 통념이 그간 나누어놓은 이 셋의 경계를 아예 허무는 일이 된다. "이상하게 생긴 빨랑 빗자루로 공원을 쓴다"처럼, "빗자루"에 "빨랑"을 붙여, 공원을 쓸어내는 빗자루의 단일한 행위를 글을 쓰는 행위로 거듭나게 만드는 것이나, "소년이 탄다/ 글자들이 탄다/ 해도 타고 나무들도 타고" "나도 타고 행갈이도 타고"처럼, 대상-말이 구분되지 않은 채, 서로가 서로를 지칭하거나, 서로가 서로에게 말을 거는 등, 동일한 기능을 수행하는 동시에 행위의 주체로 언어의 사용을 확장시켜놓은 것도 바로 이 때문이다. 이렇게 되면 애초에 '탄다'는 의미의 담지자일 "점프"와 "높이뛰기 선수"는 타는 행위를 수행하는 주체이자, 타는 행위 자체의 대상으로도 거듭나게 된다. 이 셋, 즉, 말-대상-관념은 "글자들도 논다/ 명사들은 돌고래 점프/ 동사들은 벼룩 점프/ 부사들은 방아깨비 점프"처럼, 한데 불려나와 각각의 경계를 허무는, 즉 언어의 주도하에서 함께 즐거운 놀이를 향유하는 주체가 된다. 그렇다면 놀이의 결과는 어떠한가? 두번째 인용된 작품의 결구에 함기석은 "그때마다 빈칸 밖 도시가 세계가 가볍게 뒤집힌다"라고 적어놓았다. 여기서 "가볍게"가 그리 가볍지만 않은 것은, 이러한 말-대상-관념의 재배치가 세계를 뒤집는 놀이, 즉 세상을 향한 저항과 새로운 질서를 구축하는 일이기 때문이다. 언어가 사유의 모태라고 한다면, 언어 자체를 결박하거나 언어에 의해 결박된 족쇄를 풀어내는 작업은 어쨌거나 사유와 관념을 꽁꽁 묶어둔 통념의 빗장을 풀어내는 일과 무관할 리 없다. 세계에 대한 저항과 전복은 이렇게 의식과 문자가 맺고 있는 질서에 동시다발적인 차원의 변화를 가할 때, 실현 가능성을 타진하는 것이다. 이 진지한 놀이에 시간에 대한 성찰이 동반되지 않는 것은 아니다.

코코는 월요일에 뽈롤롱을 맛있게 먹는다
코코는 화요일에 뽈롤롱에서 낮잠을 잔다
코코는 수요일에 뽈롤롱까지 자전거를 탄다
코코는 목요일에 뽈롤롱과 수영을 한다
코코는 금요일에 뽈롤롱을 들으며 요가를 한다
코코는 토요일에 뽈롤롱을 만지며 수음한다
코코는 일요일에 뽈롤롱이 나오는 만화영화를 본다
코코는 풍요일에 뽈롤롱 타고 나를 찾아온다

—「뽈롤롱」 전문

"뽈롤롱"과 "코코"는 공히, 문법의 틀 안에 갇혀 억압되어온 언어에게 자율권을 부여하고자 함기석이 발명해낸 가상의 낱말이다. 하나의 품사가 쓰임 하나에만 붙들려매이거나, 하나의 낱말이 대상 하나만을 지칭하는 언어 사용에 대한 함기석의 불만과 반발은 음식, 장소, 지점, 사람, 음악, 여자, 캐릭터 등을 모두 포괄하는 곳에 "뽈롤롱"을 위치시키고자 한 근본적인 이유가 된다. 이처럼 매번 가변적인, 세상에 존재하는 그 어떤 형태나 의미와 일대일로 대응하거나 온전히 포개어지지 않는 기호가 바로 "뽈롤롱"이며, "코코" 역시 사물인지, 사람인지, 아니면 동물인지 확정이 불가능하기는 마찬가지이다. "코코"와 "뽈롤롱"에게 의미를 부여하는 것은, 소쉬르의 지적처럼, 결국 "코코"와 "뽈롤롱"을 둘러싸고 있는 나머지 기호들일 것이다. 함기석은 언어의 주권을 회복하고자 이렇게 신조어를 만들고, 다양한 상황을 제시하거나 다양한 자격을 그 언어에 부여하지만, 여기서 주목을 끄는 것은 오히려 현실의 시간일 "일요일" 이후의 상황에 대해 시인이 펼쳐낸 성찰이다. 언어가 주도권을 쥔 놀이는 지속될 수밖에 없다는 것, 가상의 시간 "풍요일"에도 여전히 동일한 상황이 펼쳐질 것이라는 점을 말하고 있기 때문이다. 단일한 의미에 붙들려매이지 않은 낱말을 가변적인 주어로 내세우거나 교체 가능한 목적어로 치환해내면서, 맥락에 따라 일시적으로 도출될 뿐인 의미와 그럼으로써 노정하게 되는 의미의 무한한 변주 가능성을 실험해나가겠다는 의지가 시를 계속해서 집필해나갈 훌륭한 동기가 되는 것이다. 이렇게 함기석의 작품에서, 말하는 주체, 듣는 주체, 쓰는 주체, 행위의 주체로 들어선 언어는 이미 자기비판적이다.

> 살들이 조각조각 난자되고 〈있다〉가 있다
> (……)
>
> 〈있다〉가 사라진 식탁에
> 〈　〉가 밤과 낮으로 마주 앉아 오래도록 응시한다
>
> —「요리사를 요리하는 요리사」 부분

그런데 언어의 편에 서서 언어 자체를 완전히 타자화하는 일이 과연 가능한가? 함기석에게 언어의 타자화는 그러나 메타언어의 기능을 차용해오는 것만으로는 성취되지 않을 것이다. 시인이 주목한 것은 사건을 기록할 언어가 사건의 행위를 묘사할 때조차도 필연적으로 제 고유한 성질을 저버리지 않는다는 점이다. 예컨대 이 시에서 〈있다〉는, 어떤 행위를 설명하는 말이지만, 그저 평범한 동사의 원형이기도 하다. 여기서 함기석은 언어와 그것이 지칭하는 대상(혹은 현상)의 역할을 바꾸어보기로 결심한다. 말로 현상을 지칭하는 것이 아니라, 말을 일종의 현상으로 여기고서, 현상이 오히려 말을 지칭하게 해놓은 다음, 이때 발생하는 어떤 사태에 주목한다. 이 경우, 말이 현상을 지칭하는 것이 아니라, 현상을 지칭한 행위를 말이 수행하게 되면서, 자그마한 공백이 생겨나는데, 이 작품은 바로 이 공백을 적시해놓은 것이다. 따라서 다음과 같은 이해의 수순을 요구한다.

1) 살들이 조각조각 난자되는 장면이 내 앞에 펼쳐지고 "있다".

2) 내가 주목한 것은 내 앞에서 지금 진행중에 있는 사건이다. "살들이 조각조각 난자되고 〈있다〉"에서 "있다"를 묶어둔 괄호가 이 점을 설명한다.

3) 사건의 생생함은 언어로 포착되지만, 사건은 계속해서 "있다"의 상태를 유지하지 못하는 형국, 즉, 시간이 흐르거나 그 순간이 지나면 사라질 수밖에 없다.

4) 언어가 남겨진다. 왜냐하면 백지 위에 적어놓았기 때문에.

5) 사건이 기술되면, 두 가지가 사라진다. 기술한 사건이 고정될 리 만무하며, 이와 동시에 사건을 기술한 행위 역시 사라진다. 따라서 〈있다〉는 더이상 진행형이 될 수 없다.

6) 남겨진 것은 언어로 사건을 기술한 행위 이후에 찾아오는 어떤 침묵, 혹은 공백이며, 이점을 주목하고자 한다.

7) 시인은 이 침묵을 〈 〉로 다시 (메타)언어화한다.

8) 언어로는 사건이나 지시대상, 어떤 현상을 온전히 담을 수 없는 한계가 확인된다.

9) 사건을 기술한 언어가 기술이라는 제 행위를 제시한 이후, 사라질 수밖에 없는 한계를 극복하는 일이 바로 시인에게는 제 시를 써나가는 원인이 된다. "〈 〉가 밤과 낮으로 마주 앉아 오래도록 응시한다"

3. 백색의 글쓰기

밤은 두 눈이 파도치고 있었다
밤의 노란 링 귀고리가 살랑 흔들렸다
글자들이 힐끔힐끔 나를 읽고 있었다
글자들이 수군거렸다
저기 봐 이 기차에 처음으로 사람이 탔어
도대체 어딜 가는 길일까?

머리를 빨갛게 물들인 예쁜 글자 하나가
과자를 먹고 있었다
(……)

말했다가 다가와 내게 말했다
이 기차에 탈옥한 글자들이 탔다는 뉴스가 나왔습니다
사람을 보면 죽일지도 몰라요
그래요? 그거 참 잘됐네요
내 뒷자리에서 홀쭉한 침묵이 말했다

기차는 어둠 속을 달렸다
허공으로 부드럽고 착한 피가 흐르고 있었다

—「글자들이 타고 다니는 기차」 부분

함기석의 작품에서 일반명사의 고유명사화("글자들"처럼) 역시, 통념에 갇혀 있는 주어에게 새로운 자격을 부여한 결과로 봐야 할 것이다. 물론 그 기능은 "글자들"의 편에서 세상을 재편하는 데 놓인다. 어디에 붙여놓아도 탁월한 변신을 꾀할 중성대명사가 세상의 모든 고유명사나 동사 원형("말했다"처럼)마저 삼켜버렸다고 해야겠지만, 함기석이 굳이 이런 조작을 감행하는 것은 기존의 명사, 부사, 접속사, 조사, 동사 등을 억압해온 문법이라는 통념에 비판의 고리를 만들어내고, 결국 통념에서 언어와 나, 세계와 사유를 해방시키고자 하기 때문이다. "밤은 두 눈이 파도치고 있었다"처럼 어법에 다소 어긋나 보이는 문장은 따라서 세상의 모든 "글자들"로 그 부족함을 보충해보려 시도하거나 아예 새로운 조합을 기다린다. 이 문장은 "밝은 두 눈이 파도치고 있었다"나 "밤은 두 눈을 일렁이고 있었다"(이 경우 "밤"은 사람이나 동물 이름이 된다)처럼 "A는 B를 C하다"라는 골격에다가 "글자들"의 공화국에서 동원될 수 있는 온갖 말의 병사들을 배치하거나 조합하는 게 가능할 것이라는 전제를 필요로 한다. "말했다가 다가와 내게 말했다"처럼, 자기-지시적 속성에 탄력을 얻어, 명사의 지위를 부여받는 동시에 동사라는 본연의 기능을 함께 수행하게 되면, "말했다"는 이 과정에서 통념에서 풀려나는 것이다. 그러나 이 해방의 상태가 지속이나 영속을 바라보는 것은 아니다. 생각해보라! "말했다"라는 상태가 어떻게 지속될 수 있겠는가. "말했다"라고 이미 말해놓았는데 말이다. "말했다"를 말했기 때문에, 그 행위는 결국 사라지게 되며, 말과 사건이 제가 맞이할 소멸이나 침묵의 운명을 피해갈 수는 없다. 행위나 사건, 아니 대상이나 사물을 말로 담아내는 일은 말을 통해 온전히 제 존재(언어나 사건)의 지속성을 담보하는 것도, 제 행위(언어나 사건)의 지속을 누리는 것도 아니다. 말이 사물에 가하는 타격이 고르지 않고, 말과 사물이 맺는 관계가 항구적이거나 고정되어 있지 않기 때문이다. 발화 이후에 찾아오는 "침묵"은 따라서 함기석의 시에서는 필연의 귀결이라고 보아야 할 것이다. 함기석의 빼어난 능력은 시단에서 그간 천착해온 사물과 말의 관계에 대한 고찰로부터 "침묵"이나 무의식을 사유해야 한다고 촉구하며 한 걸음 전진한 것에 있다. 발화된 이후에 사라지거나 소멸해가는 말은 결국 죽음-소멸-침묵을 시에서 불러내는 근본적인 원인인 것이다.

외롭고 고달플 때 나는 산책하지
언어를 입고
언어를 주머니에 넣고
나는 홀로 공원을 산책하지
언어는 나의 외투
언어는 나의 상처난 손이니까
공원엔 병들어 죽어가는 언어들이 있지
공원에서 언어는 울고 시들고 말라가지
언어는 새
언어는 꽃
언어는 텅 빈 벤치니까
(……)
하얗게 타버린 들판
하얗게 피 흘리는 하늘이 보이지
하얗게 얼어붙은 아이들이 보이고
하얗게 죽어 있는 새들의 시체도 보이지

—「산책」 부분

백색의 글쓰기. 지워내기. 시간을 포함해서, 의미, 지시대상(사물), 인간 등, 모든 것이 "하얗게"("들판"), "하얗게"("하늘"), "하얗게"("아이들"), "하얗게"("새") "보이고" 이내 사라져간다. 시가, 대상이, 사유가 귀결되는 곳은 그러나 공허나 무(無), 즉 없음이 아니라, 순환, 즉 무한의 세계라고 보아야 한다. 왜냐하면 언어가, 그것의 조합이 어쨌든 무한하기 때문이며, 그리하여 무한히 반복될 것이라는 생각이 가능해지기 때문이다. 함기석은 이처럼 서서히 지워지는 파국을 모면할 수 없다는 사실을 적시해내는 것으로, 말-대상-관념의 관계를 조절해낸 후, 또다른 사유를 향해 치닫는다. 곧 빠져나가게 될 것을 알면서도, 일회적이나마 언어로 대상을 고정시켜놓으려는 시도는 시의 존재와 시인의 실존, 언어의 운명을 확인하기 위해서라면 반드시 되돌아보아야 하는 하나의 과정일 뿐이다. 지워지는 상태만을 인정하면 그걸로 끝이다. 시 자체를 쓰지 못하게 될 테니까.

나는 명사다
나는 동사가 아니다
나에겐 시제가 없다 시간이 없다
목욕탕도 명사다 목욕탕도 시간이 없다
이렇게 내가 쓰는 동안
시계는 나의 심장을 들쥐처럼 갉아먹고
나는 말과 함께 죽음의 나라로 한 걸음 다가선다
목욕탕도 마찬가지다 죽음 앞에서 목욕탕은
인간보다 더 우울해하고 더 슬퍼한다
그런 목욕탕을 찾아가는 건 다시 생각해도 실례다

(……)
설마? 라고 추호도 의심하지 마라
라는 문장들이 이 세계엔 왜 존재하는가
라는 문장들을 읽는 너는 왜 존재하는가
너는 세계가 문장이 무엇이라고 생각하는가
너는 존재가 생각이 무엇이라고 생각하는가
너는 왜 이런 질문을 던지는 데 게을러졌는가

는
모두 열 개의 문장이고 내 눈엔
너를 닮은 열 마리 지렁이로 보인다

—「목욕을 안 하는 남자의 몇 가지 변명」 부분

함기석의 시에서 자주 결구로 등장하는 "침묵"이나 "죽음"은 따라서, 말하지 않음이 아니라, 말-대상-관념에 대한 근본적인 인식의 전환에서 비롯되었음이 분명한, 말의 편에 서서, 교란하는 의미를 탈취하거나 불안한 사물의 정당성을 회복하기 위해 던진 진지한 인식론적 도전의 결과라고 보아야 한다. 언어의 존재 방식에 대한 고찰이 그의 시에서 차지하는 비중을 언급하는 것은 그의 작품(특히 두번째 시집 『착란의 돌』)에서 목격된다고 지적되었던 초현실주의적 몸짓에도 동일한 물음을 던지게 해준다. 사물에 부과되어 있는, 결핍되거나 과잉된 의미가 일종의 환상이나 착각, 혹은 기만이나 억압을 야기하는 것이며, 이러한 인식을 바탕으로 세상(자본주의 사회라고 해도 좋다!)을 지배하는 일종의 무의식을 들여다보는 시도로 이어지기 때문이다. 언어가, 아니 인간이 사물에 붙인 이름이, 이름을 붙인 순간 붙들려매이는 의미가, 이를 통해 고착되어가는 통념이, 사물과 세상과 나에 가하는 폭력성에 주목하려면, 항상 말-대상-관념의 관계에 대한 저 근본적인 고찰에서 출발해야 한다는 사실은 함기석의 시에서 아무리 강조해도 지나치지 않다. 함기석의 시는 기존의 언어질서를 전복하기 위해 언어에게 주도권을 부여한 후, 읽는 자와 쓰는 자, 묘사되는 사건, 이 셋을 관장하고, 집행하고, 표현하는 언어를 중심으로 재편해내면서, 매우 낯설거나 이질적인 풍경을 시에 불러들이며, 초현실주의적 묵시록의 저 어둡고 절망 어린 톤은 바로 이렇게 우리를 찾아오기 때문이다.

4. 분기하는 시, 초현실을 구축하는 몇 가지 경로

대관절 인식은 어떻게 가능한가? 인식이라 부르는 행위는 이미지에 의해 촉발되는가? 아니면, 언어가 이미지에 우선하는가? 사물이 두 눈에 투영된 후, 관념이라는 것이 생겨나는가? 사물이 담보한 관념이 이미지로 투영되어 잠시 불려나오는 것일 뿐인가? 닭이 먼저인 것도, 달걀이 우선인 것도 아니다. 완성된 하나의 관념을 성취하기 이전에, 사물-언어-관념 사이에 불가항력적인 공백이 들어서기 때문이다. 이 불가항력의 공백을 시에서 드러내고자 할 때 무의식이 시에서 노출되는 것은 막을 수 없는, 아니 자연스럽기조차 한 결과라고 해야 한다. 무의식은 언어로 구조화되어 있는 동시에 잘린 이미지로 가득한, 세상의 모든 풍경과 온갖 경험으로 빚어진, 무정형의 상태로 녹아 있는 애당초의 장소일 뿐이다. 그렇다면 무의식이라 불리는 이 공백을 시에서 불러내고자 할 때, 가장 먼저 가동되는 것도, 말할 필요도 없이, 이미지가 아니라, 이미지를 재현하는 언어의 재배치일 것이다. 어찌 되었건, 시는 언어의 소산이기 때문이며, 이 평범한 사실이 너무나도 중요한 까닭은 시에 출몰하는 언어의 조립과 재배치의 경위에 대한 적합한 설명이 여기서 설득력을 갖추어내기 때문이다. 공백이 채워지는 것은 따라서 사물의 질서를 포획해내거나 무너뜨리려는 저 언어라는 파격을 통해서, 무정형의 자잘한 이미지를 불러낼 저 기이한 언어의 운용을 통해서, 무의식의 감각을 전치해낼 낯선 언어의 활용을 통해서이며, 함기석의 시에서 시도된 말-대상-관념의 관계에 대한 시인의 재해석과 실험은 무의식을 불러내기에 가장 적합한 언어를 발명하는 데 시인이 도달했다는 사실을 알려준다. 그러니까 말-대상-관념에 고착되어 있는 통념을 제거하거나 재조절하는 작업이 선행되어야, 무의식을 구성하는 잘린 이미지와 그것의 정경이 시에서 도출될 수 있게 되는 것이다. 다시 묻는다. 우리에게 인식은 어떻게 가능한가? 그것이 시라면, 뜬금없는 상상력에 기반하여 갑자기 당도하는 이미지가 언어에 선행하여 무턱대고 확보하는 경우는 없다. 벤브니스트의 말처럼 'ego란 바로 ego를 말하는 자'이기 때문이며, 이미지가 언어로 펼쳐진 어떤 결과를 말하는 것일 뿐, 선결조건은 애당초 언어의 발명에 달려 있는 것이다. 함기석이 선보인 초현실주의적 몸짓은 엉뚱한 상상력에서 도출된 것이 아니라, 오로지 말-대상-관념의 관계와 조건에 대한 근본적인 고찰에서 빚어진 언어실험에서 빚어낸 결과인 것이다.

구두는 나의 육체 나의 무덤인 언어
구두는 자신의 전 생애를
구두라는 제 이름의 새장에 갇혀
병든 새처럼 고통스러워하며 상처받는다

사물의 이름은 인간이 만들어놓은 단단한 감옥
인간이 인간만을 위해 만들어놓은 무서운 질서
무서운 폭력, 나는 밤마다
검은 복면을 쓴 방화범이 되어
그 감옥 지하실에 폭약을 설치하고 불을 지른다
내 육체 속에서 번식하는 내 아비의 우상들을 죽이고
발아래 침묵하는 대지를 살해한다

시인은 제 피와 뼛가루가 묻은 자신만의 언어로
자신의 교수대와 관을 만들어야 한다
치열하게 유희하듯 유희하듯

장미를 계속해서 장미라 불러야 하는 까닭은 무엇인가
수백 마리 뱀들이 우글거리는 관(棺)인 그것을

나는 간단히 시체라 부른다
이제, 장미는 빠알간 나의 시체
나는 밤마다 나의 시체에 불을 지른다

시인은 모두 방화범이 되어야 한다
썩어가는 제 언어와 정신에 불을 지르는
썩어가는 세계의 항문과 사타구니에 불을 지르는
고유한 방화범이 되어야 한다

—「고유한 방화범」 부분

사물에 붙들려 있는 기왕의 의미를 의심의 시선으로 돌려놓은 후, 시인은 새로운 질서를 구축하기 위해, 온갖 종류의 파격을 실험해나간다. 물론 이 새로운 사물의 질서 역시 말을 통해 제 고유한 질서를 모색할 수밖에 없다. 언어를 혁신해야 한다는 저 각성은 함기석에게는 오히려 혁명의 근간이 된다. 갑자기 혁명이라니. 생각해보라. "장미를 계속해서 장미라 불러야 하는 까닭"을 되묻는 것이, 당신에게는 혁명적이지 않은가? 대관절 혁명이 뭔가? "제 피와 뼛가루가 묻은 자신만의 언어"를 무기 삼아, 그간 지탱되어온 견고한 논리와 단단한 질서, 그것이 쌓아올린 통념의 제국에 흠집을 내거나 제국을 불사르는 행위나, "고유한 방화범이 되어야 한다"는 저 촉구는 "썩어가는 제 언어와 정신"과 "썩어가는 세계의 항문과 사타구니에 불을 지르는" 행위이자, 이 행위야말로 세상을 가장 과격한 방식으로 부정하려는 시도는 아닌가? 언어의 질서를 뒤틀거나 재편하고자 하는 시는 필히 혁명적일 수밖에 없다. "장미는 빠알간 나의 시체"라는 구절처럼, 기이한 인접성이 은유의 결핍을 통해 시에서 낯섦을 조장한다고 할 때, 혁명이란 애당초 언어의 혁명이며, 언어의 혁명이란 애당초 사회의 근간에 자리잡은 사유에 대항하는 인식의 혁명과 무관하지 않다. 함기석의 시에서 환유가 혁명의 도화선인 까닭은 논리적인 질서를 전복해나가는 작은 계기가 여기서 만들어지기 때문이다. 언어행위의 두 근간(인접성과 유사성)에 근본적인 변화를 가하며, 함기석은 어지간해서는 정당성을 의심받지 않는 저 문법의 견고성에 크레바스를 만들어낸다. 문법을 금가게 하는 힘은 문법을 지탱해온 통념을 금가게 하는 행위이며, 통념을 금가게 하는 이 행위는 안전한 세상이 필요로 하는 언어와 그것이 구축해놓은 확고한 질서의 근간을 흔드는 일이다. 이질적인 환유가 결핍된 은유를 안고 기이한 통사를 이끌어내면서, "인간이 인간만을 위해 만들어놓은 무서운 질서"를 부수고자 "인간이 만들어놓은 단단한 감옥"인 "사물의 이름"에서 언어 자체의 해방을 시도하는 함기석의 작업은, 그러니까 혁명적이며, 세상에 대한 사유의 근본적인 변화를 촉발시킨다는 점에서 혁명적일 수밖에 없다. 초현실주의가 혁명적이었던 것은 상상력에 의존해 기괴하고 독특한 이미지로 독자들에게 당혹감과 거부감을 간헐적으로 불러일으켰기 때문이 아니라, 통념의 근간을 흔들어보고자, 언어의 색다른 사용을 도모하고 문법의 안전망과 견고함에 구멍을 내는 일에 본격적으로 착수하기 때문이다. 혁명은 언어적이며, 통사적이며, 음성적이다. 따라서 초현실주의는 기존의 언어를 지배하는 낡은 형식과 상투적인 사용을 제거해내어야 비로소 무의식, 즉 진리가 발생하는 저 근원에 가닿을 수 있다고 생각했던, 다시 말해 근본적으로 언어혁신으로부터 세상의 혁명을 염원했던 집단 운동이었다. 의식으로는 절대 도달할 수도, 파악할 수도 없다고 생각할 때, 그럼에도 당신이 무의식의 저변에 손을 뻗고자 한다면, 당신은 대체 무엇을 강구해볼 수 있겠는가? 의식을 결박하고 있는 것은 이성이 아니라, 이성이 행사하는 말, 즉, 말의 견고하고 합리적인 질서라고 한다면, 바로 그 말과 그것의 상투적 쓰임에 불을 지르는 "방화범"이 되는 일을 마다하고서 당신은 어떻게 혁명가가 되고자 할 것이며, 어떻게 무의식을 들여다보려 시도했다고 확신할 수 있겠는가? 인접성의 견고한 사슬을 끊고, 유사성을 지탱하는 합리적 유비의 세계를 거부하는 일, 결국 말과 사물의 안전하고 단단한 관계를 비틀면서, 세계의 안전망을 찢으려 시도하는 수밖에 없는 것이다.

➡ 제1차 감각세포

뱀의 발을 가진 밤. Σ라는 항구. 백색칼. 찢어지는 중력장. 소나기. 폭격기. 갑자기 기화되는 기차. 공간의 행성들의 공포. 공포의 모공. 털들의 비명. 특이점을 태우는 악몽. 여자. 벌거벗은 우주엔 벌거벗은 피. 지구엔 持久의 피. 번지는 암세포. 마취. 환각. 펜이 꽂힌 눈동자. 발기하는 의자. 발기하는 성조기. 유리컵 낙하. 산산이 부서지는 두개골. 부서지는 한반도. 피 흘리는 광주. 피 흘리는 아랍. 어두운 피. 어두운 이성. 골목엔 골목. 수탉의 머리가 달린 안개 Peace.

⬅ MYOPIA

우는 벽. 웃는 빛. 굴절률 3.5도. 수염이 하얀 혀. 나풀거리는 작두. 발광. 폭우를 낳는 거울. 번개 번개. 독사에게 물린 봄. 독기의 태양. 도끼의 늪. (……)

⬇ 제2차 감각세포

말들의 행군. Jacobian Matrix. 자동회전문. 열리는 납골당. 발소리. 모래들의 반란. 아편. Affine isomorphism. 혈관모형도, 실핏줄을 타고 쳐들어오는 처녀의 비명. 절벽 다섯 마리. 비행기. 싸락눈을 뿌리는 외항선. 갑자기 땅에서 돌출. 거대한 손. 낫을 든 황색 손. 손을 내리치는 손. 갑자기 피로 물드는 수영장. (……)

⬆ 망막의 생리

Synapse. 란비아 란비아. 관절. 혼절. 호모토피. 검은 혀 9초. 하얀 눈 8초. 신경핵 파괴. 갈기를 휘날리는 활주로 7초. 비행기 묘지. 묘지 위의 북극해 6초. 바다 위의 거대한 폐. 수정체 적출. 거미. 섬광 5초. 자물쇠에서 흘러나오는 흰구름. 꿈을 뜯어먹는 꿈 4초. 노오란 뇌수로 뒤덮이는 집 3초. 면도칼이 달리는 담장 2초. 흘러내리는 대리석. 안구파열. 이마부터 녹아내리는 1초 사내. 소실점. 와해된 중심와. U. 일어서는 철로. 일어서는 수술칼. 무서워하는 심장. 기도폐쇄. TIME OUT. 혼돈. 혈변. 파편. 아우성. LIFE ZERO. 空. AND. END

—「囚의 人의 사방을 향한 고백」 부분

인간을 가두는 감옥의 사면을 비유해놓은 이 작품에서, 우리가 읽어야 하는 것은 작품에서 나열된 온갖 낱말들이 말과 대상에 대한 비유이자, 인접성의 파격과 유사성의 어긋남으로 도모된 초현실의 도면이라는 점이다. 말로 쌓아올린 저 시메트리의 '동위구조(isomorphism)'나 수학적 사유, 생물학 용어("시냅스") 역시, 순전한 상상력의 소산이라기보다는, 죄다 말의 쓰임과 말을 집행하는 범주에 대한 적확한 비유일 뿐이다. 뉴런 상호 간의 접합 관계(시냅스의 결합)나 접합 부위는 말의 접합 관계나 접합 부위에 대한 암시이며, 위상공간을 공역으로 삼는 특정한 연속함수를 지칭하는 호모토피(homotopy) 역시, 말이 부풀리는 풍선, 즉 말에 의해 기이하게 늘어났다 줄어들기를 반복하는 영역과 범주에 포획되어 재현되는 사물과 현실에 대한 비유는 아닐까? 때문에 화살표 각각은 현실에서 나(사람)를 가두고 있는, 기존의 언어가 구축해놓은 견고한 감옥을, 미래를 향해(➡, 전진), 과거를 되돌아보며(⬅, 후진), 깊이를 얻고(⬇, 하강), 형이상학의 탈취(⬆, 상승)를 도모하면서, 타개하고 부수어낸다는 시인의 의지를 연상하는 기호로 볼 수 있겠다. 하지만 정작 중요한 것은 각 연에 제시된 단어들의 저 끝을 헤아리기 어려운 병치가, 은유의 결핍을 인접성

(환유)의 낯선 효과로 환원해내는 작업에 바탕을 두고 진행되었다는 것이며, 이러한 시도가 바로 무의식을 기술하는 행위와 관련된다는 점이다. "우는 벽. 웃는 빛. 굴절률 3.5도"처럼 /ㅜ/에서 /ㅜ/로 /ㅂ/에서 /ㅂ/으로 전개되거나, "빛"에서 "굴절률 3.5도"처럼 음성과 의미의 "동위구조"에 바탕을 둔 단어의 배치는 작품에서 가장 낯선 환유를 만들어내는 원인으로 자리잡는다. "Σ라는 항구"나 "지구엔 持久의 피"처럼, 대상을 수식하는 낱말은, 시그마처럼 수학적 단위가 되기도, '오래 견딤의 피'가 되기도 한다. 이러한 놀이는 시에서 의미를 점차 제거해나가고자 하는 작업이기도 하다. 진행되면 될수록 기존의 문법과 논리에서 벗어난 인접성이나 낱말들 간의 기묘한 연상에 토대를 둔 쉼 없는 교체를 기반으로, 무의식을 구성하는 언어와 가장 닮은 하나의 형식을 시에서 창출하는 결과를 낳는다. 문자(lettre)나 음소(phonème)[2]로 구성되어 있다던 저 무의식, 의미가 부과되기 이전의 상태, 그러나 언어의 한 형태임에 분명한 무언가로 기록되어 있다고 항간에서 말해왔던 무의식의 단면을 적시하는 일은 바로 이와 같은 수순을 통해 증명의 가능성이 타진되는 것은 아닐까? 무의식이 말-대상-관념의 관계에 대한 근본적인 전복과 동떨어진 상태에서 기술되는 법이 없다는 사실을 지적해두는 일이 필요하겠다. 말을(말이) 억압하고 있는 통념을 걷어내면서 무의식의 세계로 언어 자체를 탈색해가다보면 결국 "TIME OUT. 혼돈. 혈변. 파편. 아우성. LIFE ZERO. 空. AND. END"를 고백하는 지점에 당도하게 될 것이다. 그러니까 이 작품은 인간을 가두고 있는 억압이나 권력을 말-대상-관념의 근본적인 고찰을 통해 사방으로 밀어내고 언어의 영역과 잠재력을 확장시키려는 힘겨운 의지로 보아야 하며, 이때 말-대상-관념의 관계에 대한 재조정을 통해 주조된 언어는 결국 무의식에 가닿을 형태의 언어, 초현실이라고 부르

2) 수학소(mathème)로 이루어져 있다는 크리스테바의 주장도 곁들일 수 있다.

곤 하는 낯선 현상을 유도하는 그런 언어일 수밖에 없다. 위상수학을 응용한 것처럼, 수학적 사유를 시에 접합했으나, 중심은 여전히 언어와 시인이 맺는 근본적인 관계에 놓여 있는 것이다. 물질이 언어와 맺는 관계에 있어서도 사정은 매한가지이다.

> 털
> 털
> 털
> 하나의 털 두 개의 털 두 마리의 털 나의 털 너의 털
> 까만 털 노란 털 파란 털 파란 하늘의 구름의 털
> 태양의 털 오양의 털 오대양 육대주의 털 민주주의 털
> 당국의 털 당신의 털 당신의 당근의 당한 털
> 당대의 털 당나라 털 당나귀 털 당나귀 임금님의 털
> 임금의 털 노동의 털 착취의 털 악취의 털 악마의 털
> 하마의 털 뇌물 먹은 하마의 하체의 고구마의 털
> 털
> 털
> 털 난 털 털털한 털 털린 털 도둑맞은 털
> 도둑놈의 털의 터널의 저널의 저질의 신문의 털
> 심문하는 검찰청 검부장 거시기의 겁나는 털
> (……)
> 남산 안가의 남쪽 엉덩이의 북쪽 사마귀 털
> 중앙 정부의 중앙 똥구멍의 변두리 털
> 노란 청와대의 까만 콧구멍의 빨간 털
> 正否를 否定하는 政府의 情婦의 不淨한 부뚜막의 털
> (……)

현실의 털 의미의 털 주제의 털 뽑아라 뽑아!
종교의 털 예술의 털 철학의 털 뽑아라 뽑아!
시간의 털 시체의 털 시론의 털 뽑아라 뽑아!
(……)
신음하는 털 간음하는 털 매음하는 털 매미의 털
찌르르 찌르르 찌르르 언어가 찌르면
주르르 주르르 주르르 흐르는 털 피의 털

—「털을 위한 미사곡」 부분

"음향 연상을 통한 이미지 곡 실험"이라는 부제가 달려 있는 이 작품은 초현실의 세계를 그려내는 데 있어서 앞의 작품 「囚의 人의 사방을 향한 고백」에서 보여주었던 수순과는 완전히 다른 또 하나의 절차가 가능하다는 사실을 잘 보여준다. 인간을 가두고 있는 각각의 면("囚")을 밀어내기 위해 낯선 낱말들을 빈칸을 채워나가며 무의식을 기술한 방식과는 거꾸로, 가공이나 인공의 손길이 아예 가미되지 않는 상태의 사물 하나를 집어들고서, 거기에 단어들을 덧붙여 의미를 부풀려나가면서, 함기석은 거창하고 복잡한 철학책의 도움 없이도 존재의 현상학 하나를 거뜬히 설명해낸다. 의미나 관념이 덕지덕지 들어붙지 않은 가장 순수한 상태의 "털"을 중심에 고정시키고서, 온갖 낱말들을 끌어모아 주변에 배치하여 사유의 대상인 "털"에 변주를 가하거나 그것에 덧칠을 해나가면서, 사물에 가해지는 관념의 일회성과 그 허울을 폭로한다. "털"은 고유한 리듬을 타고서 "털"을 수식하는, 오로지 "털" 주위에 들러붙은 낱말들에 의존하여, 작품에서 반복된 수만큼의 가변적인 의미의 세계에 포착될 뿐이며, 하나의 진정한 사물로 세상에 거듭날 가능성이 여기서 타진된다. 그렇다면 "털"의 '거기에 있음(Dasein)'은, 어떻게 언어로 제 실현의 가능성을 모색해나갈 것인가? 함기석은 이와 관련되어 두 가지를 말하려 하는 것으로 보인다. 의미는 무한하다는 것, 대상이 언어로 재현되면, 그 이후 대상은 일시적으로 '거기에 있음'을 노정하고, 그 순간 고정된 대상은 이내 사라질 운명에 처한다는 것, 즉 말이 묶어둔 사물을 다른 말을 통해 해방시켜야 하는 동시에, 그럼에도 말은 대상을 제거하는 일도 수행한다는 것이다. 따라서 무언가를 고정시키는 말에 자율성을 부여하려는 행위가 초현실적 이미지를 만들어내는 것이지, 애초에 어떤 이미지가 존재하여, 초현실적 효과를 시에서 조장하는 것은 아니다. 함기석은 대상을 완전히 제거한 언어를 실험하지만, 사물의 편에서 철저히 사물의 무한에 가까운 존재 가능성을 언어로 실험하는 일도 잊지 않는다. 고정될 수 없는 대상에 무한한 수식어를 가져다가 붙이면서, 함기석은 "털"이라는 사물이 날마다 꾸는 꿈을 실현해 보이려고 한다. "털"에 달라붙어 있는 무의식, "털" 주변에서 자행되어온 억압의 세계를 드러내기 위해 이데올로기나 정치적 사건, 사회적인 일상사를 "털"의 주변으로 옮겨오는 행위가 가능해지는 것이며, 바로 이 행위가 인접성과 유사성의 체계에 대한 근본적인 전복을 근간으로 진행된다는 점이 중요한 것이다.

개가 꽃밭에서 이상한 소변을 보자
임신한 숫처녀
구름은 방광이 부풀고
목욕탕 물 위로 네 성기가 둥둥 떠다닌다
그때 침대에서 도레미가 파솔라와 시도레하자
외교관례상 황단보도 위 식탁에서 식사 중인
대통령과 개구리와 흰 구름
삼일간의 회담결과: 총 맞은 병사와 하~품
털 난 골목엔 마주보고 오줌을 누는 소년 소녀
오줌 줄기는 흐르고 흘러 세계의 지도를 그리고

아세요? 말들은 엉덩이로 인사한대요
아세요? 바다에 상어가 없다면
  수많은 물고기들이 게으름뱅이가 되겠죠?
그래요 새의 날개 밑엔 빵집이 있어요
  새가 날면 빵들도 포크들도 하늘을 난대요
HUMORESQUE라는 예루살렘 창견(娼犬)이 그랬어요

—「코 없는 코끼리끼리 놀다」 전문

이 작품에서 주목할 것은 각 문장(문장의 정의조차 혼란스러운)을 어떻게 붙여 읽어도 좋다는 강력한 암시의 수단으로 동일한 시간과 동일한 장소에서 일어난 사건을 뜻하는 #을 각 문장의 앞에 붙여놓았다는 점이다. 교차해서 읽을 수 있으므로, 독서 방식이 변화하고, 또 그 가능성도 증가한다. 아니, 의미의 장이 복합적으로 변형되는 바로 그만큼, 말에 지칭 대상이 담겨 있을 수 없으며, 고정된 의미를 담지하지 못하는 언어의 속성을 폭로하는 행위("코 없는 코끼리끼리 놀다"라는 제목이 암시하는바) 역시, 증가하는 독서의 가능성과 길항하면서 점점 강력해진다. 결국 마지막 장면("HUMORESQUE라는 예루살렘 창견(娼犬)")에서 종교에 대한 불경이라는 테마를 중심으로 시에 제시된 각 장면을 마음대로 재구성할 자유가 주어진다고 보아야 할 것이다. 모든 것이 예루살렘의 개 같은 창녀(娼犬)를 빗댄, 해학이라고 해도 좋을 농담 같은 이야기(즉, 원죄 없는 잉태, conceptio immaculata)와 정치적 사건("삼일간의 회담결과")을 중심으로 재편되는 듯하지만, 그러나 시는 이내 이러한 기대심리에 배반을 감행한다. 함기석은 오히려 "대통령과 개구리와 흰 구름"이나 "털 난 골목", "새의 날개 밑"에 있는 "빵집"처럼, 나란히 나열해서는 도저히 의미를 추출할 수 없는 단어들을 서로 인접시킴으로써, 모순어법(oxymoron)과 철자놀이(anagramme)를 활용하여 기존의 낱말들을 무위로 돌려놓을 때 창출되는 어떤 현상을 보란듯이 환기해놓는다. 따라서 "도레미"와 "파솔라"를 무작위로 선택한 작품 내의 또다른 명사들로 바꾸어 있고, "시도레하자"도 무작위로 선별한 동사로 대치해서 "도레미가 파솔라와 시도레하자"를 읽을 수밖에 없는 상태로 우리를 몰고 간다. 물론 이러한 시도는 통사의 구성을 일관되게 조직하게 강제하는 권력, 문장의 조합에 가해진 논리적·문법적 관성과 통념들을 반박하거나 아예 걷어내려는 의도가 함기석에서 있었다는 사실을 말해준다. 이렇게 함기석의 시에서 고유한 시적 공간의 창출은 말과 말의 질서에 갇힌 사물이나, 통념과 이데올로기 아래 신음하는 말 자체를 해방하려는 몸짓으로 채워진다. 함기석의 시에서 목격되는 초현실에 관해서라면, 제약이라는 개념도 말하지 않을 수 없다.

5. 배반하는 제약, 촉발하는 시

언어에 '제약(contrainte)'을 가하면 필경 언어의 개혁을 촉성할 것이라고 생각했던 문학 그룹이 있었다. 함기석의 작품은 1960년대 레이몽 크노와 조르주 페렉이 중심이 되어 글쓰기의 실험을 감행했던 울리포(Oulipo)의 모토를 떠올리게 한다. 제가 부리는 언어에 부인할 수 없는 숙명처럼 어떤 제약을 걸어놓아, 언어로 표현되고, 언어로 폭력을 행사하고, 언어로 쇠뇌하며, 언어로 제 원칙을 공고히 하는 이데올로기나 통념이 억압해온 세계에 만족하지 못했던 그들에게 제약은 근본적인 질서의 전복을 도모하기 위한 무기였을 것이다. 함기석의 시에서 나타나는 붙박인 단어의 강박적인 반복은 바로 이와 같은 맥락에서, 언어의 혁신을 도모하려는 제약이라는 장치, 문법의 인과성을 약화시키려는 시도, 결국 초현실과 무의식을 시에 불러내는 기폭제라고 보아야 할 것이다.

역을 바라본다 권태롭다
공항을 바라본다 권태롭다

백화점을 바라본다 권태롭다
고가도로를 바라본다 권태롭다
동서남북을 바라본다 동서남북에서 권태가 몰려온다
상하좌우를 바라본다 상하좌우에서 권태가 몰려온다
과거로 도주해 현재를 바라본다 미래에서 권태가 몰려온다
권태는 하얀 수의를 걸친 장의사다
권태는 하얀 성기가 달린 매춘부다 어머니다
권태는 하얀 붕대를 감은 미이라다 아버지다
장의사가 들고 오는 관이다
매춘부가 들고 오는 칼이다 콘돔이다
미이라가 차고 오는 시계다 구두다
다다는 총을 들고 거울의 방으로 도주한다

제1의 마네킹이 수음한다 심장에 칼을 꽂고
제2의 마네킹이 수음한다 대리석관에 누워
제3의 마네킹이 수음한다 디지털 시계로
제4의 마네킹이 수음한다 구두를 먹으며
제5의 마네킹이 수음한다 거대한 콘돔을 뒤집어쓰고
다다는 방에서 의자가 수음한다
다다는 구름이 옷장을 수음한다
다다는 태양을 시계가 수음한다
다다는 거울이 권총으로 수음한다
제6의 마네킹의 관자놀이를 사살한다
제7의 마네킹의 심장부를 사살한다
제8의 마네킹의 하복부를 사살한다
제9의 마네킹의 성기를 사살한다

아버지를 사살하고 어머니를 사살한다
어머니의 어머니의 어머니를 사살한다
무한수로 복제되는 무한수의 마네킹을 사살한다
두려워하는 마네킹을 두려워하며 사살한다

—「환멸」 부분

"바라본다" "권태롭다" "몰려온다" "마네킹" "수음한다" "사살한다"처럼 반복되는 낱말들은 작품에서 이미 제약처럼 기능한다. 고정되어 있기 때문이다. 몇몇 품사를 어떤 특정 자리에 규칙적으로 옭매어놓은 덕분에, 제약이 생겨나지만(자유로운 선택의 폭이 줄어들기 때문에), 반복된 낱말은 "다다(Dada)"의 모토를 성취하고자 나머지 낱말들을 운위할 힘을 쟁취해낸다. "다다는 방에서 의자가 수음한다" "다다는 구름이 옷장을 수음한다" "다다는 태양을 시계가 수음한다" "다다는 거울이 권총으로 수음한다"와 같은 기이한 문장이 가능해지는 이유가 여기에 있다. 아무것도 의미하지 않거나 모든 것을 부정한다는 "다다"는 일종의 제약이자 조작의 함수라고 봐야 한다. 예컨대, 이 네 문장에서 "다다는"의 자리에 임의로 "더러운" "잿빛" "타오르는" "깨진"을 넣어주어를 대치해보자. 어색함이 남겨진다 해도, 중요한 것은 '아무것도 의미하지 않는다'는 뜻의 "다다"가 다른 것으로 대치될 무한한 가능성으로 거듭나는 동시에 '모든 것을 부정한다'는 의미의 "다다" 역시 A라는 낱말로 선택되기 위해서 배제되고 부정해야만 했던 수많은 언어의 조합 가능성에 대한 비판으로 시에서 활용되고 있다는 점이다. 결국 고정된 낱말의 사용이라는 제약과 고정된 패턴의 반복("제1의"~"제9의")이, 새로운 언어 운용의 가능성, 그리하여 상상력을 촉발시키는 초현실의 이미지를 시에 불러내는 원인이 되는 것이다. 이때 제약은 시에서 가장 예민한 뼈대로 남겨진다. "바라본다" "권태롭다" "몰려온다" "마네킹" "수음한다"와 같은 제약은 결국 가족 이야기 주위로 존재하는 강박관념이나 억압, 죄의식, 친부살해나 근친상간같이, 억압의 소멸을 기원하는 욕망을 표기해내는 중심축이며, 작품에서는 오이디푸스 콤플렉스처럼 고착된(반복과 고정으로) 핵(核)처럼 기능한다. 제약은 예컨대 무의식적 억압이나 억압의 기제를 언어로 담아낼 강력한 클리셰이자 초현실의 이미지를 도출해낼 장치이기도 한 것이다.

가방 속의 검은 달
나방의 피
다방에서 마시다

라방엔 수음 중인 피아노
마방엔 죽은 말
바방은 BAR방, 음탕한 매춘부가 되어버린
사방은 바늘처럼 어둡고 권태롭다

아방튀르 AVENTURE, 이것은 8인의 사무라이

자방에서 살인적인 폭풍우 몰려오다
차방의 찻잔은 하얀 우주선
카! 카이로 카방에서 독약을 마시고
타방에서 자살한 마도로스 친구
파방치다 그의 삶은 파도치던 파상풍

하! 하하하! 삶이란 고작
하방에서 듣는 묘비 위의 늙은 빗소리

—「방에 대한 즉흥적 반응」 전문

말을 중심으로 세계의 질서를 다시 재편하는 이 진지한 작업에 사회(자본주의) 비판이 동반되지 않는다고 생각하는 것은 초현실주의가 펼쳐 보인 전위의 몸짓이 말장난에서 연원한다고 믿는 것과도 같다. 제약은 여기서도 매우 중요한 핵으로 기능한다. 언어의 변형과 변형으로 도모되는 모험을 이끌어내기 위해 제약은 무의식을 들여다보고, 그 잘린 이미지를 언어로 포착해, 현재의 관념들로 굳어진 사회와 세계를 낯설게 물들여가는 중심이자 동력이기 때문이다. 여기서 "방"이며, "방"을 한 축으로 고정시켜놓은 제약은, "방" 앞에 또다른 제약으로 기능할 가-나-다-라-마-바-사-아-자-차-카-타-파-하와 연동하여 통사의 새로운 구조를 창출한 다음, 말이 물고 들어오는 단어와 한차례 더 연접되면서, 읽는 순서를 수평과 수직으로 교차시킨다. 함기석의 작품이 지닌 잠재력과 묘미는 유사성의 원리를 약화시키는 제약을 적극 활용하여, 인접성 자체를 낯설게 주조해낸다는 데 있으며, 바로 이러한 놀이로부터 가족·사회·정치적 무의식이 시에 불려나오고, 초현실의 이미지가 활보하게 되는 것이다. 이때 무의식은 이 기이하고도 절묘한 조합을 등에 업고, 의미가 탈색된 문자들의 유령이 되어 작품의 이곳저곳을 활보하기 시작한다. 함기석의 시에서 제약은 이렇게 선택의 축을 결합의 축에 투사하는 과정에 조작을 가해, 기존의 문법이나 문장의 결속, 고정된 의미를 기만하고, 언어-대상-사유의 저 틈을 벌리고서 그 사이로 무의식을 불러내 투사하는 결과를 보여준다. 유사성의 원리를 비틀면서 인접성에 타격을 가하거나, 인접성의 원리에 제약을 두어, 이를 바탕으로 낯선 통사 구조를 펼쳐내게 되면 결국 시는 초현실이라고 부르는 세계를 펼쳐 보일 수밖에 없으며, 언어는 무의식과 억압, 현실에 대한 저항의 그림자를 담은 유령이 되어 무시하지 못할 힘으로 세계를 떠돌기 시작하는 것이다. 따라서 온갖 품사가 자율성을 부여받은 후의 상태가 시에서 목격됨에도 방점은 해방된 이 품사들을 (제약을 이용해) 다시 묶어내면서, 어떻게 새로운 사유의 영역을 시에 결부시키고 또 개척해내는가에 놓인다. 바로 이 새로운 영역에서 "우주는 랄랄랄 계속 돌고/ 시간도 히히히 계속 돌고/ 죽음도 헤헤헤 계속 돌고/ 말들도 깔깔깔 계속 돌고"(「당신을 위한 수탉의 모닝콜」) 돌면서 배회하는 하나의 유령이 되어, 무의식이 되어, 시에서 제 존재를 현시하는 것이다.

6. 언어와 합치되는 몸, 혹은 그것의 운명

말-대상-관념에 대한 근본적인 고찰을 통해 함기석은 "우주" "시간" "죽음"을 "말들"의 왕국에 초대하였고, 사건과 현상, 실존과 무의식을 끌어안으면서, 언어와 시인이 서로 직면하게 되는 새로운 경험을 우리에게 선보인다.

저것이 상자인지 사체 보관함인지
저것이 욕조인지 유골 항아리인지
저것이 변기인지 우체통인지 난 모른다
새로 나온 고양이 전용 세탁기인지
새로 나온 신사용 거들인지 난 모른다
어쨌든 누군가
난 석기함을 입는다 말하면 이것은 옷이 된다
난 석기함을 읽는다 말하면 이것은 책이 된다
난 석기함을 피운다 말하면 이것은 담배가 되고
난 석기함을 먹는다 말하면 이것은 음식이 된다
한 마리 붕어빵이 되고 맛있는 찹쌀호떡도 된다
어쨌든 누군가
난 석기함을 그린다 말하면 이것은 그림이 된다
난 석기함을 듣는다 말하면 이것은 음악이 되고
난 석기함을 기른다 말하면 이것은 애완동물이 된다

한 마리 개가 되고 고양이가 된다
당신이 석기함으로 입술을 칠하면 그것은 립스틱이 된다
당신이 석기함을 무덤에 세우면 그것은 묘비가 된다
당신이 석기함을 섹스 때 사용하면 피임 기구가 되지만
석기함으로 사람을 죽이면 그것은 살인 도구가 되고
석기함에서 사람을 죽이면 그것은 살인 장소가 된다
석기함은 무엇인가? 당신이
거울을 통해 석기함을 만나면 그것은 당신이 되고
생의 종점에서 석기함을 만나면 그것은 죽음이 된다
석기함은 과연 무(無)엇이고 어디 있는가?
그것이 인간인지 기계인지 짐승인지
하나의 실체인지 유령인지 허깨비인지
하나의 혼돈인지 꿈인지 환각인지 착란인지 난 모른다

—「석기함」 부분

시인의 이름을 뒤집어놓은 "석기함"은 그 용도에 따라, 함도, 돌도, 해머도, 그냥 사람도, 아니 그 무엇도 될 것이다. 중요한 것은 말에 자격을 부여하는 행위이며, 이 행위에 시인의 자의식이 담긴다는 사실이다. 말-대상-관념에 대한 (재)고찰이 결국 자신의 존재를 온전히 녹이는 작업이라는 것, 그리하여 몸과 말, 시 쓰는 자와 시 쓰는 행위 사이의 완벽한 일치를 꿈꾼다는 사실, 이때 잦아드는 물음은 "석기함은 과연 무(無)엇이고 어디 있는가?"처럼 근본적이면서도 실존적이라는 사실을 언급해야 한다. 말-대상-관념에 가해져온 통념에 대한 근본적인 전복 이후 시인이 마주하게 되는 상태란 결국 제 존재에서 의미를 비워놓은 상태이자, 몸-언어, 언어-몸이 하나가 되는 상태, 그것의 합치가 가능해지는 상태일 것이다.

내가 말의 입술에 내 입술을 포갤 때
지하실엔 구름 옥상엔 흔들리는 해초들
내가 말의 유두를 톡톡 건드릴 때
굴러가는 집 굴러가는 역 굴러가는 공항
내가 말의 음핵을 톡톡 건드릴 때
우주는 굴뚝 당신은 세계는 사라지는 연기

내가 말과 섹스할 때
내가 말과 성당에서 알몸으로 엉켜 통음할 때
시간은 납처럼 녹아 허공을 흐르고
하늘엔 태양이라는 외눈박이 개

—「말과 섹스하는 남자」 부분

대상을 지워나가는 시. 시간, 정지, 침묵, 더이상 말할 수 없음에 봉착한 상태를 고하는 시. 말로 지시대상을 지워내고 그 말에다가 자기의 몸을 밀착시키는 시. 의미의 종국을 바라보는 상태("시간은 납처럼 녹아 허공을 흐르고")에 도달하는 시. 말과 섹스하는, 기상천외한 일이 가능해지는 이유는 언어에게 모든 자유를 돌려주는 행위를 통해 시를 쓰는 자와 시의 언어 사이에 경계가 모호해졌을 뿐만 아니라, 이 양자의 구분이 차츰 불가능해지면서 하나가 되는 지경에 이르렀기 때문이다. 세상이 시인과 언어의 완벽한 일치 안에서, 혹은 말과 나누는 섹스의 저 강렬한 과정 안에서 재편되면, 이 엑스터시의 세계에서 모든 것은 흐물흐물 "납처럼 녹아"내리거나, "사라지는 연기"가 될 때까지 기화되어 "허공"으로 흩어지게 될 것이다.

7. 인식의 트임과 유령을 불러내는 언어

함기석의 시는 지시대상과 언어 사이의 안정성과 부동성, 상투성과 법칙성, 아니, 그것의 지리멸렬함에 저항한다. 통념에 반발하거나 통념을 아예 부정하기 위해, 의미를 하나씩 제거해나가면서, 의미 부여가 가능하지 않은 상태에 도달하려 하거나, 혹은 의미의 영역으로 진입하기 바로 직전의 어떤 상태를 시의 공간에 적시하려 시도한다. 물론 함기석에게 대상과 말의 완전한 합일이 불가능할 것이라는 자각이 없을 리 없다. 사물과 말을 일치시키거나, 의미를 완전히 제거해낸 사물을 어떻게 언어로 담아낼 수 있겠는가? 그러나 언어가 아니라면, 또 저 대상을 우리는 어떻게 사유할 수 있겠는가? 행위의 영속성을 보장하는 말을 당신은 알고 있는가? 아니 말로 그 존재가 오롯이 보장되는 사물을 당신은 목격한 적이 있는가? 그런데도 그 상태와 그 순간을 언어로 담아내려는 노력은 왜 감행되는 것인가? 담아내려는 순간, 말과 사물은 아주 잠시, 서로의 일치를 꿈꾸게 되는 것일까? 함기석은 언어와 세계와의 관계가 애당초 잘못되었으며, 폭력은 언어 주위에서, 언어 안에서 자행되고 있었고, 무의식을 억압하는 문법이 세상을 활보하면서 존재와 언어, 사물을 고문하고 있는 세상에서 야심찬 혁명을 꿈꾼다. 함기석의 시에서 언어와 사물을 최대한 밀착시켜보는 시도와, 언어의 관점에서 세상을 재편하려는 실험, 기존의 의미를 탈색해낸 언어로 세계의 질서를 재편하려는 의지와, 의미가 탈색된 언어를 시에 적시해내며 무의식을 불러내려는 행위, 언어와 제 몸이 일치할 때까지 끊임없이 그 거리를 좁히려는 노력과, 사물의 편에서 사물의 꿈을 실현해보려는 모험이 인식의 트임과 고통의 내재화를 통해 총체적으로 제기되고 있는 것은 우연이 아니다. 이 유령의 시는, 미지의 세계를 향한 모험, 아직 도래하지 않은 말과 사유를 현실에서 움켜쥐고, 기존의 시가 도달하지 못한 지점을 선취하고자 하는, 매 순간 고통과 실험과 실패가 예고된, 그러나 멈추지 않는 인식론적 도전이라고 볼 수밖에 없다. 지워내는 동시에 끊임없이 기술하는 시. 말로 이 각각에 부여된 고정관념들을 지워내거나 낯설게 하며 변화를 추동한다고 한다면, 의미의 덩어리가 사물에 덕지덕지 달라붙기 이전의 상태로 돌아가고자 하는 작업은 필연적이었을 것이다. 함기석의 시는 관념이 고착되기 이전의 상태로 회귀하고자 유비의 규칙과 나열의 질서를 뒤틀어놓고, 그리하여 무의식의 언어와 초현실을 보란듯이 현실에 가져다놓는 놀라운 결과를 창출하였다. "삶은 부재하는 꿈이고 허공, 우리는 거기에 몇 줄의 글 몇 방울의 웃음과 눈물을 흘리다 죽음의 영토로 돌아간다"[3]라는 말처럼 함기석은 바로 이 최초의 언어가 통념으로 굳어지거나 변질되기 이전의 상태까지 거슬러올라가는 일이 무의식에 가닿는 유일한 방법이라고 생각하고 있었는지도 모른다.

어떤 시인이 시대를 앞서갔다고 하는 것은 종종 작품의 난해함에 대한 알리바이가 되거나 시적 선취를 통고하기도 하지만, 이 말에는 불운이나 망각에 대한 씁쓸함이 녹아 있다. 우리는 드물게, 이런 시인을 발견하곤 무릎을 가볍게 내리치거나, 자기 독서의 게으름을 책망하기도 한다. 보다 드물게, 우리는 이런 시를 접하고서 십수 년 전에 당도한 현재의 전조를 목도하고는, 잦아드는 기묘한 감정이나, 까닭을 모를 리 없는 아쉬움에 사로잡히기도 한다. 2000년대 시인들이 함기석에게 지고 있는 빚이 적다고 할 수는 없을 것이다. 김혜순이 『뽈랑공원』의 뒤표지 글에 "소위 21세기 들어 새롭다는 평가를 받는 시인치고 함기석을 딛고 가지 않은 시인이 있으랴"고 적어놓은 것은 턱없는 찬사가 아니라, 그의 작품을 읽어보면 충분히 수긍할 만한 정확한 진단에 가깝다. 그렇다. 누군가는 무의식적 전복의 쾌락을, 누군가는 언어의 무궁무진한 힘을, 누군가는 환유의 힘을, 누군가는 초현실주의의 문법을, 누군가는 그로테스크의 현상학을, 누군가는 명명의 무한한 확장성과 그 파장을, 누군가는 사유와 몽상의 결합

3) 함기석, 「균열하는 눈동자, 3색 세계」, 『시와반시』 2009년 가을호, 306쪽.

을 함기석의 시를 읽으며 잠시 상상해보았을 것이다. 함기석의 작품에 대한 수그러들줄 모르는 항간의 지지에 안타까움이 묻어 있지 않은 것은 아니다.

(『시와사상』 2011년 겨울호)

『확실성에 관하여』: 사건-말-대화

– 김언론[1]

확신의 정도는 어떻게 드러나는가? 그것은 어떤 귀결들을 갖는가?

—루트비히 비트겐슈타인, 『확실성에 관하여』

1. 세상을 구획하는 방법

감성이 흩뜨려놓은 것을 이성이 나중에 추스르고, 주먹이 어질러놓은 것을 법이 뒤따라와 정리하듯, 김언은 세상의 풍경들이 미처 달아나기 전에, 질서로 그것을 잡아매, 정제해나가듯, 시를 쓴다. 법이 도착했을 때, 범인은 달아난 후이며, 이성이 흔들어 깨웠을 때, 감정이 이미 자질구레한 일을 쏟아놓은 뒤가 되겠지만, 말을 저 높이 치켜들어 세상 구석구석에 스며든 사물들을 단단히 붙들어놓고 사건으로 결박해내는 김언의 시에서 무언가가 제멋대로 빠져나갈 뒷문은 아예 봉쇄되어 있다고 해야 한다. 그러니까 그에게 시는 세상을 구획하는 시작(始作)이자 시작(詩作)이며, 따라서 시의 행과 행 사이의 그토록 사소한 간격에, 그 낱말 하나하나와 이들로 결속된 문장들의 저 배치 하나하나마다, 비록 난감하고 난해할지언정, 해석의 주문이 들어서는 건 당연한 이치이다. 구체적인 심상과

1) 대상 텍스트는 다음과 같다. 김언, 『거인』, 랜덤하우스 코리아, 2005; 『소설을 쓰자』, 민음사, 2009; 『모두가 움직인다』, 문학과지성사, 2013.

언어의 진술이 만나 경험적 사실과 세상의 사물 간에, 잠시 도래하는 저 일치의 황홀감, 예컨대, 흔히 우리가 '사건'이라고 부르는 것이 당도하는 계기를 살피고자 모험에 착수하는 그런 시를 김언은 써나간다. 심상-언어-경험이 함축되어, 심각한 진실이나 사건, 아니 그 언저리에 잠시라도 도달할 수만 있다면야, 나머지는 하찮은 기억이나 자질구레한 묘사로 채워진들 뭐 그리 대수겠는가, 라는 식의 근성과 직관이 그의 시에서 일구어내는 부피는 작다고만은 할 수 없다. 그렇다면, 확실하다고 믿는 것(믿을 수 있는 것)을 김언은 어떻게 확정짓고, 진실에 다다르고자 어떻게 세상의 풍경을 재편해내는 것일까? 소통은 왜 불가능한 것이며, 이 불가능한 소통의 실현 가능성을 그는 어떻게 타개하고자 하는가?

김언의 시에 대해, 그간 '사건' '말' '대화(소통)'가 중심을 이룬다고 말해왔으며, 김언 역시 이 세 가지를 궁리했노라 밝힌 바 있다.[2] 따라서 언어의 외연을 확장시켰다거나, 표준문법으로 충족될 리 없는 소통과 그 경위를 의심의 시선 속으로 되돌려놓았다는 말은 옳은 지적이지만, 그것으로 충분한 것도 아니다. 김언에게 사건-말-대화는, 열어보았더니 결국에는 아무것도 없더라는 테러리스트의 슈트케이스처럼, 텅 빈 시니피앙이 아니라, 속이 꽉 들어찬, 예컨대 다음과 같은 말로 완결될 '개념'일 뿐이기 때문이다.

● 사건이 아니라 사건이 어떻게 사건이 되는지 보여주기

● 말이 아니라 말이 어떻게 세계를 구획하는지 탐구하기

● 대화가 아니라 그것의 불가능성에서 어떻게 소통의 본질을 폭로하는지 드러내기

---

2) "『소설을 쓰자』의 키워드는 세 가지다. 하나는 사건, 또 하나는 대화. 마지막으로 이 둘을 아우르며 언어가 들어간다."(김언, 「대화로 풀자, 이 모든 사건을」, 『시에』 2009년 겨울호.)

바로 이 세 가지 과정이 김언에게는 확정되지 않은 세계에서 확실성을 걸머쥐고자 하는 훌륭한 시도가 된다. 그의 시에서 사건-말-대화가 별 상관없이 각각의 조감도를 완성할 것이라고 생각하면 난감해지고 마는데, 이는 결국 이 셋의 궁극적 저항선이 불확실한 것을 걷어내고 확실한 것을 확정짓는 일, 즉, 확실성의 탐구에 맞추어 시에서 서로 긴밀한 관계로 조절되어 나타나기 때문이다. 역설적으로, 김언의 시에서 엄벙덤벙 늘어놓지 말아야 할 것들도 죄다 이 셋에 있다고 한다면, 이 셋은 그 자체에만 매몰되어서는 안 될 비평의 함정이기도 한 것이다. 다시 말한다. 사건이 아니다. 사건이 되어가는 과정이다. 언어가 아니다. 언어의 운용과 그 파장, 즉 그 힘이다. 대화가 아니다. 소통 불가능성의 이유와 그 양상이다. 김언의 시가 뭘 하기에? 대체 제 시에서 뭘 시도하기에 이 셋이 하나로 뭉쳐지고, 함께 작동하며, 커다란 밑그림 하나를 그려낸다고 말하는 것인가? 대답을 찾으려면 그의 시집 어디를 펼쳐보아도 좋으나, 전체적인 연관성을 염두에 두고 차례로 읽어내는 일이 필요하다. 시는 요약되지 않기 때문이며, 바로 여기에 비평의 난점이 놓여 있다.

2. 시의 조건들: 사건은 어떻게 찾아오는가?

김언의 시에는 시간의 파괴력을 견뎌낼 것이라 추측하게 해주는 힘이 있다. 순간을 포착하려는 노력이 그의 시에서는 오로지 사건을 인식하기 위한 전제 조건으로 설정되어 나타나기 때문이다. 따라서 김언에게 중요한 것은 사건 그 자체가 아니라, 사건이 우리를 찾아오고 우리의 곁에 스며드는 과정이다. 김언은 사건을 확정짓기 전에 무언가 해야 할 일이 있다는 사실과 그 해야 할 일이 무엇인지도 잘 알고 있는 시인이다. 「키스 2」의 전문이다.

우리가 일그러진 키스를 할 때 너의 눈은 이마에도 있고 가슴에도 있다.

우리가 우리의 코를 포옹하고 입을 끌어안고 보이지 않는 혀를 쪽쪽 빨아들일 때도 너의 눈은 너의 등뒤로 돌아가 냄새를 맡는다. 너의 눈에서는 잘 익은 고기 냄새가 난다. 동시에 혈색이 돈다. 그것은 미끄럽다. 우리가 우리의 키스를 서로 껴안고 눈알을 굴리고 사탕처럼 콕콕 씹어먹을 때도 너의 눈은 조각조각 머릿속에 가 박힌다. 너의 눈은 심장에 가 있다. 너의 눈은 폭발하는 가슴에도 들어가 있다. 해가 지는 방향으로 우리는 우리의 눈을 감았다가 뜬다. 너의 눈에 깊은 밤의 태양과 너의 고깃덩어리가 들어가 있다. 뼛속까지 타들어가는 너의 눈에서도 창문이 발견되는가? 가장 가까운 곳에 꽃봉오리가 있다. 사막이 있다. 익어가는 밤하늘과 함께 두 사람의 시체가 증발하고 있다. 매순간.

"키스"라는 하나의 사건은 어떻게 완성되는가? "매 순간"에 뻗어낸 감각의 촉수와 그것에 대한 묘사가 "키스"라는 자그마한 사건의 실체인 것이지, 그 반대는 성립하지 않는다. 김언에게, 사건은 사건이 아니라 다양한 사태들, 즉 사건이라는 것이 실현되기 전에 개입하는, 작지만 주관적인 묘사를 동반할 어떤 양상들의 집합이며, 사건은 서로 포개어지는 이 양상들 각각들을 에워싸며 자잘하게 부수어지는 "순간"을 놓치고서는 운위될 수 없다. 비트겐슈타인의 지적이다.

2 일어나는 것, 즉 사실은 사태들의 존립이다.

2.014 대상들은 모든 상황들의 가능성을 포함하고 있다.[3)]

김언의 시에서 순간의 "대상들이 모든 상황들의 가능성을 포함하고

---

3) 루드비히 비트겐슈타인, 『논리-철학 논고』, 이영철 옮김, 책세상, 2006, 20, 22쪽.

있"는 까닭은, 하나의 사건이나 사실을 확정짓기에 앞서, 우선 그 사건을 구성하는 "사태들의 존립"과 그 양태를 파악해야 한다고 그가 생각하기 때문이다. 『거인』의 개정판에 추가된 「신기루」는 그 파악이 곧 '말'이라는 행위를 통해 가능할 것이라는 점을 말해준다.

> 당신은 모든 사건을 감당할 수 없지만 입은 자유롭고 손목은 곧바로 연기로 변할 자세다. 그 목소리가 덩치를 알 수 없는 소문을 만들어낸다. 수십만 개의 집 앞으로 사건을 배달하고 수백만 개의 심장에서 동시에 불이 켜질 때 연기는 겨우 하나의 주장을 완성하고 입을 다문다. 그들이 다시 입을 열 때 당신은 공포와 한숨이 뒤섞인 어떤 장소를 방문한다. 여기 사라지고 없는 당신을 방문한다.
>
> —「신기루」 부분

결국에는 언어, 즉 말이라고 하는 행위가 "소문을 만들어"내고 "사건을 배달"하는 것이다. 언어에 제 몸을 싣고 당도하는 사건이 어떻게 "하나의 주장을 완성"하고, 또 마감하는지, 그 과정을 보여주는 이 작품은 『거인』에서 제기한 문제가 바로 이러한 언어**라는** 알레고리를 통해, 사건이 지금-여기에 당도하는 경위를 캐묻는 데 놓여 있었다는 점을 알려준다. 때문에 "너를 말하기 위하여 너는 거기 있"(「새의 윤곽」)는 것이 되며, "조금씩 형태를 달리하며 그는 앉아 있다./ 그렇게 일어설 때가 있다./ 그는 아직 만들어지고 있다"(「바람의 실내악」)처럼, 바로 이 순간, 즉 도래하지 않았거나, 도래하려는 과정과 그 찰나에서 모든 것이 생성된다고 김언은 말할 수 있는 것이다.

> 나는 천천히 집어삼켰다
> 아무 소문도 새어나오지 않도록

누군가의 귀에서 내가 확인되도록
여러 사건들이 이루어놓은 나의 몸과
마음과 이따위 상처 받기 쉬운 건물들
사이로
무수하게 많은 증거들이 떠다닌다
기침을 하고
튀어나오는 순간
말이 되어버리는 저 먼지
저 공기 하나가
눈을 가지고 있고 입을 가지고 있으며
나의 몸매를 이루어간다
아무도 엿보지 않는 굴뚝에서
또 한 사람의 입김이 흘러나올 때
풍선껌처럼 부푼 그의 육감이 실감 난다

—「발음」 부분

이렇게 "나" "내 몸" "건물들" "나의 몸매" "굴뚝" "그의 육감"에 따라 붙은, 예컨대 어색하기 그지없는 동사나 "상처 받기 쉬운"이나 "아무도 엿보지 않는"처럼 불완전한 꼴로 수식하는 형용사나 부사도, 어디선가-누군가에 의해 표현된 말을 시인이 무람없이 "건물"이나 "굴뚝"과 같은 명사에 붙여놓은 것이라고 이해하기 시작하면, 더이상 어색할 이유도 사라져버린다. 시에 등장하는 주어나 명사는 누군가에 의해 표현된 말, "소문"처럼 떠다니는 "무수하게 많은 증거"에 의지해 제 정체성을 부여받는 것이며, 마찬가지로 사건 역시, 말이 그 수위를 조절하여 운용한 정도에 따라 가변적인 순간의 모습으로 우리에게 주어질 수밖에 없는 것이다. 따라서 사건은 처음부터 끝까지, 명료하고 논리적이며 구체적인 모습을 취하지 않는다. 오로지 말이 조성한 여건에 맞추어 드러날 뿐, 사건의 구체적인 형상이란, 어떤 한순간에 불과한 것이다. 김언의 시에서 시간도 대부분, 관찰이나 단상을 포개어놓고, 그것을 전치시키기나 역치시키는 식의, 즉 말을 통해 내가 서 있는 자리를 점검해나가면서 걸머쥐게 되는 순간으로써, 거개가 사건이나 사건이 도래할 것이라는 예감을 제시하는 데 소용된다.

3. 언어의 자의성: 언어 속에는 왜 사물이 보이지 않는가?

그렇다. 그 순간을 파악하는 건 오로지 말, 아니 내 입에서 내가 "발음"하는, 발화 행위인 것이다. 말이 세상의 사건을 만들어가고, 말로써 세계를 구획해낼 수 있을 뿐인 것이다. 그러나 이것만으로는 아직 개운치 않은 의문이 남겨진다. 왜 그럴까? 아니, 사건은 정말 존재하지 않는 것일까? 사건이 이렇게 순간과 순간일 뿐이라면, 사건은 뭐하러 논의되는 것이며, 그 순간과 순간을 말에 담는 행위만으로 그 형체가 오롯이 드러나지는 않는 이유는 또 무엇인가? 「불멸의 기록」의 전문이다.

그는 없는 사람을 중심으로 모였다가 흩어진다.
둘 사이에는 모종의 삼각관계가 있다. 유지된다.
한쪽은 존재하는 힘으로 한쪽은 불멸하는 힘으로
이미 불멸하고 없는 미래를 향해서 날아간다.
사실이 가능하다면 그것은 환멸의 기록이다.
먼저 다가온 자의 손을 뿌리치기 힘든 곳에 오늘과 내일
어제 만난 그 사람의 둥근 무덤이 있다.
그는 기록을 남겼다.
마멸하고 없는 순진한 돌덩이가 그의 얼굴이다.
없는 사람을 중심으로 앞에서 봐도 투명하고

뒤에서 봐도 덩어리가 분명한 공기의 실체를 가지고 있다.
그 자리의 공기는 그 자리의 공기를 향해서 달아난다.
그 모양 그대로 한 사람의 얼굴과 두 사람의 생각과
모두 잊어버린 뒤에 문득 떠오르는 창문 하나의
불빛 속에 어두운 턱을 괴고 앉아 사실을 나누는 것이다.
그는 멀리 있거나 가까이 숨어 있다.
둘 사이에는 모종의 사실관계가 존재한다. 흩어진다.
중심에서 만나는 한 사람의 헛것과 뒷모습—
그는 내려가거나 올라가지 않는다. 끊임없이
요동치는 그의 기록의 사실은 없는 것처럼 보인다.
안 보이는 힘으로 누구보다 투명하고 굵은
글씨로 물장구를 친다. 그 아이는 늙지 않았다.
그 사이에는 사람이 없다. 기록이 가능할 뿐이다. 어떤 제목도.

이 작품은 아무리 봐도 수상하다. "없는 사람을 중심으로" "그"가 모인다고 하질 않나, "돌덩이가 그의 얼굴"이라고 말하곤, "마멸하고 없"다고 덧붙인다. 그러다가 엉뚱하게 "공기"가 등장하는가 하면, "그" 하나로 전개되던 시에 "모종의 사실관계가 존재한다"며, "둘 사이"를 언급하고는, 그것을 행하는 당사자가 누군지 모호한 상태에서 "굵은 글씨로 물장구를 친다"고 능치는 대목에 이르면, 해석은 서서히 파국의 길로 접어들게 된다. 그리하여, 필멸의 귀결인 죽은 자와 죽은 자가 남긴 이 "불멸의 기록"에 대한 단상으로, 즉, 그는 죽었지만 미래라는 시간에 남겨질 그의 기록이 그의 불멸을 담아낸다는 내용의 서술로 이 시를 이해하고서 안도의 한숨을 내쉴 수도 있을 것이다.

그런데 이 작품을 언어와 사물, 세계와 언어활동, 언어-개념-사물, 시니피앙(signifiant)-시니피에(signifié)-지시대상(référent)의 저 불안전한 관계에 대한 시인의 포괄적인 인식이나 언어의 이 불안정한 성질과 사건이 맺는 관계에 대한 비유라고 보면, 이 작품은 김언의 시를 이해하는 데 필요한 열쇠가 된다. 해석은 이렇다.

1. "그는 없는 사람을 중심으로 모였다가 흩어진다." = "그"는 여기서 하나의 낱말이나 기호이며, 낱말에 "사람"이라는 실체가 담겨 있을 리 없으므로, "없는 사람"이 되며, 이렇게 문장이라는 것은 다른 단어들을 중심으로 "모였다가 흩어"지는, 즉 결속되고 해체되는 과정에서, 다른 단위를 형성한다.

2. "둘 사이에는 모종의 삼각관계가 있다. 유지된다." = 낱말과 낱말 사이의 결속은 하나의 기호를 구성하는 세 가지 측면을 헤아려야 하며, 그것은 시니피앙-시니피에-지시대상이다. 김언이 기호의 속성을 헤아리고 기호와 기호의 관계를 고려할 때, 염두에 두는 것은 바로 이 셋의 관계이며, 김언은 여기서 출발하여야 말과 말의 관계를 헤아릴 가능성을 타진할 수 있다고 생각한다.

3. "한쪽은 존재하는 힘으로 한쪽은 불멸하는 힘으로/ 이미 불멸하고 없는 미래를 향해서 날아간다." = "존재하는 힘"은 '시니피에', "불멸하는 힘"은 '시니피앙'이며, "불멸하고 없는 미래를 향해 날아"가는 것은, 매 시기마다 제 가치를 갱신해낼 수밖에 없는 기호의 저 속성, 즉 의미를 찾아가는 과정이다.

4. "그 자리의 공기는 그 자리의 공기를 향해서 달아난다." = 낱말은 직접 사물(지시대상)을 담고 있는 것이 아니다. 기호의 '자기지시적 특성', 즉 언어만의 고유의 질서가 존재한다는 사실에 관한 언급이다.

5. "그 모양 그대로 한 사람의 얼굴과 두 사람의 생각과/ 모두 잊어버린 뒤에 문득 떠오르는 창문 하나의/ 불빛 속에 어두운 턱을 괴고 앉아 사실을 나누는 것이다." = "한 사람의 얼굴"은 고정되어 있는 시니피앙, "두 사람의 생각"은 하나의 '시니피앙'을 각자가 발음할 때 각각의 머릿속에 떠오르는 상이한 개념, 즉 '시니피에'를 가리키며, "모두 잊어버린 뒤에 문득 떠오르는 창문 하나"는 '지시대상'에 관한 비유이다. 이 세 가지 요소와 이들의 '자의적인(arbitraire)' 관계 속에서만 오로지 사실(사건)이라는 것이 주어진다는 사실에 대한 지적이다. 즉 사건은 언어가 자의적인 바로 그만큼, 자의적인 것이라고 김언은 생각한다.

6. "그는 멀리 있거나 가까이 숨어 있다." = 낱말은 따라서, 제 자신이 지시하는 대상을 근사치로만 담아내며, 추상적으로(사물이 아니라 관념적인 사실도 기호의 지시대상이 될 수 있다는 의미에서) 반영하기도 한다. 즉 낱말은 지시대상과 밀접하기도 하며, 그렇지 않기도 하다.

7. "둘 사이에는 모종의 사실관계가 존재한다. 흩어진다." = 말과 사물 사이에 어떤 관계가 존재하는 것은 확실하지만, 말의 자의성으로 인해, 말과 사물의 관계는 매번 변화할 수밖에 없으며, 결국 사물은 세상에 고정되어 있음에도, 그것을 표상하는 말이 가변적이기 때문에 "사실"(여기서 사실은 사건과 크게 다른 것은 아니다)은 확정되기 어려운 처지에 놓인다. 즉 "흩어진다."

8. "중심에서 만나는 한 사람의 헛것과 뒷모습— / 그는 내려가거나 올라가지 않는다. 끊임없이/ 요동치는 그의 기록의 사실은 없는 것처럼 보인다." = 자의적일 수밖에 없는 낱말이 오로지 하나의 의미로 확정되어

버리면, 단어의 가치를 캐묻는 일이 더이상 가능하지 않게 된다. 하나로 고정되어버린 경우, 말의 기록인 에크리튀르(écriture) 자체도 굳어진다는 지적이다. 아무리 "끊임없이" 시도되어도, 이 경우 에트리튀르의 실천은 "없는 것"이나 마찬가지이다.

9. "안 보이는 힘으로 누구보다 투명하고 굵은/ 글씨로 물장구를 친다. 그 아이는 늙지 않았다." = 말의 의미가 고정되어버리면, 말은 항구적인 제 존재를 관철하려 할 뿐, 변화하는 사건을 담아낼 그릇이 되지 못한다.

10. "그 사이에는 사람이 없다. 기록이 가능할 뿐이다. 어떤 제목도." = 그리하여, 언어는 굳어지고, 역사는 취소되며, 단지 기록한다는 기계적인 일이 지루하게 반복될 뿐이다.

이 작품을 이렇게 김언의 언어관이나 이와 결부된 사건에 대한 인식, 아니 김언 시론의 메타적 실천으로 파악하는 것이 애꾸눈의 옆면을 그린 초상화와 닮은꼴임을 부정하기 어려운 것도 사실이다. 그런데 이렇게 생각해볼 용기도 필요하다. 자, 시에서 "그"는 없는 사람이며, 그 사람을 중심으로 모였다 흩어진다. 바로 이 기이한 느낌을 자아내는 문장의 주어를 '말이나 글'로 바꾸어보면, 모든 것이 시에서 제자리를 찾기 시작한다. 그가 맺는 "관계" 역시, 말과 말이 맺는 관계, 우리가 흔히 '에크리튀르'라고 부르는 것, 혹은 그것의 움직임을 지칭하는 것이 된다. 따라서 하나인 "그"는, 그 의미로 치자면 둘이나 그 이상으로 불어나기도 하며, 이는 시니피앙이 시시각각 제 개념을 소급하며 여기저기 복수의 모습으로 부유하기 때문이다. 이렇게 주어를 바꾸어보면, "삼각관계" 역시 시니피앙-시니피에-지시대상의 관계라고 해도 크게 무리는 아니다. "한쪽은 존재하는 힘"은 시니피에(즉 개념), "한쪽은 불멸하는 힘"은 변화하는 법이 없는 시니피앙(즉 표기), "이미 불멸하고 없는 미래"는 의미의 추구를 위해, 지금-여기에서 기호가 제 값을 확보해나가는 작동 방식에 대한 비유가 된다. "사실이 가능하다면 그것은 환멸의 기록"이라는 대목 역시 "사실"이 주어라는 것에 주목하면, 사실은 확정되어 있는 것이 아니라, 끊임없이 언어에 의해 제 의미를 부여받을 뿐이라는 뜻이 된다. 이렇게 "마멸하고 없는 순진한 돌덩이가 그의 얼굴"이란 대목도, 의미의 변화를 빗댄 것이며, "그 자리의 공기는 그 자리의 공기를 향해서 달아난다"는 표현 역시, 기호의 '자기지시적 특성(se référer)', 즉 기호가 지시대상(흔히 사물)을 직접 반영하는 것은 아니라, 그것을 이차적으로 재현하며, 사물의 질서와는 별개로 언어 고유의 질서가 존재한다는 사실에 대한 비유로 볼 여지가 생겨나는 것이다.

4. 사건이 전 미래적인 것은 언어가 전 미래적이기 때문인가?

중요한 사실은 언어나 기호의 저 특성에서 착안하여, 김언이 사건이라고 하는 "사실"의, 확정될 수 없는 성질을 시에 결부시켜놓고, 그렇게 하여, 사건의 도래 가능성을 오로지 언어를 통해서 잠시 재현되고 마는, 끊임없이 미끄러지는 무엇으로 전환해놓았다는 데 있다. 오로지 이름을 붙이고, 묘사하고, 배치하는 저 언어행위를 통해 제 존재의 가능성을 타진해나가는 사건만이 존재하는 것이다. 바디우가 사건이 아니라 '진리의 절차'라고 말했던 것에 빗대어보면, 김언에게 시의 공간에 "**자리잡는** 것은 여러 사건에 대한 명명들이며, 그 사건들은 진리 절차들의 출발점 구실"을 하지만, 그럼에도 "**더해진-이름들**을 모두 모아내려고 애쓰는" 행위를 필요로 하는 까닭은, 그의 시가 "어떠한 진리도 수립하지 않지만, 진리들의 장소를 배치"[4]하는 일에 열중하기 때문이다. 결국 김언에게 사건을 바

4) 알랭 바디우, 『철학을 위한 선언』, 서용순 옮김, 도서출판 길, 2010, 56쪽.

라보는 관점은 언어와 결부되어 나타날 운명인 동시에 시를 쓰기 위한 조건이기도 한 것이다. 다시 바디우의 지적이다.

> 하나의 사건이 사건적 장소에 비추어서뿐만 아니라 유통되는 언어에 비추어서도 정원 외적이라는 것을 개입의 불투명성과 재현의 공허한 투명성 사이의 불일치만큼 잘 증명해주는 것은 없다. 이 불일치로부터, 문제가 되는 사건들은 아직 명명되지 않았다는 것, 아니면 차라리 그 사건들의 명명(내가 사건에 대한 개입이라고 부르는 것) 작업이 아직 완료되지 않았고, 완료와는 거리가 멀다는 결론이 나온다.[5]

이렇게 김언에게 사건이 오로지 말에 의해, 말 안에서, 말을 위해, 구성된다고 할 때, 사건은 도래한 사건이 아니라, 전(前) 미래의 사건, 즉 미래의 변화나 행동을 위해 반드시 그에 선행하는 무언가를 현재에서 부추길 수밖에 없는, '가짜-사건'일 뿐이다. 그리하여, 주장이 난무하는 세상에서 그것들 중, 그 무엇에 의지해도 면책되지 않고 남겨지는 한 장면을 김언은 현재에서 바라보는 것이며, 김언에게 그것은 언어의 저 자의적인 속성과 마찬가지로, 당도하는 중이므로 미끄러지고 마는, 그런 사건으로 나타나는 것이다. 따라서 이 사건은 전 미래적 사건일 수밖에 없는데, 그 까닭은 언어행위(방점은 행위이다)가 이미 전 미래적이기 때문이다. 김언이 붙잡아놓고서, 둘의 속성을 하나로 여기고자 씨름을 하는 것은 이렇게 사건-언어 / 언어-사건인 것이다.

> 아무도 없는 곳에서 기차가 출발한다
> 아무도 없는 곳에서 사람이 태어나고

---

5) 알랭 바디우, 같은 책, 124~125쪽.

아무도 없는 곳에서 전쟁은 시작한다

아무도 없는 곳에서 짐승들의 시체가 우글거리고
아무도 없는 곳에서 시계는 정각을 가리키고
오분이 조금 넘었다 아무도 없는 곳에서
건물은 다시 올라가고 너는 떨어져내린다

아무도 없는 곳에서 너와 나는 통한다
아무도 없는 곳에서 여행을 떠나고
아무도 없는 곳으로 소포를 보낸다

아무도 없는 곳에서 입자는 빛으로
빛은 아무도 없는 곳에서 처음 휘어진다
아무도 없는 곳에서 우리는 보았다

아무도 없는 곳에서 장소는 떠난다
그곳을 떠난다 아무도 없는 곳으로

—「아무도 없는 곳에서」 전문

"아무도 없는 곳"에서 사건이 일어난다고 말하는 근거는 무엇일까? 다른 어떤 논리가 있어 이 아무도 없다는 사실을 대신해나갈 것인가? 그런데 가만 따져보면, 언어에는 실상 아무도, 아무것도, 그 어떤 사물도 들어 있지 않다. 언어는 오로지 무언가를 재현할 뿐이기 때문이다. 김언 시의 비밀이 바로 여기에 있다. 언어-사건, 그러나 이 둘을 기계적으로 분리하지 않는 그의 사유에 주목할 때 비밀의 문은 천천히 열린다. 아무도 없는 곳이 모든 행위의 출발점이라고 믿는다면, 시인이 언어로 완전히 뒤집어놓은 세계, 즉 언어로 다시 세계의 판을 짜고, 세계를 관찰하며, 집적하는 행위를 통해, 세계를 완전히 장악하는 수밖에.

톡톡 치면 탁탁 부스러지는 돌멩이. 거품보다 단단한 돌멩이. 잠시 잠깐 그 형상을 유지하는 돌멩이. 돌멩이의 얼굴과 생각은 여기서 잠깐 굳는다. 우리는 그 순간만을 본다. 본다고 말한다. 톡톡 치면 탁탁 옮아가는 돌멩이의 하루는 여기서도 보이고 저기서도 멈춘다. 스스로 최면을 거는 것이다. 우리는 우리 대신 태어나는 돌멩이의 생각과 하루를 또 이렇게 번역한다. 푸딩처럼 바닥에 떨어지는 공기처럼 그것은 단 한순간도 돌멩이가 아니다. 아니라고 말 못한다. 스스로 변해가는 날씨. 스스로 조종하는 우리의 날씨. 돌은 돌 이상의 미래를 보여주지 않는다. 단 한순간도 멈추지 않는다. 돌이 되었다가 살이 되었다가 어느 순간 사람으로 옮아오는 이 이상한 포즈를 우리는 스스럼없이 돌이라고 부른다. 조각상이라고 부른다. 움직이지 않는.

—「돌의 생각」 전문

김언 시의 비밀이 들어 있는 작품이라고 보아도 좋은 이유는, "돌멩이"가 사건, 행위, 언어, 순간, 시간 같은 개념들을 통해 어떻게 하나의 사물로 정의되는지 보여주고 있기 때문이다. "갑자기 날아드는 돌멩이란 없다"(「돌멩이」)는 말처럼, 언제나 다른 곳을 보고 있는 것 같아도, 어떤 일이나 어떤 사건이 도달하는 경위를 말할 때, 김언의 시 여기저기에서 사물의 핵심을 건드리기 시작하며, 언어의 촉수는 사물이 사물일 수 있는 조건과 사건이 사건일 수 있는 과정으로 뻗어나간다. 사물의 핵심이란 결국 사물을 칭하고 부르는 행위에 의해, 사물이 우리와 맺게 되는 관계에 다름아니다. 이렇게 되면 세상의 모든 사물을 재편하는 것도 가능해진다. 무엇에 의지해서? 물론 말, 사물을 확정짓는 말, 그러나 매우 자의적이며, 한편으로 지나치게 풍부하기도 한 저 말의 속성과 그 쓰임에 의지하여.

바로 아래와 같이.

설마, 하고 눈이 왔다
아닌가, 하고 진눈깨비 내렸다
정말이지, 하고 잠시도 내 곁을 떠나지 않았다

—「모종의 날씨」 부분

사건을 묘사하거나 사건에 정체성을 부여해주는 것은 오로지 사건을 배열하는 말일 뿐이다. 여기서 말은 사건의 도래를 예견하고 사건을 뒷받침해주지만, 말과 사건의 관계는, 선(先)-말, 후(後)-사건이다. 내가 발화를 통해 직접 그 질서를 잡아나가기 전에 세상의 모든 사물과 행동은 "확인되지 않은" 것으로써, "미아삼거리" "중국집" "단무지와 양파" "경품이 걸린 쿠폰" "정류소 쓰레기통" "버스" 등 세상의 모든 풍경은 고스란히 "미확인 물체"(「미확인 물체」)로 남겨질 뿐이다. 이는 "인간이 각각의 낱말이 어떻게 그리고 무엇을 의미하는지에 대해 아는 것이 전혀 없이 각각의 뜻이 모두 표현될 수 있게 하는 언어들을 구성하는 능력을 소유하고 있"[6]기 때문이다.

김언의 시에서 사건은 실패하는 사건, 그러나 저 실패에도 불구하고 끊임없이 재개될 수밖에 없는 사건이다. 실패와 재개가 바로 말의 속성이자, 말 자체의 이러한 특성에 의해 사건이 규정될 수밖에 없기 때문이다. 따라서, 김언에게 무언가를 지칭하는 행위는 완결되고 매듭지어진 것이 아니다. 지칭이 이미 무한에 가까운, 언어의 가능성을 실현하는 방식이라는 사실을 잘 알고 있기에 김언은, 그 가능성을 십분 활용하여, 주위의 모든 것에 메스를 들이대거나 언어적 사건들로 둔갑시켜나갈 수 있는 것이

6) 루드비히 비트겐슈타인, 『논리-철학 논고』, 앞의 책, 40쪽.

다. 다시 비트겐슈타인의 지적이다.

3.3421 특별한 하나의 지칭 방식은 중요하지 않을지도 모른다. 그러나 그 지칭 방식이 하나의 **가능한** 방식이라는 것은 언제나 중요하다.[7)]

"하나의 가능한 방식"은 어떻게 실현되는가? 「가능하다」의 전문이다.

언제나 우울한 방송. 가능하다. 서울 다음날. 12월 다음날. 가능하다. 떨어지다가 정지한 사람을 본다. 가능하다. 그는 자살하러 갔고 아직 안 왔다. 가능하다. 몇 번을 들어도 이해할 수 없는 이름이 있다. 예를 들면 사람. 가능하다. 사실을 말하고 있는데 나는 거짓말쟁이였다. 가능하다. 내 고통에 침을 발라가며.

불안한 미래를 보내고 있었다. 가능하다. 강도가 검은 스타킹을 신고 들어왔다. 가능하다. 간혹 인간이 무서운 줄도 모르고 찾아온다. 가능하다. 저녁에는 먹을 것을 달라고 와 있다가 한순간 표범이 되기도 한다. 가능하다. 우리보다 더 검어서 살려주었다. 내가 모르는 사람. 혹은 도둑고양이.

가능하다. 물끄러미 서 있는 너희 두 사람이 내 아버지다. 가능하다. 죽은 사람과 말하는 돌에 대해서 쓸 생각이었다. 가능하다. 내 말은 뼈를 부러뜨리고 나온다. 가능하다. 오전 11시에서 1시 사이. 떨어지다가 정지한 사람을 본다. 가능하다. 누가 내 이름을 바꿔 부를 때도 되었다. 가능하다.

이것도, 저것도, 모든 게 가능하다는 말인가? 그럴 리가! "가능하다"

---

7) 루드비히 비트겐슈타인, 같은 책, 38쪽.

라는 동사의 지속적 반복은 확실성에 대한 탐구의 한 방편으로 기능한다. 왜냐하면 "어떤 것이 나에게 — 또는 모든 사람에게 — 그렇게 보인다는 것으로부터, 그것이 그러하다는 것이 따라 나오지는 않는다"[8] 고 김언이 생각하기 때문이다. 오로지 가능성, 내가 무언가를 부르거나 명명하거나 발화할 가능성이 주어질 뿐인 것이다. "내 이름"을 바꾸어 부르는 것도 가능하다고 말해놓은 마지막 문장에 이르러, 우리는 시인이 다른 곳으로 갈 채비를 하고 있다는 사실을 짐작하게 된다. 이 새로운 자리에는 기록이 들어서며, 시의 임무와 관련되기에 기록하는 행위는 김언의 시에서 중요한 위치를 차지한다.

> 사람들의 기록이 또 그러하다. 오래전에 떨어져나간 몇 가지 예외에 가까운 예들—이끼라고 불러도 좋고 다시 때라고 불러도 좋고 그보다도 못한 균이라고 불러도 좋은 그들을 소멸하는 것이 우리들 거인의 임무라고 기록한다.
>
> —「거인」 부분

김언에게 기록은 결국 "거인"에게로 이르는 길이다. 거인은 끊임없이 기록하는 사람이며, 그러나 이 자에게는 소임이 있다. 세상의 모든 것을 언어로 재편하는 것, 이것이 바로 기록의 목적이자, 거인이 되는 길, 즉 거인에게 위임된 사명이다.

5. 시의 행위: 말은 무엇을 집행하는가?

누구였던가? 언어보다 버젓이 사회가 앞서 있어, 그 발전의 과정 어느 한 시점에 인간이 말을 고안하여 사용하기 시작했다는 생각을 거꾸로 뒤

8) 루드비히 비트겐슈타인, 『확실성에 관하여』, 이영철 옮김, 책세상, 2006, 18쪽.

집어놓은 자가. 사회와 역사를 형성해나간 전제 조건이 언어행위라고 생각하며 벤브니스트는 '사회 이후의 언어'라는 통념을 '언어 이후의 사회'로 전환해놓았고, 훔볼트는 언어를 변화하는 생명체로 생각해 언어의 생산하는 힘, 즉 에네르게이아(energeia)를 강조한 바 있으며, 소쉬르는 사물의 침묵을 깨뜨리는 방법은 오로지 언어밖에 없다고 말해놓은 후, 대상을 창조하는 것이야말로 관점이라며, 실체론에서 관계론으로 인식의 패러다임을 바꾸어놓았고, 비트겐슈타인은 실체를 담는 것이 아니라, 사용을 통해 비로소 제 가치가 정해지는, 항상 가변적인 것이 바로 낱말의 의미라고 힘주어 말하지 않았던가. 김언은 바로 이들 사유의 연장선을 붙잡고 있다.

김언이 사회-역사-사건-관계가 '선험적으로(*a priori*)' 결정되는 것이 아니라, 정체성을 증명해줄 보증인을 필요로 한다고 여기는 것은 따라서 당연하다. 보증인은 바로 말, 즉 언어행위이며, 이는 사물-사건-역사는 언어를 통해서, 언어에 의해서만 조장되고 실현될 뿐이기 때문이다. 『거인』에서 언어의 자의성에서 착안하여 사건이 만들어지는 경위를 진지하게 캐물었던 김언은 그 부록에 반드시 기억해두어야만 할 시 두 편을 남겨놓아, 향후의 제 행보를 예고해놓았다. 김언 고유의 시론을 담고 있는 이 두 작품 중, 「詩도아닌것들이 — 문장 생각」의 일부를 적어놓는다.

> 그 문장이 그 사람을 말한다, 말해준다는 사실.
>
> 한동안 탐색했던 불구의 문장들. 주어가 하나 더 있거나 술어가 엉뚱하게 달려 있거나 앞뒤가 안 맞는 문장들. 팔다리가 하나 더 있거나 머리가 둘이거나 아무튼 정상과는 거리가 먼 문장들.
>
> 사람으로 치면 장애인과 다름없는 이 문장들에서 연민을 느끼고 장애인이 사람이라면 문장이라 취급받지 못하는 이 문장들도 엄연히 하나의

문장이라는 생각. 비문에서 문장을 발견한다는 것. 장애인에게서 인간을 발견한다는 것. 다르지 않다고 생각한다. 하물며 다른 문장들이야 오죽할까.

문장 하나에 사람과 문장 하나에 습관과 문장 하나에 운명과 문장 하나에 세계가 다 녹아들 수 있다는 과욕, 혹은 환상. 불가능에 도전하는 것이 시라는 과욕, 혹은 환상. 그리하여 처음과 끝이 다른 인생 혹은 문장. 시작하자마자 죽는 인생 혹은 문장. 더럽게 목숨을 부지하는 인생 혹은 문장. 한마디로 딱 부러지는 문장 혹은 인생. 도대체가 정체를 알 수 없는 문장 혹은 남자.

남자에서 여자로, 여자에서 남자로 끊임없이 넘어가는 문장 혹은 세계. 그 자체로 세계인 문장. 이 모든 것들이 한 문장에 녹아들기보다는 문장마다에 스며들기를 연습하는 것. 그러면서도 말을 바꾸는 연습 혹은 문장. 인생이 초지일관한 문장은 그래서 드물 것이다. 아주.

문장에서 인생이 보인다면, 세계가 보인다면 나는 소설을 쓰는 것처럼 시를 쓰고 있는 것이다. 인물 하나가 하나의 문장을 점유할 때 하나의 문장에 기대어서 자신의 성격을 까발리고 곧장 숨어버리는, 다음 문장에서는 또 다른 사건이 터지기를 기다리는 오늘밤이 세계가 아니고 무언가.

부록으로 달아놓은 이 말은 시집에 대한 결산이자, 향후의 이정표와도 같다. 여기서 방점은 물론 이정표에 놓인다. 이 시는 이후 시인이 집요하게 탐구해나갈 주제가 바로 아래와 같은, 패러다임의 현격한 전환에서 고안되었다는 점을 말해준다.

329. 내가 언어로 생각할 때, 내 머릿속에 언어적 표현과 나란히 '의미

들'이 또 떠오르지 않는다 ; 오히려 언어 자체가 생각의 수단이다.[9)]

사건과 말의, 근본적으로 역전된 관계는 그의 시집 『소설을 쓰자』의 "언어 자체가 생각의 수단"이라는 관점을 실현해내는 원인으로 자리잡는다. 사건의 도래가 말을 통해 가능한 것처럼 이 둘의 관계에서 주도권을 쥐고 있는 것은 물론 말이다.

> 내가 덥다고 말하자 그는 문을 열었다.
> 내가 춥다고 말하자 그는 문을 꼭꼭 닫았다.
> 내가 감옥이라고 말하자 그는 꼼짝 말고 서 있었다.
>
> 2 더하기 2는 네 명이었다. 남아도는 것은 꼭 필요한 것이었다.
> 내가 유죄라고 말하자 그는 포승줄에 묶였고
> 내가 해방이라고 말하자 그는 머리띠를 묶고 앞으로 나아갔다.
> 그는 꼼짝 말고 서 있었다. 버스 안에서
>
> 이제 그만 내릴 때라고 말하자 그는 두 발을 땅에서 떼었다.
> 내가 명령이라고 말하자 그는 망령처럼 일어서서 나갔다. 누군가의 입에서.
>
> —「감옥」 전문

시인에게 말과 그것의 선포는 세상을 제 편으로 돌려놓기 위한 무기이자 이데올로기이며, 행위의 시작이자 끝임으로 인해 내가 세계를 인식한 독창적인 방법이 된다. 고립된 개인이 세계와의 관계맺음을 통해 주체로

9) 루드비히 비트겐슈타인, 『철학적 탐구』, 이영철 옮김, 책세상, 2006, 194쪽.

탄생하는 길은 바로 말이라는 행위에 의해, 그 행위 안에서 가능한 것이며, 이 경우, 세계를 기획하는 자는 말하는 자이다. 김언의 작품 전반에서 언어가 아니라, 그것의 '사용'이 내내 강조된 것도 바로 이런 까닭에서이다.

> 나는 모든 것의 촉각을 곤두세운다. 촌각을 다투는 윤리의 싸움은 나의 입에서 크게 벌어진다. 누군가가 죽었다면 그건 나의 혀가 잘못 발음됐기 때문이다. 그는 실수로 나의 혀를 잘못 놀렸다.
>
> 한 사람의 부정확한 발음이 홍수로 시달리는 시내를 마비시켰다. 너무 많은 비와 한 사람의 시체가 떠내려간다. 폭동의 일부가 되기 위해 나는 여기 왔다.
>
> —「입에 담긴 사람들」 부분

이처럼 파토스를 물린 자리에, 로고스가 들어차며, 바로 이 로고스의 당당한 행사라는 측면에서 그의 작품 대부분은 비트겐슈타인의 사유와 기묘하게 조우한다.

> 432. 모든 기호는 혼자서는 죽어 있는 것으로 보인다. **무엇이** 그것에 생명을 주는가? —사용(使用)에서 그것은 **산다**. 그것은 거기에서 자신 속에 생명의 숨을 받아들이는가? — 또는 **사용**이 그것의 숨인가?[10)]

기호가 "사용"에서 "자신 속에 생명의 숨"을 받아들인다는 비트겐슈타인의 지적은 가령, 전문을 적어놓은 「하루」 같은 작품과 한껏 조응한다.

---

10) 루드비히 비트겐슈타인, 같은 책, 230쪽.

하루는 날씬하고 하루는 복잡하다.
어떤 날씨와 옷차림도 거부하지 않는다.
하루는 재능 있고 하루는 의자에 앉아 있다.
하루는 작업복 하루는 지저분한 새들이 그들의 배경
보라색 밤에 스스로 눈 오는 밤이 일찍 왔다.
하루는 과거 하루는 빠짐없이 일하는 날
하루는 보라색 촛불 곁에서 혼자 먹었다.
하루는 그대들의 입맞춤과 새까만 정액 속에서
하루는 살랑거리는 나뭇잎 사이로 갑자기 한숨이 생겼다.
이파리가 굴러다니고 셔틀콕이 무한정 날아다니며 재촉하였다.

하루는 수줍게 이별을 낭독하는 밤
하루는 보라색 검은 태양이 해를 가리고 웃었다.

"날씬하고" "재능 있고" "복잡"한 "하루"처럼, 추상명사에 온갖 표현을 입혀나가며, 이 추상명사를 주어("하루는 재능 있고 하루는 의자에 앉아 있다")나 시간을 나타내는 부사로 활용("하루는 보라색 검은 태양이 해를 가리고 웃었다")하거나, 환유("하루는 작업복")와 의인화의 대상으로, 그 쓰임을 이중 삼중으로 확장시켜놓은 이 작품에서 김언이 강조하려는 것은 자명하다. 낱말이 사물을 직접 반영하거나, 구체적으로 그것의 실체를 포괄하는 것이 아니라, 낱말의 사용만이 오로지 낱말에 제 의미를 부여한다는, 비트겐슈타인이 그를 기다리고 있다.

우리는 우리의 탐구의 특색, 깊이, 본질은 그것이 언어의 비할 바 없는 본질을, 즉 명제, 낱말, 추론, 진리, 경험 등의 개념들 사이에 있는 질서를

> 파악하려 노력하는 데 있다는 착각에 빠져 있다. 이러한 질서는—말하자면—초(超)-개념들 사이의 초-질서이다. 하지만 "언어" "경험" "세계"라는 낱말들이 어떤 사용을 가지고 있다면, 그것은 "책상" "램프" "문"이란 낱말들처럼 낮은 사용을 가져야 한다.[11]

세상 모든 기호의 "숨"을 터주는 것이 바로 그것의 "사용"이라는 비트겐슈타인의 사유는 한 걸음 나아가 김언에게는 언어를 통해 세계를 구획해나갈 힘을 행사할 근거가 된다. 언어가 편협하게 사물을 묘사하거나 의사소통을 도모하는 수단으로 인식될 수만은 없다는 생각은, 낱말과 문장을 채근하여 쌓아올린 세계로 그의 시를 물들여나가는 원인이 된다. 김언의 "목표는 당연히, 여기서 우리들이 어떤 진술들을 했으면 하는가, 그러나 뜻이 있게 할 수는 없는가를 진술하는"[12] 데에 놓이게 되며, "뜻이 있게 할 수는 없는가를 진술하는" 그의 고유한 방식은 아래 작품에서 가장 첨예하게 드러난다.

> 이보다 명확한 사건을 본 적이 없다.
> 사건 다음에 문장이 생기는 것이 아니라
> 문장 다음에 사건이 생긴다. 어떤 문장은 매우 예지적이다.
> 어떤 문장은 매우 불길하다. 그리고 어떤 문장은
> 자신의 말에 일말의 책임을 진다. 그것은 조금 더 불행해졌다.
>
> 당신 앞에서 누가 손을 내미는가. 그것은 거지의 손이거나
> 도움의 손길. 아니면 서로가 평등하다고 착각하는

---

11) 루드비히 비트겐슈타인, 『철학적 탐구』, 앞의 책, 91쪽.
12) 루드비히 비트겐슈타인, 『확실성에 관하여』, 앞의 책, 33쪽.

무리들의 우두머리가 맨 처음 만나서 나누는 인사.
그들은 무리들을 대표한다는 점에서 동일하지만, 평등하지는 않다.
공평하지도 않다. 누군가의 손이 더 크다. 이 문장이
사소한 분쟁을 일으킨다. 커다란 의문에 휩싸인다.

—「이보다 명확한 이유를 본 적이 없다」 부분

김언 시의 특징을 가장 압축적으로 보여주는 이 작품은 "애당초 이 언어의 낱말들이 무엇을 **지칭**"하는 것이며, "그것들의 사용 방식에서가 아니라면, 그것들이 지칭하는 것이 어떻게 드러난단 말인가?"[13]라는 물음에 대한 성실한 답이라고 보아야 한다. 여기서 오해하지 말아야 할 것은, "누군가 혀를 내밀면 신기하게도 길이 된다"(「퍼레이드」)라며 사물이나 사건보다, 말에 저 우위를 부여할 때, 단순히 언어의 중요성을 환기하는 것이 아니라는 점이다. 사건이 어떻게 역사적 사건이 될 수 있으며, 사물이 어떻게 제가 사물임을 보장받을 수 있는지, 왜 이 둘이 오로지 언어활동에 의존해 제 정체성을 갖추어나갈 수밖에 없는가라는 물음을 던지며, 확실성에 대한 탐구를 개진하고 있기 때문이라고 해야 한다.

6. 언어와 사유: 이 둘은 어떻게 확실성을 향해 전진하는가?

김언에게 문제는 언어의 돌이킬 수 없는 치명성, 즉, 언어의 불가역성을 시에서 확정짓는 데 놓여 있다. 결국 사건을 만들어내는 주체는, 말하는 나인데, 말이 있은 후에야 세계도 주어질 것이기 때문이다. 말이, 사건으로 들어찬 세계를 선행하는 것이다. 말이 사건-역사를 만들고, 우리의 존재를 제압한다는 이 논리는, 결국 언어가 바로 사유, 즉 생각하는 힘이자 그 방식이라는 인식의 소산이라고 볼 수밖에 없다.

13) 루드비히 비트겐슈타인, 『철학적 탐구』, 앞의 책, 27쪽.

우리는 실제보다 더 많이 걸었다고 생각한다. 그래서 더 많이 걸었다. 우리는 실제보다 더 많은 선행을 했다고 생각한다. 그래서 더 많은 선행이 필요해졌다. 착한 장소마다 더 많은 내가 들어가서 살고 있어야 한다. 시간은 충분하다.

우리는 많은 얘기를 나누었고 실제보다 더 많은 얘기를 주고받았다고 생각한다. 나는 실제보다 일찍 젖을 떼었고 걸음을 익혔고 구구단을 외웠다고 생각한다. 너는 실제보다 일찍 말을 배웠다고 생각한다. 엄마, 라는 단어를 당신 입으로 말하는 것을 어떻게 들었을까?

—「리얼 스토리」 부분

당신은 당신이 한 행위를 어떻게 확신하는가? 당신이 그저 그렇게 했다고 생각하는 것은 아닌가? 그렇다면 당신이 그렇게 생각했다고 하는 것은 언어를 통해서나 가능한 것 아닌가? 위의 시는 바로 이런 의문을 던진다. 비트겐슈타인이 제기했던 아래 물음처럼.

328. 자, 우리들은 무엇을 "생각한다"라고 부르는가? 무엇을 위해 우리들은 그 낱말을 이용하는 법을 배웠는가?—나는 생각했다고 내가 말할 때, 나는 틀림없이 언제나 옳은가?—어떤 **종류**의 오류가 여기에 존재하는가? "내가 그때 했던 것이 실제로 생각이었는가, 내가 틀린 건 아닌가?"라고 묻게 될 상황들이 존재하는가? 어떤 사람이 어떤 사고 과정이 경과하는 가운데 어떤 측정을 수행한다고 해보자. 그가 측정을 하면서 자기 자신에게 말하지 않는다면, 그는 생각을 중단한 것인가?[14)]

14) 루드비히 비트겐슈타인, 같은 책, 194쪽.

사유와 언어의 불가분성은 이렇게 내가 한 행위의 확실성을 확보해나가는 전반의 과정에 개입한다. 그럼에도 언어와 사유는 "측정"을 통해 미리 정해지는 게 아니라, 오로지 내가 그렇게 '생각한다'라는 행위에 의지해서 확실성을 가늠해나가는 수밖에 없는 것이다. 여기서 김언이 비판의 날을 치켜들어 쳐내고자 한 것은 바로 "실제"라는 개념이다. 어떤 "실제"가 버젓이 존재하는 것이 아니라, 우리가 다만 그렇다고 생각한다는 사실, 결국 우리의 사유와 언어활동이 바로 "실제"의 전부일 뿐인 것이다. '실제'를 포기한 자리에서, 사유의 확실성을 걸머쥐기 위해 김언이 파고드는 것은 가장 초보적인 언어활동, 가장 순수한 것, 가장 견고하며, 그럼에도 추상적이지 않는 무엇이다. 「아름다운 문장」의 전문이다.

오늘은 한 사람씩 아름다운 문장을 써오는 시간
에이는 수학 공식을 써왔다
이보다 더 간결하게 만들어야
아름다운 시라는 공식을 돌려보냈다

비는 투명하고 맑은 유리를 만들어왔다
기스가 없다는 게 유일하게 흠이라고 지적하였다
얼마 전엔 거울이 될 거라고 뛰쳐나간
씨도 있다 씨는 나무 판때기의 자식이었는데

투명하고 맑은 유리는 디를 증오한다
디는 유리 조각을 삼켰다가 뱉는 것을 좋아한다
모래가 될 때까지 싸우고 또 싸우는
커다란 바윗덩이를 그려왔다 제목은
얼룩무늬 푸른 별의 고독한 연대기

잠이 쏟아졌다 에프가 말을 한다
쥐가 쥐를 갉아먹으며 이빨을 딱딱거렸다
먼지를 씹다가 뱉은 느낌을 에이치가 알까
아이가 알까 제이는 몰라도 되는 것까지
다 알려주는 자폐를 대변하는 시인이었다

케이는 몇십만 부가 팔렸는지 궁금한
전화번호부를 들고 왔다 훌륭하고 아름다운
엘 엠 엔 모두 오의 반쪽을 그리워한다
그리고 피를 부른다 알은 잠자코
걸어갈 계획이다 새가 되기 전에

에스는 나무에서 떨어졌다 나뭇가지에 걸린
티가 구조해주고 유하고 유한 인상을 지어 보이며
돈을 요구하는 문장을 써왔다 더블유에
가로로 작대기가 두 개 그어진 표시를
반으로 딱 잘라 이것도 승리 저것도 승리니까

입 다물고 사라지라는 에스는 점점 엑스를
닮아간다 왜 그런지 알 수 없는 와이가
어깨를 으쓱하며 집으로 돌아갔다 목발을 짚고
다음 날 출석부에 찍힌 학생은 모두 스물다섯 명
딱 한 명이 모자라는 문장을 내가 대신 연설하고 있다
지루하게 지퍼를 열고 있다

알파벳으로 사건을 만들어내고 제 시론도 함께 만들어나가는 이유는, 사유를 둘러싸고 있는 베일을 걷어내고서, 확실하게 무언가를 확정지을 수 있는 언어를 걸머쥐고서, 저만의 질서를 구축해내기 위해서다. 가장 순수한 상태의, 그리하여 확실성을 담보했다고 말할 수 있을 저 알파벳에서 착수하여, 하나씩, 감정, 사건, 풍경, 사물 따위를 덧붙여나가며, 김언은 완전히 새로운 세계 하나를 거뜬히 구축해내고자 시도하는 것이다. 비트겐슈타인의 지적을 덧붙이는 일이 필요하겠다.

> 97. 사유는 어떤 후광으로 둘러싸여 있다. — 그것의 본질, 즉 논리의 하나의 질서를, 더구나 세계의 선험적(a priori) 질서, 즉 세계와 사유에 공통적이어야 하는 **가능성들**의 질서를 묘사한다. 그러나 이 질서는 **최고로 단순**해야 하는 것으로 보인다. 그것은 모든 경험 앞에 있으며, 경험 전체를 관통해 지나가야 하며, 그것 자체에는 어떠한 경험적 혼탁함이나 불확실함도 달라붙어 있어서는 안 된다—그것은 오히려 순수 수정체로 되어 있어야 한다. 그러나 이 수정체는 하나의 추상(抽象)으로 보이지 않는다 ; 오히려, 구체적인 어떤 것으로서, 실로 가장 구체적인 것, 말하자면 **가장 견고한 것**으로서 나타난다.[15)]

확실성에 대하여 말할 수 있는 출발선이 바로 이 언어의 "가장 견고한 것"과 "최고로 단순해야 하는 것"이라는 사실은 김언이나 비트겐슈타인이나 매한가지이다. 언어의 토대 위에서, 언어를 토대로 하여. 언어와 사유의 일치를 확인하면서. 추상을 거부하고 실체를 부정하면서.

---

15) 루드비히 비트겐슈타인, 같은 책, 91쪽.

7. 타자: 소통의 불가능성은 어떻게 가능성을 향해 나아가는가?

> 재앙은 이미 벌어졌다. 친구들은 서로 관계없이 걷는 방향을 좋아한다. (……)
>
> (……) 두 명 중 한 명은 모르는 친구들이며 그들 중 한 명은 나와 똑같은 병명으로 고생한다. 이상하게 이름이 섞여 있다. 한 반에서 만난 친구들이 다른 반에서 만난 친구들과 구분이 되지 않는다.
>
> (……) 앉아 있으면 누군가 불러줄 생각으로 목이 말랐을 테지만, 혀가 꼬이면서 우리는 친구들의 문장을 완성한다. 내가 하고 싶은 말이 그 말이었니?
>
> —「이 시간의 친구들」 부분

김언에게 타자와의 관계는 애당초 돌이킬 수 없는 것이다. 서로 간의 거리는 어떤 한계로 인하여 좁혀지지 않는다. 왜 그럴까? 역시, 언어와 관련되어 있다. "재앙", 즉 바벨탑이 붕괴되었기 때문이다. 타자와의 돌이킬 수 없음은 따라서 김언의 시에서는 필연이 되고, 이에 따라 소통의 불가능성도 김언의 시에 내려앉는다. "이름이 섞여 있"어 사람들의 구분이 어려운 상황이니, 원활한 소통은 불가능할 것이며, 아무리 노력해봐야, 왁살스레 긁는 말들, 즉 "혀가 꼬이면서" "친구들의 문장을 완성"할 따름이라고 할 때, 내가 완성하여 타인을 향해 던진 문장이 "내가 하고 싶은 말"이었다는 확신도 좀처럼 들어서지 않을 것이다. 소통을 회복하기 위해, 그렇다면 어떻게 해야 하는가? 아니, 이 물음은 잘못되었다. 언어로는 소통이 불가능하게 되어버린 바벨 이후의 세계에서, 그럼에도 파편 조각처럼 주어진 언어를 가지고 고유한 소통을 창안해야 하는 임무가 시인에게 주어졌다고 말해야 할 것이다.

> 당신이 말하지 않은 것을 내가 말해야 한다.
> 그 둘은 서로 다른 집에서 사건을 저질렀다.
> 그리고 사이좋게 여행 가방을 교환하였다.
> 안에는 뭐가 들었는가 이름을 물어보았자
> 돌아오는 대답은 헛수고였다.
> 이름 안에 무슨 생각이 들었는지 무슨 사고가
> 무슨 사건을 간섭하는지 당신이 알 게 뭐야?
>
> —「연루된 사람들」 부분

김언의 시에서 소통의 불가능성은 의미의 위기를 우회적으로 제시하는 데 소용되는 도구일 뿐이다. 김언은 소통의 저 목적이나 원활한 쓰임에는 도통 관심이 없다. 결국 소통은 언어만큼이나 자의적이기 때문이다. 이 작품에서 "이름"을 시니피앙으로, "생각"을 시니피에로 대치시켜놓고 보면, 여기서 너와 나는 구체적인 사건을 버팀목으로 삼아 소통을 도모하는 경우보다 훨씬 근원적인 차원에서 행해지는, 그런 소통을 구축해내는 주체를 말하는 데에 시가 전념하고 있다고 봐야 할 이유가 생겨난다. 따라서 김언은 소통의 근본적인 성질을 연구하는 것이지, 제 시에서 소통 자체의 원활함을 추구하지는 않는다. 그 대신 타자로부터 당도한 신호에 의지해 내가 무언가를 판단하는 것이 아니라, 타자의 신호가 다양하다는 사실, 즉 신호의 난해함과 그 해석의 복잡성을 드러내는 일에 전념한다. 소통과 대화의 불가능성을 고발하는 것이 아니라, 애당초 자의적인 말이, 교환의 상황에서, 어떻게 대화의 주체를 서로 어긋나게 하는지(「엄마 배고파」), 왜 "적당한 간격을 두고" 이 대화가 진행될 수밖에 없는지, 그럼에도 나는 왜 "혼자서는 쉽게 놀지 않"으며, "혼자서는 쉽게 취하지 않는"지, 나는 왜 "어딘가에 타인"(「미학」)을 만들 수밖에 없는 운명인지를 드러내주는 행위 자체에 시가 고스란히 헌정되는 이유가 여기에 있다. 이러한 물음들은 김언의 시에서 손댈 수 없을 만큼 어질러놓은 방을 치우기 위해 방문을 열었을 때와 비슷한 느낌으로 소통을 그려내는 원인이 된다.

8. 운동: 도래할 시간들

김언은 잃어버린 시간을 찾아나서는 시인이 아니라, 또다시 잃어버릴 시간을 준비하라고 채근하는 시인이다. 시간은 분명 모든 사물에 파괴적으로 작용하지만, 때로는 그와 정반대로 당시에는 대단찮은 것들에게 미래라는 이름으로, 아름다운 빛을 선사하는 마력도 가지고 있는 것이다. 그의 시에는 감정의 과장이나 언어의 번롱을 일삼는 태도가 목격되지 않는다. 시의 끝에 놓인 엄연한 현실과 그 무의미를 냉정하게 응시하고, 여기서 언어의 지평을 바라보며 발길을 재촉하는, 철저한 고독의 화신이 바로 김언이기 때문이다. 그 과정에서 확실성을 성취해내기 위해, 언어의 원리로 그가 자신을 두텁게 감출 수 있다는 사실을 우리는 피나는 노력의 대가로 시인이 얻어낸 위악의 결과라고 해둘 것인가?

김언의 마음속 깊은 곳을 떠날 줄 모르는 것이 있다면, 그것은 언어의 질서 하나로 세상에서 확실성을 부여잡기 위한 결연한 몸부림이다. 확신할 수 없는 이 세계에서 사건이 당도하는 경위를 묻고, 소통되지 않는 타자와의 연결 고리를 꿈꿀 대화의 가능성을 실험하며, 말로 이 모두를 다스려나가면서 김언이 일구어낸 독창적인 세계는, 이제 우리에게 또다른 미지의 모험을 열어 보이고자, 다른 곳으로 향할 준비에 착수한 듯하다.

> 나는 공허한 문장 가운데 있다. 어떻게 써도 시가 되지 않는 문장 한가운데 내가 유일하게 시라고 생각하는 단어가 들어왔다. 문을 열고 똑똑 노크를 하는 그는 이미 들어와 있었다. 그의 전신이 단어 하나로 응결된다. 그

는 장면을 바꾸어 내가 책상이라고 부르는 어떤 의자 위에 엉덩이를 걸치고 앉아 딱 한마디 의견을 늘어놓았다. 그것은 글을 쓰라는 손동작 같기도 하고 이제 그만 가자는 뜻의 부드러운 권유 같기도 하다.

—「공허한 문장 가운데 있다」 부분

김언은 항상 자신에 대한 점검과 자신이 위치한 지점에 대한 자숙 어린 반성, 냉철한 판단을 제 작품에서 표현하였고, 고백해왔다. 『거인』에서 그러했고, 『소설을 쓰자』 역시 예외는 아니었다. 그는 어쩌면 사건-언어-대화, 그 이후의 세계에서 움직임에 주목할지도 모르겠다. "단어가 들어왔다" "이미 들어와 있었다" "장면을 바꾸어"라는 말에는 이미 운동에 대한 암시가 들어 있기 때문이다. "이제 그만 가자는 뜻의 부드러운 권유"에 이끌려 김언은 골고다를 향하는가? 「사람을 만나러 간다」의 전문이다.

사람을 만나러 간다.
사람을 만난다는 게 전혀 시적이지 않다는 것을
알게 된 후로도 나의 만남은 지속적이고 끈질기다.
나는 조바심이 많은 문학이다. 징그러울 정도로
같은 말을 반복하는 것이다. 사람을 만나러 간다.
둘 사이에 어떤 대화가 오고 가겠는가.
우리는 시적으로 충분히 지쳤다. 둘 사이에
어떤 시도 오고 가지 않지만 우리는 충분히
괴로워하고 있다. 그 얼굴이 모여서
시를 얘기하고 충분히 억울해하고 짜증을 부리고
돌아왔다. 사람을 만나러 간다.
황폐해질 대로 황폐해진 사람이 더 황폐해진

사람을 만나러 간다. 시를 얘기하려고
오늘은 내 주머니 사정을 들먹이고
내일은 내 자존심의 밑바닥을 꽝꽝 두드리고
망치나 해머 뭐 이런 것들로 내 얼굴을 때리고 싶은
상황을 설명하고 그럼에도 꺼지지 않는 불씨를 들먹이는
너를 만나러 간다. 사람을 만나러 간다.
너 또한 내일은 사람을 만나러 간다. 꺼지지 않는 불씨를
확인하려고 네가 만나는 사람과 내가 만나는 사람.
거기서 시가 오는가? 거기서 시를 배우는가?
우리의 만남이 전혀 시적이지 않다는 것을
알게 된 후로도 시에 대한 얘기는 끝이 없다. 억울할 정도로
길고 오래간다. 꺼지지 않는 이 불씨가
시라고 생각하는가? 나는 아니다. 사람을 만나러 간다.

"징그러울 정도로 같은 말을 반복"했다고, 정말 그렇게, 생각하는가? "시적으로 충분히 지쳤다"고 털어놓을 텐가? 지금까지 저 자신이 개척해온 세계와 결별하겠다는 말인가? "사람을 만나러" 가서, "문장의 공허함"을 어떻게 달랠 것인지, 이제 김언이 우리에게 대답할 차례이다.

9. 보론: 한 점에서 출발하여 확실성에 가닿기

미안하지만 우리는 점이고 부피를 가진 존재다.
우리는 구이고 한 점으로부터 일정한 거리에
있지 않다. 우리는 서로에게 멀어지면서 사라지고
사라지면서 변함없는 크기를 가진다. 우리는 자연스럽게
대칭을 이루고 양쪽의 얼굴이 서로 다른 인격을 좋아한다.

피부가 만들어내는 대지는 넓고 멀고 알 수 없는
담배 연기에 휘둘린다. 감각만큼 미지의 세계도 없지만
삼차원만큼 명확한 근육도 없다. 우리는 객관적인 세계와
명백하게 다른 객관적인 세계를 보고 듣고 만지는 공간으로
서로를 구별한다. 성장하는 별과 사라지는 먼지를
똑같이 애석해하고 창조한다. 우리는 자연으로부터 나왔지만
우리가 만들어낸 자연을 부정하지 않는다. 아메바처럼
우리는 우리의 반성하는 본능을 반성하지 않는다.
우리는 완결된 집이며 구멍이 숭숭 뚫려 있다.
우리의 주변 세계와 내부 세계를 한꺼번에 보면서 작도한다.
우리의 지구가 어디에 있는지 모른 채 고향에 있는
내 방을 한 치의 오차도 없이 찾아간다. 거기
누가 있는 것처럼 방문을 열고 들어가서 한 점을 찾는다.

—「기하학적인 삶」 전문

우리가 어떤 한 점(예컨대 영사막 위의 광점(光點))의 운동을 관찰한다고 생각하라. 대단히 상이한 종류의 중요한 결론들을 이 점의 행동거지로부터 이끌어낼 수 있을 것이다. 그러나 얼마나 많은 종류가 그것에서 관찰될 수 있는가!—그 점의 궤도와 그 궤도의 어떤 측정량들(예컨대 진폭과 파장), 또는 그것이 변하는 속도와 법칙, 또는 그것이 비약적으로 변하는 장소의 수나 위치, 또는 이러한 장소들에서의 궤도의 곡률 등의 무수한 것들.—그리고 이러한 행동거지의 특징들 각각이 우리의 관심을 끄는 유일한 것일 수 있다.[16)]

16) 루드비히 비트겐슈타인, 같은 책, 318쪽.

김언의 시에는 허위의 핵심을 찌르는 무엇이 늘 도사리고 있다. 점 하나에서 출발하여 보다 포괄적인 사유에 이를 수 있다는, 과학적인 성찰을 나는 김언과 비트겐슈타인에게서 배웠다. 김언에게 시는 빗발치는 탄우(彈雨) 속을 뚫고 지나, 확실한 것을 확정짓는 행위, 그것을 성취하려는 과정과 다르지 않다. 동네에서, 직장에서, 때로는 호젓한 산길이나 어두운 골목길에서, 김언은 몇 초의 순간에도 수십 개의 폭탄 사이를 피해가며, 언어로 자기 고유의 길을 열고, 닦아놓는 일을 게을리 하지 않았다. 그래서 그의 시에는 과거로 한 발자국 더 깊이 들어선다는 생각이 없다. 현재를 기록하는 일에, 언어의 세계에서 확실한 것을 걸머쥐는 일에 김언이 사활을 걸었기 때문이다.

(『시와반시』 2011년 여름호)

시를 찾아나선 경쾌한 상황극
– 김민정론[1]

야수 중에서도 여우와 사자에 주목해야 한다고 생각한다. 사자만으로는 덫으로부터 몸을 지킬 수 없고, 여우만으로는 이리로부터 몸을 지킬 수 없으나, 여우됨으로 덫을 피할 수 있고, 사자됨으로 이리를 쫓을 수 있기 때문이다. 다만 여우적 성질은 교묘히 사용되어야 한다. 아주 교묘히 속에 감추어놓은 채, 시치미를 뚝 떼고 의뭉스럽게 행사할 필요가 있다.

—마키아벨리

Prologue: 이야기 밖에서 바라보기

김민정의 첫 시집 『날으는 고슴도치 아가씨』에 우리는 경악을 금치 못하였다. 새로운 목소리의 탄생을 반기면서도, 난감한 표정을 감추지는 못했던 것이다. 거개의 반응은 이렇게 풀려나왔다. 악몽을 꾸는 현장과 엽기적인 풍경들이, 검열이나 제어 없이 술술 진행되었다. 부모, 아니 세상 그 누구라도 개의치 않고, 죽이고, 찢어버리고, 빠개고, 갈아 마시며, 조롱하고 또 농락한다. 차용한 거개의 가족 동화는 여지없이 피칠갑으로 둔갑하고, 몸은 요리 매뉴얼처럼 재료들로 취급되어, 토막이 나고, 냄비 속

1) 대상 텍스트는 다음과 같다. 김민정, 『날으는 고슴도치 아가씨』, 열림원, 2005 ; 『그녀가 처음, 느끼기 시작했다』, 문학과지성사, 2009.

에서 펄펄 끓여지는가 하면, 어렵쇼, 그런데도 고통은커녕, "뭐 또 파묻을 것 없어? 김장독 같은 거"라고 주억거린다. 엽기적인 발화의 이 주인공은, 또 어렵쇼, 지켜보는 우리를 향해 고개를 획 돌리며 "뭘 그렇게 보고 있어! 어서 가서 삽 가져와"[2]라고 태연스레 지껄인다. 그런가 하니, 어렵쇼, 말이 붕붕 날아다닌다. "헛둘헛둘 죽은 아빠가 일어나 기지개를 켜고 있습니다"(「매일매일 놀러 오는 우리 죽은 아빠」)라며 희희낙락거리는 파리 한 마리, "아버지 그만 아가리 닥치고 잠이나 퍼 자요"(「마지막 舌戰」), "이런 씨발 엄마, 엄마, 엄마라매"(「포도 씨앗 속에 엄마 찾기」)라며, 저주를 퍼붓는 모기 두 마리. 하, 이 정도면 경악을 넘어 아예 말문이 막히는 수준이다. 말을 풀어놓는 그 방식은 벌써 직접적이며, 내용을 뒤적거려도 어느 것 하나 속되고 경박하지 않은 구석을 찾아보기 힘들다. 그러니까, 윤리적 자기 검열이나 엄숙한 시적 의식 같은 것은 애당초 긋바이라는 것, 더구나 혐오스러운 이미지들로 충만한 세계를 따발총 갈기듯 쏘아대는 꼴이니, '진지함'은 잡수신 지 오래고, '근엄함'은 옆집 강아지에게 던져준 개밥이다. 장난을 넘어서 조롱으로 시가 가히 포화 상태에 이른다. 말의 천연덕스러움은 블랙 코미디와 닮은꼴인지라, 상처나 아픔, 반성이나 성찰 따위가 시에 비집고 들어갈 틈새가 보이지 않는다. 이 시인은, 칼자루를 쥐고서, 너무나도 경쾌하게 모든 것을 베어버리는 것이며, 잘라내는 순간순간을 끊임없이 통통 튀는 말로 "나는야 폴짝 폴짝"(「나는야 폴짝」) 되감아내면서, 발화의 무대 위에 잔혹극 한 편을 올려놓는다.

제사에 적어놓은, 여우의 지혜를 가진 자가 권력을 장악하기 위해서 자기 자신마저도 속일 정도의 연기가 필요하다는 『군주론』의 저자의 마지막 문장은 첫 시집을 선보이려는 김민정에게 필요한 경구였을지도 모른다. 시를 읽고 난 후, 가슴 한구석이 먹먹해지거나 우울에 젖어들기는커

2) 김지운 감독의 〈조용한 가족〉에서 아버지로 분한 배우 박인환의 대사.

녕 오히려 정신이 말짱해지는 것은, 그것이 우선 게임, 즉 연기의 옷을 입고 있기 때문이라고 해야 한다. 피가 낭자해도, 몸이 조각나도, 그의 시에는 상처가 없다. 정확히 말해, 적힌 그대로 따라가면, 우리는 세상을 살아갈 수 없을 정도의 패닉 상태로 점프하고 만다. 달리 말해, 성장기의 상처나 피해의식, 무의식의 기술이라고 생각하면, 우리는 이 상황극에서 이미 패배한 것이다. 환상의 나래를 두서없이 펼쳐낸 것도, 광기를 분출한 것도, 엄마-아빠에 대한 성적 강박관념이나 그 원인인 상처를 구술에 의존해 진술한 것도, 오욕으로 얼룩진 여성의 몸에 대한 자의식을 과다하게 표출한 것도 아니다. 그렇다고 말하기에는, 깔끔하고 경쾌하여 차라리 논리적이라고 해야 할 만큼, 불려나온 말들이 일구어내는 석연치 않은 구석이 너무나 많이 남겨지기 때문이다.

달리 읽으려는 시도가 필요하다. 나는 김민정의 시가, 자기 자신을 통째로 걸고 하는 일종의 내기, 자기를 찾아가는 과정에 대한, 그러니까 내가 누구인지를 묻고 또 묻는, 저 모호하고도 험난한 과정을, 그 모호하고도 험난한 만큼의 언어로, 이 모호하고도 험난한 세상에서 구술해본 실험이라고 생각한다. 특히 첫 시집은, 사전에 철저한 조작을 거쳐 모의된 상황극의 일종이며, 따라서 등장인물은 기술된 것 외에 다른 지점을 예고하는, 체스판 위의 말인 동시에 극 안에서 진행된 이야기도 충실히 수행하는 두 겹의 배우인 것이다. 김민정의 시는 잔혹극이나 부조리극의 무대 위에 올라선 배우의 입에서 흘러나온 말들, 가령, 이오네스코의 『대머리 여가수』의 "차는 대단히 빠릅니다. 하지만 식탁은 하녀가 더 잘 차리지요 / 바보처럼 굴지 말고, 차라리 배신자와 키스를 해요"나, 베케트의 『고도를 기다리며』에 등장하는 럭키가 "프왕송과 와트만의 최근 공동 연구에서 밝혀진 바에 따르자면, 까까 수염이 달린 까까까까 인격신은 공간의 시간 밖에 존재하고 있어 하늘의 무감각과 무공포와 침묵 위 높은 곳에서……"라며 퍼붓는 저 혼란한 대사와도 같이, 혼신을 다해 뱉어낸 구술의 언어이면서,

필연적으로 다른 곳을 바라보게 하는 메타언어이기도 한 것이다.

1. 나는 누구인가

김민정의 시를 우리는 게임이라고 했다. 무슨 게임인가? 무엇보다도 우선 언어를 가지고 임하는 경쾌하고도 특수한 드라마이며, 장광설에 기대어 상징을 부정하는 죽음의 놀이이다. 그러나 이 게임에서 중요한 것은 그것이 나 혼자 진행하는 게임이라는 점이다. 내 상상력이 허용하는 범위와 그 한계를 극단까지 밀어붙여 실험을 일삼는 놀이, 그렇게 해서, 결국 내 안에 똬리를 틀고 있는, 내가 아직 모르는 무엇, 즉 내 안의 괴물을 끄집어내는 놀이이다. 내가 모르는 내 안의 또다른 나를 불러내는 길은, 마음껏, 마음대로, 마음 내키는 대로 말하는 방법밖에 없으며, 이것이 유일한 해결책이다. 첫 시집은 현실과 허구, 상상과 사실에 대한 경계가 애당초 설정되지 않은(설정될 수 없는) 놀이이며, 놀이의 목적은, 우선, 내 안에 존재하는, 나도 모르는 어떤 세계, 내 안의 너를 끊임없이 탐구하면서, 결국 나라는 존재의 근원을 캐묻는 데 놓여진다.

> 터진 수도관에 입이 물린 고무장갑처럼 살이 불 때까지 내가 날 꼬집어 뜯는다 하키스틱만 한 낫을 갈아 뒤통수부터 엉덩이까지 내가 날 자로 댄 일자로 찍어내린다 폐 한가운데에 식칼을 대고 살 껍질을 홀러덩 뒤집어 내가 날 까버린다 서둘러 군불을 지피고 그 위에 석쇠를 달궈 내가 날 통째로 얹는다 (……) 일곱의, 열넷의, 스물의, 스물일곱의 제각각의 내가 날 쳐다보며 나야 나야 손을 흔든다 내가 날 잘라 구운 살점들을 다 트림하고 나로 자란 그대들이 방방마다 걸린 액자 속으로 걸어들어가 찰칵찰칵 기념촬영을 한다
>
> —「내가 날 잘라 굽고 있는 밤 풍경」 부분

> 나는 네 안에서 자라고 싶어진다 더 크게

더 탁하게, ~~둥둥둥두웅두웅두웅~~……
……나도 좀 데려가지 않을래?

나는 삼 일 전에 구운 바게트처럼
딱딱하고 거칠거칠한 내 양 팔다리를
우걱우걱 씹는다 주사위처럼 몸통만 남아
나는 다리 두 개 잘린 무당벌레처럼 기우뚱
기우뚱 네 등 위로 올라탄다
가자 가자 네가 사는 곳
십삼월, 삼십이일, 팔요일마다 축제가 열리는
그곳으로 어서 가자

(……)

방 한가득 내 얼굴로 들어차
유리창은 볼록거울로 서 있다
바람 든 무처럼 시린 얼굴로
나는 너를 부른다, 너!
무를 후벼 파는 칼끝은 무딜수록 아프다더니
날 위해 송곳이라도 찾으러 간 거니

……네가 그리워 일부러 눈 찢어 벌릴 때가 있어

—「나의 '완전한' 나를 찾아서」 부분

셀로판지같이 얇은 스킨으로 몸을 도배한 공 하나가, 공 두 개가, 나를 닮은 제각각의 공 하나 하나들이 우당탕 입 밖으로 굴러나왔다 너 여기 있었구나, 나도 여기 있었는데…… 그럼 쟤는, 그럼 그 옆에 쟤는, 그럼 그 옆에 옆에 쟤는, 그럼 옆에 옆에 옆에 쟤들은 다……누구세요?

—「잠들어 거울 속에서 눈 뜬 검은 나나」 부분

김민정의 시는 광기나 엽기, 환상이나 환각을 부추기는 수사학이 누리는 방만한 비평의 책임을 유보하지 않는다. 어떠한 메커니즘 속에서 글이 짜여 있는지 살피려는 순간에, 공통분모도 제 정체를 함께 드러내기 때문이다. 그 핵에서 우리가 만나게 되는 것은, 항상 시인 자신, 그러니까, 저 몰라 하는 투로 탐색해나가는 시인 자신의 모습이다. 이렇게 김민정은 내 안에 있는 다른 나를 "너"라고 부르며 또 발견하기 위해, 제 사지를 거열하거나, "잘라 굽는" 것이며, "송곳이라도" 들고서 여기저기 쑤시기를 주저하지 않는 것이다. 결과는 어떨까? "일부러 눈 찢어" 거울을 봐도, 내 안의 또다른 나를, 그 변화무쌍한 모습을 오롯이 주시할 수가 없다. 내 안에는 너무나 많은 너, "나를 닮은 제각각의 공 하나 하나들"이 있기 때문이다. 그것은 벌써 결정되었던 일이었던가. "내가 '나'라니까, '나'"라고 손짓하는 너, 찾지 못하는 "너"는 결국 나의 자화상이다. 김민정은 자기 자신에 대한 궁금증을 밑감으로 삼아 시를 쓰면서 타자를 자기 안에서 발견하고, 자기 안의 타자를 흔들어 깨우고자, 잔혹한 실험에 임한다. "쟤들은 다……누구세요?"라는 결구는, 찾을 수 없다는 사실을 강조하는 체념이 아니라, 내 안에 너무나 많은 "너"가 있다는, 생경함을 배가시키기 위해 재치 있게 직접화법을 동원한 것이다. 「다시 무정란 속으로」 부분을 인용한다.

나는 누워 일어선다 세상은 도그르르 도그르르 굴러다니는 은반지들로 그득하고 기막힌 내 맥박의 고리들은 합체하여 거대한 원반들을 비눗방울처럼 불어 날린다 뱅글뱅글 돌아가는 원반 속에서 나는 보았다, 부둥켜안은 곡선을 따라 흘러내리는 검은 젖물 쭉쭉 빨아가며 내 혈관 속에서 배영하는 너를 나는 보았다, 지나온 자리마다 구겨지고 굴곡진 호흡 달여가며 둥글게 둥글게 몸 말아가는 너를 나는 보았다, 지하수처럼 샘솟는 샛노란 너의 피를 나는 드디어 맛보고야 말았다

밤마다 물먹은 고무장갑처럼 퉁퉁 불은 내
심장을 갉아대던 이빨 갈림은 꿈이 아닌 내 안에 너의
존재 방식, 살 다 발라먹고 난 닭뼈처럼 나 말라갈 때
그 많은 비곗덩어리 오려 몸치장하던 것도 내 안에 너의
존재 방식, 먹물 들인 옥수수수염처럼 무성한 내
음모를 잡아 뽑을 때 머리 끝이 툭 터지면서 일순
숱이 불어나던 네 머리카락도 꿈이 아닌
그래, 그래, 내 안에 너의 존재 방식
이제 내가 불신하는 건 나의 지문, 나의 배내똥
이제 내가 머리 두는 땅은 피 끓는 너의 단속곳
다시 무정란 속으로 역류하여 들어차는

이 달짝지근한 액취……

오오 버려짐의 축복이여!

"내 혈관 속에서 배영하는 너"는 나의 "살 다 발라먹고", 내 몸의 "비곗덩어리 오려 몸치장하던" 잔혹한 "너"지만, 바로 이 "내 안에 너의/ 존재 방식"을 통해서, 나는 나 자신을 미처 점령하지 못한 또다른 나를 발견한다. 나도 모르게 내 안에 침투해 이미 나를 이루고 있는 너의 모습이 너무나도 많아, "이제 내가 불신하는 건 나의 지문"이라고 해놓았지만, 그러

나 그 결구는 슬픔이나 포기, 절망이나 체념이 아니라, "다시 무정란 속으로" 돌아가, 내가 모르는 나, 내 안의 너를 찾아야 하는 애당초의 조건 속에서 살아야 하는 운명을 자조적으로 받아들이는 구절로 읽을 필요가 있다. 그것은 환영이나 환각의 결과가 아니라, 내 안에 자리한 이 복수로서의 존재들을 명백히 주시하겠다는 의지이다. 나를 찾아가는 이 작업에 시와 시인의 정체성에 대한 물음이 자리하지 않을 리 없다.

2. 나는 시인이다

김민정의 시는 자기를 찾아나서는 상황극이라고 말했다. 김민정은 누구인가? 말할 것도 없이 그는 시인이며, 오늘도 시인의 자격으로 산다. 시인이라는 자의식, 시인의 정체성을 찾아내는 일이 그러나 쉽지 않은 것은, 시에 대한 통념이나 아름다운 시에 대한 주입과 맹렬하게 맞서 싸워야 하기 때문이다. 시인이라는 제 정체성을 확인하는 작업은 자기 자신에게 온전히 헌정된 보살핌의 입김에 기대어 도달하는 자위행위가 아니라, 시란 무엇인가라는 근본적인 물음을 반추해야만 하는, 그래서 꽁꽁 숨겨놓은 게임의 퍼즐을 풀면서 겨우 모색할 수 있는 희미한 가능성에 가깝다. 이 게임은 전통시의 고리타분함이나 기존 문단의 구태의연한 행태, 시입네 떠들어대는 모든 행위를, 두 걸음 크게 떨어져 톡톡 던지는 게릴라식 전투를 통해 싸우는 형식처럼 전개된다. 그가 하는 말이 그렇다는 것이다. 「거북이 속의 내 거북이」의 전문을 옮겨놓는다.

거북이가 사라졌어 거북이가 사라져서 나는 내 거북이를 찾아나섰지 거북아 내 거북아 그러니까 구지가도 안 불렀는데 거북이들이 졸라 빠르게 기어오고 있어 졸라 빠르게 기는 건 내 거북이 아냐 필시 저것들은 거북 껍질을 뒤집어쓴 토끼 일당일걸? 에고, 거북아 내 거북아 그러니까 내가 거북곱창 테이블에 앉아 질겅질겅 소창자를 씹고 있어 씹거나뱉거나말거나 토끼들아, 너희들이 내 거북이 본 적 있니? 거북이는 바닷속에 거북이는 어항 속에 아이 참, 창자 뱃속에 든 것처럼 빤한 얘기라면 토끼들아, 차라리 하품이나 씹지 그러니 거북아 내 거북아 그러니까 거북하니? 속도 모르고 토끼들은 활명수를 내미는데 내 거북은 정화조 속 비벼진 날개의 구더기요정 날마다 여치를 뜯어먹고 입술이 푸릇푸릇한 내 거북은 앵무새만의 킬러 내 거북은 바지를 먹어버린 엉덩이의 말랑말랑한 괄약근 내 거북은 질주! 질주밖에 모르는 저 미친 마알…… 오오, 예수의 잠자리에 사지가 찢긴 채 매달린 저 미친 말을 내 거북은 미친 듯이 사랑했다지 난생처음 사랑 이라고 발음하면서 내 거북은 얼마나 울었을까 그러니 이제 그만 뚝! 하고 머리를 내밀어라 거북아 내 거북아 그러니까 왜 이래 왜 이래 하면서 텔레비전에서 거북이 세 마리가 노래하고 있어 저렇게 노래 잘 하는 건 내 거북이 아냐 내 거북은 염산을 타 마시고 목구멍이 타버려서 점자처럼 안 들리는 노래를 부르지 내가 너를 네가 나를 껴안고 뒹굴어야 온몸에 새겨지는 바로 그 쓰라린 노래 자자, 이래도 안 나오면 네 머리를 구워먹을 테야 거북아 내 거북아 그러니까 삐친 자지처럼 내 거북이 머리를 쭉 내밀고 있어 선인장을 껴안고 선인장 가시에 눈 찔린 채 너 지금 뭐하고 있니 언제나 선인장이 있어 선인장에게 죄를 묻고 마는 내 거북이, 불가사리처럼 내 안에 포복해 있는 붉은 네 그림자

이 시에서 "거북"은 무엇에 대한 비유인가? "구지가도 안 불렀는데" 거북이들이 "졸라 빠르게 기어오고 있어"라는 대목은, 전통시, 시라고 알고 있던, 그렇게 학교에서 배운 시의 대체물을 말하는가? 시를 쓰려고 한 것도 아닌데, 시라고 하는 것이 나에게 덤벼든다는 것인가? 물론 나는 "거북이"를 찾지 못한다. 어디 있는지, 무엇이 그 정체인지 모르기 때문이다. 중간에 삽입된 "그러니까 거북하니?"는 시 전체가 놀이의 일환으로, 다시 말해, 누가 보고 있는지를 정확히 의식한 상태에서 기술되고

있다는 점을 알려주는 힌트와도 같다. 그러니까 연극이라는 말이다. 그러니 "내 거북은 염산을 타 마시고 목구멍이 타버려서 점자처럼 안 들리는 노래", "내가 너를 네가 나를 껴안고 뒹굴어야 온몸에 새겨지는 바로 그 쓰라린 노래"는, 결국 내가 추구하는 시라고 할 수밖에 없다. "선인장을 껴안고 선인장 가시에 눈 찔린 채" 써야 하는 것이 바로 시일 텐데, 우리는 너무나 쉽게 시에서 "사 랑" 타령이나 하고 있는 것일지도 모른다. 김민정의 시에서 이처럼 부리는 말과 시점, 화자의 배치와 그 놀이를 유심히 살피면, 이야기 밖으로 빠져나와 저 아래로 굽어보고 있는 눈 하나를 발견하게 되며, 이는 시 전반이 상황극과도 같이 구성되었다는 사실과 무관하지 않다. 상황극이라는 것이 종종 완전히 생경한 내용을 엉뚱하게 지시하는 것처럼, 김민정의 시를 발빠르게 만들어주는, 중간에 되묻는 말들("씹거나뱉거나말거나" "그러니까 거북하니?")은 주인공이 갑자기 관객들을 바라보며 태연하게 던지는 이야기 밖의 방백과도 같은 것이다. 따라서 등장인물과 그들의 행동은 죄다 작위적인 것, 연출을 통해 배치된 저마다의 임무와 역할을 부여받은 꼭두각시 인형과 같다고 보아야 한다. 거북이, 토끼는 무엇에 대한 비유, 무엇에 대한 재현, 무엇을 향한 근본적인 비판의 소도구일 수도 있는 것이다. 물론 그 자체로 이야기는 전개된다. 그러나, 명백히 진행되는 이 이야기가, 그 이상의 지점을 상정하는 이야기 속의 다른 이야기를 완전히 묻어두는 것은 아니다. 김민정의 시에는 이렇게 다른 층위가 존재하며, 그것을 놓치면 한낱 해프닝에 그치고 만다. 기본 포맷이 완전히 다른 것일 수도 있는 것이다. 가령 아래 전문을 인용한 「열쇠魚」 같은 경우, 도저히 이해할 수 없는 이야기의 저 맥락 자체를 아예 잊어버리고, 메타 서사의 층위를 보려는 시선이 필요할지도 모른다.

밤마다 나는 어항 속으로 머리를 들이밀어요

들리거든요 금붕어들의 반짝거리는 수다

이리 와,
이리로 와서 우리랑 함께 뻐끔거려보자
우와, 정말로?

나는 주걱으로 죽어라 내 입술을 때리기 시작했어요
밤마다 학의 긴 부리 끝에 한 꿰미로
똥구멍에서 주둥이까지
한 큐에 꿰여버리고 마는 금붕어들

매일 나는 새로 산 금붕어를 삶아 어항 속에 풀어두어요
때때로 플라스틱 금붕어들이 산란하기도 한답니다.

다른 독법이 요구되는 이유는 간단하다. 이리 읽어도, 저리 읽어도, 무슨 말인지 갈피를 잡지 못하거나, 그래서 대대한 말이라는 결론에 봉착할 뿐이라면, 아예 다른 논리로 조작을 감행한 것이라고 가정해야 할 필요성이 그만큼 증가하기 때문이며, 김민정의 시는 독자에게 이러한 주문을 걸고 있다고 보아야 한다. "어항"을 '기존의 문단'으로, "금붕어들의 반짝거리는 수다"를 '세상에 넘쳐나는 시들'로, "이리 와" 이후의 구절을 '시인이 되지 않겠니?'로, "우와, 정말로?"를 유쾌한 긍정이면서도, 설마 그렇겠냐는 불신과 조롱도 담은 역설로 한번 읽어보면 어떨까? 내친김에 "나는 주걱으로 죽어라 내 입술을 때리기 시작했어요"를, 이러한 요청에 응한 자신에 대한 자책인 동시에, 이러한 요청에 나름 부합하는 시를 쓰기 위해 나름대로 노력도 했다는 의미도 담지하고 있다고 가정해보자. 물론 결과는 참혹하며, 그렇기에 우리의 가정은 믿을 만한 것이 된

다. (나쁜) 시 역할을 맡은 "학의 긴 부리"로 시를 이리저리, "한 큐에 꿰여버리고 마는" 일종의 횡포로, 이후의 구절을 읽어야 하기 때문이다. 바로 이때, 마지막 연의 두 행은, 근본적으로 다른 방식으로 시를 써야 한다며, 제 자신을 채근하는 촉구가 된다. "금붕어를 삶아 어항 속에 풀어두어요"는 기존의 시를 죽이고("삶아") 나서, 완전히 다른 시를 쓰는 중이거나 써야 한다는 것이며, 김민정은 여기에 제 희망을, 역시나 가벼운 톤으로, 내비친다. "때때로 플라스틱 금붕어들이 산란하기도 한답니다"가 아귀가 들어맞는 것은 바로 이러한 가설에 기댈 때이다. 그러니까, 이 작품은 시론을, 저 풀기 어려운 게임으로 위장해놓은 시인 것이다. 제 자신이 시인이 되는 과정에도, 일상에서 줄다리기하는 상황극의 게임 논리가 작동하고 있다.

1.
오늘로 실종 사흘째,

나는 안 돌아오는데 아저씨네 전화벨은 불티나게 팔리네요
나는 나만 기다리고 있는데 누군가 내 심장을
끓고 있는 기름솥단지 안에 떨구네요 아마도 그건
천사 아줌마의 실수였을 거예요 아줌마는 신장병 환자,
야구글러브만 하게 부은 손으로 젓가락질하다 보면
콩알 하나 흘리는 것쯤 예삿일일 테니까요 그나저나
아저씨, 바삭바삭 튀겨진 내 심장 바싹바싹 타고 있는데
피 질질 새고 있는 배불뚝이 포대자루는 왜 자꾸
냉동고 속에다 옮기시는 건가요?

2.

자정 넘어 우리집양념통닭 아저씨 배달 가시네요
따르릉 따르릉 비켜나가는 자전거 뒤로
줄줄이 행처럼 꼬리에 꼬리를 문 닭들이
아저씨 그림자를 무빙워커 삼아 둥둥 떠가고 있네요
나는 주인 찾아 헤매 다니는 집 잃은 개처럼
코를 벌름거리며 혹시 그들이 내가 아닌가 하고
닭들의 뒤꽁무니에 따라붙어봤어요
야! 타!
그때 천사 아줌마가 뒤돌아 내게 인사했어요
내가 아줌마의 뭉실뭉실한 허리를 끌어안자
뱝뛰어 온 우리집 토순이가 기다란 두 귀로
내 허리에 리본을 매고 있었어요 토순이 뒤로
아직 누군지 모를 투명한 손들이 길고 더 길게
용수철처럼 한달음에 저 끝까지 늘어서는 게 보였어요

3.
조심하세요
박수가 마려운 심벌즈가 밤낮없이 손뼉을 찾아다니고 있으니깐요
—「저기 우리집양념통닭 아저씨 지나가신다」 전문

앞선 가정을 바탕으로 이 작품을 읽어보자. 이야기에 등장한 인물들이 제가 한 말을 수행하는 주인인 동시에, 그 너머의 행위도 암시한다는 바로 그 조건 말이다. 이 조건을 우리가 수용하면, 시를 쓰는, 시인이 되는 과정을 동네의 풍경에 대입하여 조작해놓은 극 한 편이 서서히 보이기 시작한다. 이야기인즉슨, 이렇다. 나는 시를 쓰지 못해서 주저하는데("나는 안 돌아오는데"), 세상에는 시를 쓰는 사람뿐만 아니라, 시를 가지고 장사

를 잘하는 사람도 있다("아저씨네 전화벨은 불티나게 팔리네요"). 어떻게든 나는 나만의 고유한 시를 써보려고 하는데("나는 나만 기다리고 있는데") "누군가" 나를 시인으로 만들어준다. 그는 "천사 아줌마"다. 이 아줌마는 "야구글러브만 하게 부은 손"의 소유자, 그러니까, 너무나 많은 사람들을 시인으로 만들어줘 큰 손과도 같다. 아줌마를 "신장병 환자"로 둔갑시킨 것은, 그를 통해 내가 시인이 된 것을 "실수"로 돌려놓기 위한 재치이다. "아줌마"는 "아저씨"와 한통속이다. 아저씨는 뭘 하는가? 시인이 되었다는 사실에 마음 졸이면서, 내가 속을 태우고 있는 동안, 아저씨는 "피 질질 새고 있는 배불뚝이 포대자루"를 "냉장고 속"에 옮길 뿐이다. 고통으로 점철된 시인들, 그러나 넘쳐나는 시인들을 꽁꽁 얼리는 일에 몰두한다고 말해야 할까. 아저씨는 문단의 권력자라도 되는가보다. 그래서인지, "줄줄이 햄처럼 꼬리에 꼬리를" 물고 여러 시인들("닭들")이 "아저씨 그림자를 무빙워커 삼아 둥둥 떠가고" 있다. 나는 "주인 찾아 헤매 다니는 집 잃은 개처럼" "그들이 내가 아닌가 하고" 그 "뒤꽁무니에 따라붙어"본다. 물론 이걸 부추기는 사람도 있다. 못 이기는 척 나도 "아줌마의 뭉실뭉실한 허리를 끌어"안아본다. 나만 그런 것도 아니다. "아직 누군지 모를 투명한 손들이 길고 더 길게" 늘여져, 가히 그 수를 헤아리기 어려운 정도의 시인들이, 저 "박수가 마려운 심벌즈가 밤낮없이 손뼉을 찾아다니고 있"다. "조심하세요"라고 해놓은 결구는 반드시 비판은 아니다. 그저 내 자의식이, 시인으로서의 자의식이 내부에서 움터 나온다는 것에 대한 비유일 뿐이다.

중요한 것은 이 작품을, 시가 제조되는 어처구니없는 현실 상황과 시인의 이름을 내걸고 활동하는 너무나도 많은 사람들 가운데 한 명이 된 내 현실(처지)을, 주변의 평범한 일상사로 되감아낸 상황극이라고 여기는 일에 놓인다. 김민정이 밀고 당기는 게임의 특징은 날카로운 비판의 날을 벼리지 않고서도, 제 주변에서 흔한 사람들과 풍경들을 재료로, 메타 담론을 만들어낸다는 데 있다. 기이한 일이다. 아래 구절도 이 상황극의 연장은 아닐까?

> 고작 한 방울의 바다, 눈물 속에서 나는 여직 종처럼 울고 있지, 글쎄, 나는 아니라니깐요. 철창 안은 온통 민숭민숭한 문어대가리들뿐, 너나없이 우글우글 떠들어대고 있었지.

"우글우글 떠들어대고" 있는 곳이 어디일까라고 생각하는 순간, "민숭민숭한 문어대가리들"이 무엇을 대신하여 시에 불려나왔는지 짐작하는 것은 그리 어렵지 않다. 그러나 이 상황극은 그 이후가 보다 적나라하고 자조적이다.

> 이 좆만한 새끼들, 아가리 안 닥쳐? 황 형사가 사정없이 문어대가리들을 박치기시키자 부서진 석고처럼 흰 가루들이 우수수 쏟아져 내리기 시작했지. 흩날리는 가면 속에서 서서히 광대뼈를 드러내는 해골, 해골들은 말이 없고 코털 속에 귀지 속에 비듬 속에 사뿐히 내려앉은 흰 가루들은 어느새 환히 눈먼 아침을 불러왔지. 다급한 듯 삐뚜름히 가발을 뒤집어쓴 채 해장국을 이고 온 여자의 젖퉁이를 주물럭대는 황 형사야, 잊지 말아요 너도 문어대가리야!
>
> —「박치기하면서 빛나는 문어」 부분

시인들("문어대가리들")뿐 아니라, 이들을 "사정없이", "박치기시키는" "황 형사"도 "삐뚜름히 가발을 뒤집어쓴 채 해장국을 이고 온 여자" 앞에서는 맥을 못 추는 속물이다. 풍자나 조롱은 아니다. 최대한 먼 거리에서 퍼붓는, 날아오는 곳을 파악할 수 없는, 유머와 페이소스의 폭격으로, 기존 문단을 강타하는 행위이다. (기성) 시라는 "외투"는 "점박이무늬 코트" 같은 것이며, "아줌마가 코트 깃을 굳세게 여며보지만 순식간에 뒷좌석까지 퍼져나가는 고소한 입김"(「젖소 아줌마가 작아지는 비밀」)은 그럼에도 어찌할 수 없다. 문단의 권력자들과 작당을 한다고 빗대는 것인가("얼마나 마음이 잘 맞는지 약속 없이도 지우개로 쓱싹쓱싹 서로의 눈동자 속에서 서로의 얼굴을 지울 줄 알았어요"). 시인입네 몰려다니는 사람들에 대한 조롱인가? 그들을 두고서, 시가 이렇다저렇다 떠벌리는 저 발정난 아저씨 비평가나 교수 비평가에 대한 질타가 이어지고 있는가. 아저씨 비평가, 그 횡포가 이만저만이 아니다("젖소 따위가 무슨 구두를 신는다고, 아빠들은 아줌마의 손과 발을 부러뜨려다가 창밖으로 냅다 던져버렸어요"). 아줌마 시인, 끈질기다("울면서 울면서 아줌마는 십자버티기 자세로 링에 묶인 채 오래오래 매달려 갔어요"). 아저씨 비평가, 작살낸다("아줌마의 까만 점박이무늬 코트를 훌렁훌렁 벗겼어요, 아줌마의 가슴팍에 조롱조롱 매달려 있는 젖병들이 퉁퉁 부은 젖꼭지로 눈물 같은 젖을 흘리고 있었어요"). 효과가 있었던 것일까? 아줌마 시인, 각성한다("파도의 쓰레질을 따라 다시 머리끝부터 발끝까지 까만 점박이무늬 코트를 뒤집어쓴 아줌마가 이번에는 텅 빈 젖병 속에 꿀꺽꿀꺽 바닷물을 통째로 채워나갔어요"). 아저씨 비평가, 아줌마 시인도 시인이 될 수 있다는 사실을, 그들의 각성을 알 턱이 없다("여람 위에는 하얀 털옷을 입고 푸른 젖병을 입에 문 아줌마가 잠들어 있었어요. 아줌마가 까꿍, 하며 빨던 젖병을 내밀자 아빠들은 뒷걸음쳐 도망치느라 바빴어요"). 더이상 시인입네 폼 잡지 않는, 진짜 시인이 되어도, 아저씨 비평가, 도통 알아볼 수 없다는 것인가? 기존의 시나 문단, 구태의연한 비평가의 횡포와 그 세태를 평범한 일상 속의 등장인물이 도맡아 진행하는 이 상황극에, 시에 대한 각성이 누락되어 있을 리 없다. 저 자신을 훼손하는 상황극이 이제 우리를 기다리고 있는 것이다. 「눈 내리는 거리에 눈알 파는 소년들이 들끓었다」를 보자.

시인이 되고 싶다고? 그럼 네 두 눈을 주렴. 시를 쓰려면 기존의 시선을 과감히 없애야 한단다("너를 위해 두 눈알을 뽑는다. 속 빈 바구니를 들고 눈 내리는 거리로 나선 눈알 팔이 소년이 오늘부터 너였으니까") "눈알 팔이 소년"은 장사하듯 시를 마구 생산해내는 문단이다. 나는 눈알이 뽑혀 시인이 되었다.[3] 기존의 시를 이식당한 채, 시를 쓰고 있는 것은 아닐까?("눈알 팔이 소년은 뻥 뚫린 내 안구 속에 감시용 카메라를 설치해둔다 눈커풀이 깜빡일 때마다 찰칵찰칵 나는 필름을 씹어 삼킨다 코드 뽑힌 냉장고 안은 쉴새없이 게워져 나오는 네 사진들로 썩어간다"). 오히려 의미심장한 것은 다음 구절이다. 시를 팔아먹으려는 온갖 광대짓이, 바로 이 기이한 게임의 클라이맥스이기 때문이다.

눈알 팔이 소년이 탁구장으로 달려간다 핑 퐁 핑 퐁 탁구대 중앙 네트를 오가는 수많은 눈알들이 눈알 팔이 소년을 째려본다 눈알 팔이 소년이 동춘서커스단을 찾아간다 저글링하고 있는 광대들이 알록달록 색소를 입은 눈알을 공중에다 오래오래 매달고 있다 눈알 팔이 소년이 한상민 베이커리에 가 문을 두드린다 진열장 안에 찐득찐득한 엉덩이로 붙어 앉은 찹쌀떡은 스티로폼을 뭉쳐 만든 모조뿐이었다 팥빙수용 떡으로라도 써주세요 1976. 13. 32. 한상민 아저씨가 눈알에 찍힌 유통기한을 가리킨다 눈 내리는 거리로 나선 눈알 팔이 소년이 자선냄비 속에 눈먼 내 두 눈알을 모두 버리고 도망친다.

"알록달록 색소를 입은" 예쁘고 다채로운 시들이 문학사에 기록되어

---

3) 김민정의 시에서 눈알은 시-신체이다. "눈알 두 개가 튕겨나간 눈알 한 개 속에서 다시 튕겨나갔다 루트 밖으로 튕겨나간 눈알들이 제곱에 제곱을 걸어 다시 또다시 튕겨나갔다 쉴새없이 나를 찍고 또 찍고 찍어대는 밤이 그러나 늘 들키고만 있었다"(「자…살…자」). 피를 말리고, 몸이 타들어갈 때까지 써보지만, 그래도 눈알이 되지 못한다. 눈알은 시이다. 명백히 시이다.

있는 시들과 더불어 가장 잘 팔려나간다. 국정 교과서의 어느 페이지엔가 눌어붙어 있는 시들은 "스티로폼을 뭉쳐 만든 모조뿐"이었다. 어디에도 도통 쓸모가 없다. 내 시는 이 시의 "베이커리"에서 유통기한을 보장받지 못한다. 세상에 존재하지 않는 생년월일 "1976. 13. 32."는, 내 시가 이해받지 못하는 (그럴 수밖에 없는) 처지, 아니, 버림받을 운명도 예고한다. 애당초 이 상황극은 주인공에 대한 기대치가 제거되어 있어야만 성립하기 때문이다. 당연한 것일지도 모른다. 등장인물의 역할을 위장하고 얼개를 숨겨놓은 서사를 은밀히 깔아놓은 상황극에서 연출가가 설 자리가 어떻게 마련되어 있겠는가. 시인은 제가 빗댄 저 과감한 연극에서 해피엔딩을 기대할 수는 없는 운명이다. 시는 다시 찍어 세상에 나오고, 곧 폐기처분되기를 반복할 모양인데, 내 탓은 아니다. "눈알 팔이 소년이 눈꺼풀을 깜빡거리자 찰칵찰칵 요요 안에 배터리 켠 감시용 카메라가 작동을 시작한다"는 마지막 구절들은, 경쾌하게 적혀 있지만, 그렇다고 제 시가 비집고 들어갈 연극의 대사가 되지는 못한다. "제 밥그릇을 뒤집어엎으며 짖어대는 개들"은 구태의연한 반복에 기초한 시, "빨래집게에 집혀 코가 짜부라진 슬리퍼"(「가재발 달린 집게벌레의 방문」)는 특징 하나로 도드라져 전체가 망가진 시라고 해야 하는가. 나머지 대목들은 그래서인지, 시를 모색하는 행위로 읽힌다.

방방마다 냄새가 들어찬다, 너는
푹신푹신한 솜이 깔려 있는 유리병의 주리를 쥐어틀어
과산화수소를 짜낸다. 유리병 속 과산화수소에는
눈알들을 싸안은 눈동자들이 둥둥 떠다닌다.
딸랑딸랑 딸랑이처럼 유리병을 흔들어, 너는
이쑤시개같이 가느다란 지겟다리로 턱 받친 이들의
병든 선잠을 깨우고 다닌다.

—「가재발 달린 집게벌레의 방문」 부분

평온한 문단이나 기존의 시, 이 모두를 곤혹스럽게 만들거나("푹신푹신한 솜이 깔려 있는 유리병의 주리를 쥐어틀어") 아예 쥐고 뒤흔들어(유리병을 흔들어), 저 공상만 일삼는 시인들("이쑤시개같이 가느다란 지겟다리로 턱 받친 이들")을 일깨우겠다는 말이 아닐까. 시를 쓰는 어려움에 대한 이야기들도, 물론 먼 거리에서 조종하는 리모컨의 조작 과정을 눈여겨볼 때, 비로소 드러나는 숨겨진 게임의 퍼즐들일 뿐이다.

> 잃어버린 제 털 한 가닥을 찾기 위해 털붓들은 머리를 질끈 묶은 예민한 혀끝으로 까끌까끌 점자처럼 쓰라린 찍찍이를 밤의 하얀 페이지 위에 풀 발라 놓는다. 어서 오라 반가움이여, 사랑스런 나의 밤이여 그래 털붓들의 아침,
>
> 알로에의 속살처럼 번들대는 기름종이 위에 소녀의 그림자가 달라붙어 있다.
>
> —「지렁이 날자 나 떨어졌다」 부분

"열쇠 없이도 나는 스물여덟 겹의 정조대를 풀고 관 밖으로 뛰쳐나갈 수 있었어요"(「오렌지 나라의 얼굴을 잃어버린 오렌지들」)라는 대목 역시, 시에 대한 별도의 마스터 과정이나 정식 코스 따위를 이수하지 않고서도 기존 시의 통념을 깰 수 있었다는 사실을 빗대며, 첫 시집을 낼 무렵 시인의 나이가 대략 "스물여덟"이었던 것은 게임에서 주어진 어드밴티지나 다름없다. 그러나 시인으로서 그의 운명은 순탄치 않고, 날로 어려워지는 상황인지라, 시 쓰는 어려움과 시인되기의 난관이 저절로 사라지는 법은 없다. 그래버리면 상황극의 막을 내려야 하게? "지금 막 도서관 현관을 통과했어요"는 시인이 된 것에 대한 비유로 볼 수 있지만, 여기에 벅찬 감

정이나 희망 따위는 없다. 그저 일상의 한 과정처럼 기술될 뿐이다. 김민정은 기존의 시와 문단을 탈신성화하면서, 자신의 시인으로서의 정체성도 함께 탈신성화의 반열에 올려놓는, 몇 안 되는 시인에 속할 것이다.

끓는다, 들끓는다, 컹컹 들개소리, 0시 1초 전 시계불알은 혀 빠지고 아령 든 사람들의 알통마다 팥빙수용 빨대같이 길쭉한 어금니 필 꽂힐 때, *끓는다, 들끓는다, 컹컹 들개소리,* 밤의 누런 시트 위에서 머리 똑 딴 콩나물로 꼬리 똑 잘린 정자들 일일이 일으켜 세우는 핀셋 하나 경련나는 손가락으로 부르르 떨 때, *끓는다, 들끓는다, 컹컹 들개소리,* 스프링영양처럼 튀어 오르는 3m 사다리의 휘어진 활이여, 고무공처럼 착지하는 형상기억합금메모리와이어의 빛나는 합이여, 그러니 곤죽의 잡탕밥 들개여 너는 여전히 외지 못한 채로구나 주발과 복지깨처럼 쨍 하고 입 꽝꽝 봉해지던 망치질의 횟수를, 하여 저리 컹컹 나보다 더 나를 잘 안다는 입심으로 허연 입김의 줄자를 풀었다 감았다 내 맥박의 치수를 재고 있으니 나는

(……) 내 것이 아니야, 아니었으므로 *끓는다, 들끓는다, 컹컹 들개소리,* (……) 아니었으므로 *끓는다, 들끓는다, 컹컹 들개소리,*

(……) 나는 아니야, 아니었으므로 펄펄 뛰어보지만 개 소리는 개소리일 뿐 사방팔방 물똥이 튀고 타종하듯 문패 건 대못을 머리 탕탕 두드려 박는 망치질의 횟수를 들개는 지금에서야 뻐개진 두개골 파편에다 저장하는 중이다, 부글부글 *끓는다, 들끓는다, 잠잠 들개소리*…… 그 너머로 나는 아니랬잖아 앙다문 잇사이에 꼭 쥔 주먹처럼 성글게 끼어 있던 까만 들깨 한 알, 그래 마침표.

—「들개 브라보 들깨」 부분

나만의 시를 쓰기 위해, 대체 얼마나 많은 노력이 필요한 것일까? "내 것이 아"닌 것들이 주위에는 너무나 많다. 그러나 나는 내 목소리를 내야만 한다. 그래야 무릇 시인인 것이다. 좇고 또 좇기기를 반복하는 특유의 리듬으로 급박하게 이야기가 진행되면서, 시 창작의 과정 자체, 아니 시의 개별화의 어려움과 그 각오가, 주고받는 문답법의 실감나는 사건으로 구성된다. 과장 없이, 고상한 말을 쓰지 않고도, 점잔 빼지 않은 채, 내 것 아닌 것과 싸우기 위해, 나는 긇고, 들긇기를 수없이 반복한다. 그런 급박한 과정을 거친 후에, 고작 한 줄의 시에 마침표("앙다문 잇사이에 꼭 쥔 주먹처럼 성글게 끼어 있던 까만 들깨 한 알, 그래 마침표")를 찍을 수 있다는 것인가. 매우 시시한 말과 평범한 비유("스프링영양처럼 튀어 오르는 3m 사다리의 휘어진 활" "고무공처럼 착지하는 형상기억합금메모리와이어의 빛나는 합")를 몸통으로, 김민정은 알고 있는 말들과 들어본 소리와 그 짬뽕으로 점철된 시("곤죽의 잡탕밥")를 물리치고, 날것으로 짖어대는 생생한 목소리로 시를 써야 한다고, 그 누구보다도 격렬하고도 진지한 각오를 적어내었다. 시인이라면, 제 말을, 저만의 말을, 특수한 방식으로 펼쳐내야 하는 것이다. 시인의 채무와 자책은 이렇게 김민정에게는 운명이자 필연으로 거듭난다.

멋스러운 글귀에 밑줄을 그어대며 환호하던 시절은 다 끝, 났, 어, 요

하지만 나 다 알아요
아파도 입 벌리면 안 된다는 걸, 한번 벌어진 밤송이들은
처음으로 입 오므릴 수 없으니까 멀리
깨진 종(鐘)이 지가 깨진 줄도 모르고
밑 빠지게 대가리를 쳐대도 놀라면 안 된다는 걸, 그건
댕강, 댕강거리는 영혼들이 외로워, 외로워서

제 영혼을 심문하는 妖靈 소리니까

—「따뜻한 날 젤로 차가운 나의 체온」 부분

낮에도 여자는 늘 세탁중이네 피칠 두른 살에 지져진 얼룩들이 남아 영 지워지질 않네 회전하는 드럼통 안에도 흉터처럼 얼룩들 남아 닦고 또 닦아도 아이 참 이 씨부럴 놈의 얼룩들 지워지질 않고 도돌이표 도돌이표로 다시 **밤마다** :‖

—「고통에 찬 빨래 되기—나는 안 닮고 나를 닮은 검은 나나들 5」 전문

상황극은 자신을 죽이거나 가두어두는 일을 무기로 제 생명을 싹틔운다. "멋스러운 글귀"를 죽이는 일은 쉽지 않고, 시를 쓰는 자의 자기반성은 "영혼의 심문"에 갇힌다. 그러나 "멋스러운 글귀"를 휘갈기며 시를 쓰는 요령은, 요령이 아니라, 요상한(妖) 소리이면서, 요령껏 쓴 시의 악령(靈)을 물리칠, 시인의 자각으로 되살아난다. 김민정의 시에서 말놀이는 성찰의 결과이며, 시인 자신을 채근하는 상황극의 주인공이 된다. 예쁜 말, 황홀한 말, 장식으로 겉도는 말, 고상한 말은 경계 대상 1호이며, 이 말들이 구석구석 물들인 얼룩들을, 나는 "도돌이표 도돌이표로 다시 밤마다" 지우는 연습을 한다.

금조개 캐러 간 엄마들아,
너희들이 쓰고 있는 건 귀마개가 아니라 조가비잖니
아코디언의 주름상자처럼 공기 속에 엄말 짜부라뜨리는
저 투명한 꽃병 밖으로 거무튀튀한 음순을 그래도
꽃이라고 아이 이뻐라 피워낸 엄마들아,
쏙 내민 그 혀를 호미로 대체 무얼 캘 수 있단 말이니?

너무 지친 문갑…… 문갑은 지쳐 말이 없고
문갑 안에서 문갑을 못질하는 천사의 장도리 소리
너무 헐거운걸…… 그렇담 이건 어때?
문갑 안에서 문갑을 빼개대는 천사의 도끼질 소리
너무 잘은걸…… 그렇담 이건 또 어떠니?
문갑 안에서 그러나 문갑을 씹어대는 천사들의
아귀아귀 아귀 엇물리는 소리에 퉤!
나를 입 밖으로 뱉어버리는 문갑

—「사춘기」 부분

나는 아주 유연한 허리로 45도에서 60도 60도에서 90도로 발딱발딱 발기한 채 그대 쪽으로 광합성하기 시작한다 석회가루 잔뜩 묻힌 다디단 그대의 뺨이 직각으로 누워 나를 잡아당기는 또 다른 나의 얼굴을 완전히 가려버린다 이제 나는 가쁜 숨을 몰아쉬며 안도한다 그리고 환호한다 *와우, 얘들아 이것 좀 봐, 드디어 내 푸른 제2의 자아가 내 몸 위에 달군 피자처럼 엉겨 붙고 있어*

—「완전한 격리」 부분

김민정의 상황극이 시의 탈신성화를 견인하는 것이라면, 인용한 두 작품에는 그 대상이 무엇인가를 추정하게 해줄 만한 단서가 들어 있다. 더 이상 아름답지 못한 엄마에 대한 불신? 엄마가 예쁘게 가꾸는 문갑? 온전한 구어체로, 속도 있게 전개된 저 말의 경쾌하고 거침없는 전개 속에서, 우리는 시에 대한 비판과 자기성찰의 목소리를 감지해낼 수는 없는가? 나는 "장식"되지 않은, 그러니까 거친 말로 시를 쓴 적이 있다. 그러나 내 시는 "문갑" 안에 담길 수 없다. "문갑"은 아름다운 글을 담는 상자에 대한 메타포이기 때문이다. 상자(匣)는 귀하고 소중한 문(文)으로 벌써 만

원인 상태, 내 시가 들어갈 자리가 없으며, 다 토해내고 만다. 누군가 말한다. 쯧쯧, 넌 아직 시를 몰라, 네가 쓴 시는 문갑에 보관될 정도로 장식처럼 반짝거리며 아름다운 것도 아니잖아. 김민정은 시의, 고상함? 흥, 웃기지 마라, 라는 투로 이 보이지 않는 구박에 씩씩하게 맞짱을 뜬다. 인용한 두번째 시는, 고상한 시에게 "45도에서 60도 60도에서 90도" 몸을 굽혀 인사하며, 그쪽으로 기웃거리는 상황에 놓여 있는 나로 시작한다. 이렇게 함으로써, 나에게 주어지는 것은 안도감과 환희이다. 상황극의 핵심은 물론 이탤릭체로 표시된 대목, 그렇게 해서 "푸른 제2의 자아"를 갖게 된 저 자신에 대한 조롱과 비아냥거림에 있다. 통념, 고상한 시, 아니, 이 상황극이 겨냥한 표적과 대상은 그 무엇이어도 좋다. 김민정은 편재하는 '통념-고상한 시-장식 같은 시'를 그저 일상의 대소사에 대입하여 적절히 교체해놓고서, 경쾌한 어투로 한 편의 연극을 진행하고 있을 뿐이다. 그 드라마의 몸짓은 자조적이며, 그 엔딩은 비난이나 박수가 아니라, 오히려 자기비판으로 막을 내린다. 통념이든 강박관념이든, 고상한 시-시입네 하는 시-기성의 시든, 우리는 왜곡할 위험에도 불구하고 이 상황극에 내기를 걸고서 김민정의 시를 읽어나갈 수밖에 없다. 왜? 그게 아니라면, "두고 봐, 나 피가 차가운 저 시체랑 꼭 살 섞어버리고 말 테니까"(「불가피한 잠입」) 같은 대목의 주변을, 시간(屍姦)으로 치환된 페미니스트의 목소리로 채워넣을 수밖에 없기 때문이다. 모든 관념을 다 덜어낸 후에, 주입된 사유를 핏물 빼듯 쪽 뽑아낸 후에, 다시 착수하는 시를 꿈꾸고 있다고 보는 수밖에.

김민정은 소설을 구상하듯 등장인물을 고안하고 배치하지만, 그 등장인물은 '무언가를 대체한 무엇'의 자격으로만 존재하는, 인형극의 주인공과도 같은 존재들이다. 그것이 대신하는 것은 거개가 탈신성화의 의지와 맞닿아 있는 크고 작은 행위들이다. 이때 탈신성화는 무엇보다도 우선, 시가 부리는 언어의 탈신성화를 의미하는데, 시라는 창작의 기술 자체를 수행하는 저 언어를 바꾸지 않고서는, 그 무엇도 도모할 수 없다고 생각하기 때문이다. 비루한 어휘에서 그 배치에 이르기까지, 온갖 작위적인 삽입구들과 속된 표현들, 쉼 없이 쏟아내는 문장들의 짧은 거리는, 그러니까, 웃음, 폭소, 우스꽝스러움, 조롱을, 보다 멀리서 비추기 위한 무대의 조명과도 같은 것이다. 따라서 탈신성화의 결구를 펼쳐들기 이전에 필요한 것은 작위적인 이야기들이다. 피, 시체, 사랑, 폭력을 테마로 삼아, 그럼에도 성공하지 못하는 이야기, 결국, 엽기라는 말로 우리가 그간 평해놓았던 그런 골격의 이야기들은 그러나 언어와 시, 말과 사유를 향해 근본적인 탈신성화의 직격탄을 날리는 데 필요한 장치일 뿐이다. 「나는야 폴짝」은 전형적으로 이와 같은 구조를 보여준다. "~하고 있었는데"로 쉼 없이 이어나가며, 성장기를 엽기적인 말과, 경쾌한 리듬에 의지에 기술하다가,

> 스물여덟 살 먹은 나 혼자 폴짝 줄 넘고 있었는데 줄 돌리는 사람 없이 저 혼자 잘도 도는 줄이 돌고 돌수록 썰면 썰수록 풍성해지는 양배추처럼 도마 위로 넘쳐나는 쭈글쭈글한 내 그림자들이 겹겹이 엉킨 발로 폴 짝 폴 짝 줄 넘어가며 입 속의 혀 쭉쭉 뽑아 길게 더 길게 줄을 잇대나간다.

이렇게 끝을 맺을 때, 우리는 앞서 전개된, 다소 무관해 보이기조차 한 내용들, 그러나 가히 충격적이라고 할 만큼 성기고, 거침없이 풀려나온 이야기들이, 마지막에 이르러 시라는 개념 자체를 전복해내고 그 개념에 상처를 내기 위한 소도구였다는 사실을 깨닫게 되는 것이다. 김민정의 시에서(특히 첫 시집에서), 이러한 상황극의 배경과 놀이를 놓쳐버리면, 우리에게 남겨지는 것은 그리 많지 않다. "가장 뻔한 옛이야기, 그것은 우리들 누구나의 이야기. 내가 슬픈 건, 언젠가 내가 족집게였을 때 미처 다 안 뽑혀버린 이야기"(「陰毛 한 터럭 속에 세상 모든 陰謀가 다 숨어 있듯

이—즈비그니에프 헤르베르트의 '단추'를 위하여」)를 마지막에 배치한 것은 이 시집 전체를 꿰뚫고 있는 시적 의식이 어떠한가를 잘 보여준다.

3. 삶은 시다

어법 자체를 전통시나 유행가, 광고 문구를 차용해 활용한 두번째 시집 『그녀가 처음, 느끼기 시작했다』에서 '기존 시—고상한 시'에 대한 비판의 날이 크게 무디진 것은 아니다. 그 날은 게임의 탈을 벗고 보다 직접적으로 무언가를 겨냥한다. 패러디는 따라서 눈여겨볼 대상이 아니라, 시집의 핵심과도 같다. 사회 비판이나 풍자가 강한 것은 아니다. 김민정의 패러디는 삶과 시에 관여하기에, 오히려 살갑기조차하다. '나와 시'가 첫 시집에서 보여준 상황극의 핵심이었다면, 두번째 시집은 '삶과 시'가 본격적으로 탈신성화를 견인해낸다. 김민정의 시를 견인해온 것은 그러니 크게 보아 시론은 아닌가 싶다. 목소리는 보다 온화(?)해졌지만, 발랄한 문장과 재치 있는 비유, 날것으로 들어선 어휘들로 내기를 거는 예의 그 특수성과 힘은 여전히 반짝거린다.

지신밟기의 명수, 선배들

훌쩍 웃자란 키 때문에 소프라노가 되었지만 하얀 내 실내화 앞코를 피아노 페달인 양 밟아대던 선배들의 까만 깔창들, 더는 박자 맞추기 싫증났을 때 이렇게 냄새 풍겼지 메, 메조라고? 에이 난 또 메주라고!

플뢰레의 명수, 음악 선생

합창은 계속되고 어이 하나 인당수는 철도 없이 철썩대는데 불쌍한 심청의 심정이야 솔직히 내 알 바 아니라서 나는 벙어리 시늉인 건데 순간 입속을 쑤시고 들어오는 모나미 볼펜 아? 물어 악!

재 뿌리기의 명수, 합창단원들

합창은 계속되고 반주를 시작하려는데 인천시민회관 조명 아래 엄마, 신여성도 아닌데 흰 양말에 까만 구두는 단정이 아니잖아 쥐가 난 손가락으로 달랑 파, 한 번 눌러보고는 무대에서 질질 끌려 내려올 때 재는 우는 것도 졸라 재수 없어 날아드는 악보들!

치사뽕의 명수, 교장 수녀

합창은 계속되고 립싱크 말고 재주라곤 상 받는 거라 뛰어 올라간 단상에서 이름표는? 가방 속에요…… 네 이름은? 민정…… 네 본명은? 김민정이요…… 본명도 모르는데 무슨 모범이 되겠어 효임 골룸바 당장 내려가 네 이름을 새겨 오렴 그 덕에 돌돌 말려 몽둥이가 된 우승 상장!

자격지심의 명수, 노래방 도우미

합창은 계속되고 지하 곰노래방에서 넌 그렇게 살지 마 노래할 때 참 나 창 너머로 내가 언제 갈보라고 했냐고요 고음 처리하기도 바빠 죽겠는데 술에 전 그 아까운 새우깡을 청소나 할까 내 입속에 던져 넣기 바쁜 당신들이야말로 진정 날 깔보지!

보청기 수집의 명수, 나

합창은 계속되고 자나 깨나 귀만 후벼대다 귓밥 파기의 명수가 된 나, 독일 지멘스社의 신형 디지털 보청기 맞추러 가다 말다 서보니 어느덧 서른넷, 그러고 보면 명수들은 정말이지 타이어드 해!

—「참견쟁이 명수들」 전문

성장 과정을 재치 있는 이야기로 구성해내는 데 성공했지만, 기왕에 그 이상을 봐야 하는 것은, 반드시 첫 시집의 파장 때문만은 아닐 것이다.

일상사를 모아놓은 제1부 "작은 사건들"에서조차, 상황극의 여진을 감지해내고자 한다면, 조금 억지스러운 것일까? 제 시를 쓰는 데 끊임없이 참견해온 자잘한 사건들에 대한 비유가 두 겹의 이야기로 실루엣처럼 감겨 있는 것은 아닐까? 기왕의 발걸음이다. "메조" "소프라노" 같은 시, "철도 없이 철썩대는" "인당수"와도 같은 문학, 그런 것들은 "솔직히 내 알 바 아니라서 벙어리 시늉"을 해왔다고 고백하는 것은 아닐까? "쥐가 난 손가락으로 달랑 파"를 내리누르듯, 나는 시집을 한 권 출간했는데, 그 결과로 내게 돌아온 것은 "무대에서 질질 끌려 내려"오는 것이었다고 말하는 것일까? "날아드는 악보들"과 "합창"은 천편일률적인 문단의 분위기와 질서를, 여기에 "립싱크"로 대꾸했던 나, 어쩌다 (문학)상을 받았지만(박인환 문학상!), 사람들 왈, 나는 아직 시의 본령을 모른다나? 상궤에서 벗어났다고 비판받았던 나, 섹스 시, 엽기 시라고 내 시를 말해온 사람들이야 어쨌거나, 나 몰라라 하고, 나는 야, 야호, 시가 무엇인지 고민하기에 바빠 죽겠다는 그런 이야기. 고리타분한 가락만을 "내 입속에 던져넣기 바쁜 당신들"이야말로 내 시를 "깔보는" 사람이므로, 나는 당신들이야말로 "갈보" 아닌지 반문해보라고 말하는 수밖에. 당신들이 말하는 그 무슨 시나 문학이 뭐라 하건 또 어떻건, 귓속만 후비적거리는 나, 울림을 보다 잘 들어보려는 서른네 살 먹은 내가 그러나 아무리 좋게 보아주어도, 당신들의 시는 정말 지루하고 고리타분해, 이렇게 말하는 목소리가 들리지 않는가. 예의 그 격정과 과격함은 더러 진정되었지만, 시에 대한 고민은 한층 성숙하고(이 시인에게 어울리는 표현이 아니라는 것을 나는 알고 있다!), 그 비판은 보다 구체적이며, 진중하다.

> 고비에 다녀와 시인 C는 시집 한 권을 썼다 했다 고비에 다녀와 시인 K는 산문집 한 권을 썼다 했다 고비에 안 다녀와 뭣 하나 못 읽는 엄마는 곱이곱이 고비나물이나 더 볶게 더 뜯자나 하시고 고비에 안 다녀와 뭣 하

나 못 쓰는 나는 곱이곱이 자린고비나 떠올리다 시방 굴비나 사러 가는 길이다 난데없는 고비라니 너나없이 고비라니, 너나없이 고비는 잘 알겠는데 난데없는 고비는 내 알 바 아니어서 나는 밥숟갈 위에 고비나물이나 둘둘 말아 얹어 드리는데 왜 꼭 게서만 그렇게 젓가락질이실까 자정 넘어 변기 속에 얼굴을 묻은 엄마가 까만 제 똥을 헤쳐 까무잡잡한 고비나물을 건져 올리더니 아나 이거 아나 내 입 딱 벌어지게 할 때 목에 걸린 가시는 잠도 없나 빚을 보자 빗이 되는 부지런함으로 엄마의 흰머리칼은 해도 해도 너무 자라 반 가르마로 땋아 내린 두 갈래 길이라는데 어디로 가야 하나 조금만, 조금만 더 필요한 위로는 정녕 위로 가야만 받을 수 있는 거라니 그렇다고 낙타를 타라는 건 상투의 극치, 모래바람은 안 불어주는 게 덜 식상하고 끝도 없는 사막은 안일의 끝장이니 해서 나는 이른 새벽부터 고래고래 노래나 따라 부르는 까닭이다 한 구절 한 고비, 엄마가 밤낮없이 송대관을 고집하는 이유인 즉슨이다

—「고비라는 이름의 고비」 전문

시에 불려나온 엄마는 시의 재료인 일상적 낱말들을 내 시에 날라다주는 배우일 뿐이며, 그 배우는 "고비"라는 말을 한없이 부풀려나가며 시의 몸통으로 채워넣는 일이 시에서 진정한 "고비"가 된다는 사실을 내가 직접 적어내는 데 반드시 필요한 역할을 수행중이다. "고비"를 넘긴다고 할 때의 그 "고비"를 실감하며 제 시를 쓰는 작업, "고비"라는 낱말 주위로 서로 다른 의미의 영역을 넘보는 동음이의어나 가능한 최대한의 어휘를 동원하여 요리조리 바꾸어나는 저 시도 자체가 시의 "고비"라면 또 모를까, 시를 쓰는 일은 반드시 "고비를 다녀와"야 가능한, 그토록 고상한 일이 아니다. 시를 쓰기 위해 필요한 건, "사막도 모래바람도, 낙타"도 아니다. 시는 "한 구절", 한 구절이 바로 "한 고비"이며, 엄한 곳에서, 폼 잡으며, 일부러 찾아다녀야 할 고즈넉한 명상의 장소를 필요로 하지 않는다.

내 일상이 바로 시이며, 엄마가 흥얼거리는 "송대관"의 노래가, 엄마가 볶아주는 "고비나물"이, 거기서 유추해낸 "자린고비" "굴비" "까무잡잡한 고비"가 모두 시의 훌륭한 스승인 것이다. 「화두냐 화투냐」「결국, 에는 愛」「아내라는 이름의 아, 네」「오빠라는 이름의 오바」「남편이라는 이름의 남의 편」「강박은 광박처럼」「뛰는 여자 위에 나는 詩」처럼, 시의 제목이 유달리, 말에 대한 탐구에 바쳐진 것도 우연은 아니다. 시의 탈신성화는 이렇게 시가 되는 가장 기본적인 재료, 즉 말에 대한 가능성의 확장과 맞닿아 있으며, 무엇이 시가 될 수 있는지에 대한 근본적인 의문이 현실에 대한 경쾌한 비판을 동반하며, 차츰 무르익어간다.

그러니까 이건 무지 빤한 이야기
동그라미 그리려다 무심코 찌그린 꽈배기가 있다. 꽈배기는 맛있어 맛있는 건 바나나 바나나는 길어 길으면 기차 기차는 늘어져 늘어진 건 꽈배기…… 온종일 나 모르는 내가 이리도 꽈배기 타령일라치면 허기보다 배란기며 곤궁보다 자궁이라 착각도 참 자유로워진다 꽈배기여관으로 꽈배기모텔로 아니, 방 잡으려는 거 아니고요 그러니까 이 업소 이름 지은 사람이 남자일까요, 여자일까요.

그래서 아주 시시한 이야기
지금 그 사람 얼굴은 잊었지만 복사뼈에 걸쳐 있던 그의 똥 싼 바지는 아직도 내 기억에 또렷하네 허리띠라도 하나 사줄 것을…… 팔팔 끓는 주전자 주둥이가 얼마나 뜨거운지 차라리 말씀을 하시지 그랬어요 알았음 후 불어 식혀주기라도 할 것을…… 세상에는 무조건 용서해야 할 죄가 두 가지라지요 하나는 너무 어린 거, 또 하나는 가는귀 먹은 거 그렇게 침묵 속에 우린 그저 후진이나 하는데 백미러에 흔들흔들 고무줄로 몸이 묶인 예수가 위아래로 흔들리고 있었어요 그래서 아름다운 죄는 사랑 때문에라고

했나 봐요

그러나 결코 안 질리는 이야기

어제는 조인성이라 뚜레쥬르에 갔고 오늘은 이선균이라 던킨도너츠에 간다 그 페스트리가 그 페스트리고 그 꽈배기가 그 꽈배기지 그러나 빵만 먹고 어찌 살겠니 지당하신 왕언니 말씀.

—「페니스라는 이름의 페이스」 전문

"동그라미 그리려다 무심코"로 시작하는 시는 "뻔한 이야기라" 뒤에 "찌그린 꽈배기가 있다"를 붙여놓고, "지금 그 사람 이름은 잊었지만"으로 시작하는 박인환의 시는 "아주 시시한 이야기"라, 그 뒤에 "복사뼈에 걸쳐 있던 그의 똥 싼 바지는 아직도 내 기억에 또렷하네"라고 장난질을 쳐놓는다. 서정주("돌돌히 구겨지는 원으로 인제는 돌아와 제 관 앞에서 녹고 있는 저 눈사람은 대체 누구이간데요", 「할머니, 사내들, 그의 아내, 그리고 그녀의 딸」)도, 이육사("모래바람이 인다고 했지 모래알갱이도 잘근잘근 씹힌다고 예가 사막인가 신발 벗으니 모래 발도 탈탈 털린다고 누군가는 말하였고 어떤 분은 말씀하셨는데 그게 무슨 멍게 여드름 짜는 소리래요" "초없이도 굳은 심지를 토하는 그분께선 부르면 답이요 받아 적으면 詩라 하였는데 초인이신가 만주 벌판에서 말 타고 오신 선구자신가", 「어느 날 가리노래방을 지날 때」)도, 김소월("예전엔 미처 몰랐으므로 몰라 뵈서/ 죄송합니다", 「피해라는 이름의 해피」)도, 이 탈신성화의 말놀이를 피해갈 수 없다. 시인들에 대한 거부나 노골적인 힐난이 아니라, 시의 탈신성화의 한 과정을 기존의 시, 교과서를 장식해온 시들에 빗대어 표현한 것뿐이다.

정현종 시집 읽기를 숙제로 내주고 정현종 시집을 잃어버린 내가 수업 직전 네이버 검색창에다 정현종, 이름 석 자를 쳐본 것은 2006년 5월의 어느 날, 키 169cm 체중 64kg이라는 자료는 대체 누가 올린 걸까 싶으면서도 나는 내 키에다 1cm 내 체중에다 8kg을 더한 시인의 그림자를 가늠하는 재미로다 어디에나 쩍쩍 잘도 붙는 밀가루 반죽을 손에 쥐고 시로구나 시인입네 주무르게 되었는데 그때 막 굴러오는 희뿌연 공 하나를 보았는데 오는가 싶게 굴러가는 희뿌연 공 하나를 찾다 나는 경상남도 진주시 상봉동 1096-1 정현종탁구교실 문을 두드려 라켓도 하나 빌리게 되었는데 그건 탁구공이 아니라 하고 그건 CF의 한 장면처럼 튀어 오르는 우유 방울도 아니라 하고 그럼 뭐냐는 질문에 그건 매끈한 탄력 기막힌 탄성 같은 거라니 서브 좋은 서버들의 집중타를 나는 기분 좋게 맞아야만 했는데 진부한 나의 라켓이여 안녕, 식상한 나의 바스켓도 굿 바이, 해서 나는 경상남도 진주시 상봉동 910-6 또오리반점 주방에서 내다 버린 양파망으로다 공아, 아나 줄게 공아, 공이나 쫓기 바빴는데 때린들 어떠하리 맞은들 어떠하리 탁구공이 아닌 것이 우유 방울도 아닌 것이 무차별적인 스매싱을 감행하자 계속되는 랠리 속에 내 양파망은 밑이 터진 것이냐 뻥, 뻥, 뻥이오 텅 빈 양파망에서 튀겨져 나오는 뻥튀기나 먹는 나는 뻥튀기 낀 잇속이나 쑤시면서 다만 골똘해지는데 손에 꼭 쥔 이것은 떨어져도 튀는 공이니 김민정철학관이나 김민정머리방처럼 개나 소나 하게 잡스러운 내 간판은 머잖아 또 깨질 이름이니 부모여, 부디 이제 더는 시인 김민정에 기대를 마오

—「정현종탁구교실」 전문

"때린들 어떠하리 맞은들 어떠하리"라고, 제게 가해질 비판을 예상한다고 말하는 김민정은 배짱이 두둑한 시인이며, 풀어놓은 구절구절이 그걸 증명한다. 이렇게 시에 대한 탈신성화는 벌써 김민정에게는 명백한 사건이 되어버린다. "어디에나 쩍쩍 잘도 붙는 밀가루 반죽을 손에 쥐고 시로구나", 추임새를 넣는 김민정에게 "결코 안 질리는 이야기"란, 오히려 광고나 대중가요 같은 저잣거리의 말들 속에 있는 것인지도 모른다. 조용

필의 「그 겨울의 찻집」의 가사 "아름다운 죄 사랑 때문에"(「페니스라는 이름의 페이스」)를 삽입한 것)도, 범박한 말, 일상적인 어휘, 평범한 구성의 문장들로도 거뜬히 시를 쓸 수 있다는, 지극히 당연하면서 한편으로 수긍할 만한 생각이 자리하고 있기 때문이다. "'앙서점'이나 '님짜장'처럼 글자 하나 툭 떨어진 의외의 간판"에서 "발견하는 재미 꽤 쏠쏠하여 길 가다 우뚝 여기 어딘가 둘러볼 때가 있"다고 말하며, 김민정은 시를 일상에서 발견하는 자잘한 사건으로 전환시켜놓는다.

> 사랑해라고 고백하기에 그 자리에서 오줌을 싸버렸다 이보다 더 화끈한 대답이 또 어디 있을까 너무 좋아 뒤로 자빠지라는 얘기였는데 그는 나 보기가 역겨워 가신다면서 그 흔한 줄행랑에 바쁘셨다 내 탓이냐 네 탓이냐 서로 손가락질하는 기쁨이었다지만 우리 사랑에 시비를 가릴 수 없는 건 결국 시 때문이다 줘도 못 먹은 건 그러니까 내 잘못이 아니란 말이다
>
> —「시, 시, 비, 비」 전문

> 이상의 시를 읽고 이상의 사진을 보고 나는 이상형을 이상으로 삼는다 멋 내지 않아도 멋이 나는 남자, 이상 때문에 빌려 본 「금홍아 금홍아」란 영화에서 뜻밖에도 나는 김유정을 만난다 이 사람 유정이, 우리 천재끼리 죽어버리세 난 못 죽네 왜 못 죽는가 난 통닭 먹고 싶어 못 죽네 폐결핵으로 죽어가는 김유정이 그러고는 힘없이 이불을 당겨 쓰는데 일종의 기시감이라고 하던가, 전생이 그때인 사람처럼 곁에서 마구 슬픈 것이었다 강원도 통감자였나 알감자였나, 헤어진 애인들의 별명이 그랬던 것으로 보아 내 이상형이 이상이란 장담은 곧 농담이 될 거라며 앞서 걷는 이가 있었으니 나 모르는 내 시로 줄곧 나는 그를 따랐던 모양이다
>
> —「이상은 김유정」 전문

"농담도 장난도 인생"(「어느 날 가리노래방을 지날 때」)이라면, 그러니, 시는 또 무어란 말인가? 시가 농담이거나 장난이라는 것이 아니라, 그런 언어도 시가 될 수 있다는 것이다. 시의 탈신성화는 내가 시를 쓰는 곳이 바로 현실이라는 사실을, 그 현실의 밑바닥에서 솟아오르는 언어로 무언가를 끊임없이 고안하는 작업인 것이다. 시는 "통닭을 먹고" "통감자"나 "알감자"라는 범속한 별명의 애인들을 만나는 "강원도"의 길바닥에서도 쓸 수 있는 것이며, 그러한 조건에 있다 한들, 왜 우리는 이상이나 김수영의 뒤를 잇지 못한단 말인가. 중요한 것은, 누가 말하는가, 어디서 말하는가, 언제 말하는가, 무엇을 말하는가에 있는 것이 아니라, 어떻게 말하는가에 달려 있는 것이다. 김민정의 시에서 생생하게 튀어나오는 불꽃 같은 저 말들, "말은 곧 짖음"(「선우일란, 빵의 비밀」)과 말들의 축제는, 그간 폼 잡아온 아름답고 고색창연한, 그래서 고고하면서도 고리타분한 말들을, 통속적이고 일상적인 현실로 잡아 끌어내리려는 발버둥이며, 김민정이 제 시에서 보여준 일상적인 말들의 풍경은, 그 실험과 긴장을 제 생명으로 삼는 그런 말이다.

초콜릿색 피부에 컬러풀한 경기복, 마른 미역단 같은 머리칼에 짙은 색조 화장, 길게 이어 붙인 색색의 이미테이션 손톱으로 그녀는 관중들의 공통된 소실점이 되고 있었다. 탕 소리와 함께 총알처럼 폭발하는 그녀의 본능적인 스타트, 발산하고 발광하는 근육, 그 머리채에 휘감긴 뼈들의 유기적이면서 능수능란한 몸놀림은 소리 없이 차분했고 그래서 더더욱 힘에 넘쳤으며 고지는 순간이었다. 완벽한 어떤 조율의 증거는 저절로 터져 나오는 환한 미소……*오오 축복하노라 대지여*…… 트랙 위에 입 맞추는 그녀는 오늘도 세상에서 가장 빠른 여자의 역사다.

10초 49

죽어서도 살아 있는
그녀,
詩.

—「플로렌스 그리피스 조이너」 전문

시는 거창한 이야기가 아닌 것이었다. 시는 순간에 필요한 집중력의 소산이며, "공통된 소실점" 하나로 모아지는 불꽃이다. "죽어도 살아 있는" 시의 힘은 바로 여기서 나온다.

4. 이제 그녀가, 대답하기 시작했다?

시의 권위에 도전하는 시 쓰기. 더이상 고상한 시는 없다고 말하는 수준을 넘어서는 지점을 예고하기에 김민정의 시는 시의 탈신성화를 위해 바쳐진 제의와도 같다고 해야 할 것이다. 이성적인 관점을 오롯이 택하거나 감각의 측면만을 견지할 수 없음은 물론, 사실과 환상, 도덕과 반도덕, 상식과 비상식의 이분법도 김민정의 시에서는 구동하지 못한다. 하나를 선택하면, 하나가 매몰될 수밖에 없기 때문이다. 분위기 전반이 잔혹극처럼 진행되면서도 요리책의 매뉴얼이나 유행가 가사집을 떠올릴 수 있는 것도 바로 이 때문이다. 김민정의 시는 잔인한 것이 아니라, 일종의 퍼니 게임이다. 따라서 정신분열, 엽기, 광기, 악몽, 꿈, 환상, 환각은, 그것이 첫 시집이건, 두번째 그것이건, 우리가 갖추어야 할 혜안의 도구로는 적절치 못하며, 그렇다고 기존의 언어 양식을 전적으로 배반하는 엽기 코드나 예외 상태의 외계어로 편입시키는 일도 가능하지 않다. 실재적인 것과 비실재적인 것의 두 가지 잣대를 들이대는 순간, 빠져나가는 무언가 존재하기 때문이며, 바로 이것이 김민정의 시에서 중심을 이루는 말의 축제이기 때문이다.

김민정의 시를 이 한 편의 상황극이라는 가정하에 읽어본 것은 김민정의 시가 무엇보다도 우선, 거대한 기획의 소산이라는 판단이 있었기 때문이다. 기획은 '이것은 왜 시가 아닌가', 그러니까 궁극적으로는 '시는 무엇인가'라는 물음이다. 막막하고도 갑갑한 이 물음을 제 시의 소실점으로 붙들고 늘어지면서, 김민정은 온갖 시적 자유를 얻어낸 것이며, 속되고 천박한 말들, 그야말로 세상의 말들을 총동원하여 우리를, 우리의 문화적 풍토를 조롱하고 비웃고 비판할 전권도 얻어내는 것이다. 의식에 전적으로 위탁되어 있지 않은 어떤 규칙들을 발견해야 한다면, 또 그래야만 풀리는 신비로운 주술이 김민정의 시를 감싸고 있다면, 비평은 결국 모험을 감행하지 않을 수 없는데, 그게 아니라면, 내내 동어반복의 굴레에서 벗어날 수 없을지도 모른다. 김민정의 시 주위로 넘나들었던 그간의 말들은 응당 근거를 갖춘 뛰어난 식견을 반영한다. 그러나 뛰어난 비평적 식견이 때로는 시에 속을 때가 있다. 이제, 시인이 우리에게 던져놓은 이 물음을 시인에게 되돌려줄 시간이 왔다. 시인은 계속 시를 써야 하는 임무가 있다고 말했으며, 독자와 비평가는 그가 몰고 온 폭주의 기관차에 다시 몸을 실을 준비를 채근해야 하기 때문이다. 이렇게 시란 무엇인가를 묻는 한, 시에 대한 근본적인 고민을 촉구하는 한, 김민정은 계속 시를 써야만 할 것 같다.

(『시와사상』 2013년 봄호)

4부

시인론 II
패러디, 우화, 에로스

정치시의 미래를 견인하는 꿈의 전사(戰士)
—김중일론[1]

나는 꿈속에 있는 기분이었다. 고담(古談) 같은 데서 등장하는 역사(力士)만은 나도 인정하고 있는 셈이지만 이 한밤중에 바로 내 앞에서 푸르게 나는 조명을 온몸에 받으며 성벽을 디디고 우뚝 솟아 있는 저 사내를 나는 무엇이라고 이름붙여야 할지 몰랐다.

—김승옥, 「力士」

1. 누가 교각에 다이너마이트를 설치하는가?

경계는 대상을 구분하고 차이를 창조하기 위해 그려진 것이다. 세계를 구조 안에 가두면서 그 한계를 투사하여 생겨난 경계는 선연한 표식으로 영역과 범주를 늘려나갈 때 개연성을 확보해낸다. 사물의 특성을 구획짓고 대상에게 이름표를 붙이는 것은, 울타리의 내부와 외부, 가상과 실재, 타자와 나, 공과 사처럼, 유형이 다양해지고 분류가 세밀해질수록, 관리와 유지라는 명분하에, 이 경계를 중심으로 통념을 부풀려나가며 권력을 행사할 수 있기 때문이다. 무정형의 덩어리가 거대한 차이의 구조물로 분화되며 사회에서 유지되는 것은 순전히 경계 덕분이며, 질서와 안전의 이름으로 사회가 보존해내려는 것도 바로 이 차이의 구조물이다. 그러니 경

1) 대상 텍스트는 다음과 같다. 김중일, 『국경꽃집』, 창작과비평사, 2007; 『아무튼 씨 미안해요』, 창작과비평사, 2011.

계는 목책이나 바운더리, 장벽이나 한계만을 의미하는 것은 아니다. 사람이나 사물의, 이 세계와 저 세계의 접촉이 바로 이 경계의 언저리에서 이루어지는 것처럼, 경계는 무언가가 합쳐지고 만나는 접점이며, 극단적인 성질과 취약한 속성을 바탕으로, 애당초 모순된, 그러니까 압박이나 긴장을 함축하고 있어, 충돌은 물론 경우에 따라 전쟁도 불사해야 하는, 오히려 블랙홀에 가까운 지대를 만들어낸다. 이렇게 교각은 교각이 잇고 있는 두 대륙에서 보자면 각각의 목줄인 셈이며, 과열을 차단하는 두꺼비집의 퓨즈도 허용된 전류를 초과하면 녹아버린다는 치명적인 약점을 갖고 있다. 경계는 생략이나 응축, 전도나 전이가 생겨나고 사라지는 진원지이고, 한번 발을 디디면 빠져나오기 어려운 심연이자 공백이며, 정체성이 시련을 겪고 타자에 대한 통념을 내려놓아야 하는, 시간과 공간이 새로운 질서를 부여받는 지대이기도 한 것이다.

김중일이 제 시를 밀어붙여 점령해낸 곳은 바로 이 접점으로서의 경계이다. 이곳을 점령했다는 것은, 그가 경계에 부합하는 언어를 고안하는 일에 몰두한다는 것이며, 경계를 중심으로 갈라선 두 세계와 전쟁을 치르고 있다는 뜻이다. 물론 이 전쟁에서 기본 조건은 당파성과 출애굽의 시원이며, 따라서 그의 시가 정치적이라고 한다면, 그것은 오로지 언어의 고안을 통해 현실의 범주를 확장이 가능한 여분으로 전환해내면서, 단단하다고 말해온 현실의 틈입을 파고들거나, 적어도 매 순간 그럴 여지를, 평범해 보이는 삶에서 만들어내는 일을 채근하기 때문이라고 미리 말해두어야 하겠다. 그의 시는, 익숙한 것이 익숙하지 않은 것일 수 있다는 생각을 심어주고, 우리가 아직 알지 못하는 또다른 판단과 기준이 존재할 수 있으며, 지금-여기에서 그렇다고 받아들인 것들의 이면을 보아야 한다는 의혹을 제기하며, 사회의 통념 속에 굳은살처럼 들러붙어 있는 이데올로기는 시에서 미지의 자리가 될 수 있다는 사유를 촉발시키고자, 두꺼비집을 내리고 교각을 폭파한다.

2. 경계를 잠식하는 꿈의 언어

김중일은 정체성이 흔들리는 장소, 이성적 판단과 논리적 선택이 머뭇거리는 지대, 시각이 안전성을 보장받지 못하는 영역, 사회의 질서와 체계가 제 어두운 그림자를 내려놓은 곳, 우울과 슬픔과 고독이 싸돌아다니는 삶의 구석구석으로 침투하여, 난독(難讀)의 세계로 안내하는 심연의 언어를 풀어놓고, 우리의 현실을 그 언어로 기록해내려는 욕망을 숨기지 않는다. 결정이 불가능해 보이는 관념이나 현란한 감각에 홀린 것 같아도, 그의 언어가 꿈이라는, 저 경계에 걸맞은 옷으로 잠시 갈아입은 것뿐이라면, 새로운 방식으로 세계를 주시해야 한다는 재촉에 귀기울여야 하는 임무가 우리에게 있는 것일지도 모른다. 반드시 과거의 고통스러운 기억이나 지워내기 어려운 상처, 처절한 상황 인식 때문에 그런 것은 아니다. 김중일은 오히려 감각과 환상을, 때론 가혹하게, 때론 냉혹하게 움직여, 꿈의 언어로 경계의 저 블랙홀과도 같은 지대를 장악해내고, 이렇게 확보해낸 기이한 거점에서 출발하여, 한차례 다시, 세계를 재편해낸 것밖에 없다. 김중일이 꿈을 덧입혀 만들어낸 경계의 모든 것들은 벌써 현실에 뿌리를 내리고 있기 때문이다. 「밤구름방직공장」의 전문이다.

하늘에서 거대한 물레가 고요히 돌아가는 밤
정전된 구름에서
검고 투명한 실들이 무수히 뽑혀져 내려온다

나는 그 씨줄과 날줄을 엮고,
다시 말을 엮어 성긴 그물을 만든다

양초같이 서서 얼굴을 붉히는 123동,
더러는 123동 꼭대기에서부터 알몸의 사람들이

촛농처럼, 뚝뚝 떨어져내린다

큰 비가 밤이란 밤은 다 쓸어가고 있다
점점 환해지고 있다
꿈밖의 비가 꿈속의 불을 잡아먹고 있다

서둘러 나는 문자를 엮어 바닥에 떨어진
촛농 같은 목숨들이 순식간에 굳어가기 전에
그들을 기록해야 하리

흡혈귀의 뜨거운 송곳니 같은,
뾰족한 촛불 속으로,
시나브로 하나의 양초가,
모조리 빨려들어가버리고,

오늘밤, 나는 타오르는 양초 하나를 뽑아들고
사전에다 쓴다

하늘에서 거대한 물레가 돌고 돌아가는 밤
불타는 123동이 철야의 공장을 떠받치고 있다

아침 길 곳곳에,
물웅덩이가 촛농처럼 떨어져 있다

현실과 꿈은 어떻게 구분되는가? 대기의 기운이 수상쩍다. 먹구름 낀 하늘을 "정전된 구름"이라고 해놓았다. 이제 곧 비가 올 것이며, "무수히 뽑혀져 내려온다"는 쏟아지는 폭우를 암시하는 듯하다. "양초같이 서서 얼굴을 붉히는 123동"은 불 켜진 건물은 아닐까? "큰 비"가 내리는 밤에는 작은 빛도 환히 반사되기에 "밤이란 밤은 다 쓸어가고 있다"고 해놓은 듯하다. "*꿈밖의 비가 꿈속의 불을 잡아먹고 있다*"는 꿈을 기점으로, 상상과 사실을 양분해놓은 것처럼 보인다. 아침에 깨어보니 꿈을 통과한 세상이 펼쳐져 있는 것처럼 보인다. 이런 독법에 따르자면, 이 작품은 현실을 꿈의 지대로 초대하여, 경계를 허물어버린 후, 재편해낸 모습, 현실이 꿈의 전이 과정을 거쳐 낯선 세계로 편입된 결과를 적어낸 것이리라. 그런데 작품 곳곳에 득실거리는 난독의 함정이 이러한 독법 때문에 더 골이 깊어진다면 이야기는 달라질 수도 있다. 실제의 현실과 연관해 생각하지 않으면 '~처럼 보인다'에 의존한 이 피상적 해석은 난문(難文)을 가중시킬 뿐이기 때문이다. 이 작품은, 어렸을 적에 목격한, '방직공장의 화재사건'을, 몇 가지 시점을 차용하고 비유를 동원하여, 그러나 매우 사실적으로 포착해낸 것으로 보아야 할 필요가 있다. "하늘에서 거대한 물레가 고요히 돌아가는 밤"은 시인이 어리기에 상대적으로 낮은 시점에서 공장을 올려다본 것이며, "정전된 구름"은 먹구름과 동시에 여공들이 잣는 물레의 실타래이기도 하다. "검고 투명한 실들이 무수히 뽑혀져 내려온다" 역시, 외부 어딘가에서 공장 내부를 보았을 때, 불빛에 언뜻 내비치는, 실감는 저 노동의 현장과 내리는 빗줄기를 동시에 표현하고 있다. 어린 날의 내가 방직공장의 화재를 목격한 경험담이라면, "123호"는 여공들이 기숙하는 쪽방일 것이며, "밤이란 밤은 다 쓸어가고 있다"가 때마침 퍼붓는 폭우를, "점점 환해지고 있다" 역시, 거세게 타오르는 불길을 암시한다고 할 때, 문제는 오히려 "*꿈밖의 비가 꿈속의 불을 잡아먹고 있다*"는 구절에서 발생한다. "꿈밖의 비"는 지금-여기에 내리는 비겠지만, "꿈속의 불"은, 꿈이 아니라면 믿기기 어려운, 저 과거 어느 해인가의 실제 사건, 그러니까 이 화재의 비극성이 현재로 침투한 것이라고 보아야 한다. 중요한 것은 이 사건이, "그들을 기록해야 하리"에 이르러, 시간의 상거(相距)를 시의 조건으로 내걸면서 경계의 언어가 무엇인지를 여실히 드러낸다는 점이다. 시점이 모호한 상태에서도, 예의 그 사건을 적어내겠다는 의지를 반영하기에, '기록'의 시간대는 이 대목을 전후로, 과거-현재-미래에 동시에 엇물려 작동한다고 볼 수밖에 없기 때문이다. 따라서 "흡혈귀의 뜨거운 송곳니 같은,/ 뾰족한 촛불 속으로,/ 시나브로 하나의 양초가,/ 모조리 빨려들어가버리고"가, 한 자루의 초가 다 타들어가도록 기억을 복기하면서 보낸, 끊기면서도 이어낸(저 쉼표!) 인내의 시간에 대한 비유라면, "사전에다 쓴다"는 구절은, 객관적으로, 엄정하고도 사실적으로, 이 기억을 적어야만 한다는 촉구인 동시에 망각에 대항하는 의지의 표현이라고 봐야 한다. 따라서 "*하늘에서 거대한 물레가 돌고 돌아가는 밤/ 불타는 123동이 철야의 공장을 떠받치고 있다*"는 어릴 적 방직공장에서 야근하던 여공들이 화재로 사망한 사고에 대한 사실적 보고문이자, 쪽방 여공들의 희생으로 밤새 타오르던 저 노동 현장의 처절함을 적나라하게 고발하는, 리얼리즘 소설의 여느 대목 못지않게 사실적이고 강렬한 기록인 것이다.

착각하지 말아야 할 것이 있다. "아침 길 곳곳에,/ 물웅덩이가 촛농처럼 떨어져 있다"에서 이 사실성이 가치를 발한다고 할 때, 김중일은 벌써 과거와 현재, 꿈과 현실, 환상과 사실, 망각과 기억의 기계적 구분을 취하한 지점에 도달해 있다는 것이다. 경계를 점령하였으며, 그 지대를 무력화해냈다는 통보를 김중일로부터 받게 되는 것도 바로 이때이다. 아듀, 인상주의 독법이여. 「기적의 혈맹단원들」의 첫 구절이다.

> 제국의 시계가 자정을 지나자 돌연 북향으로 바람이 변한다.

신데렐라의 이야기에서처럼, 통과하고 이동하는 장치라고 본다면, "자정"은 꿈으로의 입사를 도입부에 예고해놓은 것이라고 해도 좋을 것이며, "변한다"는 현실을 이탈한 어떤 세계로의 진입을 가정한 상태에서 시간-공간-인물-주제가 전도되기 직전의 전조라고 할 수 있겠다. 꿈과 현실의 이 이중구도에 부합하듯, 각 연들은 현실(On)과 꿈(Off)의 교차와 변주에 바쳐지며, 이렇게 이야기의 동치는 "붉은 마차에서 내린 혈맹단의 사도들"이 "교회 첨탑 십자가"의 주변에서 전투를 벌여 전멸한("혈맹단의 수급(首級)을 푸른 리어카에" 싣고 있으므로) 내용을 얼개로 한 2연과 "생포된 혈맹단원들이 처형을 기다리"는 "지하감옥"과 "혈맹단원들의 아지트"를 배경으로 펼쳐진 4연일 것이며, 이 두 연은 판타지 소설의 어투와 골격으로 꿈의 세계를 담아낸 것이 명백해 보인다. 문제는 꿈과도 같은 이 두 연이 여하간 현실을 뚫고 침투한다는 데서 발생한다. 예컨대, "전서구" "점성술사" "붉은 마차"를 배경으로 삼은 이 과거의 꿈속 이야기에, "교회를 사방으로 둘러싼 아파트 성벽"이 도대체 어떻게 가능한 것인지 묻지 않을 수 없게 되는 것이다. 꿈이, 상상력이, 현실로 범람했다고 봐도 좋을 것이나, 핵심은, 경계를 점령한 후, 경계가 나누어놓은 것들을 지워내고, 새로운 언어로 무언가를 다시 구축해냈다는 데에 있다. 단서는 고작, 3연의 몇 줄(예컨대, "오늘밤 가로등은 혈맹단의 소멸하는 동공처럼 빛을 잃는다")로 제공될 뿐이지만, 여기서 오로지 단 하나인 현실이 김중일의 시에 존재할 뿐이라는 사실을 포착하기에는 크게 부족함이 없다. 마지막 연은 이렇게 애당초 이야기가 현실 속의 한 장면(교회가 즐비한 아파트 주변)에서 착수되어, 꿈의 주물을 통과한 후, 다시 기술된 것이라는 점을 알려준다.

밤새도록 겨울밤은
박쥐 대신 등뼈 위에 작은 십자가를 지고
텅 빈 놀이터를 돌개바람으로 날아다닌다.

여기까지 읽은 당신이라면 이 교차서술에서, 현실은 무엇이며, 꿈은 또 현실과 어떻게 어긋나는지, "교회 첨탑 십자가"가 이 양자 중 어디에 속하는지 확신하기 어려운 상황에 봉착하게 될 것이다. 김중일은 현실과 꿈을 인위적으로 나누는 것이 가능하지 않다며, 구분이 불가능한 상태를 그대로 적시할 언어의 발성에 전념할 뿐이다. 꿈에서 불쑥거린 모든 것은 결국 현실을 가득 채우고 있는 것들이며, 현실에서 만들어진 모든 것은 역시나 꿈에서 완성을 바라보는 것들인 것이다. 김중일의 시에서 꺼지고 켜지는 것(청소기), 교차되는 지점(사거리), 창문 등의 알레고리 역시, 현실과 꿈 사이의 구분을 무력화시키고서, 새로운 현실 하나로 세계를 재현해내는 작업에 헌정된다.

> 나는 저녁이면 사거리가 보이는 창문을 열었다, 닫았다 한다 나무로 짠 창틀은 마지막 남은 빛을 꽉 끌어안고 있다 창문을 열었다 닫을 때마다 손끝에 황진이 묻어나온다 나는 그만 창문을 덮어 책꽂이에 꽂고, 다른 창문 하나를 꺼내든다
>
> —「성聖 사거리 도서관」 부분

"창문"은 "불구가 된 방랑자를 노리는 저격수"가 확보하는 사거리나, "지난해 소렌토와 마주하고 있는 나폴리 해안의 석양을 보며 카프리를 홀짝거리던" "기억"들을 현실에 불러내는 장치이다. 과연 어떤 창문이 현실을 여는 것이며, 어떤 창문이 꿈의 틈입을 허용하는 것인가? 애초에 둘 사이의 구분이 존재하지 않았던 것은 아닐까? 꿈의 형식을 가장해, 시차와 거리를 조절하면서 기억과 상상의 이야기를 전개한 것은, 꿈으로 세계로 열고 들어가 그 사태를 기록하고, 경계에서 따로 놀던 현실과 꿈을 '현실-꿈 / 꿈-현실' 하나로 통합하는 작업, 즉 "다른 창문 하나"를 여는 데 몰두하기 때문이다. 꿈과 현실의 구분을 취하하는 자리에서 새롭게 고안

해낸 단 하나의 현실로 시를 물들이는, 이 시적 자기발생 과정을 통해 당도한 세계야말로 김중일에게는 리얼리티에 충만한 현실인 것이다. "스위치 ON"(현실)의 세계와 "스위치 OFF"(꿈)의 세계를 대비시켜, 양자(정과 반)의 충돌로 "순식간에 내 방은 핏빛 노을로 낭자하다"(「대청소의 날 Today/Cleaner」)라고 한 것은 그의 시적 모험이 아래와 같은 연유에 붙박고 있기 때문이다.

> 나는 식어버린 열망이라는 지도 위를 밤낮으로 집요하게 유랑했다. 눈물 젖은 내 침대는 누구도 읽으려들지 않는 비대해진 지도책이었다. 꿈에서 흘러나온 흥건한 땀이 매일 밤 시트 위에 지도에도 없는 명부의 지형을 그렸다.
>
> -「아스트롤라베—흥얼거림으로 떠돎」 부분

"나는 왜 이곳을 지키게 되었는가? 이곳은 과연 존재하기는 하는 곳인가?"(「구름이 구워지는 상점」)라는 물음에서 출발하여, "나의 의식도 꿈속에서부터 산산이 분해되어 흘러든다"(「모래시계」)고 고백하기까지, 오로지 하나의 현실만을 시에서 고구하려고, 김중일은 저 끈덕진 공통의 죄의식("당신이 오랫동안 허공에 달고 단 창문들" "무거운 창문", 「사거리가 보이는 창문」)과 "각자의 기억들을 자유롭게 해방"(「Sweet lime village」)시키려는 재촉에 그렇게도 시달렸던 것인가? 경계로 치고 들어가 김중일은 서로가 서로를 나누어 갈라먹는 현실의 불편부당함을 고발하고, 차이의 구조물이 행사하는 눈먼 권위를 부정하면서 근본적으로 세계에 이의를 제기하고 있는 것은 아닌가.

3. 경계-꿈을 허물고 다시 짓는 양상들

김중일이 경계를 점령한 다음 경계 자체를 취하하면서, 독창적인 단 하나의 리얼리즘을 선보이는 그 양상은 치열하고도 처참하다. 인접성과 유사성에 기반한 매끄러운 구성이나, 논리적-통사적 일관성을 견지한 언어로는 경계로 파고들어갈 수 없다고 생각했다는 사실은 명백해 보인다. 김중일은 솟구치는 이미지들과 배회하는 문자를 쥐고서 시를 작열하는 언어의 전쟁으로 물들여나가며 시에 드리워진 근본적인 관점을 밑바닥부터 뒤흔들어놓는다. 그의 시를 두고 쉼표를 지워야 한다거나, 어법을 정돈해야 한다고 말한다면, 그것은 경계를 잠식한 이 꿈의 언어를 포기하라는 것과도 같다. 시에서 원대한 계획을 품고 있지 않은 낱말은 존재하지 않는다는 사실을 김중일은 이렇게 경고한다.

무슨 얘기 끝엔가. 너는 내게 말했다. 오늘 *저녁은 어제보다. 한겹쯤 더 쓸쓸하군요. 한겹쯤 더. 답답하고. 먹먹해. 이 귀가 먹먹한 적막.* 예전처럼 나의 너의. 손을 잡아줘야 할 것 같아 손을 들다가. 그만 거둔다. 그것이 너의 손을 잡아줄 마지막. 기회였는지도 모르고. 시나브로 우리가 앉은 테이블의 지름은 조금씩. 점점. 길어지고 넓어지고. 있었다 너는 내 앞에서 쉴새없이. 무슨 말인가 했지만 그 소리는 점점. 더 어젯저녁의 기억처럼. 가물거리며 허공에서. 깜박거리다 사라져갔다. 어느 순간부터 울고 있는 너. 너의 손이라도 잡고 진정시키려 해도 이미. 테이블의 반지름은 우리의 팔길이를 넘어선 지 오래. 당황해서 황급히. 자리에서 일어서 네 손을 잡으려 해도. 이미 닿지 않는. 마치 난 앞발을 들고 재주부리는 서커스단의 곰같이. 얼떨떨한 표정. 우스꽝스러운 자세로. 부끄러워진 두 손을 거두며 자꾸. 내 의지와 상관없이 송곳니 사이로. 흘러내리는 침을 닦는다.

—「두 겹의 저녁으로 보는 테라스」 부분

문장이 어떻게 이어지고 끊어지는지 주시하는 것만으로도, 구두점의 배치만을 헤아려도, "두 겹"의 효과가 산출되는 경로가 드러난다. "조금씩" "넓어지고" "점점" 같은 낱말은 구두점이 없었더라면 문법의 가지런한 품에 안겨 있었을 것이다. 특수한 의미의 창출은 물론 통사의 분쟁에서 비롯된다. 상궤를 벗어난 구두점의 활용으로 문장의 경계가 허물어지고 새로운 단위를 강제하면서 "두 겹"의 수사는 통사의 경계나 접점에서 발생하는 의미의 분란을 겨냥한다. 경계의 언어는 문장의 특수한 구성에 근거하는 것이다. 가령, "조금씩"이나 "점점"에 단절을 의도적으로 강조하고자 구두점을 찍어놓은 것이지만, 이때 "넓어지고. 있었다"나 "그 소리는 점점. 더"같이, 주절도 갑작스레 붕괴를 겪게 된다는 점을 주목해야 한다. "있었다"는 이렇게 앞뒤로 제 의미망을 확장시키는 일에 전념하기 시작하고, '길어지고 넓어지는 동시에 너도 있다'는 효과를 견인하는 구문이 되어, 화자가 위치한 공간에 오롯이 "너"를 포획해내는 결과를 창출한다. 타자와의 대화 불가능성을 조절하고, 단절감을 시의 특수성으로 전환해내는 것은 결국 이 스타카토식의 통사 운용이며, 문법의 경계를 허무는 작업은 현실과 꿈의 구분을 취하는 일과 다른 것이 아니다.

차가운 창문을 끌어안고 다시 잠들었다, 달리고 있었다 나는, 차창에서 자작나무 가득한 캔버스를 부욱 뜯어내 내 무릎을 덮었다 눅눅한 캔버스 속의 자작나무 가는 가지가 자꾸 달려온 길 쪽으로 번져가고 있었다 (……) 나와 이름들의 경계를 잇는 자작나무 레일 위를 달리고 있었다 오늘도, 집으로 가는 길엔 자작나무숲이 말없이 하늘 끝까지, 자라나 있었다

—「붉은 집」 부분

"오늘도" 이후의 쉼표는 "자작나무 레일 위를 달리고 있"는 행위가 오늘-지금 진행된다는 사실을 증명하는 동시에, "집으로 가는 길"의 시간대에도 영향력을 발휘하여, 자명한 시간의 흐름을 부정하는 원인이 된다. 시간의 질서를 허무는 일은 따라서 쉼표를 헤아리지 않고서는 파악하기 어려운 것이며, 꿈의 지대로의 돌입과 그 세계의 점유는 이렇게 통사와의

전쟁의 전유물인 것이다. 이미지라고 해서 예외는 아니다.

> 한쪽에선 수프가 얼굴의 화상 수포처럼
> 조금씩 붉게 부풀어오르며 끓고 있고
> 사철나무마다 검은 압핀들이 무수히 돋아
> 사시장철 밤의 창문을 단단하게 고정하고 있다
>
> —「사구의 달이 자라는 겨를」 부분

> 폼페이 검투사의 집처럼 검게 내려앉은 저녁의 고속도로 위에, 검투가 끝나고 벗어놓은 피 묻은 갑주 같은 차들이 끝없이 도열해 있었지
>
> —「대망(大妄)」 부분

> 오리는 융커튼 같은 폭설에 가려져 보이지도 않는
> 오리(五里) 앞의 강을 보고 있었다 강 너머에 두고 온
> 오리나무숲의 주검들을 생각하는 것 같지는 않았다
>
> —「새벽의 후렴」 부분

"수프"는 "끓다"와도 "화상수포"와도 결부되며, "화상수포"는 "붉게 부풀어오르"는 이미지를, "사시사철"은 "사시장철"을, "검은"은 "밤"을, "압핀"은 "고정하고 있다"와, 횡으로 종으로 얽혀, 독특한 이미지를 생성해낸다. "검투사"에서 "검게"로, 또 이 둘이 합쳐져 "고속도로"로, "검투"에서 "피 묻은 갑주"와 "차들"로, 급하게 이동하면서 "끊임없이 도열"하는 이미지가 시 전반을 물들여나간다. "오리"나 "오리(五里)"도, "사구"(砂丘)나 개의 이름일 "사구"(「사구의 달이 자라는 겨를」)도 같은 원리에 의지하기는 마찬가지이다. 허나, 동일한 음성을 주고받으며, 몽환적인 이미지를 지속적으로 생산한다는 사실에만 집착한다면 여전히 함정에 빠

진 것이다. 김중일의 시에서 지속적으로 목격되는 이 문자들의 놀이를 동음이의어의 단순한 장난으로 묶어두는 순간은, 시가 애써 거두어들이고 재배치해놓은 것들의 가치가 상실되는 순간이자, 그의 지적 투쟁과 언어의 실험을 단순한 미적 효과로 전락시키는 순간이기 때문이다. 김중일의 시에 끊임없이 출몰하는 연상 효과는 거개가 꿈의 언어에서 말하는 기법, 예컨대 전이나 도치에 의한 것인 동시에 하나의 주제의식으로 강렬하게 관통되기에, 홀로 뽐내는 테크닉의 나열이라고는 생각할 수 없다. 분절되는 리듬, 말놀이에 기대어 확보된 독특한 이미지는, 교각을 폭파하고 두꺼비집을 내려놓기 위해서는 없어서는 안 될, 다시 말해, 경계를 점령한 자가 독창적으로 부린 언어적 실천이며, 문법의 이데올로기를 거부하기 위해 고안해낸 특수한 무기인 것이다. 현실이 늘 다른 현실이라는 사실을 주지하여 야기된 것이라고 할까? 도시 한복판에서, 그녀를 만나는 테라스에서, 입고 벗는 셔츠에서, 고속도로의 사고 차량 더미에서, 한 그릇의 수프 속에서, 짖어대는 개와 불어오는 모래 바람에서, 김중일은 제 그림자를 드리우고 있는, 죽음이라는 저 고정불변의 실체를 확인하고, 삶을 죽음에게, 죽음을 삶에게 대면시킬 채비에 나서는 것은 아닌가? 김중일은 "문먼 문자들이 수혈"(「두근거리는 신전」)하는 미지의 언어로 시에서 직시해야 할 죽음을 경계의 시원으로 남겨놓는다.

몇시간째, 내 어깨에 기대 죽은 듯 잠자던 당신은 어느새 그 수레를 끌고 있었네 내 어깨 위에 묻은 당신의 체온은 내 좁은 혈관을 통해 서서히 명부로 떨어져 쌓여갔지

의지와 무관하게 멈춰지고 붙잡히는 순간이나, 잠드는 건
돌연 죽은 자가 죽을 자들에게
미처 못 산 제 몫의 시간을 걸어가는 일

서로 몸 섞듯 체온을 섞는 일

—「대망(大妄)」 부분

죽음보다 더 두려운 것, 죽음보다 더 확실한 것은 무엇일까? 현실은 죽음에 관해 어떤 길도, 그 존재나 실체도 가르쳐주지 않는다. 실패를 거듭하면서 나아간 만큼, 바로 그 고비만큼, 세상 구석구석에 꽂아놓은 성찰의 깃발이 펄럭이는 만큼, 죽음은 제 모습을 보여줄 뿐이다. 자명한 죽음을 향해 달려가는 공포가 굶주림보다 더 고통스러울 거라는 사실을 깨달은 것일까? 김중일은 죽음의 실체를 향해 온힘을 다해 달려가는 대신, 그 국경의 언저리를 배회하며 삶과 죽음이 공존하는 경계의 지대를 점령해나간다. 바로 이때 시간에 대한 질문이 제기된다. 김중일은 시간의 룰에 지배받는 대신, 시간의 룰을 제 것으로 만들 뿐이며, 의식의 혹독한 시련과 멈추지 않는 언어의 개정을 통해, 망각에 저항하는 의지로, 역사를 순간의 구조물로 환원하는 시간성을 여일(如一)과 변화 사이에서, 그 접점에서 쉼 없이 불러내는 것이다. "당신이 찾을 수 없는 폴더에 모조리 백업된"(「모래시계」) 시간을 "내 잃어버린 모든 기억으로 빚어진 비대한 거인이 누대로 램프에 걸려 있던 오랜 주술"(「램프의 동쪽」)로 불러내며, "전혀 예상치 못한 순간에 쓰이게 될" "시간여행 안내서"(「불귀不歸」)를 들고서, "세상 곳곳 틈틈이 스며 있는 그림자 같은 이름"(「하루」)을 "끝내 끝나지 않는 허밍"(「비와 자화상」)으로 변주해나간다. 가시적이고 개념화된 현실을 벗어버리고, "기억의 저층에 거대한 뿌리"(「시간의 동력」)를 둔 삶과 의식의 밑바닥으로 내려가, 집단적 무의식과도 같은 "공룡이 출몰하는 마을"(「공룡」)과 "일식을 틈타 분홍빛 밤의 점령군이 들이닥치"(「Sweet lime village」)는 국경에 도달해, 그는 과거와 현재, 의식과 무의식, 기억과 망각, 꿈과 현실, 가상과 실재, 삶과 죽음 사이의 간극을 좁혀나간다. 도시에 산재한 삶의 비극성에 맞서 유토피아를 꿈꾸는 대신, 국경의 지대에서 "명부(冥府)"를 읽어나가기로 작정한 것인가?

이렇게 김중일은 꿈과 몽상과 망령과 상처로 물든 역사를 순간과 순간의 구성물로 환원해내면서, "망령같은 내 밑그림의 흔적"(「비의 자화상」)을 드러내고자, 이성이 덧칠해놓은 관념과 감정이 버무려놓은 사유의 여분을 제거해내면서, 말의 자의적인 연쇄로 짜나간 우연성의 실체를 자기만의 문법으로 완성하고자 한다. 흔들리는 이미지가, 여기저기 흩뿌려놓은 시간들이, 헝클어진 방점들과 불쑥거리는 낱말들이, 뒤틀린 문장들이, 제 고유한 질서를 모색하며 서로 아귀를 맞추고 새로운 의미를 창출하려는 순간들이 간헐적으로 찾아올 뿐이다. 합해놓으면 넘치는 듯하고, 넘치면서 모자란 듯한, 문법을 이탈했다고 보기 어렵지만 문법의 포화 상태에서 언어의 영역을 확장해나갈 때, 예기치 않았던 미지의 무엇이, 현실에 잠복해 있던 신비로운 무언가가, 시 속으로 들어오는 것이다. 시적 특수성은 이렇게 턱없는 우연에 기대서가 아니라, 새로운 세계를 열고자 촉구하는 시인에게 찾아드는 선물과도 같은 것이다.

4. 경계라는 지대를 점령한 자리에서 역사를 생각하기

시의 정치성은 어떤 편향을 취하는지 여부나, 그 무슨 '진정성'의 고취 따위와는 별반 상관이 없다. 현실을 달리 보는 방식을 고안해내는 힘이 시적 당파성을 회복하는 유일한 길이기 때문이다. 시에서 가름되는 정치성은 그러니까, 먼 시야, 연속성을 추구하며 끊임없이 재개된다고 해야 할 글쓰기의 갱신을 통해, 현실 너머의 현실을 바로 이 현실에서 고안해내는, 삶 이후의 삶을 삶의 형식으로 발아하는 정치성이다. 언어의 고안, 언어의 혁신, 언어의 모험은 시에서 정치성을 투사하고 회복할, 유일한 무기인 것이다. 시가, 만약, 불변의 진리가 불쑥거리는 게토이거나 정서를 결곡히 담아낼 기회였다면, 올바르고자 하는 도덕률이 집결되는 토포스나 현실 정치로의 참여를 촉구하는 외침의 마이크에 봉사했다면, 시는 어쩌면 오래전에, 이미, 완성된 제 형식과 논리를 갖추었을지도 모른다. 시는 벌써 종말을 고해야만 했을 것이다. 지배의 형식과 이데올로기의 폭압에 저항하는 시의 힘은 말과 사물의, 세계와 인간의, 타자와 나 사이의 자의성을 회복하는 일, 그럼으로써 세상을 아연실색하게 만드는 놀람에서 생성된다. 시의 정치성은 편리하고도 자명한 구분과 통제의 시선을 취하하는 행위로부터 모색되지만, 김중일에게는 이성/비이성의 경계를 근본적으로 허무는, 그러니까, 무정형의 지대를 확보하고, 이에 걸맞은 언어를 고안하는 일에서 착수된다고 보아야 한다. 이성/감성, 사회/개인, 죽음/삶 따위의 구분에 기댄 차이의 구조물이 행사할 권력은 이때 약화되고 더 이상 통용되지 않는다. 김중일이 던진 "이 전설적인 역사가 아직 한번도 내던지지 못한 게 있다면, 유일하게 역사의 무거운 그림자뿐이 아닐까 생각되는데, 과연 그렇습니까?"(「늙은 역사(力士)와의 인터뷰」)라는 물음에는 이렇게 미래에 대한 낙관이 아니라, 현실에 대한 회의와 의심과 비판을 담은 비장한 목소리가 배어 있다.

역사는 나이를 거꾸로 먹는 족속. 그가 우리를 낳고도 아직 살아 있다는 것 자체가 정말 아슬아슬한 일.

형, 우리가 이곳에 뾰족한 이파리처럼 돋아난 이후, 마당 위로 삼십년간이나 내리고 있는 검붉은 새벽을 이제는 정말 저녁이라고 불러야 할까.

—「거짓된 눈물의 역사」 부분

오래되어 잔뜩 녹청 낀 세계의 주형들
아침 저물고, 저녁 저물고, 밤 저물고, 얼굴 저물고
세세연년 검은 동판(銅版)의 밤이 한결같고도
무시무시한 힘으로 지상에 찍힌다

—「잘 지내고 있어요—서울 2009」 부분

“삼십 년간이나 내리고 있는 검붉은 새벽”과 “세세연년 동판의 밤”은 파국을 선언해야 하는 지점, 진보나 미래를 확신하지 못하는 폐허일 것이다. 김중일이 “먼 미래에 도래할 무수한 과거들 속 달라진 그림 찾기”(「잘 지내고 있어요—서울 2009」)를 계속하는 것은, 현실에 대한 비극적인 인식이나, 반대로 희망찬 역사를 희구하는, 완벽성을 잠재한 주체 하나로 이 세계를 간주하는 낭만주의적 사고에 반발하기 때문이다. 그에게 인간이나 세계는 어쩌면 애도의 대상이자 멜랑콜리의 어원일 것이며, 죽음과 삶, 악과 선, 남한과 북한, 무의식과 의식이 공존할 때만 가능한, 불완전한 현실이자, 그곳으로부터의 도피가 불가능하다는 사실을 시시각각 선포하기에, 혁명이나 진보를 외치는 팜플렛의 선전 문구들, 앙가주망의 돌을 들어 부패한 사회를 향해 투척하는, 체제의 모순과 획일화된 이념과 그 남용에 반발하며 외치는 개혁의 목소리와는 완전히 다른 것이다. 가령 김중일에게 가장 비현실적인 것, 가장 초현실적인 것, 남용되는 것, 의심의 시선으로 보아야 하는 것, 실현이 불가능한 것은, 예컨대 이런 전언들일 것이다.

① 대한민국은 민주공화국이다.
② 대한민국의 주권은 국민에게 있고, 모든 권력은 국민으로부터 나온다. —「대한민국헌법 제 1조」

그는 가령, ‘우리는 모두 평등하다’ ‘우리는 노동자 편이다’, 같은 정언적 말들을 신봉하며, 인간과 삶과 세상을 자명함으로 포장해놓은, 실로 검증이 불가능한 묵시적 비전을 추구하며 시를 쓸 수는 없다고 생각하는 것이다.

세포가 뒤바뀌는 시간입니다. 바람예보관은 사십구일간의 식사를 하고 있습니다. 이제 그만 예보관은 심장이란 작은 신발주머니 속에 거추장스러운 팔다리를 접어넣습니다. (……) 예보에도 없는 바람이 부는 것은 예보관이 예보를 포기했기 때문입니다. 촛불과 예보관의 표정이 수시로 꺼질 듯 흔들립니다. 예보관의 심장 속에서 체온을 재고 있는 손가락들이 온도계처럼 붉어집니다. 바람의 손이 예보관의 옷깃을 잡고 격렬하게 악수합니다. 예보관의 팔은 한 세기 후에나 정복될 행성의 한 가파른 봉우리 정상에 꽂힌 지구연방의 깃발 같습니다.

세포가 저마다 색깔을 얻는 시간입니다. 이제 예보관은 거추장스러운 팔다리 따위가 없는 완전한 몸을 갖고 있습니다. 역사는 식사를 끝마친 그를 큰 항아리처럼 번쩍 안아올립니다. 그는 역사를 훑어봅니다. 힘줄에 포획된 채 폭발할 듯 부풀어오른 역사의 두 다리와 두 팔과 무수한 국경이 교차하는 손금의 손은 대체 무엇입니까. 작은 행성 같은 우리 몸뚱이 안에서, 폭발로 인해 몸 밖으로 터져나온 채 그대로 아물어버린 혈관다발들입니다. 불구의 흔적들입니다. 미개한 감정의 유물들. 역사는 마음의 근사한 치부인 양손을 모아 촛불을 들었습니다. 우리는 입술이 가장 많은 부족, 거리에 밝혀진 촛불은 모두 뜨거운 인중입니다.

역사라는 빈처(貧妻) 앞에서 예보관은 예보를 그만두었습니다.
지구의 외진 돌산으로 떨어진 작은 유성 같은
그의 양어깨에 이제 곧 높은 온도의 날개가 돋아날 것이 분명해 보입니다.

—「바람으로부터의 보호—우리시대, 인간의 역사」 부분

파국을 인정하고서야 역사를 사유할 수 있다고 생각하는 것인가? "역사라는 빈처(貧妻) 앞에서 예보관"이 "예보를 그만두"는 일이란, 진보의 이데올로기를 무턱대고 신봉하는 대신, 역사의 추악한 모습과 일그러진 형상을, "힘줄에 포획된 채 폭발할 듯 부풀어오른 역사의 두 다리와 두 팔과 무수한 국경이 교차하는 손금의 손"을 알레고리의 시선으로 들여다본다는 것을 의미한다. 특정 사건으로서의 재난이 아니라, 주어진 현실과 일상을 총체적 재난으로 환원해내는 시를 써야 한다고 다짐하고 있는 것일까? 재난에는 흩어졌던 개인들을 결집시키고 고립의 고통을 연대의 순간으로 바꾸어내는 힘이 내재되어 있다고 생각하는 것일까? 미래를 낙관하며, 체계와 질서를 구비하자고 희구하는 유토피아는 "오늘도 검은 그림자를 벨벳망또처럼 질질 끌며 방으로 돌아"오는, 이 "아랑곳없이 피곤한 역사"(「늙은 역사와의 인터뷰」)라는 저 현실의 찡그리고 남루한 모습의 뒷전으로 물러나고, 선조성에 근거한 시간의 전개도 "세포가 뒤바뀌는 시간", 즉 비시간의 시간성에게 제 자리를 양보해야만 한다. 현실을 장악한 통념이나 지배하는 의식을 변화시키려면, 오히려 그 실체를 의심해야 하는 것이다. 김중일은 좌절과 실패로 다져진 폐허 위에서 역사의 고통스러운 모습 그대로를 응시하고, 죽음과 결부된 삶을 주시하면서, 현실이라는 저 자질구레한 편린들을, 강령으로 요약하거나 강담으로 설파하기 어려운 저 파편들을 그려내면서, 미지의 시제로, 미지의 지대로, 미지의 언어로 이행하는 시가 무엇인지 보여주였다.

일관되게 흐르는 시간이 소멸하는 지대는 바로 이렇게 출현하며, 그 너머로 김중일이 내려놓은 것을 우리는 '비동시적인 것의 동시성'이라고 불러도 좋겠다. 조선 후기의 족보에 근거해 가족의 서열을 구분하는 개념을 입에 담으면서도, 테크놀로지의 공간에서 채팅을 주고받으며 살아가는 것처럼, 경계를 따져 물으면 공존할 수 없는 것들이 그의 시에서는 기묘하게 공존에 성공한다. 언어나 감각도 마찬가지이다. 아니, 문명이나 역사라고 어찌 다르겠는가? 김중일이 상이하고 이질적인 것들을 하나의 시간에 통합해내기 위해 경계를 점령했다면, 그 경계는, 앞선 것과 뒤처진 것을 구별하지 않고, 전망이나 낙관의 오만함을 탐하지 않으며, 감각의 획일성을 감내하지 않는, 더욱이 화약과 성경과 상품을 들고 근대를 외치며, 미개에다 문명의 빛을 비추는 이데올로기가 활보할 수 없는 지대이기 때문이다. 세계라는 가능성들의 총집합에서 당위를 지워내는 것, 애당초 아무런 경계도 없었던 시원에 도착해 세계를 재구성해보려는 몸짓이 과거-현재-미래의 재단 위로 쌓아올린 역사에서 고유한 시의 역사성을 피워올리는 것이다. 김중일의 시가 정치적인 이유는, 한 송이 꽃을 피우는 행위의 가치를 묻는 대신, 폐허 위에서 "곱추처럼 굽어 있는" "역사"의 저 "등"(「늙은 역사와의 인터뷰」)을 바로 펴 교정하거나 왜곡하지 않고, 그 상태 그대로 끌어안고서, 현실의 척박한 조건과 그 가능성을 근본적으로 재고하려 시도하기 때문이다. 현실에 대한 긍정이 타자가 세워놓은 견고한 질서 안으로 편입할 방법을 찾는 일과 같다면, 현실을 경계로 이끄는 시는 내 안의 타자를 일으켜세워, 바로 이 타자와 함께 지배와 통념을 부정하는 힘을 만들어낸다. 김중일은 망가질 권리와 멈추어 설 자격을, 다른 것들을 궁리할 조건을 타진하면서, 주관성의 세계로의 진입을 서두르는 시, 의식 안에서 또다른 의식을, 현실에서 또다른 현실을 채비하는 시, 국경을 가로지르며, 새 길을 개척하고, 거기에 현실을 오롯이 포개어놓아, 새로운 기억과 경험으로 세계를 재배치하는 시를 선보였다.

5. 시적 정치성의 미래

시는 늘 미지의 영역을 바라볼 때 정치성과 결부된다. 차이의 구조물처럼 단단하게 맞물린 사회의 질서를 비판하는 일은, 자기를 지배하는 의식을 되돌아보고, 자기에게 행사하는 언어를 반추하며, 통념과 검열의 격자를 의식에서 덜어낸 이후에 가능하기 때문이다. 온전한 주체를 위해 타자를 고립시키는, 온전한 의식이라는 이름으로 미지의 것을 지워내는 행위에 맞서, 김중일은 무의식/의식, 이성/비이성, 나/타자, 적/아군, 현재/과거, 남/북, 노동/자본, 역사/비역사, 시간/비시간을 동시다발적으로 시에 들어차게 하였다. 오로지 낯선 언어로만 구현이 가능할 이 힘겨운 시도에, 현실이 항상 다른 현실일 뿐이라고 통보해오는 그의 시의 두 어깨 위에, 시적 정치성의 미래가 달려 있다고 말하는 까닭은, 언어의 개혁이 시적 권리의 암묵적인 장전(章典)이자, 우리를 그러한 현실과 마주하게, 인간과 사회와 삶을 비판할 수 있게 무장시키기 때문이다. 일상, 사회, 현실, 역사는, 죽음을 불사한 순간, 죽음을 무력화하려는 순간, 공포를 직시하는 순간, 그것들의 맨얼굴과 일그러진 모습을 주시하는 순간과 맞닥뜨리면서, 역사 속의 정치적 성찰의 대상으로, 그 주체로 거듭나는 것이다. 격식을 깨뜨리는 과유불급(過猶不及)의 언어를 끌어안은 그의 시는 허술한 꿈인 듯하지만, 그 꿈 안에서 구축된 질서는 현실에게 메스를 들이대는 현실, 현실에게 다른 현실을 소환해주는 비밀 결사대의 위험천만한 시도와도 같은 것이다. 작위적 구분이나 사전 숙고로 걸러내지 않은 말들로 그가 현실을 둘러쳤을 때, 현실의 제약을 넘어선 무엇인가가 시에 당도하기 시작한다는 사실을 기억해야 한다. 정신의 고투를 보여주는 시는 항상 현실이 다른 현실로 바뀌는 지점을 추구하고, 그 변화의 길목을 지키고 서서, 섬광 같은, 힘에 차 넘쳐나는 에너지 가득한 말들로 현실을 뒤발한다. 삶은 시에서 늘 다른 삶이며, 늘 다른 곳을 향하면서, 늘 다른 언어로 기록해야 하는 미지의 대상인 것이며, 정치적 차원의 근본적인 변화는 이렇게 내가 세계와 맺고 있는 관계를 근본적으로 재구축할 언어의 실천에 전적으로 달려 있는 것이다. 언어의 주관성을 고안하는 것, 이것이 바로 시적 정치성의 시작과 끝이다. 시는 당도할 삶, 열릴 삶의 조건과 형식을 고안하는 언어의 모험으로, 헐거운 이성을 채우려 감성의 공동체를 구축해나갈 때, 정치의 전선에서 투사의 자격을 획득하는 것이며, 김중일은 바로 이 전선 위에서 싸우고 있는 중이다.

(『실천문학』 2012년 겨울호)

상처를 다스리는 우화와 사랑의 복화술
– 김이듬론[1]

그 누구의 감수성도 경멸하지 말라. 각자의 감수성은 그 사람의 타고난 재능이다.

—보들레르, 「불화살」

1. 우화에서 시작하여, 우화를 전복시켜, 구닥다리는 밀어내고

어쨌든 시인은 자기 이야기를 쓸 수밖에 없는 운명이다. 신화를 빌리거나 상상력에 가뿐히 몸을 싣고, 연접되기 어려운 말을 이리저리 이어놓아, 의미 파악이 불가능해 보이는 수준까지 치닫는다 해도, 그 기저에 도사리고 있는 것은 결국 내 이야기, 나의 사유, 내 경험에서 한껏 차올라온 어떤 세계일 수밖에 없기 때문이다. 그러나 김이듬의 시라면 문제는 조금 달라질 것이다. 얽히고설킨 이야기를 두고서 비평이, 향후 전개될 의미의 파장을 시인이 완전히 예견하고 제 시를 적어나갔는지의 여부를 캐는 곳으로 촉수를 뻗어대면, 비평의 문제의식은 허공을 내지르는 헛말에 갇히고 만다. 들끓는 아우성과 피 흘리는 상처가 오롯이 제 과거에서 튀어나온 감정의 파편이라 해도, 김이듬의 시에서 그 편린의 그림자는 우의(寓意)로 바글거리는 세계에 자락을 내려놓아, 듬성듬성 터져나오는 재치

1) 대상 텍스트는 다음과 같다. 김이듬, 『별모양의 얼룩』, 천년의 시작, 2005; 『명랑하라 팜파탈』 문학과지성사, 2007; 『말할 수 없는 애인』, 문학과지성사, 2011; 『블러드시스터즈』, 문학동네, 2011.

어린 말과 감수성의 발현을 통해 완전히 재구성되고 있기 때문이다. 당연한 지적이겠지만, 따라서, 이렇게 물어야 할 것이다. 시인은 어떻게 말하는가. 내부에서 숨죽인 무정형의 무엇, 내가-우리가 알지 못하는, 그런데 나와 우리 안에 도사리고 있는 저 괴물 덩어리를 시인은 어떻게 끄집어내는 것인가. 어떻게 그것을 시적 상태로 살려내고 감성의 강도를 조절하여 타자 앞에 제시해놓는 것이며, 이때 어떤 형태가 개입되는가. 이 경우, 형식은 아무래도 좋을 것이나, 형태라면 문제는 단순하지 않다. 기존에 선보였던 형식을 김이듬이 그대로 차용해오는 경우가 없기 때문이다. 내면의 복잡성을 고유한 감수성으로 치환해내는 훌륭한 질그릇과도 같다는 점에서 김이듬이 선보인 기괴하고 낯선 언어와 순간의 감정을 할퀴듯 포착해내는 저 무시무시한 능력이 일종의 고안(invention)이라고 한다면, 형식은 무시하지 못할 고유한 형태, 즉 비평에는 난점을 덜어주고, 시에서는 독법의 중심으로 파고들 좋은 빌미가 된다. 김이듬에게 이 빌미는 '우화(fabula)'의 형태로 주어진다. 「푸른 수염의 마지막 여자」 전문이다.

> 내 열쇠는 피를 흘립니다 내 사전도 피를 흘립니다 내 수염도 피를 흘리고 저절로 충치가 빠졌습니다 내 목소리는 굵어지고 주름도 굵어지고 책상서랍의 쥐꼬리는 사라졌습니다 소문대로 난 일 년의 절반을 지하실과 지상에서 공평하게 떠돕니다
>
> 나의 눈에서 물이 흐릅니다 한쪽 눈알은 말라빠졌습니다 두 다리의 무릎까지만 털이 수북합니다 음부의 반쪽에선 피가 나오고 오른쪽 사타구니엔 정액이 흘러내립니다 백 년에 한 번 있는 일입니다만
>
> 하하하 농담 그냥 여자도 남자도 아니고 죽은 것도 산 것도 아니라는 말을 요즘 유행하는 환상적 어투로 지껄인 겁니다 말도 하기 귀찮다는 예 바

로 그 말이죠

자자 내게 제모기와 쥐덫은 그만 보내시고요 이가 들끓는 가발도 처치곤란입니다 도려서 얹어놓은 과일들 이 모든 쓰레기는 충분해요 머리맡에 양초든 향이든 피우지 마세요 죽겠네 정말 꽃 무더기 따위 묶어오지 말라니까요

죽은 장미가 그랬죠 너는 아름답구나

지금은 뼈만 남은 늙은이와 놀다 쉬는 참입니다 매일 한두 명과 그러고 그러지만 어떤 날은 여자 애들이 한꺼번에 들이닥쳐 정신이 나갑니다 공동묘지로 허가 났나요 전기가 끊어지고 수도관이 막힌 지도 한참 됐어요 하긴 정신 차린다는 말의 뜻도 모르지만 제발 축언은 닥치고요 축복도 그만 좀 주세요

지하실엔 매달 공간이 없답니다 정원에도 파묻을 자리가 없구요 누군 나더러 불러들였다는데 제 발로 찾아와 발가벗는데 난들 별수 있나요 공평하게 대할 수밖에

내게 없는 걸로 주세요 가령 고통이니 절망 허무랄까 뭐 한 번도 경험하지 못한 사전에만 있는 그 말뜻이 통하게요 안 될까요 그럼 견딜 수 없을 것 같은 흔해빠진 문구를 써먹을 수 있는 상황이랄까 혹은 질투라는 단어에 적합한 대상을 보내주세요

누가 봤을까요 나도 날 못 봤는데
그러나 나는 아름다워요

상처를 내장한 기억을 현재에 불러내고, 그것으로 모자라 자의식의 사건처럼 시에서 대면해나가고자 할 때, 우화는 이 모든 것을 이야기의 형태로 거침없이 펼쳐낼 좋은 빌미가 된다. 그런데 왜, 자꾸 우화, 우화 그러냐고? 이런 이야기는 어떤가? 수염의 기괴한 색깔과 추악한 외모 때문에 불쾌감을 줘 '푸른 수염'이라 불리는 영감이 있다. 놀라지 마시라. 이 영감은 수많은 여인과 결혼도 했던 몸이시라. 어떻게? 「Shut up and let me go」, 조심하자, 다친다. 이유는 아무도 모른다. 그런데 옆집에 사는 자매에게도 결혼하자고 조른다. 아무도 원하지 않지만, 가난 때문에, 흑흑. 비극은 여기서 시작된다. 결혼 후, 탕구가 여행을 떠난다. 열쇠를 맡기면서, 젊은 아내에게 협박조로 건네는 당부의 말씀이라고는 쯧쯧. 성(城)의 어느 방문을 열어보아도 좋아, 그런데 지하실의 이 작은 방을 열면, 너, 그날로 죽는다. 열어보라는 말과 뭐가 달라. 아아! 그것은 호기심이었다. 문을 여니 영감과 결혼했던 여인들의 시체가 죄다 벽에 걸려 있지 뭔가. 공포에 떨며, 어마, 피로 흥건한 바닥에 그만 열쇠를 떨어뜨렸네. 핏자국이 지워지지 않잖아. 뿅, 마법의 열쇠였다지. 예쁘고 젊은, 호기심 많은 이 여인을 기다리는 건 죽음뿐. 어떻게 될까? 뻔하지 뭐. 온갖 난리법석을 피우다가, 영감의 칼이 제 목을 따려는 순간 짜잔! 혜성처럼 등장한 젊은 오빠가 영감을 무찌른다. 보상은? 용맹한 이 오빠와의 결혼, 플러스, 영감이 남긴 어마어마한 재산. 1697년 프랑스의 동화작가 샤를 페로의 작품 「푸른 수염La Barbe blue」의 줄거리이다. 늙은 남자에게 팔려가야 했던 젊은 여인들의 기구한 풍속과 가부장적 체계에 대한 반발 심리를 풍자하며, 성서의 이브 이야기나 그리스 신화 판도라의 상자와 같이 여성의 호기심이나 불복종을 모티프로 삼은 작품이다. 이야기와 교훈이 주된 뼈대를 이루는 이 작품은 우화의 전형을 보여주며, 여기서 우화란 이야기에 교훈, 즉 모럴이 가미된 형식의 글을 지칭한다.

뭐가 다른가? 교훈이 모조리 날아갔다. 보상받기는커녕, "피" 흘리는

“내 열쇠” “수염” “지하실” “털” “환상적 어투” “제모기와 쥐덫” “이가 들끓는 가발” “양초” “향” “매일 한두 명과 그러고 그러”는 “뼈만 남은 늙은이” “한꺼번에 들이닥”친 “여자 애들” “공동묘지”, 꽉차버린 지하실의 “매달 공간”, “파묻을 자리가 없”는 “정원”처럼, 골격과 어휘, 배경과 분위기의 저 유사성에도 불구하고, 김이듬은 어릴 적에 제가 읽고 들었던, 교훈으로 가득한 동화의 세계에 편승하지 못한다. 당연한 말이 되겠지만, 그러려야 그럴 수가 없기 때문이다. 우화의 모럴은 김이듬의 시에서 오히려 안티 모럴로 탈바꿈한다. 그렇다면, 왜, 우화의 형식을 빌리는가? 처지와 기억, 경험과 구조, 우화의 모든 것이 제가 살아온 삶과 너무나도 닮아 있기 때문이다. 김이듬이 시에서 구축해낸 것은 동화 없는 동화, 우화 없는 우화라고 해야 한다. 왜? 크게 보아 두 가지 통념을 지워버렸기 때문이다. 여자라는 의식, 성적 구분이라는 고정관념, 남성의 변하지 않는 권위, 아버지, 혹은 어머니라는 이름으로 압박해오는 사회적 관성과 견고한 질서를 김이듬은 우화의 형식을 빌려 경쾌하고 잔인하게 도려내면서, 이 모든 것이 거짓일수도 있다며, 치환해놓은 우화의 근간과 신념, 이데올로기와 모럴을 오히려 전복시키는 데 몰두하기 때문이다. 왜? 그럴 수밖에 없으니까. 치유되기 어려운 상처투성이의 삶은 과거나 오늘날이라고 해서 그다지 나아진 것이 없기 때문이다. 그럼에도 김이듬은 제 시에 반성적 성찰의 거울을 따로 마련해놓지 않으며, 그럴 필요조차 없다고 생각한다. 개인을 장악하여 개인을 망가뜨리고, 이것으로도 모자라, 개인의 척박한 삶이나 불행한 의식을 편견이나 기형, 변태나 푸념으로 치부하고자 도처에서 감행되고 있는 조작과 음모에 대한 반발이나 고발 따위는 김이듬의 시에서는, 고작해야 우리가 애써 유추해볼 수 있는 독서의 교훈으로 주어질 뿐이다. 김이듬은 독자의 몫을 쥐고 시의 건설적 유토피아를 완성하고자 하는 것이 아니라, 제 삶의 경험과 사유를 우화의 형태로 빗대 “제발 축언은 닥치”고 “축복도 그만 좀 주”라고, 시니컬한 어투와 순간에 찾아든 감정에 충실한 언어로 대꾸하듯 뱉어낼 뿐이다.

늙은 남자("할아버지")를 우화의 형태로 비틀어놓은 작품 「유니폼은 싫어요」에서 살펴야 하는 것은 따라서 우화가 아니라, 우화의 신화, 우화의 교훈을 조롱하는 예의 그 말투이다. 시인이 적어놓은 것처럼 소포클레스의 「아킬레스의 찬미자들」에서 이야기의 원형을 잠시 빌려올 뿐, 내 개인사에 얽힌 기이한 이야기로 이 우화의 세계를 온전히 지워내기 때문이다. 반복되는 상징과 회귀하는 시간으로 인해, 우화 고유의 원형구조가 시에서 완결된 모습을 갖추고 있는 듯해도, 우화는 제 중심에서 이탈하며 오로지 내상을 치유하는 독특하고 기이한 형식이 되어갈 뿐, 그러니까 김이듬이 동원한 교묘한 장치에 불과한 것이다. 여기서 눈여겨볼 것은 "보육원" 원장과 "아저씨들"의 성욕이나 매춘 행위에 대한 고발이 우화 고유의 선과 악의 이분법 가운데 하나의 손을 선뜻 들어주는, 단순한 질타나 징벌, 복수의 차원에서 감행되지 않는다는 점이다. 유치하다는 듯 내뱉는 저 비웃음("나중에 뭐가 되려고 쯧쯧")이나 비난을 감내하며 그들에게 받았던 폭언을 그대로 되돌려주려는 듯, 비아냥거리는 말투("씨부렁대기는")에 기대어, 그깟 것쯤, 그깟 유치하고 탐욕스런 세계쯤 나도 다 훤히 알고 있다는 식으로, 이 어른들과 남자들과 노인들과 우리 사회가 만들어놓은 우화의 신념 체계를 비웃고 조롱하는 방식으로 진행될 뿐이다. 우화를 부활시켜 김이듬이 역설적으로 일구어낸 것은, 통쾌하고, 경쾌하며, 더러 힘차게 내뿜는 문장과 금방이라도 튀어나올 듯 들끓는 어투, 조롱과 야유와 혐오와 달관과 체념의 언어로 빚어낸, 우화의 저 장밋빛 가득한 세계에 대한 탈신성화인 것이다.

모든 것은 변해가지만 아무것도 변하지 않은 날들입니다. 오히려 더욱 외롭고 춥게 더더욱 허무하게 손전등을 켜고 유령 놀이를 합니다. 텅 빈 광장에는 교활한 침묵뿐. 운이 좋아 들어온 고모라 같은 이곳에는 엇물리는 이상한 시간들이 있습니다. 포옹의 복도도 삼빡한 연애나 우정의 비상구도 없습니다. 매일 문장이 탈주한 자리엔 얼음이 깊어지고 매캐한 연기가 끊이지 않습니다. 하루 끼니를 겨우 해결한 우울한 바보 여자는 유령들의 정원을 내려다봅니다. 거미줄을 걷어보면 거울 안의 욕조에 심장의 묘비에 때가 많이 끼었습니다. 결국 그녀는 그 여자가 어디 있는지 못 찾습니다. 사실 여자라기엔 애매한 실존입니다. 둘 중 하나는 유령입니다.

—「유령 시인들의 정원을 지나」 부분

이렇게 구약의 창세기에 등장하는 도시 고모라(Gomorrah)는 극에 달했던 타락이나 이를 응징하고자 하늘에서 신이 퍼부은 유황 불비로 인해 멸망한 도시가 아니라, 시인이 처해 있는 폐허와 "텅 빈 광장", 그곳을 지배하는 "교활한 침묵"과 "매캐한 연기", 즉 "유령의 정원"을 묘사하고자 차용해놓은 장치일 뿐이다. 「헨델과 그레텔」에서 주제와 형식을 빌려온 "숲의 이야기" 「버린 애」나 러시아 전래동화를 차용해놓은 「바바야가의 오두막」, 이스라엘의 전설적인 여전사를 제목으로 차용한 「유디트」나 투쟁의 화가 고야를 입장시킨 「고야와 나의 오월」, 눈먼 댄서로 노르웨이의 가수 비요크가 등장하는 라르 본 트리에의 영화와 동일한 제목의 작품 「어둠 속의 댄서」 역시, 우화의 착수-전개-절정-파국-회귀라는 원형구조를 유지하면서 엇비슷한 주제를 착안해오지만, 완전히 다른 제 이야기로 구석구석을 물들여가며 우화의 공간을 탈바꿈해내고, 전통적으로 우화가 완수해온 성공담을 "애매한 실존"을 찾아나서는 "우울한 바보 여자"가 늘어놓는 개인적 실패담으로 바꾸어나가면서, 우화의 신성한 이데올로기나 도덕적 권위를, 기대를 배반하는 놀람이나 무관심의 대상으로 전환해놓는다. 김이듬이 제 실존의 가위를 치켜들고 싹둑 잘라낸 것은 물론 상투적인 교훈과 그 이데올로기이다. 우화의 필연적 구성 요소인 교훈과 도덕을 대신해서 기억과 상처, 섹슈얼리티와 팽팽한 긴장으로 차올라오는 자의식을 반어(反語)의 역상(逆像)과 무형의 파편들로 전환해놓는 알레고리가 김이듬의 시 전반을 핏빛으로 물들인다. 교훈은 얼어 죽을 놈의 교훈이며, 도덕은 또 무슨 놈의 도덕. 해피엔드는 쉽게 찾아오는 것이 아니다.

> 오오 창백한 이여!
> 게걸스러운 소녀여!
> 나는 빈정거림을 사랑하였으나,
> 장미 덩굴은 불타고 나는 증오가 모자라다.
> 자만과 독설과 오열이 모자라서
> 공포 속에 때를 놓치고
> 번개 아래 전율하고 있으니.
>
> —「달래보기 시리즈」 부분

그러니 시인이 영원히 풀 수 없다고 말하는, 저 복잡하게 꼬인 실존의 닻줄은 또 무엇인가? 삶의 부조화, 존재의 부조리, 무언가 잘못되었다는 사실을 감지해내는 감각적 본능, 그것을 보란듯이 증명해온 크고 작은 사건들, 깊숙이 눌러앉아 어느 순간 솟구쳐오르는 과거의 상처들이 김이듬에게 "증오가 모자라다"고 말하게 하는 것인가? 그러나 김이듬이 "공포 속에 때를 놓치고/ 번개 아래 전율"로만 제 삶을 채워나가는 것은 아니다. 현재의 삶이 시간의 개념 안에서 존재할 수밖에 없지만, 기억한다는 것은 시간이라는 개념 자체를 무용지물로 만들어버리기 때문이다. 모든 기억은 제아무리 그 대상에서 멀리 떨어져 있다 하더라도, 머릿속에 떠올리는 바로 그 순간, 지금-여기의 나를 대체해나가는 요령과 수단을 필요로 하는 것이다. 그리하여, 주름 하나 없이 깔끔하게 펴지고 다시 접히는 기억은 없다. 김이듬이 우화를 빌려, 아니 특유의 말투와 감수성을 바탕으로 제 시에서 천착해나가는 것은 바로 이 주름진 기억의 현재화이다. 주름진 기억이라?

2. 꿰매었으나 새어나오는 기억, 어머 흘러요

김이듬에게 기억은 "용접하려는 기억"(「침묵의 복원」)이며 꿰매어놓은 기억이지, 영원히 침묵하는 죽은 자의 봉인과는 거리가 멀다. 그러니 "제대로 꿰매지지 않는 기억은 비벼댈수록 스며들고 씻을수록 번져"(「별 모양의 얼룩」)가 내가 원하지 않는데도 현재라는 시간 안으로 침투해오는 것을 막을 수는 없다. 꽁꽁 꿰매어놓아도, 꿰맨 간격 사이를 비집고 새어나는 건, 기억이 그만큼 고통스러운 상처와 지워질 수 없는 사건들로 각인되어, 어떤 포화의 상태를 시시각각 예고하기 때문이다. 틈 사이로 기억이 새어나올 수밖에 없다는 사실은 정돈된 형태의 서술과 단정한 묘사를 거부하는, 즉 주름진 기억에 부합하는 서술 방식을 끌어안을 수밖에 없는 시의 운명과 조우한다. 문제는 기억을 담아내는 언어가 현재와 과거, 아니 시가 헤치고 나갈 미래, 즉 미지의 영역마저 넘보거나, 구어와 문어, 대화와 진술, 일인칭 주위로 포개어지는 다수의 시점을 병치해나간다는 데 있다. 따라서 연상에 의존한 기술이나 인과관계를 생략해놓은 묘사가 적지 않은 무게로 시에 차고 넘치는 건 당연한 결과로 보아야 한다. 매듭짓지 못한 문장이나 급박한 호흡에 의지해 현란하게 교차되며, 진행 도중에 급격히 멈추어 임의의 화자를 불러내거나, 제 자신으로 분한 화자가 이 화자에게 되레 말을 걸고, 천연덕스레 독자의 동의를 구하기도 하는 등, 예상과 기대를 과감히 배반하는 모습이 시에서 분출될 수밖에 없는 것이다. 전문을 적은 「침대 옆 탁자 위」는 연상을 이용하고 변주해나가면서 김이듬이 어떻게 주름진 기억을 가족의 우화로 재구성해내는지를 잘 보여준다.

불이야, 산불 저길 봐 건너편 방어산 등성이가 타오르고 있어 방화범처럼 너는 건들거리며 웃네 여긴 안전한 벙커, 시꺼멓게 풀이 돋아난 흙방, 초콜릿 샌드 같지 만져봐, 꼬리를 자르고 달아나는 도마뱀의 부풀린 다리, 밤안개가 깔아놓은 뿌연 방석, 샛노랗게 비명을 지르며 쓰러지는 산수유나무 춤추는 그림자, 그 노란 열매를 물도 없이 삼키는 순한 달빛의 이불은 겨드랑이에서 넘실대지 어쩌나, 가린 손가락 틈으로 우리 엄마 신접 살림살이 타고 있네 마을의 큰 불이었어 풍선 같은 배를 쥐고 엄마가 날아올랐어 내 꿈 속에도 아빠는 끓고 있어 늘 푸르르르 떨리는 등짝만 보여주지 깡통을 쥐고 들썩거리지 나는 엄마의 배를 氣球처럼 부풀려놓고 태어난 뱀 불타지도 못하고 섞이지도 않아 너만 아니면 난 고칠 텐데 으으 안 돼 생각이 자꾸 나므로 생각하는 이상스런 냉각제 단둘이 산속에서 단둘이가 뭐냐 봄이시라 가셔, 이제 와서, 지금이 몇 살인데 엄마 엄마 웃겨, 산불은 번져가고 너는 터질 듯이, 내 뺨을 때리지 재수 없지. 돌아서 뛰는 네 등은 금방 보이지 않고 나는 다 와가면 내 발을 걸고 싶어 하지 이제 그러지 불과 함께 탈영한 병사를 돌려보내지 않아 오이를 심고 들을 태우면 잘 탈 거지 밤새도록 한 번도 서럽지 않게

시인은 과거 언젠가 산불을 보았다. 불길이 쓸고 간 처참한 광경과 훨훨 타오르는 모습은 가슴속에 날카롭게 각인된 만큼, 가족사에 얽힌 기억을 지금-여기에서 복원하고 추적하는 계기가 된다. 그러나 이 복원과 추적이 단정한 묘사에 기대어 진행될 수는 없다. 그로테스크한 이미지 하나로 시인의 가슴속에 달랑 남겨진 산불이라는 상흔의 저 알레고리에서 출발하여, 예기치 못한 문장들로 제 기억의 주름을 하나씩 포착해내는 방법에서 김이듬의 시적 재능이 발휘되기 시작한다. 산불이 쓸고 간 잔혹한 풍경이 “가린 손가락 틈으로” 흘러들어 나에게 당도하는 것과 마찬가지로, 주격 조사가 생략된 “엄마의 신접 살림살이”와 “타고 있네” 사이에도

연상이 개입되었다는 사실을 알아내는 것은 어렵지 않다. 타오르는 산불이 임신한 엄마의 "풍선 같은 배"를 "날아올"리거나, 그것이 "내 꿈 속"의 일과 중첩될 여지가 생겨나는 것은 물론 연상작용 덕이다. 엄마의 배 속에서 모든 것을 듣고 또 보는 나, 그리하여 이야기를 이끌어가면서, 상황을 감시하고 판단을 수행하는 초인적인 화자가 꿈을 계기로 시 안에 들어선다. "늘 푸르르르 떨리는 등짝만 보여주"는 아버지는 산불을 매개로 "아빠는 끓고 있어"와 호응하여, 분노하는 아버지, 매정한 아버지를, "깡통을 쥐고 들썩거리지"는 가계에 보탬이 되지 못하면서도 드세고 탈만 많은 아버지를 감탄사를 걷어낸 영탄조로 그려낸 것이다. "엄마의 배를 氣球처럼 부풀려놓고 태어난 뱀"인 나는 이와 같은 불행에도 질긴 생명의 줄을 끊고서 사라지지도 못하는 존재("불타지도 못하고")이며, 그럼에도 이 둘과 "섞이지도 않"는다. 흔히 자식 때문에 제 팔자를 어쩌지 못한다고 할 때 들먹이는 표현 "너만 아니면 난 고칠 텐데"는 나에게 어떤 죄의식을 불러일으키는 엄마의 말이기도 하다. "으으 안 돼"는 내 것인지 엄마의 말인지 모호한 상태에서, 엄습해올지도 모를 어떤 절연의 순간을 애써 부정하고자 뱉어낸 것이며, 그럼에도 "생각이 자꾸 나"고 그런데도 엄마와 나는 "이상스런 냉각제"가 되어갈 수밖에 없다. "이상스런"은 화목과는 거리가 멀어 붙여놓은 표현일 것이며, "단둘이 산속에서"는 아버지를 두고 집을 나오자는 엄마의 제안이자, "단둘이가 뭐냐"는, 당시의 일을 지금에서 말하는 내 판단이나 감정의 적재, 혹은 당시의 중얼거림이고, "이제 와서"는 지속되어온 가족의 악순환을 새삼스러워하는 말인 동시에 "지금이 몇 살인데 엄마 엄마 웃겨"를 뒷받침해주는 부사구이다. 더구나 "산불은〔이〕 번져가"는 것과 마찬가지로 가족의 불행은 악화되어만 간다. "너는 터질 듯이, 내 뺨을 때리지"는 나와 동격으로 엄마를 격하시켜 엄마의 행동을, 따라붙은 "재수 없지"는 어른이 된 이후 당시의 엄마의 행동에 얹어놓은 제 감정의 표현이다. 엄마는 결국 나에게서 "돌아서 뛰"고, 그런 "네 등", 즉 엄마의 뒷모습은 "금방 보이지 않"는다. 엄마의 안부를 모르는 나의 처지를 연상으로 암시해놓은 것이다. 하지만 거처를 알아낸 내가 그곳에 "다 와가"간다 한들, 나는 "내 발을 걸고 싶어"할 정도로 엄마와 선뜻 만나지 못하는 쓰라린 상처의 소유자이며, 이와 같은 방식으로 나는 가족사라는 저 비극에 팽팽한 자의식으로 맞선다. 따라서 "불과 함께 탈영한 병사를 돌려보내지 않"는다는 것은 쉽게 화해하지 않겠다는 나의 각오로, "오이를 심고 들을 태우면 잘 탈 거지"는 엄마가 이후 어떤 연유로 남자를 만나고 자식을 얻게 되더라도 파국을 맞이할 것이라는 나의 비난을 산불의 타는 이미지에 비유해놓은 것이지만, 나의 불길한 앞날에 대한 예감을 반영하지 않는 것은 아니다. "밤새도록 한 번도 서럽지 않게"가 이 구절에 대한 설명으로 들어서면, 서두를 열었던 산불에 대한 기억이, 불행한 가족사 전반을 내면 깊숙이 각인하고서 지금의 삶을 살아가야 하는 화자의 심정을 반영하기 위해 동원된 무형의 파편이며, 바로 이 우화의 알레고리를 통해, 시 전반이 탁월하게 제어되고 있다는 사실이 사뭇 명백하게 드러난다.

사소한 사건("산불")이나 사물에 빗대어 과거의 제 기억과 상처를 시의 공간에 소급해놓고, 연상에 의지해 현재에 투사해내는 방식은 김이듬의 시에서 완전히 낯선 언어의 출연을 예비하는 원인이 된다. 「피팅룸」, "고속터미널"이나 "지하철 출구" "노래방 근처 고시원"(「서울 퍼포먼스」), 「네모난 연못」, "마당이 있는 빵 가게"(「혼돈」)나 "서울역 앞 카페"(「마임 모놀로그」), 한 그루의 오래된 「나무」, 「파란 캐스터네츠」, 엄마의 "껄렁한 휘파람 소리가 자장가처럼 들려"오는 "카트"(「카트를 타고」), "말랑말랑하고 따뜻한 그 슬리퍼"(「가내공업」), "기계 가운데서 태어"난 과거의 제 모습을 불러내는, 길 가다 목격한 "시뻘건 페인트로 그어놓은 유리창에" 그어진 "×"(「콘크리트 쿠키」) 표시 같은 우화의 알레고리가 가족사와 깊이 연관된 개인의 상처를 화자의 주관적이고 독특한 목소리로 치유해내는 환기창과도 같은 기능을 수행하기 때문이다. 따라서 두서없이 나열해 놓은 것 같은 구절이나 적나라하지만 다소 엉뚱한 방식 때문에 독자들을 곤혹감에 빠뜨리는 대목과 마주해서, 우리가 살펴야 하는 것은, 문장이 조절되어나가는 방식과 우화의 형태로 시를 쓸 수밖에 없는 근본적인 이유이다.

3. 횡설수설? 그 이유가 뭐라고 생각해요?

생각해보자. 꿰매놓은 자리에서 삐질거리며 새어나오는 상처를 담아내고자 할 때, 과연 어떤 방식이 적절할까? 나는 지금, 기억이 아니라, 그것의 기술 방식을 말하고 있다. 초현실주의자의 자동기술법은 김이듬의 혼란스러워 보이는 저 문장의 배치에 대한 비유가 될 수 있을까? 적절치 못해 보인다. 김이듬은 이미지를 추구하는 시인이 아니기 때문이다. 그런데 한편에서 생각해보면, 자동기술법은 비논리적인 기술 방식을 의미하는 것이 아니라, 의식의 통제나 감시 때문에 따라잡지 못하는 감수성의 영역을 개척해나갈 때, 비로소 고유성을 성취하게 되는 글쓰기의 한 유형이기도 하다. 가령, 아래 구절에서 드러나는 자동기술법의 연상 작용은 김이듬의 시에서 난해하다고 곧잘 치부되어온 논리적 비약과 낯선 이미지의 병치를 설명해주는 적절한 근거로 부족함이 없어 보인다.

> 우르르 유령 시인들이 몰려와 여자의 종이를 찢어버립니다. 종이만 찢었을 뿐인데 여자의 가슴에서 피가 흐릅니다. 욕조 안에 핏물이 고입니다. 유령 시인들은 종이에 대고 협박합니다. 자신의 시를 모방했다고, 갖은 기교 범벅 비스킷 같다느니 뭐니 벽돌로 여자의 머리를 빗어줍니다.
>
> —「유령 시인들의 정원을 지나」 부분

그리하여 나는 이리저리 튕기는 줄 튕겨지면서 나는 아스라한 먼지 부

> 서지기 쉬운 목 손으로 누르면 바로 나는 소리 말고 좀 있다 흐느끼는 소리 다시 돌아가 또 다른 어떤 것 만약 백을 센다면 백 다음에 돌아가는 얼굴 익명들 언제나 불리는 곡 말고 리드나 백 밴드 모인 사람들 말고 여기저기 인용되는 이름 말고 뒤떨어지거나 앞서 가지 않았는데 없었던 게 되는 사람들 그러나 유일하지도 않은 사람 이렇게 눈 오면 설레는 기분 다음에 오는 어쩔 수 없는 감정 열렬히 수렴되지 않는 기타 등등
>
> —「기타의 행방」 부분

"피가 흐"를 정도로 아픈 마음에서 "욕조"의 "핏물"이, "기교 범벅 비스킷"에서 /ㅂ/의 음성적 유사성이 "벽돌"을 불러오며, 내가 헤아린 숫자 "백"이 "백 밴드"로 이어지고, 밴드의 음악에서 "기타"와 "기타 등등"이 이어지는 것처럼, 연결될 것 같지 않은 낱말들이, 가지런히 한곳에 배치되어나간다. 연상에 토대를 두고 조성되는 거친 호흡과 급박한 리듬에서 빚어진 특이한 효과는 김이듬의 시에서 전혀 어울릴 것 같지 않은 이미지를 한자리에 불어모은 결과이다. 좀더 상세히 살펴보자.

> 줄 서서 죽 받고 단 한 방울도 흘리지 않고 비웠습니다 보세요 파도 건져내지 않았지요 내일은 폐에 모레는 피에 도전할 겁니다 이제 편식하지 않으려고요 멱따고 내장 빼내고 식판을 씻고 변기도 닦았습니다 나는 커다란 솥에 이빨을 빡빡 문지릅니다
>
> —「생활의 발견」 부분

"줄 서서" 〔음성적 유사에 근거하여〕 "죽 받고" 〔액체의 이미지에 탄력을 얻어〕 "한 방울도 흘리지 않고"가 들어선다. "파도 건져내지 않았지요" 〔파열음 /ㅍ/과 유사한〕 "폐" "피" "편식하지 않으려고요" 〔음식이나 요리에 관련되어〕 "멱따고 내장 빼내고" 〔주방의 도마에서 다른 도

구가 연상되어〕 "식판을 씻고" 〔음식 섭취 이후의 일이 자연스레〕 "변기도 닦았습니다" 〔변기 닦는 솔과 그 행위로부터〕 "커다란 솔에 이빨을 빡빡 문지릅니다"라는, 서로 연관이 없어 보이는 낱말이나 이미지가 연상에 의지해 커다란, 그러나 생소한 하나의 의미망을 그려낸다. 김이듬의 작품에 자주 등장하는, 낯선 이미지들이 충돌하며 빚어진 기이한 시적 공간은 이렇게 연상에 근거한 낱말의 현란한 배치로 인해 생겨난 것이지, 마음대로 가져다 붙인 우연의 결과와는 거리가 멀다. 연상에 의지해 접합해놓은 구절은 가령, "예/ 써요/ 쓴다니까요/ 피로 피로를/ 피와 땀으로 불쏘시개를/ 소시지 좀 굽고요/ 예예?/ 다시 쓸게요/ 복면을 쓸게요/ 까만 봉지로 갓난애를/ 탯줄을/ 혀로 혀로 혀로/ 히어로/ 난 피투성이/ 최고로 명짧은 히로인/ 허파로 풍선을 탈게요/ 춤으로 춤으로 번개를 칠게요/ 침으로 연발총을/ 예이예이예" (「응답」)처럼, 동원할 수 있는 모든 종류의 유사성에 바탕을 두고, 행에서 행으로 유연하게 미끄러지면서, 시 쓰는 이유를 제게 물어왔던 애당초 누군가의 물음을 조롱하는 듯하면서도 나름의 대답을 만들어내는 훌륭한 이유가 된다. 등장인물과 사건이 작품에서 우화의 형태로 전개되는 것은 바로 이렇게, 연상을 토대로 구축된 기이한 대화 덕분이다. 제 삶의 우화를 시에서 고안해나가는 특수한 방식이 바로 최선의 "응답"을 불러온다. 김이듬이 창조한 말의 특수한 운위와 그 방식에 삶의 무게와 자신의 야망, 상처로 인한 고통과 글 쓰는 자 고유의 직관이 우화의 형태로 제시되고 있는 것은 그러니 우연이 아니다. 반 박자 빠른 듯한 상황인식이나 판단은 시인의 자의식과 신경줄이 얼마나 팽팽하게 늘어서 있는지, 시인의 직관과 긴장이 어떤 식의 새로운 문장을 고안해내는 것이며, 이로 인해 열리는 우화의 세계에 어떤 방식으로 우리를 초대하는지 잘 보여준다. 김이듬의 시에서, 비약된 장면들이 이곳저곳에 배치되고, 갑작스레 인과관계가 붕괴되거나 문맥의 파악이 쉽지 않은 부분이 대거 등장하는 것은, 한마디로 연상과 상상력으로 시상 전반을 치환하면서 자신만의 우화를 고안해내고자 끝없이 말을 실험하기 때문이다. 그러니 김이듬의 시를 이해하기 위해, 정신분석학이나 라캉의 이론이 등장하는 것도 그리 놀랄 일도 아니다.: *자! 김이듬씨, 앉아보세요. 안락의자가 보이지요. 등받이를 65도로 재낀 다음, 편안한 상태로 누워보세요. 눈을 감고, 자, 긴장을 풀고, 천천히, 아주 천천히, 그래요, 잘하네요. Relax. Re~la~x. 그렇지요, 바로 그렇게. 당신을 방해하는 건 아무것도 없어요. 지금, 여기에는 우리 둘밖에 없어요, 자, 그러니 천천히, 천천히, 긴장을 풀고, 아무것도 생각하지 말고, 편안한 마음으로, 자, 처~언~천히, 천천히…… 무엇이 떠오르나요?*

김이듬의 시를 이해하기 위해 우리는 이렇게 심문해야만 하는가? 그런데, 오히려 시인이 정신분석을 조롱하고, 정신분석가를 위로하는 것이라면 어떻게 할 텐가?

> 그가 다른 병원에서 받아온 약들을 먹이고 꿈이라는 불모지의 한가운데로 이동시킬 것이다 그는 곧 꿈속에서 꿈꾸지 않기를 기대할 것이다 천재배우답게 그의 입술에는 기관총이 붙어 있다 숨을 쉴 때마다 아상블라주한 총알들이 몸의 모든 구멍에서 서벗처럼 흘러나온다 이런 걸 신경 정신이라는 거요? 나는 늘 침울해 전쟁터는 없고 총알만 있으니 재미없어 나를 어디다가 쏴버려야 하는 거지? 혐오스러운 나의 일생 이쯤에서 끝낼 거야 무언극 개발 프로젝트 이윤이 남아 계속하려는 사람들과 책임을 완수하려는 사람들 깡통을 차고 시비를 거는 사람들 사이에서 나는 도망치려고 난리도 아니지만 날개란 걸 꿈꿔본 적 없고 그래서 가끔가다 날아다녔지 히히히 허구한 날 사라져버리면 얼마나 지겹고 시시하겠어 내 몸은 천하절색 내 생각은 영악하고 불순하지 실수하지 않는 한 고백에는 진심이 없고 행위에는 진정성이 없고 어떡하면 일 안 하고 먹고사나 궁리 중이야 오죽하면 너

도 천 조각에 뭘 쓰고 있겠냐마는

—「망한 정신병원 자리에 마리 수선점을 개업하기 전날 밤」 부분

치료의 대상이기는커녕, "이런 걸 신경 정신이라는 거요?"라고 대꾸하며, 시인이 정신분석가를 붙잡고서 오히려 그의 페티시즘을 치료해나가는 것이라고 한다면? 마저 이어지는 대목이다.

자자! 시작할까요? 나는 손바닥을 싹싹 비비며 제안한다 지긋지긋하고 구태의연한 진술은 들을 필요도 없으니 내버려두는 게 제일이다 제 그림자와 결투하는 놈한텐 이만한 질액도 생리액도 잘 안 들을뿐더러 내가 홀리아 할아버지와 결혼할 때처럼 처음부터 그의 고환을 긴장시킬 필욘 없다 나는 그들을 분석하려는 재미없는 짓거리를 그만두고 임종의 옷들을 전시할 작정이다 날아다니는 가죽 벨트도 있고 걸치면 죽게 되는 방탄복도 있다 한꺼번에 나는 수백 벌의 원피스를 껴입고 수천 켤레의 구두 위에 장갑을 겹쳐 끼우고 깊은 모자를 눌러쓸 것이다 자 그럼 천천히 똥구멍을 벌리세요 어어어 귀는 펄럭거리지 말고 혓바닥을 깨물고 최대한 불행했던 때를 생각하세요 아니 웃으면 어떡합니까!

중요한 것은 연상에 의지해 미끄러지는 이미지나 몽환적 효과 따위를 내세워 김이듬의 시에서 정신분석학의 알리바이를 만들어내지 않는 것이다. 정신분석의 냄새를 풀풀 풍기는 이 작품에서 눈여겨볼 것은 오히려, 서로 다른 두 개의 이야기가 충돌하고 간섭하며, 예기치 못한 우화 하나를 만들어내는 지점이다. 우선, 이야기 하나.

1. 장소 : 정신병원이 있었던 건물

2. 시간 : 과거 어느 날

3. 장면들 : # 강제로 끌려가는 환자가 싹싹 비는 모습, 혹은 상담을 요구하며 손바닥을 비비는 의사(어느 것도 무방함)

"지긋지긋하고 구태의연한 진술"인 의사의 진료와 이를 듣는 환자(의사의 따분한 말이나 환자의 심드렁해하는 태도 중 어느 것도 좋음)

"질액도 생리액도" 관심없이 "제 그림자와 결투하는" 지나치게 관념적인 환자나 의사

젊은 나에게 성적 공포를 느끼는 늙은 "홀리아 할아버지"(folia? 미친 노인이라고 봐도 무방함)을 위한 성 불능 치료 클리닉

이야기 둘.

1. 장소 : 정신병원이 있었던 건물에 들어선 수선점.
2. 시간 : 과거 어느 날의 0.∞ 초(즉, 극히 짧은 순간)
3. 장면들 : # "날아다니는 가죽 벨트"("걸치면 죽게 되는 방탄복"을 배경으로)

"수백 벌의 원피스를 껴입"는 나

"수천 켤레의 구두 위에 장갑을 겹쳐 끼우고 깊은 모자를 눌러"쓰는 나.

모일 모시에 길을 지나다 무심코 새로 들어선 수선점을 본 나. 물끄러미 주시하다가, 일전에 그 자리에 정신병원이 있었다는 사실을 문득 깨닫는다. 그것으로 끝이다. 그러나 매우 짧다고 해야 할 이 순간에 과거와 현재의 우화를 하나씩 만들어내고, 두 이야기를 서로 중첩시키면서 "귀는 펄럭거리지 말고 혓바닥을 깨물고 최대한 불행했던 때를 생각하세요 아니 웃으면 어떡합니까"와 같은 분석가의 천연덕스러운 권고에 기대어, 자신이 제 자신에게 말을 거는 복화술로 김이듬은 시와 정신분적, 정신분석과 시의 관계를 조롱하며 통쾌하게 상황을 뒤집어놓는다. 오히려 문제는 통사의 운용과 그 특성을 헤아리는 데 있다. 곰곰이 생각해보자. 앞뒤가 엉켜 마구 나열해놓은 대목들은 기억의 순간과 장면들을 생생하게 재구성하기 위해 감행한 정교한 배치 아닌가? 따라서 순간의 생동감을 십분 살려내기 위해, 끊어야 할 곳에서 말의 흐름을 일부러 방치하거나, 화자나 청자의 위치나 위상을 뒤바꿔놓아 전도되어버린 대화를 만들고, 이를 통해 정신병원과 수선점이라는 각각의 이야기를 연결해 하나의 우화로 되살려낸 것뿐이다. 김이듬의 시에서 메시지의 파악이 어렵다는 항간의 평가는 난해함을 호소하는 일종의 푸념으로 보아야 한다. 어떤 경우라도, 시가 의미를 포기할 수는 없으며, 의미로부터 일탈하거나 미끄러진다는 말 자체가 이미 고유한 의미 생성의 경로를 노정하는 것이기 때문이다. 오히려 의미를 최대한 덜어내려 하거나, 의미가 달아나버리는 듯한 지점, 그리하여 우리의 문법이나 언어에 대한(시에 대한) 통념을 위반하는 듯 불편한 감정을 유발하는 순간과 낯설고 어색한 말투로 압박해오는 대목들에서 역설적으로 김이듬의 시적 재능을 찾아내야 하는 것이다. 숨을 몰아치듯, 순간순간의 심상을 최대한 살려보고자 애쓰는 김이듬의 언어가 감성과 이성의 오만한 분할을 취하하면서, 감성으로 이성을, 이지적인 힘으로 아직 우리가 맛보지 못했던 감정의 저 섬세한 결과 편린을 담아낸 것이라고 보아야 할 이유가 여기서 생겨난다. 그러나 김이듬의 시가 보여준 매혹과 참신한 시도의 가치가 이 수준에서 멈추는 것은 아니다.

4. 섹스해봤니? 해봤잖아! 좋디?

사람의 뼈가 부서지거나 살이 찢어지면, 그 부위는 과잉 재생되어 다른 곳보다 조금 두꺼워진다. 우리가 흉터라고 부르는 것이며, 김이듬의 시에서 기억은 연상에 기대어 전개된 문장의 분란한 배치에 휘감겨 과잉 재생되고, 이때 흉터처럼 시에 눌러앉는 기억은 주로 섹스라는 주제와 연관되어 표출된다. 아득하고 희미한 눈길로 뒤를 돌아볼 때, 불쑥 솟아나는 첫 번째 기억이란, 김이듬에게는 가족이나 섹스와 관련된 것이며, 특히 섹스는 낯선 사람에게 너무나 쉽게 양도되어온 제 삶의 소유권을 회복하려는 개인적이고도 특수한 시적 실천과 밀접히 연관된다. 통념과 상식, 합법과 질서 안에 안착해 있다는 이유만으로 무턱대고 신뢰해야 한다고 말해온 성적 관념이 김이듬의 시에서 가차 없이 조롱되고 반박되는 것도 이 때문이다. 따라서 김이듬이 제 시에서 적어낸 온갖 종류의 투박하고, 거칠며, 직접적이기도 한 성적 표현이나 비유는 현실과 현실에 의해 은폐된 개인성을 우의(寓意)에 기대어 조망하고자 쏘아올린 도전의 표식이며, 빼앗긴 개인의 권리와 정체성을 회복하기 위한 역설의 제의(祭衣)라고 보아도 좋다. 「지금은 自慰 중이라 통화할 수 없습니다」 전문이다.

1. 팔

너를 만지기보다
나를 만지기에 좋다
팔을 뻗쳐봐 손을 끌어당기는 곳이 있지
미끄럽게 일그러트려지는, 경련하며 물이 나는
장식하지 않겠다
자세를 바꿔서 나는
깊이 확장된다 나를 후비기 쉽게 손가락엔 어떤 반지도
끼우지 않는 거다
고립을 즐기라고 스스로의 안부를 물어보라고
팔은 두께와 결과 길이까지 적당하다

2. 털

이상하기도 하지 털이 나무에, 나무에 털이 피었다 밑둥부터 시커멓게 촘촘한 터럭, 멧돼지가 벌써 건드렸구나

밑에서 돌다가 한참 버텨보다가 몸을 날렸을 것이다 굶주린 짐승, 높디높은 굴참나무를 들이받기 시작했다 뭉텅뭉텅 털이 뽑혀나가는 줄도 몰랐을 한밤의 사투, 살갗이 뜯겨나간 산은 좀 울었을까

나는 도토리 한 알을 발견했다 가련한 짐승이 겨우 떨어뜨리고 채 찾아가지 못했나 멧돼지가 쫓겨가고 나서야 나무는 던져주었을까

도대체 길 잘못 든 나는, 손톱을 세워 나무를 휘감는다 한 움큼의 털을 강박적으로 비벼댄다 메시지 온다

김이듬의 시적 재능을 고스란히 보여주는 작품이라고 해도 좋은 이유는, 각각 상이해 보이는 1과 2를 존재의 고독이라는 알레고리로 연접해내는 날카로운 직관과 냉철한 이성적 판단이 목격되기 때문이다. 누구나 제 몸을 돌볼 권리가 있으며, 자위행위는 그 일환이라고 할 수 있다. 그러나 자위행위 자체의 허약하고 성급한 욕망만을 노골적으로 표현하거나 일방적으로 두둔하고 나서면, 아니 "더욱 사실적으로 표현하지 않으면 포르노그라피"(「욕조들」)가 된다는 사실을 김이듬은 잘 알고 있다. 자신이 자신을 매음하는 행위의 일종인 자위행위가 고독에 대한 공포에서 비롯된 개인적 취향이라고 보들레르는 「벌거벗은 내 마음」에서 이렇게 말한다.

인간의 마음에 있는 매음의 저 물리칠 수 없는 취향, 거기에서 그의 고독에 대한 공포가 생겨난다.—그는 누군가와 함께 있고자 한다. 천재는 혼자이고자, 즉 고독하고자 한다.

영광은 홀로 남아 있는 것이며 특이한 방식으로 자신을 매음하게 하는 것이다.

사랑하는 욕구라고 인간이 고상하게 부르는 것은 이런 고독에의 공포이며, 외부의 육체 속에서 자기 자신을 잊고픈 욕구이다.

김이듬의 시에서 자위행위나 성적 체위에 대한 노골적이면서 사실적인 묘사는 욕망에 대한 턱없는 예찬이 아니라, 고독에 대한 연민과 "고독에의 공포"를 고유한 방식으로 치유해낼 가능성의 모색일 뿐이다. "고립을 즐기라고 스스로의 안부를 물어보라"는 당부가, 홀로 되어 나무 위에 남겨진 "가련한 짐승"(김이듬의 시에 자주 등장하는 "새"일 수도 있다)이 견뎌낸 멧돼지와의 "한밤의 사투" 과정에 고스란히 맞물려, 능숙한 하나의 우화로 전환되고 있기 때문이다. 김이듬의 감수성은 그러나 "나무"의 뿌리나 주변의 잡풀을 "털"이라고 해놓거나, 나무를 치받는 멧돼지의 저돌적인 공격성을 맹목적인 섹스에의 욕망으로 치환해놓는 재치에서만 목격되는 것은 아니다. 제풀에 지쳐 멧돼지가 물러난 이후, 홀로 남겨진 '새'의 심정을 우화의 형태로 취해와, 고독에 대항하는 자위행위(자기를 돌보는 행위)의 정당성, 즉 개인의 실존적 문제로 환기해놓았다는 데 작품의 거부하지 못할 매력이 있다. 김이듬은 "도대체 길 잘못 든 나는, 손톱을 세워 나무를 휘감는다"와 "한 움큼의 털을 강박적으로 비벼댄다"고 말하며, 고립된 자아나 고립을 잠시 벗어나게 해주는 자위행위를 결국 개인성의 성취 과정을 다룬 하나의 당당한 이야기로 승격시키는 데 성공한다. 그러니 "메시지 온다"는 얼마나 위악적이며(자위행위의 효과) 또한 매혹적인(고독의 직시) 결구인가. 공포가 원동력을 구성하는 삶, 남루하거나 심지어 비루한 것이 시시각각 관통하는 삶은 김이듬이 제 존재의 성립 조건으로 여기는 삶이기에, 끊임없이 돌보아야 하는 삶이기도 한 것이다. 삶의 진창을 뚫고서 개인의 고유한 존재됨과 실존의 가능성을 모색하기 위해 김이듬은 자기 살을 몸소 깨물어가며, 제 감각을 불사르는, 쉽지만은 않은 이야기를 고안하는 것이다.

날마다 새로 세우고 날마다 새로 부수고
내 속에 무슨 마귀가 들어 일신우일신(日新又日新) 주문을 외는지
나는 망토를 펼쳐 까마귀들을 날려 보낸다
밤에 발톱을 깎고 낮에 털을 밀며
나한테서 끝난 연결이 끊어진 문장
혹은 사랑이라는 말의 정의(正義)를 상실한다.

(……)

한 사람도 사랑하지 않는 일은
백 사람을 사랑하는 일보다 어려운 이성의 횡포
수첩을 찢고 나는 백 사람을 사랑하리
무모하게 몸을 움직이지 않으며
마실 수 있는 데까지 마셔보자고 다시 쓴다

—「날마다 설날」 부분

집단성에 반발하며 홀로 외쳐대는 이 "한 사람도 사랑하지 않는 일"에는 개인에 대한 은밀한 돌봄과 자조 어린 찬양이 숨어 있다. 누구에게나 사회적 행동보다 본능적인 감각에 의지할 때만 열리는 감수성의 문이 있는 것이다. 잠들기 전이나, 화장실에 앉아 있을 때, 혹은 밥을 먹을 때나, 섹스를 할 때, 심리적으로 무방비 상태가 되는, 바로 그 순간, 우리는 모든 것을 다시 볼 수 있는 것이며, "날마다 새로 세우고 날마다 새로 부수"면서, "이성의 횡포"에 맞서고, 제 변화의 모습에 충실하면서, 모든 것을

다시 시작할 수 있는 것이다.

5. "Mother fucker! God fucker"[2)]

문학의 미래가 숭고해야 한다고 믿는 사람들이 있다. 그리하여 특히 시에서, 고결한 진리를 발견하거나, 진리의 도래를 꿈꿀 수 있다는 주장은 순수한 인간성과 고정불변의 서정성을 시에서 일구어내겠다는 의지 이외에 다른 것을 말하지 않는다. 바로 그 옆에는 무의식이야말로 예술의 원동력이라며, 예술작품을 환자들의 헛소리로 치부하면서 불행에 사로잡힌 예술가의 트라우마를 끄집어내어야 한다고 주장하는, 그리하여 모든 것을 치유의 메커니즘으로 환원하려는 정신분석가라는 무리가 있다. 그런데 김이듬에겐 이 모든 주장이 현실성 없는 헛소리이자, 무언가를 조장하기 위해 누군가가 누군가를 향해 풀어놓은 '썰'이며, 이론을 숭배하는 먹물들의 배부른 관념적 찬가에 불과하다. 김이듬에게 금기와 욕망은 서로 다른 것이 아니기 때문이다. 김이듬이 금지된 것과 욕망하는 것을 하나의 운동처럼 제 시에서 이어나갈 때, 필연적으로 잦아드는 파격은 시원한 감정과 패배감을 동시에 불러일으킨다. 기묘한 것은 시의 자유분방하면서도 예민하고, 헐렁하면서도 촘촘하고, 건조하면서도 촉촉하며, 질퍽하면서도 날카로운 특징이 바로 이 운동에서 비롯된다는 사실이다. 날카로움으로 시를 흥건하게 적시는 작품을 그간 우리는 얼마나 보아왔던가? 금기를 깬다는 것은 금지된 것이 공고할 때나 가능한 일이다. 금기를 깰 필요조차 없이, 금기를 구성하는 내적 구성물을 그대로 드러내고, 순간순간 잦아드는 감정을 검열이나 의식의 지나친 간섭 없이, 최대한 충실하게 담아내려 하기에 김이듬의 시에서 낯선 감정의 출현이나 급박한 논리의 전환이 자주 목격되는 건 당연해 보인다. 우화의 알레고리가 그만큼 강하게

2) 김이듬, 『블러드 시스터즈』, 문학동네, 2011, 17쪽.

개입할 여지가 바로 이 전환과 낯섦에서 생겨나기 때문이다. 그런데 왜?

욕망과 금기의 접점에서 충돌하기 직전 형성되는 에너지와 긴장감을 우화의 형태로 담아내, 바로 그 상태를 직시하는 일은 김이듬이 볼 때 사실을 기술하는 방법과 크게 다르지 않다. 이렇게 물어보자. 당신은 세상을 직접 물어뜯어보았는가? 세상을 비판하고, 힐난하고, 저주하기는 어렵지 않다. 그러나 직접 베어 물고, 피를 흘리며, 뜯어먹는 행위가 김이듬의 시에 사실성을 부여한다고 한다면? 뜯는다, 문다, 빤다, 핥는다, 쓰다듬는다, 쑤신다, 때린다, 눈물을 흘린다, 소리를 지른다와 같은 동사가 바로 제 본능과 감각에 충실한 시를 적어내기 위한 징표이며, 김이듬은 사실적인 본능이 안내하는 미지의 길을 피해갈 마음은 추호도 없다. 세상에서 단 하나의 리얼리즘이 바로 이 징표를 통해 열린다고 믿고 있기 때문이다. 다시 물어보자. 당신은 현실을 어떻게 고발하는가? 김이듬이라면 이렇게 말할 것이다. 나는 직접 거기로 내려가, 눈만 멀뚱거리며 위에서 훈계하는 당신에게 이 질척한 곳, 본능과 누추함과 추함과 아름다움이 공존하는 이곳까지 한번 내려와보라고 권하는데, 당신은 폼만 잡고 그럴싸한 공설(空說)만을 반복해서 늘어놓을 텐가? 그렇게나 현실참여를 주장하는 당신이 보기에 내가 시에서 천착하는 이 날것과도 같은 풍경이나 순간순간 주체할 수 없이 풀어헤쳐진 심상, 기대감을 저버리는 아름답지 못한 이야기는 현실이 아닌가? 그럼 현실이 뭔데? 현실이 용기를 주지 못하고, 아름답지도 않으며, 더구나 도덕적으로 성스럽지도 못할 때, 시는 용기를 주어야 하고, 아름다워야 하고, 성스러워야 한다고, 끝내 고결한 이데올로기적 성취를 서정과 전통에서 찾아내어야 한다고 말할 근거는 대체 무엇인가? "도대체 성스러운 게, 아름다운 게 뭔가? 시는 시다"(「여자가 여자를 사랑할 때」).

따뜻하고 정겨운 시? 서정적 전통에 충실한 시? 고상하고 아름다운 시? 젠장, 이런 말은 개에게나 주어버리라지. 현실? 현실적인 것, 이게 무어냐고? 저잣거리의 욕설 한마디, 가슴 깊숙한 곳에서 울려오는 흐느낌, 검열도 의도도 없이 내뱉는 말, 오르가슴에 오르기 직전에 발설하는 신음, 욕망을 드러내는 체위들, 지나가는 개가 짖는 소리, 옆집 아이의 되바라지고 악의 가득한 웃음, 찢어진 속옷과 버려진 생리대, 프레스에 찍혀 잘려나간 손가락과 거리 한복판을 질주하는 오토바이의 굉음, 때리는 아버지, 피 흘리는 엄마와 버려진 아이들, 고아원에서 쫓겨난 아이들, 매 맞는 여인들, 페니스를 꺼내 쥐고 달려드는 늙다리들, 죽창을 휘두르는 군인, 고함을 지르며 거리를 활보하는 병든 자들, 어제 버려진 태아의 시체, 날아가지 못해 강간당할 위기에 처한 한 마리 새…… 김이듬의 시에 등장하는 이러한 것들은 사실 잘 거들떠보지 않거나 추악하다는 말로밖에 담아내는 법이 없음에도, 따지고 보면 얼마나 정직하고, 현실적이며, 사실적인가? 시는 예술인 것이지, 도덕이나 훈계가 아니며, 그 사실을 김이듬은 잘 알고 있다. 시가 이해를 바라며 당대의 취향에 부합하려거나, 전통에서 물려받은 서정성을 자랑스레 답습하며 권위를 구걸하기 시작하는 순간이 시가 종말을 고하는 순간이라는 사실을 김이듬은 누구보다도 정확하게 인식하고 있는 것이다. 낯 뜨겁고, 당혹스럽고, 음탕하다고? 김이듬이라면 이렇게 재차 물을 것이다. 음탕하지 않은 사람도 있나? 그럼 당신은 고결한가? 어떻게 고결한데? 당신은 예쁜 옷 입고, 몸에 좋은 스태미나 건강식을 섭취하고, 길 잃은 고양이 한 마리도 없는 조용하고 깨끗하고 깔끔한 거리를 아무 일 없다는 듯 휘파람을 불며 여유 있게 산책하고 돌아와 하얀색 초인종을 누르면 초록이 펼쳐지는 정원을 지나 가죽 응접실에 앉고, 아무 고통도 없이 마무리된 평화로운 하루를 바비 인형 같은 아나운서가 표준말로 또박거리며 보고하는 아홉시 뉴스를 얼 그레이 한잔으로 마감할 때, 행복을 느끼고 아름다운 삶을 영위한다고 생각하는가? 김이듬이라면 다시, 이렇게 대꾸할 것이다. 이런 젠장. 엿이나 먹으라고 해. 이토록 건설적인 세계, 그토록 견고한 질서로 흔들림 없는 이 세상에서 그럼 나는 왜 상처를 받고 고통에 힘겨워 울음을 터뜨리는가? 왜 나는 불안에 떨며, 모든 게 잘못되었다는, 아무리 이해하려 해도 이해할 수 없고, 아무리 논리를 찾아보아도 아귀가 맞지 않는, 이상한 모의와 음모로 세상이 돌아가고, 누군가 세뇌되어 미친 말을 연거푸 흘리는 것이며, 감각은 왜 줄창 시궁창으로, 그 나락과 심연으로 뻗쳐가는데? "보육원 지붕"(「유니폼은 싫어요」)과 "잃어버린 개"(「나무나 나나」)와 "나의 팔다리를 뚝뚝 분질러 씹어 먹는 사투르누스"(「바바야가의 오두막」)와 "유년에 뗐어야 했던 젖꼭지처럼 말라빠진 교육"(「안드로메다 이수자」)과 "휴머니스트 로맨티스트 범벅의 과대망상증 환자"(「사생아들」)와 "불에 달궈진 쇠구두를 신은 여자가 춤추는 대목"(「이바지」)과 "결백하기 위해 모순투성이의 인간"(「유령 시인들의 정원을 지나」)과 "살균실의 잡균들"(「망한 정신병원 자리에 마리 수선점을 개업하기 전날 밤」)과 "삭지 않는 쌀벌레들"(「뒤주 속의 아리아」)과 "죽어가는 엄마"(「부속 건물 실험실에서」)가 내 눈에 왜 그리 자주 보이는데? 내가 이상하다고? 그럼 입이나 다물 것이지, 왜 계속 시를 쓰는 것이냐고?

나는 이 진흙 구덩이 안이 좋아요 똥을 싸도 괜찮아요 만날 따돌림받았는데 어쩌다 동반 자살도 시도했었는데 셀 수도 없이 한꺼번에 산 채로 토막 나고 뒤죽박죽 피투성이로 처음 마주친 우린 서로 똥과 피를 흙을 퍼부으며 장난쳐요 최초로 심장이 불타오릅니다 아버지 울지 마세요 눈깔에서 폐수 좀 흘리지 말라고요 미리 팔아먹지 못해 안타까우세요 내가 춤추며 불타오르지 않아 찜찜하고 수도관 타고 흘러들어갈까 봐 불안하세요

그래서 뭐요

세상은 거대한 봉분 고랑 너머 위생적인 사육장 삼월이 가고 꽃 피는 사

월이 가고 나에게 오월을 묻지 마세요 폭우가 쏟아지지 않아도 삼월이 붉은 구렁에 흘러넘치지 않아도 난 지금 사라지는 내가 지독한 악취가 처음으로 맘에 들어요

—「삼월은 붉은 구렁을」 부분

김이듬의 시에서 방점은 "그래서 뭐요"나 온갖 불쾌한 짓을 보란 듯이 제시해놓은 다음 "나 이뻐?"(「쿠마리」)라고 하는 저 위악적인 말, "알겠지? 그러니 그냥 여기서 내 젖이나 빨아줘"(「달래보기 시리즈」)처럼 태연하게, 그러나 잔인하게 되묻는 행위에 놓인다. 그는 세상의 모든 풍경과 도덕과 아름다움을 "분석하려는 재미없는 짓거리를 그만두고 임종의 옷들을 전시할 작정"(「망한 정신병원 자리에 마리 수선점을 개업하기 전날 밤」)이기 때문이다. 성적 이미지나 섹스에 관한 담론도 마찬가지이다.

아까 내가 먹어치운 음식들을 양푼에 쏟아 붓고 새엄마부터 비비는 사이
내가 눈까풀을 비벼대고 쇠공을 이리저리 굴려보는 사이
아버지가 방으로 건너와 슬며시 내 무릎 위에 쭈그리고 앉는다 한참 한손으로 제 페니스를 만진다

—「침묵의 복원」 부분

너는 얇은 막을 핥았을 뿐인데 양복바지가 젖는구나

—「막」 부분

여기서 주목해야 하는 것은 두 가지이다. 아버지가 딸의 무릎에 앉아 자위행위를 한다? 이런 변태성욕자의 하찮은 취미 따위를, 그걸 적어놓은 것은 아니다. 말투가 어린애에게 하는 듯한 품을 취하고 있다는 점을 유심히 살펴야 한다. 바로 이 말투를 통해, 알레고리로 한껏 비틀어놓은

우화가 시에 치고 들어오기 때문이다. "양복바지"는 어른들, 즉 아버지의 복장이며, 그런데 아버지는 마치 어린아이처럼 "막을 핥"는 것만으로 사정을 하고 마는, 미처 성장하지 못한, 유치하고 덜떨어진 사춘기의 소년, 즉 "너"로 격하된다. 김이듬의 뛰어난 능력은 제 운명이나 처지를 고통스러운 제 기억과 결부시켜 우화의 형태로 기이한 광경을 시에 걸어들어오게 하고, 낯선 문장들로 제 고유의 언어를 만들어내는 데 있지만, 우화를 통해 죄의식을 드러내고, 그것을 치유해나갈 가능성을 모색하는 데도 놓인다. 이렇게 시에서 지속적으로 목격되는 부모에 대한 양가적 감정은 "내가 무얼 잘못했는데"와 "낳아준 게 어딘데"(「여자가 여자를 사랑할 때」) 사이 오가는 일종의 죄의식, 넓게 보자면, 원죄의식이나 속죄의식의 표출이자, 우화를 가능하게 해주는 알레고리의 좌표이며, 상처 가득한 사랑의 복화술로 시의 공간을 가꾸어나가고 장악해내는 원인이기도 하다. "자포자기 패배감의 총구가 이 밤도 나를 겨눈다. 평생, 내 몸은 더 많은 구멍을 원하고, 그 안에 그녀가 있다"(「여자가 여자를 사랑할 때」)처럼 죄의식은 그럼에도 콤플렉스의 소멸 즉, 친부살해나 친모살해의 욕망을 실현하면서 완성되는 것이 아니다. 오히려 자신을 처벌하는 행위가 고유한 상처를 다스리는 사랑의 복화술로 거듭난다고 보아야 할 것이다. 김이듬이 자기를 두고 하는 말이나 타인들에게 놓인 그것은 현실에 대한 "불평이 아니라 타고난 발성"(「삼월은 붉은 구렁을」)이기 때문이다. 동정의 대상으로 격하된 현실의 아버지나 어머니가 비루한 처지에 놓이게 된 까닭은 물론 추저분한 욕망, 그러나 끊임없이 유치한 패턴으로 현실 속에서 확인되고 발산되는 항구적인 욕망과 가족사의 비극과 상처 때문이다. 그러나 우습고 유치한 건, 아버지나 어머니만은 아니다.

주머니 속 동전을 만지작거린다
엄지와 집게손가락을 맞닿게 해 만든 동그라미

이거보다 작은 테두리의 청동 팔찌를 낀 말라깽이야
수천 년의 합장(合葬)이 즐거운 거니?
정말로 어떤 여자가 죽은 후까지 그 남자와 눕고 싶으리
쯧쯧쯧 동시동작 커피를 마시며 네 눈을 보며
옷을 벗으며 딴생각을 하며 어떻게 한 사람만 사랑할 수 있을까

—「오수전(五銖錢)」 부분

수천 년을 반복해온 구태의연한 결혼제도는 김이듬이 볼 때, "쯧쯧쯧" 혀를 찰 정도로 가증스러운 것이다. 사실 그렇지 않은가? 우리는 어떤 시대에는 견고해 보였던 무언가가 그렇지 않게 될 가능성을 항상 염두에 두고 살면서도, 실상 그렇다고 말하지 않는다. 공고한 신화는 공고할 뿐이지, 좀처럼 비판되거나 사라지지 않는다. 왜? 사유의 관성과 준거집단의 이데올로기에 포섭되어 우리 모두 하루하루를 살아가기 때문이다. 이에 비해, 시인은 부정의 가능성을 그대로 적는 게 그리 나쁘다고 생각하지 않을 뿐만 아니라, 그렇게 하지 못할 이유도 발견하지 못해, 자신의 생각을 이야기에 빗대어 드러내고자 시도한다. 수천 년이 지난 부부의 시체에 말을 거는 이 우화 같은 시에서, 도덕과 교훈, 성과 이데올로기는 이미 자기파괴적이다. 애초에 빌려온 우화의 신성성과 공고함을 다시 겨냥하는 부메랑과도 같은 부정의 몸짓이 만들어지기 때문이다. 김이듬이 중요하다고 생각하는 것은 자신의 체험으로 확장해나간, 정직하고 속이지 않는 상태를 시에서 그대로 최대한 기술하는 것이며, 바로 이것이 김이듬 시의 몸통을 구성한다. 따라서 시는 이런 물음을 던진다. 당신은 어떤가? 내 말이 거슬리거든, 솔직히 한번 말해보라. 섹스의 욕망에 시달리는 당신은 "옷을 벗으며 딴 생각을 하며" 자위행위를 하기도 하지만, 그럼에도 여러 가지 이유로 인해 이런 사실을 솔직하게 말하지 못하거나, 솔직해질 수 없는 처지에서 갇혀 산다. 십분 이해한다. 그럼 내 생각을 솔직하게 써나

갈 권리가 나에게 있다고 생각하는 게 당신에게 왜 문제가 되나. 당신은 당신대로, 나는 나대로 솔직해진다는 데, 뭐가 문제인가? 노골적이어서 거슬린다고? 왜? 왜? 왜? 나는 이분법에 갇혀 섹스를 말하는 것도 아니잖나. 준엄한 도덕을 주장하는 것도 풀어진 타락을 조장하는 것도 아니잖나. 그저 내가 체험했거나, 누구나 체험했을 그 섹스, 그걸 말하는데, 시시각각 떠오르는 순간의 생각을 적어낼 뿐인데. 당신도 그렇지 않은가? 문득 문득 어떤 경험이 엄습해오지 않는가? 당신은 순간의 사유를 현실의 시간으로 지워버리고, 묵묵히 당신이 종사하는 예의 그 일에 전념하면 되는 것이고, 나는 내게 떠오르는 걸 적어나가면, 적어도 불만을 가질 이유는 없지 않은가? 내 말이 잘못되었다고 생각되면, 아예 시 읽기는 관두시고.

김이듬의 시에서 교체되는 화자의 등장은, 나를 타자화하고, 타자를 내재화하는 방법으로, 주관적인 감정을 객관화하려는 노력이거나 객관적인 정경을 주관적으로 포착하려는 시도에서 비롯된다. 때문에 사물과 나, 타자와 나를 하나의 언어로 궁굴리고자 할 때, 보는 자와 보이는 자의 역치는, 문장의 혼란을 야기함에도, 반드시 필요한 것이다. 질서에 구멍을 내고, 그 공간에서 위반의 유희를 벌이는 것은 따라서, 표면상으로는 가부장적 이데올로기나 그것의 강박증을 향한 저항처럼 보이겠지만, 김이듬이 선택한 저항의 대상에 어머니 신화나 통념도 자리한다는 사실을 잊지 말아야 한다. 폭력적이며 부도덕한 아버지라는 상징을 거세해나가는 데만 몰두하는 것이 아니라, 여성의 모성애나 성적 터부, 부끄러움이나 숭고한 여인상을 함께 비판하며, 인간의 내면성과 욕망, 그 기저에 자리하는 죄의식과 몰락의 상처를 되돌아보기 때문이다. 마치 차라투스트라처럼.

> 인간의 위대함은 그가 다리(橋)일 뿐 목적이 아니라는 데 있다. 인간이 사랑스러울 수 있는 것은 그가 건너가는 존재이며 몰락하는 존재라는 데

있다.[3]

김이듬의 시에서, 인간에 대한 사적인 비난이나 공적인 공격은 "몰락하는 존재" 즉, 초인이 되기 위해 건너가야만 하는 다리일 뿐이다. 식민지처럼 흐느끼는 어머니가 비판의 대상인 동시에 구원의 대상으로 부각되는 것은 남성도, 여성도 아닌 어떤 상태를 말하기 위해 김이듬이 새로운 목소리의 주인이 되어간다는 사실을 말해준다. 그렇다면 그는 왜 중성이나 동성애의 상태라고 해야 할 기묘함과 새로운 힘에 주목하는가? 오로지 한 편에 서서 세상을 이해하고 판단할 때, 오욕과 폭력의 역사가 뒤따랐다는 사실이 김이듬에게 자명해 보이기 때문이다. 따라서 시에서는 기이한 느낌을 자아내거나, 성적 이미지를 대거 양산하는 원인이 될지언정, 이 양자, 즉 남성과 여성의 특성을 동시에 지니고 있을 때 비로소 발생하는 기이한 정신 상태로부터 김이듬은 사회 비판과 저항의 정신이 성장해나갈 가능성을 엿보는 것이다. 그것은 주로 성적인 것을 언급하며 진행될 수밖에는 없는, 즉 온몸으로 치르는 전쟁과도 같은 도전적 행위이며, 우리는 여기서 김이듬의 시가 양자를 극복한 초인의 목소리를 내려 한다는 사실을 알게 된다. 이것이 바로 '말할 수 없음'을 말하려는 하나의 방법이며, 가족사와 성적 정체성, 성장의 철학이 묻어 있는 우화에 기대어, 김이듬이 제 시에서 몸으로 길러내고 돌보려는 과오와 죄악이기도 하다. 김이듬에게 "몸은 하나의 거대한 이성이며, 하나의 의미로 꿰어진 다양성이고, 전쟁이자 평화이며, 가축의 무리이자 양치기"[4]인 것이다.

3) 프리드리히 니체, 『차라투스트라는 이렇게 말했다』, 장희창 옮김, 민음사, 2004, 19쪽.
4) 프리드리히 니체, 같은 책, 50쪽.

6. 내 안에 있는 나를 나도 잘 모르겠는데, 당신들은 어떻게?

김이듬의 시는 우리 내부에 잔존하거나 우리 내부를 구성하는 내면성과 경험, 기억을 열어나가는 하나의 방식이다. 누구나 속해 있지만, 누구나 말하기를 겁내하고, 누구나 피해가고자 하는, 그 징그럽거나 추악하거나, 너무나도 아름다운 일들을 우리 앞에 열어주는 바로 그 방식 말이다. 김이듬의 시는 얼핏 지배문화에 대한 저항의 담론이나, 페미니스트들의 손을 들어주며 가부장적 질서에 대항하는 담론, 나르시시즘에 빠진 말괄량이의 되바라진 목소리와 유사해 보일 수도 있다. 아니, 동성애에 대한 찬미, 정신분석학에서 말하는 친부살해나 엘렉트라 콤플렉스, 목소리의 중첩으로 빚어진 혼종성, 죽음을 예찬하는 페시미스트의 진술이나 소외되고 결핍된 자의 거친 항거의 함성으로 보일 수 있으며, 비교적 드문 가운데도 문단의 평가 대부분의 그러하였다. 그런데 왜? 시가 복잡하고 알쏭달쏭하기 때문에? 맞는 말이다. 첫 시집이 나왔을 때 우리는 침묵하였고, 두번째 시집 이후, 첫 시집이 보다 뛰어나다고 말했으며, 세번째 시집을 놓고는 지난번이 더 힘차다고 말하기도 한다. 그럼 김이듬은 이전보다 못한 시만 선보이며 퇴보하는가? 시의 난해함 때문에 비평의 공간이 좁아졌기 때문이라고? 맞는 말이다. 비평의 공간은 그만큼 좁다. 그러니 몇 가지 틀에 맞추어 또 몇 가지 지점을 꺼내들면 그만일 수도 있다. 그런데, 김이듬은 내가 알지 못하는, 우리가 알지 못하는 무언가를 우리 앞에 꺼내놓으며, 비평이 모면되는 지점을 만들지 못하도록 방해공작을 펼친다.

죽어가는 동안만 살아 있는 우리는 죽일 것처럼 서로를 핥아대는 우리는 닦으면 고결해지는가 그러고 싶은가 사랑은 어떤 먼 곳에서 오는 복수 렌즈 빼고 서로의 장막을 걷자 우리는 순결하게 섞인다 아아 그러고 싶지만 또 다른 비닐이 필요하다 나는 커피 자판기처럼 일회용 콘돔 자판기도 널린 도

시를 설계한다 막이 있어 우리는 초월을 꿈꾸지 않고 콘돔을 끼운 채 우리는 사라져간다 충실히 소모될 것이다 너를 사랑해 이 기막힌 재난과 함께

—「막」 부분

온갖 욕망과 더러운 것, 오물 같은 삶을 몸소 경험하고, 이를 통해 세상에서 죄악과 과오를 씻어내고자 하는 창녀의 얼굴이 어른거리지 않는가? 모든 것이 "기막힌 재난"이라면, 타락천사의 전설이 낯설지 않은 알레고리로 감길 것이다. 그렇다. 모든 인간의 내면에는 자기가 어떻게 할 수 없는 무시무시한 괴물이 있다. 내부에 도사리는 이 이상한 괴물의 힘을 포착해내는 일을 김이듬은 제 시에서 실천하고 있는 것이며, 기이한 낯섦, 악(惡)이나 타자와 같은, 내 안에 있지만 내가 알지 못하는 무엇을 세상에서 추방하는 대신 끄집어내는데, 이는 김이듬의 시선이 악과 선이 혼재하는 곳에 머물고 있기 때문이다.

죽은 이의 영혼을
달에 씻는 limbes
붉은 달빛의 갈고리
살점을 찢어간다
자귀나무 꽃 진다
달맞이꽃 죽어라
나는 달도 씻기지 못할
냄새나는 문 틈
끼이고 조여가며
기다리지도 않는
기다림으로
지옥과 천국의 변방에다

오래도록 살아갈 묘혈을 판다

—「달에 씻다」 부분

"죽은 이의 영혼"을 씻는 "limbes"는 단테의 『신곡』에 등장하는 낱말로, 변두리나 가두리를 뜻한다. 잠시 대기하는 곳, 구원을 기다리며 머무는 장소, 고성소(古聖所)라는 말로 번역된, 죽은 자들 중 그 영혼이 천국이나 지옥 또는 연옥 그 어디로도 가지 못한 채, 머무르는 장소를 의미한다. 죄 없는 영혼이 죄를 받아 살아가야 하는 저주받은 곳이 바로 제가 살던 세상이라고 생각하였던 보들레르가 "우둔함과 과오, 죄악과 인색이/ 정신을 점하고 몸을 괴롭힌다/ 우리는 양육한다 탐스러운 가책을/ 거지들이 제 벌레를 길러내듯이"(「독자에게」)라고 말했듯이, 김이듬에게도 세상에서 갖게 되는 원죄의식은 떨쳐내야 할 것이 아니라, "지옥과 천국의 변방에" 파놓은 "오래도록 살아갈 묘혈"일 뿐이다. 김이듬의 원죄의식은 인간이 얼마나 고결하면서도 천박한가, 얼마나 강건하면서도 변덕스러운가, 라는 물음을 우화라는 형태로 끝없이 던져야 하는 원인이기도 하다.

살인은 멈추지 않고 강간은 끝나지 않고 전쟁은 더욱더 치밀해질 것이다
우리는 충분치 않은 과오를 나누고
끝내 나아지지 않은 채 사라질 것을 믿는다

—「나는 세상을 믿는다」 부분

김이듬이 제 시에서 도달하고자 하는 지점은 우상의 거부나 파괴보다는 오히려 교훈이 되지 못하는 현실, 그럼에도 지독히 사실적인 현실, "살인은 멈추지 않고 강간은 끝나지 않고 전쟁은 더욱더 치밀해질" 현실에 대한 적시(適視)이자 직시(直視)이다. 현실이 가변적인 만큼, 시는 끊임없이 미지(未知)를 향할 수밖에 없으며, 여기에 시인의 자책과 과오, 운명과

모험이 놓인다. 거부나 파괴, 괴리나 나르시시즘과는 먼, 미처 다 끝내지 못하는 노래를 계속해야 하는 운명은 흘러가는 삶에서 제 실존의 감각이 뻗어댄 자리, 오늘의 우리가 있어야 하는 그 자리를 고유한 언어로 담아내기 위한 모험과 다른 것이 아니다.

저녁이라 좋다
거리에 서서
초점을 잃어가는 사물들과
각자의 외투 속으로 응집한 채 흔들려 가는 사람들
목 없는 얼굴을 바라보는 게 좋다
너를 기다리는 게 좋다
오늘의 결심(決心)과 망신(亡身)은 다 끝내지 못할 것이다
미완성으로 끝나는 것이다
포기를 향해 달려가는 나의 재능이 좋다
나무들은 최선을 다해 헐벗었고
새 떼가 죽을힘껏 퍼덕거리며 날아가는 반대로

봄이 아니라 겨울이라 좋다
신년이 아니고 연말, 흥청망청
처음이 아니라서 좋다
이제는 곧 육신을 볼 수 없겠지
움푹 파인 눈의 애인아 창백한 내 사랑아
일어나라 내 방으로 가자
그냥 여기서 고인 물을 마시겠니? 마지막으로
한 번 더 널 건드려도 괜찮지?
숨넘어가겠니? 영혼아,

넌 내게 뭘 줄 수 있겠니?

—「12월」 전문

미완성을 고백하는 지점, 그러나 "포기를 향해 달려가는 나의 재능" 때문에 계속될 것이라고 예견하는 지점에는 최초의 기억이 자리잡고 있다. 이 최초의 기억을 그대로 복원하려는 시도는 어리석은 것이다. 그것은 오로지 상처의 알레고리를 통해 현재에서 재현될, "꿰매놓은 기억"일 뿐이기 때문이다. 현재의 삶에서 상처를 펼쳐내기 위해 우화가 동반되는 이유도 여기에 있다. 김이듬의 시에서 우화의 알레고리는 사회적인 동시에 개인적이며, 내가 알지 못하는 미지의 무엇과 시 쓰는 실존 사이의 변증법적 운동을 실현해낼 유일한 길인 것이다.

빰의 체온 머리칼의 감촉
나는 당신을 다 꺼내놓을 수 없습니다
시럽에 빠뜨린 크래커를 건지듯
따뜻한 틀 속의 쿠키를 꺼내듯
단지 나는 당신을 가지고 만든 책을 봅니다.

(……)

그러니 이 시는 내가 쓴 게 아닙니다
내 안에 침묵한 당신은 내 말의 시작
이 시의 끝이고 한계

—「제가 쓴 시가 아닙니다」 부분

내 안에 있는 무엇을 직시하지만, 내 안에 있는 무엇은 곧바로 잡히지 않고 늘 미끄러진다. 그것은 독서를 통해 시인이 알게 된, 지식이나 우화일 수도 있으며, 타자와의 관계에서 빚어진 감정의 잔여물이거나, 상처로 각인된 과거의 기억일 수도 있다. 문제는 이 미지의 무언가가 시를 써나가는 것이지, 시인이 그것을 기술하는 것이 아니라고 김이듬이 말한다는 데 있다. "적절한 문장을 못 찾겠어 도무지 사랑할 수밖에"(「말할 수 없는 애인」)라며, 김이듬은 "단지 나는 당신을 여과하고 퇴고하고/ 나와 상관없이 흐르는 당신을 옮겨 적습니다"라고 당당하게 말한다. 우리를 기다리는 미지의 무엇은 불완전한 시대에서 현실의 전망을 불완전하나마 갖추기 위해 필요한, 보이지 않는 직관과 감각인 것이다. 시를 쓰는 건 내가 아니다. 미지의 힘, 미지의 무엇, 예술이 선취한 어떤 지점에 대한 직관이 지금 내 목소리를 빌려, 시라는 이름으로 우리 곁에 당도하는 것일 뿐이다.

7. 상처를 치유해나가는 실패의 복화술

김이듬은 제가 걸어온 이 죄악과 과오를 다스리는 초인의 길을 계속해서 걸어갈 수 없을 것이다. 그녀는 끝끝내 실패할 것이다. 사실, 그 누구도 이 길을 계속 걸어갈 수는 없다. 미지의 무엇을 가지고, 과거의 무엇을 끄집어내, 현재에 무언가를 기술하려는 사람은, 머리에 나사가 하나 빠진 자뿐이다. 모든 위대한 시인들이 그러했던 것처럼 말이다. 그러니 누군가의 이야기에 담아, 제 삶을 투영하여 실행에 옮기는 수밖에. 각오와 용기, 대담함과 도발은 김이듬의 시에서는 끊임없는 훈련이 만들어낸 확신과 정념, 그 이후에 생겨난 결과일 뿐이다. 김이듬은 보기 드물게 처음부터 완성된 작품을 들고 문단에 나온 시인이다. 살아갈 수 없을 수도 있다는 절박함이 그 어떤 공포마저도 삼켜버렸다고 해야 할 것인가? 누구도 남의 상처를 보고 그 사람 자체를 판단하지는 않는다. 당신이 어떤 사람인지, 어떤 역사 속에 놓여 있는지 제대로 알고 있는 것이 중요할 뿐이다. 김이듬에게 그 대상은 바로 자신이다. 당신이 얼빠진 정신분열자인지, 넋

나간 투정꾼인지, 탁월한 알레고리의 발명자인지, 일일이 확인해볼 필요는 없는 것이다. 순간의 감정을, 시의 감수성을, 계산기로 두드릴 수는 없는 일이기 때문이다.

> 우리는 몸을 운전해서 언덕을 내려간다. 공포를 통과한다. 우회를 통해 정수에 도달할 것이다. 빠르기를 조절할 수 있는 보호 기어도 변속 장치도 없기 때문에 우리는 언덕의 움직임에 따라 변화되며 마찰할 수밖에. 다 내려왔을 쯤엔 어지러운 변주가 끝나고 나선으로 빙글빙글 돌던 몸이 올라가는지 내려가는지 알 수 없게 된다. 몸이 마음보다 더 빨리 지각하고 도착하고 싶다면 그곳을 보아야 한다.
>
> —「호수의 백일몽」 부분

쉬지 않고, 제 감정의 흐름에서 눈을 떼지 않은 채, 때론 완전히 녹초가 될 정도로, 그럼에도 의지와 열망이 뚜렷하다면, 아무리 감성이 기진맥진한 상태에 이르렀다 하더라도, 우울증에 걸린 듯, 그러나 뭔가에 도달했다는 느낌을 온몸으로 감내할 수밖에 없었을 것이다. 무엇인지 구체적으로 설명할 수 없다는 공허함이 없었다면 길의 끝에 다다랐음을 어떻게 또 알 수 있었겠는가? 이야기와 현실 사이의 혼동은 사라져야 한다. 김이듬이 통과한 "공포"와 "우회를 통해" 도달한 "정수"에 이르기 위해, 우리는 긴장된 삶으로부터 상처를 돌아봐야 하며, 선입견으로부터 다소간의 거리를 유지해야만 하는 것이다. 예술의 주요 임무는 삶의 상처 위에 다양한 형태의 사유를 구축하는 데 있는 것이다. 비평은 매번 예술이 시도한 새로운 사유와 그 형식에 걸맞은 이름을 붙이려고 노력할 뿐이다. 김이듬의 분노와 상처는 사회라는 이데올로기 집단보다 뿌리가 훨씬 깊은 데 연원하며, 시에서 자기 안의 갈등을 모조리 쏟아낼 때만, 치유의 가능성을 예비해나간다. 이 감수성의 파편을 우리 삶에서 몰아낼 권리가 우리에게는 없다는 것을, 오히려 그것을 매일 옆에 끼고 사는 법을 우리는 김이듬에게 배워야 할지도 모른다. 마지막 물음을 던지자.

노출에 대한 두려움, 자신이 누군가에게 읽히고 드러나는 것에 대해 두려움을 갖지 않으며, 반대로 당당함, 뻔뻔하게 대면하고서 말하는 행위는 어떻게 가능한가? 김이듬은 수치심을 전복시켜 무언가를 잡아채고, 상황을 역전시켜, 과감하게 제 언어로 펼쳐낸다. 김이듬의 시에서 뿜어나오는 어떤 열기, 말로 형언하기 어려운 아우라나 그 힘은 무언가를 구축하기 위해 시인이 도모한 공든 탑이 아니라, 이미 구축해놓은 성전을 지상의 인간에게로 끌어내리기 위한 초인의 몸부림에서 비롯된다고 봐야 할 것이다. 시인은 자신을 가교라고 생각하거나, 어쩔 수 없이 가교의 역할을 맡기도 한다. 쾌와 불쾌, 질서와 무질서, 금기와 욕망 중 주로 후자에 주목하며 제 소임을 다해갈 수밖에 없는 이유는 김이듬에게 다른 방법이 가능하지 않기 때문이며, 이는 또한 김이듬이 서 있는 자리가 바로 그곳이며, 결국 그가 있는 곳으로 시의 지평이 옮겨올 수밖에 없기 때문이다. 독자들이 당혹감을 넘어 불쾌감에 사로잡힐 때, 역설적으로 김이듬의 시는 그만큼의 성공을 얻어낸다. 비로소 우화의 주인공은 영웅적인 면모를 갖추게 되며, 이때 영웅이라는 말은 기존의 통념과 가부장적 질서, 안전하다고 믿고 있는 도덕과 이데올로기와 위선이 붕괴된 폐허 위에서, 모든 것을 새롭게 궁리하고 바라보아야 하는 자의 용기와 현실에서 실패를 노정할 수밖에 없음에도 불구하고 무언가를 말해야 하는 기질로부터 탄생한다. 김이듬의 시가 취하는 뻔뻔스러움은 기실 영웅의 당당함과 다른 것이 아니다. 우리가 안전하다고 믿고 있는 저 질서, 우리가 신앙처럼 숭배하는 저 이데올로기, 우리가 그럴 것이라고 생각하는 저 성적 취향과 그 메커니즘, 우리가 안 된다고 말해온 온갖 터부, 우리가 탐내고, 엿보며, 부러워하는 온갖 지위와 인격은, 김이듬에게는 한번쯤 흔들어 털어내야 할 무엇, 한번쯤 의심의 시선으로 돌려놓아야 하는 대상, 한번쯤 그것이 아닌 지점에서 다시 생각해봐야 하는 무엇, 한번쯤 이죽거리며 흠집을 내지 않으면 안 될, 강건하고도 완고한 원형인 것이다. 김이듬이 자주는 우화의 형식으로, 더러는 가족 이야기의 형식으로, 드물게는 신화의 형식으로 제 시를 구성하는 이유가 여기에 있다. 기존의 신화를 빌리지만, 뚜껑을 열면 완전히 다른 것을 말하는, 예컨대, 우화를 빌려 우화의 기원과 신념에 도전장을 들이밀고, 우화라는 최초의 형식을 전복시키고, 기원이 내려누르는 판도라의 상자를 열어, 제 고유의 서사로 담아낸 아픈 기억과 독특한 풍경, 처연한 상념과 슬픔, 날이 선 비아냥거림과 힐난의 말뭉치를 상자 안에 넣고서, 열쇠를 채워두는 그런 시를 써나간다.

저 멀리 그녀가 우화의 로비 안으로 들어서는 게 보인다. 지치고 불안한 사랑을 얼굴에 가득 머금은 채, 우수와 욕망과 상처로 채워진 슈트케이스 하나를 손에 쥐고서 우리를 보며 야릇한 웃음을 보낸다. 일찍부터 우리가 예상치 못한 세계의 문이 활짝 열려 있기라도 했었던 것일까? 김이듬이 만들어놓은, 한편으로 능청스러우며, 한편으로 성급하고, 한편으로 추악해 보이며, 한편으로 성스럽기도 한, 그 우화의 성전으로 들어가기 위해서는, 입구를 지키고 있는 알레고리의 수문장 앞에서 반드시 벗어 놓아야 하는 신발과 고쳐 입어야 하는 옷이 있는 것이다.

(『시와사상』 2011년 가을호)

패러디는 힘이 세다: 웃음의 사회학을 위하여
—권혁웅론[1]

인간의 의식, 즉 한 개인의 회상과 그것을 표현하는 말들에 비하여 이 우주는 얼마나 작고(캥거루 주머니 하나에 넣을 수 있을 정도이다) 하찮고 미약한가.

—블라디미르 나보코프, 『말하라, 기억이여』

1. 나는 새 하늘과 새 땅을 보았다……

현재에 내려놓을 미래의 혁명을 희구했던 19세기의 낭만주의 시인들이 실험을 감행해나가면서 가장 먼저 고백해야만 했던 것은 독창성이나 창조성이 기실 모호한 개념이라는 것이었다. 자신들의 출발선이기도 했던, 창조라는 저 위대한 말을 지탱해나갈 근거를 저들이 뿌리내리고 살아야 했던 부박한 현실에서는 좀처럼 견인해낼 수 없었고, 도래했다고 믿었으나 완성을 목도하지는 못했던, 그러나 염원을 가득 담아 바라보았던 이 상향을 성취해낼 시적 사상을 전통에서 찾아내기도 어려운 시점에 봉착해 있던 이들은, 창조와 엇물린 또다른 개념들이 도미노처럼 차례로 쓰러져가는 것을 안타까운 눈으로 지켜보며, 결국 '영감-천재-창조'의 견고한 삼발로 지탱해오던 전통적 서정과 그 고매한 위상에 패자의 월계관을

1) 대상 텍스트는 다음과 같다. 권혁웅, 『황금나무 아래서』, 문학세계사, 2001; 『마징가계보학』, 창작과비평사, 2005; 『소문들』, 문학과지성사, 2010.

얹어놓고서, 역사의 뒤안길로 물러나야 했다. 이렇게 실패의 문턱을 넘으며 좌절을 맛보았던 이들이, 그럼에도 교훈 하나쯤 남기지 않고 사라져간 것은 아니다. 오늘에 당장 그 끝을 보는 것이 아니라, 내일에도 이어지는 저 지난하고도 막막한 현실과 이 현실의 시간이라고 하는 것의 깊이에 대한 실질적인 탐구, 그것을 찬찬히 되돌아보고자, 변화의 요로에 놓여 복잡다단하고도 신산스럽게 펼쳐지는 제 삶의 터전에서 개인의 기억을 궁리하고, 이를 현실에다 기꺼이 구축해낼 시적 가능성이 바로 이 패자의 월계관을 쓰고 난 이후에야 비로소 탄생했기 때문이다. 그러니까 신의 말씀을 해석하는 제사장에 가까웠다고 해야 할 '창조자-시인'은 더이상, 탁월한 영감과 추상적 이상, 서정적 진실과 순수한 열망에 기대어, 더러 타고난 천재성을 바탕으로, 성스럽고도 알쏭달쏭한 전언들을 제시(계시)하는 자가 아니라, 현실의 구석구석을 살펴야만 하고, 새로운 비전을 오로지 그곳에서 얻어내기 위해 실패가 예정된 길을 걸어가야만 하는 '현실-보고자'로 거듭나게 된다. 오로지 현실에 대한 이야기만을 가지고도 시인은 이렇게 시대정신이 뻗어낸 최전선에 서서, 세상의 변화무쌍한 풍경을 직관과 관찰에 의지해 탐지해낼, 척후(斥候)이자 대중-예술가가 될 수 있었던 것이다.

누구나 현실을 살피기 마련이라고 할 때, 앞에 적은 그 말에 더러 어폐가 있을 것이다. 온갖 수사와 기법을 동원해 현실을 고발하고, 채워질 리 없는 현실의 부족함을 고양된 목소리로 성토하는, 그리하여 최선을 다해 현실을 살피고 돌보았다며, 당당히 앙가주망의 한 귀퉁이를 돌아나왔다고 믿는 시인들이, 오늘날이나 당시에나, 너무나 많고, 또 많았기 때문이다. 그런데 지루하고도 지극히 평범한 현실, 하여 십중팔구 시에서는 낯선 것이거나 시가 망각하기 십상인 일상의 저 구석구석들을 샅샅이 뒤져가며, 바로 이 일상에서 새로운 논리를 찾아내고자 낮은 포복을 불사하거나, 지극히 개인적이라 부끄럽다면 한없이 그렇다고 해야만 할 제 남루한 기억과 과거의 자잘한 사건들을, 발가락 사이에 낀 때만큼으로도 여기지 않았던 온갖 잡스러운 문화적 산물들을 날카로운 무기처럼 빼들고서, 제 시에서는 감정조차 한껏 덜어낸 후, 척척 실현해나간 시인이 있다면, 이 자는 대관절 무얼 하려는 것이며, 도대체 어쩌자고 이러는 것일까? 연애를 주제로 묶어낸 한 권을 제외해놓으면 권혁웅의 『황금나무 아래서』 『마징가 계보학』 『소문들』은 이런 점에서 고유한 기억의 산물이자 정직한 현실의 보고서이며, 이 양자를 패러디로 감아내며, 시적 논리의 묘미와 완성도를 최대한 끌어올린, 망각과 상상의 현실주의적 투쟁 보고서라고 해야 할 것이다.

2. 패러디가 육신이 되어 우리 가운데 거하시매……

인간의 기억이 엄청난 정보와 기록으로 이루어진 도서관과 같다면, 기억은 또한 수많은 퍼즐 조각으로 구성될 테고, 시인이 완성된 퍼즐의 모양을 현실 위에 펼쳐놓으려고 할 때, 반드시 그 방법을 동반하게 마련이다. 그러기 위해서는 우선 최대한 많은 조각들을 모아야 할 것이며, 결집해낼 방식도 발견해놓아야만 할 텐데, 권혁웅은 그 논리와 구체적인 방법을 알고 있으니, 바로 패러디가 그것이다. 턱없이 진지한 것이나 고통이 선연한 상처를 웃음으로 치환하여 환기하고, 좀처럼 붙잡기 어려운, 멀리 떨어져 있어 아렴풋한 심상이나 예서 울려나오는 감정의 변폭을 우리의 곁에 구체적인 산물로 교묘하게 위장하기도 하는 패러디는 권혁웅에게 시적 공간을 확장해나가고, 감정을 완숙하게 조절해내며, 시간의 깊이를 한껏 더해놓을 새로운 논리이자, 그 지름길이 된다. 성큼거리며 아무렇게나 사방에서 걸어들어온 것 같아도, 펼쳐지는 저 매번의 방식을 헤아려보면, 권혁웅에게 패러디는 우연의 산물이 아니라, 치밀하고 전략적인 배치와 고도로 압축되고 통제된 언어 운용의 소산에 가깝다고 해야 할 것이다.

거개가 패러디의 산물이라는 점을 먼저 말해두는 일이 필요하겠지만,

권혁웅의 시에서 패러디 개념은 그럼에도 오해를 불러일으킬 여지가 있다. 권혁웅 자신은 "두 텍스트 사이의 긴장이 강렬하여 의미론적 뒤틀림이 일어날 때, 인유의 효과는 강렬해"지며 "이것이 패러디"[2]라고 정의한 바 있는데, 나는 이 글에서 인유(引喩)와 패러디를 굳이 구분해 사용하지는 않을 것이다. 왜냐하면 권혁웅에게 패러디는 세상에 이미 알려진 온갖 잡다한 문화적 생산물들을 그대로 차용해오는 일에 소진되는 것은 아니기 때문이다. 텍스트의 중첩이라는 패러디 본래의 인유적 특성도 권혁웅의 시에서는 오로지 제 기억을 보살피고, 현재에 그것을 적확하게 살려낸 후, 주관적으로 배치해나가는 데 필요한 자그마한 단서이자 수단으로 기능한다고 보아야 한다. 따라서 창조성의 결여를 메워줄 보충물이라든지, 풍자나 해학을 담기 위한 부차적 도구라는, 패러디에 가해진 부정적인 평가를 기어이 물려내는 자생적인 힘이 권혁웅의 시를 풍요롭게 만든다는 점을 우선 지적해둔다.

첨가할 사항이 하나 더 있다. 이 '자생적'이라는 말에는 패러독스와 유머, 아이러니를 아우르면서 특유의 말투로 짐짓 가장하여, 이를 보다 다채롭게 구사해내는 데 패러디가 직접 관여한다는 뜻이 담겨 있다. 때문에 권혁웅에게 패러디는, 패러디의 운위로 야기된다고 기존에 말해온 장르의 혼합, 신문 기사나 광고 등을 무절제하게 섞어놓은 혼성모방과는 거리가 멀어도 한참 먼, 오히려 시인이 제 역량을 최대한 담아낸 주관적 시선을 통해, 그러나 담담한 어조로, 현실을 기술해나가는 매우 특이한 재현의 방식이자, 시의 고유한 형식을 창출하기 위한 진지한 고민의 결과라고 보아야 한다. 공교롭게 시집의 발간 순서와 변화(진화)하는 패러디의 양상이 맞아떨어지고 있다는 점을 염두에 둔다면, 권혁웅에게 패러디는 오히려 시에서 각성을 촉구하며, 인식의 새로운 영역을 확보하고 기꺼이 성취해

---

2) 권혁웅, 『시론』, 문학동네, 2010, 490쪽.

내는 그 중심이자, 시의 조직과 흐름, 그러니까 시인의 서정-감성-시정(詩情) 운용과 양태를 이해하는 데 간과되어서는 안 될 핵심이기도 하다.

3. 태초에 패러디가 있으셨다……

『황금나무 아래서』에서 등장하는 패러디는 거개가 '나는'이라는 문장의 뒷부분을 고민하게 인도하면서, 조금씩 시인이 내면으로 파고들어갈 단초, 즉 내가 결부되어, 내 문장을 완성해내는 데 필요한, 비교적 단순한 기제로 활용된다.

> 그해 여름 정말 돼지가 우물에 빠졌다 멱을 따기 위해 우리에서 끌어낸 중돈이었다 (……)
>
> (……) 겨울이 가기 전에 사람들은 결국 입구를 돌과 흙으로 덮었다 삼겹살처럼 눈이 내리고 쌓이고 다시 내리면서 우물 있던 자리는 창백한 낯빛을 띠어갔다. (……)
>
> (……) 그러나 봄이 되자 작고 노란 꽃들이 꿀꿀거리며 지천으로 피어났다 초록의 床 위에서, 紙錢을 먹은 듯 꽃들이 웃었다 숨어 있던 우물이 선지 같은 냇물을 흘려보내는, 정말 봄이었다
>
> —「돼지가 우물에 빠진 날」 부분

'영화 제목의 차용—과거의 일상—현재의 기억으로 되살려낸 알레고리', 순으로 시가 하나의 고리처럼 순환한다고 할 때, 시인이 차용한 영화 제목은 과거라는 이름의 또다른 창문을 현실에 열어놓기 위한 덧문이다. 따라서 거개의 경우처럼 패러디 대상에 대한 오마주가 시에서 목격되지 않는 것은 일견 당연하며, 이때 패러디는 기억 속에 웅크리고 있는 잠재적 풍경을 시 속으로 걸어들어오게 하는 장치이자, 다양한 시선과 사건이 지금-여기에 포개어지는 계기로 자리잡는다. 비교적 단순한 장치에 불과

하다고 할 패러디는 그럼에도 패러디의 대상이었던 영화의 저 교차-편집 효과처럼, 과거와 현재를 오가며, 지극히 일상적인 사건에 다성적인 목소리를 부여해줄 장치와 크게 다른 것은 아니다. 또다른 하나의 세계를 넘보며 이곳으로 그것을 건너오게 할 창문이 패러디인 것처럼, 결국 "돼지가 우물에 빠진 날"이라는 제목은 시에서는, 슈퍼맨이 제 복장을 갈아입기 위해 들락거렸다던 공중전화 부스와 같이 기능하는 것이다.

이렇게 본다면 "달리는 말 위에서 헐벗은 채 신음하던 안소영"으로 시작하는 작품 「말」에서의 "말"도, "들판을 내지르는 상상"에 탄력을 받아 강호의 "외팔이"가 시 안에 포개어질 수 있도록 유도할 장치이자, "지금도 아니라는 말은 아니다"라며 음성을 조작해 과거의 기억이라는 또다른 세계를 현재에 버젓이 포개어놓고자 시인이 마련해놓은, 어떤 연결고리에 다름아니다. 공통점이 없다면 그렇다 할 "안소영"과 "외팔이"가 공히 "말"(馬)을 기점으로 나란히 호출되면, 여기에 내가 지나온 "오랜 길"을 돌아볼 척진 자리도 그 "말"(言)을 통해 함께 열리게 되는 것이다. 이때 말(馬)이자 말(言)이기도 한 삼류영화와 대중무협의 세계가 "주마간산"처럼 내 기억 속에서 서로 교차되고, 이렇게 이중으로 얽히게 된 이질적인 이 두 대상은 결국 나와 삼중으로 포개지면서, 시의 공간과 그 시간은 시에서 그만큼 확장되고 깊어진다.

길 위를 한창 달리고 있는 버스와 버스에서 둘러본 바깥 풍경은 이렇게 영화 제목 〈올가미〉를 빌미로 시에서 한껏 전유되며, 남상순의 소설에서 차용해온 것이 분명한 「흰 뱀을 찾아서」 역시, "화들짝 웃으며 지나가는 젊은 여자애들"을 "블라인드"를 통해 지켜보고 있는 내가 "봄날 뱀들의 행렬"을 떠올리게 된 그 경위와 거기에 드리워진 상념을 덜어내기 위한 수단이 된다고 한다면, 실제 소설과는 상관없다 할 내용들로 시가 채워진다 해도 그리 이상한 것은 아니다. 「강박에 사로잡힌 시계」도 사정은 같다. 살바도르 달리의 작품 〈기억의 고집〉과 패러디로 맞물려 있지만, 실상 달리가 실현한 몽환적 꿈의 세계나 초현실주의 철학이 시에서 변주되거나 되살아나는 것이 아니라고 한다면, 이 역시 시적 주어인 '나는~' 다음에 말을 덧붙이며 제 이야기를 풀어내고자 시인이 동원한 자그마한 구실을 만들어내는 데에 패러디의 제 기능이 놓여 있다고 보아야 한다. 「기차는 여덟시에 떠나네」도 그리스 민요에 대한 패러디이자 신경숙의 철지난 소설을 떠올릴 수도 있겠지만, 시에서 다루어지는 것은 정작 나의 이야기, 내 과거의 자잘한 사건들이다.

이렇게 현실에서 과거 속의 무언가를 불러내어 하나의 사건, 즉 '나는 ~' 이후의 말이 패러디에서 촉발된다고 할 때, 패러디는 무언가를 잔뜩 머금고 있는 상징이라기보다, 패러디의 대상이 된 대중문화를 시적 전환점으로 삼아, 오히려 제 기억을 되살려내고, 현실에 그것을 위치시키고자 시도한 알레고리의 한 방편이라고 해두어야 할 것이다.

> 당신은 지루한 책,
> 나른한 오후에 옷을 벗고 속을 드러내는 자
> (……)
> 당신은 지루한 책,
> 나른한 오후에 화장 안 한 얼굴을 드러내는 자
> 나는 당신의 얼굴로 내 얼굴을 덮어보기도 하지만
> 당신은 이 다음에, 이 다음에 하면서
> 나를 밀어냅니다 나는 군침을 흘리며 당신을
> 더럽히기도 했습니다만 제기랄, 그렇지요
> 내가 당신을 알면, 뭐, 얼마나, 알았겠습니까
> 당신은 지루한 책,
> 나른한 오후에 나와 함께 오래 심심한 자
> 심심함이 만드는 무늬 속에서 당신은

노랗고 까칠한 얼굴로 나를 들여다봅니다
나는 소리나게 당신의 어깨를 치며
외면하고 싶었습니다 그러면 당신은
너는 나를 모른다고
나는 여기에 있다고 항변하겠지만
그래서 또 다른 서지 속에 숨을 테지만
오래 밖이었던 나는 알았지요
책 속에 숨은 책 속에 숨은 책 속에 숨은
그 속엔 당신도 슬픔도 없이
긴 책들의 행렬뿐이었습니다

—「펄프 픽션」 부분

타란티노의 영화 제목을 제 시의 제목으로 삼았으나, 순서를 뒤바꾼 독특한 구성을 선보인 영화의 특성이나 갱들의 속된 이야기는 더이상 패러디로 살아나지 않는다. 오히려 싸구려 잡지이자 선정적인 통속소설이라는 '펄프 픽션'의 말뜻에서 착안된, 제 독서의 경험과 난점, 책과 씨름하는 애잔한 모습이, 미숙하게 진행되었던 여학생과의 연애질에 빗대어 화려하게 변주될 뿐이다. 시인은 종이의 거친 질감에서 착안하여, 너를 향한 나의 감정이나 너와의 신체 접촉 당시의 어리숙함을 불러내고, 여기에 독서 행위의 고통을 한차례 더 포개어놓아, 독서일기와 연애일기를 흡사하고도 동일한 경험으로 치환해내는, 능란하고도 빼어난 솜씨를 보여준다. 책과 내가 맺어온 소소한 애환의 개인사를 연애에 대한 탁월한 비유로 탈바꿈해낸 이 작품에서 중요한 것은, 책을 통해 만나게 된 황홀경, 그러나 더딘 독서와 마찬가지로 아픔을 동반하였던 소싯적의 유치하고도 "펄프"(즉 싸구려)와도 닮아 있을 그 행위가 패러디를 기점으로 시에서 복합적으로 포개어진다는 데 있다. "당신은 지루한 책"이라는 표현처럼,

시를 이끄는 환유는 의인화와 더불어 감정의 이입을 이끌어내는 조건으로 자리잡으며, 이때 내 독서일기는 영화 제목에서 출발하여 가뿐히 당신에게로 전이되고, 책을 읽는 내 개인의 시간과 그녀에게 걸었던 수작(?)의 시간은 패러디를 계기로 이중-삼중으로 직조되어 시의 공간을 한껏 넓혀놓는다.

패러디는 이렇게 첫 시집에 국한하자면, 미처 종결되지 않은 제 이야기를 입체적으로 풀어나가는 데 필요한, 그럼에도 비교적 간단하다 해야 할 구실이자, 내 기억을 시 안으로 걸어들어오게 할 덧문과도 같은 역할을 담당하는 수준에 머문다. 권혁웅의 시에서 패러디가 유감없이 제 진면목을 과시하며, 시의 서정과 그 운용, 시의 구성과 온갖 감정의 변폭을 조절해내며, 마침내 시를 온통 지배하기 시작하는 것은 『마징가 계보학』에 이르러서이다. 첫 시집 『황금나무 아래서』에서 시인은 다음과 같은 말을 남겨놓아, 『마징가 계보학』의 출현을 이미 예고한 바 있다.

(……) 장독대에 오르면 시내가 한눈에 내려다보였다 물론 거기선 내가 보이지 않았을 것이다.

삼선동 역시 그랬다 山勢를 따라 길을 낸 곳이었다 자연과 인위가 한데 어울렸다 시멘트로 지은 골목길 계단은 넓이와 높이와 굴곡이 각각이었다 밤마다 발길을 채가는 허공을 피해야 했다 발끝에 마음을 걸어, 두근두근 다녔다 자주 고양이가 죽고 집비둘기가 사라졌다 언젠가는 축대가 무너진 적도 있다 집 앞에 몇 번인가 조등이 걸렸다 삼선동은 세 仙女가 내려온 곳이다 당연히, 승천하기에 좋은 곳이었다

—「산과 마을」 부분

산만큼 높은 곳에 사는 나의 모습이 시내에서 보일 리 만무하다. 『황금

나무 아래서』가 '보는 것은 오히려 나'라는 일종의 '보기-보이기' 사이의 역치라고 가정한다면, 『마징가 계보학』은 내 풍경과 그곳에 녹아 있는 내 기억을, 내가 당당히 주인이 되어 살펴나간 의지의 실천(실현)이자 그것이 빚어낸 매우 흥미로운 결과라고 볼 여지가 생겨난다. 이때 "세 仙女가 내려온" 삼선동은 지리상 하늘과 가까워 "승천하기에도 좋은 곳"이 아니라, 승천하기 전에 무슨 일이 있었는지, 지금에서 보자면 과거의 일들임에도 지금까지 나와 연결되어 있는, 나의 성장과 그 궤를 나란히 해온 과거의 면면을 속속들이 살펴보고, 시절의 풍경과 시정을 직접 그려내고자 하는 욕망을 실현해나갈 구체적이고도 개인적인 기억의 소환 장소가 된다. 따라서 "내 家系에 관해서는 내게/ 맡길 일이다"(「나무에 기대는 법」)라고 시인은 당당하게 말할 수 있었던 것이며, 『마징가 계보학』에서 본격적으로 전개되는 것은 바로 이 소임이다.

4. 모든 것이 패러디로 말미암아 생겨났으니, 패러디가 없이 생겨난 것은 하나도 없다……

『마징가 계보학』에 이르러 권혁웅에게 패러디는 현실을 과감히 쪼개고, 갈라진 그 틈새의 속내를 다소 엉뚱하게 풀어놓아, 폭발할 웃음이나 잦아들 아이러니를 주관하는 체계적인 방편이자, 기억을 짊어지고 현실의 불꽃 속으로 과감히 뛰어들 계기이며, 과거와 현재가 만나고 나와 타자가 교차하는 현란한 사거리이자, 온갖 상상력을 통해 대중문화를 시 안으로 걸어들어오게 할 탁월한 기억의 문(門)이면서 동시에 시인의 존재를 보증할 문(文)으로 자리잡는다. 권혁웅이 견인해낸 패러디와 그 힘은 대개 이런 것이다.

① 패러디의 힘은 다성성(polyphonie)이 제기할 때, 증폭된다.

② 패러디는 일상의 대중문화로 주류문화에 압박을 가할 때, 긍정적인 요인

으로 전환된다.

③ 패러디는 기존의 제품보다 효율적으로 그 제품의 가치를 조명할 때, 실감할 만한 하나의 사건으로 거듭난다.

④ 패러디는 기억으로 고유한 풍경을 표정하여 상상적 대체물을 고안할때 탄력을 받는다.

⑤ 패러디의 힘은 낡은 언어를 고유의 재담 어린 표현들로 전환해놓을 때 급증하며, 이때 동반되는 것은 웃음-유머이다.

⑥ 패러디는 언어의 쓰임을 고안한다는 차원에서 더러 말놀이를 동반해야 할 이유를 갖지만, 그 힘은 말놀이에서 말놀이 이상의 것, 제 감정의 고유한 결을 투영해낼 때 극에 달한다.

⑦ 패러디의 힘은 비루한 것의 가치를, 일상적인 것의 고유함을, 삶의 패러독스와 아이러니를 느끼게 해줄 때, 배가된다.

⑧ 패러디의 힘은 관념적인 것을 추상적 서정이 아니라, 사실적인 것, 사실적으로 현실에 일어난 것으로 서정을 환기하거나, 대처해나갈 때, 확보된다.

⑨ 패러디의 힘은 독창성과 창조성의 개념을 취소하는 게 아니라, 그 인식과 판단을 아예 바꾸어놓을 때 생성된다.

⑩ 패러디의 힘은 아름다움에 대한 감각을 전치시키는 작업에서 발생한다.

⑪ 패러디는 사회 비판의 가장 직접적인 기제를, 우리가 살고 있는 사회 한복판에서 우리 주위에 나열되어 있는 온갖 것들을 끌어다놓는다.

⑫ 패러디의 힘은 고유한 리듬이나 화법의 다양성을 통해 고조된다.

⑬ 패러디는 개인의 삶에 쟁여 있는 기억을 현재에 위치시키고자 알레고리를 동반할 때, 사회 비판의 기제와 성찰의 계기를 만들어내면서 더 강력해진다.

⑭ 패러디의 힘은 패러디가 힘이 세다는 사실을 시인이 잘 알고 있을 때 배가된다.

여기에 적어둔 패러디의 힘은 추상적인 요약이 아니라, 권혁웅의 시 전반을 무시무시한 힘으로 압박해나가는, 특수성이라고 해야 한다. 이 말은 해두어야 할 것 같다. 권혁웅의 시에서 패러디는 별도의 비평적 손길이 필요하지 않을 만큼, 깔끔하게 마무리되어, 그 자체로 완결된 속성을 지니고 있다는 사실 말이다. 황현산이 "권혁웅의 『마징가 계보학』에는 군말을 덧붙이기가 어렵다"라고 해설의 첫 문장을 내려놓았듯, 사실 권혁웅의 시는, 시이자 동시에 비평의 기능도 겸비하고 있다고 해야 한다. 말놀이-유머-패러독스를 살펴보자.

● 패러디-말놀이-유머-패러독스

권혁웅에게 말놀이는 시인의 속내를 위장하기 위한 단순한 수단이 아니라, 기억을 현재에 내려놓고자 할 때 필요한 농담의 한 형식으로서, 웃음이나 페이소스와 같은 이차적 효과를 노린 전략에 가깝다. 당연한 말이 되겠지만, 패러디의 산물이자 말놀이를 통해 촉발된 웃음이 무언가를 겨냥하지 않고 사용되는 법은 없기 때문이다. 결국 그것이 처한 맥락에 의해 그 가치가 결정된다고 보면, 권혁웅에게 말놀이나 농담은 더러, 날것에 가까운 감정을 표출하는 방편으로, 때론 자기방어의 기제로 나타나기도 한다. 말놀이 중에서도 프로이트가 "똑같은 단어의 이중적 사용의 기술"이라고 했던, 음성적 유사성 놀이(pun)는 단순히 그 중복의 효과만으로도 웃음을 유도하기에, 작품에서 가장 직접적으로 감정의 폭을 조절해낼 훌륭한 수단이 된다. 지배자 나폴레옹의 무례한 언사에 이탈리아 귀부인이 대꾸한 말장난을 프로이트는 이렇게 적어놓았다.

> 나폴레옹 1세가 궁중 무도회에서 이탈리아 귀부인에게 이탈리아 사람들을 지칭해 〈이탈리아 사람들은 모두 춤을 못추는군요!〉라고 말하자, 그녀가 순발력 있게 대답했다. 〈모두는 아니죠. 그렇지만 《상당 부분buona

parte》은 춤을 못 춥니다.〉[3]

권혁웅의 시에서 음성적 유사성 놀이로 유발된 웃음은 바로 "buona parte"(부오나파르테 = 보나파르트)의 비꼼과 같은 효과를 노린다. 그런데 이 농담조의 웃음이 페이소스나 패러독스를 동반할 수밖에 없는 것은, 그것이 가난한 동네에 일어난, 삶의 척박한 조건들과 환경 전반에서 빚어진 것이기 때문이다. 따라서 웃음은 해프닝으로 종결되는 것이 아니라, 애잔함을 우리 곁에 내려놓기도 하고, 연민이 뒤엉킨 페이소스를 유발하기도 하며, 때론 기대심리를 배반하는 아이러니를 선사해주기도 한다.

형은 고고에서 지루박까지 못 추는 게 없었지만, 순경 앞에서만큼은 맥을 못 추었다

—「불한당들의 세계사」 부분

재수가 없던 아버지,
십여년 후 심해로 잠수해서는
다시는 올라오지 않던
— 지금도 재수를 떼는 어머니를 보면
그 시절이 여전하다는 걸
알 것 같다, 이를테면

청단처럼 푸르른 나날
홍단처럼 발그레한 나날

—「고스톱에 관한 보고서」 부분

---

3) 지그문트 프로이트, 『농담과 무의식의 관계』, 임인주 옮김, 열린책들, 1997, 39쪽.

웃음을 유발한다면 그렇다고 해야 할, 위의 '펀'놀이는 그럼에도 나폴레옹에 대한 부인의 대꾸 그 이상의 효과를 불러낸다. 프로이트가 지적한 것처럼 "변화가 사소한 것일수록, 그리고 우리가 동일한 단어로 다양한 의미를 말할 수 있다는 인상을 받게 될수록 농담이 기술적인 측면에서 더욱 훌륭해진다"(프로이트, 같은 책, 41쪽)면, 권혁웅에게 이 훌륭함이란, 불행과 가난, 폭력과 상처로 얼룩진 동네를 기억해내면서 시인이 말놀이로 독자들의 감정을 최대한 끌어올린 후, 정작 그것을 기술해내는 데서 이와 대조적으로, 담담하게, 마치 남의 얘기를 태연히 받아적은 것처럼 해놓았다는 사실에서 빚어진다. 이렇게 패러디의 가치는 ⑦ 비루한 것의 가치를, 일상적인 것의 고유함을, 삶의 패러독스와 아이러니를 느끼게 해줄 때, 배가된다. 아래 인용한 작품에서, 말놀이 본래의 속성이기에 응당 웃음이 동반되지만, 이 웃음에 동참하는 동안, 반드시 애잔함이나 씁쓸함, 비장감과 곤혹감이 찾아들고 마는 까닭이 여기에 있다.

> 1984년의 선데이 서울에는 비키니 미녀가 살았다 화중지병(畵中之餠)이라 할까 지병(持病)이라 할까 가슴에서 천불이 일었다.
>
> —「선데이 서울, 비행접시, 80년대 약전(略傳)」 부분

> 사람들이 담장 너머로, 쑥떡 쑥떡
> 썹듯이 우리를 건너다보았네
> 우리는 얻어맞은 찹쌀처럼
> 차지게 손을 잡았지 개피떡에 든 소처럼
> 조그맣게 웅크렸지 그가
> 아픈 자리마다 참기름을 발라주었네
>
> —「떡집을 생각함」 부분

안녕, 선우일란
제 네온은 지지직거리며, 뼈와 살을 태우며,
저물어가는데
버즘나무에 핀 버짐처럼
한기 번져가는데

—「밤으로의 긴 여로」 부분

그랬을 것이다. 1980년대 중반에 청소년기를 보낸 사람이라면 누구나 한번쯤 〈뼈와 살이 타는 밤〉 같은 사이비[4] 에로영화를 보기 위해 학생주임의 눈을 피해가며 상영관을 찾았을 것이며, 『선데이 서울』 속의 비키니 화보(당시로는 노출의 수위가 가장 높았던 공식적인 대중잡지였다)를, 시인의 말처럼, '그림 속의 떡'("화중지병")이라 여기며 "천불" 같은 욕망에 병적("지병")으로 시달려보지 않은 자, 따끈한 가래 떡 하나 참기름에 발라 먹고 싶어하지 않았던 자 드물지 않았을 것이다. 패러디는 여기서 펀에 탄력을 받아 웃음과 페이소스를 잘 어울리는 한 짝으로 엮어낸다. 결국 패러디는 ⑥ 언어의 쓰임을 고안한다는 차원에서 더러 말놀이를 동반해야 할 이유를 갖지만, 그 힘은 말놀이에서 말놀이 이상의 것, 제 감정의 고유한 결을 투영해낼 때 극에 달하는 것이다.

권혁웅의 시에서 패러디와 맞물려 고조되는 음성적 놀이는, 같은 것을 다르게 말하는 방법이라는 점에서 그리 단순하지만은 않은데, 이는 장난이 그저 장난으로 머물지는 않기 때문이다. 주로 영화-애니메이션의 제

4) 지금 기억하기로, 나신에 가까운 여배우의 모습을 담은 포스터와 제목의 강렬한 암시에 이끌려 동시상영관이었던 신림극장을 찾아 관람하였지만, 아무리 기다리고 기다려도, 기다리던 그 뼈와 살이 타는 밤은 등장하지 않았다. 이 영화는 원한에 서린 귀신이 밤마다 나타나 결국 여주인공이 뼈가 타버릴 정도의 불면증에 시달린다는 뭐, 그런 내용의, 지루하지만 심리학자나 정신분석가들이 선호할 수도 있는 작품이었던 것으로 기억된다.

목이나 책 이름을 가져와, 그 내용을 비틀어 펼쳐놓는 패러디가 두 개의, 서로 겹쳐질 리 없는 세계를 기필코 만나게 하는 계기라면, 음성조작 역시 오로지 음성적 유사성에 의존해 서로 상관성이 적은 둘 이상의 낱말을 나란히 병치해 새로운 질서를 구축한다. 논리적 일관성에서 살짝 어긋나면서도, 낱말이 서로 음성적으로 유사하거나 동일하다는 사실 때문에 입가에 이미 웃음을 머금게 되는 것이며, 이러한 장치 덕에 시인의 감정이 시 안으로 침투하게 되어, 결국 시인이 말하고자 한 것의 애당초의 수위도, 한결 고조되고 마는 것이다.

권혁웅은 웃음과 페이소스를 하나로 묶어내며 "농담의 성격을 갖는 단어 — 혹은 단어들 — 를 한 번은 변화시키지 않은 채로, 다른 한 번은 〈약간 변형시킨 채로〉 사용해도 된다는 의미까지 〈동일한 소재의 다양한 사용〉을 확장시킬 때 농담-기술에 풍부한 놀이 공간"[5]을 창조해낸다. 프로이트가 지적한 이 "확장"된 기법은, 권혁웅의 시에서는 근접한 상태에서 반복되어 특수한 효과를 도모하는 음성조작과는 달리, 오히려 일정한 간격을 유지한 채, 서로가 서로를 물고서, 시 안에 무언가를 개입시키는 기법으로 나타난다.

● 패러디-엇물고서 점프하기

영화의 점프 컷과 유사한 이 엇물기는 권혁웅의 시에서 읽히는 힘과 고유한 리듬을 만들어내는 중요한 기법이다. 「수인선 이야기」의 전문이다.

> 198번지에 장인천이 살았다 나와는 먼 친척이 되는 형이다 9월 15일 생이어서 부모가 인천상륙작전을 기념했다고들 했다 서울시 성북구 삼선동에 살았으니 일가가 서울을 수복한 셈이다

5) 지그문트 프로이트, 같은 책, 42쪽.

301번지에 살던 오수원은 옆집 누나였다 그네 일가는 종로구 창신동에서 태어나 삼선동에 자리를 잡았다 수원 땅이 어딘지는 도무지 몰랐다 그저 엄마 뱃속이 수원(水源)이었을 뿐이다

좁은 철길이 수원에서 인천으로 났다 처음엔 누나가 기타를 가르쳐달라고 졸랐다고 한다 형이 기타 줄을 튕길 때 누나도 따라 울렸다고 한다 이루어질 수 없는 사랑에, 혹은 로망스에

누나가 위태롭게 흔들렸다고 한다 둘은 코드가 잘 맞았다 누나는 그렇게 공명통 속에 빠져 살았다, 형의 아버지가 기타를 패대기칠 때까지…… 하라는 공부는 안 하고, 형은 집을 나갔다

누나는 공장에 나갔다 기타줄 여섯이 다 끊어졌다 모른다, 그들을 오가며 기타줄 튕기는 소리를 내며 협궤 열차가 다녔다면 혹은 정기적으로 연락선이라고 다녔다면 어땠을까 혹시……

"장인천"과 "오수원"이 눈치를 보며 걸어야 했을 저 애달픈 연애의 골목길은 오디세우스가 항해한 지중해의 뱃길은 아니었을 것이며, 이들의 "연락선"도 아케론 강을 건너려 단테가 베르길리우스와 함께 올라탄 카론의 그 배는 아니었을 것이다. 1970년대 산업화의 뒤안길, 노파가 생선 바구니를 지고 와 남루한 행상 펼쳐놓곤 하던 그 길가를 느리게 오가던 협궤 열차가 여기서 패러디로 감긴다. "수인선"을 무대로 소외된 삶을 짚어나간 윤후명의 소설 「협궤 열차」가 패러디의 대상이었을 수도 있겠다. 중요한 것은, 엇물기가 매우 활달한 리듬을 만들어내는 동시에 과거와 현재를 잇는 알레고리 하나로 시 전반을 통합하는 데 기여한다는 사실이다. "수

인선"-"장인천"-"오수원"-"수원(水源)"-"좁은 철길"-"기타 줄"-"공명통"-"협궤 열차"-"연락선"이, 마치 점프라도 했다는 듯, 듬성듬성, 유사성에 탄력을 받아 성큼거리며, 커다란 의미망 하나를 짜내는 것은, 사이사이에 벌어진 간격이나 틈의 체감을 패러디나 말놀이가 좁혀버렸기 때문이다. "장인천"-"오수원" / 만남-방황-이별을 서로 이어주는 알레고리인, 지금은 사라진 "협궤 열차"에 대해 네이버 백과사전은 이렇게 말한다.

> 1937년 일본에서 제작되고 조선총독부 철도국 수원운전사무소에서 조립한 텐더식 증기기관차로 레일 궤도의 간격이 표준보다 좁은 협궤에서 운행되던 기관차이다. (……) 동차라고 불리던 이 기관차는 수인선(수원~인천 송도), 수여선(수원~여주)에서 주로 소금과 쌀을 운반하였다. 협궤 열차는 운행비나 보수비가 저렴하지만 속도가 느리고 안전성이 떨어진다. 이런 문제 때문에 1972년 수여선이 폐선되고, 수인선은 1973년 인천항만 확장에 따라 구간이 줄어들었다. 그러다가 1987년 수인선이 폐선되면서 완전히 운행을 중단하였다.

생성과 소멸, 가난과 근대의 상징이기도 했던 "협궤 열차"와 "수인선"은 그것이 무언가의 패러디임으로 인해, 작품에 무언가를 덧붙이는 플러스 효과를 동반하며 작품 전반을 압박해나간다. 시작과 끝, 과거와 현재를 잇는 장치로써, 작품에 깊이를 더하고, 복합적인 감정을 포개어놓기, 겹겹으로 둘러친 감정의 굴곡을 따라 작품을 읽게 조장하는 그 중심에는 이렇게 패러디가 자리한다. 따라서 고등학생들의 연애가 좀처럼 허용되지 않던 시절, 곡예와도 같은 만남을 시도한, 용감하다고 할 "장인천"과 "오수원"이 결국 헤어질 수밖에 없었다던 저 씁쓸한 이야기는, 보통 열차의 선폭에 비해 절반밖에 안 되어 "협궤"라 불린 이량(二輛)짜리 이 열차의 기우뚱거리며 운행하는 모습과 기묘하게 어울려, 시에서 큰 폭으로 공명하며, 독자들의 공감을 불러낸다. 패러디는 이렇게 무언가를 시에다가 덤으로 부여하며, 패러디로 활기를 띠게 된, 서로 엇물고 들어가는 이 기법은 시에 재미를 더해주고, 감정의 골을 깊이 파놓는다.

> 애마는 파리에도 가고(1988) 집시도 되었지만(1990) 정작 애마부인을 가르친 정인엽은 지금 삼겹살집 주인이다 애마 아래 남편, 애마 위에 애마보이, 그 위에 나…… 우리는 그렇게 불판 위에서, 납작하게, 지글거렸다 어마 뜨거라, 소리 지르며 한 시절을 지나왔다
>
> —「애마부인 약사(略史)」 부분

권혁웅이 사소한 것을 어떻게 제 시에서 펼쳐놓고, 어떻게 제 이야기를 재담으로 쓸어담는지를 잘 보여주는 구절이다. 패러디는 여기서 ④ 기억으로 고유한 풍경을 표정하며 상상적 대체물을 고안할 때 시에 탄력을 더해놓는다. "애마"-"정인엽"-"삼겹살집 주인"으로 살짝 건너뛰며, 삼겹살의 세 겹에 "남편"-"애마보이"-"나"를 차례로 밀어넣은 후, 삼겹살을 굽는 "불판"으로 슬그머니 건너와, 에로영화 고유의 경박한 신음 소리이기도 할 "어마 뜨거라"를 불판의 이미지와 천연덕스레 연결해놓는다. 그런 후, "한 시절"의 왕성한 욕망과 그 시절의 정서를 이 가짜 감탄사에 적합한 비유로 전환해놓았으니, 이 짧은 대목만으로 우리는 시인이 시에 관해 얼마나 많은 지식을 갖추고 있으며, 시에서 적합한 이미지를 창출해낼 수 있는지, 연결되기 어려운 대상들을 얼마나 능숙하게 이어놓는지, 그렇게 하면서 제 감정의 하중을 시에 얼마나 효과적으로 실어내는지를 짐작하게 된다.

● 패러디-리듬-화법

『마징가 계보학』에서 권혁웅은, 익살과 조롱을 통해 과장하며 흉내에 몰두하곤 하던, 역사적으로 패러디가 지향해왔던, 저 풍자의 길에 쉽게

편승하지 않는다. 삶의 다양한 면면을 패러디 형식을 빌려, '다시' 제시하며 패러디의 협소한 개념을 탈피해내는 데 있어서, 고유한 리듬과 다양한 화법을 창출하며 ⑩ 아름다움에 대한 감각이나 인식 전반을 전치시키는 그 재능과 솜씨를 빼놓을 수는 없다.

> 기운 센 천하장사가 우리 옆집에 살았다 밤만 되면 갈지자로 걸으며 고래고래 소리를 질렀다 고철을 수집하는 사람이었지만 고철보다는 진로를 더 많이 모았다.
>
> —「마징가 계보학」 부분

"기운 센 천하장사"는 익히 알고 있듯, "마징가" 제트이며, 알파벳 Z는 "밤만 되면 갈지자", 즉 之와 공명한다. 이렇게 "갈지"-"고래고래"-"고철"-"고철"로 이어질 때, 중복의 저 관성 덕택에, 마지막 "고철"에 무게가 실린다는 점을 눈여겨볼 필요가 있다. 단순히 반복된 듯하지만, 그럼에도 앞의 "고철"과 뒤의 그것에 동일한 하중이 실리는 것은 아니기 때문이다. 고철을 모으는 자의 이미지가 반복으로 탄력을 받아 강조되면, 애당초 패러디의 출발이었던 "기운 센 천하장사"의 그것이 고철 장수의 이미지와 연결되고, 바로 이 순간, 동네 어르신의 흔해빠진 주사(酒邪)를 대중문화와 버무려놓을 적절한 리듬이 시 전반을 조율하기 시작한다. 패러디의 대상은 이렇게 리듬에 맞추어 다시 주조된 후, 원래의 모습 이상의 무엇을 성취해낸다. 예컨대 이 작품에서 "고철" 장수와 "기운 센 천하장사", 즉 ' 기억 속의 일상 풍경'과 '기억 속의 대중문화'가 거리낌 없이 동일시되며, 이 과정에서 시인의 기억은 빛을 발하며, 정서적 공감을 확보해나갈 힘을 얻어나간다. 다음은 번뜩거리는 재기로 리듬감을 잘 살려낸 「미키마우스와 함께」의 전문이다.

미키, 밤마다 머리 위에서 머리 속에서 놀던
미키, 내 대신 천장에 오줌을 지렸던
그러던 어느날, 장롱을 넣기 위해 천장을 뜯었더니
중원(中原)에 진출한
미키, 나와 함께 밥을 먹고 옷을 입고 시집을 읽던
미키, 옷장을 열면 조그맣고 말갛고 분홍빛을 띤
바글바글한 새끼들
미키, 쥐약을 놓았더니 옛다, 너 먹어라
삼개월 된 강아지의 사지를 쫙 펴주었던
미키, 어느날 화단 뒤에 숨어 오도 가도 못하고
뜨거운 물을 흠뻑 뒤집어쓴
미키, 마침내 연탄집게를 입에 물고
대롱대롱 딸려 올라온
그래서 우리에게 막다른 골목이 어디인지
가르쳐준

패러디의 힘은 이렇게 ⑤ 낡은 언어를 고유의 재담 어린 표현들로 전환해 놓을 때 급증하며, 이때 동반되는 것이 웃음-유머이지만, 여기에 다른 것이 없는 것은 아니다. 패러디의 대상 "미키"의 가볍고 귀여운 이미지와 어우러진, 경쾌한 랩의 박자는, 시에서 운위된 호흡이 단순한 수사의 수준에 그치는 것이 아니라, 말의 흐름으로 패인 굴곡의 감정선, 즉 시의 형세, 바로 그 자체라고 보아야 한다. 권혁웅의 시에서 패러디와 그것의 효과는 이렇게 ⑫ 고유한 리듬이나 화법의 다양성을 통해 고조되며, 리듬은 작품에 따라 시의 흐름을 지배하는 요인이 되기도 한다. 패러디의 대상이 리듬에 맞추어 훌륭히 변주되면서, 긴 호흡 하나로 시가 완성되는 일도 가능해지는 것이다.

● 패러디-환유와 모순

"언어활동의 경제적 성격에 속해 있는 것"(권혁웅, 앞의 책, 366쪽)이라고 시인이 말한 바 있는 환유나 모순 역시, 거개가 패러디의 산물이자만, 패러디 이상의 것을 시에서 성취해낸다.

> 우리는 모두 그에게 녹았다 그는 가위로 우리를 잘랐고 대패로 우리를 밀었으며 부러진 나무젓가락으로 우리를 돌돌 감았다 우리는 그에게서 연애와 합격과 실연을 배웠다.
>
> (……)
>
> 그는 정확히 일곱시까지 있다가 돌아갔다 다섯시에서 일곱시 사이는 집에 돌아가기엔 너무 이르고 새로운 일을 벌이기엔 너무 늦은 시간이다 그는 우리의 낮과 밤을, 첫사랑과 이별을, 그렇게 이어붙였던 셈이다
>
> —「가위손」 부분

'엿'이라는 말에 돌돌 말려 있는 세 가지 통념을 작품에서 모두 환유로 풀어내었으며, 그것은 단순한 환유가 아니라 "각각의 환유가 결합해 적대적인 하나의 대상을 다면적으로 환유한다"고 시인이 말한 바 있는 "이차적 환유"(권혁웅, 앞의 책, 252쪽)에 보다 가까울 것이다. 이처럼 엿은 환유의 출발이지만, 1) 엿=실연, 예) '엿 먹었다', 2) 엿=연애, 예) '엿처럼 달짝지근하다', 3) 엿=합격, 예) '엿처럼 붙었다'처럼, 시에서 "다면적으로" 기능하는 "이차적 환유"의 대상이라 할 수 있으며, 이 세 가지 환유의 교차로에서 그 쓰임을 조절하는 것은 바로 "가위손"이라는 영화 제목이다.

그런데 가만히 생각해보면, 여기에 사용된 이 "이차적 환유"는 인접되어 있는 대상으로 의미를 옮겨놓거나, 구체적인 사물에 빗대어 제 본래의

의미를 점차 확장해나간다는 점에서 환유겠지만, 과거의 기억이 시를 쓰던 당시 보았을 영화에 투영되어 되살아날 때, 오히려 전혀 상관없을 것 같은 일들, 예컨대 '연애' '실연' '합격'이라는 과거 성장기의 신산스러운 풍경들과 연결되어, 각각의 의미를 확장한다는 점에서는, 환유라 불릴 만한 모든 것이 오히려 시 전반에서는 탁월한 알레고리로 기능한다고 해야 할 것이다. 이처럼 환유에서 "한 시인의 전체 작품을 포괄하는 구성적 특성을 도출해 시적 언술이 해당 시인의 세계관"[6]과 맺는 관계를 살펴야 한다면, 환유는 오히려 연민과 바람, 상처와 고통, 슬픔과 불행, 애절함과 시름 등, 인간이라면 응당 그 내면에 담고 있을, 속되지만 현란한 감정의 면면을 이 현재에 불러낼 알레고리에 다름아니다.

모순 역시, 이항 대립의 요소들이 하나의 사물이나 대상에서 공존하는 상태를 의미하지만, 환유와 마찬가지로 작품에서는 오히려, 패러디를 통해 내가 살아온 과거와 지금의 현재를 넘나들며, "시인의 세계관"과 결부되는 정도에 따라 성패가 결정된다. 이런 의미에서, 작품 「모순」은 시인이 모순이라는 주제와 개념을 패러디를 통해 이론적으로 전개하고, 그 실질적인 양상을 결과물로 제시한, 중요한 작품이다.

나는 "아수라 백작의 팬"이다. "마징가 Z"에 등장하는 "양성구유" "아수라 백작"은 "두 명의 성우"가 목소리를 내는데, 내게 참으로 기이한 느낌을 자아낸다. 총명한 나는 왼편과 오른편으로 나뉜 그 한 얼굴에서, "좌익과 우익"을 배웠으며, 성장하자, 이번엔 텔레비전에서 "헐크"를 보게 되는데, "헐크" 역시도 모순의 산물이 아닐 수 없다. 그런데 신축성이 뛰어난 쫄쫄이 바지를 입은 모양으로 아랫도리는 멀쩡하게 놔두고 "웃옷만 찢어발기는" 성난 헐크는 좌와 우의 갈라섬이 아니라, "안팎의 경계"라는 모순을 내게 가르쳐준다. 이렇게 내가 체득해나간 모순에 관한 지식은 끝

6) 권혁웅, 앞의 책, 254쪽.

을 모르고, 늘어만 간다. "육백만불의 사나이"는 또 어떤가? 비행기 추락 사고 이후, 인공 팔과 두 개의 쇠다리, 인공 눈을 이식한 탓에, 이 용감한 대령은 "제 안에 제 것 아닌 걸 데리고 사는 사람"이 되었으니, 여기서 내가 모순의 또다른 양상을 발견하지 못할 이유도 없다. 이렇게 해서 내가 보기에 "내 속에 내가 너무 많다고 노래했던 시인과 촌장"과 "육백만불의 사나이"의 모순은 서로 공명하는데, "시인과 촌장"이 하필 "한 사람"이라는 사실부터가 이미 나에게는 모순이다. 모순의 온갖 사회적 양상을 만화영화와 대중 드라마에서 배웠다고 재치 있게 둘러낸 이 시가, 빛을 발하는 것은 정작 끝 구절에 이르러서이다.

> 나도 그랬다 아버지가 술을 마시고 동네방네 내 이름을 부르며 귀가할 때마다 나는 출가한 붓다였고, 샴쌍둥이처럼 그녀의 몸에 세들어 살고 싶을 때마다 나는 늑대인간이었으며, 출근하기 싫어 장판에 들어붙을 때마다 나는 그레고르 잠자였다 지금도 이 글을 쓰는 나는…… 이라고 쓰는 나는……
>
> —「모순」 부분

시인은 거듭된 모순의 저 패러디 행렬에서, 제가 시청하며 자라온 대중물에서 끄집어내, 자신의 내적 모순을 짚어낼 계기로 전환해놓은 후, 지금 시를 쓰고 있는 현재의 시점으로 끌고 와, 자신을 비추는 성찰의 거울로 전환해놓는다. ⑬ 개인의 삶에 쟁여 있는 기억을 현재에 위치시키고자 알레고리를 동반할 때, 패러디의 효과는 급증한다.

이처럼 패러디는 "버드나무"-"슈퍼"-"슈퍼맨"-"부자(父子)"-"며느리"(이자 "밤에는 아내가 되었던 여자")로 이어지며, 동네에서 벌어진, 한편 "상한 우유"처럼 끔찍이 부패했다고 해야 할 기이하고도 섬뜩한 가정사를 들여다보는 방편(「슈퍼맨」)이자, "배트맨"-"어둠의 지배자"-"점프컷으로 날아오던 남자"처럼, 동네의 여고 앞에 "출몰"하던 바바리맨의 변태 성욕을 빗대는 수단(「배트맨」)으로 거듭나는가 하면, "아톰"-"비인간(非人間)인 우주소년"-"낙원이발관"(「아톰」)처럼, 이발관에서 머리를 자르며 거울에 비추어본 어릴 적의 자화상을 떠올려낼 기발한 상상력의 촉지로 활용되는 등, 대중문화에서 착상하여 기억을 현실에 복원해내고, 그것으로 척박하고 가난하던 시절의 풍속도를 경쾌하게 그려내는 중심에 선다.

동원될 수 있는 거개의 시적 기법들이 맘껏 수를 놓고 화려하게 제 꽃을 피워가는 가운데, 개인의 소싯적 경험에 녹아든 다양한 패러디는 이렇게 권혁웅의 작품 전반에서 고유한 효과를 거두어들이고, 제 역할을 십분 소화해낸다. 고백체에서 일인칭-이인칭-삼인칭에 이르기까지, 경어의 말투에서 대화체로, 보고의 말투에서 서술적 묘사에 이르기까지, 다양하게 선보인 화자의 운용 방식 위에, 주관적-객관적-관찰자적이라는 시의 복합적인 시점이 배중률로 포개어진다. 고백체(「돈 워리 비 해피」)나 랩의 리듬(「미키」)에 이르기까지, "해"(태양)를 주어 삼아(물주〔物主〕 구문), 하루의 범속한 일정을 라디오 프로그램의 진행 순서에 맞추어 의인화해낸 작품(「해는 보문사에서 뜨고 한성여고로 진다」)에서 반어법을 활용한 작품(「떡집을 생각함」)에 이르기까지, 서정과 서사, 현실과 추상, 이미지와 묘사를 시의 공간 안으로 호출해내, 제 시상과 사변, 기억과 시정을 적어내는 뛰어난 방식을 보고 있노라면, 시인이 지성과 감성을 관장하고 운위해 나가는 탁월한 능력에 감탄하지 않을 수 없게 된다.

● 패러디—비극적이지 않은 방식으로 비극적인 것을 말하기

서두에서 나는 '시에서는 감정조차 한껏 덜어냈다'라고 말한 바 있다. 이때 감정이란, 끔찍하다고 여길 만한 일, 어지간해서는 신파나 하소연 없이는 견뎌내지 못할 사건들로부터 말미암은, 인간의 어떤 내적 동요를 말한다. 그렇다면, 이것을 덜어낸다는 것은 무엇이며, 무슨 의미를 갖는

것일까? 「드라큘라」의 전문이다.

넓은 마당 한구석에 관 짜는 집이 있었다 옻칠한 관이 틀니처럼 가지런히 쌓여 있던 곳, 늘 어두워 지나는 이가 씰루엣으로만 보이던 곳, 거기가 적금 붓듯 오래된 과거를 쟁여넣는 데라는 걸 내가 알았을 턱이 없다

내가 좋아한 것은 대패가 나무 위를 건너가는, 그 사각사각하는 소리, 대패가 엿판을 지나갈 때 얇게 저며져 나오는 엿처럼 달콤하고, 이태리타월이 살결을 지나갈 때 검게 줄지어 나오는 때처럼 시원한 그 소리

거기가 곗돈 붓듯 오래된 미래를 모아두는 데라는 걸 내가 알았을 리가 없다 내가 아는 것은 오후 두시에서 세시까지 좁은 창문을 넘어오던 깡마른 햇살, 햇살을 타고 먼지가 되어 날아오는 할머니, 용구 아빠와 용구

그이들은 그리로 들어가 다시 나오지 않았다 혹시 모른다, 밤이 되면 기지개를 켜고 일어나 비죽 나온 송곳니를 드러내지 않았을까 틀니처럼 반짝이는 웃음을 웃지 않았을까 대패 지나는 소리로 서걱서걱, 얘기를 나누지는 않았을까

우리가 그곳을 떠난 후에 관 짜는 집도 사라졌다 할머니도 선산으로 떠나시고 용구도 제 아빠를 무등 타고 어딘가로 이사 갔다 지금 서울엔 마늘 시세가 똥값이다 십자가는 동네마다 있다 그리고 나는 아파트에 산다

그분들처럼 이 동네 사람들도 밤이 되면 층층이, 나란히, 눕는다

전혀 비극적이지 않는 방식으로, 매우 비극적인 주제를 전개한 이 작품

은 과거의 비극적인 일을 현재에 암시하고자 죽음의 이미지를, 무엇보다 우선, "드라큘라"에서 빌려온다. 작품에 내려앉은 '드라큘라-송곳니-십자가' / '관-죽음-아파트'의 병행적 이미지는 패러디가 그 구성을 담당한 축 하나와 현실의 사건으로 이루어진 또다른 축 하나가 시에서 현란하게 겹쳐지고 있다는 사실을 말해준다. 동일한 주제로 엮인, 이 두 가지 축이 서로 교차하지만, 그러나 이것을 말하는 시간은 또 다르다. 따라서 나의 회상은 단순한 회상이 아니라, 현재의 회복이 되며, 바로 여기서 패러디는 회상조의 글에서 묻어나기 십상인 과장을 덜어내고, 그 자리에 "반짝이는 웃음"처럼 경쾌한 톤의 말을 배치해, 감정의 볼륨을 시의 전반에서 차분히 가라앉히며 조절해낸다. 게다가 "이사 갔다"—"똥값이다"—"동네마다 있다"—"아파트에 산다"처럼, 감정을 최대한 감춘 묘사형 서술 어미가 더해지면, 결과적으로 우리는 시인이 무언가를 절제하겠다는 의도를 바탕으로 시를 적어나갔다고 생각할 수밖에 없게 되고 만다.

권혁웅의 시에서 목격되는 이와 같은 절제는, 그러나 강제로 감정을 우그러뜨리는 행위는 아닌데, 오히려 감정의 고조를 독자의 몫으로 돌려놓고 시인 자신은 빠져나가는 모양새를 지닌다고 해야겠다. 그러다 감정을 드러내지 않으려는 이 노력이 독자에게도 동일한 효력을 발휘하는 것은 아니다. 예컨대 팽배한 긴장을 조성하며 시인이 유지해낸 절제에도 불구하고 산동네에 한번쯤 살아본 사람이나 "관 짜는 집"의 스산한 정경을 선연히 기억하고 있는 사람은 감정의 절제보다 감정의 폭발의 순간을 기다리게 된다. 이렇게 우리가 살고 있는 "아파트"에서 죽음과 "관"의 이미지가 중첩되는 마지막 연에 이르면, 시인이 웃음으로 견지해낸 무덤덤한 효과와는 정반대일, 오히려 엄숙함과 비장미에 가깝다고 할, 섬뜩한 느낌과 더불어 감정의 도가니 속으로 우리는 빠지고 만다. "관"을 중심으로 시 전반을 압박해오는 죽음이 "아파트"와 함께 현대에 갑작스레 알레고리처럼 튀어 오른 까닭이다.

제가 다니던 삼선교회엔 유난히 숙이 많았죠
은숙(恩淑)이, 애숙(愛淑)이, 양숙(良淑)이, 현숙(賢淑)이, 경숙(京淑)이, 남숙(南淑)이, 난숙(蘭淑)이, 미숙(美淑)이, 정숙(貞淑)이……
그야말로 쑥밭이었죠 제일 믿음이 좋았던 애는 은숙이,
애숙이는 잠시 나를 사랑했고
양숙이와 현숙이는 정말로 현모양처가 되었죠
경숙이는 지금도 서울에 살지만, 남숙이는
먼 데로 이사갔답니다
난숙이는 청초했고 미숙이는 예뻤는데
지금도 제일 기억나는 애는 정숙이에요
어렸을 때 귤껍질 넣은
뜨거운 주전자 물을 뒤집어썼지만
한 올의 흐트러짐도 없던 아이
그러던 어느 성탄절에 성극을 하다가
두건과 함께 가발이 훌랑 벗겨진
울지도 않고 끝까지 마리아 역할을 하고는
그 길로 떠난 아이, 지금도 어디선가
단정한 자세로 앉아
거지꼴을 한 동방박사들을 기다리는 거나 아닌지요

—「쑥대머리」 전문

"유사성의 원리에 기초한 선택의 축을 인접성을 바탕으로 한 결합의 축에 동시에 투사하는"[7] 방식에서조차 이 시는 로만 야콥슨이 말한 그것보

7) R. Jakobson, *Essais de linguistique generale*, Minuit, 1963, p. 220.

다 훨씬 복잡한 환유의 양상을 보여준다. 그러나 우리의 관심을 끄는 것은, 정작 이렇게 슬픈 일을, 어쩌면 이렇게 담담하게 적어내었는가 하는 점이다. 치욕과 상처를 다루는 한 방법일 '유머-환유'가 서정시보다 훨씬 강력한 힘을 만들어낸다는 사실이 바로 여기서 드러난다. 유머와 패러디가 이 자리를 차고 들어서, 감정이 한풀 내려앉은 자리가 마련되고 나면, 이후, 잔뜩 웅크린 후, 갑자기 튀어오르는 것 같은 효과가 작품 후반부에 주로 생겨난다고 할 수 있으며, 중요한 사실은 시의 힘이 여기에 놓여 있다는 것이다. 이 힘은 ⑧ 관념적인 것을 추상적 서정이 아니라, 사실적인 것, 사실적으로 현실에 일어난 것으로 서정을 환기하거나, 대처해나갈 때, 확보된다는 것이다.

● 패러디—한자의 중의성

청소년기를 지나는 심경을 동서양에 걸친 에로영화(〈애마부인〉 〈엘마누엘〉 〈차타레 부인〉 〈밤으로의 긴 여로〉)나 그 등장인물들("안소영" "오수비" "김부선" "진주희" "선우일란"), 혹은 책의 제목(『성의 역사』 『불한당들의 세계사』)이나 상표의 이름("내사랑 유자씨" "나폴레옹")에 패러디로 덧입혀놓아, 자기 이야기를 현재에 다채롭게 구축해내었다면, 패러디의 사회적 반향과 효과는 한자의 중의성을 십분 살려낸 작품을 통해 절정에 달한다.

오늘, 목련이 모두 졌다 오래된 신발처럼 변색했다 신발은 흔적이다 너는 여기에서 증발했다 뒤꿈치 바깥이 깎인 것은 너를 지탱해온 신발의 기억, 신발은 길을 끌고 천천히 이곳에 왔다 오늘 너는 신설(新說), 건국(建國), 성수(聖水) 등을 짚어 왔고 주렁주렁 달고 왔고 그리고 목련이 졌다 너는 여기에서 증발했다 목련은 가지를 끌고 와서는, 가지 끝마다 자리를 잡곤 했다 가지들이 노선(路線)처럼 산만했다 그 무성한 신발들이 다 떠나

갔다 너는 여기에서 증발했다

—「목련의 알리바이」 전문

무언가 새로운 것을 만들었다는 의미에서 "신설(新說)"은 "너"(여학생)와의 관계가 바야흐로 착수되었다는 것을, "건국(建國)"은 한 나라를 만들만큼 그녀와 나의 관계가 견고해졌다는 점을, 성수(聖水)는 둘의 관계가 성스러우면서도 물(눈물)을 동반해야 하는 처지에 이르게 되었다는 사실을 알려준다. 이 작품을 나와 너, 현재와 과거를 뒤집어놓은 역치의 소산이라고 할 때, "신설"과 "건국"과 "성수"를 지나온 것은 내 "신발", 즉 나다. 여기서 이 세 단어 속에 웅크린 한자의 암시체계는 시 전반의 요약과도 같아, "목련"에 비유된 여인이 "증발"하게 된 심경과 나의 쓸쓸함을 가장 압축적으로 제시하는 효과를 만들어내면서 시에서 제 역할과 몫을 찾아나간다. 여인과 헤어진 후, 집으로 돌아오는 길에(역치이므로 행위의 주체는 나이다), 몸을 싣게 된 지하철역의 이름이나 지나온 동네 이름에 한자를 병기해놓아, 두 겹 이상의 의미망으로 확장되었다는 사실에 주목해야 한다. 한자의 중의성을 이용해, 기호의 가치(기호의 제 값)를 이중-삼중으로 확장시키는 작업은 『소문들』에서 패러디를 풍자의 반열에 올려놓으며, 시의 폭과 영역을 사회 전반으로 확장하는 근간이 된다.

5. 패러디의 빛이 어둠 속에서 비치니, 어둠이 그의 빛을 이기지 못하였다……

● 대중문화로 사회에 압박을 가하기

낱말이 머금고 있는 한자를 뒤틀며 "똑같은 단어가 이중적으로 두 가지 의미를 나타낼 때, 그중 하나는 더 흔하고 자주 사용되는 의미로서 전면에 부각되어 우선적으로 상기되는 반면, 다른 익숙하지 않은 의미는 뒷전에 두게"[8)] 된다. 『소문들』에서 권혁웅은 프로이트가 지적한 "암시를 띤 이중적 의미"를 극단적으로 밀고 나간다. 패러디와 결부된 한자의 다양한 활용은 『마징가 계보학』에서 펼쳐 보인 사적 기억을 공적 공간에서 사건으로 전환해낸다. 이 사건의 진원지가 바로 프로이트가 그 건강성을 환기한 바 있는 "사회적 과정으로서의 농담"이자 풍자이다. 프로이트의 지적이다.

> 나폴레옹이 정권을 잡은 후 행한 첫번째 통치 행위 중의 하나는, 알다시피 오를레앙의 재산 몰수였다. 당시의 탁월한 말놀이는 이에 대해 〈독수리의 첫번째 비상vol〉이라고 말했다. 〈Vol〉은 〈날기, 비상(飛上)〉을 의미하지만 〈약탈〉도 의미한다.[9)]

이어서 프로이트는 이를 지배에 저항하는 담론이라고 설명한다.

> 〈C'est le premier vol de l'aigle.〉 그것은 독수리의 첫번째 비상이다. 그렇다. 그러나 그것은 약탈을 위한 비상이다. 〈vol〉은 이 농담의 존재에 다행스럽게도 〈비상〉뿐 아니라 〈약탈〉이라는 뜻도 의미한다. 이때 압축되거나 절제된 것이 전혀 없는가? 분명 반대로 두번째 생각 전부가, 그것도 대체물 없이 생략되었다. 〈vol〉이라는 단어의 이중적 의미는 그러한 대체물을 불필요하게 만든다. 달리 말하자면 〈vol〉이라는 단어는 첫번째 문장에 무엇인가를 첨가하거나 변화시키지 않고도 억압된 생각의 대체물을 내포하고 있는 것이다. 이것이 바로 이중적 의미의 이점(利點)이다.[10)]

---

8) 지그문트 프로이트, 같은 책, 98쪽.

9) 지그문트 프로이트, 같은 책, 47쪽.

10) 지그문트 프로이트, 같은 책, 55쪽.

권혁웅의 『소문들』에서 나타나는 이 "이중적 의미의 이점"은 무엇일까? "이중적 의미"는 특이한 한자를 일부러 선별한 탓에 자전에서 뜻을 찾아 추정해야 할 첫번째 의미, 한자로 적혀 있으나 한글로 표기되어 갖게 되는 통상적인 두번째 의미, 이렇게 둘로 하나의 낱말이 확장되는 현상을 권혁웅의 작품에 나타나는 "이중적 의미"라고 할 수 있겠다. 표기 순서에 따라 이를 '한글-통념 / 한자-조작'으로 구분해보자. 이 두 종류의 낱말은 그 쓰임에 있어, 같은 비중을 차지하는 것도, 동일한 기능을 지니는 것도 아니다.

3. 기독(氣毒)

무당파의 후예이며 십일조라는 조직체계를 내세워 크게 흥행했다 열 명이 한 조를 이루는데 각 조의 우두머리를 십부장, 십부장 열의 우두머리를 백부장이라 하여 천부장, 만부장에 이른다 십만부장 이상이 되면 대목이라 하여 그 직위를 세습할 수 있다 신구약진경이란 비급을 귀히 여기나 꼭 거기에 얽매여 살지는 않는다 축도신공, 무소부재검, 전지전능권, 출입매시 축복수, 불신지옥인, 박멸발갱이진 등의 절세무공을 쓴다

(……)

7. 용역(龍劣)

용산에서 발흥했으며 우면산의 검경(劍京), 발치산의 공산(恐汕)과 함께 3대 조폭이었으나 동이와 오환의 대살육 때에—이를 육이오(戮夷烏)라 부른다—검경과 연합, 공산을 궤멸하여 장안을 장악했다 정직한 자를 잡아가고 가난한 자를 태워 죽이며 속이는 자에게 쌀을 주고 부유한 자의 곳간

을 지켜, 그 악명이 자자하다 최루탄지공, 개발이익조, 아수라권, 물대포신장, 소요진압진 등의 연합 무공을 쓴다

—「소문들—유파(流波)」 부분

앞서 나폴레옹의 예에서 등장한 프랑스어 "vol"의 두 가지 뜻, "약탈"과 "비상(飛上)"이 서로 같지 않듯 괄호 안의 한자와 그 앞의 한글 표기, 예컨대 기독(氣毒), 용역(龍努), 공산(恐汕), 육이오(戮夷烏)와 같은 단어들은 한글에서 부기된 한자로 의미를 확대해나가며, 이 과정에서 시 전반의 무게는 사회를 풍자하는 곳, 즉 한자로 기울어진다. 강조된 의미를 부여하고, 원뜻을 증폭시킨다는 측면에서, 한글과 한자의 관계는 '제유'적이다. 허나 정작 중요한 것은 이 낱말들이 "여러 개의 이질적인 사물들 사이에서 그것들을 아우르는 사회적인 문맥의 힘이 있을 때 발생하는"(권혁웅, 앞의 책, 315쪽.) 요인들을 시에 끌어들인다는 데 있다. 사소하고도 하찮은 것에 대한 패러디라 할 수도 있겠지만, "아주 사소한 세부적인 것을 통해 전체의 성격을 충분히 표현해야 한다는 과제를 해결"(지그문트 프로이트, 앞의 책, 104쪽.) 하는 곳에 낱말의 하중이 실린다는 점을 고려해보면, 권혁웅에게 이 단어들은 "언어 농담-기술에 대한 연구 결과 최종적 공통분모로 드러났던 절약의 경향"을 말해주는 것이라고 보아야 한다. 이 "절약의 경향"은 물론 시적 효과를 최대한 끌어내고, 그것을 압축적으로 제시하는, 즉 시의 경제성이며, 이때 한자의 특이한 운용으로 탄력을 받은 패러디는 ② 일상의 대중문화로 주류문화에 압박을 가할 때, 긍정적인 요인으로 전환된다. 이처럼 농담과 웃음, 패러독스나 아이러니를 결부시키기에 『마징가 계보학』에서의 패러디가 개인사의 현재적 매개였다면, 『소문들』에서 패러디는 외부, 즉 사회를 향해 저 포신을 돌려놓은, "경향적 농담"으로 옷을 갈아입는다. 다시 프로이트의 지적이다.

내면적인 억압이나 외부의 상황 때문에 직접적으로 비난할 수 없는 거대한 것, 품위 있는 것, 막강한 것을 공격하는 데에 경향적 농담이 아주 적절하다는 점을 염두에 둔다면, 우리는 열등하고 무능한 사람들과 관련된 것처럼 보이는 농담의 그룹에 대해서 특별한 견해를 갖지 않을 수 없게 된다.[11)]

권혁웅에게 "열등하고 무능한 사람들과 관련된" 매개는 대중문화, 요리백과사전, 무협지, 보호대상인 야생동물 등이며, 한편 시인이 굳이 이러한 소재를 선택한 까닭은, 시인에게 이러한 것들이 "거대한 것, 품위 있는 것, 막강한 것"을 비판하고 조롱하기에 가장 적절한, 다시 말해, 위선과 가식, 권위와 폭력, 부조리와 억압과 극단적으로 대립되는 요소이기 때문이다.

● 패러디—일상에서 사회비판의 자리를 만들어내기

우리 모두에게 잘 알려져 있으며, 우리가 익히 알고 있는, 그러나 우리를 지배하면서, 보이지 않는 곳에서 은연중에, 우리 모두를 불행하게 만드는 것은 그렇다면 무엇일까? 권혁웅에게 "삼성"은 "삼성"이 아니며, "워커힐"도 "워커힐"은, "하얏트"도 "하얏트"는 아니다.

지금 하늘에서 으뜸가는 별자리는 예전에 오리온자리였던 삼성입니다 혹자는 이를 삼대로 잘못 읽기도 하는데, 나란히 빛나는 세 별을 일가족이라 여기기 때문입니다. 먼 바다에 나간 장사치들이 이 별들을 보고 갈 곳을 정한답니다 대여섯 개씩 무더기로 모인 별들이 있으니 동쪽의 자리를 워커힐, 서쪽의 자리를 하얏트라 부릅니다.

—「소문들—성좌(星座)」 부분

11) 지그문트 프로이트, 같은 책, 136쪽.

별자리에 빗대며 풍자의 반열에 올라선 "삼성"-"워커힐"-"하얏트"를 보며 결국 우리는 "왜 이런 종류의 많은 농담들이 상당한 손실을 치르면서도 농담-기술과 비슷한 효과를 내는 은어(隱語)의 희극적 요소를 포기할 수 없는지"(프로이트, 같은 책, 139쪽.) 이해하게 된다. 권혁웅에게 풍자는 "자신의 삶을 다른 사람의 삶에 결속시키고, 스스로를 다른 사람과 아주 긴밀하게 동일시할"(프로이트, 같은 책, 141쪽.) 무기와 다른 것이 아니며, 우리는 여기서 패러디의 힘이 ⑪ 사회 비판의 가장 직접적인 기제를, 우리가 살고 있는 사회 한복판에서 우리 주위에 나열되어 있는 온갖 것들을 끌어다놓을 때, 증폭한다는 사실을 확인하게 된다.

● 패러디—동물 사회학

권혁웅의 『소문들』에서 출몰하는 두 가지 차원의 상이한 동물들에 관해서도 말을 아낄 수 없다. 패러디의 또다른 양상이 여기에서 빚어지기 때문이다. 물론 이 동물 패러디의 가치가 신비 동물학에서 거론되는 티베트의 '자이언트 판다'나 콩고의 '오가피', 인도네시아의 '코모도 드래곤'이나 베트남의 '쿠프레이'처럼, 드물기는 해도 엄연히 세상에 존재하는 것들의 희귀성을 살피는 작업에서 결정되는 것은 아니다. 스코틀랜드의 호수에 산다는 '네시(Nessie)'나 네팔과 티베트의 히말라야 산맥 어딘가에서 등장한다는 설인 예티(Yeti)와 같이, 존재하지 않지만, 존재를 가장하여 신비감을 조장하고 압박해오는, 그러나 증명되지 않은 동물을 만들어낸 신비 동물학에서 자연과학은 초자연적 요소를 추가해야만 비로소 사실과 허구를 넘나들게 되지만, 권혁웅이 한자를 조합하여 제시한 기괴한 괴물들은 현실에 존재하지 않음에도 결국 현실의 산물이며, 상상력이 추가되어 허구의 세계를 넘본다고 해본들, 부박한 저 현실로 되돌아오고 마는 부메랑이다. 부메랑에 감겨 우리에게 되돌아오는 것은 물론 현실에 대한 비판적 성찰이나 풍자이다. 따라서 허구와 미스터리에 둘러싸인 동물을 제시하는 신비 동물학과 권혁웅의 작품에 등장하는 동물들 사이의 차이는 명백한데, 권혁웅이 고안해낸 이 가상의 동물들이 그럼에도 결국 현실에는 존재한다고 보아야 하기 때문이며, 이 동물들을 우리는 한 사회의 풍속-관념-통념-이상-의식-이데올로기-위선-가식-기만-허위라고 부를 수 있을 것이다.

> 창피(猖披)란 짐승이 있어, 무안(無顔)과 적면(赤面) 사이의 좁은 골짜기에 산다 야행성이라 잘 눈에 띄지 않지만 간혹 인가에 내려와 쓰레기통을 뒤진다 팔다리가 가늘고 귀가 뒤로 말려서 비루먹은 곰처럼 생겼다 산정(山頂)을 좋아해서 오르다가도 꼬리가 무거워 늘 골짝으로 떨어진다 이 짐승의 가죽을 얻으면 얼간망둥이를 면할 수 있다
>
> —「소문들—짐승」 부분

도연명이 시적으로 변용했다는 『산해경(山海經)』이 패러디의 첫 대상이며, 황지우의 「山經」이 두번째 대상이라는 사실을 짐작하지 못하는 사람은 아마 없을 것이다. 풍자의 붓을 들어 세상의 풍경을 하나씩 물들이고, 역사에 비판의 색채를 덧칠해 황지우가 무등산의 찬가를 힘차게 부르는 동안, 권혁웅은 패러독스와 비판적 성찰을 내려놓을 효과적인 전략을 패러디를 통해 고안하는 과정에서 현실의 저 밑바닥을 샅샅이 훑어나간다. 따라서 황지우에게 우월한 이데올로기의 편향성이 약화되는 자리는, 권혁웅에게는 일상으로 직접 침투해 사회와 인간 군상에 대한 적나라한 풍자의 터전이 된다. 강북의 산봉우리를 밟으며 황지우가 내려놓은 정치와 이데올로기의 패러디는 권혁웅에게는 "이리의 일종"인 "낭패(狼狽)", "암컷"인 "질투(嫉妬)"와 "수컷"인 "시기(猜忌)", "사면발이의 한 종류"인 "외설(猥褻)"이나 "군집을 싫어하는 놈"을 빗대는 "청승(靑蠅)" 등, 세상에 존재하지 않는 동물의 허명을 불러내, 소문에서 파장된 인간들의 속

된 감정이나 우리의 세태를 한껏 조롱하고 비판할 기제인 것이다.

● 문화적 건망증에 대항하며 사회의 풍속도를 완성하는 패러디

한편 「야생보호구역」 시리즈에는 매우 희귀하지만 실제로 세상에 존재하는 동물들이 대거 등장해 패러디의 대상으로 자리잡는다. 권혁웅은 여기서 인간의 성정이나 감정의 굴곡, 세상에서 겪게 되는 그 부침을, 사회상과 나란히 아우르며, 범박하고 소소한, 그러나 몹시도 현실적인 이야기 하나를 거뜬히 그려낸다.

> 운명에 팔복(八福)이 있다면 팔자에는 팔고(八苦)가 있다 그를 만난 게 전자라면 그와 헤어진 건 후자다 텍사스뿔도마뱀(*Phrynosoma cornutum*)은 천적이 다가오면 꼼짝 않고 있다가 눈에서 피를 쏜는다 심하면 제 몸의 4분의 1까지 내다 버린다 난 이미 아프니까 건드리지 말라는 거다 네가 오면 피눈물이 아니라 순도 100프로 선지를 흘리며 울겠다는 거다 불쌍한 자해공갈단이지만 그렇다고 해서 지나가는 차바퀴들이 속도를 줄이지는 않는다
>
> —「버려짐—야생동물 보호구역 9」 부분

"파라과이의 사막에 사는 풍선개구리"는 "변심한 애인의 집을 찾아가…… 운운하는 주인공을 따라하는" 첫사랑의 운명으로, "슬로베니아 동굴도룡뇽"은 "헤어졌다는 것을 잊었고 이제는 그를 잊었다는 사실마저 잊"(「첫사랑—야생동물 보호구역 2」)은 망각의 애인을, "바늘방석아귀"는 "여러 달을 꼼짝 않고 누워서는 누군가의 기척을 기다"리는 소외된 노인으로, "나무수염아귀"는 "취로사업"에 나선 힘겨운 노인(「노인들—야생동물 보호구역 3」)을, "인더스강돌고래"는 "질투"의 화신으로, "아시아큰연갑자라"는 "성욕"의 대명사로(「질투—야생동물 보호구역 5」) 둔갑한다.

이렇게 우리의 "혀끝에" 사는 "누설이라는 짐승", "시모토아 엑시구아"나 "사랑한다고, 돈 좀 꿔달라고 사랑한다고, 재떨이 좀 가져오라고" 끝없이 보채는 "먹장어"(「고백—야생동물 보호구역 8」) 등은, 모두 지구상에 실존하는 동물들이지만, 권혁웅의 시에서는 동물 제각각의 특성에서 착안하여, 사회에서 보호되어야만 하는 사람들, 세상사에 두루 퍼져 있지만, 포착이 어려운 인간의 다양한 군상들이나 복잡한 인간의 성정, 또는 그 변화에 대한 비유로 거듭난다. 만남과 헤어짐, 슬픔과 분노처럼 인간의 감정이 겹쳐지면서, 패러디로 불려나온 각 동물의 기이한 특성은 시 전반에서 교묘하게 녹아들어 걸출한 사회의 풍속 하나가 완성되는 것이다.

이처럼 희귀동물은 성숙하지 못한 사람, 무능력한 사람, 소외된 사람, 유약한 심성의 소유자, 집중하지 못하는 사람, 사회에서 유용성이 제거된 사람, 쉽사리 수긍하지 못하는 사람, 뒤쳐진 사람과 같이, 우리가 '잉여적'이라고 부를 수도 있는, 아니 그렇다고 치부해온, 그런 인간들에 대한 패러디로서, 문화적 건망증에 대항해나갈 방편으로 자리잡는다. 여기서 패러디는 이 동물-인간의 존재와 이들에 대한 우리의 기억을 지워낸 모든 행위에 저항하는 항체라고 해야 할 것이다.

● 패러디 : Remote Control-Tele Operation-Tele Presence

권혁웅의 작품에서 패러디는 이렇게 멀리 존재하거나 아주 가까이 있지만 좀처럼 보지 못하는 것을 발견해나가는 일련의 방식이다. '패러디'라는 이름의 리모컨이 쥐여 있다, 라고 권혁웅이 말할 때, 흔히 '원격조종(remote control)'을 수행한다고 알려진 리모컨은 그럼에도 단순히 명령을 전달하는 데 그치는 것이 아니라, 오히려 '원격조작(teleoperation)'을 감행하는 조종기가 되어버린다. 그리하여, 사회의 가시권에서 벗어나 있는 것들, 예컨대, 방사능이 누출된 원자력 발전소나 인간의 손길이 미치기 어려운 바다의 심해나 까마득한 우주 공간, 혹은 사람의 혈관과 같이,

접근이 실제로 불가능하거나, 매우 위험한 상태에 도달해서야 확인이 가능한 것들을 우리가 살고 있는 현실에 옮겨오는 일이 착수되기 시작하는 것이다.

그러나 이때 원격으로 조작된다는 말이 반드시 패러디의 대상에 대한 왜곡을 의미하는 것은 아니다. 오로지 시인만이, 시인 고유의 방식으로 제 기억을, 현대사회에서 우리가 망각하고 사는 존재를 살피고, 한 사회의 공통된 기억의 원형을 복원해내기 위해, 현실이라는 매우 구체적인 장소로 침투해서 사회의 풍속과 인간의 속됨을 끄집어내어 비판할 수단이 바로 패러디이기 때문이다. 따라서 심해에서 희귀 광물을 채취하라거나, 혈관에 유유히 흐르는 헤모글로빈 중에서 오만칠천구십여덟번째를 제거하라거나, 고난도 지하 동굴에 침투하여 누군가 떨어뜨려놓은 동전 한 닢을 가져오라는 명령을 수행하는 행위와도 같이, 권혁웅에게 패러디를 통한 원격조작은, 사회와 문화의 저 시원으로 침투하는 행위, 기억을 추적해 걸머쥔 것을 '현재-현실'에다 재담과 아이러니, 폭로와 패러독스로 걸쭉하게 풀어놓는 행위에 다름아니다. 게다가 시를 읽은 이에게 먼 거리의 물체를 직접 만지고 있는 느낌을 부여하면서, 읽는 자신이 실제로 그곳에 있는 것 같은 착각마저 불러일으킨다고 보면, 권혁웅에게 패러디는 결국 원격조작을 통해 원격존재(telepresence)를 창출해내는 씨앗인 것이다.

6. 패러디로 생겨난 것은 생명이었으니, 그 생명은 모든 이의 빛이었다……

권혁웅에게 패러디는, 만화영화, 유행가, 애로영화, 선전물, 광고지, 무협지를 동원해 산동네에 얽힌 개인의 기억을 타자의 기억으로 전이해내는 힘을 보여주지만, 서정을 내려놓는 것으로는 성이 차지 않아, 내친김에 삶에 대한 성찰과 사회에 대한 풍자나 비판도, 일파만파로 퍼뜨려나가는 숙주와도 같다. 패러디는 거부감과 가식, 시의 전통적인 수사가 내리누르는 권위의 무게를 벗어버리고 시인이 비유할 수 있는 모든 사회적 산물과 인간의 감정을 끌어내어, 기어이, 우리가 살고 있는 세계에 퍼뜨리고 마는 바이러스인 것이다. 패러디를 통해 권혁웅은 이렇게 현실에서 현실보다 훨씬 강력한, 극-현실이자 초(super)-현실의 세계를 불러내고, 서정이라는 말만으로는 묶어두기 어려운 사실적 분노와 사실적 사랑, 현실적 연민과 현실적 시름을 경쾌하게 우리 곁에 내려놓는다. 샹플뢰리의 지적이다.

> 패러디하는 화가는 아름다움만을 염두에 두는 예술가보다는 더 문학적으로 조직된 두뇌의 소유자라는 점이다. 즉 그는 자기 시대의 문제에 몰두하며, 극서에 분노하고 또한 그의 분개는 그의 필력이 된다. 그러나 아무튼 그를 일깨우는 것은 사실과 현실, 나날의 사건이다.[12]

강조해야 할 것이 한 가지 더 있다. 권혁웅의 시에서 알레고리는 남루한 기억을 현재에서 돌보고 과거의 기억이 남긴 상흔을 미래를 향해 열어놓고자 패러디가 만들어낸 산물이라는 것이다. 권혁웅의 시에 알레고리는 있지만, 상징은 없다는 지적은 중요하다. 역사-현실-사회-인간을 관통하는 초월적 관념을 대신하여, 매우 파편적이지만 유기적인 방식으로, 시인이 걸어온 시대와 사회의 상흔을 온갖 문화적 장치를 동원해 시 안에 결부시키는 탁월한 방법이 바로 패러디이기 때문이다. 그러니까 패러디는 권혁웅의 시에서 알레고리를 고안하지 않으면 안 되게끔 끊임없이 부추기는, 즉 시의 목줄 자체를 쥐고 있는 것이다. 걸머쥔 제 과거 삶의 파편들을 재현하며 권혁웅은 자신이 살고 있는 현실에서 그 퍼즐의 조각 하나하나를 맞추어가며, 완성된 모습을 복원하는 데 성공한다. 패러디는 기억과 텍스트, 텍스트와 문화, '과거 속을 거니는 현재의 시인'과 '과거를

12) 샹플뢰리, 『풍자예술의 역사—고대와 중세의 패러디 이미지』, 정진국 옮김, 까치, 2001, 154쪽.

현재에 기록하는 시인'이 서로 만나고 헤어지는 장소이다. 패러디는 껍질이자 동시에 알맹이이며, 온갖 비유가 결집되고 또 흩어지는 갈림길이자 교차로, 시적 장치들이 한데 어울려 시인의 기억을 주관적으로 배치해내는 시의 판형이다.

논리를 잃지 않으며, 소소한 일상 문화를 놓치지 않고, 말에 대한 존경을 담보해내며, 수사에 대한 압도적 힘이 목격되는 그런 시를 권혁웅은 실현해내었다. 보르헤스가 패러디를 통해 추상이나 환상을 실제로 인지하게 만드는, 저 '마술적 사실주의'의 토대를 닦아나갔다면, 권혁웅은 패러디를 통해 사실적-사실주의, 초(super)현실적-사실주의를 보여주었다. 현실을 시에 포개어놓을 때, 버려야 할 것과 취해야 할 것, 돌보아야 할 것과 비판해야 할 것, 살며시 내려놓아야 할 것과 힘차게 들어올려야 할 것, 드러내야 할 것과 감추어야 할 것, 타자와 나의 관계를 헤아리는 법을 정확히 알고 있는 시인이 바로 권혁웅이다. 그의 시에서 자신감, 배짱, 근성, 해박한 지식과 그 지식을 응용해낼 능력이 애잔하고 비통한 서정과 함께 목격되는 것은, 계획된 상태에서 시적 상황 전반을 조절하고 통제해나갈 탁월한 능력을 그가 갖추고 있기 때문이다. 따라서 이야기를 덧붙여놓으면 곧 사족이 되어버리는 그의 시는, 오히려 비평이 뚫고 들어가 하나로 꿰어내기 어려운, 비평이 제 욕심에 눈멀어, 부분들을 간과하지 못하게 만드는 지뢰들로 무장되어 있다.

권혁웅에게 패러디는 현재를 과거와 닮은 익숙한 이미지로 변형시켜, 되레 현재와 미래를 과거에 연루시키는 총체적인 문학적 형식으로 다시 태어난다. 이미 존재하는 타인들의 언어와의 관계 속에서 움직인다는 특징을 지니지만, 오직 알레고리와 비유만으로 패러디의 힘이 살아난다고 보면, 오히려 낭만주의가 소원했던 저 이상향, 즉 창조를 현실에서 복원해내고자 꿈꾸는 시인이 권혁웅이라고 해야 할지도 모른다. 이때 패러디는 현실의 다양한 논리를 정복해나가며, 새로운 논리를 그 어느 곳도 아닌, 시인이 굳건히 버티고 있는 이 현실에서 고안하고 창조해내는 교두보인 것이다. ⑭ 패러디의 힘이 패러디가 힘이 세다는 사실을 시인이 잘 알고 있을 때 배가된다는 사실을 권혁웅이 모를 리가 없다. 패러디는 힘이 세다.

(『시와사상』 2011년 여름호)

에로티즘의 퍼즐로 짜맞추어진 세상의 풍경들: 몸이 되는 말, 말이 되는 몸

– 김록론[1]

내게 말해다오, 사랑이여, 내가 말할 수 없는 것을
이 짧고 몸서리치는 시간을,
그저 생각과 교류하며 오로지
사랑이 아닌 것만 알며 사랑이 아닌 것만 행해야 하는가?
—잉게보르크 바흐만, 『추락하는 것은 날개가 있다』

1. 사유의 대상으로서의 사랑

사랑이 사유의 대상이 될 수 있을까? 철학자라면 이 물음에 플라톤의 『향연』을 읽는 것만으로 충분하다고 운을 뗀 후, 그럼에도 보란듯이 리스트를 작성해나갈 것이다. 그리하여, 사랑의 윤리를 궁금해하면 키르케고르나 스피노자를, 사랑을 부정하는 생각을 물어온 자에게는 쇼펜하우어를 펼쳐보라고 권할지도 모른다. 성관계의 결여된 공간에 파고드는 사랑을 사유한 라캉이나 사랑에서 진리의 구축 가능성을 타진하는 바디우, 아니 사르트르나 푸코도 고려의 대상이다. 사랑의 역사에 관해서라면 루즈몽이나 엘리아스를 으뜸으로 제시할 것이며, 물질적 욕구를 포기해야 사랑을 실천할 수 있다던, 그러나 뉴욕에 펜트하우스를, 스위스에 별장을

1) 대상 텍스트는 다음과 같다. 김록, 『광기의 다이아몬드』, 열림원, 2003; 『총체성』, 랜덤하우스코리아, 2007; 『나는 당신의 비밀』, 열림원 2010.

한 채 갖고 있던 에리히 프롬도 추천 목록에서 빠지지 않고 등장할 것이다. 그런데 소설이나 시를 대상으로 이 리스트를 작성해보라고 한다면? 사랑을 노래하거나 주제 삼아 전개한 작품들이야, 동서양을 막론하고 문학이 당연 으뜸이다. 가슴을 후벼파는 연애시가 세상에 얼마나 많을 것이며, 사랑이라는 보편의 씨앗에서 자라난 다채로운 과일이 기실 문학 그 자체를 말하고 있지 않은가! 그러나 나는 지금, 사랑을 구체적인 사유의 대상으로 삼아 그것의 메커니즘과 작동 방식에 천착하며, 제 언어를 새로 궁리해낸 작품, 세상의 풍경을 그 안에다 고스란히 녹여낸 작품을 묻고 있다. 그러니까, 사건으로서의 사랑을 기술해나가며, 그사이 마주하게 되는 욕망이나 시간, 죽음이나 타자에 관한 인식의 지평을 넓혀나간, 이런 개념들을 근본적으로 사유하게 만드는 작품, 즉, 사역동사로 된 물음을 던지고 있는 것이다. 사랑을 이야기하거나 이야기하게 만드는 작품과 사랑을 사유의 근본적인 대상으로 설정한 후, 에로티즘을 탐구하며 제 언어의 신기원을 창출해낸 작품은 서로 같은 것이 아니다.

2. 시간: 사랑했는데, 서로 사랑하지 않았다

말이 이끄는 데로 나아가도록 놓아두면서 사랑을 탐구하고 존재를 세상에서 확인해가는 과정의 난관을 관념적으로 드러내고 있다는 점에서 김록의 시는 연애시로 볼 여지가 있다. 그런데 김록처럼 연애시를 쓰는 사람은 없다고 말해두어야 한다. 거개의 연애시가 지금은 만날 수 없는, 제 추억(기억) 속의 타자를 불러와, 현재 자신이 서 있는 곳의 풍경과 사물 곁으로 이동시켜놓고서, 감정의 편린들을 알레고리로 덧씌워나간다고 할 때, 김록은 좀처럼 그렇게 하는 법이 없기 때문이다. 사랑이라는 사건을 통해 타자를 마주하지만, 사랑하는 대상을 끊임없이 밀어내면서, 오히려 사건의 매 순간과 그 순간에 대한 사유를 세상의 풍경에 덧입혀 기록해나간다고 본다면, 김록의 연애시는 사랑을 갈구하거나 예찬하는 것이 아니라, 사랑의 부재를 확인하고, 반드시 그래야만 하거나 그럴 수밖에 없는 이유를 되레 존재론적으로 살피고 있는 것으로 보인다.

그는 나를 사랑했네
나는 그를 사랑했네
우리는 서로 사랑하지 않았네
그는 나를 사랑했을 뿐
나는 그를 사랑했을 뿐
우리는 서로 사랑할 틈이 없었네
우리는 자신의 사랑을 사랑하기에 바빴네
그는 나를 아직도

—「구조(構造)」 전문

사랑은 대부분 '둘'을 조건으로 이루어진다. 따라서 시간과 공간 속에서 "둘이 등장하는 무대"("La scène de Deux")[2]를 고민해야 성립할 사랑은, 너와 나의 차이가 빚어낸 바로 그 '순간'에 잦아드는 무정형의 감정을 동반하기 마련이며, 포착이 어려운 만큼 그것의 지속을 고민하게 만든다. "서로 사랑할 틈이 없었"다는 것은 사랑이 짧은 시간에 확인되는 감정이기에 그렇겠지만, 여기서 "그"를 남자라고 본다면, 마지막 문장은 욕망, 아니 남자의 욕망과 연관되어 있다. 사랑은 양자의 차이에서 관계를 만들어가며 서로의 존재됨을 확인하는 일이지만, 김록이 볼 때, 순간("틈")을 빌미로 찾아오기 때문에 불연속적이며 끊임없이 미끄러지고 만다. 여기서 "자신의 사랑을 사랑하기에 바빴네"라는 구절과 "그"의 것으로 예고된 욕망은, 에로티즘에서 솟아나는 다양한 개념들을 김록이 탐구해나가

2) 알랭 바디우, 『사랑예찬』, 조재룡 옮김, 길, 2010, 76쪽.

는 데 필요한 더듬이와도 같은 역할을 한다. 욕망과 이 한없이 미끄러지는 타자를, 그 순간을 김록은 어찌할 것인가? 우선 시간을 보자.

> 육신의 현재와 또 다른 부수적인 시간에는 어떤 새로움도 없고, 고통의 양식이나 시간의 유형은 끊임없이 고증될 뿐이다. 그러나 육신의 미래라는 말은 얼마나 매혹적인가. 없는 곳이 없는 자신이 된다. 그러나 또 현재가 된다. 새로운 시간은, 지금 더없이 충족되고 있는 시간만큼 갈망을 불러일으키지도 않는다. 이 어쩔 수 없는 현재성에는, '망할' 놈의 시간들이 이미 있다.
>
> —「억지스러운 시간들」 부분

가장 구체적인 사랑의 순간은 성애의 순간이다. 따라서 에로스로 타오르는 시간은 "육신의 현재"지만, 이 현재가 고정되어 있을 리 만무하며, 그렇다고 단박에 미래를 잡아채 이 불안한 현재를 붙들어맬 수도 없다. 따라서 안락한 사랑의 시간은 보장되지 않는다. "지금 더없이 충족되고 있는 시간", 즉 몸을 현재화하는 에로스의 시간은 시시각각 변화의 요로에 놓일 수밖에 없는, 작은 사건을 구성하는 짧은 시간일 뿐이다. 그럼에도 현재가 반사적으로 미래를 호출하기에, 새로운 시간에 "매혹"되지 않는 건 아니다. 바로 이 묘한 처지로부터 김록의 고민은 비롯된다. 아래 전문을 적어놓은 「이를테면」은 '순간'으로 주어지는 이 에로티즘의 시간을 회의적으로 바라보고, 이때 찾아온 타자의 욕망을 평하는 것으로 읽을 만하다.

> 나는 요소이다.
> 당신 중의 여성적 요소이다.
> 나는 요소이다.

당신 중의 남성적 요소이다.
64억 가지 망측하고 사랑스러운 요소이다.
그러나 율리우스년 그年 때문에
아름다운 간격만큼 당신에게서 멀어진다. 당신이
하나의 위성을 찾고서 질서를 알았다고
말한다는 것은 얼마나 대담한 일인가!

음절의 중복 덕택에 달리 읽힐 수도 있을 "율리우스년 그年"에 일부러 한자로 표기하고 방점을 더해놓은 것은 "그年"이 말 그대로 '시간' 그 이상 이하도 아니라는 사실을 강조하기 위해서이다. 사랑에서 시간이 지속의 문제와 직면하게 되는 만큼, 시간을 이해하는 방식은 시의 특이한 어법을 만들어내는 주된 방편으로 자리잡는다. 매듭짓기 전에 다시 언급하겠지만, 김록의 시에서 문장을 이끌어가는 주체는 한번 뱉어낸 단어이지, 기존의 문법이나 심지어 시인 자신도 아니다. 예컨대 "율리우스년 그年 때문에/ 아름다운 간격만큼"은 '시간이 간격을 아름답게 만들기 때문에'로, 문두의 "그러나"는 이 아름다움에 반어적인 뉘앙스가 숨어 있는 것으로 이해해야 한다. 이렇게 보면 "당신에게서 멀어"지는 것은 결국 시간이 둘 사이에 간격을 부여하기 때문이다. "당신이 하나의 위성을 찾고서"라는 구절도 "64억 가지 망측하고 사랑스러운 요소"의 소유자인 나의 오로지 한 측면만을 경험하고서, 나를 죄다("질서") 알았다고 확신하는 남자("대담한")를 빗댄 것으로 볼 여지가 있다. 마치 섹스 후에 버릇처럼 그렇게 하곤 하는 뻔뻔한 남자들처럼.

슬픔이 수다스럽게 늘어져
다시 튕겨 나가기 전에
무엇이 나를 기다리고 있는 듯하다

몽매(蒙昧)를 쓸어내리는 오르가슴이 게으름을 필 때에도

끝내야 할 탄성을 원석에 반사하여 마무리 짓듯
쉽게 잊혀지지 않는 불완전함은
관능의 속도에 사물의 시선이 머물지 않음으로써 완전해진다

시간은 최후의 탄식으로 움직여야 한다

—「계속」 부분

에로티즘을 축으로 삼아 진행되는 김록 고유의 서술 방식이나 시간의 인식을 염두에 둔다면, 위 시의 구절을 이렇게 읽어볼 수 있겠다. 1) 오르가슴은 정신이 어지럽고 희미한 상태를 뜻하는 '몽매'를 어루만져주는 무엇이다. 2) 나는 오르가슴에 잘 도달하지 못한다. 3) 오르가슴에서 비롯되는 탄성은 결국 남자의 것이며, 에로스의 순간은 여기서 마감한다. 4) 나에게 쉽게 잊혀지지 않는 이 에로스의 순간은 불완전하다. 5) 관능이 진행되는 속도는 사물을 차분하게 바라보지 못할 정도로 불완전하다. 6) 사물을 알아본다는 것은 이 불완전한 것이 완전한 상태로 돌아왔다는 것을 의미한다. 7) 에로스의 시간은 완전한 상태가 아니라 불완전한 상태, 즉 탄식을 뱉어내는 순간으로 채워져야 하며, 그런 속도로 움직여야 한다. "몽매"의 두번째 한자 "昧"의, '날이 어둡거나 밤샐 무렵'이라는 뜻을 여기에 보태어놓으면, 이 대목은 밤을 새워가며 성애가 진행됨에도, 좀처럼 오르가슴에 오르지 못하는 여인이, 에로스의 순간을 지나오며 그것이 불완전하다는 사실을 알아차린 후, 관능의 도래와 지속을 희구하는 작품으로 읽힌다. "원석" 역시, '가공하지 않은 보석(즉 原石)' 이거나, '둥근 돌(즉 圓石)' 중 하나라고 본다면, 성적 상징(남성의 성기)로 여기기에 부족한 것은 아니다. 따라서 결과적으로 남자의 욕망만이 성취를 바라볼 뿐이다.

시간이 지속적이지 않다는 저 인식, 즉, 에로스의 순간에서 포착해낸 시간의 단발성(분절성)은 김록의 시세계를 이해하는 데 중요한 역할을 하는데, 그것은 끊어지는 순간에 관능이 완성될 거라고, 바로 이런 순간이 진정한 사건을 완수하는 진리의 순간일 거라고 시인이 생각하기 때문이다. 따라서 이 순간이 설사 죽음과 맞물린다 해도, 시인은 별반 두려움을 느끼지 않는다.

3. 죽음: 금기와 위반은 다른 것이 아니다

"사랑의 극한 충동은 죽음의 충동과 다르지 않다"는 사드의 구절을 인용하면서[3] 바타유는 에로스라는 생성의 극단과 타나토스라는 죽음의 극단이 서로의 도움 없이는 이해될 수 없을 것이라고 말한 바 있다. 이 둘이 서로 분리된 것이 아니라는 바타유의 말을 조금 확대해, 삶과 죽음, 사랑과 증오, 욕망과 금지 등, 대척점에 놓고 둘을 말해온 개념들을 가만 들여다보면, 이 양자는 별개로 존재할 수 없는 절름발이에 불과하다는 사실을 발견하게 된다. 그렇다면 사랑은? 사랑은 간극을 좁혀가며 몸과 마음을 긴밀히 결속시키는가? 그럴 리가! 몸과 마음의 간극을 취하하려는 시도는 김록이 제 언어를 운용하면서 시에서 성취해내고자 한, 하나의 실험인 것이지, 철학적 테제를 빌려 설명될 성질의 것은 아니다. 김록에게 사랑은 몸의 사건임에 분명하지만, 몸의 사건에서 발생한 저 감정의 스펙트럼은 저절로 완성되는 게 아니라, 이에 걸맞은 언어를 고안해내고, 그것으로 세상을 감싸고 둘러칠 때, 제 다양한 빛을 뿜어낼 뿐이다. 김록의 시에 등장하는 여러 장소와 상황은 이 스펙트럼의 빛을 받아 비로소 몸의 사건으로 둔갑하며, 이때 세상의 모든 풍경은 김록 특유의 언어 운용 속에서 새롭게 기술될 권리를 획득한다. 죽음도 바로 이 권리를 등에 업고 에로

3) G. Bataille, *L'Érotisme*, Les Editions de Minuit, 1957, p. 48.

티즘의 주위를 배회하는 것들 중 하나이다.

죽는 것도 나쁘지 않다
한 덩어리 흙에 조여지는 그대 돌을 주축으로
빌어먹을 감촉이 떠나지 못하고
성스러운 질서라고 해도 좋을
아뿔싸!
내가 부여한,
아름다움이
하찮은 침묵과, 몽유하는 괴성의 경계에서
갈기갈기 뜯기고
연하게 시들어
어지러움을 껴안을 바에야
황토빛 상징에 둘러싸이는 것도 나쁘지 않다

—「공기의 공기」 부분

김록의 에로티즘에는 금기에 대한 저항도, 심지어 저항하려는 의식도 찾아볼 수 없다. 단지 성행위에 돌입한 상황이 제시될 뿐이다. 죽음이 시간의 인식과 결부되는 것은 금기와 관계된 것으로 말해온 섹스의 순간과 마주할 때이다. 예컨대, 섹스는 죽음을 체험하는 순간이며, 섹스가 궁극적으로 지향하는 것도 바로 죽음인 것이다. 이렇게 "한 덩어리 흙에 조여지는 그대 돌"(그렇다, 다시 페니스의 상징이다)을 여성의 질이 남성의 성기를 조이는 순간에 대한 비유라고 보면, "죽는 것도 나쁘지 않다"는 말은 섹스에 대한 강력한 지지가 된다. 김록에게 섹스, 아니 그 순간의 체험은 죽음의 메타포와 바로 이런 방식으로 연결점을 찾아나간다. 그러나 정확히 여기까지이다. 관심은 이내 관념으로 치달으며, 섹스에서 철회하는 일에 착수하기 때문이다. 김록의 관심은 섹스가 전개됨에 따라 몰고 올, 저 아린 상처나 흔들리는 감정의 파장보다는, 그 상황에 돌입할 때의 바로 그 순간에 대한 정확한 인식(느낌과는 사뭇 다른)에서 솟아나는 새로운 현상에 놓여 있다. 이 현상의 중심에 죽음이 있다고 한다면, 그것은 섹스가 에너지의 과잉 상태를 의미하는 것과도 무관하지 않은데, 결국 과잉은 소멸을 예정하기에, 죽음과 결부될 수밖에 없다. 바타유의 지적이다.

> 과잉은 필연적인 결과로 죽음을 초래하며, 정체됨(停滯)이 홀로 존재들의 불연속성(존재들의 고립)을 지탱하노라 약속할 뿐이다.[4)]

타자와 나는 바로 이 에로스의 순간에 함께 죽음을 체험하며, 서로의 합일을 경험하게 될 뿐이다. 죽음이 압박해올 때 호흡이 어려워지는 것처럼, 쾌락의 극한은 숨쉬기조차 어려운 순간으로 채워지며, 바로 이 순간, 두 사람은 죽음과 쾌락이라는 하나의 정점에 이르러 잠시 고정된다. 에로티즘이 제 완성을 꿈꾸는 순간이다. 그러나 죽음의 순간을 체험했다고 해도 에로티즘이 반드시 사랑을 보증해주는 것은 아니다.

> 죽은 사람은 죽은 것이 아니고
> 산 사람은 우리가 본 사람이 아니라,
> 시체를 모방하고 있다.
> 단지 그들 스스로나
> '나'를 대상으로 괴롭히는 것으로 결속되어 있다.
> 우리가 잠시 합일하는 까닭은
> 죽음과 삶이 둘이 아니기 때문

4) 앞의 책, pp. 111~112.

우리가 하나가 될 수 없는 건
완전히 죽지도 완전히 살지도 못하기에.
시체가 충고한다:
전부 살지 못한다!
전부 죽지 못한다!

—「다른 계절」 전문

에로티즘은 시간을 잘게 잘라낸다. 모든 것이 파편이나 순간으로밖에 의식되지 않는 상태에 이르게끔 강제하는 것이 바로 에로티즘이라는 말이다. 김록이 선택한 것은 사랑이 아니라, 에로티즘의 순간("나는 그의 죽음을 사랑할 뿐 그를 사랑하지 않는다", 「바람 밑에 숨겨진」)이며, 이때 김록에게 삶과 죽음, 금기와 위반은 서로 다른 것이 아니다.

4. 욕망: 말이 책임을 지고서 이후의 말을 이끌어나간다

사랑은 상대방을 미화시킨다는 사실 때문에 어려움을 겪곤 하지만, 그것은 사랑을 이상적인 무엇으로 상정했을 때나 가능한 일이다. 이때 욕망과 사랑은 대립에 놓일 수도 있다. 그러나 김록은 사랑이 지향할 수도 있을 순결이라는 이분법적 구도에다 욕망을 가두어두지 않는다. 그렇다면 그는 욕망을 어떻게 바라보는 것일까?

재미로 말하자면, 진노하는 욕망 속에는
서글픈 욕망 속에는
감수성 따위의 우아한 거짓,
탐구심 따위의 치열한 거짓,
개체의 자유로움 따위의 파괴적인 거짓이 있다.
매혹 때문에 당하지 않겠다는 건

욕망의 과제가 아니라서
욕망에 대한 욕설도
어쩔 수 없이 눈물을 흘린다.

—「욕망에 대한 욕설과 매혹」 부분

이렇게 거짓이지만, 욕망에는 무시하지 못할 "감수성" "탐구심" "개체의 자유로움"이 있으며, 그것들은 "우아"하고, "치열"하며, "파괴적"이다. "매혹"은 따라서 욕망이 애초에 돌보려고 했던 것이 아님에도, 욕망을 발산할 통로가 된다. 에로티즘이나 심지어 사랑도 그 자체만을 놓고 보면, 특별히 윤리를 필요로 하는 것은 아니며, 오히려 욕망이 이 둘에서 주를 이룬다. 사랑이나 에로티즘이 관계적이라 하는 것은 자기동일성이 강제하는 방식에 의해 타자나 타자의 몸을 수용해서 그런 것이 아니라, 그 과정 전반에 잦아드는, 즉, 욕망이라는 이름에서 불거져나온 둘만의 작은 사건이기 때문이다. 사랑은 따라서 숭고한 믿음도, 그 반대일 외설적인 스캔들도 아니며(불륜도 예외는 아니다), 그저 실존적일 뿐인데, 실존적이라는 것은 바로 욕망에 충실하다는 말이다.

김록의 시에서 무람없이 등장하는 욕망과 에로스의 순간은 영원에 대한 멸시를 동반하지 않는다는 점에서, 세상을 저 나름의 방식으로 보고하는, 일종의 기록의 성격을 띠는 것이지, 이데올로기적 판단을 몰고 오는 것은 아니라고 말해야 한다. 순간에 관계가 트이고, 그 순간에 잠시 타자가 젖어들 뿐, 지속은 보장되지 않는다. 그렇다 해도, 이것이 마냥 부정적이지는 않은데, 미지의 세계를 맛볼 유일한 통로가 바로 이 에로스의 순간에 욕망을 빌미로 열리고, 그만큼 성급히 닫혀버리기 때문이다.

김록의 작품에서 특이한 점은 이 순간의 감정을 집요하게 쫓아 세상의 아무 장소에나 그것을 덧씌워놓은 시인이 그럼에도 에로티즘을 빌미로 '우화(fabula)'를 궁리하지 않는다는 것이다. 우화는 이데올로기의 재현일 수도 있고, 피해의식에서 출발해 거개가 공격적으로 표출되는 질타나 에로티즘을 왜곡하는 현실 사회에 대한 고발이 주된 내용을 이루게 마련이다. 그러나 김록은 에로티즘을 전면에 내세운 대부분의 여성시가 천착해온, 이 우화 만들기에는 당최 관심이 없다. 에로티즘 자체에 충실하다고밖에 달리 표현해내기 어려운 무언가가 김록의 시를 지배하고 있다는 편이 옳을 것이다. 이렇게 본다면, 김록의 시에서 에로티즘을 기술하는 주체는 사실 김록이 아니며, 오히려 의식을 떠나 기록되는 말, 시에서 한번 불려나온 말, 이 말들이 꼬리에 꼬리를 물고서 단어와 단어, 문장과 문장 사이에 공백을 만들어낸 다음, 문법이라는 통념을 벗어난 미지의 언어(언어를 '발명'했다고 봐야 할 것 같다)를 끌어다, 서로 상관없어 보일 수도 있는 사물과 사물을 하나로 잇고, 사람과 장소를 연관지으며, 관념에서 관념으로 성큼 이동하며, 무언가를 계속 기록해낼 뿐이다. 「염료 단편」의 전문이다.

내 늑골을, 존재하는 인간 붓으로 한 방 먹이자 요의가 느껴졌고 팔레트로 가려고 일어났다
존재하는 인간 늑골 다섯 색이 쌍으로 흐물흐물 내 일곱 색을 부축하려고 따라 일어났다
이왕이면 섞지?
나는 서서 열두 색을 짜고 당신은 앉아서 열두 색을 짜는 게 어때
존재하는 인간 검은 물감을 덜렁거리며 내 골반 한 걸음 한 걸음을 스케치했다
존재하는 인간 팔레트는 이미 똥색을,
광도순으로 밝은-똥색, 어두운-똥색을,
한가득 짜놓은 채였다
왼쪽에서 오른쪽으로 정석대로 섞을 채료를 내놓을 수 없었다

명도 없는 오줌으로 채도 없는 오줌으로 똥색을 밀어내고
내 골반 우유를 한 걸음 한 걸음 치즈로 덜렁거리면서 먹물을 갈기려는 존재하는 인간 물통을 밀어내고
팔레트를 뛰쳐나올 수도 없었다
존재하는 인간 그새 더 시커먼 물감을 풀어놓았기 때문이다
당신 안료통에 한가득 짜놓고 싶어
새빨간 물감 한 근으로도 내 튜브는 어차피 채워지지 않아
존재하는 인간 튜브 입구를 압침으로 찔러 시커먼 물감을 풀어놓았다
왼쪽 오른쪽 쌍으로 포옹을 하고

화실에서 일어났을 법한, 나와 그의 사건을 기술하는 데 있어서, 상상력을 동원하고 비유에 의존하고 있지만, 이 작품이 이야기를 온전히 담아내는 데 몰두한다고 보기는 어렵다. 오히려 공감각을 사물에 전이시켜 말의 다채로운 색조를 에로스의 수행자인 몸에 대입하거나, 말이 대입해낸 이 몸에서 또다른 말로 자유롭게 옮겨가는 방식을 택해놓아, 말의 풍성함으로 커다란 이미지 하나를 구축해내는 데 여념이 없다고 해야 할 것이다. 단어 하나하나와 행 하나하나가, 이후의 단어나 행에 '책임'을 부여해가며 앞뒤로 물고 늘어선다는 점에서, 이 작품은 이야기보다는 제가 운용하는 시어들의 배열과 상상력의 쓰임에 시인이 열중한다는 사실을 잘 보여준다. 낱말에서 낱말로, 문장에서 문장으로 옮겨갈 때마다, 김록의 시에서 일어나는 전이(transfert)는, 말이 감당하고 있는 '책임'이며, 책임은, 말이 말을 담보로 삼아 이후의 말을 기술하는 것으로서, 김록의 시를 이해하는 데 없어서는 안 될 개념으로 자리잡는다. 이 작품은 언어학에서 말해온 연합체(주어-동사-목적어 순의 배열에 따라 인접성을 실현하는 구조)보다는 통합체(단어와 단어를 대치해나가는 능력에 따라 실현되는 구조)를 활용하는 과정에서, 상상력의 탄력을 받아 에로티즘의 알레고리를 생

각해내는 데 성공한 것으로, 말의 책임이 어떻게 전개되는지를 꾸밈없이 드러내고 있다. 인접성의 결여를 야기하는 통합적 언어 운용의 예를, 낱말 사이의 틈을 임의로 채워본 후, 살펴보면 이렇다.

> 내 늑골을, (내 앞에) 존재하는 인간(이) 붓으로 한 방 먹이자, (나는) 요의가 느껴졌고, 팔레트로 가려고 (그가 자리에서) 일어났다
> (내 앞에) 존재하는 인간(의) 늑골 다섯 색이 쌍으로 흐물흐물 (모습을 드러냈고) (나도) 내 (늑골의) 일곱 색을 부축하려고 (그를) 따라 (자리에서) 일어났다

에로스의 상상적 실현이라는 가정하에, 이 대목을 한차례 더 바꾸어 보면 다음과 같다.

> 내 늑골을, 내 앞에 존재하는(있는) 인간이 붓(손)으로 한 방 먹이자(자극이 되게 만지자), 〔나는〕 요의(성욕)가(이) 느껴졌고, 팔레트(침대)로 가려고 〔그와 자리에서〕 일어났다. 존재하는(내 앞에 있는) 인간〔의〕 늑골〔의〕 다섯 색이 쌍으로(양쪽 가지런히, 즉 벗은 채) 흐물흐물 〔모습을 드러냈고〕 〔나는〕 내 〔늑골의〕 일곱 색을 부축하려고(보여주려고) 〔그를〕 따라 〔자리에서〕 일어났다[5)]

정도가 될 것이다. 이 경우, 이후 따라붙는 "이왕이면 섞지?"는 그가 한 말인지 내가 한 말인지 모호한 상태에서 나온, 일종의 섹스에 대한 제안으로 볼 수 있으며, 이때, 여성의 질은 "튜브"로, 자궁은 "안료통"으로, "검은 물감"은 남성의 성기로, 그의 "더 시커먼 물감"은 발기 상태나 사

5) 〔 〕 = 삽입, ( ) = 대체.

정한 후의 정액을 상징하는 기호로 자리잡는다.

에로스의 실현 과정에 대한 비유로 우리가 읽은 이 작품은 김록이 생략과 연상을 통해 말과 말 사이에 공백을 만들어놓은 후, 나아가 자기만의 새로운 문법을 구사하고 있다는 사실을 잘 보여준다. 바로 이 새로운 문법과 언어의 운용이 에로티즘에 대한 개념적 사유를 이끌어내는 것이며, 이렇게 세상의 모든 것을 에로티즘이 쏘아낸 프리즘으로 과감히 물들여 나간다는 데 김록 특유의 성취가 자리하는 것이다. 마치 각각의 신체 부위에 대한 감각을 동반하는 에로티즘이 서로가 서로를 의식하는 합리적인 원리에 따라 기능하는 대신, 타자와 내가 따로 헛돌아도 무어라 하지 않는 것처럼 말이다. 에로스가 모든 것을 따로 놀게 하는데, 에로스를 쫓는 언어라고 어떻게 차분해질 수 있겠는가? 따라서 섹스는 사람이 하는 것이 아니라, 오히려 말이 하는 것이 되며, 이때 내가 한 말, 내가 고안한 말은 죄다 '몸의 말'이자, '말의 몸'이 되어간다. 내 몸안에서 내가 너라는 존재를 인식하는 것은 에로스의 순간을 기술하러 불려나온 말이, 그 정황 자체를 주도해나갈 때 비로소 가능해지는 것이며, 이렇게 본다면 김록에게 몸의 형상과 말의 형상은 서로 다른 것이 아니다.

홀딱 벗은 두 겹의 관념에 맞먹는 것은 흔히 있었다
그렇게 구체화된 상상은
처음 생긴 장소에
골탕 먹이는 '검은 방울새'를 던져
사방으로 너무나 뒤틀려서 찌푸리고 있는 미덕을 지적하고자
고드름 모양의 두려움까지 건네주었다

—「공기의 공기」 부분

이렇게 에로티즘의 관점으로 따져 물으면, "홀딱 벗은 두 겹의 관념"

은 성합의 순간에도 시인이 관념을 본다는 것이며, 이후 "상상"이 "구체화된" 상태에서 이 관념을 전개해나간다는 사실을 알게 된다. 따라서 "처음 생긴 장소"는 성행위의 첫 장소를, 골탕 먹이는 "검은 방울새"는 고환의 상상적 대체물을, "사방으로 너무나 뒤틀려 찌푸리고"는 성행위 당시의 몸의 움직임을, "고드름 모양"은 성기를, "두려움"은 처음이기 때문에 갖게 되는 어떤 감정으로 읽힐 수 있겠다. 에로티즘에 얽혀 있는 기억이 상상력을 통해, 시간의 구애 없이 불려나오지만, 여기서 중요한 것은 연결고리가 거의 없다고 할 낱말 하나하나를 오로지 우리가 앞서 '책임'이라고 말한 바 있는, 낱말들의 연대와 결속에 의존해 자율적으로 묶어내면서, 새로운 사유를 개척하고, 결국엔 의미의 영역 안으로 진입시키는 데 성공하고 있다는 점이다.

5. 성행위: 그러나 성관계는 없다

성관계를 말하는 데 할애되고 있음에도, 김록의 시에는 에로티즘을 통한 타자와의 '관계'가 결여되어 있다는 점을 언급해야 한다. 라캉이 말한 것처럼, 섹스에 몰입하는 두 사람이 상당 부분 제 고유의 관심사에만 결부되어 있기 때문인데, 결국 성행위란 성관계, 즉 두 사람이 '관계'를 맺는 것을 즉각적으로 지시하는 것은 아니다. 타자의 몸이 성행위의 매개로 존재한다고 해도, 에로티즘의 쾌락이 항상 저만이 향유하는 쾌락인 탓이다.

치아가 열리지 않아서
타 죽어야 했던
처음의 죽음과는 다르게
이제는 불꽃이 두 개였다는
기억이 없네

그래도 찾던 생각은 그 혀 속에
없었네
나는 생각을 거기다
감추어 두지 않았기에

그가 삼킨 불꽃에
차갑게 데었지

—「관능 속에서의 멈춤」 부분

성애의 과정을 의도적으로 거부하거나 부각시키지 않고서도, 이 작품은 자신의 생각이 이끄는 곳으로 제 몸을 인도하는 과정을 대담하고도 솔직하게 드러낸다. 에로티즘의 순간에 "불꽃이 두 개였다는 기억"이 사라진다고 할 정도로, 에로티즘의 강력한 힘은 황홀경을 부여하지만, 타자에 대한 근본적인 인식과는 거리가 먼, 아주 짧은 순간에 국한되므로, 나는 결국 "그가 삼킨 불꽃에/ 차갑게 데"고 만다. 에로스가 불을 지핀 한복판에서 타자를 말하는 것 같지만, 그럼에도 타자와 관계 안으로 진입하지 못하는 것은 "우리는 서로를 꿈에서나 알 수 있지"처럼, 이 불꽃 속으로 진입하면, 끝내 서로가 헛돌게 되기 때문이다.

그대로 거기에 나는 나로 남아 있습니다

—「그림자」 부분

포화 기점에서 뭔가 나타나는 것은
아무것도 찾을 수 없음

—「단속적인 절망들 간의 실험」 부분

성행위는 두 사람을 결합시키는 게 아니라, 결국 분리된 각자의 존재, 각자의 쾌락을 잠시 확인하는 사건일 뿐인 것이다. 섹스의 상태에 놓이건, 그것을 상상하건, 타자와 진정한 관계를 맺는 일은 김록에게는 이렇게 불가능한 것으로 비추어진다. 오히려 에로티즘의 쾌락이 타자를 멀리 떼놓기 때문에 모든 성행위는 필연적으로 자기만족에 국한될 뿐이라는, 일견 당연해 보이는 사실이 김록의 시에서 재차 확인되고 있다고 봐야 한다. 그렇다면 쾌락이 쓸고 간 자리에서, 그 순간에 찾아온 감정을 이후 돌보는 것은 무엇인가? 김록은 내가 하는 말, 내가 고안한 말로 이 모든 과정을 담아내며, 타자와의 관계를 살피고, 과감하게 제 감정을 적재하려 시도한다.

마디마디 당신 자리가 아닌 배열이 없다
당신 시간이 안을 향해 창조되어 가고 있는
오늘은 어제를 죽인 걸 용서하고 내일은 오늘을
숨 가쁘게 용서해야 하나
누구도 이 하루하루의 참호에서 당신을 밖으로 끌어내지 못한다
안과 밖의 음양이 복받치는 오, 당신의 검푸른 세례일
검푸른 날에는 멍이 참으로 아름답게 보이리라

말단은 말단에 닿아 조금씩 확대된다
사실 같은 가설을 당신은 당신의 반사경에서 당신을 세운다
당신은 무거운 당신을 가볍게 들고 그 당신이
당신을 입으로 가져가고 그 당신도 당신에게서 성수를 품어
당신을 목으로 넘길 때 가설 같은 사실
당신은 당신에게 안겨 당신을 맛있게 들고 있고
당신을 황홀하게 씹으리라

—「축일 전야」 전문

나는 지금 성당에서 미사가 시작된 후, 밀떡을 입으로 받기 위해 줄지어 선 사람들을 보고 있다. 세례를 받고자 어머니의 품에 안겨 있는 아기의 정경일 수도 있다. 여기까지다. 단서가 더 없기 때문이다. 둘째 연에 이르게 되면, 가뜩이나 빈약한 이야기는 아예 고삐가 풀려버리고 만다. 성당의 미사 장면을 연상시키는 이 작품을 주어이자 목적어인 "당신"을 중심으로 살펴보면, 첫 연과 둘째 연이 서로 헛돈다는 사실이 확인된다. 둘째 연에 이르러 "당신"이 두 개의 인칭(나와 당신)을 지칭하며, 제 기능을 늘려버렸기 때문이다. 모든 것이 말에 위임되는 바로 이때, 성당의 고즈넉한 풍경[6]은 에로티즘의 상상력 속에 포섭되어 고유한 언어로 재구성되기 시작한다. "말단과 말단에 닿아 조금씩 확대"되는 것은 접촉으로 발기 상태에 이른 성기를, "성수"는 입안에 고여 있는 정액으로 볼 여지도 생겨난다.[7] 타자(당신)이라는 "반사경" 안에 나를 담아 가두어두고서, "당신"이라는 이인칭 주어 하나로 나와 당신을 번갈아 말하고 있다는 점을 염두에 둔다면, 이 작품은 나와 당신의 이분법을 에로티즘으로 극복해 나가는 과정, 즉 합일을 꿈꾸고 있는 것으로 볼 수 있다.

하지만 그렇다고, 이 시에서 당신과 내가 하나됨이 실현되는 것은 아니다. 둘이었던 것이 "당신"이라는 인칭 하나로, 즉 "당신"이, 당신이자 동

---

6) 성당을 지시하는 단어는 첫 연의 "세례"와 둘째 연의 "성수"밖에 없다.

7) 김록 시에서 구강 섹스는 순간의 '깊이'와 죽음을 사유하는 중요한 모티프 중 하나이다. "열락의 파이프를 문다/ 한 모금 내디딜 때마다/ 펼쳐지는 정액에 혀를 던져 빛으로 되돌아간다 (……) 그렇다면/ 조금씩 조금씩/ 힘껏 빨아들일 때 터지는 불과/ 시커멓게 되어 가는 파이프를 물고 있는 입술 사이에는/ 생식의 드라마가 있는 것인가!"(「전설화」)처럼 구체적인 상징을 통해, 구강 섹스와 사정한 후 입안에 남겨진 정자들의 운명을 주시한 작품은 에로티즘의 순간과 죽음을 사유한 다른 작품들(예를 들어, "내시경"에 비유한 「시작, 끝」 같은 작품)과 서로 공명한다.

시에 나인 '당신'을 기술해야 하는 형국이 되어버렸으므로, 자기동일성에 갇혀 차이의 세계를 그려쥐지 못한 채, 각자의 쾌락을 확인하는 데로 귀결된다고 본다면, 새삼 확인되는 것은 오히려 "성관계는 없다"는 라캉의 테제일 뿐이다. 유심히 살펴야 하는 것은, 여기서 오로지 내 말과 네 말 사이에서 너와 나의 관계가 맺어진다는 것이며, 그 가능성을 묻고자 김록이 불러낸 에로티즘의 상황이 오히려 양자가 교류하는 전파로 이용되고 있다는 점이다. 너의 말이 내게 흘러들어오는 혈관이 바로 섹스이며, 그러나 일순간의 경험으로 막을 내리는 섹스에 비해, 섹스를 통해 흘러들어온 너의 말은, 에로티즘의 개별적이고 파편적인 타자로 남겨지는 대신, 내 말 안에 머물며, 향후 내 말 자체를 바꾸어나가는 힘을 지니게 될, 실질적인 시의 주체인 것이다.

6. 진화: 사랑의 언어는 어떻게 비문이 되는가?

김록의 연애시에는 사랑의 부재를 확인해나가는 과정이 존재와 죽음, 타자와의 긍정적인 쾌락과 함께 뒤섞여 나타난다. 여기서 김록은 죽음, 시간, 타자, 사물, 섹슈얼리티와 같은, 인간의 삶을 구성하는 요소들이지만, 지극히 추상적이어서 포착이 어렵다고 말해왔던 개념들을 직시하며, 하나하나 그것의 형상을 드러내고자 제 언어를 맘껏 뒤틀기 시작한다. 그러나 김록의 언어 운용에 대해 오해는 말자. 에로티즘을 화두로 삼아, 미지의 세계를 개척해나가기에, 자칫 낯설고 복잡해 보일 수도 있는 그의 문장 하나하나는, 세세히 따져보면, 훌륭히 제어되어 있고, 매우 정교한 기법에 따라 기술된, 그래서 오히려 새로운 의미를 선취해내는 데 가닿고 있는 그런 언어임을 알게 되며, 이는 김록이 시를 통해 제 '시론'을 실현한 대담한 시인이기 때문이기도 하다.

여러 이유들이 모든 이야기 속에서

그 말은 진짜다, 라는 말만 빼고 사실이다
라는 말만 빼면 타당하다, 라는 말은
다시 빼야 하고
사실, 이 말 외에는 믿어도 된다, 라는 말이
사실인 점은
거짓으로 증명되지 않았다는 점
그렇지만 그러한 사실조차 아직 사실로 증명되지는 않는다

—「여러 가지」 부분

진리를 주장하거나 사실을 확정하고자 덤비는 말은 시인이 볼 때 에로티즘의 말이 아니다. 에로티즘의 말은 어떤 상태, 매우 순간적인 상태가 의식에서 펼쳐지는, 형언하거나 포착하기 어려운 무언가를 기필코 담아내고자 하는 질그릇에 가깝다고 시인은 생각한다. 진리는 비워지며, 사실은 매번 그것이 제시된 상황과 그 순간에 맞추어 시시각각 "여러 가지" 시선을 통해 우리에게 제시될 뿐이다. 김록이 시론으로 제기한 "비문론"의 '비문'은 때문에 '기존'의 문법을 벗어났다는 의미에서의 '비밀스러운 문법', 김록의 표현처럼 "미지"의 무엇, 즉 앞날에 존재할 것을 현재에서 실현해나가는 전(前)-미래의 말이다. 김록에게 언어는 새로 발명될 수밖에 없다. 그런데, 왜?

"비문"의 발명을 필요로 하는 까닭은, 에둘러 말하자면, 몸이 지금까지와는 완전히 다른 리듬과 강도를 갖게끔 해주는 것이 에로스라는 사실과 무관하지 않다. 에로스의 순간은 동일한 것과의 마찰이 아니라, 타자와의 육체적 접촉에서 잠시 껌뻑이며 떠오르는 복잡한 사유들을 이끌어내므로, 이것을 시에 담아내려면 고리타분한 문법으로는 어림 없는 것이다. 이런 의미에서 「진화」는 에로스의 복잡한 퍼즐을 하나씩 엮어가며 기존과는 다른 언어를 고안한다는 것이 무엇인지를 보여주는 작품이라고 할

만하다. 연 각각은, 언어와 에로티즘이 하나의 짝을 이루어, 서로를 간섭하고 보완하는 형식을 취하고 있다는 점에서, "비문"의 신뢰할 만한 증거가 된다.

1연: "원시 몸통을 핥아 내"리는 "플롯이 내포하는 빛 한 덩이"

2연: "겹겹의 기다림과 암석층을 이"루는 "반죽하는 말(言語)의 박테리아"

3연: "무한에게만 가볍게 손짓"하는 "부재하는 언어"

4연: "사랑의 근원을 말하는 물결"과 "청록 언어가 자라고 있는 끈적한 물"

5연: "무한 개의 촉수(觸手)"와 "호흡이 쌓여" 이루어진 "언어지대"

6연: "쓸모없음을 상기"하는 "모호함"(의 언어)

7연: "아가미로 아가미를 틀어막"는 "숨쉬는 기쁨"(의 언어)

8연: "하나를 향한 움직임"과 "계속 융기"하고 "충족시켜주기를" 바라는 "언어"

9연: "언어-시계"

몸이 말이 되고 말이 몸이 되는, 이 거대한 '에로티즘-언어 발명 프로젝트'는 마지막 10연에 이르러, 완성을 꿈꾸며 대단원의 막을 내린다.

빛의 수면이 균형인 것,
말을 납작하게 눌러 즙을 짜낸 것,
잃어버려야 할 유형은 사랑 속에서 나온다
얼마나 실감 나는 일인가
언어를 할퀴는 미치광이는 사랑

언어의 진화를 생물의 그것에 빗대 표현한 이 작품에는 왜 사랑이 김록에게 연구의 대상이며, 에로티즘과 욕망, 죽음과 시간 같은 개념들이 어떻게 미지의 언어를 동반하여 표출될 수밖에 없는지, 그 근본적인 이유가 드러나 있다. 결국 가장 진화한 언어는 사랑을 통해 열리게 된, 그런 언어인 것이다. 에로티즘이 파열이나 단절, 균열이나 파편의 감정을 만들어내는 것도 언어를 발명해야 하는 처지와 무관하지 않다. 김록의 시에는 금기를 동반하는 위반이 에로티즘이라는 의식이 없기 때문이다. 아니, 그걸 핑계로 타자의 틈입을 거부하거나 틈입에 대해 판단하지 않는다. 분노하면서 남성의 성욕을 과장되게 고발하는 입장을 취하지도 않는다. 오히려 객관적이라고 해야 할 관념의 언어, 너무나도 깔끔하여 완벽하다는 생각마저 불러일으키는 말들을 손에 쥐고서, 에로티즘의 불완전한 모습을 하나씩 기록해나갈 뿐인 것이다. 이렇게 에로스가 솟아오르는 순간순간 함께 뛰어노는 말들을 돌보며, 감정을 하나씩 지워나가면서, 김록은 붉은색이어야 할 에로티즘을 탈색해내고, 관념이 극단으로 향하며 바라보게 될 저 하얀 지평, 저 '백색의 글쓰기'를 실천할 뿐이다.

따라서 김록의 시에서 오르가슴은 에로티즘의 절정이 아니라, 자의식이 에로티즘의 탄력을 받아, 관념의 언어로 재구성될 때, 말이 차츰 몸이 되어가는 순간, 몸이 차츰 말이 되어가는 순간을 의미한다. 말의 몸은 몸의 말을 통해 고유한 글쓰기를 창출해내며, 지워가는 상태, 비워가는 상태를 조금씩 만들어낸다. 에로티즘의 정의 자체가 바로 이 비문의 운용에 달려 있는 것이다.

7. 시론: 시론은 시에서 나오는 것이지 반대는 성립하지 않는다

「시론-비문론」은 제 고유의 문법, 시인만이 구축한 문법이 상궤를 이탈한 비문(非文)이나 저속한 비문(卑門)을 벗어나, 어떻게 참다운 비문(秘文), 즉 비밀스러운 문장이 될 수 있는지, 그 원리를 제시하고 있는 매우 중요한 작품이다. 아니, 그의 시를 이해하지 못하는 평론가나 어려움을 호소하는 독자에게 김록이 선사한 가이드북이기도 하다. 단단한 갑옷을 입고 한없이 높은 성(城)에서 아래를 내려다보는 것처럼 도도해 보인다고 언급되었던 그의 글이, 기실 무른 제 경험을 속살로 단아하게 빚어낸 상징이라는 것을 재차 확인하게 되는 것은 바로 이때이다.

> 언어모험가의 위태로운 말 중에도 끝까지 살아남는 말이 있다. 거기에 그 말이 만드는 규범이 있다. 자생력이 있는 말은 문장의 비밀을 찾아나가려는 의지로, 최후의 길로, 수사학(修辭學)으로, 비문의 법을 꾀한다. 그 주체인 말과 그 말의 수단인 비문저술가는 문장의 혁명가들로서 마지막 혁명을 생각한다.
>
> (……)
>
> 그렇지만 말의 가능한 지점은 항상 불가능 안에서 존립해왔다. 결합력이 없는 음소들이 모두 전투력을 갖는 건 아니다. 불가능 앞에서 문장의 정신이 살아난다. 그 언어혼령이 진정성을 가능하게 하지 않는가. 말의 구성 속에서 본래성을 찾는다는 것은 각각의 문장에서 서로 다른 정신이 되어 있는 음소들과 음절, 단어들을 다시 규정적으로 통합하는 것이 아니라 말이 스스로 가는 그 길의 언어 요소들을 존중하는 것이다.

"비문의 법"은 자기만의 에크리튀르를 고안해야 한다는 주장이며, "불가능 앞에서 문장의 정신이 살아난다"는, 끊임없이 새로운 문장을 촉구해야 한다는 다짐이다. "언어혼령"을 강조한 것도 정신과 문자의 일체감에서 시가 나온다는 점을 말하기 위한 것이며, "위태로운 말 중에도 끝까지 살아남는 말"을 찾는다는 것은 그의 시가 감상의 나열이 아니라, 사투에 가까운 조탁과 선별, 시간을 잘라먹는 고민과 심정을 태워들어가는 점검과 제어의 과정을 거쳐, 가까스로 세상에 선보인 말이며, 이 말로 시인이 세상과 거래를 튼다는 점을 말해준다. 기존의 어투에 기댄 문장을 "규정적으로 통합하는 것"이라고 비판하면서 "말이 스스로 가는 그 길의 언어 요소들을 존중"해야 한다고 강조하는 대목도 김록의 시를 바라봐야 하는 방법을 제시한 훌륭한 이정표가 되기에 부족함이 없다. 말과 사물이 서로 닮게 될 때까지, 머릿속에 떠오른 섬세하고 복잡한 생각을 하나하나 말로 풀어내게 될 때까지, 그 순간까지 시가 밀고 나가야 한다는 다짐에 다름 아닌 것이다. 같아질 리 없는 말과 사물이, 최대한 서로 근접할 때, 시인은 내가 아니라 글이 글을 기술하게 되는 경지를 넘보게 된다.

> 주목해야 할 문장은 자잘한 기괴성이나 돌연성으로 위악감을 주는 형식이 아니다. 똑같은 문법을 가지고 그 정통성을 완전히 벗어나지 않으면서도 항상 새롭고 산뜻한 감흥을 주는 통합 관계에 있을 때 진정한 혁명이 이루어진다. 고전적 배열의 단순성과 불치의 문장에 대하여, 마침내 개체를 자유롭게 회전시키고 마침내 학설을 시계 반대 방향으로 180도 돌리고 마침내 선택된 제도를 거울에 비추어 좌우로 뒤집고 마침내 선택된 체제를 상하로 뒤집고, 뒤집어진다.

비문이 생성되는 두 축은 "통합관계"와 '아나그람(anagramme)'의 원리에 의존해서이다. 통합관계는 각각의 품사를 효율적으로 대치해나가는 고안의 힘, 매우 낯선 것들을 함께 배치하는, 멀리 있는 것을 여기로 가져온다는 은유의 원칙이며, "180도 돌리고 마침내 선택된 제도를 거울에 비추어 좌우로 뒤집고 마침내 선택된 체제를 상하로 뒤집"는다는 것은, 기존의 논리나 문법이 아니라, 음소와 음소, 문장과 문장, 단어와 단어가 새로운 질서를 결합해내는 어떤 체계를 시에서 항상 염두에 두어야 한다는 사실을 뜻한다. "문법의 정통성"을 존중하면서도, 그 안에서 새로운 말을 고안해야만 하는 것이다. 말이 몸이 되고, 몸이 말이 되는 것은 바로 이와 같은 언어의 고안을 통해서일 것이다. 쉽게 요약되지 않을 감정의 마디마디를 가장 적확하게 찾아 기술하기 위해 김록은 아직 세상에 존재하지 않는 언어를 발견하는 데 사활을 건다.

> 말은 말의 것이 된다. 이 말이 문법을 버티는 마지막 힘에서 비롯됐다는 점은 인상 깊은 사실이다.
>
> —「시론-비문론」 부분

> 말로 가득 찬 시 한 편에는 무엇이 있는가. 나머지 시편에서 다루어야 할 말들이 숨어 있다.
>
> —「시인의 말」 부분

문법에 살을 붙여나가는 고통스러운 작업, 문법을 포괄하되, 굳어 있는 그 성질을 깨부수고, 새로운 의미의 영역을 개척해나갈 그런 문장을 시에서 발명해야 한다고 말한다. 어느 인터뷰에서 김록이 "볼록렌즈로 태양의 열에너지를 집중시킬 때 딱 타들어가는 순간, 그런 순간의 집중이 바로 시"[8]라고 말한 것은 우연이 아니다. 김록의 시에서 에로스의 말, 에로스를 실현하는 말은, 바로 이 '순간'에 집중할 수밖에 없는 운명에 충실해서 탄생한 결과물이다. 두번째 시집의 서두를 연 "김록은 죽고 김록주의자만 살아 있다"는 문장이 프랑스의 극작가 마리보의 '마리보다주(marivaudage)'를 떠올리게 하는 것도 이 때문이다. 섬세하고 다양한 인간의 심리를 적확하게 표현하기 위해서, 기성의 상투성과 문법을 배격하고 독창의 경지에 이른 마리보의 문체는, 사랑의 감정을 표현하는 독특한 방식을 말하기 위해 발명된 김록의 문체에 그리 낯설지 않다.

---

8) 김록 · 김행숙 · 박판식 · 채상우, 〈퍼슨웹〉 인터뷰, 2004년 4월 30일.

8. 소설: 사랑과 에로티즘의 알리바이

김록의 시는 몸의 중추에서 울려나오는 에로스를 자기에게만 국한하기는커녕, 제 언어의 물결로 세상을 뒤덮을 방편으로 삼는다. 따라서 에로스의 퍼즐을 맞추는 데 언어의 발명은 필수 조건이자 김록의 시를 이해하는 중요한 열쇠가 된다. 여기서 내가 '퍼즐'이라고 한 것은 기존의 문법과 시법으로는 에로티즘의 순간순간에 생겨나는 감정을 담아낼 수 없다고 생각해서이다. 발화되어야 한다는 성질과 이중으로 분절(음소의 분절과 통사의 분절)되어야 한다는 한계에서 벗어나기 위해 김록이 선택한 것은, 문법을 파괴하서 새로 조합하는 글쓰기였다. 문법을 파괴한다는 말에 오해의 소지가 있을 수 있겠다. 김록은 어떤 경우에도, 제 시에서 이유 없는 말을 어설프게 나열하거나, 저 모르는 표현을 뱉어내는 시인이 아니다. 철저하다고밖에 말할 수 없는, 그런 언어의 운용을 보여준다는 편이 옳다. 섹슈얼리티와 사랑, 죽음과 현재, 타자와 몸이라는 개념이 한데 불려나올 때, 난해하다는 수식어나 소통 불가능성이란 말로 이해의 변을 던져놓고, 우리는 김록의 시에서 무사히 빠져나왔다고 생각한다. 그러나 천만의 말씀이다. 에로스의 저 섬세한 경로들이 김록의 시에서는 몸의 언어로, 언어의 몸으로 투시되고 있기 때문이다. 염두에 둘 것이 한 가지 더 있다. 여성시라는 수사가 김록의 시에는 거추장스러운 허울일 뿐이라는 것이다. 여성인 시인을 염두에 둔 것이라면, 어떻게든 가능하겠지만, 감추어진 여성의 섹슈얼리티를 드러내거나, 억압을 폭로한다는 의미에서라면, 아니 남성 중심의 사고에 반발한다거나, 훼손된 여성의 몸을 황폐한 현실과 사회의 문제로 환원한다는 의미에서라면, 걸맞지 않은 수사에 불과하다는 말이다. 김록에게 구분은 있지만, 구획이나 대놓고 드러내는 구별은 존재하지 않기 때문이다. 김록의 시는 해체하는 대신 구축하며, 단절하는 대신 대화하며, 타자의 몸을 밀어내는 대신 끌어안는다. 중요한 사실은 이 모든 과정을 고유의 언어에 의지하여 담담하게 적어나간다는 데 있다. 감정을 과도하게 드러낸다고 오해받기 쉬운 어휘의 사용을 최대한 감정을 드러내지 않은 상태에서 탈신비화해내는 순간, 김록이 시에서 거두어들이는 성취는 적지 않다고 하겠다. 끝맺기 전에 하나 더.

이상하리만큼 분열과는 거리가 먼 김록의 시는 그러나 이상하리만큼 분열이나 단절로 이해되어왔다. "마녀"의 이야기라서 그렇다는 첫 시집의 해설은 김록의 시에서 가장 큰 오해를 빚어내는 원인이 되었으며, 소통을 거부하고 도도하게 자기만의 공간에 갇혀 알아듣기 어려운 말을 뿜어낸다는 지적도 적절한 것은 아니었다. 만약 김록의 시에 단절이 있다면, 타자의 소원함, 성적 차이가 부여하는, 그럼에도 매우 자연스러운 그런 차이에서 야기된 단절이 있을 뿐이며, 이 경우조차 김록은 타자를 밀어내거나 거부하지 않는다. 김록이 택한 것은 오히려 사력을 다해 타자를 이해하는 것이며, 몸의 언어로 그 이해의 경로를 하나씩 기록해보는 것이기 때문이다. 그 과정에서 잦아든 생각(김록은 사유보다 "생각"이라는 단어를 자주 쓴다)의 덩어리를 현재에서 잠시 노출시키고 위치시키는 일에 몰두한다고 말해야 할 것이다. 김록이 사용하는 현재라는 말에는 이처럼 순간을 포착한다는 의미가 들어 있어, 시간의 깊이라고 말할 수밖에 없는 지점, 에로스의 불분명한 성질을 잇고, 지워진 심원을 찾아나서는, 잘린 시간에 대한 직시가 있을 뿐이다. 김록에게 시간은 오로지 깊이의 문제일 뿐, 그래서 죽음이 시간의 연속성을 삼켜버리는 기재가 되기도 하는, 그런 찰나, 즉 순간의 단속적인 연결체인 것이다. 김록이 묻고 있는, 자주는 섹스를 빌미로, 더러는 주변의 사물과 세상의 풍경을 에로티즘으로 물들이며 제기하는 사랑에 대한 사유를 더 알고 싶거든, 그의 소설을 읽어보는 것도 한 방편이 될 것이다.

9. 부기

소설 같지 않은 소설, 소설이라는 통념을 모두 철회하고서 읽어야 할 작품 『나는 당신의 비밀』(열림원, 2010)은 사랑에 관한 탐구서-철학서-명상집에 가깝다고 보아야 할지도 모른다. 오로지 자기 이야기로 일관된 이 글은, 오히려 너무나도 담담하게 적어나갔다는 사실 때문에 품게 되는, 감정이 최대한 적재된 상태가 일관되게 유지된다는 점에서, 기실 그의 시와 다를 것이 없다. 그리하여 사랑이나 섹슈얼리티, 에로스나 언어의 모험, 형식의 파괴에 관심이 있는 분들은 밑줄을 그어가며 읽기에 적당한 텍스트를 발견한 셈이며, 김록의 시세계를 충실히 쫓아볼 지도 한 장을 구하려는 사람에게는 한 구절, 한 사건이 예사롭지 않을 것이다. 김록에게 창작은 자신을, 자신의 생각을, 자신의 경험을, 자신의 타자 인식과 세계 인식을, 자신의 감성과 그 촉지 곤두선 신경 다발을, 자기의 입으로 뱉어내고 적어나가는 행위일 것이다. 그것이 성스러워서가 아니라, 지나친 단아함으로 제 끓어오르는 감정의 비등점을 힘껏 누르고 있기에 새어나오고 마는, 결국 제 시와 매한가지로, 글이 글을 쓰고 있다고 표현해야 할 그 말들과 그 말들이 빚어놓은 주관성의 '결'은, 사실과 허구, 창작과 현실, 시와 산문, 언어와 의식, 죽음과 삶, 시간과 공간, 순간과 영원, 앎과 미지 사이에 골수 깊이 파놓은 이분법을 단박에 취하시켜버린다. 김록의 시와 그의 작품이 탁월한 성취를 얻어낼 수 있는 것은, 소박하게 표현하자면, 자기 경험을 속속들이 기억해낼 만큼, 그가 선입견 없는, 투명하고 맑은 눈으로 세상을 바라보고, 시야에 포착된 그 형태 그대로, 그 느낌 그대로 적어나갈 수 있는 솔직한 사람이기 때문이다.

(『서정시학』 2011년 봄호)

호모 사케르와 보내는 슬픔의 순간들
– 이영주론[1]

예언적인 말은 가능한 관계가 아직 존재하지 않을 때,
어떤 황량한 힘을 갖는 시원적 무력, 허기와 추위의 비참,
바깥과의 헐벗은 관계가 그 안에서 표현되는 말이다.
—모리스 블랑쇼, 『도래할 책 』

1. 천공의 눈으로(을) 보다(얻다)

쉽사리 납득할 만한 맥락이 제시되지 않은 가운데, 몸이 타들어가고 썩거나 또 곪고, 일부가 찔리거나 잘려나가고, 사물이 깊숙이 파이면서 지워지고, 무언가를 분리하거나 무언가로부터 분리되고, 일부가 뜯어먹히거나, 어디에선가 피가 흥건하고, 주변은 음침하거나 축축하고, 고갈되어 있거나, 소진된 상태를 예고하고, 풍경은 메마르고 때론 심하게 손상되어 불안을 조장하고, 정황은 황폐하고 음습하여, 모든 것이 무언가에 시달리거나 젖어 있는 가운데, 낡은 도시의 구석이라고밖에, 동네의 놀이터라고, 폐차장이나 후미진 공장이라고, 인적이 드문 공터라고, 중고등학교의 어느 교실이나 옥상이라고밖에 또 달리 표현할 길이 없는 무정형의 장소에서, 그러나, 자연을, 신성을, 삶을, 인간의 일그러진 군상들을, 노쇠해

1) 대상 텍스트는 다음과 같다. 이영주, 『108번째 사내』, 문학동네 2005; 『언니에게』, 민음사, 2010.

가는 것들과 훼손된 것들, 물고기와 염소, 고대 그리스의 해안가와 텔레비전에서 본 낯선 외국 도시들의 전쟁터, 과도한 아버지의 절망과 부재하는 어머니의 얼굴에다, 한데 포개어놓아, 매우 독특한 교집합을 생성해내는 시인이 있다면, 우리는 그의 작품을 앞에 두고 무슨 말을 끄집어낼 수 있을 것인가? 그가 선보인 두 권의 시집을 읽는 우리는, 엇나감이나 부조화, 불편함이나 이질감이라는 화두에 사로잡힌 채, 당연하다는 듯, 난해성을, 해독 불가능성을, 소통 불가능성을, 자아의 고립과 내면의 폐쇄만을, 몹시 난감한 표정을 지어 보이며, 되풀이해서 이 시인의 가장 큰 덕목으로 꼽아볼 뿐이다. 그러나 사태가 이쯤에서 마무리되는 것도 아니다. 달빛이 얼굴을 잘라먹거나 내장을 파헤치고, 건물이, 나무가, 사람을, 개를, 소를, 베거나 관통하고, 모래가 눈알에 박히거나 창문이 허리를 절단하고, 유방이 도려내지거나 돌연 시체가 부패하기 시작하고, 뼈가 등에서 쑥쑥 자라나거나, 어깨는 처연히 뜯겨나가고, 아이들은 죽어나가며, 머리는 똑똑 참수되어버리는, 그러니까 "전염병"(「뒤」)이 휩쓸고 간 후일담과도 같아 "끈끈한 혀끝에서"(「전기해파리」) 감지되는 예민한 일들이, 도처에서 벌어지고 있다면, 이 "형태를 얻기 직전"(「일식(日蝕)」)의 이야기들과 저 내면의 사건들을, 정신분석의 허술한 메스에 맡기거나 페미니즘의 여성성 담론에 구원을 요청하지 않고서, 우리는 어떻게 바라봐야 할 것인가? 미로를 더듬어나갈 단초는 자서(自序)에서 주어지는 듯하다.

새 한 마리가
부서진 미끄럼틀 위에서
깃을 고르고 있습니다.
떨어지는 깃털을 바라보다 아이는
작은 배가 미끄러지듯
발이 접질린 채 휘청거립니다.

팽팽한 돛처럼 휘어지는 아이의 그림자가
저녁해의 붉은 물살에 떠밀릴 때,

골목 끝에서 질주해온, 아이의 동공을 뚫고 놀이터 밖으로 사라지는 자전거 깃을 고르던 새가 공중으로 솟구쳐올랐습니다 참혹하게 뚫린 구름 속으로 새가 빨려들어갔습니다 아이는 난파한 배처럼 모래에 거꾸로 박혀 무섭도록 적막한 하늘에 두 발을 내지릅니다 바퀴살이 파헤친 살점 사이 흔들리는 아이의 두 눈 모래바닥을 새빨갛게 물들이며 이리저리 뒹구는 눈

놀이터에 눈알을 묻어두고
아이는 응급실로 향합니다.
새의 무덤은 구름 속에 있습니다.
그제야 자유로워진 눈알이
가만히 그 속을 들여다봅니다.
재미있는 놀이가 놀이터에 있습니다.
아이는 동글동글
녹슨 미끄럼틀을 타고 미끄러집니다.

—「재미있는 놀이」 전문

어린 시절 놀이터에서 쏜살같이 달려오는 자전거와 정면으로 부딪혔다. 미끄럼틀 위에서 깃을 고르던 새 한 마리가 구름 가득한 하늘로 날아올랐고, 소녀는 충격에 튕겨나와 모래사장에 거꾸로 처박힌다. 그러곤 응급실에 실려갔다. 이게 전부다. '시인의 말'[2)]을 참조하면, 위의 작품은 이

2) "무언가 커다란 물체가 내 눈 속을 뚫고 지나갔다. 육체를 뚫고 지나가는 사물의 힘 때문에 나는 한순간, 어린 나이에도 죽음을 생각했다. (……) 내가 열망하던 것은 육체를 뚫고 가는 사물의 힘에 다시 사로잡히는 것이었다. (……) 몸을 벗고 사물 속으로 들어가는 것.

때의 경험을 그대로 적어놓은 것으로 봐야 한다. 자서는 시인과 독자 사이에 최소한의 합리적 계약을 발휘하는 효력 그 이상으로, 시를 촉지해낼 (거의) 유일한 길잡이이자 시세계를 그리는 데 있어서 공신력을 갖춘 훌륭한 근거가 된다. 중요한 것은 이 경험이 과거의 단순한 사건이 아니라, 시인에게 '새로운 눈'을 갖게 해주었다는 데 있다. 이 생경하고도 생생한 경험 이후, 사물이 나를 통과하는 순간의 경이로움을 주시할 힘을 얻게 된 것이라고 할까. 새로운 눈은 그 순간의 느낌을 간직하기 위해 그 자리에 남겨지지만("놀이터에 눈알을 묻어두고"), 그곳(그때)의 기억을 현재의 나에게 퍼다 나르며, "녹슨 미끄럼틀을 타고" 오늘도 삶의 여기저기에서 미끄러지며 활보하고 있다. 시에서 환상의 공간처럼 제시된 놀이터는, 이영주에게는 평범한 장소였던 것이다. 이 구체적인 경험으로부터 시인이 얻게 된 것은, 인과와 추이를 벗어버리고, 허공으로 날아오를 권리를 얻어낸, 각도와 소실점으로부터 해방된, 시간의 굴레에서 벗어나, 시간 자체를 재배치하는, 하나의 눈이다. 그러나 "자유로운 눈알"은 비약의 안구임에도, 필멸의 깨달음을 투시하는 직관의 시선이라 죽음을 정면으로 바라보거나 삶의 구석구석에서 그 흔적을 추적하고 또 솎아내는 예언의 시선이기도 하다. 왜? 응급실에 실려가야 할 만큼 절명의 순간에 나는 비로소 현실에 현현한 죽음을 직접 목격했으니까. 이러다 죽을 수도 있겠다고 생각한 바로 그 순간, 구름 속으로 날아가는 새의 모습이 내 망막 속으로 들어왔고, 내 코는 살점이 떨어져나가며 흩뿌린 피냄새를 맡았으며, 앰뷸런스 소리가 내 귀에 들려왔고, 고꾸라지면서 내 두 손은 모래의 촉감을 느꼈으며, 이 모든 것이 한데 뒤엉켜 만들어낸 감각의 전이를 내 온몸이 수용해내었기 때문이다. 새가 화들짝 놀라 구름 속으로 사라지는 장면을 보며 나는 "무덤"으로 향하는, 세상 모든 것들의 저 몹쓸 운명을 예감

그 두렵고 매혹적인 힘을 나는 어떤 순간 느낀다. 세계를 품고 흔드는, 강고한 힘을." ―「내 몸에 남은 검은 얼룩」, 『108번째 사내』 시인의 말, 문학동네, 2005.

했으니까! 반복해서 말해도 부족한 것은, 이영주의 작품에 등장하는, 실마리를 잡기 어려운 정경들이 기실 실재(實在)이자 실제(實際)의 일이라는 것이며, 반복하면서 잊지 말아야 할 것은 "자유로워진 눈알"을 시인이 갖게 되었다는 사실만이 아니라, 그가 새로운 눈으로 재편한 시의 논리를 따져봐야 하는 의무가 우리에게 고스란히 남겨진다는 점이다. 우리는 이를 천공(天空)의 눈, 즉 모든 것을 자유자재로 볼 수 있고, 여기저기로 옮겨다놓을 수 있는 눈이자, 천공(穿孔)의 눈, 즉 삶에서 죽음을 주시하고 투사해내는 눈이라고 부를 수 있겠다. 그렇다면, 이 천공의 눈은 어떻게 세상을 바라보는가?

> 고대 도시로 오기 위해 겨울에서 여름으로 건너왔습니다. 끝없이 늘어선 쪽문을 지나 두 계절을 건너오느라 발목이 다 젖었네요. 태양이 묽은 반죽처럼 흘러내릴 때 도마뱀의 꼬리를 좇아 푸른 잠 속으로 들어갔습니다. 저 구름 위에 앉은 산악 민족들은 어떤 얼굴로 잠을 불렀던 것일까요. 나는 휴게소에 쭈그리고 앉아 막대기를 휘휘 돌립니다. 겨울에서 여름으로 건너오면서 무엇을 들고 왔을까요? 오랫동안 굽어 있던 어깨를 가방 속에 집어넣었습니다. 키 작은 국경 주민들이 웃고 있어요. 퉁퉁 부은 심장. 계절 없는 민족. 거대한 황금 불상의 이름은 전락(轉落). 당신은 하얀 머리칼을 자르고 산악 민족의 얼굴을 빌려 씁니다. 흰 소를 타고 여름으로 오는 아침. 버스 정류장에서 기다린 것은 점점 더 새로워지는 겨울과 여름 사이였습니다.
>
> —「흰 소를 타고 여름으로 오는 아침」 전문

중간쯤에 등장하는 "나는 휴게소에 쭈그리고 앉아"라는 구절은 사실 기만이다. 처음에 등장했어야만, 시간의 흐름이 제 아귀를 맞출 수 있기 때문이다. 그러니까, "휴게소"를 중심으로, 풍경은 역순을 취하고 있는 것이다. 가령, 이런 것이다. 나는 "휴게소"에 앉아 있다. 주위를 둘러보며 무언가를 상상하기 시작한다. 이 상상의 결과로 "휴게소" 주변의 장소나 사람들, 혹은 풍경 위로, 무언가가 하나씩 시에 보태어진다. "산악 민족"→"도마뱀"→"태양"→"계절"→"겨울"/"여름"→"고대 도시" 순으로 상상력이 뻗어나갔다. 천공의 눈이 행사한 힘 덕분이다. 이 실사(實辭)들의 주변으로 한 번 더 무언가를 덧붙여내니, 풍경은 차츰 어지러워진다. 이번에는 역순이기 때문이다. "겨울"/"여름"→"어깨"→"가방"→"국경 주민들"→"심장"→"민족"→"당신"→"산악 민족"→"소"의 순으로. 물론 "거대한 황금 불상의 이름은 전락(轉落)"이라는 구절은 "휴게소"에서 본, 태양이 내려놓는 여명(黎明)을 표현한 것이다. 그렇기에 "휴게소"는 천공의 눈이 거주하는 단 하나의 장소이자, 작품의 소실점이며, 모든 것이 착수되고 끝없이 번져나가는 진원지이기도 한 것이다. 이쯤 되면, 얼마간의 시간이 흘렀는지는 중요하지 않다. 휴게소에 앉아, 과거를 걸어들어오게 하고, 미래를 향해 나아가게 해주는 것, "여름과 겨울 사이"를 결부시켜내는 것, 그것이 바로 천공의 눈이라는 사실을 기억하고 있으면 족하기 때문이다. 천공의 눈으로 바라본 저 주관적인 시간, 이 무시간의 시간성이 시를 점령하는 것이며, 이영주에게 시간은 결국 과거의 고통과 상처에 대한 기억을 벗어나서는 설정될 수 없는, 그것들을 기어이 현재로 걸어들어오게 한 다음에나 가늠해볼, 비유하자면, "벽돌"을 차곡차곡 쌓아올리면서도, 그 끝이 다시 "토대"가 되는 식의, 그러니까, 거꾸로 바라보아 현기증을 일으키는 "나선형"(「나선상의 아리아」)의 무엇인 것이다.

2. 논거 고안술: 덧셈의 시학의 출발지

다시 자서의 주머니에서 쪽지 하나를 꺼낸다. 쪽지에는 "나는 많은 것이 되었다가,/ 많은 것으로 흩어졌다"라고 적혀 있다. 이영주는 하나의 풍경, 하나의 시점, 하나의 장소에서 착안하여 무언가를 거기에 덧붙여 확장해나가는 방식으로 거개의 시들을 운용한다. 바로 여기서 시인의 공방에서 일어난 화학작용이 퍼져나가는바, 이 덧셈과도 같은 방식의 착상을 가능하게 해주는 애당초의 출발지를, 우리는 수사학에서 흔히 말해온 '논거고안(inventio)'의 거점이라고 불러도 좋을 것이다. 이렇게 「소녀와 달」은 "뼈"라는 딱딱한 이미지를 과도하게 확장하며, 소녀를 아프게 하는 것이자 시를 쓰게 만드는 발아의 원인으로 애초의 "뼈"의 이미지를 전치시켜놓았지만, 결국 달빛에 몸이 비추어진, 지극히 단순하다 해야 할 사실 하나에서 상상력이 촉발되었다는 것은 자명해 보인다. "살갗을 뚫고 솟아오르는" "밤의 흰 뼈"로 달빛을 확장하여, "뼈"의 이질적이고 딱딱한 느낌을 극단적으로 부각시키면서 쌓아올린 상상력의 극화는 이렇게 '달이 비추었다'라는 현실의 경험에서 착수된 것이다. 「환풍기」 역시 어느 식당에서 "히잡을 쓰고" "뻘뻘 땀 흘리며 양고기 뜯는" "흑인소녀"를 목격한 지극히 단순한 사실에서 출발하여, 여기에다 지속적으로 무언가를 더해나간 것이다. 환풍기의 빙글빙글 도는 회전의 속성을 문장의 특성(모든 문장이 '~했구요' 투로 마감되니, 끊임없이 돌며 입에 감긴다고 봐도 되지 않을까?)으로 되감아내며 "태양의 입김에 달아오른 빙빙"으로 확장시켜, 최후에는 몸에까지 침투하는, 하나의 '환상의 사건'으로 담아낸 기저에는 이렇게 매우 단순한 사실 하나가 자리하는 것이다. 아래 전문을 적어놓은 「달」은 또 어떤가?

1

강물에
단 하나 남겨진 너의 눈
불룩한 배를 흔들며
늙은 염소가 운다

이 땅의 모든 이름이 허기였던
텅 빈 배를 먼저 삼킨
열대의 밤이 탄다
염소가 끝내 토해놓은
허기의 축축한 떨림
너의 눈

2

죽은 아이를 건진다
암실의 시계는 멎어 있다
인화지를 흔드는 내 손바닥을 따라
어두운 강물이 내륙의 끝으로 흘러간다
짐승의 뼈를 먹고 잠든 아이
흐릿한 인화지 위로
구더기에 싸인 눈알이 제일 먼저 떠오른다

암실에 아이의 눈이 가득하다
내가 찍어온 단 하나의 아프리카
몸속에 밥그릇 하나 갖지 못한
내가 건진 건 너의 눈
새하얀 열대의 달이 천장에 붙어 있다

"암실"에서 건져낸 "인화지"가 논거고안의 출발지이다. "짐승의 뼈를 먹고 잠든 아이"를 담은 사진 한 장이 모든 착상의 거점이다. 실사(實辭)인 "눈"을 여기에 더하고, 또 여기에 "달" 더하고, 다시 여기에다 "열대"를 더해나가며, 이 사진 위로 그것을 하나씩 포개어놓는 작업은 예상 외의 놀라운 결과를 낳는다. 따라서 더하기 작업이 단순한 더하기의 수준에서 마무리되는 것은 아니다. 〔"단 하나 남겨진"+〔"내가 건진"+"너의"="아이의"〕+"눈"〕+〔"강물"+〔"불룩한"+"텅빈"+"배"〕+"달"〕+〔"새하얀"+〔"단 하나의"+"아프리카"〕+"열대"〕 식으로, 시 전반을 물들이며 비유라 여긴다 해도 엉뚱하다고 해야 할, "어두운 강물이 내륙의 끝으로 흘러간다"와 같은 대목을, 1연의 "불룩한 배"의 알리바이로 삼게끔 흩뜨려놓는 동시에 사진이 담고 있는 실질적인 내용도 긁어모아 적시한 구절로 읽히게 하는 데 성공적으로 합류하기 때문이다. 이영주의 재능은 바로 여기에 놓여 있다. 1연의 다소 생경한 전경은 바로 이렇게 해서, 큰 보폭으로 시 안으로 진입하는 것이며, 이 때문에 벌어진 거리를 유지하고서도, 기필코 시에 접사되고 말기 때문이다. 「네크로폴리스 축구단」도 이렇게 본다면, 카이로의 어딘가에 있다는 도시를 시인이 (직접) 방문했다고밖에 볼 수 없게 된다. 생명이 태어나는 순간, 죽음도 생각해야만 하는 기약 없는 운명과 척박한 삶에 대한 추상적인 사유는, 사실 매우 구체적인 동기에서 근거한 것이지, 과도한 상상력에 기대고 모호한 작법을 턱없이 내려놓아 인위적으로 끌어들인 비관의 산물은 아닌 것이다. 실로 사실에 근거한, 구체적인 경험에다, 현실과 멀리 동떨어져 있는 것들을 차곡차곡 덧붙여 쌓아나간 결과일 뿐이다.

> 죽은 자들의 집에 당신의 아이가 살고 있어요 햇빛 따뜻한 날이면 해골을 굴려 마당에서 맨발로 공을 차는데요 거대한 골조만 남은, 무너진 횡격막 속으로 열대의 바람이 넘나드는, 당신, 당신은 아이를 낳았지요 밤마다 달빛이 파고드는 그곳에서 당신은 오랫동안 임신을 했어요 지붕이 없는 집 수천 년이 흘러도 사라지지 않는 임신 중독증
>
> 아이들은 당신의 자궁 속에서부터 골조물을 갉아먹고 살았지요 앙상하

게 드러난 당신의 내장을 아삭아삭 씹어 삼켰지요 너무 많은 아이들이 태어나 공장으로 팔려가고 당신은 더이상 먹이를 줄 수 없었지요 나는 알아요 아이들의 소원은 당신이 사라지는 것 사막의 입이 태아를 삼켜버리는 것 알싸한 햇빛 속에서 공이나 차며 자라지 않는 것 아이들은 우리가 버스를 타고 당신 옆을 지나갈 때마다 새로 자라는 다리뼈를 끊어냈거든요 우리를 향해 던진 그것들이 이따금 당신 뱃속에 박히곤 했거든요

마당에 널린 끈적끈적한 뼈의 무덤을 밟고 올라서면 아이들이 있어요 커다란 눈알이 인광처럼 번뜩이는 배고픈 아이들이 당신을 뜯어먹고 있지요 공장 창고에서 아이들이 만든 단단한 해골들이 트럭에 실려 사라질 때, 우리는 보았어요 네크로폴리스 당신이 낳은 아이들 부서진 다리로 해골을 툭툭 차는 어린

—「네크로폴리스 축구단」 전문

따라서 이 작품은 대도시에서 자행되는 끔찍한 폭력이나 아이들에 대한 착취, 여성들이 통상 겪어온 출산의 고통과는 하등 상관이 없다. 이영주의 상상력은 근거 없는 밑그림을 그리며, 그렇게나 추상적이고, 그렇게나 뜬금없는 발상을 밑천 삼아 작동하지 않는다. 논거고안의 출발지는 "버스"이다. 시인이 직접 타보았던 여행지의 "버스"일지도 모르겠다. "버스"를 타고 가다 얼핏 본 "해골을 굴려 마당에서 맨발로 공을 차는" 장면 하나를 빌미로 모든 것이 착수된다는 나의 지적에는, 지나치게 추상적이어서 연결고리를 상실한 이미지를 마구 덧입히는 작업과 이영주의 시가 아무런 상관이 없다는 말도 포함되어 있다. "끝에 닿기 전에 한 번쯤 정지하는 일"(「첫사랑」)을 수행한 것뿐, 그렇게 해서 체감의 온도가 좀 내려갔을 뿐, 이미지를 작품에 결부시킨 저 근거는 정확하고, 전개한 논리는 정연하다. "텔레비전"에서 "흰 뼈만 남은 짐승"까지, "고고학자"에서 "굵은 모래"까지 편폭이 크게 벌어졌다 할 「유적지」 역시, 정규방송 시간을 넘

겨 치직거리고 있는 텔레비전이나, 혼자 떠들고 있는 다큐멘터리 방송의 한 장면에서 논거를 착안해온 것이다.

자다 깨어 방 안을 둘러본다

흰 뼈만 남은 짐승처럼
텔레비전이 켜 있다
혼자 중얼거린다

고고학자는 알고 있을까
내 방에 숨겨진 이 거대한 뼈를
밤마다
그 안에서 쏟아지는 굵은 모래를

모래에 파묻혀 나는 뒤척인다
서늘한 늑골에 점점이 박히는
흰 뼈의 알갱이들

발굴되지 못한
아주 오래된 뼈의 목소리

아무도 텔레비전을 끄지 못한다

—「유적지」 전문

이 치직거리는, 그러니까, 일관되게 그어진 공책의 여러 줄과도 같지만, 한참을 들여다보고 있으면 착시를 불러일으키는 화면에다가, 방금 전에 방영했던 다큐멘터리의 "뼈"와 "모래"를 보태어놓고서, 이영주는 세련된 방식으로, 이 논거고안의 게토에서 무언가를 툭툭 뱉어내며, 방 안에 홀로 있는 나의 존재를 고즈넉이 되돌아보는 계기로 삼은 것일 뿐이다. 그러니 작품의 마지막 결구 "아무도 텔레비전을 끄지 못한다"는 얼마나 단호하고 또 냉정한 전언인가? 이영주의 시에서 상상력의 기민함과 독특함을 언급해야 하는 까닭은 연상의 근거가 이처럼 최소한의 힌트에 의지해서 주어지기 때문만이 아니라, 바로 이 거점으로부터 기발하면서도 낯선 방식으로 제 고유한 논리를 구축해내면서, 매우 이질적인 것들, 동떨어져 있는 것들을 특이한 방식으로 조합하는 데 성공적으로 합류하고 있기 때문이다. 「이제 아이들은 학교에 가지 않고」 역시, 추상적인 이미지로 뒤덮이고 과격한 표현을 끌어댄, 난해한 작품이 아니라, 텔레비전에서 본 아랍 어느 나라의 한 장면을 기점으로 삼아, 여기에다 점점이 무언가를 포개어놓고 또 쌓아올린 상상력의 보고서일 뿐이다. 단지, 서로를 잇고 있는 대상들 간의 거리가 다소 먼 것뿐이다. 따라서 "현명한 사제도 예언하지 않았던 새로운 종족들"은 미국을 지칭한다고 볼 수밖에 없는 침략자를, "날개 잘린 새가 쿨럭거리며 뜨거운 불꽃을 쏟아냈다"는 하늘에서 타오르고 있는 전투기를, "아이의 피 같은 선홍빛 기름이 파편 위로 곱게 물들었다"는 대목에 이르러서, 우리는 산유국을 둘러싸고 벌어지는 저 맹목적인 전쟁에 오늘도 희생되고 있는 아이들과 그들의 비극성을 읽게 되는 것이다. "이제 아이들은 학교에 가지 않고"라는 제목이 슬픔의 극단적인 표현이자, 환유의 진원지이면서도 아이러니의 알리바이로 되살아나는 것은 바로 이때이다.

작품의 난해성과 마주하여 그 해석의 대안으로 결부시켜놓은, 주로 거대담론에 기댄 평가들, 예컨대, 두 권의 시집에서 자주 등장하는 몸의 훼손이나 달-웅덩이-구멍-자궁-피로 이어지는 이미지의 창궐을 목전에 두고, 소외된 여성성이라는 말로 페미니즘의 깃발을 펼쳐들거나, 시집 각각의 초반부에 연달아 등장하는 '과도한'(과잉의) 아버지(억압=상처=고통=죽음)에 대한 이야기("충혈된 아버지의 눈알"—「아버지의 직업」, "천변의 하류 쪽에 아버지는 집을 지었다"—「물고기가 된다는 것」)나, 특히 두번째 시집에서 꾸준히 목격되는, 현실에서 부재하는 (공백의) 어머니(공백=구멍=자궁)를 다룬 작품들("어머니는 내가 모르는 얼굴"—「종이인형」, "어머니는 마지막 문 뒤에 있다"—「성인식」)을 중심으로 이영주의 시를 정신분석학의 침대에 함부로 눕히려는 작업 따위들, 아니 낯선 이미지들이 한데 포개지면서 시점-장소-화자가 빈번하게 교체되고 소실점을 상실한다는 사실에서 기왕의 소통의 불가능성이나 내면의 폐쇄성을 들먹이고 재차 강조하거나, 이로부터 실재가 사라진 세계의 비정함이나 비정상성을 꺼내드는 담론들은, 이영주의 시에 충실한 독법이라고 보기는 어려운 것이다. 우리가 정작 궁금해해야 하는 것은 시의 논리와 고유한 문법, 시가 착안해낸 특수성, 우리를 몰고 가는 시의 지향점인 것이다. 그러니까, 서로 소원해 보이는 저 대면대면한 문장들을 구성해내고, 논거를 착상해내는 하나의 거점에서[3] 무언가를 덧붙여낸, 정교한 논리의 구축물이라고 여기고서 접근해야 하는 것이다. 「오피스걸」의 전문을 각 행 아래 해석을 곁들여 읽어본다.

지붕과 지붕 사이 여자의 얼굴이 허공으로 쑤욱
(앉아서 창문을 바라보니 가로등 불빛에 얼굴이 비친다.)

바람의 동공이 난간에서 빙글빙글 돌아요
(가로등에 비추어 동공처럼 보이는 바람이 난간에 불어온다.)

---

3) 사실 이영주는 거의 모든 작품에 이러한 장치를 심어놓은 것으로 보이는바, 이걸 '시인의 말'과 더불어 우리에게 주어진 독법의 힌트라고 해도 좋겠다.

여자는 밤마다 사무실 의자에 앉아 딱딱한 어깨를 뜯어먹지요
(혹사에도 불구하고 어깨를 계속 놀린다.)

하루 종일 꺼지지 않는 형광등이 슝슝

여자의 휑한 내장을 핥고 있네요
(야근 때문에 고파오는 배를 형광등이 비추고 있다.)

이 사막을 건너 여자는
(삭막하고 건조한 일에 종사하는 이 여자는)

깨진 거울을 타고 알렉산드리아로 간 적이 있어요
(현실에 부합하지 않는 계획을 세워 그리스에 놀러간 적이 있다.)

모스크 지붕에서 내려다본 새까만 남자들은 둥글었구요
(사원에 남자들이 바글바글하다.)

낙타를 부르기 위해 밀교의 주문 같은 아랍어를 중얼거렸죠
(낙타를 타는데 관광 안내원이 아랍어로 말했다.)

여자는 오랫동안 형광등 아래서 타이핑을 했어요
(다시 직장으로 복귀했다, 혹은 계속 같은 일을 해왔다.)

부글거리는 형광등의 알들로 여자의 배가 부풀고
(형광등을 비추는 부위를 뚫어지게 바라보아 착시를 경험한다.)

마른 어깨에 이빨을 박는 밤은 끝나지 않아요
(어깨가 뜯길 정도로 고된 타이핑 작업과 야근이 계속된다.)

여자는 낙타처럼 등을 말고 창가에서 몸을 날리는데요
(창가로 가서 몸을 구부리고 기대어 반쯤 밖으로 빼고서 밖을 내다본다.)

여자가 머리를 박은 하수구들은 모두 둥글어요
(몸을 밖으로 구부려 내다본 밖에서 보이는 하수구 구멍은 둥글다.)

여자가 맞잡은 죽음은 왜 전부 둥글어지는지
(둥근 이미지에서 시인은 여자의 죽음을 본다.)

지붕과 지붕 사이

퉁퉁 부은 얼굴이 거울처럼 부서지는 밤이에요
(① 날이 밝아 가로등의 불빛이 꺼지기 시작한다. ② 피곤으로 부어오른 얼굴이 과거 여행의 기억으로 보다 처참하게 떠오른다.)

따라서 이 시는 사무실 노동자의 고통을 담고 있는 매우 현실적인 이야기가 아니라는 법도 없다. 과도한 노동 속에서 매일 자신의 죽음을 창문 너머로 목격하는 여인의 심정을, 이 여인이 과거에 경험했던 생경한 이미지에 중첩시켜가며, 시인이 곁곡하게 그려낸, 시인의 자신의 내면의 목소리라고 볼 여지가 있는 것이다. "조각난 것들을 모아 별자리를 만들자"(「빛나는 사람」)는 말처럼, 이영주는 시제가 상이하고 시점이 어긋난 이야기들을 이어붙이며, 교집합을 형성하는 겹겹의 이미지를 만들어내고, 대상들 간의 거리를 다소 벌려놓았을 뿐, 이 작업 자체가 논리를 결여하고 있는 것은 아니다. 이영주의 시에서 제 몸이나 타자의 그것을 비추는 "달"이나 "형광등", 아니 어느 것이건, 불빛은, 거개가 "K는 백열등 밑에서 천천히 어깨를 뜯어먹고 있습니다"(「담벼락, 장미넝쿨이 없는」)처럼, 몸의 훼손을 표상하지만, 그렇다고 이것이 여성성의 상실만을 우리에게 통고하는 것은 아니다. 개도, 남자도, 그 무엇도, 빈번히 빛에 의해 잘라먹히는 대상이 되기 때문이다. 비추는 행위와, 그것을 되받는 사물이나 사람 사이의 역치이자, 사물의 관점에서 대상을 바라본 독창적인 비유, 시점의 기발한 전도의 결과물이라면 모를까. 천공(天空)의 눈으로 천공(穿孔)을 만들어낸 것이라면 또 모를까. 자서의 요술 주머니에서 쪽지 하나를 꺼내어 참조하면, 그것은 "몸을 벗고 사물 속으로 들어가는 것"일 뿐이다. 그것도 논리를 잃지 않고서.

3. 선험성(a priori)을 구축하는 문법

격절된 반편(半偏)의 이야기들을 포개어나가면서, 문장과 문장 사이의 보폭을 한껏 벌려놓고, 그러나 제 고유한 논리를 바탕으로 덧셈의 시학을 구축해낸 시인을 (감히) 확신범에 비유하려고 한다. 확신이라는 말은 이 경우, 사전에 미리 결정된 관념을 중심으로 시가 배치되고 조절된다고 추동하게끔 제 문법을 구사하기에 붙여놓은 수사이지만, 감정이나 정서도 응고되고 정체된 상태를 시에 통고한다는 사실을 말하지 않는 것도 아니다.

> 허리 굽은 여자가 화단에 물을 뿌린다. 휘청거리는 그 걸음이 불안한 오후, 숭숭 뚫린 붉은 구멍으로 물방울이 튕겨 오른다. 여자는 둥근 허리를 끌고 자꾸만 꽃을 밟는다. 뒤엉킨 다리 마른 발목을 휘감는 꽃잎들이 찢어진다. 여자의 몸속으로 물이 점점 차오른다. 멍든 꽃잎들이 긴 구멍에서 회오리친다. 산발적인 비명을 터뜨리며 입 속에서 꽃들이 튀어나온다. 붉은 위액이 주르륵 떨어진다.

여자는 희고 단단한 알을 품고
천천히 의자에 앉는다
몸을 둥글게 말고
불룩한 구멍을 쓰다듬는다
줄줄이 새끼를 까야지
얼굴을 일그러뜨리며 희번득, 웃는다
까맣게 썩은 태양이 침을 흘리며 골목 밖으로 사라진다

—「오후의 풍경」 부분

담장에 박힌 종양들,

여자가 담장 위에 걸터앉아 넝쿨을 솎아 벤다. 잘 버려진 가윗날이 잎사귀를 똑똑, 끊어낸다. 적막한 허공에 흩어지는 흰 머리칼. 바닥에 푸른 종양들이 떨어진다.

그녀의 가랑이가 줄줄이 뽑아올린 담쟁이넝쿨, 문 닫힌 골목 사이사이 꿈결인 듯 기어올랐지 밤이면 그녀가 뱉어낸 달빛을 먹고 잠든 담장의 몸속으로 파고들었지 배를 대고 쓰윽 기어다녔지 지나간 자리마다 파편처럼 초승달이 새겨져 있었지 아무도 깨어나지 않는 어지러운 골목, 문을 열고 내 몸을 찔러넣었지 네 몸을 휘감고서 조여보았지

—「내 몸을 빌려줄게」 부분

주어 격의 실사들을 수식하는 단어들의 쓰임을 눈여겨볼 필요가 있다. 어떤 결과를 얻었는가? 애초에 "꽃"은 "부드러"웠던 것이며, "구멍"은 "숭숭 뚫린 붉은" 것은 아니었나? "알"은 "희고 단단한" 질감을 갖추고 있었던 것이며, 걸음은 "휘청거리"도록 예정되어 있었으며, "오후"는 "불

안한" 무엇으로 설정되어 있었던 것은 아닌가? 여자의 허리는 "둥근" 것이었으며, 꽃은 "자꾸만" 밝게 선점되어 있었다고 할까. "다리"는 "뒤엉킨" 채, "발목"은 "마른" 채, "꽃잎들"은 "멍든" 상태에서, 애당초 "긴" "구멍에서 회오리"치게 되어 있었던 것은 또 아니었을까? 비명은 "산발적인" 상태를 알려왔고, "위액"은 "주르륵" 흐르게끔 예고되어 있었으며, "태양"도 이미 "까맣게 썩은" 모양새였다고 한다면, 아니, "가윗날"은 "잘 벼려진" 것이어야만 하고, "허공"도 "적막"해야만 하는 것이라면, "담쟁이넝쿨"도 "줄줄이 뽑아올"려지는 게 마땅하고, "골목"도 "어지러"워, "아무도 깨어나지 않"아야 하는 장소의 자격을 획득해내었을 때, "내 몸을 빌려"줄 수 있을 뿐이라고 한다면, 대관절 무슨 말인가? 해석이 난감하다거나, 그 쓰임이 엉뚱하다거나, 이미지가 혼란스럽다고 고백하는 대신, 이 기이한 조합에 의지해 조작을 감행하는, 이영주 특유의 영리함에 주목해야 할 필요가 있다. 형용사와 부사가 특별하고도 각별한 방식으로 서로를 배려하는 어떤 힘, 그러니까 주어 역할의 실사들에게 변별된 지위를 부여하는 문장의 운용 방식이 시에서 큰 파장을 일으켜, 이질감을 조성하고, 독서를 멈추게 훼방을 놓는 바로 그만큼, 덧셈의 시학이 완성을 향하고, 미리 결정된 어떤 사태를 시에 구축해내는 것이다.

이영주의 시에는 '선험성'을 강화하려는 방향으로 저 말들이 포진되어, 행여 이 시인이 (애당초) 지니고 있던 슬픔과 절망이, 시에서 원초적인 시원이나 진리를 갈구하는 방향으로 운항되고 있는 것은 아닌가 하는 생각마저 불러일으킨다. 다소 불편할 수도 있는 이 말에는, 형용사나 부사가 어떤 관념을 지속적으로 지지하고 또 공고히 하면서, 작품의 골격을 굳건히 세워나가는 바로 그만큼, 선험적 인식—이걸 절망이나 도저한 슬픔이라고 해도 좋다—이 작품에 넘쳐흐르고, 포화의 상태를 시시각각 통보한다는 뜻도 들어 있다. 형용사, 심지어 부사조차, 아니 관형어구의 수식어들조차, 실사를 단순히 한정하는 역할, 즉 보조적 수식의 기능(문법에서

déterminative라고 부르는)에 얽매이는 게 아니라, 성질 자체에 고유한 특질을 부여하거나(qualitative), 확연히 판별되게(discriminative) 만드는 방식을 고수해, 수식을 받는 거개의 사물이나 사람, 장소를 명명하는 실사들이, 무언가를 미리 통보받거나 이미 굳어지고 정체된 제 상태를 시에 내려놓는 것이다. 이 선험성은 추상적 사고를 시에 덧씌운다기보다는, 오히려 굳건한 절망을 시에 갑작스레 투척하는 원인이 되어 나타난다. 시인은 이미, 도저한 절망과, 그 어떤 세속의 즐거움이나 쾌락에도 아랑곳하지 않고 변질되지 않는 강력한 슬픔을 지니고 있었던 것일까?

이 슬픔이나 절망은 어쩌면 "뼈"와 같이 매우 단단한 형태로 시인의 내면 깊숙이 박혀 있는 것인지도 모른다. 그러니까 이영주의 시에서 자주 등장하는 "뼈"는 내부의 무엇, 현실로 끊임없이 범람하며 샘솟아나 현실을 측정해내는 바로미터와 같은 것, 나의 내부에서 한없이 자라나거나, 휘거나 분질러지는 좌절의 지표, 그럼에도 오래전 이미, 나를 시의 세계로 끌어들인 한결같은 동력("뼈들이 덜그럭거릴 때마다 도망쳐서 굴뚝까지 올라갔다"—「베개」), 현실을 견디지 못할 때 솟아오르거나 자라나거나, 결국 훼손되는 무엇("척추에서 검은 연기가 피어오른다"—「굴뚝의 성장담」)을 빗댄 메타포는 아닐까? 뼈는, 나무("왜 나무들은 온통 뼈로만 이루어져 있을까"—「자율 학습 시간」)와 같이 단단하고 딱딱한 것, 그러나 본질을 간직하고 있어 성스러운 친화력을 갖춘, 그래서 물렁물렁한 것들과 대척점에 놓인 저 근본적인 무엇은 아닐까? 삶의 최후의 보루("검은 뼈만 남아 덜그럭거리는 죽지 않는 이 생은"—「담벼락, 장미넝쿨이 없는」)이기에, 세계를 이미 관통하고 있는 진리이거나, 예컨대 죽음같이 확고한 것이기에, "온전히 뼈를 골라내는 일은 얼마나 어려운가"(「한랭전선」)라고 말할 수 있었던 것은 아닐까? 이러한 추정이 옳건 그르건 상관없다. 이영주의 시 전반을 물들이고 있는 선험성이 "태어나면서부터 우린 저무는 사람들"(「저무는 사람」)이라는 인식에서 비롯되었으며 "내 등에서 몇 세기 전의 울음이 잠자고 있었는지도 모른다"(「장마」)는 전언에 토대를 두고 있다는 것, 따라서 태어나면서 지속된 어떤 존재의 필연성, 다시 말해, 본래 주어져 있는 우리의(시인의) 삶의 조건 자체에 대한 은유로 이 실험성이 기능한다는 사실이 중요한 것이다. 죽음에 대항하는 슬픔의 시선이 바로 이러한 선험성에서 궁굴려지기 시작한다.

5. 신성의 거부를 대가로 끌어안는 호모 사케르

자서의 요술 주머니에 남아 있는 마지막 쪽지를 꺼내 펼쳐본다. 거기에는 "모든 사물은 제 속에 들어 있는 신성을 회복하려는 본성을 가지고 있다. 그것을 나는 바라본다"고 적혀 있다. 신성을 회복하는 것, 성스러움의 자리를 세계에 되돌려주는 것, 그것은 필경 사물과 세계의 본질을 복원하는 작업과 연관되겠지만, 그러나 이영주에게 그것은 우선 세계가 가한 폭력의 흔적들을 폭로하는 일에서 착수된다.

아무도 나를 보지 않네요. 신을 선택할 사이도 없이 세상의 끝으로 갑니다. 풍경은 하나의 취향. 철책이 세워진 운동장. 왼쪽 뺨에 남은 손자국. 피 묻은 롤러스케이트. 장면만 남은 시간은 보속 기도 몇 번이면 사라진답니다. 아, 그런데 당신은 단 한 번도 내게 인사를 하지 않네요.

고해소 쪽문을 손가락으로 두들기는 당신. 우주의 비밀은 당신 머리통에서 점점 새까매집니다. 봉인된 글자 안에 나를 두고 나옵니다. 무엇을 고백해야 할까요? 이제부터 나는 아무것도 상관없이 서른입니다.

—「나의 인사」 부분

이 작품 역시 명백히 과거일 "철책이 세워진 운동장"(학창 시절의 지옥과도 같은 악몽)과 "피 묻은 롤러스케이드"(학창 시절, 주된 탈선의 장소이자 그곳에서 일어난 어떤 사고)를 논거고안의 진원으로 삼는다.[4] 여기서 덧셈의 공식은, '선험성'을 불러내는 데 바쳐지며, 신과의 절연을 말하는 곳으로 향한다. 때문에 '불가지자'는 단지 '불가지자'의 몫이라는, 신의 것은 신에게 돌려주어야 마땅하다는, 아니 신에 대한 태도를 일종의 선택, 즉 "취향"으로 환원해내려는 태도, 즉 얼핏 보아서는 체념과도 닮아 있지만, 그럼에도 매우 도발적("나는 예수의 아랫도리를 천천히 만져봅니다")이어서, 불경함을 저지르는 행위조차 배제하지도 않는, 작은 의지 하나가 탄생한다. 뒤돌아보지 말아야 하는 자의 운명(「뒤」)은 이렇게 "너무 쉽게 죽은 사람의 이름을 말하면 안 돼"와 같은, 그럼에도 "전염병"같이 삶을 지배하고 있는 어떤 불구의 사태를, 때론 단호하게 때론 거부할 수 없는 처지를 자각하는 문장들로, 제 시에 붙들어놓는 것이다. "이제 우주는 천천히 알아가자"(「결혼기념일」)라고 말하면서, 조화로운 유추를 세상에서 조절해내는 신의 목소리를 제 시에서 한발 유보시켜낼 때, 바로 이 신성이 한발 물러난 자리, 성스러움을 끌어안을 낙관적 몸짓이 뒤로 잠시 퇴각한 장소에는, 중심에서 벗어난 자들, 범박하고 소외된 자들과 불구인 것들이 들어서, 그러나 범박하지 않게 제 척진 삶의 아우라를 뿜어내기 시작한다. 그렇다면 이들은 누구인가?

안쪽의 장기를 만져보지 못하고 사라지는 사람들.
너의 손가락 끝에서 분류되는 사람들.
자신을 상상만 하다 살을 더듬는 짐승들.

—「무덤 파는 남자」 부분

우리는 이들, 그러니까, "키 작은 국경 주민들"(「흰 소를 타고 여름으로

4) 이영주 시에서 출몰하는 비행(非行) 소녀의 면모와 그것의 비행(飛行)으로의 전이에 관해서는 백지은, 「방황하는 은어들」(『시와반시』 2010년 가을호) 참조.

오는 아침」), "늙고 비늘이 많은 소년"(「벨라지오 모텔」), "다리 잘린 새"(「소녀는 던진다」), "쥐도 새도 모르게 살해당한/ 어느 종족의 그림자", "폐차 밑바닥에 붙어 있던/ 붉은 난장이들"(「집으로 가는 길」), "목발을 짚은 사내"(「뒤」) 같은 존재들을 '정치공동체'의 구성원으로 간주되지 않은 호모 사케르(Homo sacer)라고 불러야 할지도 모른다. 이들은 물론 우리들의 자화상("우리는 매일 무너지는 사람들"—「외국어를 말할 수 없습니다」)이기도 하다. 그렇다면 이영주에게 간신히 살아남은 사람들, 간신히 살아가는 사람들, 간신히 존재하는 것들, 눈여겨보는 법 없고, 최소한의 존엄성조차 보장받지 못한 존재들이 왜 중요한가?

집으로 가는 길, 평화교회의 창문이 뚫려 있다. 천장에서 신의 눈알이 번뜩인다.

무너진 교회 벽으로 검은 염소 한 마리가 뛰어간다. 키 작은 나무들이 서서히 늙은 껍질을 떨군다. 신의 눈알이 벽을 향한다. 낮은 담을 뛰어넘는 염소의 다리가 뚝 부러진다.

쭈그리고 있던 노인들이 복덕방 툇마루로 모여든다. 노인들의 그림자에 숨어 나는 마른 침을 삼킨다. 절룩이는 다리를 끌어당겨 주저앉는다. 목이 뻑뻑하다. 신의 눈알이 내 눈 속으로 들어온다. 살갗을 뚫고 혈관이 광채에 불타오른다. 제단에 뿌려질 성수는 다 마련되었다.

나는 가벼워진 뼈.

목마른 노인들이 검게 탄 손목을 잡는다. 백발이 성성한 축제의 행렬이 골목을 에워싼다. 거대한 흉가 사이로 다리 잘린 내 그림자가 뭉개져 있다.

—「골목에서 축제를」 부분

변하지 않는 것에 대한 숭배는 쉽사리 변하는 것에 대한 혐오를 불러일으키는 것이 아니라, 변하지 않는 상태, 그러니까, 이미 늙었거나, 소진되었거나, 이제 곧 종말을 예고할 세상의 모든 것들, 예컨대 죽음의 그림자가 자주 얼씬거리는 불구의 존재들에 대한 경이(驚異)에 바쳐진다. 만약 이 세계에 신성이 존재한다면, 이영주는 바로 이런 것이어야 한다고 생각하는 것이다. 구석진 곳에서, 구석진 모습으로 기거하고 웅크려 있기에, 오로지 천공의 눈으로만 볼 수 있을 뿐인 이 현실에서의 신성은, 그럼에도 불구하고 누구나 공평하게 나누어 갖고 있는 것이어야 하며, 그러기 위해서는 누구나에게 시선을 공정하게 배분해야만 하는 것이어야 한다. 사물은 이렇게 가장 죽음에 근접해 있는 것이라는 이유만으로 가장 경이로운 대상이 된다. 구름은 무정형의 것이면서도 생활(生活)에서 이탈된 것이어서, 나무는 살아 있으면서도 딱딱하고도 부동의 자세를 견지하며, 또한 모래는 바람에 이리저리 휩쓸리면서도, 가장 건조하고도 본질적인 포스를 저버리지 않기에 경이로움의 대상이 될 수 있었을 것이다. 자동차, 배수관, 시멘트, 담벼락, 전봇대, 허름한 건물, 뒷골목, 폐차장, 버려진 공장, 낡은 계단, 이 모든 것들은, 기실 사회에서 가장 남루한 것이면서도, 생명의 포기를 선언한 것들이기에, 아니 호모 사케르의 공간을 열고 또 닫는 것이기에, 경이로움의 대상일 수밖에 없는 것이다. 죽음은 주로 이런 곳에서 제 그림자를 내려놓는다. 그러니까, 죽음은 경이로움의 최전방이며, 신성을 회복하는, 아니 신성의 근원이기조차 한 것이다. 이영주는 바로 이것들을 손에 쥐고, 인간의 타락과 이성의 교만에 맞서 "악행의 기록"('자서')을 남기고, 헛된 욕망을 무력화하는 자그마한 몸짓을 제 시에서 착안해낸다. 이렇게 "마지막 언어"로 죽음을 직시하며 존재의 시간과 존재의 양태를 적어나가다보면, "세상에서 가장 커다란 진흙파이"(「달 속의 도시」)를 얻을 수 있을 것이라고 생각한 것은 아닐까?

무너진 사원에 앉아
소녀는 때 전 발을 까딱거린다

—「사진」 부분

나는 이영주의 시를 통틀어, 이 대목이 신성을 경계하며 호모 사케르의 운명을 끌어안은 모습을 가장 적확하게 보여준다고 생각한다. 죽음에 대한 집착은 가식이 아니라, 신성에 대한 확신을 갖고서 시를 쓸 수 없었던 저 까닭에서 연원한 결과처럼 주어질 뿐이다. 왜 그럴까? 삶이 고통스러우니까? 적절한 지적 같지만, 아니다. 애초에 한없이 차오르는 슬픔과 절망 때문에? 이 역시 부분만을 담고 있는 대답이다. "모든 역사는 말하는 순간 거짓이 되어버리는 걸까요"(「성인식」)라고 끊임없이 자문해야 하는 삶이 우리 곁에 지루하게 반복되기 때문에? 꼭 들어맞는 대답이라고 보기 어렵다. 신성을 지운("무너진 사원") 자리에서, 붙박고 살아야 하는 인간의 운명, 그 지독히 고립되거나 유약하다고 말할 수밖에 없는, "때 전 발"을 까딱거리는 사람들을 이영주는 이 세상에서 가장 아름다운 인간의 모습이라고 생각하기 때문이다.

크레타 섬에는 대리석과 염소와 죽은 왕들. 푸른 이마를 문지르며 노인이 옆 노인을 끌어안는 장면. 에게 해 절벽에서 우주 원자론이 처음 시작되었다는 것. 밤이면 얼굴을 깎아 비석을 세우는 여러 개의 니코스 카잔차키스 술집. 잘린 토끼 머리가 정육점 유리창에 매달려 귀를 길게 세운다. 죽는다는 건 홀로 있는 자신을 볼 수 있는 것. 노인이 옆 노인의 목을 끌어안고 염소처럼 운다. 따뜻한 언덕에서 지친 노년이 다른 노년을 배웅하는 것. 저녁이면 흔들리는 에게 해 물빛. 수학 시간 옆자리에서 동맥 끊기 놀이를 하던 내 첫사랑 소녀의 까맣고 푸른 동공 같은. 절벽에는 죽은 왕들의 비밀 문자. 어린 왕은 진공 없이 텅 빈 바다를 봤다고 썼지만 홀로 남은 시간에는 우주에 꽉 찬 숫자를 보고 운다. 크레타 섬 정육점 유리창에 붙어 토끼 이마에 툭 불거진 뼈 하나를 보는 저녁. 노인이 천천히 쓰러지는 옆 노인처럼 푸르고 푸르게 물이 드는.

—「미래안(未來眼)」 전문

죽음이라고 우리가 부르는 것에는 늘 죽음에 관한 의식, 죽음을 관념으로 체감하는 무언가가 우선해서 존재하게 마련이다. 그리스의 여행지에서 목격한 어떤 장면 하나에서, 이영주는, 이 세상에서 죽음이란 기실 그것의 공포를 뒤집어쓴 다양한 모습으로밖에 표현될 수 없다는 사실을 감지해낸다. 죽음은 합법적인 질서를 난폭하게 전복시키는 근원이지만, 오히려 이 경우, 훼손되는 이미지들이, 슬픔 속에서 근원적으로 아름다운 것으로 묘사된다. "비석" "동맥 끊기 놀이" "죽은 왕비들의 비밀문자", 역시 죽음의 외투를 입은 서로 다른 모습이지만, 무엇보다도 노인이 옆 노인을 끌어안는 모습을 빌려 잠시 표출되는 죽음의 그림자가 고즈넉한 현실의 사건이 될 때, 이영주는 우리에게 황홀경과 슬픔을 동시에 맛보게 해준다. 현실에 오롯이 내려앉은 죽음을 이렇게 아름다운 슬픔의 눈으로 볼 수 있다는 것은 매우 놀라운 일이다. 이제 죽음은 어떻게 투쟁하는가의 문제가 아니며, 공포가 어떤 형식과 표현으로, 어떤 논리를 등에 업고 전이되어 나타나며, 또 무엇을 대리하는지를 묻는 일도 그다지 중요한 일이 아니다. 호모 사케르의 주위에서 떠도는 죽음과 그 공포를 대신하려는 속죄의식이 슬픔으로 도약하는 깨달음의 눈을 시인에게 갖게 해준 것일까? 죽음의 대리인들, 죽음을 현실에서 짊어지고 있는 대상들, 죽음을 시시각각 고지하는 호모 사케르는 이영주의 시를 통해 그 자체로 완전한 아름다움의 형식을 갖추어나간다. 불연속적인 우리 존재를, 세상의 불구로 존재하는 모든 것들을 연속적인 존재로 만들어주는 저 슬픔의 순간은 이렇게 잠시 도달했다가 이내 사라질 것이다. "염소와 죽은 왕들" "노인"

"잘린 토끼 머리" "내 첫사랑 소녀"라는 불연속적인 존재가 "홀로 남은 시간에는 우주에 꽉 찬 숫자를 보고 운다"는 저 신성한 의식의 제단 위에서, 제 존재의 연속성을 회복할 재물로 거듭난다. 죽음을 집도하는 의식은 폭력의 행사가 아니라, 성스러움을 견인해내고 목격할 유일한 순간이자, 불연속적인 인간에게 연속성을 경험하게 해주는, 매우 찰나와도 같은 어느 순간이며, 이 순간을 실현해내는 데 시가 헌정되고 있는 것이다.

이제 시는 완결성, 아름다움, 순수미나 조화미와 맞서 싸우는 슬픔의 형식이자 애도의 방법, 호모 사케르가 치르는 성전에서 최후의 보루가 된다. 그로테스크에 의지해 살아갈 수밖에 없는 존재들로부터 내면의 격정과 슬픔을 길어올리는 시는 역사라는 거대한 로고스나 이성이라는 각성된 의식에 의존하는 시가 아니라, 인간의 저 밑바닥에서 움터오는 파토스의 물결로 현실을 적시는 시일 수밖에 없다. 적어도 이영주에게 파토스의 형식을 고안하는 일은 죽음을 통한 삶의 발견, 삶의 근본적인 재배치를 통한 죽음의 주시와 연관된다. 죽음까지도 인정하는 삶은 바로 이렇게 시의 내부에서 움터 나온다. 검고 낯선 얼굴의, 검은 구멍의, 죽음의 저 현재성을 우리는 등을 구부린 채 나아가는 노인의 현대성이라고 해야 할지 모른다. 그러니까, 세계와의 불화나 죽음이 조장하는 공포는 오로지 타자와의 합일, 즉 호모 사케르의 복원을 위해 꾼 꿈이었을 뿐이다.

(『시와 사상』 2012년 겨울호)

5부

시집 읽기 I
언어, 무한, 리듬

무위(無爲)의 시학
—함기석의 『오렌지 기하학』

오 성스런 수학이여, 그대와의 끝없는 교류로, 그대가 내 남은 세월을 인간의 잔인함과 위대한 전체의 불의로부터 위로할 수 있기를!

—로트레아몽

하염없이 외부를 바라보는 시는 없다. 맹목적으로 사물 속으로 파고드는 시도 없다. 까닭 없이 득도나 지혜를 제시하는 시도 없다. 시는 늘, 내면을 들여다본 다음에야 외부라고 하는 낯선 세계로 촉지를 뻗어대는 것이며, 말에 담기는 순간에 결정되는 사물의 운명과 부메랑처럼 되돌아오는 말의 한계를 자각할 때, 양자에서 새로운 관계를 실험해 나갈 수 있을 뿐이다. 소위 깨달음이라고 하는 것도 마찬가지다. 깨달음의 절차와 과정, 예컨대 그 순간순간을 고통스레 적어나가는 행위를 통해서만 가까스로 도달하는 미지의 저 마음 상태가 우리에게 주어질 뿐이다. 그게 아니라면 시는 터무니없는 과장과 모호한 수사로 추동된 현학적 진술에서 좀처럼 비켜서기 어렵다. 누가 시에서 근본적인 물음들을 촉발시켜 인식의 최전선으로 이 난제들을 끌고 오는가? 함기석은 문자와 의미, 존재와 무한, 말의 한계와 가능성, 그 소멸의 과정을 온전히 담아내고자 진지하고도 고통스런 성찰을 전개한 시인이지만, 그가 보여준 시적 모험은 한편으로 냉철한 이성의 산물이자 자유로운 상상력이 결합하며 뿜어낸 결과이며, 말–사물–세계–의미–수–차원–무한–무(無)를 고찰하며 하나씩 점령해나간 자에게 주어지는 영예로운 훈장이기도 하다. 함기석이 애면글면 도달한 미지의 세계는 정밀한 계산과 치밀한 검증을 바탕으로 산출된 것이라는 사실을 미리 말해두어야겠다. 매번 (다시) 태어나는 언어적 실천을 통해 의미에서 무한으로, 무한에서 무로 치달으며 시의 본령을 확인하고자, 함기석은 온갖 통념을 거부한 바로 그 상태를, 그 짧은 순간을 수학적 사유에 의지해 적시해낸다. 자기 자신을 파괴하고 나서야 시가 무언가를 다시 고안하려 미래를 향해 힘겨운 발걸음을 내디딜 수 있다고 생각했던 것일까? 시의 재료이기도 한 언어, 그 언어에 가해진 통념과 속성, 쉽사리 걸머졌다고 말하는 의미 생성의 경로를 낱낱이 파헤쳐 그 허점을 밀고하는 데 있어서 함기석 만큼 앞서 나간 시인을 찾기 어려운 것도 이 때문이다. 여전히 진행 중인 그의 실험은, 따라서 언어를 맘껏 향유하는 것 같아도 익숙해진 협약이나 통념을 탄핵하고 또 전복하는 데 바쳐지며, 우리를 가두고 있는 사유의 감옥을 부수는 그 비판의 방법조차 고민하게 만든다. 고통스레 끝까지 밀고 나간 자가 획득한 섬뜩하고도 예기치 못한 결과이자 사유의 포화상태에서 터져 나온 고통의 퍼포먼스라면 모를까, 멋대로 꾸려낸 지적 유희나 수학적 실험을 가장한 메타기호의 무분별한 차용은 함기석의 시와는 사실 아무런 상관이 없다. 그렇다면 그는 어떻게 무의 상태에 이르는 것이며, 그것을 지금-여기에 어떤 방식으로 소급해내는 것일까? 왜 함기석의 시에는 순간순간 미끄러지듯 도달하는 사태가 있을 뿐, 결말이나 결론을 찾아보기 힘든 것일까? 수학이나 언어에 저 결말이라고 하는 것이 존재할 수 없는 것처럼, 함기석의 시는 오히려 무한을 사유하고, 거기서 무에 이르는 길을 쟁취해내는 데 바쳐지는 것은 아닐까? 방법과 절차를 보아야 한다. 시인이 성취해낸 인식의 트임을 헤아리는 일이 결국 과제로 남을 것이기 때문이다.

1. 詩作과 始作과 試作

함기석의 작품에서 詩作은 始作하는 동시에 거개가 試作으로 이어진다. 가령 첫 작품의 아래와 같은 대목은 시집 전반에서 복잡한 수학적 개념들을 연동시키고 여기에 온갖 언어 실험을 포개놓는 방식으로 일련의 실험이 감행될 것이라 예고하는 출발선이라고 보아야 한다.

> 3차원의 내가 1차원의 나를 초대해
> 2차원 마을에 사는 나를 찾아가는 상상을 한다
> 상상은 피로 물든 백지와 함께 나를 찾아온다
>
> —「오렌지 기하학」 부분

글과 사유, 시 창작의 과정을 수학과 결부시켜 제반의 물음을 확장시켜 나가는 작업, 그 과정에 "피로 물든" 고통은 왜 찾아오는가? 함기석은 창작의 비밀로 보이는 고통스런 심정과 그 지향점을 고백의 서사에 기대어 이렇게 적어놓았다.

> 친구야, 지구만한 쇠공에
> 100만 년마다 파리가 한 마리씩 날아와
> 잠시 앉았다가 떠난다고 할 때
> 그 쇠공이 다 닳아 없어질 때까지 걸리는 시간
> 그 시간조차도 우주에서는 찰나라지
>
> 너의 모순 없는 주장처럼
> 모순이 없고 충분히 강력한 어떤 공리계에서
> 증명도 반증도 불가능한 명제가 존재한다면
> 그건 사랑이고 죽음일 거다

우리의 말과 수학기호, 기억의 불완전성을 우주는
시간의 불완전성 정리로 정리해 명료히 망각할 거다

고양이 핏줄 같은 빛이 내린다
빛은 우주가 자신의 어두운 육체에 쓰는 망각의 유서
나는 지금 제로가 발산하는 무한의 빛을 미분 중이다
푸른 피가 역류하는 저 빛의 혈관들
저 검은 근육의 문체 속에서
우리는 결국 그림자 없는 행성이 될 것이고
그 없는 그늘 속에서 사랑하고 울고 웃다 조금씩 미쳐
발음될 수 없는 낱말이 되는 것이다

나는 제곱하면 음수가 되는 i
세계는 실수와 허수가 샴쌍둥이처럼 결합된 복소수의 시
시간도 죽음도 우주도
공집합을 집합으로 하는 기이한 무한집합이니
친구야, 나의 말은 너라는 무한을 향해
네 속의 캄캄한 우주를 향해 날아가는 혜성들이다
미지수 X처럼 인간은 누구나 불안한 새고 미궁들이고
각자의 명료한 착란 속에서 혹독한 섬이다
네 수학이론이 네 영혼의 메아리고 파동이고 섬광이듯
나의 말은 진공 속으로 흩어져 사라지는
내 몸의 에코이자 아픈 피건만

오래전 너를 업고 응급실로 달리던 그날 밤처럼
나의 봄은 무릎이 빠져 있고

삶은 지금 여기저기 뼈마디가 탈골되고 있다
친구야, 제로 행성엔 아직도 눈이 내릴까
벼랑 끝에 서 있던 우릴 닮은 모래 눈사람들
아직도 거기 서서 모래의 웃음을 흘리며
계곡 아래로 다이빙하는 빛들의 알몸을 보고 있을까

—「제로 행성 — 규락에게」 부분

무한을 확인하려면 손가락이 닳아 없어져야 할지도 모른다. 그러나 현실에서 증명할 수 없음에도 우리는 무한을 사유할 능력을 갖고 있다. 일관되게 진행된다고 말해온 시간도 마찬가지이다. 지금-여기에서 회상해 보면, 결국 지나온 과거, 심지어 "쇠공이 다 닳아 없어질 때까지 걸리는 시간"처럼, 한순간일 수도 있기 때문이다. 의미의 문제라고 어떻게 "명료한 착란"을 벗어나겠는가? 함기석의 시는 확인할 수 없음에도 존재하는 저 자명하고도 신비한 수학공식, 예컨대 "제곱하면 음수가 되는 i"나 "공집합을 집합으로 하는 기이한 무한집합", 만질 수 없고 확인할 수 없는 "제로"처럼, 인정할 수밖에 없지만 증명의 길이 묘연한 수많은 현상과 상황 속에서 살아야 하는 우리의 처지를 각성하는 것으로 거개의 고민을 만들어낸다. 따라서 불가사의한 인간의 운명이나 우주와 시간과 같은 개념을 수학적 사유를 빌려 시의 중심으로 끌어오지만, 정작 우리가 캐물어야 하는 것은 그의 작업이 왜 인식의 고통을 동반할 수밖에 없는 모험인가 하는 점이다. 함기석이 "너라는 무한을 향해 / 네 속의 캄캄한 우주를 향해" 날아가 "진공 속으로 흩어져 사라지는" "나의 말"에 대한 통찰로부터 '무위(無爲)', 즉 없음을 만들어가는 과정을 시 전반에서 녹여낼 수 있는 것은, 삶의 희로애락과 착란("그 없는 그늘 속에서 사랑하고 울고 웃다 조금씩 미쳐") 속에서 누구도 피해갈 수 없는 죽음("우리는 결국 그림자 없는 행성이 될 것")과 그 과정을 "발음될 수 없는 낱말"로 담아내고자 하기 때문이다. 말의 이치나 속성, 말의 작동 방식에 빗대고 또 포개어 "제로가 발산하는 무한의 빛을 미분 중"인 과정을 한편의 시적 사건으로 승화시킨다. 무에 이르는 절차와 과정은 이렇게 말을 통해 검증이 가능한 시의 몸통이며, 이때 차원, 무한, 문자, 소멸 같은 개념이 그 절차를 구성하는 알리바이가 된다.

2. 차원: 수학과 말의 결합

누구보다도 먼저, 광활한 우주를 말의 무한성에 포개어 사유한 시인이 있다. 흔히 우주에는 저 끝은 없지만 한계는 있다고 말한다. 함기석은 우주나 수(數)는 물론, 우리가 주고받는 말, 시의 재료인 언어도 그렇다고 생각한다. 우주는 무엇인가? 4차원 공간에 떠 있는 구면(球面) 같은 것이 아닌가. 인간의 비극은 어쩌면 3차원의 형태(몸)로 4차원 공간(시간)에서 삶을 살아가야 하는 사실에서 발생하는 것인지도 모른다. 이런 난제는 어떨까? "어떤 하나의 밀폐된 3차원 공간에서 그릴 수 있는 모든 폐곡선이 수축돼 하나의 점이 될 수 있으면 이 공간은 반드시 원구(圓球)로 변형될 수 있다." 수학의 7대 난제 중 하나인 이 프랑스의 수학자 푸앵카레의 추측은 리만의 가설과 함께 우주의 구성 원리와 무한에 대한 질문을 담고 있다는 점에서 함기석의 시를 이해하는 데 참고할 필요가 있다. 이 수학적 난제를 통해 시인은 '끝은 없지만 한계가 있는 우주'를 기하학적 대상으로 삼아 상상하고 사유하기 때문이다. 무슨 말일까? 만화를 참조해보자.[1)]

그림에서 보듯 2차원 공간의 구면, 원을 두 장 준비한 후, 그 경계면을 전부 붙여 팽창시키면 3차원 공간의 구면이 된다. 같은 작업을 거쳐 1차원 늘어난 4차원 공간의 구면도 마찬가지로 늘려갈 수 있다. 이때 3차원

---

1) Motohiro Katou, 『Q.E.D』(29권), 최윤정 옮김, 학산문화사, 2008.

구면을 우주라고 생각하고, 그 속을 로켓을 타고 나아가면 같은 장소로 돌아온다. 끝없이 나아가 환원한다는 순환적 명제와 위상학적으로 커피 잔과 도넛은 위상동형(位相同形 isomorphism)이라는 사실을 기억해두자. 함기석의 시에 접근하기 위해 반드시 필요한 네 가지 전제, 즉 첫째, 총알처럼 나선을 그리면서 무한을 향해 나아가는 말의 저 본질, 둘째, 동일한 구조임에도 서로 다르게

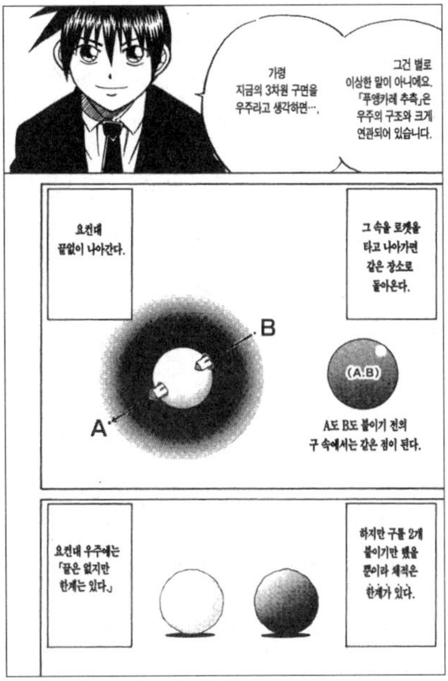

표현되는 것들(커피 잔과 도넛 따위)이 존재한다는 사실, 셋째, 언어의 성질에 빗댄 수학적 원리가 시에서 풀려나온다는 점, 넷째, 이때 상상력이 활개를 펴, 언어-수-차원-무한-무 등이 시의 구석구석을 배회하기 시작한다는 사실이 바로 여기서 도출되기 때문이다.

위치A. Topological Eye (White)
커피잔(A) 발생한다
말한다(B) 이 도넛 참 먹음직스럽군
말한다(C) 그건 탄환에 관통된 네 머리야
말한다(D) 그건 구멍 뚫린 21C 지구입니다
말한다(E) 웜홀이 뚫린 오렌지 우주라니까요
말한다(F) 로켓이 관통한 태양이라니까요
적는다(G) 동그란 삼각형 안에서

적는다(H) 삼각의 육각형 밖으로
읽는다(O) 달이 초승달일 때 지구는 보름지구
읽는다(P) 인간은 원 원은 불가사리
테이블(Q) 외계의 벌레들이 날아와 뇌를 먹는 곳
만진다(X) 옮긴다(Y) 먹는다(Z)
커피잔(A) 사라진다

—「4개의 회전체 眼球 사이에서 作圖되는 6개의 선과 4개의 면과 다면체 언어큐브」 부분

"커피잔", "도넛", "탄환에 관통된 네 머리", "구멍 뚫린 21C 지구" 등은 위상학적으로는 모두 같은 형태이다. 이 모든 것이 함기석의 시에서 동일한 수학적 원리에 바탕을 둔, 언어의 서로 다른 풍경이자 상상력의 변환이라는 걸 어떻게 설명해야 할까? 그림을 보자.

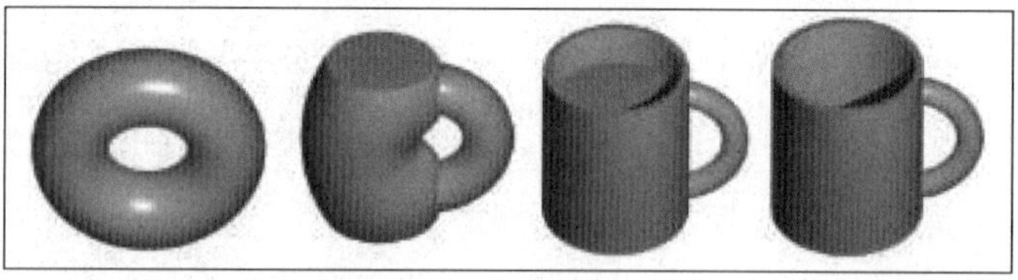

자, 이해가 되었는가? 그러나 하나의 수학적 원리에서 착안하여 시가 도달한 다양한 언어적 사태는 여기서 마무리되는 것은 아니다. 차원의 눈을 말하는 "위치 B. Dimensional Eye (Yellow)"에서 "1연의 모든 문자들의 굴곡을 펴 직선으로 연결"하는 일이 곧이어 진행되고, "직선에 기술된 모든 문자를 펴 직선으로 재변환"을 하여, "변환된 시간들의 선 그림자 위에 새 문자들을 기록"한 결과, 무한을 사유할 또다른 차원이 시에서 열리며, 그곳으로 시가 달아나기 때문이다.

dimension이 dimension을 기술하면서 무한 증폭함

dimension이 dimension을 반복하면서 무한 파괴됨

dimension 8 dimension 88 dimension 888..........

dimension 88888.....dimension ∞.....dimension 0

—앞의 시

무한으로 수렴되는 차원을 말로 표현하고 또 담아내는 일은 결국 끊임없는 반복(∞)을 통해 '무(zero)'에 이르는 결과를 낳는다. 그러고 나면, "위치 C. Psychedelic Eye (Red)", 즉 환각의 눈으로 바라본 세상이 열리며, 이때 "나까지 삼키고 위치와 시각을 소멸시"키는 어떤 사태에 직면하게 된다. 연이어 "위치 D. Spiral Eye (Black)"(나선형의 눈)이 탄환같이 회전하면서 날아가는 진공의 상태를 야기하고, 시는 "방향에 따라 무한 변환되는 눈"으로 세상에서 제기되는 온갖 의문과 진지한 고민을 담아내기 시작한다. 중요한 것은 무한 차원의 변환 과정을 시로 풀어내며, 시의 재료인 언어의 성질을 바로 이 과정에 녹여낸 다음에야 비로소 소멸에 대한 근본적인 물음("인간은 왜 멸종됐는가" "문자는 왜 사라졌는가")이 제기될 수 있다는 사실이다. 수학은 폼으로 꾸어다 놓은 게 아니라, 무한과 소멸의 절차를 언어로 담아내는 과정을 드러내기 위해 동원한 장치일 뿐이다. 수학적 사유에서 얻어온 차원과 회전, 관통과 소멸을 말의 속성에 결부시킨 이 작업은 따라서 "나는 녹지 않는 문장을 녹여 사물을 만드는 대장장이"가 되고자 자청하는 합당한 이유로 되살아나고, "눈물은 어디서 왜 오는가" / "절망은 왜 끝나지 않는가"라고 힘겹게 존재를 다그칠 수 있는, 설득력 있는 근거로 자리잡는다. 말-차원-회전-소멸이 수학적 원리에 따라 기능한다는 사실을 놓치면 함기석의 시는 미궁으로 빠져들고 만다. 다양한 차원의 눈으로 시의 공간을 실험하고, 말의 발화와 그 속성을 여기에 맞추어 적시하고자 함기석이 시도하는 이유는, 오로지 이러

한 과정을 통해서만 정직한 방식의 무위를 시에서 구축해낼 수 있다고 생각하기 때문이다. 뜬금없이 '없다/있다'(소멸과 존재) 중 하나를 무책임하게 시에 던져놓는 것이 아니라, 함기석은 말의 허무한 속성(발화되고 나면 사라지는 성질)과 그 사라짐의 순간(의미가 형성되었다가 이내 빠져나가는 순간), 그 땀나는 과정을 적어낼 실험의 도구로 수학적 테제를 전환하는 데 성공하면서, 수학-말-무의 삼각형을 채근하며 쌓아올린 독창적인 세계를 구축해낸다. 수학과 말, 무의 결합 양상을 좀더 살펴볼 필요가 있겠다.

나는 장소 I이다

살해될 수 없는 아이가 골목에서 살해되었다 토요일 밤 가로등이 켜진 앞의 문장에서 *탄환이 발사된다* 여형사 마이너스는 〈살해되었다〉를 핀셋으로 집어 투명비닐에 넣고 범인의 발자국이 묻은 문장의 벽을 살핀다 *허공에 구멍이 발생한다* 아이는 심장에 지름 7㎜의 구멍이 뚫린 채 코스모스 아래 쓰러져 있다 여형사는 〈없는〉과

〈아이〉 사이로 보이는 공터에서 탄피를 찾아낸다

—「ING 살인사건」 부분

함기석에게 수학과 언어는 근본적으로 닮은꼴인 동시에 시에서 무를 창출해내는 과정을 증명해야 하는 공통된 임무도 짊어지고 있다. '진행중'이라는 뜻의 이니셜을 제목으로 빼어 문 이 작품에서 "살해될 수 없는 아이가 골목에서 살해되었다 토요일 밤 가로등이 켜진 앞의 문장에서 *탄환이 발사된다*"는 구절은 함기석의 시 전반을 이해하는 데 중요한 역할을 한다. 우선 "아이"(혹은 I, 혹은 ING사건의 I)는, 수학의 허수(imaginary number) i, 즉 $\sqrt{-1}$의 정의처럼, '제곱해서 −1이 나오는 수'이지만, 말

이 대상을 지칭하는 순간 대상이 말 안에 갇히고, 이내 사라진다는 사실도 암시한다. 대상에 부여할 수 있는 의미의 무한한 함수가 결국에는 하나로 축소되고 고정되어 대상을 구속하고 만다는 점과, 말 역시 무언가를 지칭한 이후 사라져버릴 운명에 처한다는 것을 뺄셈에 비유해 놓은 것이다. 그러니 "마이너스"와 "I"라는 표현, 〈없는〉과 〈아이〉에 삽입해놓은 저 여백, "살해될 수 없는 아이"에서의 음차(허수 i의 발음을 적은 것)는 얼마나 치밀한 계산에 따른 것인가. 여기에, 발화 후 지워지는 말의 속성을 적어낸, 앞서 예로 든 문장이, 〈살해되었다〉를 실천하는 기폭제〔√를 벗겨내면(즉, 발화 이후) 곧장 −1이 되니까〕로 기능하면서, 이와 동시에 자연수에서 마이너스 상태로의 전환과정 전반을 멀쩡한 아이가 살해되는 추리물(아이가 없어지는, 즉 마이너스의 사건)로 치환해놓았다는 점도 부기해둘 만하다. 두번째 연에서 등장하는 알파벳 N 역시 자연수(Natural number)이며, 추리가 미궁에 빠지는 것은 사건의 "장소 X"가 수학에서 말하는 미지수를 뜻하기 때문이다. 따라서 "탄환이 발사된다", "허공에 구멍이 발생한다", *"탄환은 정지한 채 계속 날아간다"*, *"탄환이 나를 관통한다"*, *"탄환은 너를 관통하고"*, *"탄환은 그들의 심장부를 관통해 계속 날아간다"*처럼 각각 이탤릭체로 강조해놓은 문장들은, 세계가 지속되는 한, 말도 지속된다는 것과 시를 쓰는 지금 이 그 순간에 진행 중인 말이 무언가를 지칭하고는 사라진다는 사실을 수학기호의 특성과 범죄를 추리하는 사건의 서스펜스에 맞추어 변환해놓은 결과인 것이다. 수학적 장치 각각의 특징을 응용해 한편의 추리사건처럼 시를 둔갑해놓은 기발한 발상도 그렇지만, 무엇보다도 놀라운 사실은 진행 중인 말(시를 쓰고 있는 바로 그 상태)의 저 설명하기 어려운 속성이, 고스란히 수학의 원리로 구현되되 시에서 미궁에 빠진 사건처럼 재현되고 있다는 점이다. 수학과 말의 이 황홀한 결합을 좀더 살펴볼 필요가 있다.

'임의'를 나타내는 수학기호 "∀"(「몹시 절망한 남자의 몹시 이상한 보행법」)에서 세상에 감정을 부여하고 사람들의 표정을 읽고자 하는 시를 당신은 본적이 있는가. 뒤집힌 알파벳 "A" 꼴인 수학기호에서 "거꾸로 선 빌딩들", "거꾸로 선 사람들"을 착안하여, "갑자기 세상이 뒤집혀 있다"는 전언을 끌어낸 다음, 이 기호를 다시 뒤집어 놓은 꼴인 알파벳 "A"를 "뒤집힌 세상 속으로 똑바로 걸어"가는 행위의 주어로 삼는다. 올바르고자 하는, 문자(A)로 대변되는 이 세계에 "∀"가 자기 마음대로(임의로) 정지와 금지를 통고해올 때, 알파벳이 부당하게 겪어온, 이 거꾸로 된 삶은 바로잡힐 것인가? 함기석의 시에서 수학은 '무'를 구축해가는 수단이자 그 구체적인 방식으로 시 곳곳에 스며들어 말의 속성과 하나가 되면서 제 위력을 뿜어낸다. "진공"("검은") ? "심장"("푸른") - "노을"("붉은") - "습관"("독") - "칼"("취한") - "피"("아픈") - "톱"("장미"("창"("심장"))) - "파도"("마녀"("방문"("부순다")))) 순으로 연상에 기댄 도입부분과 "기차" - "하얀외투" - "하얀 모자" - "창가" - "촛대", - "도망" - "가위에 둘러쌓인 당신"으로 구성된 「대수학(代數學) —Movements Of A Visionary」도 수학의 대칭원리에 토대한 것이다. 쪼개진 "사과"의 드러난 흰 살에서 착안하여 "당신"의 내면으로의 침투를 시도하는 이 작품은, 사물을 대칭의 형태로 쪼개고 다시 쪼개기를 무수히 반복하는 대수학의 원리를 구현한 것이다. 이때 어휘의 구성과 문장의 배열은 바로 이 대칭적 "작도"(作圖)의 결과이다. '쪼갬'을 통해 열리는 당신의 내면에 기어이 나를 투영하기 위해 기하학은 함기석에게 필연이었던 것일까. 예지력과 환영이라는 시의 주제는 이렇게 수학적 원리에 근거해, 당신과 나 사이의 상호 침투 과정을 실현하면서 기묘한 완성을 바라본다. "나는 P다", "나는 ~P다", "나는 P∧~P다", "나는 P∨~P다"라는 제목으로 각 연을 구성한 「글자들이 날아다니는 숲」도 수학-말의 조합으로 지어올린 하나의 웅장한 건축물이다. P는 확률론의 개연성(probability)이나 수의 치환(permutation)을 뜻하는 순열의 용어이자 '피'(血)이기도 할 것이다. 그런데, 왜 P와 ~P(not P)의 교집합과 합집합이 "나"라고 말하는 것일까? 확률이나 수열과 대체 피(血)가 무슨 상관이 있는 것일까? 그러나 물음은 더이상 필요하지 않다. 상상력을 불러내는 데 필요한 수학공식과 언어의 함수가 한가득 주어졌기 때문이다. "형상이 없는 말을 타고" "그림자만 있는 무물(無物)나무들"이 가득한 곳을 달리는 나의 등장은 따라서 확률이나 수열과 별개로 생각할 수 없다. "말"은 달리는 말(馬)인 동시에 지금 기술하고 있는 말(語)일 것이며, 따라서 수열처럼 끝없이 나열되거나 생성 중인 그런 언어로 작품을 적어나가는 중이라는 풀이가 가능하다. "가우스"의 정수론과 "장욱(張旭)"의 서체, "갈루아"의 대수학방정식해법과 "회소"(懷素)의 만취한 상태에서 종횡으로 붓을 휘날리는 연면체(連綿體)의 초서가 글자와 글자로 채워진, 내가 탄 말(馬, 語)이 달리는 이 숲에서 울부짖기 시작한다. 필체의 수학적 변신과 수학의 필체적 전이는, 사건이나 말이 세상에 당도할 가능성을 지칭하는 확률 용어 '개연성'에서 탄력을 얻어내고, 끝없는 조합과 순열의 '치환' 법칙을 제 근거로 삼아, 글과 말에서 의미를 차츰 탈색해나가며(왜? 진행될수록 변환되니까) 무위를 완성하는 데 없어서는 안 될 장치로 거듭난다. 『반야심경』에 등장하는 "是故 空中無色 無受想行識"[2]이나 『금강경』의 한 구절 "若以色見我 以音聲求我 是人行邪道 不能見如來"[3](「正觀 - 輪廻, 안구의 回轉운동」)은 따라서 턱없는 깨달음의 주장이 아니라, 수학과 필체의 시적 변환을 통해 성취해낸 '없음'의 표현이자, 또다시 "형상이 없는 말을 타고 달리기 시작"해야 하는, 시인의 인식론적 모험과 실험을 추동하는 경구일 뿐이다. 그러니 '미친 서체'〔광초(狂草)〕에 능했다는 장욱이나 회소, 수학자답게(답지 않게)

---

2) "이 현상계의 본질의 차원인 공의 입장에서는 물질적 현상도 없고, 감각작용과 지각작용 그리고 의지적 충동과 식별작용도 없느니라."

3) "만약 형상을 통해 나(자기)를 보거나 음성을 통해 나(자기)를 찾는다면 이 사람은 헛된 도를 가질 뿐이니라."

혁명에 가담하고 또 터무니없는 결투의 주인공이 되었던, 온갖 궁리 끝에 미쳐버렸다는 갈루아나 가우스가 "글자들이 날아다니는 숲"에 불려 나온 것을 어떻게 우연이라 하겠는가? 그러고 보면, 함기석은 수학을 시에서 최초로 사유했던 로트레아몽의 진정한 후예는 아닌가?

> 오 엄정한 수학이여, 꿀보다도 감미로운 그대의 정교한 수업이 내 마음에 상쾌한 물결처럼 스며들어온 이래로, 나는 그대를 잊어버린 적이 없다. 나는 요람에서부터, 태양보다 더 오래된 그대의 샘에서 목을 축이기를 본능적으로 열망하였으며, 그대의 입문자들 가운데서 가장 충실한 자인 나는 그대의 장중한 전당의 성스런 안뜰을 여전히 밟고 있다. 나의 정신에는 모호함이, 연기처럼 두꺼운 어떤 알 수 없는 것이 있었지만, 나는 그대의 제단에 이르는 층계들을 경건하게 뛰어넘을 수 있었고, 그대는 마치 바람이 호랑나비들을 날려버리듯, 그 어두운 베일을 날려버렸다. 그 자리에, 그대는 극도의 냉정함과 완벽한 신중함, 그리고 가차 없는 논리를 가져다놓았다. 몸을 튼튼하게 해주는 그대의 젖을 빤 덕택에, 나의 지성은 빠르게 발전되었고, 성실한 사랑으로 그대를 사랑하는 자들에게 그대가 아낌없이 베푸는 이 황홀한 빛의 한가운데서, 나의 지성은 무한한 규모를 얻었다. 산술! 대수! 기하! 웅장한 삼위일체여! 빛나는 삼각형이여![4)]

수학적 발상은 시집 곳곳에 말의 속성과 한데 어우러지며, 끊임없이 무와 언어의 관계를 조절하는 역할을 감당해낸다. 따라서 무는 갑작스레 등장한 것이 아니라, 무한과 제로가 "아낌없이 베푸는 황홀한 빛의 한가운데서" "극도의 냉정함과 완벽한 신중함, 그리고 가차 없는 논리"로 시에 불려 나온 이성적 산물일 뿐이다.

---

4) 로트레아몽, 『말도로르의 노래』, 제 10장 2연.

3. 무한과 제로 : 죽음과 무의 절차를 증명할 유일한 개념

무한에 매료되어 증명 불능의 명제와 패러독스를 만들어내고는 마음의 병을 앓다 죽은 천재 수학자 칸토르의 이름을 들어본 적이 있는가. 그는 세상의 모든 수의 집합을 하나의 '전체(ensemble)'로 여긴 다음, 거기에다 1을 더해나가려고 했을 뿐이다. 수학은 분명한 공리(公理)에서 시작되며, 이로부터 정리(定理)를 이끌어내어, 결국 명제를 증명하는 데 바쳐지는 학문이며, 현대 수학의 공리를 흔히 집합론이라고 말한다. 집합론의 전제는 공집합 Ø, 요컨대 제로가 존재한다는 사실을 전제하는 데 있다.[5] 아리스토텔레스도 몰랐다던 제로, 그 제로는 별도의 증명이 필요하지 않지만, 그렇다고 영원한 패러독스도 아니다. 그 누구도, 심지어 그 존재를 발견한 에드윈 허블조차 안드로메다 성운에 가본 적이 없으며 앞으로도 그렇지 못할 거라는 이유로 성운의 존재 자체를 부정할 수는 없는 것이다. 집합 이외의 영역에서 제로에 해당되는 개념을 상정할 수 있다면, 그것은 죽음이나 무, 정도가 된다고 해야 할까? 그렇다. 바로 이것이다. 함기석의 시에 직간접적으로 호출되는 수학자를 한번 꼽아보자. 분수로 나타낼 수 없는 무리수가 셀 수 없는 무한이라는 사실을 증명한 칸토르 외에도, 삼각함수의 생략기호(sin, cos, tan)를 창안한 미적분의 대가 오일러, 연속체의 가설을 증명한(하고자 한) 불완전성의 수학자 괴델, 무한 너머의 진리를 찾아 수학 증명사상 최대의 수라 불리는 스쿠즈 수를 가정했던 리만 등이 있다. 그런데 함기석의 시를 향하는 우리의 물음은 원론적이어야 한다. 이들은(의 사유는) 대체 왜 시에 불려 나온 것일까? 세상에는, 말에는, 공집합이라고 하는 것, 요컨대 제로가 존재한다는 사실을 시에서 직접 실천해보기 위해서였던 것은 아닐까? 공집합이 존재한다는 사실에서 언어의 덧없음과 무를 착안하고자 하기 때문은 아닐까? 인간에게

5) Alain Badiou, *Le fini et l'infini*, bayard, 2010, p. 22.

는 제로, 즉 죽음이라는 부정할 수 없는 현실이 존재한다는 사실을 무턱대고 삼키는 것만으로 부족했기에, 말의 무, 말과 사유와 의미가 소멸되는 과정, 그 무한의 절차를 증명하고자 이들의 사유를 시에 내려놓은 것은 아니었을까?

두 발의 보폭이 무한인
낱말 컴퍼스, 우주에 누가 작도한 핏방울 점일까

—「망막에 작도되는 피의 음」 부분

무한은 결국 제로로 수렴되는 것이다. 이 말을 기억해두자. 함기석에게 현실이란, 아니 시는, 죽음이 엄연히 존재한다는 사실을 바탕으로 현실에서 공리를 만들어내는 수학 공식과도 같다. 무한을 사고하고, 그 사고의 구체적인 절차를 언어의 속성에 결부시켜 녹여내고, 세상을 그 주물 안에 담아보고자 하는지도 모른다. 세계는 보는 방법이나 생각하는 방식에 따라 크게도 작게도 존재할 수 있겠지만, 그럼에도 확실한 죽음이 우리를 기다리고 있다는, 저 잔혹한 현실은 부정할 수 없는 것이다. 함기석은 죽음에 이르는, 아무것도 없는 상태에 이르는 과정을 치열하게 고민해야 한다고 생각한다. 그 과정을 드러내고, 죽음을 넘어 무한을 사유할 때, 비로소 진정한 현실주의자가 될 수 있으며, 우리가 리얼리티라고 부를 만한 정직한 세계가 펼쳐질 수 있다고 시인은 믿는 것이다.

없는 초원에서
없는 말들이
없는 갈기를 휘날리며
없는 꿈길을 달려 내게로 온다
없는 안장에 나를 태워

없는 나라로 간다
없는 나라에 도착해 보니
없는 사람들이 보인다
없는 길들이 보인다
없는 시계들이 걸어다닌다
없는 거울들이 나무들이 걸어다닌다
없는 시인들이 없는 시를 쓴다
없는 화가들이 0차원 그림을 그린다
없는 영화관에선 없는 영화가 상영되고
없는 개들이 없는 담배를 피며 내게 묻는다
없는 당신!
없는 삶을 끌고 왜 여기까지 왔소?

—「없는 나라」 전문

"없는"은 부정의 수식어이지만, 이때 부정되는 차원은 덧셈의 방식이 아니라, "등비수열처럼"(「변이」) 불려나가는 제곱근의 차원에서 행해진다고 보아야 한다. 따라서 없는(없는(없는(없는(없는(....X)))))으로 구성된, 무한의 영역으로 소위, 의미라고 하는 것이 한없이 뻗어나간다고 이해해야할 것이다. "없는"(부정)이나 제로를 무언가에 곱한다고 해도 결과는 제로 아닌가? 그런데도 "복제되며 사라지는 / 무수한 Z가 보인다"(「Z는 사라진다」)고 말한다면, 이상하게 들리지 않겠는가? 제로를 곱해 무한을 손에 얻었다, 대체 이게 말이 되는가. 함기석이 사물과 세계를 명명하며 깨달은 아이러니가 바로 여기에 있다. 앞서 기억하자고 했던 말을 다시 꺼내든다. 수학에서 무한은 결국 제로로 수렴되는 것이다. 이 원리에 근거하면, 분주하게 움직이는 말, 무언가를 지칭하고 호명하는 말, 서로 부대끼며 종국에는 사라져버리는 말들은 그저 사라지는 것이 아니라 무한의 스펙터클("무수히"-"떠다닌다"-"나타난다"-"사라진다"-"허공을 떠도는"-"낱말들", 「Z는 사라진다」)을 뿜어내는 사건일 뿐이다. 뫼비우스의 띠처럼 반복되며 사라지는 말은 "머나먼 미래에서 발사된 탄환"처럼 시공을 초월하는 것이자, "어둠 속으로 무수히 명멸해가는 행성들"(「컬러 킬러의 흑백 사체」)이기도 하다. 업(業)을 다스리는 경찰관 "카르마 폴리스"와 무한집합의 수(칸토르가 제시한 저 "알레프의 수") 사이에서 벌어지는 전쟁과도 같은, 이 쫓고 쫓기는 숨바꼭질에서 함기석은 시의 공간을 제로가 되는 무한이라는 사유의 지평으로 확장시켜나간다. 자신과 언어와 존재와 세계를 완전히 부정하는 제로라는 지극히 일반적인 상식을 기억에서 지워버리고서, 함기석은 바로 이 무한이기도 한 제로에서 없애는 행위, 없어지는 과정, 없어질 수밖에 없는 필연, 없어지면서 만나게 되는, 없어지면서 열리는 미지의 세계를 탐구해나가는 것이다. 무한이라는 개념을 수와 문자와 의미와 몸과 환각에 드리워 시적 화두로 삼고서, 백지 위에다가 하나씩 그 양상을 적어 실천하는 놀라운 작업을 함기석은 감행하였다. 여기서 실천이라는 것은 수학적 테제를 시 안에 오롯이 녹여내었다는 것이지, 테제만을 기술하는 데에 시가 맹목적으로 봉사하지는 않는다는 뜻이다. 함기석의 시는 설명에 열중하는 게 아니라, 언어를 "등비수열"처럼 실험하고 또 실천하기 때문이다.

첫번째 말은 무색의 신경마취 가스
  해바라기가 두번째 코로 말을 마신다
      시간은 **이발소에서 세번째** 면도를 하고
          빛 속에서 어떤 말은 **양산을 쓰고** 말한다
최초의 말은   *파괴된다!*
  거울 속으로 마지막 말은   *증발한다!*
      총을 쏜다 나는   *내가*

사라지지 않는 세계 **면도 중인 섬**

나는 말은 앞으로 뒤로 위로 아래로

표류하다 실종되는 동시에 사방으로 걷는다

말은 **거울 속의 무인도**

세계는 **핏빛 미궁의 바다**

좌초하는 배 말의 현실은 *나를 잡아먹고*

파란 수염을 기른 *어둠 속으로*

불빛을 던지는 **등대** *출항하는 배*

—「고딕 계단을 공격하는 말개미들」 전문

얼핏 보기에 이 작품은 세 단계로 말의 가능성을 확장시켜놓은 것 같다. 대문자로 적혀 있는 부분은 사물이 사물을 호출하는 광경 속에 위치한 나를, 소문자 부분은 말이 말을 불러내며 빚어지는 사태를, 밑줄 그은 부분은 빛처럼 사라져가며 세계에 잠식당하는 나의 상태를 기술한 것이다. 문제는 이 세 가지 층위가 서로 간섭하고, 교섭하고, 중첩되면서, 세 겹의 시간, 네 겹의 공간, 다섯 겹의 행위를 만들어내고, 그 이상으로 불어나면서, 무한에 가까운 곳으로 의미를 증폭시킨다는 데 있다. 수학적으로 말하자면, 순열이자 무한해석이며, 제로로 수렴되는 무한은 이렇게 말의 배치만으로도 그 존재의 증명이 가능해진다. 함기석에게 무위라는 것은 수학의 무한에만 국한되는 것도, 무턱대로 쏘아올린 상상력의 결과물도 아니다. 언어의 사건, 언어가 봉착한 사태에서 야기된 무한의 실현 과정이 바로 무위이며, 이렇게 본다면, 없음에 도달하는 과정 전반을 지칭하는 것이라고 해야 한다. "너를 제거하기 위해 (계속 이어가시오)"(「빨간 돼지를 잡아라」)나 "낱말들은 왜 계속해서 회귀하며 생멸하고 침묵하는가?"라는 물음에서 출발하여 "깊이를 알 수 없는 無 속으로"(「왼손잡이 상상책」) 향하는 저 주어의 자격에, 시와 독자, 의미와 언어를 끌고 오고 끝내 연루시키고 말, 믿을 만한 보증인이 바로 수학의 제로로 수렴되는 무한인 것이다. 시에 "피보나치의 달팽이"나, "시어핀스키 삼각형"(「변이」), "멩거스펀지"(「고고는 고고고 다다는 다다다」)의 원리가 등장하는 까닭도 여기에 있다.

〔시어핀스키 삼각형〕

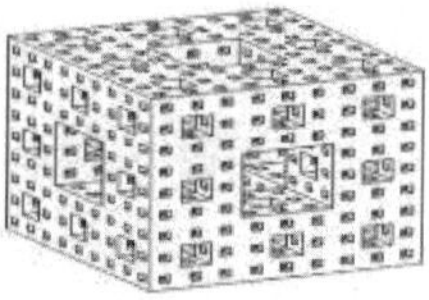

〔멩거스펀지〕

우선 정삼각형 하나를 그려보자. 이어 세변의 1/2 지점을 서로 연결하면 큰 삼각형 안에 총 네 개의 작은 삼각형이 생겨나는데, 여기서, 가운데 작은 삼각형을 잘라낸다. 남은 세 개의 삼각형에도 동일한 작업을 되풀이한다. 이 과정을 반복한다. 이번에는 정사각형 큐브 하나를 9등분하여 그 가운데를 비워내보자. 반복하면 넓이는 0이지만 그 둘레는 무한에 이르게 되는, 그럼에도 눈앞에 존재하는(존재한다고 가정해야만 하는) 형태가 당신 앞에 주어질 것이다.[6] 〈큐브〉라는 영화를 보았는가? 당신은 그 차가운 공간 안을 헤매는 악몽을 꾸어보았을 것이다. 함기석의 시에는 그러나 〈큐브〉에서처럼 17,576개의 살인미로만이 존재하는 것은 아니다. 존재하는 형태에서 무한이자 제로의 상태에 이르는 이 프랙털(fractal) 도형의 원리가 환각이나 절망과 고스란히 결부되어 시에서 유령처럼 떠돌아다닌다. 『변신』의 그레고르처럼 "벌레"가 되어, 살로메를 사랑했던 "릴케"의 무덤가를 배회하면서, 일정한 수를 곱하여 얻어지는 "등비수열"의 원리로 저 무한에 가닿기라도 하겠다는 듯, 말과 인간과 세계에 제 상상력을

6) 아르망 에르스코비치, 『수학먹는 달팽이』, 문선영 옮김, 까치, 2000, 26~60쪽을 참조할 것.

제곱해나가면서, 함기석은 "삼각형의 내부의 증식하는 삼각형의 내부"(「변이」)에서 벌어지는 사태를 하나씩 시에 새겨 넣는다. 세상과 나, 타자가 "녹아 없어"질 때까지, "대칭을 이루며 홍건해"질 때까지, "책장의 비유클리드기하학 책을 꺼내" 참조하면서, "수평비"에 흠뻑 젖고 "팔면체"가 되어, 세계가, 사물들이, 사랑하는 여인이, 하나씩 하나씩 지워져, "얼굴 없는 문자"가 되어 갈 때까지. 무한으로 제로에 도달할 때까지.

> 숲에선 해독될 수 없는 돌과 물과 나무들의 울음이 계속 들려왔다 숲 지붕 위로 묘비들이 떠다녔고 죽은 자들의 혼백이 땅에서 나와 얼굴 없는 문자가 되고 있었다 달이 열두 조각으로 쪼개져 지상으로 떨어지던 밤이었다 검은 숲이 한 장 한 장 바람에 펄럭이며 찢어지고 있었다
>
> —「변이」 부분

함기석은, 애초에 없었던 것, 없다고 말해온 것, 언어나 문자로는 가닿을 수 없는 그런 것들이 왜 존재하며, 어떤 것인지를 궁금해하고, 그 궁금증을 파고들어, 새로운 시적 세계를 개척해내었다. 무언가 발견하여 적어내면, 또다시 사라지고 없는 것을 발견한다. 발견한다는 행위가 다시 지워지는 것을 발견한다. 발견한다는 행위가 지워지는 것을 발견한 그 사실조차 글자로 발화되고 나면 다시 지워진다는 사실을 발견한다. 그렇다, 바로 무한수렴이다. 끝이 없는 무한의 행렬, 문자와 세상과 수의 조합으로 끊임없이 재현되는 세계에서, 나는 매한가지로, 끊임없이, 저 문자, 수, 환각에게 점령당할 수밖에 없는 운명이다. 그렇기에 함기석에게 세상은 무한을 전제로 하여 무한히 지워지는, 지금 당장이라도 사라져갈 환상과 소멸의 연속이지만, 여기에 의미를 찾기 위한 몸부림이 배제되는 것은 아니다. 상황은 어쩌면 전도되어 있다.

4. 문자와 문자의 소멸 과정과 새기는 행위

함기석은 기술하지 않는다. 그에게 문자는, '읽힐 수 있는 것(lisible)' 이기 이전에 '새겨야 하는 것(scriptible)', 혹은 새겨 넣는 주체이기 때문이다. 제로를 전제하는 무한, 즉, 없으면서도 있는 상태에서, 어떻게 시를 기술을 한다고 말할 수 있겠는가?

> *들어간다* *문장은 자신의 음과 혼으로 제 몸에 세계를 새긴다*
>
> *인간과 불과 얼음 사이에서 표류하는 낱말들......... 비상구에서*
>
> *흰구름이* *파열한다 〈파열한다〉가.......서술되(지 않아)도*
>
> *이 증발하는 하나의 행은* *피살된 여자의 눈으로*
>
> *나온다* *안개가 되어 안개를 뜯어먹는 들개가 되어*
>
> *내 눈엔*
>
> *검은 허공* *이 광기의 이 암흑의 우주로 미아가 되어 실종된다*
>
> —「*타임 호텔의 지그재그 25층엔 25시, 복도를 따라 하이힐소리 걸어간다 계단을 오르는 콜걸 나온다*」 부분

함기석은 애당초 사물을 지향하는 시를 쓴 것이 아니라, 시에서 사물을 제거하거나 사물에 배어 있는 기존의 의미를 탈색하는 데 몰두해왔고, 그 과정에서 언어를 만나게 되었다. 언어의 황홀한 저 미지의 세계와 조우하기 위해, 언어에 그간 가해진 불편부당한 편견과 맞서 싸웠으며, 이유 없이 감당해야 했던 통념의 억압과 폭력에 반발하였고, 언어에게 오롯이 주인의 자격을 부여해 맘껏 시에서 뛰어놀게 하는 작업에 전념해왔다. 그러나 이 작업은 언어에 전폭적인 신뢰를 부여했지만 한편으로, 언어와 사유, 세계와 언어 사이에 지속적으로 발생하는 틈새를 찾아낸 원인도 되었다고 해야 한다. 바로 그 틈새, 언어만으로는 감당해낼 수 없는 이 세계의 어떤 결핍, 바로 그 불완전성을, 수를 관장하는 다양한 논리들을 그러모아 보충

해내면서, 함기석은 끊임없이 괄호를 만들어내는 시, 이 괄호의 틈새로 파고들어 무언가를 새겨넣는 시를 실험해나간다. 이렇게 "*자신의 음과 혼으로 제 몸에 세계를 새긴다*"는 함기석의 시에서 이미 하나의 명제이다. "*서술되(지 않아)도*"의 긍정과 부정의 사이에 벌어진 틈으로 파고들어 무언가를 새기고자 시도한다. 수천 개의 의미망을 좁혀나가며 하나의 단단한 출구를 발견하는 대신, 함기석은 언어가 "*증발하는 하나의 행*" 안으로 직접 "들어간다." 그곳에서 "검은 글자族 전사들"과 "A E I O U 머리가 다섯 달린 늑대", "굶주린 글자들"(「글자族이 사는 무인도」)이 지배하는 세계를 만나고, 내가 말을 기술하는 대신, 글자가 나를 새겨나가는 세계를 체험해나간다. "예기치 못한 문장이 하나 우연히 태어"(「행위 4」)나는 과정을 드러내기 위해, 함기석은 단지 쓴다는 행위의 주인을 바꾸어놓았을 뿐이다.

글자들이 신나게 권총을 쏜다
글자들이 신나게 권총을 쏘며 빌딩 숲을 달린다
사람들이 도주한다
나무들이 도주한다
빌딩들이 도주한다
아이는 울면서 옥상에서 사살된 비를 부른다
태양의 눈빛은 철사되어 아이의 눈에 박히고
나는 공중으로 정오는 땅으로 빠르게 휘발된다

—「탈옥수들」 부분

해방된 글자들의 축제 속에서 그러나 세계는 차츰 지워지고 종국에는 사라질 것이다. 글자들이 주인이 되어 "쏜다"와 "달린다"와 "날려버린다"는 행위를 감행하는 순간, 세계는 "피를 흘린다", "뚫린다", "오른다", "사살된다"의 대상이 되어, "도주"하기 시작하고, 결국 "휘발"될 수밖에 없기 때문이다. 창문을 열고 어딘가를 멍하니 보며 '하늘'이라고 한번 말해보라. 그러면 내가 명명한 '하늘'이 막 빠져나가는 시간에 이르게 될 것이다. 잠시 후'하늘' 외의 공간이 다시 눈에 들어오게 될 것이다. 그러나 이 공간을'허공'이라고 해보아도 마찬가지이다. 결국 내가 본 것, 내 시야에 포착된 것은, 명명하는 순간 잠시 고정되었다가 이내 사라지고 말 것이기 때문이다. 말이란 오로지 순간의 화행(話行) 상태로 주어질 뿐, 대상을 고정시키지 못하며, 오히려 대상 위를 날렵하게 미끄러지는 운동일 뿐이기 때문이다. 시를 쓰는 순간순간 적나라하게 펼쳐지는 이 언어의 운동성을 달리는 "말"(馬, 語)에 빗대어, 소멸로 귀결되는 말의 운동성과 끝간 지점에서 다시 착수해야만 하는 언어의 저 운명을, 우리는 "비명없이 무너져내"(「직선 트랙을 달리는 다섯 마리 경주 말」)리는 과정이라고 불러야 하는 것일까. "사라지는 말의 얼룩과 살점들", "말을 강탈해 말의 심장과 내장"과 "말의 뼈를 부수어 깨끗이 먹어치"(「아프리카」)우는 행위를, 접속사("그러나", "그리고", "그런데", "그리하여")의 속성을 활용하여 말(馬, 語)의 삶과 죽음에다가 비유해 놓은 것도, 그 말의 소멸 과정을 드러내기 위해서다. 함기석은 이렇게 사라져가는 말, 남겨지는 빈 곳을 표상하는 곳에서 장렬하고 처절하게 산화하는 말의 운명을 목전에 두고 애처로워하는 대신, 그 절차를 시에 새겨 넣으려고 시도한다. 무로 향하는, 무로 환원되는 말의 경로를 새기는 작업을 놓치면 우리는 출구가 봉쇄되어버린 미로에 갇혀 엄벙거리며 소멸만을 손에 쥐고 만다.

5. 의미에서 무위로

온전히 음성만으로 이데올로기를 타개해나갈 기제를 고안할 수 있는가? 큰 글자는 크게, 작은 글자는 작게, 행갈이의 휴지를 준수하고 ~에 가락을 붙여가며 그저 큰 소리로 따라 읽기만 해도 그것으로 충분한 시가 있다. 어떤 결과를 얻었는가? "~~두두둥두두둥두두둥~~ ~"에서 시작되었지만 "도둑", "똥", "땅", "여당", "얼렁뚱땅"(「북치는 아이들」)이 반복되며 귀에서 맴돌지 않는가? 비판은 아니다. 오히려 교살이다. 예고 없이 적진으로 돌파하는 병사가 단숨에 적장의 목을 베어내듯, 관념-사유-정치의 기재를 오로지 분절어와 그 가락, 그것의 배열에 따라 요리조리 끌고 다니다며, 서서히 목을 조르고, 결국에는 절멸시키고 만다. 아래와 같이

탕 탕 탕 탕 탕 탕 탕 탕 탕!

—같은 시

함기석의 시에서 무위는 이데올로기에 대한 비판과 동떨어져 있거나 그것을 저버리는 것은 아니다. 적극적으로 들추어내고, 해체하며, 결국 사살한다고 보아야 한다. 무로 이르는 일체의 행위와 그 과정의 검증에 있어서, 해체와 비판이 개입되지 않는 것은 아니기 때문이다. 無爲는 이런 의미에서, 아무것도 정립하지 않는다는 無位, 그 과정을 어루만져 위로한다는 撫慰, 언어와 수의 운명을 벗어날 수 없다는 無違이기도 하다.

무위는 "흘러내리는 이 無無의 책"(「뒤집힌 눈/곡, 음악광 C의 소장품 3점이 발생시키는 트라이앵글 렌즈」)에서 자양분을 얻어내고, "妙有가 지느러미를 흔들자 원을 그리며 웃는 물"(「수면에 비치는 소리聲나무-事物과 死物과 眞空」)에 제 형상이 없는 얼굴을 비추어보며, "我를無곁으로옮기고相을죽음死쪽으로 〔…〕 내我가사라진빈자리로말言을부르고말이사라진자리에허공을드리운"(「만다라궁」) 행위의 무한한 결과인 것이다. 사물에서 "死物"로, "眞空"으로 이르는 길을 탐구하기 위해, "진공묘유(眞空妙有)"의 세계에 이르기 위해 함기석은 그렇게도 애를 태웠던가? 문자에서, 말에서, 언어에서 기존의 통념을 제거하기 위해 무한의 과정을 펼쳐내며, 제로 상태의 비어 있는 공간에 차고 들어앉은 진리에 이르고자 할 때 함기석의 시는 무위의 시학의 저 완성을 목전에 둔다. 텅 비어서 아무것

도 없는 것 같지만, 묘하게도 존재하는 것이 있다는 "眞空"과, '있지 않음의 있음'을 말하는 "妙有"에 도달하는 방식을 함기석은 시에서 누구보다 고 독특한 방식으로 고안해내었다. 나를 비워낸 "無我"의 지경에 이르기 위해 그렇게나 감각에 혹독한 시련을 겪게 하였던 것이며, 언어의 권력을 붕괴하면서 무한을 붙잡으려 했던 것일까? "언제나 같은 우주에 있고 영겁 속에서 만물은 모두 평등하게 소멸"한다는 저 만고불변의 원리를 시에서 구현해내기 위해, 그토록 애절하게 "being"(「벽에 비친 그림자 악사빙-없는 여자 Ø(phi)의 목소리」)을, 아니, 당신을 위해 색소폰을 연주했다는 말인가? 무한이자 제로인 상태, 없지만 있는 상태, 비워냈지만 그 형태를 유지한 채 존재하는 상태, 바로 아래와 같은.

•●•●••●••● ●●●●●••○!

—「북소리」 부분

6. 다시 〔詩作과 始作과 試作〕을 위하여

단일한 곳으로 수렴되는 의미를 부정하고, 무한을 사유하며, 함기석은 우주와 시간과 인간과 사물로 구성된 거대한 세계 앞에서 놀람을 감추지 못하였고, 침묵으로 일관될 수밖에 없는 장엄한 광경과 무의식의 세계로부터 무한과 공허와 없음을 끌어내 그 과정을 시에 펼쳐놓았다. 이 침묵과 무의식의 세계 안에서 들끓고 있는 것은 무의미나 제거된 의미가 아니라, 의미를 지워내는 처절한 과정에 대한 엄중한 기술과 오로지 그 과정을 끝까지 쫓아간 자에게만 주어지는 인식의 성취라는 저 빛나는 휘장이다. 바로 이때 시인은 사물과 대상이 꾸는 환상과 그 가능성을 목격할 자격을 갖춘 자가 되는 것이며, 무한의 세계로 진입하여 현재에 아직 펼쳐지지 않은 미지의 세계를, 지금-여기에서 호흡하게하고 영위하게 만드는 주인이 되는 것이다. 함기석은 이렇게 사물의 눈을 빌리거나 대상의 고유한 질서 속으로 파고드는 낯선 언어의 파동에 귀를 기울이며, 우리가 살고 있는 사회의, 우리 의식의 기저에 연동된 착각이나 믿음의, 우주와 세계와 인간에 덧씌워진 이데올로기를 하나씩 지워나간다. 그의 작업에 비판적 성찰이 배제되어 있다고 생각하면, 함기석의 시는 제 가치를 잃는다. 언어의 생리에 대한 근본적인 인식과 각성을 통해 가식과 이데올로기를 지워내지 않고서는 무위의 시학이 성립할 수 없다는 사실을 함기석은 잘 알고 있기 때문이다. 함기석은 말의 탄생과 성장과 소멸과 침묵에 이르기까지의 과정을 수학적으로 되감아내면서 우주를 구성하는 외부의 강압과 통념을 뒤흔들 수 있는, 인간과 우주 사이의 견고한 유추의 건축물을 일시에 붕괴할 수 있는 그런 시를, 우리에게 보여주었다. 따라서 말의 죽음, 사물의 죽음, 관념의 죽음, 인간의 죽음, 세계의 죽음, 우주의 죽음, 아니 이 모든 것의 소멸은 오로지 소멸의 과정에 대한 근본적인 규명을 통해서만 제로가 아니라 무한을 만나게 될 뿐이다. 핵심은 항상, 과정을 사유하고, 과정을 적시하고, 과정에 초점을 두고서 끈질기게 인식의 투쟁을 전개해나가는 데 있다.

끝났다　　　시간의 왼손은 자신의 음부를 가린 오른손을 자른다
로 시작되어 시작된다　　　언어의 처형지에서 언어가 시작된다
로 끝나는 시작에 종이가 놓여 있다　　　사각형 뱀이 되어
이것은 백지다　　　時空을 잡아먹는 백 개의 혀가 달린 파충류
라고 쓰면 사라지는 백지　　　그것은 독을 품고 있다
당신의 시작을 위한 無의 백지인 것이다　　　벼랑 끝에서
시작을 시작하라　　　벼랑 아래로 비상하는 백색 까마귀들

시작을 시작하지 않으면 시작은 영원히 　　　　시작될 폐허다
미완으로 남는다 　　　　死角의 링 아래 어둠 속에서 누가 우는가
시작은 3연으로 되어 있다 　　　　그것은 천상과 지상과 침묵이다
2연에 따라 완전히 바뀌게 될 　　　　생의 아픈 여백 속으로
나의 시작은 　　　　시작 전후와 함께 소멸하고 흑백 꽃비가 내린다
당신의 시작에 의해 이제 　　　　최초의 문장이 세계가 호흡이
시작된다

—「시작」 전문

반복한다. 함기석의 작품에서 〔시작은 〔詩作이며 〔始作하는 〔동시에 〔試作으로 〔이어진다.〕〕〕〕〕 괄호는 무한으로 늘어날 것이다. 오로지 "언어의 처형지에서 언어가 시작"될 뿐이기 때문이다. 언어의 극한, 언어가 성취할 수 있는 최대치의 가능성을 한껏 밀어붙여, 언어와 비언어의 경계를 무너뜨리고, 그 무한의 영역마저 파고들어 언어의 깃발을 꽂아 놓을 때, 비로소 늘 생성 중인 상태의 시적 언어의 모험이 착수될 수 있는 것이다. 시작을 시작하라. 간단한 수칙에도 뭔가 간단치 않은 문제들이 항상 숨어 있다. 살아 움직이는 작동 속에서 지속적인 붕괴와 합성이 반복되는 일종의 회전목마와 같은 전경들이 시에 빼곡히 채워진다. 삶의, 세계의, 우주의 공백들을 채워가면서, 공백을 만들기 위해 삶에, 세계에, 우주에 덧씌워진 관념들을 하나씩 탈색해내면서 그는 힘겹게 무위의 세계를 향해 발걸음을 옮긴다.

사방이 어룽지고 있다. 세계가 휩싸이고 있다. 기술한 이후에 가뭇없이 사라져버리는 말의 취약함과 위험성이 저편에서 경종처럼 울려 퍼진다. 의미가 해체되고 있다. 무한을 향한 그의 마음에 우주가 하나씩 지워지며 제로로 수렴되고 있다. 고통스럽게, 허물을 벗고, 감추어져 있던 현실의 빼대가 서서히 모습을 나타낸다. 불편하고, 불안한 확신으로 밝혀질

인식의 횃불을 쥐고서, 그런데도 세계를 책임질 거라고 말하는 시인을 당신은 본적이 있는가. 모험의 대가를 고통으로 지불하며 함기석은 항상 시의 최전선에 있었다. 그가 토해놓은 아픔과 고통은 그러나 그의 것만은 아니다. 시를 쓰고 있는 그가 당신이고 당신이 그라고 한다면, 아니, 에셔(Escher)의 그림처럼 왼손이 오른손을 그리는 것인지 오른손이 왼손을 그리는 것인지, 시작이 끝과 물리고 끝이 다시 시작과 맞물리는 것이라고, 나 안에 타자가, 타자 안에 내가 있는 것이라면, 당신은 뭐라고 말할 것인가? 무한이라는 사유가 끝없이 뻗어나가는 것이 아니라, 제자리로 돌아오고 또다시 출발하는 것이라면 말이다. 그런데도, 이 모든 게 당신과는 상관없이 홀로 가는 고유명사라고?

> 0시 방향으로 걸음을 옮겨 창을 찾아보시오 창은 말의 동공처럼 어둡게 깨져 있소 거기 서서 0시의 왼쪽세계를 바라보시오 밤의 잿빛 도시가 보이오? 도시의 강변 저편에 빌딩들이 보이고 아파트 단지가 보일 게요 불 켜진 방이 하나 보일 게요 시를 읽고 있는 사람이 보일 게요 누군지 아시겠소? 아픈 방을 읽고 있는 바로 당신이오
>
> —「아픈 방」 부분

시를 읽고 있는 사람과 시를 쓰는 주체가 서로 무한의 상호적인 고리로 연결될 뿐이다. 누구나 자신의 내면에 "아픈 방"을 품고 있는 것이다. 이 "아픈 방"이 시를 쓰게 하는 힘이며, 우리 모두가 내면에 간직하고 있는 '시적 주체', 즉 역사 속에서 시를 고안하고 생성해내는 동력이다.

(함기석 시집 『오렌지 기하학』 해설, 문학동네, 2012)

비등점의 언어, 휘발되는 사물
— 송승환의 『클로로포름』

시가 자신의 자리를 들여다보았다는 것은, 제 존재의 근거를 확보해나가는 일을 게을리 하지 않았다는 뜻이겠지만, 존재에 대한 증명을 유예해나가며 여전히 무언가를 모색하고 있다는 말도 된다. 증명의 유예에 몰두하면서 가장 건조한 형식을 취해온 송승환의 시는, 그럼에도 건조하다는 말과는 상반되는 결과를 낳는다. 말과 사물을 최대한 닮게 하려는 노력, 대상에 덧씌워진 사유나 군더더기의 일상언어를 차근차근 대상에서 제거해내, 결국 대상마저 증발시키는, 예컨대 말하지 않되, 최대한 많은 말을 해놓아 역설적으로 걸머쥐는 성취가 그의 시에서 작지 않은 파장을 불러오기 때문이다. 오해하지 말아야 할 것은 송승환의 시에서 운위되는 형식의 간결함이나 말의 경제성이 시에 주관적인 공간을 부여하고 의미의 무한한 가능성을 예비하는 일과 다르지 않다는 사실이다. 주관성의 성취는 복잡하게 말을 늘어놓거나, 반대로 압축이나 생략, 암시나 비유를 통해서만 이루어지는 것은 아니다. 말의 열기로 대상을 차츰 태워나가는 송승환의 시를 읽다보면, 그 에너지로 인해, 결국 시를 읽고 있는 사람마저 증발되는 사태에 직면하고 만다. 사물이 말로 기획된 하나의 사건이 될 때까지 사물을 꿰뚫어내며 사물의 다양한 양상을 적확하게 포획하는 직관이 그의 시를 지배하고 있기 때문이다. '사물과 최대한의 닮음'을 추구하는 그의 시에서, 말은 형체를 남긴 채 형체를 남기지 않는, 모순어법의 희생양으로 장렬하게 순교한다. 그러나 대상이 대기로 휘발되는 순간조차 결국 말에 의지해 표현될 수밖에 없다는 사실을 송승환은 잘 알고 있다. 허약해 보이는 형용사나 홀로된 부사, 지나치게 간결해 부실해 보이기조차 하는 명사 몇 개를 움켜쥐고, 대상에 달려들어, 대상을 쪼개고, 뒤집고, 벌리고, 기습하고, 배치하고, 두드리며 고안하는 일에 몰두할 때, 말로 사물을 점령하려는 저 행위는 과연 완성을 바라볼 것인가? 시의 공간이 기이하고도 첨예하게 채워지는 건, 따라서 당연한 결과라고 보아야 한다. 공간? 그렇다. 공간의 확보, 공간의 재편, 공간의 시적 점유와 그 낯선 방식에 대해 말하지 않을 수 없다.

1. 여백의 시학

여백(餘白)은 필경 잘못된 말일 것이다. 송승환의 시에는 기실 여백이라 부를 만한 것이 없다. 여백이라고 말해온 것, 검은 활자가 미처 점령하지 못한 흰 종이의 허약한 부분이 침묵의 공간은 아니다. 무언가를 읽어내지 않으면 실패하고 말, 지뢰가 들어선 곳이자, 시인이 지워내고 덧붙여놓은 것, 투척하고 소략해놓은 온갖 장치와 그 의도를 감지해야만 하는 장소가 여백이기 때문이다. 암시로 채워진 하얀 문(文)이자 문(門)이기에, 그곳은 침묵과 평화를 가장한 무언(無言)이나 무(無)의 황무지가 아니라, 아우성으로 흘러넘치며, 말의 감정 선을 타고 대상과 함께 미끄러지는 시인의 얼굴이, 아니, 그의 정념이 확보하는 곳이라고 해야 한다. 소리-문자-날말이 끝내 타오르고 마는 곳, 끝을 맺지 못한 말들이 시집의 또다른 작품에게 교신을 보내는 곳, 말의 비등점에서 끓어올라 사유의 경계선이 한없이 확장되는 곳, 말과 사물을 마음껏 실험하고 재배치하는 곳이기에, 송승환에게 여백은 비어 있음이나 침묵의 예찬이 아니라, 의미의 특수성이 창출되는 시의 터전과 다르지 않다.

그러니, 당황하지 말자. 엉뚱해 보이는 작품 「레이저」는 장난이 아니라, 성찰과 고민으로 뒤발된 한 편의 진지한 시라고 여기기만 하면 된다. 제목 하나 달랑 적어놓았는데? 레이저 광선은 눈에 보이지 않는다. 그런데 이 눈에 보이지 않는 성질은 오로지 '레이저'라는 말을 통해서만 표현될 수 있다. 아무것도 적혀 있지 않은 여백은 송승환이 레이저의 속성을 담아낸 고유한 방식인 것이다. 당신이라면 어떻게 하겠는가? 그런데 시인은 그걸 적어야 한다고 생각한다. 사물의 보이지 않는 성질을 그대로 적어야 한다는 것이 그가 봉착한 결론이며, 바로 이렇게 해서 텅 빈 공간이 고유한 의미의 영역 안으로 침투해들어오기 시작한다. 그러니 여백은 지칭하고자 하는 대상의 속성을 최대한 반영한, 시학의 요소가 아닌가. 「프린터」 역시 마찬가지이다. 프린터는 무엇인가? 아니 프린터라는 제목 아래에 덩그러니 주어진 저 빈 곳은 무엇을 말하기 위함인가? 당신은 출력을 해보았을 테지. 출력에는 응당 시간이 걸리며, 당신은 이 사실을 알고 있다. 송승환이 말하려 애쓰는 것이 이것과 다르지 않다고 생각하게 되는 순간이 바로 그가 창조한 여백이 기실 의미로 들끓는 창조의 공간이라는 것을 당신이 이해하게 되는 순간이다. 그다음 쪽에 적혀 있는 "흰 얼룩"이 프린터를 통해 출력된 글이라면, 출력된 이 글이 우리에게 당도한 시간과 그걸 "집는" 데까지의 과정을 담아내는 데 여백이 할애되었다고 보아야 할 이유도 생겨난다.

송승환에게 여백은 시집을 하나의 유기체로 구성해낼 기획의 소산이다. 양면을 붙였다가 떼어내는 물감놀이처럼 제시해놓은 「끓는점 10.8℃」에서 독서의 가능성이 두세 배 늘어나는 것도 여백과 관련이 있다. "끓는점"과 "10.8℃"가 하나의 제목인지 모호한 가운데(각각, 한 면씩 차지하므로), 왼편의 "침대"-"초침"-"보이지 않는"-"거대한 그림자"와 오른편의 "바다"-"소리 들린다"-"새"-"수면에 내려앉는다"가 거울을 비춘 것처럼 서로 포개어져, "침대 바다"-"초침 소리 들린다"-"보이지 않는 새"-"거대한 그림자 수면에 내려앉는다"라고 읽히는, 즉, 양면을 넘나드는 독서가 가능해진다. 물론 대각선으로 양면에 제시된 시어들을 서로 연결해볼 가능성을 열어 독서의 복잡성을 연동시키는 것도 여백의 몫이다. 어떻게 읽어도 좋을 것이나, 중요한 것은 여백에 의존해 의미가 확장되고 교체되며 변주된다는 사실이다. 이어지는, 일정한 간격 사이에 무심코 나열해놓은 듯한 "메스" "핀셋" "벅 해머" "메스"와 다음 면에, 마찬가지로 별 의미 없이 병렬해놓은 듯한 "리트렉터" "포셉" "본 커터" "핀셋" 역시, 수술집기로 들어찬 공간 하나를 구축하기 위해 여백이 활용된 것이라면, 읽어야 하는 것은 바로 이 빈 공간이다. 나머지 부분도 의미심장하기는 마찬가지이다. 수술실의 "거울" 두 개와 "흰 벽", 수술대를 비추는 동글동글한 전구들, 즉 "無影燈"과 그것이 뿜어내는 빛이 보이지 않는가? "메스" "핀셋" "벅 해머" "메스" "리트렉터" "포셉" "본 커터" "핀셋"이 가지런히 놓인 수술대 하나가 이렇게 우리에게 당도한다. 그리하여 끝까지 눈을 떼지 않고 작품을 따라간 당신이라면 굳게 "커튼"이 쳐진 병원 수술실과 그 희고 차가운 이미지 하나를 목도하게 될 것이다.

* Ethylene Oxide. 특유의 향기와 폭발성 있는 무색 기체
Mes. 수술용 칼
Pincette. 물건을 집는 용구
Retractor. 상처를 비집고 당기는 용구
Forceps. 집거나 누르는 외과 수술 용구
Buck Hammer. 타진기
Bone Cutter. 뼈 절단기
Astral Lamp. 바로 밑 그림자가 비치지 않는 수술실 무영등
Curtain.

더구나 순서가 달라 수술실 집기 이름과 덧붙여놓은 원어와 설명을 번갈아보면서 작품을 다시 읽어나가면, 의사들의 바쁜 손놀림을 상상해보는 일도 가능하지 않겠는가? 아니, 차가운 용구를 들고 수술을 집도하는 의사의 바쁜 손놀림이 당신의 눈에는 보이지 않는가? 우리는 방금, 한창 수술중에 있는 수술실의 이곳저곳과 구석구석을 둘러보았다.

2. 미완의 언어로 완성하려는 사물의 형상

송승환에게 사물은 실재하는 것일 수도, 실재하지 않는 것일 수도 있다. 사물의 실재 여부는 오로지 언어를 통해 확인될 수밖에 없는데, 언어란 무언가의 재현인 까닭에 필연적으로 불완전한 속성을 지닐 수밖에 없기 때문이다. 송승환은 이렇게 사물에 대한 묘사란, 그것이 언어로 행해진 것이라면, 마땅히 불완전한 상태가 될 수밖에 없다고 생각한다.

푸름 푸름 붉음 푸름 푸름 붉음 푸르름 푸르름 붉음 푸르스르 붉음 푸르스르 붉음 푸름 푸름 붉음 붉음

푸르르 푸르르 붉음 붉음 푸르르 푸르르 붉으스름 푸른 붉음 雨雨 푸른 붉음 雨雨 붉으죽죽 붉으죽죽 雨雨 붉은 푸름 붉은 푸름 붉음 붉음 붉음 푸름 푸름 푸름

붉으죽죽 붉으죽죽 雪雪 붉으죽죽 雪雪 붉음 붉음 붉음 푸름 푸름 푸름 붉음 붉음 붉음 푸름 푸름 푸름 푸르스름 붉으스름 붉음 붉음 붉음 초록 초록 초록

초록 위

—「제라늄」 전문

사물은 오로지 말에 의지해 우리에게 당도할 뿐이다. 장미 한 송이를

한번 말해보라. 그러면 형용사 하나가 송승환에게는 사물과 그 존재를 확보해나갈 첨예한 도구라는 사실을 알게 될 것이다. 송승환에게 사물을 창조하는 것은 관점이다. 사물을 묘사하기 위해 파고드는 언어가 하나의 관점으로 기능한다는 것은 말하자면 언어의 불완전성에 대한 고백과도 같은 것이다. 그럼에도 송승환은 사물과 언어가 최대한 서로 닮게 될 때까지 힘껏 밀어붙인다. 말에 의지해 사물에 생명과 온기, 의미와 가치를 부여하려 하지만, 그러나 말과 사물은 하나가 될 수는 없다. 사물이 불완전한 말에 의해 다시 주조될 뿐이며 그런 순간들이 주어질 뿐이다. 양태형용사 "푸름 붉음" / "푸르름 푸르스름"의 변주로 꽃의 변화가 들어서고, 앞선 낱말의 음소에서 빚어낸 "雨雨"에서 비 내리는 정경이 감기며, "雪雪"에 이르러 계절의 변화가 감지되면, 여러해살이풀 "제라늄"의 굳게 견뎌온 세월과 고통이 시에 고스란히 눌어붙는다. "제라늄"의 흔들거리는 삶을 형용사와 그 변화를 활용해 포착해내겠다는 시인의 의지는 가능할 리 없는 대상과 언어의 일치, 그 이상의 지점에 시적 대상을 위치시킨다. 「시클라멘」도 사정은 다르지 않다.

> 초록 심장 초록 심장 초록 초록 초록
> 붉은 움 붉은 움 붉어 붉지 붉은 불거져 붉지 붉은 움 검은 흙 검은 흙 검지 검어 검어 흐르지 흘러 물 흘러 물 흙 흙 흐르지 죽 죽 죽어
> 울울창창 울울창창 검은 숲 검은 불
> 불 춤 불 춤 불불 춤춤 불불 춤춤
>
> 하얀 태양 아래
>
> —「시클라멘」 전문

불완전한 언어로 사물의 실체를 표현하고자 하는 송승환의 시도가 일

종의 도전일 수밖에 없는 까닭은 "하얀 태양 아래" 놓여 있는 「시클라멘」 한 송이를 묘사하는 데 그치는 것이 아니라, 율동이나 흔들림, 찬란한 자태마저 담아내려 하기 때문이다. 큰 소리로 작품을 읽어볼 필요가 바로 여기서 생겨난다. 저 반복되고 변주되는 색채 형용사가, 기실 볕 좋은 날 진흙 한 덩이를 앞에 두고 거기서 「시클라멘」을 뽑아내려 쉼 없이 놀려대는 조각도에 다름아니라는 사실이 소리 내어 읽을 때 드러나기 때문이다. 평범하다고 해야 할 형용사 하나에서 숨 가쁘게 토해내며 반복되는 음소와 더듬듯 급박하게 운위되는 낱말의 변주를 통해 송승환은 사물의 사물-되기, 그것의 존재와 비존재, 생성과 소멸, 변화와 성장의 과정을 낱낱이 드러낸다. 저돌적이면 저돌적인 만큼, 실패를 노정할 수밖에 없는 것은 언어의 속성이 그렇기 때문이다. 그런들 어떠랴? 사물을 포착하기 위해 언어의 가능성을 최대한 확장하여 대상에 주관을 부여하는 데 성공한 실험만으로 우리 앞에 지금 흐드러지듯 춤추는 「시클라멘」 한 송이가 당도했지 않는가. 「마르시아」에서는 또 어떤가?

> 희여언 희여언 희어 희어 혀 혀 희어 희어 흰 흰 잎 잎 이파리 이파리 파르라니 파르르 흰 잎 파리 파르르
> 여언 여언 연푸른 연푸른 푸르르 연푸른 푸르스름 여언 푸르르 푸르르 푸르스름 희어 흰 푸르스름 푸름
> 푸름 붉음 붉음 붉은 푸름 붉은 푸름 희붉은 희붉은 흰 흰 붉음 희게 붉음 희게 붉음 희붉음 희붉음
> 희꺼먼 희꺼먼 붉음 희꺼먼 희꺼먼 붉음 검으래 희꺼먼 붉음 검으래 붉음 검으래 붉음 검붉음 검붉음 검붉음 검은 검은 검은 검어 검어 검어 검어
>
> 흰 종이 울리며 피어나는 공기

—「마르시아」 전문

형용사의 변주로 도달한 지점에서 송승환을 기다리고 있는 최후의 말은 "검은 검어"이다. '검다'는 송승환의 시에서 색깔의 모든 가능성이 종결을 고하는 지점, 즉 "붉음 푸름 초록 붉음 푸름 초록"(「마크 리더」)을 죄다 삼켜버리는 블랙홀이다. 대척점에 항상 "흰 종이"를 놓아두는 송승환에게 검게 되는 순간은 그렇다면 무엇을 의미하는 것일까? 대상이 검게 될 때까지 적어나갈 수밖에 없는 자신의 시작(詩作)이 결국 소멸을 바라볼 수밖에 없노라고 고백하고 있는 건 아닐까? 말에 의지해 하나의 사건이 되기 이전, "장미과의 한 품종"에 속할 뿐이었던 「마르시아」는 말이 감싸쥔 최대치의 주관성에서 감겨, 급기야 "흰 종이 울리며 피어나는 공기"가 될 것이다. 사물이 말에 포착되지 않고 달아날 때(왜냐하면, 꽃을 종이 안에 구겨넣을 수는 없으므로), 반대로 이 달아나는 사물을 종이 위에 붙잡아두려 시도한다면, 종이가 타고 대상도 함께 타들어가는 임계점에 도달하게 될 수밖에 없는 것이다. 타고 나면? 다시 시작하는 수밖에. 그러니 이 언어의 실패담을 시에 기록하는 자의 고통을 짐작하는 일은 어렵지 않다. 그것은 일면 실패가 분명하겠지만, 송승환에게는 쉽지 않은 실패, 즉, 패배하지 않는 실패인 것이다.

3. 명명: 말할 수 없는 것을 말하기 위한 암시의 시학

말라르메는 "하나의 대상을 명명(命名)하기"가 "시의 사분의 삼분지 가량의 즐거움을 제거하는 것"이며, 그러나 이러한 시도는 "차츰 *암시하기*"가 되어, 결국 "꿈이 여기에 있다"고 한 바 있다. 시에서 어떤 대상이 호출돼버리면, 그것은 이미 '말할 수 없는 것'이 아니다. 이때 대상은 수많은 자기표현의 가능성을 포기하고, 오로지 하나의 낱말에 갇히겠지만, 결국 말로 명명되어 글로 적힐 때만 오로지 시인과 독자 사이에서 에너지, 즉 "암시하기"의 저 원대한 꿈을 실현할 수 있다. 명명하는 순간, 언어와 대상 사이에 살짝 열리는 틈입을 파고들며, 송승환은 대상에 덧씌워진 일상 언어의 흔적을 제거해내고, 대상을 차츰 지워나가는 일에 몰두한다.

사과가 있다

푸른 사과
거의 둥글고 파란 사과
가까스로 둥글고 연푸른 사과
기어이 둥글고 작은 초록 사과

쟁반에 담긴 청록 사과

물감과 물감을 섞는다
푸른색에서 노란색까지
노란색에서 푸른색까지

물을 더 섞는다

사과가 있다

—「레코드 플레이어」 전문

명명으로 대상을 확정해나가는 과정에 암시가 개입되지 않는 것은 아니다. 그렇다면, 제목 "레코드 플레이어"는 "사과"와 어떤 관계가 있는 걸까? 반복된다는 "Record Player. 녹음 재생 장치"처럼 반복해서 대상을 명명하는, 그러나 조금씩 저 막연한 대상을 차이로 빚어내며 암시의 가능성을 확장해나가는 데 필요한 이유를 제목이 부여해준다. 녹음이 취하는 각인과 기억의 방식은 명명하는 행위에 대한 비유이자, 사물을 둘러치면서 차츰 사물의 본질 속으로 파고드는 암시하기의 인장과 다름없다. 따라서 격자처럼 시작하고 마무리짓는, 첫 행과 마지막 행의 "사과가 있다"에서 "사과"는 더이상 동일한 사물이 아니다. 같은 사과는 심지어 완전히 다른 것이 될 수도 있다.

사과라 불리는 이것이 식탁에 있다

나는 사과에게 출발한다

나는 사과에게 가고 있다

나는 사과에게 도착한다
내 손가락 끝이 사과에 닿아 있다

견고하다

—「모터에서 제너레이터까지」 부분

송승환에게 누군가 이미 명명해놓은 "사과라 불리는 이것"은 확정된 사물이 아니다. 그리하여 확신을 위해 직접 만져보지만, "견고하다"는 사실 외에 사과가 사과임을 보증해주는 것은 아무것도 없다. 사물을 확정짓는 일이 언어로 이렇게 불가능할 때, 사과는 "붉은 토마토와 붉은 토마토 사이"(「카메라」)에 놓일, 암시의 대상일 수 있으며, "사물을 가까이 들여다볼수록// 낱말은 마비되어 잠들어간다"(「클로로포름」)고 생각될 때, "바나나라 불리는 이것"(「모터에서 제너레이터까지」)이라는, 저 예상치 못한 결행은 사과에 대한 부정이 아니라, 오로지 암시에 의존해 사물을 확정해나갈 수밖에 없는 시의 운명에 대한 통고라고 보아야 한다. 송승환이 집요하게 물고 늘어지는 것은 바로 이렇게, 사물이 명명될 무한한 가능성과 대상의 확신할 수 없는, 그러나 오로지 언어에 의존해서 그 가능성을 타진해나갈 수밖에 없는 어떤 상태이다. 말로 대상의 골격을 드러내고, 자태를 묘사하며, 존재의 가능성을 타진해나가지만, 송승환은 그것을 완수하는 일이 가능하지 않다는 사실을 잘 알고 있다. 언어로 대상을 포착해낼 가능성이 오히려 무한에 가깝다는 인식에서 시 쓰는 행위의 근본적인 이유가 생겨나고, 시를 통해 좁혀가야 할 임무가 시인에게 부여된다고 해야 할 것이다. 전문을 적어놓은 「OISEAU」를 보자.

S
E
I A
O U
서로의
몸속
물통에서
물을 길어 올리는 기러기떼
또는

날개를 편 새의 형상을 문자로 표현한 한 편의 상형시(calligramme) 같아도, 이 작품은 철자를 하나씩 분절한 후 조합해 새로운 의미의 단위를 묶어내며 대상을 다각도로 포착해낸다는 점에서 철자교체(anagramme)의 효과를 최대한 활용한 것으로 보아야 한다. 예를 들어, "S"를 맨 위에 올려놓은 것은 새의 자태가 S와 닮았기 때문이지만, 새가 하늘을 나는 소리도 표현하고자 함이다. 아래의 "SE"는 프랑스어 대명동사의 어근으로, 재귀적 특성, 즉 '서로'나 '스스로'("서로의")라는 뜻을, 왼편에서 위로 올라가며 적은 프랑스어 "OIES"는 "기러기떼"를, 위에서 오른편 아래로 내려가며 적은 프랑스어 "SEAU"는 "물통"을, 여기에서 S를 제거해놓은 "EAU"는 "물"을, 여기서 또 E를 뺀 "AU"는 장소를 나타내는 프랑스어 전치사 à와 정관사 le가 결합된 형태로 "~에서"를 의미하며, "U"는 물을 "길어올리는" 두레박의 형상을, "O"는 우리말 '올리다'의 첫 모음 /ㅗ/에 상응하는 발음을, "OU"는 "또는"을 의미하는 프랑스어 전치사가 된다. '새'를 뜻하는 프랑스어 "OISEAU"를 이리저리 쪼개고 다시 이어붙여, 송승환은 새라는 대상이 언어로 명명되고 재현될, 최대치의 가능성을 탐구하여, 그 결과를 프랑스어 아래에 우리말로 적어놓는다. 물론 문자로 대상을 지워버리려는 저 시도에도 불구하고 언어와 대상(말과 사물)이 일치되지 않는다는 사실은 변함없으며, 이러한 사실을 송승환이 모를 리 없다.

이것은 ……이다.

—「카메라」 전문

그러나 이것은 ……이다.

—「카메라」 전문

말줄임표에 어떤 말이 들어설 수 있을까? 선택해봐야 소용없다. 무엇을 선택한다 해도, 다른 말이 당도할 가능성은 배제되지 않기 때문이다. 이 명명의 무한한 가능성은 「OISEAU」의 결행인 "또는"과 공명하며 「카메라」 연작에 이르러 재차 확인되어 나타난다. 이렇게 언어로 대상을 담아낼 가능성이 무한에 가깝다고 한다면, 그는 왜 최소한의 말을 가지고 시를 써나가는가? 엄벙덤벙 말을 부풀려놓으면 대상이 그만큼 복잡해지고, 결국 대상과 언어의 간극을 좁혀낼 가능성이 희박해질 거라고 생각하기 때문이다. 따라서 가장 압축적이고 정제된 방식이 대상을 최대한 반영하기 위해서 송승환에게는 불가피한 선택이 되는 것이다. 언어의 경제성은, 침묵을 강요하며 의미를 지워내 명상이나 관조를 조장하는 것이 아니라, 가장 순결한 말로 대상을 담아내며, 의미의 무한을 추구하는, 진정한 의미론자의 행위라고 보아야 한다.

이 파란색
저 파란색
사이

다른 파란색
다른 파란색

그 모든 파란색의 경계

파란색
파란색
파란색

사과

붉은 토마토와 붉은 토마토 사이

—「카메라」 전문

「OISEAU」의 "또는", 연작 「카메라」의 말줄임표나 "경계"와 "사이"는 대상이 오로지 대상들의 관계를 통해서만 진정한 대상으로 거듭날 수 있다는 사실을 말하기 위함이다. 사물의 가치를 사물에 부여해주는 것은 어쨌든 사물을 둘러싼 나머지 사물들이기 때문이다. 색채도 마찬가지이다. 송승환은 사물이 어떻게 사물임을 주장할 수 있으며, 사물이 어떻게 제 고유의 색을 확보할 수 있는지, 명명되어 언어에 갇히는 순간 아이러니하게도 달아나버리는 사물을 최대한 붙잡아두고자 사물의 관계와 그 경계에 주목한다. 언어에 의해 명명될 수밖에 없는 대상의 가변적인 운명을 바꾸어보고자 하기 때문이다. 사물의 우연성이 시의 필연으로 거듭나게 되는 것은 사물이 아니라 사물을 사물이게 해주는 저 관계, 사물 사이의 경계에 주목할 때인 것이다. 애당초 사물을 표현할 유일한 수단인 언어를 통해, 사물의 관계와 그 사이를 담아보고자 할 때, 애당초의 이 사물은 결국 변형되거나 아예 지워질 수밖에 없다. 송승환이 시로 세상을 재편하는 방식은 이렇게 언어를 통해 대상을 파괴하는 일과는 완전히 다른, 일종의 구축에 가깝다. 언어를 파괴하여 사물을 해체하는 것이 아니라, 오히려 대상을 오롯이 담아내기 위해 언어의 잠재성을 최대한 끌어내는 일에 그가 몰두하기 때문이다. 그렇다면 운위되어야 할 것은 언어의 주관성과 주관적인 언어의 창출이며, 이를 통해 시의 영역이 아니었거나 등한시되었던 시적 대상들이 시의 훌륭한 재료가 되어 되살아나는 지점이다. 이와 같은 작업을 끊임없이 감행하다보면 결국 대상이, 언어가, 시인 자신이 마멸되는 수준에 이르게 되는 것은 오히려 당연해 보인다.

4. 기화: 종이 위에 피어나는 에너지, 말로 사물을 태우는 주관성

송승환의 시에서 기화의 조짐은 대상을 언어로 힘껏 밀어붙여 생겨난 결과이다. 어떠한 추이로 대상이 증발되는 것인가?

> 유리 빌딩에서 걸어 나온 사람들이 대기 속으로 풀려나간다
>
> —「클로로포름」 부분

사물만이 아니라, 사람이 공기 속으로 "풀려 나간다"고 '말'해놓았다. 말로 대상을 최대한 담아내려 할수록, 이 둘이 가까워지는 만큼, 충돌의 에너지가 발산될 수밖에 없으며, 이렇게 대상과 언어가 마찰을 일으키며 끓어오른 이후(「에테르」), 대상을 태워버리는 기화(氣化)의 상태에 도달하게 된다.

> 내가 세워지는 곳은 검은 극장 빈 무대
>
> 나는 기다린다 나는 말하지 않는다 나는 말한 것이다 나는 기다린다 내 몸속 자석과 코일 사이 불현 불꽃과 빛으로부터 태어나는 언어 그녀는 단어에 리듬을 부여한다 그녀는 말한다 나는 내 육체의 전선을 끊는다 그녀의 육성이 날것으로 내 육체를 통과한다 나는 모든 벽을 울리며 사라지는 공기의 파열을 듣는다 나는 말한 것이다 나는 말하지 않는다 나는 기다린다
>
> 조명이 꺼진다
>
> —「마이크」 전문

말이 사물을 통과하며, 사물을 기화시키는 과정을 체험하기 위해 나는 기꺼이 마이크가 된다. "사물들이 내 육체를 관통"(「마이크」)하게끔 자청해놓는 것은, 말이 하늘로 터져나가는 순간을 포착하고, 느끼고, 그려내기 위해서다. 마이크에 대고 뱉어낸 한마디 말이, 이후 급박하고 빠르게, 초초하고 강렬하게, 대기로 퍼져나가 시나브로 사라지는 과정을 마이크로 분한 내가 고스란히 감당해낸다. 사물을 움켜쥐고, 정의하고, 확정짓기 위해 필요한 것은 그러니 무엇인가? 어떻게 이런 일이 가능할 것인지 따져보는 행위, 이때 말이 어떤 도움을 줄지 헤아려보려는 행위가 송승환에게는 시의 특수성으로 살아나는 것이다. 내 앞에 있는 사과 한 알이 내 앞에 존재한다는 사실을 당신은 어떻게 확신하고 증명해내겠는가? 사

과를 눈으로 본다 해도, 시각이란 착시의 가능성을 배제할 수는 없는 것이며, '붉다'고 말해본들 '붉다'는 것은 또 무엇일 것이며, 대상에 붙여진 '사과'라는 이름이 일종의 사회적 협약이라면, 왜 'apple'이나 'pomme'는 안 되는 것인가? '사과'라는 말에 사과가 담겨 있을 리 없다면, 우리는 어떤 근거로 이름 하나 붙여놓고서 사물에 대해 안심할 수 있겠는가? 모든 것을 의심의 시선으로 돌려놓을 때, '사과'라는 하나의 대상이 '사과'가 될 가능성은 그럼에도 오로지 불안정한 저 말, 말의 선택, 말로 인한 조작, 말에 의지한 배치, 결국 말의 운용이나 고안으로밖에 주어지지 않는다는 결론에 이르게 될 것이다. 송승환에게 기호의 자의성을 취하하는 방법은 직접 사물이 되어 사물의 속성을, 사물에 드리울 말과 사물을 관통해낼 말을 직접 감당해내는 것밖에 없다.

부서지는 빛의 양
부서지는 빛의 세기

내 망막에 거꾸로 맺히는 사물의 영상

나는 잃는다

나는 읽는다

나는 잊는다

나는 있는다

안치실

그녀가 내 눈꺼풀을 감긴다
얼굴에 흰 천을 덮는다

눈 코 입술
이마

열기
손가락 끝으로 누르는 힘

―「레이저 프린터」 부분

레이저 프린터로 치환된 나는 말하는 주체임에도, 대상의 입장에 처해 대상을 표현할 수밖에 없는, 독특한 결과를 기다리고 있다. 시행 하나하나는 레이저 프린터라는 사물에 자신이 침투하여 그것이 수행하는 행위를 말로 직접 체현하려는 시도로 보아야 한다. 따라서 레이저 프린터가 된 나는 무언가를 잃고(잉크의 소모나 시간), 무언가를 읽고(인쇄하려는 글), 잊으며(인쇄 후, 그 내용을 프린터가 기억할 리 없으므로), 인쇄를 마친 후에는 "안치실"(프린터의 검은 본체)에서 고요히 "눈꺼풀"(덮개)을 내려놓고, "흰 천"(커버)에 감싸인다. 그런데 왜 "나는 있는다"일까? 프린터가 제 일을 행하는 그 순간의 느낌을 그래도 살려내기 위해 새로운 시제를 우리말에서 고안해야만 했던 것은 아닐까? 사물에 침투하여 사물이 되고, 사물의 심정을 제 말로 고하려 할 때, 송승환에게 현재와 그 이후를 동시에 노정하는 우리말 '있다'는 지금-여기서 행해지는 중인 레이저 프린터의 저 생동감, 주체가 객체로, 객체가 주체가 될 저 전이의 경험을 담아내지 못한다. 현재와 현재진행형의 결합일 "있는다"는 종이가 타들어 가는 기화의 순간에 처한 말을 담아내기 위해 반드시 필요한 시제인 것이다. 이때 "열기"는 프린터에서 종이가 인화되어 나올 때 발생하는 에너지이자, 말과 사물이 짧은 시간에 일치를 꿈꾼 후, 증발해버리고 마는, 사물과 언어가 맺는 관계의 저 약속하기만 한 유한성에 대한 징표가 된다. 말과 대상은 이렇게 하나로, 그러나 잠시, 짧은 순간에 녹아들 뿐이다. 말과 말이라는 행위, 언어가 사물을 관통한 후 빚어지는 사태, 제 소임을 다한 후 사멸을 앞둔 말의 운명과 그 처절한 과정을 송승환은 이렇게 사물-말-몸을 하나로 녹여내어 실현해나간다. 송승환이 대상에 '들리는 것'은 말이 제 몸을 통과하면서이며, 이렇게 '시인의 말'의 "들린다"는 사물과 자신과 말이 하나가 되는 순간을 포착해낸다는 것을 의미할 것이다.

사물에 들리고, 세계에 귀기울이면서, 송승환은 가장 적은 말로, 가장 집약적이고도 소란스러운 관념을 성취해내고, 사물과 하나가 된 자신을 만들어낸 후, 그런 자신마저도 지워나가는 시를 쓰면서, 세계와 타자를 두드리는 저 힘겨운 행위를 완성한다. 산화하는 풍경이 말에 감겨 하늘로 날아갈 때, 역설적으로 대상과 세계를 두드리는 행위로 그의 시가 우리 곁에 남겨진다. 그의 시는 잉크가 증발하고, 종이가 닳을 때까지, 사물이 당도하거나 사라지기를 마냥 기다리는 것이 아니라, 사물이 되고 말이 되어, 대상을 태워내고, 그 과정을 체험해내려는 투철한 자기의식의 소산인 것이다. 단정해 보이는 그의 시가, 열에 넘치는 부산한 사건이자, 정념으로 쏘아올린 하나의 스펙터클인 까닭이 여기에 있다. 그러니 우리는 송승환의 이 새로운 시 앞에서 어떻게 침묵하고, 절망하고, 시름만 고할 수 있을 것인가?

(송승환 시집 『클로로포름』 해설, 문학과지성사, 2011)

오래 기다리는 언어

– 여태천의 『저렇게 오렌지는 익어 가고』에 부쳐

1. 문(文)의 편에 서서

문(文)에 바치는 애도는 오롯이 시인의 몫이다. 시인만이 그 자격을 갖추고 있기 때문은 아니다. 시가 근본적으로 언어를 재료로 삼는 예술이기 때문만도 아니다. 언어로 현실과의 싸움에 임하기 이전에, 시인은 벌써 언어 자체와도 실랑이를 해야 하기 때문이다. 시가 개진해나갈 현실과의 고투에, 시 자신과의 싸움, 그러니까, 삶이라는 형식 안으로 시가 입사할, 언어에 대한 고민과 갈등이 배제되는 법은 없다. 여태천의 세번째 시집 『저렇게 오렌지는 익어 가고』(민음사, 2013)는 이 문(文)에 바치는 애도로 시작하지만, 이 애도에는, 지난날의 화상과 그 시절의 시를 돌아보는 목소리, 그 고통의 감정을 벗어난 것이 있다고 보기 어렵다. 따라서 애도는 우울의 존재론이나 비관한 어조에 제 무게를 내려놓기보다, 무언가를 바치는 행위에 보다 큰 자리를 마련해두어, 오히려 헌사의 성격을 지닌다.

> 나는 당신과 달라.
> 나는 당신을 몰라.

인격이 없는
투명한 두 문장을 가슴에 끌어안고
나는 울었다네.
한때 나는
완벽하게 마음이라고 생각되는 것을 향해
부서지는 모든 기표에 전념했지.
무엇이 그리 짧았던가.
가늘게 떨어지는 소리의 발자국이여.
나는 이제
한 문장에서 한 문장으로 건너가는 죽음처럼
오래 슬프구나.
낱말과 낱말을 건너
비문처럼 자유로웠다면
나는 당신과 다르고
나는 당신을 몰랐을 텐데.

—「번역」 전문

이중의 독서가 가능해지는 것은, "한때"와 "이제" 때문이다. 두 가지 독서 중 하나만을 선택한다면, 우리는 이 작품을 "완벽하게 마음이라고 생각되는 것을 향해/ 부서지는 모든 기표에 전념했"다고 말하면서, 지난날의 시에 대한 반성을 출사표로 삼은 서시(序詩)로 이해할 수도 있겠다. 이때 마지막 결구의, 부정을 통해 긍정을 끌어내는, 저 가정의 어법을 존중해서 읽을 필요가 있다. 자유롭지 못하기에 "당신"과 다르지 않고, 또 "당신"을 알게 될 것이라고 말하는 것이라면, 이때 "당신"은 누구인가? 문두의 "인격이 없는/ 투명한 두 문장"의 "당신"이, 독서를 마친 후, 결구에 이르러, 시가 궁극적으로 가닿고자 하는 추상적 대상으로 변화하는 데 합류한다는 사실, 그렇게 해서, 이 "당신"이 나와 다르지 않을 것이라는 해석을 유도해내는 저 솜씨에 주의를 해야 한다. 여기가 출발선이다. 여태천의 시는 "바깥에 서서", "당신"을 향한 "단 하나의 문장도 완성할 수 없는/ 납작한 감정"(「여자의 바깥」)의 내부를 들여다보겠다는 의지로 전개되지만, 이 "바깥"은 현실 너머의 피안이 아니라 오히려 "문장"의 편이며, 또한 이 "문장"은 "결말이 없어"(「비문(非文)」), 성급한 완성을 바라보는 대신, 시가 될 언어를 실현하는 과정 전반에 대한 탐구로 제 모험을 만들어낸다. "당신"에 대한 탐구는 이렇게 그 무엇이기에 앞서, 시와 언어를 주목한다. 여태천은 "당신"과의 거리에 관한 물음이나, 침묵으로 도드라질 수밖에 없는 일상을, 관찰의 형식을 빌려, 시 쓰는 자의 책무라 해야 할 성찰의 거리를 만들어내고, 이것을 다시 한번, 이미 전개된 이야기와 등가물로 치환해낸다. 물음이 산재해 있는 시, 산재한 물음을 통해, 삶을 다시 한번 감싸고, 그 물음 자체를 다시 위장하는 시. 우리는 위장한 내용보다, 그것을 감싸는 방식, 풀려나온 이야기와 등가를 구축해내는 그 입론에 주목해보려고 한다. 가령 이런 물음은 여태천의 시에서 피할 수 없는 것이다. 사유와 언어 중 무엇이 선행하는 것일까? 묻고 찾아내야하는 대답에서 질문은 이렇게 주어진다.

그런데 기원 없는 감정에 대해
착각한 듯 기다리고 있는 저 문자들은
느낌도 없이 줄지어 피어나는
저 소리들은 대체 뭐란 말인가.

—「스타일」 부분

2. 접속사와 반복

그러니까, 사유와 언어 중 어느 것이 앞서는 것일까? 여태천의 시에서 그 대답은, 흔히 그러한 것처럼, 닭이나 달걀의 순서를 따지는, 결정 불가능성을 확인하는 애매한 상태로 주어지는 것은 아니다.

뼈가 점점 야위어 간다.
생각이 단단해질 때까지
우유를 마시고 또 마신다.

뼈가 튼튼해야지, 라고 쓰는데
이미 생각은 수정할 수 없이 단단해져
다른 말이 생각나지 않는다.

언어에 대해
뼈에 대해
뼈의 문장에 대해

두 팔과 머리는 이미 단단하다.

언어가 만드는
저 생각의 근육들을 좀 봐.

점점 건강해지고 있는 나는
어떤 표정을 지어야 할까.
저 생각이 나를 만들었다.

—「단단한 문장」 전문

시에서 제기된 소소한 갈등은 사유와 언어 사이에 긴장감을 형성해낸다. 어느 것이 선행한다고 말하는 것일까? 무엇을 제 대답으로 삼건, "언어가 만드는/ 저 생각의 근육들"처럼, 사유는 언어의 산물이며, 사유의 결은 언어의 결과물들로 채워진다. 언어를 통해 기록된 이후에라야, "생각"이라고 하는 것이 우리에게 들어차게 되는 것이다. 여태천은 언어가 나의 사유를 만드는 선행적 특성을 지니고 있다는 사실을, 발화의 성격, 즉 말을 (기록) 하고 나면 또다시 미끄러지는 속성의 등가물로 시에서 치환하여, "단단해지는 뼈"나 이에 일조하는 "우유"와 대비시켜 비유의 산물로 기술할 줄 아는 시인이다. 드나드는 감정이 넉넉해 보이고, 사유를 촉구하는 데 게으른 법이 없는 여태천의 이번 시집이, 그러나 한편, 이지적인 구조물인 것은, 이렇게 "우유"와 "뼈"에 대한 비유를 밑감으로, 사유에 선행하는 언어가, "언제나 먼저 흘러"다니는 "말"(「내가 아주 잘 아는 이야기 7」)이, 그러니까 "우리의 바깥"에서 우리를 "오래 기다리는 언어"(「철학하는 여자」)가, 시의 본령이라는 사실을 저 유추 가능한 등가물의 형태로 고안하여 제 시에서 이중의 독서를 비끄러매는 퍼즐로 제시해 놓았기 때문이다. 가령 아래, 부분을 인용한 「접속사들」은, 언어의 속성에 바친 물음을 두 가지 이상의 독서를 채근하는 원인으로 전환시킨다.

그러므로 만약
평온했다면 그런 일은 없었을 것이다.
그럼에도 불구하고 당신은 그럴듯했고 눈처럼 단호했으며
사람들은 단도직입을 좋아했다.

빌딩의 한쪽 면을 가득 채운 광고가 느리게 바뀌는 동안
알지 못하는 단어들이 뒤섞였다.
알지 못하는 사람들이
서로의 손을 무턱대고 잡는 날

손을 잡고 은밀하게 내통하는 시간
살짝 당신의 주머니에 손을 넣었다.
그렇게 묻어가고 싶었다.
그래도 되는 줄 알았다.

모든 표정이란 표정이 우리를 속일지라도
그때 내가 불안하지 않아서 또박또박 목적어와 술어를
발음할 수 있었다면
그래서 어제와 내일의 일에 대해서
조목조목 이야기라도 했다면
그렇다고 해도 한 가닥 전선으로 연결된 불빛 아래서
나의 얼굴은 변명처럼 깜빡거렸을 것이다.
해가 바뀌어 가고 있었으니까.

그때 나는 자꾸만 같은 소리를 반복하고 있는
내가 모르는 저 입에 대해 침묵하자고 기록했다.
그리고 해가 바뀌었다.

명제와 명제 사이를 단단하게 움켜쥐고 있는 것은 연결어들이다. 하나의 명제는 무언가를 지시한다. 그러나 이 명제와 명제들을 결합하여, 텍스트에서 사건을 조절하고, 이야기의 얼개를 짜나가는 것은, 그 사이사이를 잇고 있는 접속어들이다. 가령, '그러나' '그리고' '그런데'를 '나는 말한다'와 '나는 먹는다' 사이에, 차례로 넣어보는 것은 어떨까. 어떤 접속사를 선택했느냐에 따라 글의 성격이 완전히 바뀔 수 있는 것이며, 기실 이렇게, 명제의 생명이 전적으로 접속어의 쓰임에 달려 있다고 말한 사람은 비트겐슈타인이었다. "그 낱말의 사용 방식에서가 아니라면, 낱말이 지칭하는 것이 결코 드러날 수 없다"[1]는 비트겐슈타인의 주장은, 여태천의 작품에서 여실 없이 위력을 발휘하며, 하나씩 검증의 절차를 밟아나간다. "또박또박 목적어와 술어를/ 발음할 수" 없었던 사정과 "어제와 내일의 일에 대해서/ 조목조목 이야기"하지 못했던 상황을 연결한 "그래서"와, 그다음의 "변명처럼 깜빡거렸을" "나의 얼굴"을 한 번 더 잇는 "그렇다고 해도"는, 시에 감정을 부여하고, 나아가 의미의 향방을 결정하는 실질적인 주체이다. 명제 A(~할 수 있었다면) / "그래서" / 명제 B(~했더라면) / "그렇다고 해도" / 명제 C(~일 것이다) 식의 구성에서, 우리는 "단도직입"을 떨쳐내는, 그의 고즈넉함, 그러니까 "내가 모르는 저 입에 대해 침묵하자고 기록했다"는 평범한 말에, 주장이나 다름없는 큰 목소리를 덧입히거나 주저앉히고 마는 여태천의 고유한 방식을 읽게 된다. 시인은 이렇게 "조목조목" "또박또박"처럼 고작해야 "같은 소리를 반복"하는 것이 아니라, 접속사처럼 이어져 연접되는 "불안"과 불확실성의 언어, 다가올 말이 제 자신을 엄습하는 상태에서만 시를 쓸 수밖에 없는 운명을 감지하는 곳으로 달려간다. 어느새, 우리도 "접속사"가 실현해낸, "접속사"의 속성과 그 기능에 착안하여, 시인이 궁리해놓은 시의 피안을 엿보게 되는 것이다.

시에 반복이 존재하지 않는다는 사실도 여태천의 시에서 놓칠 수 없다. 똑같은 단어가 반복되어도, 그 낱말이 시에서 동일한 가치를 부여받는 것은 아니라는 사실, 실로 중요한 것은 낱말 자체가 아니라 그것의 쓰임이며, 그 쓰임을 결정하는 것은 그 낱말을 둘러싼 나머지 낱말들이라는 사실, "어떤 한 낱말의 의미는 그것의 사용 방식"[2]이라는 비트겐슈타인의 이 혜안을, 여태천은 제 시에서 이렇게 빚어내고 있는 것일까?

---

1) 루트비히 비트겐슈타인, 『철학적 탐구』, 이영철 옮김, 책세상, 2006, 27쪽.

2) 루트비히 비트겐슈타인, 『확실성에 관하여』, 이영철 옮김, 책세상, 2006, 30쪽.

저녁이 왔다
그 사실을 직감하면서
저녁의 허기를 느낀다.
나는 또 그 사실을 잊지 않기 위해
노트 위에 적어 둔다.
그사이에
저녁이 왔다.
기록의 행위가 끝나자
그때서야 저녁이 왔다.
저녁은 연필의 끝에서 온다.
공기는 점점 더 무거워질 것이다.
공기의 질량 때문에 고개를 조금 더 내리고
눈을 아주 조금만 감아 본다.
저녁이 왔다는 것을 부끄러운 얼굴은 안다.
별은 뜨지 않아도
도로 위의 차들은 헤드라이트를 켜고
누군가의 메시지를 확인한다.
그것이 바로 저녁이다.
모두가 돌아가야 할 시간
조금 더 신중하게 저녁을 확인한다.
별은 이제 뜨지 않지만
저녁은 왔다.
아무도 없는 저녁

—「내가 아주 잘 아는 이야기 2」 전문

"저녁"은 시에서 사건의 전말이 아니라, 사건의 절차를 구성한다. 사건의 절차는 "저녁"이라는 동일한 하나의 낱말을, 자칫 지루하게 보일 정도로 반복해나가면서, 말의 쓰임을 최대한 소진하는 방식으로, 미완의 완성을 넘볼 뿐이다. 실체가 아니라 오로지 '사용'과 '쓰임'에 의지해서, 한 낱말의 다면체와도 같은 잠재성을 끄집어내는 작업, 하나의 낱말에서 그것이 감추고 있는 복합적인 층위를 끌어내, 의미의 사건으로 전환해내는 작업을 통해, 여태천은 시에서 제 감정의 수위를 조절하고, 그 완급의 수준을 결정하는 것이다. 예컨대, 이 작품을, 시에, 무릇 반복이란 존재하지 않는다는 명제에 상응하는 유추의 등가물이라고 봐야 할 이유가 있는 것이다.

열 번에 걸쳐 반복된 낱말 "저녁"이, 그 쓰임에 의해 매번 다른 가치를 부여받는다는 사실에 주목해보자. 그러니까, "저녁"은 고정된 시간대에 붙박이거나 엇비슷한 의미의 언저리에 거주하며 확정성을 걸머쥐는 것이 아니라, '주어 또는 행위의 주체로서의 저녁'(1행), '목적어 혹은 내가 소유한 저녁'(3행), '기록의 대상이자 동시에 당도한 결과로서의 저녁'(7행), '기술한 후, 피동의 시간으로 주어지는 저녁'(9행), '묘사의 대상이자 관찰과 의문의 대상으로, 내가 위치시킨 저녁이자, 다시 주어의 자리를 차지하게 될 저녁'(10행), '부끄러움이라는 반성적 성찰 속으로 걸어들어온 저녁, 그래서 주관적인 시간 안으로 진입하기 시작한 저녁'(14행), '행위를 통해 완성되는 저녁, 그것의 총체로서, 세계의 모든 저녁을 포괄하는 저녁'(18행), '보다 신중하게 시에서 확인해나가야 할 사유의 대상으로 자리잡은 저녁'(19행), '별이 뜨는 것과는 상관없이, 시의 사건으로, 즉 무시간의 자격으로 당도한 저녁'(21행), '아무것도 없는 저녁'(22행)처럼, 각각의 기능과 역할에 따라 천차만별로 빚어지는 의미의 복수성 속에서, 사건의 절차를 구성하는 시시각각의 요소일 뿐인 것이다.

한 단어를 반복하면서 여태천은 그 쓰임과 활용을 변주하여 시의 지형을 그리고 있는바, 마지막 행의 "아무도 없는 저녁"은 차라리 시의 운명을 통고하는 행위라고 해도 좋을 것 같다. 기술하고 나서, 텅 빈 것이 된다면, 이 시는, 발화와 저 기록의 속성에 의지할 수밖에 없는, 시의 속절없는 운명을, "저녁"이라는 낱말 하나를 팔색조처럼 운용해, 이야기의 등가물처럼 활보하게 해놓았다고 해야 하지 않을까. 따라서 "아무도 없는 저녁"은 무(無)나 고즈넉함, 없음을 지향하는 것은 결코 아닌데, 왜냐하면 결국 그가 변주를 통해 이끌고 온, 바로 그 시가 우리에게 고스란히 남겨지기 때문이다. 그러니까, 이제부터 "저녁"은 우리의 몫이 되는 것이다. "말한 것들보다 말하지 않은 것들"(「잃어버린 우산」)의 실현 가능성에 주목하는 그의 시는, 한 단어의 반복이나 접속사의 활용만으로 다채로운 의미의 세계로 입사할 가능성을 제시함으로써, 시가 한 개인의 정서를 통해 조명하는 당위의 세계가 아니라, 실로 어떤 기획의 소산일 수도 있다는 사실을 보여준다.

3. 부사라는 감정의 외투

여태천은 말을 터트려 시를 쓰는 시인은 아니지만, 터트려야 할 때는 충분히 "우리를 지켜보는 낡은 문자들"(「지구를 이해하기 위한 여섯 번째 독서」)을 동원할 줄 아는 시인이기도 하다. 그의 작품에서 부사의 사용은 세 가지 차원에서 주목할 만하다. 감정의 동선을 부풀리고 목소리에 힘을 부여하는 데 기여하는 부사가, 이지적인 동선을 따라 빚어지는 그의 시 전반에 균형을 조절해낸다는 점, 나아가 시인이 이미 경험한 세계를 재차 확인하거나, '이미' 당도한 세계에서 '여전히'의 시간대를 촉구하는 목소리를 자청하는 데 부사가 일조한다는 사실을 지적할 수 있겠다. 시에서 사색이나 망설임의 몸짓을 덜어내는 동시에, 오히려 긴장을 조장하면서, 주관적인 시선을 드리우게 되는 것도 부사의 특이한 사용에 달려 있다.

백야의 아주 먼 하루에는

납작해진 시간들이 있다.

—「북극의 이름」 부분

스펀지에서 몽글몽글 솟아나는
하얀 거품을 바라보며
나는 조금씩 자란다.

—「잡념」 부분

최소한 두 번 이상 사용되는 부사나 수식어들은, 세계에 스며들 감정의 외투를 자청하고 나선다. 여태천의 시에서 빈번히 목격되는 부사나 수식어의 출현은, 여느 경우와 마찬가지로, 행위를 재차 강조하고, 감정을 이입하는 데 기여하지만, 오히려 그 특이함은 침묵을 지향하고 거리를 유지하는 쪽으로 기울어진 그의 시 전반에서, 일종의 논리적 도약의 기회를 만들어내는, 그러니까, 카메라의 줌처럼, 대상이나 기억, 사건이나 풍경과의 거리를 밀거나 당기면서 조절하는 기능을 담당한다는 데서 발생한다. 이렇게 부사가 그의 시가 입고 있는 감정의 외투라면, 이 외투를 벗어 걸어놓는 곳은 어디인가?

내게서 가장 멀리 떨어진 세계를 떠올리자
그러니까 모든 게 하얘졌다.

그 무렵에는
이름 없는 별도 빛나고
겨울의 바람이 불기 시작한다.
구름 사이로 비스듬히 떨어지던 것들을
천천히 내려다보고 있던 것들을

당신의 발가락을 기억하며
하나, 둘, 셋
숨을 쉬어 보는 것이다.

어디까지나 나는
나에게 최선을 다해
그것들을 헤아리고 있다.

그러니까 가만히 내일이라는 걸 떠올리며
망연히 나를 부르는
목소리를 듣고 만 것이다.

—「내가 아주 잘 아는 이야기 8」 전문

"가장" "멀리" "그러니까"라는 낱말로 여태천은 '내게서 떨어진 세계를 떠올리자'와 '모든 게 하얗다'라는 골격에 감정과 시간을 불어넣는다. 따라서 "그 무렵에는"은 세 번의 부사가 허용한 만큼 벌어진 시절이며, "하나, 둘, 셋/ 숨을 쉬어 보는 것"이란 구절도, 이 시인의 호흡이, 세 차례의 부사를 발판으로 내디딘 도약에 힘입어, 주관을 내려놓는 고유한 방법을 연찬한다는 사실을 말해준다. 결구에 등장하는 수식어 "그러니까" "가만히" "망연히"에서 우리는 시 전체가 다시 원점으로 회귀한다는 사실을 알게 되며, '내가 아주 잘 아는 이야기' 연작은, 이렇게 세 번 도약하여 제자리로 돌아오는 구조를 취하고 있다. 세 번 도약하는 그의 리듬에서 우리는, 부사가 도약의 발판이지만, 그러나, 내딛는 곳은, 아니, 도약 이후, 다시 돌아온 그의 손에 들려 있는 것은, 더이상, '아주 잘 아는 이야기'는 아니다. 이 부사의 사용은 오히려 시간과 기억을 복합적으로 운용하는 일에 밀접하게 관여하기 때문이다.

4. '이미' 그리고 '여전히'

여태천은 불필요한 관념의 흐름을 막고, 과도한 잠정의 표출을 자제하여 시의 효율을 높일 줄 알지만, 기억의, 저 복잡해서 다채로운 층위를 시에서는 포기할 수 없는 질료라고 말하는 시인이기도 하다.

다시 일어설 수 없는 소란한 계절에
나는 이미 두 개의 바닥이다.

조금씩 내려앉는 저 운동을
아주 조금 늦추는 것
떨어진 저 과일을 나눠 가진다면
그것은 당황스러운 일이 될까.

(……)

흔들리면 몹시 아픈 하늘과
쪼그라든 사과
그리고
커피 잔에 묻은 지문들과 이름 없는 별자리들

어쩌자고
내가 알고 있는 게 고작 이것뿐이었을까.

—「내가 아주 잘 아는 이야기 6」 부분

"이미"와 "아주", "몹시"와 "고작", "조금"과 "어쩌자고" 사이에서 대체 무슨 일이 벌어지는 것일까? 강조어법의 소산인가? 그의 작품에 흘러

넘치는 부사와 형용사는 단순히 실사를 수식하는 수준을 넘어서, 시의 어법 자체를 결정해버리는 특질적(qualificatif) 성격을 지닌다. 바로 이 특질적 성격에 힘입어, 그의 시는 '이미'와 '여전히' 사이에서 결정된, 다시 말해, 다가가기에는 늦었지만, 늦었다고 생각하는 바로 그 순간이 여전히 존재하는 어떤 세계에 진입하거나 진입하는 그 순간을 포착하여, '이미'를 현재에서 재현해내고, '여전히'를 그 위에 포개어, 시간과 기억을 주관성의 세계로 진입한다.

그의 시에서 눈앞에 펼쳐질 풍경이 예정되어도, 그와 같은 생각은 현재가 아니라 차라리 과거의 무언가를 현재에 겹쳐낼 때 빗어지는 곳을 향한다. "종이 위로 글자가 내려앉듯 기어코 눈이/ 생략된 지난겨울의 눈이 오고 있습니다"(「내가 아주 잘 아는 이야기 7」)처럼, '눈이 내리다'를 '글자가 내리다'로 치환하는 작업에서 글자가 포개어지는 순간은 과거와 현재가 한곳에 포개어지는 순간이기도 하다. 이 순간은 "가장 멀리서 회전하는 것들"과 "한가운데에 머물러 있는 것들"이 "하지 못한 말과 함께"(「커피의 진실」) 구연되기 시작하는 순간으로 여태천의 시를 물들인다. 여태천은 과거와 함께 현재를 살아가고 있다는 사실을 기록하는 과정에서 '이미'와 '여전히'의 공간을 만들어내는 것이다. 「내가 아주 잘 아는 이야기 7」의 마지막 연이다.

> 진공청소기를 밀다 말고 내리는 눈을 바라봅니다.
> 오늘에 그어진 밑줄이 잘게 부서져
> 한 점 한 점 떨어집니다.
> 생각이 눈과 함께 떨어집니다.
> 소리도 없이 빨려 들어갑니다.
> 소리도 없이

여태천은 이지적인 객관성을 가지고 시를 쓰는 시인이다. 따라서 그는 무엇이 시가 되는지를 잘 알고 있는 시인이라고 해도 좋을 것 같다. 어떤 구절들을 어떻게 배치해야 하는지, 감정을 어떻게 내려놓아야 하는지, 시간을 어떻게 운용해야 하는지, 현재와 과거를 어떤 방식으로 소소한 일상사의 중심으로 끌어와 겹쳐놓을지, 그 전반의 과정에서 어떻게 시에 여운을 남기고, 시 쓰는 자의 자의식을 내려놓아야 할지의 여부를 장악하고서 시를 쓴다. "소리도 없이"를 두 번 반복해서 강조했지만, "소리"는 존재하지 않게 되거나 사라져버리는 것이 아니라, 물결치는 격랑이 되어, 우리의 마음속에 벌써 열정에 찬 파문(波文)을 남긴다. 그러나 이 열정은 감정의 과도한 표출은 아니다. "조금씩" "너무" "언제나" "몹시" "갑자기" "늘" "기어코" "그렇게" "금세"처럼, 동원 가능한 부사들을 적극적으로 활용한 덕분에 우리에게 남겨진, 그러니까 말의 결들이 피워올린 주관성의 흔적인 것이다. 이 부사들은 모두 "복구되어 기록에 남아 있는 감정"(「일식」)을 뒤흔들면서, 아직 당도하지 않은 미래를 현재에 도래하게 할 "한 뼘 정도의 입구"(「출구」)를 시에서 만들어내는 데 일조한다. 그의 시를 오롯이 지배하고 있는 거리두기나 나지막한 반성과 채근하지 않는 성찰의 목소리는, 이 소란한 열정의 수사학에 힘입어, 기억과 실존으로 쌓아올린 홀로된 공간, 독특한 기억의 장소에 효과적으로 합류한다.

> 내가 기다리는 거기에서
> 나의 기억이 만들어낸 바로 거기까지
> 당신이 있다.
> 있다가 없다.
> 백 년의 이별
> 그렇게 사라지는 이 모든 착란은
> 기다림 때문이다.

그러니 흐르고 흘러 여기까지 왔다.

멀리 가본 자들만이
얼마나 멀리 갈 수 있는지 안다는데,
생의 바깥에서만 안쪽이 필요한 법
계산이 안 나오는 것들이여.
눈을 감아도 보이는 어둠이여.

1977년의 내 은빛 보이저 1호는 어디쯤 갔을까.
백 년쯤 지나면
당신의 끝에 도착할 수 있는 걸까.
백 년쯤 멀리 있는 눈이 반짝 빛난다.
백 년쯤 후에야
나는 당신과 이별을 하는 것이다.
한 사람의 뒷모습을 보기 위해서는
백 년이 필요하다.
그것은 착각이 아니다.

—「유성(流星)」 전문

내가 있는 곳을 현재라고 가정해보자. 시의 첫 구절 "내가 기다리는 거기"는 세번째 연에서 말하는바, "1977년"이다. "나의 기억이 만들어낸 바로 거기"라고 했기 때문이다. 그 기억 속에 "당신이 있다." 그런데 "있다가 없다"고 말한다. 왜냐하면, "백 년의 이별"이 우리를 갈라놓았기 때문이다. 그러나 이 과거가 반드시 "1977년", 즉 내가 상상력을 펼치던 어린 시절을 의미하는 것은 아니다. 그 이후로 백 년, 그러니까, 2077년까지 여태천은 "기다림"의 시간을 연장해놓았다. 중요한 것은 "모든 착란"

의 원인인 "기다림"의 시간과 "생의 바깥"이 위치하고 있을 시간이 어떻게 운용되는지 알아보는 데 있다. 재차, 내가 있는 곳을 현재라고 가정해보자. 이 시는 시간의 선조성을 배반한 자리에다가, 아직 도래하지 않은 시간을, 저 "착란"이라는 말로 결부시켜, 기다림의 시간으로 치환해낸다. 거기에, 그 치환에 필요한 근거를, "멀리 가본 자들만이/ 얼마나 멀리 갈 수 있는지 안다"는 구절을, 그대로 경구처럼 떠다가 이식하듯 차용해, 낯선 느낌을 확보해내는 데 성공한다. "생의 바깥"은 따라서, 미래에 주어질, "당신의 끝에 도착할" 어느 곳이 되겠지만, 문제는 그 "바깥"을 바로 여기에서 사유하고 고민하여, 전 미래의 사건으로 바꾸어놓았다는 데 있다. "백 년쯤 멀리 있는 눈이 반짝 빛"나는 순간이, 찰나처럼, 시에서 열리고 또 바로 닫히게 되는 것은 바로 이때이며, 시인은 이렇게 "기다림"을 순간과 순간으로 이어지는 절차의 소산, 그러니까 시적 사건으로 만들어낸다. 바로 이 때문에 시인은 "백 년이 필요"하다고 말하지만, 시인은, 힘주어, "그것은 착각이 아니다"라며 당당하게 끝맺을 수 있는 것이다.

"생의 바깥"은 따라서 죽은 이후나 "백 년후"인 2077년 즈음이 아니라, 현재를 살아내는 데 필요한 전 미래의 시간이자, "계산이 안 나오는 것들"을 헤아리고자 할 때, 비로소 그 필요성이 한층 배가되어 나타나는 시간이며, "눈을 감아도 보이는 어둠"과 같은, 현재의 지평 위로 뚫린 비시간성인 것이다. 시인은 이 비시간성의 문을 살짝 열고서 "생각의 먼 후대를 불러들이는 너"를 만나고, "백 년의 기억보다 더 깜깜"한 "오늘"(「어쩌면 오늘이」)을 살아가기 위해 다시 이 문을 닫는다. 여태천은 현재를 과거와 미래를 동시다발적으로 촉구하는 사태로 시에서 빚어내지만, 그가, 제 시를 담보로 붙잡고 있는 것은 실상, 이내 다시 미끄러지며 빠져나가기 시작하는 순간들이다.

이 순간은 "언젠가 잊힐 이름들이 지금 막 태어나고 있"(「지구를 이해하기 위한 두 번째 독서」)는, '곧'(도래할 미래)과 '방금'(당도한 과거)의 조합, '이미'와 '여전히'의 순간인 것이다. "그날이 그날 같았지만/ 그날은 그날이 아니었습니다"나 "이미 땅에 떨어진 감을/ 뒤늦어서야 보고 알았습니다"(「지구를 이해하기 위한 다섯 번째 독서」)와 같이, "이미"와 "뒤늦어서야" 사이의 조합, 직진하는 시간의 흐름이라고 할 수 없는, 오로지 미세한 차이로만 분할되어, 통념으로는 설명해낼 수 없는 무시간의 운용에 여태천은 내기를 건다. 논리적 인과성을 벗어나 시간을 묶어내거나, 이미 묶인 연대기적 시간의 매듭을 풀어헤치는 일, 사건을 그 과정의 소산으로 오롯이 환원하는 작업을 거치며, 여태천의 시는 감정이 뭉실뭉실 피어오르는 시, 사색을 회전시키는 시의 완성을 목전에 둔다. 어지간해서는 이야기의 선적 전개에 주도권을 양보하지 않는 저 기억의 기록은, 과거와 미래를 현재의 기억과 순간의 사건으로 변형시키는 고유한 어법의 실천을 통해 벌써 특수한 자리를 차지한다. 대학 시절, 흑백사진 속의 경험은 "우리는 이미 인사를 잊었고/ 어쩌다가 잠깐 얼음이 얼었습니다./ 잠시 잠깐이었습니다."(「지구를 이해하기 위한 다섯 번째 독서」)처럼, "이미"-"어쩌다가"-"잠시"의 기억으로 주조되어 되살아나고, 그 시절 "덮어버린 책 너머에서/ 우리를 지켜보는 낡은 문자들"(「지구를 이해하기 위한 여섯 번째 독서」)로 이 기억이 척지고 들어설 때, 구태의연한 대학 시절의 기억은 '이미' 발생한 일이지만 '여전히' 감정의 자락을 지금에도 걷어내지 않은, 무시간의 사건으로 변모하게 된다. 여태천은 '이미'와 '여전히'를 오가며, 상황만을 제시하고서 침묵하거나 그 침묵의 상태를 고지하고 또 결론으로 걸음을 옮기는 작품을 선보였지만, 그의 침묵은 감정의 열(熱)과 열(列)을 숨기지 못하는 침묵이며, 그 기억은 겹겹으로 둘러싼 시간의 주관성 때문에, 쉽사리 매듭지어지는 이야기 안에 안기지 못하는 기억으로 남겨진다. 오히려 그의 시가 지니고 있는 겸양과 미덕은 이 겹겹의 기억과 주관적인 시간의 산물이라고 해야 할 것이다.

그리고 우리는
탄산음료처럼 미묘한
저녁을 지나
드디어 새벽의 붉은 어둠을 정의해냈고
그리고 아침을 기억하기 시작했습니다.

—「지구를 이해하기 위한 일곱 번째 독서」, 부분

대학 시절, "세상은 이해할 수 없는 때"라고 떠들어대던 그 시절, 만고의 진리를 담은 것 같은, 유명한 책의 어느 구절에서 주워온 말들을 내 말처럼 주고받으며, 뻐기던 시절을 우리는 기억한다. 에피소드는 동일하지만, "저녁"에서 "새벽"으로, 이윽고, 밤을 새운 것을 암시하는 "아침"으로 건너오는 저 시간은 생각만큼 가지런하지 않다. "기억하기 시작"하는 "아침"은 오히려 시의 첫 구절 "그리고 우리는/ 아주 오래전에 빛과 어둠으로부터 떠나왔습니다"와 연동되는 독서를 채근하기 때문이다. "그리고"를, 명백히 무엇인가 발생했다는, 무슨 일이 벌써 있었다는 것을 전제하는 접속사라고 보면, 이 시는 '이미'의 산물을 들고서 '여전히'의 파동에 몸을 싣는 것으로 시작된다고 볼 수 있다. 따라서 이 "아침"은 현재도, 미래도, 더욱이 시가 끌고 들어온 과거의 시간대에만 국한되는 것은 아니다. 오히려 가지런한 기억의 세계에 공백을 만들어내는, '이미'와 '여전히'의 고유한 형식이라고 해야 할까? 여태천의 시에서 자주 목격되는 중의성도 '이미'와 '여전히'의 시학을 구축하는 데 일조하기는 마찬가지이다. "우리는 태양 아래/ 마음이 들킨 사람들/ 어른처럼 아무것도 할 수가 없을 때"(「지구를 이해하기 위한 여덟 번째 독서」)와 같이, '어른이라서 아무것도 하지 못한다'와 '어른과 같은 일을 하지 못한다' 사이에서 주저하는 중의성은 그러나 모호함 대신 '이미'(이미 어른이기 때문에)와 '여전히'(어른이라서) 사이의 공간을 발현하는 것으로 제 가치를 발견한다. 중의성이 어떻게 새로운 공간을 점령하고, 또 중의성에 기대어 시는 어떻게 빛을 발산하는가? 「속기」의 부분을 인용한다.

> 오후의 남쪽 하늘에 떠 있던 구름의 모양과
> 그날 밤하늘에 얼마나 많은 별이 떠 있었는지
> 끝내 기록하지 못할 것이다.
>
> 세상엔 너무 깊게 들여다보지 않아야 하는 곳도 있다고
> 서툰 글씨로 겨우 기록해두어야만 했다.
>
> 213번째 응급 환자가 남긴 것은
> 시든 꽃 한 송이를 닮은 아내와 막 잠에서 깬 얼굴의 아이
> 여자가 슬픔을 견디려는 눈으로 흐느끼고 있을 때
> 212라는 번호를 오래 들여다보며
> 나는 참으로 민망했다.
> 이름과 주민등록번호, 그리고 여러 번 옮긴 주소
> 한 사람의 삶이 헛되지 않게
> 그의 인간적 생존을 확인하는 것들이
> 오차도 없이 재빨리 기록되자마자
> 파본의 생은 그렇게 명백해졌다.
>
> 너무나 허술하게 마감한 한 사람의 하루와
> 거짓말을 해야 하는 여자의 입술과
> 거짓말로밖에 말할 수 없는 사실들이
> 이렇게도 다정하다니.
> 그 시간이 무색하게

창밖으로는 비가 오래오래 내리고 있었다.

액자구조로 된 이 작품에서, 첫 연은, 포개어질 수 없는 것을 하나로 겹친, 그러니까, 오후에 응급실에 도착해 밤늦도록 자리를 지켜야 했던 경험과 향후 서술될 소소한 사건을 하나로 압축해낸 저 말의 경제성도 빼어나지만, 오히려 자신이 겪게 된 응급실의 경험이 "속기"(速記)처럼, 다시 말해, 정신없이 진행되었다는 사실을 덤으로 발화한다는 데에 가치가 놓여 있다. 중의성의 효과적인 활용은 이쯤에서 멈추지 않는다. '~에게 속는 행위'로서의 "속기"가, 제 자신보다 더 위급한 처지의 "213번째 응급환자"를 보며 제 자신을 되돌아보는 일이나, "인간적 생존을 확인"하고자 응급실로 실려올 수밖에 없는 환자들을 실상 기다리고 있는 죽음이라는, 재치로 가득한 발상과 한껏 조응하기 때문이다. 여태천은 여기서 "한 사람의 삶"이 "파본의 생"으로 굴절되는 과정을 기록하는 병원 차트의 자명함이나 "거짓말로밖에 말할 수 없는 사실들"들을 삼켜야만 하는 저 아이러니를 통해, "미래로 미래로 자꾸만 펴져 나가"는 "말랑말랑한 슬픔" 하나를 건져올린다. 병(甁)과 병(病)의 중의성에서 착안하여, 시인으로 살아가는 과정에서 겪게 된 "마음의 병"과 "초조한 필체"로 "넘칠 듯"한 "병"을 중첩시킨 「병」 같은 작품이 아름다운 것도, 중의성으로, 과거의 일을 현재의 고통과 각성으로 전환해내는 데 성공하기 때문이다. 그런데, 여태천의 작품에서 중의성의 화신은 정작 "당신"이다.

5. 당신에게, 시에게

책이 파랗습니다.
아직 읽지 않은 긴 문장의 색깔처럼
혼자 걸어가는

저 깜깜한 복도에서

오렌지가 파랗다고
아이는 재잘거리며
복도 끝에서 큰 소리로 부릅니다.
저 파란 오렌지가
갑자기 무서워지는 순간
아직 쓰지 않은 시를
나란히 책과 함께 세워두고
나직이 읽어봅니다.
오렌지의 문장을 모르기 때문에
아이의 말을 몰라서
문장의 길은 아득하기만 합니다.

아이가 복도를 뛰어옵니다.
아이가 내딛는 발자국마다
파란 오렌지가 시도록 눈이 부십니다.

—「저렇게 오렌지는 익어 가고」 전문

이 시는 엘뤼아르의 시구, "지구는 오렌지처럼 파랗다(La terre est blue comme une orange)"를 떠올리게 한다. 엘뤼아르의 그것이 "지구"와 "오렌지"의 둥글다는 공통점에서 착안하여, 비유를 이끌어내고 있다면, 여태천은 아직 쓰지 않은 시와 다르다고 할 수 없는 "아직 읽지 않은 긴 문장"을 "책"에다 비유해놓는다. 엘뤼아르의 그것이 창공이나 하늘, 대기처럼, 청정한 파란색을 상징하는 이상적 이미지에 주안점을 두고 있다면, 여태천의 이 파란색은 예측할 수 없어, "혼자 걸어가는" "깜깜한 복도"와 포개지며, 다음 연으로 이어질 부분을 앞으로 끌고 와 성급하게 마감하여, 구성 전반에서 낯선 느낌도 표현해놓았다. 연과 연의 구분이 어색한 것은, "갑자기 무서워지는 순간"과 "아득하기만" 한 "문장의 길"처럼, 시인이 이야기의 단위를 흩트리면서 조합하는 이 방식을, 시의 배치를 전반을 고려하여 실현하고자 했기 때문이다. 엘뤼아르가 푸르른 창공의 소유자인 둥근 지구를, 과일, 그것도 충만한 삶을 기원하며 크리스마스에 건네곤 했다던 서양 오렌지의 그것에서 유사성을 찾아내었다면, 여태천은 아이가 재잘거리는 상상력의 사건으로 치환해놓는다. 엘뤼아르가 지구와 오렌지의 청정한 이미지로부터 여인을 불러내고, 그녀를 향한 광기와 같은 사랑을 노래하였다면, 여태천은 "파란 오렌지"를 "아직 쓰지 않은 시"의 등가물로 환치해낸다. 엘뤼아르가 제 시를 마무리하면서 행복했던 기억들로, 지금은 떠나간 여인을 그리워하는 심정을 내려놓는다면, 여태천은 시의 어려움, 제 시가 밟아나갈 "문장의 길"을 "아득하기만" 하다고 말하며, 그럼에도 그 세계를 "아이가 내딛는 발자국"에서 현현할 것이라고 덧입혀놓는다. 아이를 마중 나간 이 아빠는, 아이를 기다리는 그 짧은 순간에도, 기성의 언어나 상투적인 이미지는 시의 적(敵)이라는 생각에 사로잡혀, 결국 아이에게서, 아이의 말에서 시 쓰는 행위 전반에 대한 반성의 전조를 찾아낸다. 이렇게 시는 아이의 사건, 아이의 목소리를 따라 읽어나가야 할, 아이의 발걸음을 따라, 찾아나서야 할, 그러나 아직 도래하지 않은 사건이 된다. 아이는 여태천의 시에서 물론 "당신" "그녀"와 다른 말이 아니다.

우리의 바깥은 고요합니다, 라고 말한 건
그녀였습니다.
수채화 물감 같은 표정으로
쳐다보고 있으면 점점 번질 것만 같은 눈빛으로
하얀 손가락으로 피워 올리는 저녁의 꽃

그녀의 손을 무조건 믿기로 했습니다.

언젠가는 달을 가리킬 것처럼 기다란 그녀의 손가락
다음 달에는 입가의 꼬리가
조금 더 치솟아 올라갈 것이라고 믿으며
적금을 부었습니다.

오래 기다리는 언어
신기하게도 그것은 그녀로부터
내일의 평온과 오늘의 절제를 배우고 난 뒤의 일
모두가 부러워하는 높이에서
잔고를 보지 않고 살아갈 수 있는 기술
점심을 굶는 그녀의 오늘과
수줍어하는 얼굴
그녀의 이력이 마음에 들었습니다.

조금씩 손가락으로부터 이별하기로 한 건
혼자 말을 배워 책을 읽게 된
한참 뒤의 일이지만
오늘 밤 멀리 있을 그녀에게
가능하다면 이 저녁의 허기를 꼭 돌려주고 싶습니다.

십 초씩, 나와 그녀 사이를 지나가는 여백
우리는 같은 곳을 바라보고 있습니다.
우리가 고요의 바깥입니다.

—「철학하는 여자」 전문

처음의 물음으로 다시 돌아오려고 한다. "당신"은 누구인가? 아니, 이 "아무도 모르는 오늘의 당신은"(「일식」) 어디에 있는가? 아이는 시 쓰는 아빠가 돌려주겠다고 한 "이 저녁의 허기"가 무엇인지, 아빠가 고통으로 피워올린 "오래 기다리는 언어"의 주인이 바로 자신이라는 사실을, 아빠가 제 "수줍어하는 얼굴"을 보면서 아직 당도하지 않은 "한참 뒤의 일"을 현재에 실현해나가는 힘을 길어올린다는 것을 언제쯤 알게 될까?

(『현대시학』 2013년 4월호)

6부

시집 읽기 II

사랑, 기다림, 재난

「죽은 예언자의 거리」에서 건네는 『어른스런 입맞춤』
—기다림에 대한 여섯 개의 단상

블라디미르: 자, 그럼 갈까?
에스트라공: 가자고.
(그들은 꼼짝하지 않는다.)

—사무엘 베케트, 『고도를 기다리며』

 # 첫번째 단상: 기다림, 그리고 시

우리는 모두 무언가를 기다리며 삶을 살아간다. 놓쳐버린 버스를, 집 나간 고양이를, 어제 구입한 복권의 당첨 소식이나 만나기로 한 친구를, 병원 대기실에서 의사의 호출을 기다린다. 현실에서 삶이 지속될 조건을 구축하거나 무언가를 (다시) 생산하기 위해 기다림은 필연적이다. 기다림은 이렇게 확정이 가능한 범위 안에 머물며, 이르거나 더러 유보된다는 시간적 차이가 있을 뿐, 매듭지어지는 자잘한 사건으로 거개가 제 행위를 완성한다. 물론 이것이 기다림의 모든 것을 말해주는 건 아니다. 아니, 기다림의 대상을 완전히 파악하거나 기다리는 행위의 완성 가능성을 낙관하며 살아가는 사람은 사실 없다고 말해야 할지도 모른다. 희망처럼, 이를테면, 특정 대상을 상정하지 않거나 할 수조차 없는, 도래의 구체적인 시간성을 배제한 상태에서 행해지는 기다림이 우리 삶의 대부분을 점령하고 있기 때문이다. 더러, 신의 현현이나 혁명의 도래처럼, 단박에 성취되지 않거나 오지 않을 것을 뻔히 알면서도, 오로지 오지 않기에 우리는 무언가를 기다리거나 기다리는 상황에 처하기도 한다. 이때 기다림의 가치는 '기다림—도래'라는 시작과 끝의 저 단속적인 확정이나 희구보다, 기다림에 대한 사유, 기다린다는 행위의 근본적인 이유를 모색하고 되묻는 데 놓인다. 기다림은 금지를 불러오는 행위이자, 타자에게 걸거나 타자로부터 걸리는 주술이며, 새로운 사유를 고안하는 원천이기 때문이다. 왜 기다려야만 하는가? 아니, 누구를, 무엇을 기다린다는 것인가? 기다림 자체의 소멸을 예고하는데도, 기다림은 온다는 사실을 전제할 수 있는가? 기다리는 동안, 무엇을 해야 하고 또 무엇을 할 수 없는가?

세상의 모든 것이 자명하다면, 기다려야 하는 대상 역시 또렷할 것이고, 기다림의 결과를 실제로 확인해볼 개연성 역시, 매우 농후할 것이다. 이렇게, 불안을 낙관으로(오니까), 저항을 협정으로(이루어지니까), 결여를 성취로(주어지니까) 바꾸어나가는 유토피아를 목전에 두게 될지도 모를 일이다. 그러나 안타깝게도 이런 세상은 없으며, 있어서도 안 된다. 이런 세상은 그 어디에도 존재하지 않는다는 의미의 허황된 유토피아일 뿐이며, 도박과도 같은 것이기에 이 유토피아는 기다림의 대상, 기다림의 궁극적인 목적이 될 수 없다. 기다림은 매듭지어지는 사건이라기보다, 그 자체로 실존의 표출 양태이자 지루하고 척박한 삶을 살아가야 하는 인간에게 그 삶의 당위성을 부여하는 사유의 자그마한 가능성이라고 보아야 할 이유가 여기에 있다. 미래가 바로 현재에 희망이나 유토피아의 형태로 구축될 것이라고 책임 없는 말을 내뱉는 점술가의 예측에 기대는 대신, 우리는 기다림의 지평을 함몰시키지 않으며 묵묵히 현실을 인내하거나 현실을 구성하는 다양한 함수와 저 관계의 얽히고설킨 메커니즘을 따져 묻고, 아직 오지 않은 또다른 현재에다가 기존의 조건들을 불러내 지금-여기에 포개어보며, 현재에 스며들어 권력을 행사하는 뿌리와 기원 자체를 뒤흔들어보거나, 최소한 의심의 시선으로 돌려놓으려는 시인의 말에 귀를 기울여야 한다. 아직 생성되지 않은 것을 희망하고 제시하는 법을 시인에게서 배우고, 현전하는 미래로 제시된 현재의 가치를 시에서 읽어내야 하는 것이다. 정한아가 제 첫 시집에서 천착하고 있는 여러 고민들 가운데 하나[1]는 바로 이와 같은 의미에서의 기다림이다. 아니, 기다림은 그에게, 시의 주제, 시를 쓸 조건, 시 자체를 가능하게 해주는 다양한 사유의 여집합과도 같은 것이다.

 # 두번째 단상: 신을 향해 쏘아올리는 작은 공

당도할 수 없는 대상을 향해 쏘아올린 기다림은 상처받은 인간을 지켜주는 보이지 않는 병사와도 같다. 기다리는 행위에 진입하는 순간, 내면에서는 가장 힘든 전투가 벌어지기 시작한다. 시인에게 기다림 속에서의 삶이란, 온갖 의혹이나 불확실성, 예측 불가능성과 막연한 상처, 현재의 잔혹함이, 담쟁이의 넝쿨처럼 한데 얽힌 양상처럼 나타날 수밖에 없다. 정한아에게 그것은 우선, 신이라는 존재를 의식할 수밖에 없는 현재, 그런 현재가 제 뿌리를 뻗어대고 있는 기원에 신이 자리하고 있을 거라는 막연한 추측에서 비롯된다.

내 속에서 나를 조종하던 것들 눌러 죽이면 히드라처럼 새 머리가 나는 것들 히히 우는 것들 엉엉 웃는 것들 한숨 쉬는 것들 빌어먹을 것들 한없이 요설을 뱉어내는 것들

그래서 나는 기도를 해보기로 했다
랭보에게 죽은 신에게 라디오에게
오늘 아침 식은 국에 말아 먹은 밥알들과 드럼 스틱에게

---

1) 이 글은 기다림이라는 주제로 그의 시를 읽어보려는 시도일 뿐이다. 대상 텍스트는 정한아의 시집 『어른스런 입맞춤』(문학동네, 2011)이다.

나를 이 진창에서 들어올려 저 아름다운 푸른 물고기들의 세계로 옮겨 가소서, 라고

그리고 다른 것들에도—이를테면

모든 가련한 것들 새벽의 영혼들 잠들지 못하는 눈이 붉은 신호등 안타까운 것들 자기를 빛내는 것들 자기도 모르는 새 유혹하는 것들 겁탈당하는 것들 순한 눈을 한 고양이들의 추운 노숙(露宿)의 밤들에

그런데, 언젠가는, 불태워지리, 순간이 영원인 가엾은 것들

아무도 모를 서러운 과거도 더러운 세월도 붉은 입술도 순하디순한 천 개의 눈도 수심에 찬 콧날에 부서진 햇살도 아름답던 팔딱이던 나의 물고기들도 실핏줄투성이 아가미와 푸른 비늘도 마침내

헛되이 잡으려 했던 나의 두 손도

그리하여 나는 타버릴 열 손가락으로 얼굴을 감싸쥐었다

하마터면

하느님!

외칠 뻔하면서

—「어떤 기도」 부분

왜 줄곧 신을 믿거나 불신해왔는지 그 구체적인 이유를 모르는 인간은, 제 불신에 합리적인 근거를 대지 못하여 내면으로부터 솟아난 풍경을 현실에서 시시각각 확인하게 된다. "내 속에서 나를 조종하던 것들"이나 "한숨 쉬는 것들" "한없이 요설을 뱉어내는 것들"이 까닭 없이 차올라오면, 세상은 새삼, '어머 신기해라'라고 흘러나오는 낭만투(浪漫—물결칠 '낭', 질펀할 '만', 즉 자아의 심한 흔들림)의 신음 소리를 가로막을 수 없는 총체적인 신비와 의문의 대상으로 변하고 만다. 그렇다고 이 모든 "가련

한 것들 새벽의 영혼들"과 "안타까운 것들 자기를 빛내는 것들 자기도 모르는 새 유혹하는 것들 겁탈당하는 것들"이 새어나오는 기원이나 원인을 알 수 없다는 저 이유 하나만으로, 신의 처분을 마냥 기다리는 입장에 설 수는 없는 노릇이다. 시인은 신이 특권을 누리는 이유가 우리 존재의 전부를, 아니면 우연이라고 해야 할 무언가를 죄다 포함하여, 앞으로의 미래나 지나온 과거, 그 시간성조차 송두리째 신의 손에 위임되어 있기 때문이라는 사실을 확인하는 것으로 제 시의 공간을 채워낸다. "순간이 영원인 가엾은 것들"을 "헛되이 잡으려 했던 나의 두 손"이라는 저 낯선 표현이 신에 대한 어떤 깨달음을 저버리지 않음에도, 이 깨달음이란 "얼굴을 감싸"쥘 만큼의 순간적이며 충격적인 비극, 신과의 단절을 모반으로 도모해야만 하는 비극적 사건이며, 시는 이것을 끌어안고 어쩔 줄 몰라 하는 어정쩡한 상태로 조용히 수렴되며 막을 내린다. 여기에서 자그마한 간극이 생겨난다. 신기해하지 않아야 마땅한 것을 제 시에서 경악과 놀람으로 받아내는 정한아에게 신은 어떤 신인가?

> 보라, 어둠이다
> 공평무사하신 어둠의 신이 저 멀리서
> 옷자락을 끌고 걸어오신다
>
> 내 두 눈을 지워주소서
> 창공의 별들을 탐하지 않도록
> 세상의 모든 빛이 나를 찌르나이다
>
> 그러나 신은 무정(無情)하므로
> 나의 기도를 이해하지 못한다

—「무정한 신」 부분

어떤 신은 초연한 척 오만하며(모세가 현판을 들고 마주한 신은 모세를 거들떠보지도 않았다), 또 어떤 신은 위선의 다른 말이라 하기 어려운 과도한 배려나 해탈을 권고하며 자신을 위장하기도 한다. 근엄함을 내팽개친, 심지어 유머를 갖춘 고대의 신도 있다. 그러나 정한아에게 신은, 대답하지 않는 신, 무정한 신, 그럼에도/그렇기에 "공평무사하신" 신이며, "나의 기도를 이해하지 못"하는 신이기에, 인간이 접근할 수 없는 각도에서 인간을 살필 수 있는 유리한 특권을 점한 신이기도 하다. 이 신은, 신이라면 응당 그러하듯, 도래하지 않는다는 속성을 저버릴 수는 없다. 신은 고작해야 신일 뿐이지만, 신이 신다운 신이 되는 것은 결국 비가시성이라는 메시아적 특성을 갖추고 있을 때이기 때문이다. 도래할 것이라는 암시를 저버리지 않는 신, 따라서 그때까지 기다려야 한다는 것, 인간에게 어쩌면 이것은 정중한 권고가 아니라, 제 운명을 되돌아보게 하는 필연적인 통보에 가깝다고 해야 한다. 신은 기다림이라는 천형을 내린 자이다. 토마스 아퀴나스가 물었다던 운동의 출발점과 기원, 일자(一者)에 대한 의구심과 인간의 유한성이라는 한계가, 보이지 않는 신의 강요와 협박을 가능하게 해주면서, 신으로의 위상과 권위를, 우리에게나 신 자신에게도 부여하기 때문이다. 이 협박과 통보는 반복된다는 속성을 지니며, 정한아의 시에서 기다림이 반복될 수밖에 없는 구조 속으로 편입되는 것도 이 때문이다.

구역질 날수록 입장권이 비싼 후불제 롤러코스터를 타면서
처음엔 신기했지 신기해서 가슴이 뛰었지 그러나
궤도가 끝나기 전까진 내릴 수 없다는 것
살아서 돈다는 것과 돌아서 죽는다는 것
돌아서 살기 위해
그녀는 한결 겸손해야 하는 것일까
생각할 틈도 없이 열차는 오르막 궤도를 오르곤

잊었다는 듯 다시 비명을 지른다

열차 관리인은 잠이 들었다
그의 꿈처럼 궤도는 끝이 보이지 않는다
음악은 흥겹고 구름은 두둥실
죽었다 깨어난 관리인의 아들이
맨 뒷자리에서 머리칼을 쥐어뜯는다

―「그리스도의 순환」 부분

우리는 세상에서 무한이 가능하지 않다는 것을 제 생명의 한계나 나날이 낡아가는 사물을 보며 시시각각 확인하고 또 경험한다. 그러나 한편, (불행하게도) 우리는 무한이라는 개념을 생각할 줄 아는 존재이며, 이 모든 것이 "그렇게 된 건 결국 그렇게 생각했기 때문"(「모래의 향방」)이기도 하다. 세상의 유한한 것들이 무한이라는 의식 속에 포착되어 지겨울 정도로 반복될 수밖에 없다는 사실은 정한아에게 "궤도가 끝나기 전까진 내릴 수 없다는 것", 즉 우리 운명에 대한 자각과 맞닿아 있지만, "끝이 보이지 않는" "궤도"처럼 반복되는 세상에서 정한아가 고민하는 것은 오히려 기다림의 윤리라고 해야 한다. 이 윤리는 물론 따분하며, 권태롭고도 우울한, 그러나 반복되는(될) "그리스도의 순환"에 맞서는 윤리, 세상의 신비감을 차츰 걷어냄으로써, 반복의 기원인 신의 신비감마저 함께 걷어내려 시도하는 고통스러운 인간의 윤리이기도 하다.

(양심, 이다지도 쉬운 고통이라니!)
죽이고 싶기도 살리고 싶기도 한 애인이 방구석에서 신경성 위염으로 뒹굴고 있는 비 내리는 13일의 금요일 오후, 너는 송장 자세로 엎드려 이제까지 땅과 바다로 흘러들어간 냄새나는 인류의 시간에 관해 생각한다 충분히

역겹고 충분히 이해할 만한, 다시는 인간이 될 수 없는 역사

(내가 흘린 모든 것이 나의 형상을 가지게 된다면 그것은 나에 대해서만은 백전백승일 거야

((밥풀로 만든 소 무쇠로 만든 소, 아아 더럽고 무서워 그걸 누구에게 준다지?))

(((이런 게 사랑일까?)))

하느님이 자기가 흘린 냄새나는 종족을 내버려두는 덴 다 이유가 있는 거야)

(……)

어차피 세계는 거대한 조롱인걸, 중얼거리며 너는

고개를 돌려본다, 왼뺨을 내주어도

네가 "그만!"이라고 말할 때까지

네가 소환한 너의 웬수 같은 하느님은 황폐한 발바닥으로 너의 등짝을 밟고 서서,

(양심, 이다지도 더러운 고통이라니!

이토록 탐욕스러운 발바닥이라니!)

—「가위」 부분

신에 대한 생각이 무한을 불러내고, 그것이 내 머릿속에서 맴도는 한, 나는 '인식의 과일(선악과)'보다 더 지독할 "슈퍼 선악과"(「그렇지만 우리는 언젠가 모두 천사였을 거야」)를 삼킨, 그러나/그리하여 원하지도 않는 "양심, 이다지도 더러운 고통"을 지닐 운명을 거부할 수 없다. 그렇다면 "거대한 조롱"인 내가 사는 이 세상에서 나는 신의 편재를 묵묵히 받아들

인 후, 다시는 "인간이 될 수 없는 역사"에서 떨어져나온 작은 조각이어야만 하는가? 기다림이라는 인간의 숙명이 우리가 살고 있는 현실에서 부정하지 못할 사실로 못박히는 것은 결국 어떤 거대한 존재의 장난 때문이란 말인가? 사소한 생각 하나가 시인의 내면에서 사유의 파문(波文)을 던진다는 것을 표현해놓은 겹 괄호는 자다가 눌리는 "가위"와도 같이, 시에서 자그마한 흠집을 만들어내기 시작하고, 이때 시인을 압박해오는 만큼 "충분히 역겹고 충분히 이해할 만한" "냄새나는 인류의 시간"의 저 반복과 더불어 기다림의 서사도 시에 들어차기 시작한다. 돌고, 그 자리로 다시 돌아오는 존재와 세상. 그러나 다시 돌아온 자리에서 "양심"은 "쉬운 고통"에서 "더러운 고통"으로 바뀌어 있다. 이러한 전치는 시인의 확고한 의지에 따라 감행된 것은 아닐 것이다. 성경의 패러디를 통해 시인이 암시하는바, "양심"은 나에게 관여하는 어떤 의지, 즉 "밥풀"같이 하찮은 것을 보게 될 때조차 계속해서 "소환"되는 "웬수 같은 하느님"을 의식할 수밖에 없는 존재가 바로 인간이기에 주어진 것일 테지만, "쉬운"에서 "더러운"으로의 전환은 내 의식의 굴절을 거쳐, 결국 내가 판단하게 된 "양심"이 신의 기꺼운 선물만은 아니라고 말한다. 바로 여기서, 또다시 자그마한 흠집이 긁히면서, 신과 나 사이에 간극이 벌어지기 시작한다. 세상이 "가위"에 눌린 것같이 보이는 것은 이렇게 전능한 힘을 행사하는 무언가로부터 우리가 자유롭지 못하다는 생각에서 비롯되는 것이며, 그러나 나 자신을 이 전능한 힘에게 온전히 위탁할 수만은 없다는, 유사 종교적 상상력이 시에서, 신을 기만하려는 작은 투쟁의 힘을 생성해내는 것이다. 정한아의 시에서 "기다리게 하는 것, 그것은 모든 권력의 변함없는 특권"(신의 특권)이자, "인류의 오래된 소일거리"[2), 즉 일종의 의무인 동시에 놀이로 자리하는 것도 바로 이 때문이며, 신과의 관계가 차츰 굴절되어 나타나는 이

2) 롤랑 바르트, 『사랑의 단상』 중에서.

유를 우리는 여기서 발견하게 된다.

한 번도 자기에게 자기를 증명하려 시도하지 않은 자
믿음을 스스로 허가하지 않은 자
나는 당신을 재발급하기로 결정했습니다

(……)

후루룩!
꺼억!

여긴 무덤처럼 깜깜하군요 처음 보는 어둠!
나는 이전의 내가 아닌 듯하오만 이제는 누구요?

아직 아무도 아닙니다만
차차 서로 알아갈 것입니다

—「당신은 누구시길래」 부분

내 의지로 신의 자리를 "재발급하기로 결정"한 후, 분간이나 판단이 가능하지 않을 까마득한 어떤 세계의 심연으로 내가 들어와버렸다는 것, 이 세계에서 "아직 아무도" 아닌 내가 그럼에도 "차차 서로 알아갈 것"이라고 말하는 것은, 선악과를 취한 자의 원죄의식과도 닮아 있는 자의식을 시인이 소유하고 있다는 사실을 알려주면서, 신과 더불어 자신에게도 번갈아 비판적 태도를 취해야만 하는 사뭇 묘한 처지 속으로 시인을 몰아넣는다. 정한아의 시를 지탱하는 고정점은 바로 이 묘한 처지, 이 묘한 처지에서 야기되는 망설임과 이 망설임으로 촉발되는 기다림, 기다림이 원격조정을 하듯 불러낸 사변적이고 파편적인 풍경들에 붙들어매인다. 시인은 갈 수도, 가지 않을 수도 없는 상황, 즉 반복과 망설임으로 시의 공간을 채워가면서, 확실성과 불확실성 사이에 줄을 매달고, 제 실존과, 그 실존을 가능케 한 기원을 이 팽팽한 줄 위에서 서로 저울질해보는 일을 포기하지 않는다. 따라서 시간 개념은 "오늘은 언제나 마지막 오늘"(「떠도는 별」), 즉 정지된 차원으로 환원되며, 시인은 양쪽을 왕래하는 행위를 통해 결국 기다림의 주체가 되어간다.

그러나 절대성에 대한 두려움이 망설임과 주저함을 조장하는 듯해도, 아무것도 확신할 수 없을 때, 바로 이 확신할 수 없음으로 인해 주변을 색다른 눈으로 살펴볼 가능성이 정한아의 시에서 만들어내는 역설과 아이러니, 그것이 부과하는 저항의 무게가 작다고 말할 수는 없다. 정한아의 시에서 일상의 재편과 주체화가 바로 이와 같은 가능성으로부터 생겨나기 때문이다. 확신을 미루는 행위로서의 기다림은 파편적인 풍경을 시에 흩뿌리지만, 결국 그것은 오로지 파편적임으로 인해 거대한 질서에 구멍을 내는 원인이 되기도 하는 것이다. 그렇다면 신격(神格)과 인격(人格) 사이의 분쟁이 정한아의 시에서 기다림을 생성해낸다고 말해야 옳은 것일까? 시간이 수직으로 꽂히는 공간에서 기원이라는 저 태초의 이름에 대항하는 자잘한 사변과 턱없는 의심을 유일한 무기처럼 손에 쥐고, 개인이 쏘아올린 신과의 작은 전쟁에 착수하는 것은 아닐까?

세번째 단상: 태도 없음에서 비롯되는 기다림

『고도를 기다리며』의 두 사내, 블라디미르와 에스트라공에게 고도(Godot)가 올 확률은 광화문 광장 한복판에서 한창 애무에 열중인 빨판상어와 오랑우탄 한 쌍을 마주할 가능성보다도 낮다고 해야 한다. 그러나? 그러나? 오지 않는다는 사실을 경험적으로 납득할 만한 지경에 이르러서도, 이들은 한없이 기다려야만 하는 제 숙명에 사로잡혀 하릴없이 시간을 보낸다. 신만큼이나 도래가 불분명하고, 그 실체 역시 확정지을 수 없는 것이 '고도'라고 한다면, 실체 없는 실체를 이들이 기다린다는 것은 사실 아무것도 기다리지 않는다는 말과 다르지 않을 것이다. 예컨대, 고도를 기다린다는 것은 결국 어떤 가장의 형식을 빌려, 세상의 무목적성과 불확실성을 확인해내고, 비록 허무한 몸짓처럼 보일지라도, 쉬지 않고서 인간의 자리를 타진해본다는 것을 의미할 것이다. 정한아의 시에서 자주 목격되는 다짐이나 체념, 아니 이 양자의 주기적인 반복을 통해 풀려나는 서사의 다양한 양상은 저 반복적 패턴에도 불구하고, 한시적인 형식의, 그러나 반드시 부정해야만 하는 무언가를 향한 독특한 자의식들을 시에서 체현해내는 근본적인 원인으로 자리잡는다. 이는 시인이 제가 살고 있는 세상에서는 견인해낼 수 없다고 고백하고 있는 어떤 태도와도 무관하지 않다.

> (……) 아무 데도 가지 못했어 아무것도 하지 못했어 다만 살아 있는 것은 식욕뿐이야 알약들을 집어삼키고 정치 토론 따위를 보고 다만 나른한 것은 나의 시력이야 대통령이 죽었다든가 엄마가 납치됐다든가 첫사랑이 십 년 만에 돌아왔대도 놀랄 건 없었어 (……)
>
> 그때 알게 되었어 내게는 태도가 없다는 걸 이 결정적인 결핍을 어떻게 위장해야 좋을까
>
> —「독감유감」 부분

태도를 가질 수 없다는 사실, 불확실성을 걷어낼 수 없기에 단일하고 강력한 이데올로기를 지지할 수 없다는 투의 저 "놀랄 건 없었"다는 고백은 세상의 비극을 보고하는 데 가장 적합한 형식을 기다림이라는 이름으로 시에 차용해올 근거가 된다. 기다림이라는 커다란 바운더리 안에서 시의

자장이 형성되고, 시적 감수성이 발현될 동력을 견인해내면서, 신을 향한 일종의 대결 구도가 들어차는 것이다. 예컨대, 이 젊은 시인은, 지나치게 늙었다고 해야 할 의심-회의-반발-체념의 순환구조 속에서, 신 앞에서 주저와 망설임을 일삼는 저 근거와 신의 존재를 쉽게 납득하지 못하는 어떤 절망의 상태에 대한 알리바이를, 제가 겪어온 경험과 자잘한 사건들로 투사해내는 데 성공적으로 합류하면서, 기다림의 속성과 본질을 사유하거나, 사유하게 만들고, 기다리는 행위의 정당성을 획득해나가는 것이다.

정신 — 그 무시무시한 세입자를 쫓아내든가

선택해야 할 것이다 문제는 그녀의 시도 때도 없이 쿵쾅거리는 심장의 소속이 분명치 않다는 것이고, 그녀의 오른손이 쓰는 것을 왼손이 이해하지 못한다는 것이다

—「심신이원론의 경험론적 사례 보고」 부분

기다림은 망설임에서(을) 촉발되는(시키는) 행위이며, 망설임은, 어디에도 속하지 않는(않아야 한다는) 태도를 시인이 취하고 있으며, "여섯 살 때부터 쭈욱 변하지 않는 자아의 핵 같은 것"[3]을 견지하고 있다는 시인의 생각에서 비롯된 것일 수도 있다. 이분법 중 그 어디에도 속할 수 없다는 말은, 시인 자신으로 보아야 할 화자 "그녀"의 입을 빌려, 확신을 결정할 최종 심급인 "정신"에조차 시인이 끝없는 의혹의 눈길을 보낸다는 뜻이며, "소속이 분명치 않다"(원인 규명 불가능!)와 "오른손이 쓰는 것을 왼손이 이해하지 못한다"(상호 이해 불가능성!)처럼, 이러한 의혹의 눈길이 시 전반에서는 결과적으로 선택의 두 축일 좌와 우의 폭을 한껏 벌려놓는

3) 조강석(사회)·김태형·이영광·정한아·조인호 특별좌담, 「시의 삶과 시인의 삶」, 『현대시』 2011년 9월호, 119쪽.

데 기여하고 만다. 물론 시인은 이렇게 벌어진 폭 안에서 기다림의 조건을 구축해내고, 기다림의 정당성을 모색하며, 기다림의 시간과 그 추이를 펼쳐놓는다. 예컨대 정한아가 무언가를 기다릴 수밖에 없는 것은 이런 연유에서이다.

아무려나, 저 문은 처음부터 닫혀 있으려 세워진 듯하고
이젠 심지어 누가 세운 것 같지도 않아
(……)

일평생 햇볕 따위 쪼이지 못할 불우한 볼기짝을 가진
우리는 모험 없는 화석
아무려나, 우리에겐
튼튼한 발바닥 한 켤레가 있는 것인데,

—「부루의 뜨락」 부분

첫사랑은 피라미드로 갔다
그는 거지의 방랑과 왕자의 방탕을 탐했으나
방탕한 방랑에 탈진하고 돌아와
모처럼 생활인이 되겠다고 했는데

아니, 우리 공모자들은 바랐지
나의 형제여 갈 데까지 가보라고
그래서 그 끝에 정말 아무것도 없는지
대답해! 대답하라고!
— 글쎄, 어딜 가든 마찬가지

—「첫사랑은 피라미드로 가고」 부분

시작과 끝을 확신하지 못하는 두 뜨내기 에스트라공과 블라디미르보다 정한아는 어쩌면 더 체념적이거나("우리는 모험 없는 화석") 자괴적("불우한 볼기짝을 가진/ 우리")인 태도를 갖고 있는 것은 아닐까? 결정할 권한이 저들에게 없다고 생각하는 이 셋은 이구동성으로, 반복해서 이렇게 말하고 있는지도 모른다. 그래도 혹시? 그래도 혹시 알아? 어떻게 될지 기다려봐야 하는 거 아냐? 하지만 이 정도의 미동적 제안으로 정한아가 애초에 지니고 있는 단호한 결론이 바뀔 리 없다. 오히려 그는 "대답해! 대답하라고!"와 "글쎄, 어딜 가든 마찬가지"를 왕복할 뿐이라고 말해야 옳을지도 모른다. 사기성이 농후한 직장의 위험성에 빗대어 상상으로 얹어놓은 "피라미드"는 정점에 오르는 일("그 끝에 정말 아무것도 없는지")에서 시인의 첫사랑이 겪게 될 실패를 예견할 뿐, 그것도 제 예견을 다소 도전적이면서도 심드렁한 투로 던져놓을 뿐이다. 시작과 끝, 정점과 바닥, 그 어디를 향한다 해도, 그 어디에 있어보아도 결국에는 마찬가지라는 사실을 시인은 알고 있는 것이다. "그 끝에 정말 아무것도 없는지" 그 여부를 확인하고자 할 때, 아주 희미한 확인 가능성 하나가 몸을 내민다고 한번 가정해보자. 그러나 시인은, 크건 작건, 그 어떤 가능성도 덥석 물 수 없다. 그것이 어떤 것이든, 가능성이라면, 그것을 확신하기 위해서는 시인이라면 결코 납득할 수 없을 황망한 믿음이 동반되어야 한다는 사실을 벌써 알고 있기 때문이다. 시인의 아이러니는 바로 여기서 발생한다. 왜냐하면 이 가능성을 사유할 수밖에 없는 존재가 바로 우리 인간이자 시인 자신이기 때문이다. 결과는? 확신하지 못하면서도 일말의 기대를 저버릴 수도 없는, 우리가 비극적 세계관이라 부르는, 이러지도, 저러지도 못하는 어정쩡한 태도가 시를 물들이며, 권태와 사변, 번민과 우울이 풀려나온 상태에서 무언가를 기다리는 상황이 시에서 반복될 수밖에 없는 것이다. 정한아의 시에서 이렇게 기다림은, '이미(déjà)'와 '아직(encore)' 사이에 등재되는 실존적 행위를 의미한다. 기다림 자체가 갖는 양가성이 있다면, 그것은 기다림이 다분히 신비주의와 합리주의적 사고의 중간 지점에 위치하기 때문일 것이다. 따라서 기다림이 전부를 차지하는 삶에서 놀람이 금지되거나 관조나 체념에 제자리를 물린다 해도 이상할 건 없다.

비탈길에 빙글 돌아 동그마니 떨어진 찰나의
영원과 그 황홀의 엽서가 레스보스 섬에서 날아온대도
나는 놀라지 않아

이 엽서를 일주일 안에 백 명에게 보내면
당신도 비탈길을 빙글 돌고 아름다운 그녀 때문에
데굴데굴 구르게 되지, 하지만 용기가 있다면
한번 웃어넘겨보시지 세상을 아름답게 살지 않으면
어떤 기분으로 데굴데굴 구르게 되는지

—「작년의 포플러가 보내온 행운의 엽서」 부분

예기치 않게 삶을 찾아오는 '환상 속의 그대'는 없다. 환상을 가질 수 없는, 그리하여 놀람이 금지된 세상, 새로움이나 기대를 불러일으키는 뜻밖의 소식이나 "찰나의/ 영원과 그 황홀의 엽서"가 우리가 살고 있는 세상에 당도하는 것은 이미 불가능하다. 기대와 이상을 동시에 만족시킬 수 없다는 사실 때문에, 아니, 그리하여 "세상을 아름답게 살지 않"아야 한다고 생각할 때, 기다림은 오히려 시에서 "데굴데굴 구르"며 제 지속성을 확보하고, 양감과 부피를 부풀려나간다. 우리의 삶은 생산적인 결과물을 창조해내거나 진보를 거듭하지 않으며, 그저 반복될 뿐인 것이다. 기다림의 재개(再改)로 시의 풍경이 채워지고, 자그마한 긁힘이나 소소한 사건들, 아니 사건이라 부르기에는 너무나 초라할지도 모를 내 경험들이 남루하고 헛헛한 이야기를 시에 남겨놓을 뿐이다. 정한아에게 세상은 기다림의 연구실이자, 기다리는 연구실이기도 한 것이다.

연구실에서는 모든 것이 정지한다
19세기와 20세기와 21세기가 강강수월래 손을 잡을 때
연구실에서는 고구마 줄기에 덧붙여진 고구마의
고구마에 붙어 있는 여러 크기의 싹의
싹에 첨가된 가능한 여러 내일의
목록을 작성중이다

— 영구 프로젝트입니다 인류의 내일은
19세기와 20세기와 21세기의 고구마 줄기의
고구마의
싹의
내일이 어떻게 결정될 것인가에 달려 있거든요

최군은 쓰윽 안경을 올렸고
박군은 고구마를 씹어 먹었고
정군은 내일은 꼭 고구마에 물을 주리라 다짐했다

그러는 동안
19세기와 20세기와 21세기는 방사형으로 번식했고
최군과 박군과 정군의 엉덩이에는 곰팡이가 피었고
이유 따위는 포기하자는 비관적인 견해가 지배하게 되었다

—「고구마 연구실」 부분

단호한 태도를 취할 수 없는 주체에게 기다림은 오히려 다양한 형태로 제시될 수 있다. 이 작품은 의지를 가지고 기다리는 태도, 어쩔 수 없이 기다리는 태도, 적극적으로 기다림에 임하는 태도가 각각 어떤 귀결을 맞이할 것이며, 어떤 연유에서 비롯되었는지를 말해준다. 기다리면서 무엇을 할 것인가? 아니 무엇을 기대(기대와 기다림은 어원상 같은 말이다) 할 수 있는가? 어떤 이는 "탈출할까 생각했고", 또 어떤 이는 "먹고 살아볼까 고민했으며", 또 어떤 이는 "다짐했다". 이 세 가지 태도는 "모든 것이 정지"한 "연구실"에서 "가능한 여러 내일의/ 목록을 작성중"에 취할 만한 것이다. 그러나 그 어떤 경우에도, 기다림의 대상이 세상에 당도할지는 장담할 수 없다. 아니, 이 기다림에는 필연적인 파국이 예정되어 있지만, 이 파국이 기다림의 종결을 의미하지는 않는다고 해야 할지도 모른다. 미래를 향해 전진하는 진보의 저 곧게 뻗친 활로에서 이탈하고자 할 때, 시간은 앞을 보며 흘러가는 게 아니라 "방사형으로 번식"할 뿐이거나, 그게 아니라면, 아예 정지되어 있는 것으로 인식되기 때문이다. 따라서 무언가를 도모하려는 계획이 제 일관성을 갖출 채비를 서두르기도 전에, 앞을 미리 바라보고자 하는 진보나 발전은 서둘러 부정되고, 미래에 대한 전망과 희망의 "이유 따위는 포기하자는 비관적인 견해"가, '여전히' 그리고 '이미' 지배적이며, 연구자의 "엉덩이에는 곰팡이가 피"는 형국에 봉착했노라는 고백을 시인으로부터 들을 수밖에 없는 것이다. 이렇게 진보와 미래의 도래를, 그 휘황찬란한 시간을 포기한 것이라면, 기다림의 연구실에서 대관절 우리는 무엇을 해야 하며, 무엇을 할 수 있을까?

에스트라공 : (다시 단념하며) 아무것도 할 게 없군.

『고도를 기다리며』의 첫 대사로 불려나온, 바로 이 '아무것도 할 수 없음'은 애당초 기다림의 조건이자, 기다리는 시간-장소-행위에 대한 강력한 알리바이였다. 이러한 사정은 정한아의 시에서도 별반 다르지 않은데, 왜냐하면 시인이 볼 때, "19세기와 20세기와 21세기"는 딱히 부족한 것이 없으면서, 동시에 그 무엇으로도 충족되지 않는 상태에서, 그대로 멈춰 있기 때문이다. 기다림은 멈춤과 동의어가 아님에도, 멈춤을 명령할 힘을 시에서 만들어낸다. 기다림은 가지 말고, 좀 멈춰 서라고 시시각각 우리를 붙잡는 것이다. 멈추어 서서, 뒤돌아보고, 다시 이어가고, 이어가다, 다시 멈추는 일이 반복되는 어떤 순환이야말로, 기다림이 미래를 현재에 붙들어매고자 부리는 교묘한 책략이라는 사실을 시인은 잘 알고 있는 것이다. 중요한 것은 멈춘다는 행위가 "아무것도 할 게 없"다는 말의 주어로 시간을 정지시킬 뿐만 아니라, 진보의 이데올로기에 대항할 저항의 힘도 만들어낸다는 데 있다. 「고구마 연구실」의 이어지는 부분이다.

> 우리에게는 할 말이 없습니다 그리고
> 19세기와 20세기와 21세기는 완벽합니다
> 어떤 식으로든 안녕합니다
> 우리는 우리 말고는 배제할 것을 찾지 못했습니다

"할 말이 없습니다"와 "어떤 식으로든 안녕합니다"는 멈추라는, 멈출 수밖에 없거나 멈춰야 한다는 정언적 명령투를 역설적으로 표현한 것에 다름아니다. 내가 존재하는 근본적인 이유를 알 수 없기에 멈추어 서는 것이며, 이렇게 모든 것이 완벽하고 안전한데, 그 원인을 알 수 없다고 한다면, "우리 말고는 배재할 것을 찾지 못"했다고 말하는 시인에게 그것은 총체적인 무언가를 확신할 수 없거나, 제 의지나 세계관과는 상관없이 세상이 재편되었다는 뜻일 것이다. 배제의 대상이 부메랑처럼 "우리"에게로 향하는 것은 바로 이 때문이며, "우리"가 만들어놓은 안전한 세상을 배제해나가야 하는 주체 역시 우리인 것이다. 따라서 미래는, 불가능한 것이 아니라, "퉁퉁 불어 구울 수 없는 빵"처럼 "불가능할 미래"(「일요일의 방파제가 가져다준 것」)로 주어지며, 여기서 당위를 강제하는 "~할"을 눈여겨볼 필요가 있다. 완성된 미래는 끊임없이 부정되거나 파편으로 잘려진, 조각난 이미지를 통해서만 잠시 제 도달을 지금-여기에서 꿈꿀 수 있는 것이며, 이때 미래의 실재(Réel)를 만질 수 있다는 거대한 착각을 확신하는 말들(주로 정치가의 입에서 나오는 담론들)과 조각난 이미지를 통해 '어쩌면'이라는 수식을 등에 업고, 도래할 미래의 개연성과 그것의 실현 가능성을 현실의 이미지에 포개어 힘겹게 짜맞추어나가면서, 현실에서 새로움을 반추해보려는 시도, 예컨대 오로지 기다리는 행위를 통해서만 경험할 수 있는 권태와 멜랑콜리의 실천(거개가 시인들이 몰두하는 일)이 대결 구도로 팽팽히 맞서기 시작한다. 이 둘 모두, 위험에 노출되어 있는 것은 매한가지이지만, 전자의 위험성이 구원과 확신, 해방의 헛된 약속으로 쌓아올린 유토피아의 실현이라는 광기 어린 착각과 연관된다면, 후자의 그것은 미지의 무엇, 파편적인 경험의 무엇, 현재의 흔적 속에 내재된 미지의 촉지 가능성, 확신의 유보를 견인하는 기다림과 기다림에서 비롯되는 과거-현재-미래라는 시제의 주관적인 재편과 이를 위해 동원되는 알레고리, 즉 시간과 사유의 주체화에 놓여 있는 것이다. 정한아의 시에서 신은, 따라서 우리라는 존재를 단단히 움켜쥐고 있는, 입을 굳게 다문 저 일자가 아니라, 조각나고 파편화된 세계 구석구석에서 제 술수를 피우고 있는, 신성 따위와는 거리가 먼, 한물간 퇴물로, 탈신성화의 대상으로 거듭날 뿐이다.

네번째 단상: 권태, 멜랑콜리, 타자와 기다림

기다림의 대상이 막연할 때, 그럼에도 현실의 조각들을 더듬으며 막연한 대상을 찾아나서야만 할 때, 기다림은 우리 자신에게서 완전히 다른 방향으로 나아갈 수 있는 힘을 끌어내는 동기가 되기도 한다. 도래하지 않음, 도래할 수 없음으로 인해 삶의 권태가 강렬해지면 강렬해질수록 기다림도 강렬해지며, 기다림이 강렬해지면 강렬해질수록 전혀 예기치 못한 형태의 무엇, 매우 독창적이라고 불러야 할 사유가 나의 내부에서 솟아날 수 있기 때문이다. "우주적인 비극"(「Sagittarius Rising」), "뜻 모를 울음을 터뜨리는 꿈"(「1991년, 동춘 서커스단」), "측량 무한의 자발적인 추위"(「새벽의 전화」), "오르페우스의 의심 많은 눈초리"(「눈을 가리운 노래—주신제(酒神際) 1999」)에 담긴 저항의 실체는 그러니 무엇인가? 정한아의 시에서 기다림은 "죽은 시간들이 부족한 애도를 모아/ 뭉게뭉게 우울"(「장마」)을 조장하고 마는, "순간들을 소모해버리고 말"(「Sagittarius Rising」) 언어를 행하는 주체이자 그 생성의 원인이며, 권태나 지루함을 극대화시키면서 얻어낸 반동의 탄력으로 미지의 무엇을 모색해나가는 장본인이다. 그것은 "감당해야 할 인간의 시간"(「인간의 시간」) 속에서 기다림의 보호로 제 살을 찌워나가는 권태나 멜랑콜리, 미완성이나 미성숙, 실수나 농담같이, 근대가 폐기처분한 사유일 것이며, 이 담론들은 완성되었다고 믿었던 근대에 사는 우리에게 그것의 또다른 모습을 예기치 않게 통보하고, 도래했다고 믿었던 합리적 · 이성적 세계를 의도적으로 거부하거나 유보하면서, 또다른 무언가를 기다려야 하는 상태 안으로 세상을 환원해낸다. 오로지 기다림의 상황 속으로 진입하는 순간에 주어지게 되는 '잉여' 행위인 그것은 "떠나기 위해서만 돌아오는 여행자의 운명"(「로,」)에 직접 가담하여, 근대의 저 정확한 시곗바늘을 정지시키거나 거꾸로 돌려놓을 기폭제이기 때문이다.

이전 것은 지나갔으니, 보라
지긋지긋한 새것이 되었도다

더러울수록 환한 밤

푸른 향 피어오르는
연도(煙禱), 다시

우리를
아무 신이라도, 다시
진흙에서 빚어내소서

—「다른 못, 가시연」 부분

무엇이라 말할까
만남이라는 기막힌 우연과
그 섬뜩함에 대하여
마주치자마자 내 골수에 자기의 촉수를 담그는
얼굴들과 그 배경에 관하여
그 가지각색의 각개격파를 차별 없이
기적이라 부르는 순진한 이상주의에 대하여
그 상처 없는 잔혹한 천진난만에 대하여

(……)

이 거리의 이정표는 이제
아는 것들만 알려준다 이미
와 있는 것들의 끔찍한 소용돌이

—「죽은 예언자의 거리」 부분

연기를 피워내 신명(神明)을 빌 만큼 "다시/ 진흙에서 빚어"내달라고 청하는 이유는 "이전 것"이 지나가고 무언가 도달한다 해도 결국 "지긋지긋한 새것"이 될 수밖에 없다고 생각하기 때문이다. 방점은 물론 "지긋지긋한"에 놓인다. 이렇게 반복, 회귀, 지루함, 즉 더이상 새로운 것이 없는 상황은 시의 공간이 "앉을 수 없는 앞뜰/ 도사릴 수도 없는 뒤뜰"(「비애의 대가」)로 이전했다는 것, 이때 시인이 할 수 있는 유일한 것이란 독설과도 같은 '말'뿐이라는 사실을 알려준다. "가시 돋친 혓바닥이 유일한 벗이었다"(「비애의 대가」)는 고백이, 끊임없이 파편화된 상태를 적어내야 하는 임무, 독설과 야유, 빈정거림과 조소, 체념과 기만의 말로 이 상태를 담을 수밖에 없는 상황에 정한아의 시가 위치한다고 암시하고 있기 때문이다. 고도를 기다리며, 그 지루한 시간을 언어의 유희와 반복으로 채워넣어야만 했던 블라디미르와 에스트라공의 저 운명처럼 말이다. 하나, 다른 것이 있다면, 정한아에게 '태도 없음', '태도를 정하지 못함'이, 오히려 신중한 사색을 낳는 원인이 된다는 점이다. 신으로부터 분리되지 못해, 영원히 신의 자식으로 살아야 하는 운명에 자진해서 투항하는 대신, 되레 신과의 간극을 벌려놓고 불화를 조장하면서, 제 실존을 어떻게든 세상에서 확정지어보려는 행위가 정한아에게는 권태와 지루함, 멜랑콜리를 바탕으로 모색하게 되는 '어른 됨의 추구'를 불러오는 것이다. 이렇게 『어른스런 입맞춤』은 근대의 상처를 오롯이 간직하면서, 신이라는 이름의 일자와 근대라는 이름의 또다른 신과의 대면 상황에서 창조자의 얼굴을 똑바로 주시하거나, 혹은 그래야만 한다는, 어떤 의식의 상태에 도달하려는 바람과 의지를 강력히 지지하는 표식과도 같은 것이다. 이때 타자를 기다림의 상황에서 마주하게 되는 연애는 어른이 되어가는 과정에 대한 알레고리로 거듭난다. 자기의 실체를, 어른 됨을 확인해나아가는 과정이 바로 연애이기 때문이다. 내 뜻대로 안 되는 상대와 만나는 일, 자아의 범주에서 알 수 없었던 낯선 감정과 논리를 경험하는 일, 매번의 자질구레한 일에 대처해나가는 방법을 터득하는 행위, 나와 어긋나는 타인의 결정이나 말, 그의 행동을 받아들이거나 거부하고 유보해내는 방식을 체득하는 일, 자신의 높고 낮음을 측정하고, 제 심연의 바닥과 표면을 샅샅이 훑어나가는 과정, 자신의 자장을 벗어나는 모든 것을 기다리거나 직접 다가가는 일, 결국 이 모두를 통해, 자신의 실체를 조각조각 이어붙여보는 시도와 그 과정에서 봉착한 한계나 긴장의 임계점을 통과하려는 의지, 이 모든 행위가 정한아의 시에서 연애라는 알레고리를 통해 발휘되기 시작한다.

우리는 때로 사람이 아냐
시각을 모르고 위도와 경도를 모르고
입을 맞추고 눈꺼풀을 핥고 우주선처럼 도킹하고 어깨를 깨물고
피를 흘리고 그 피를 얼굴에 바르고 입에서 모래와 독충을 쏟고 서로의 심장을 꺼내어
소매 끝에 대롱대롱 달고

이전의 것은 전혀 사랑이 아냐
아니, 모든 사랑은 언제나 처음
하루와 천 년을 헛갈리며 천국과 지옥 사이 달랑달랑 매달린
재투성이 심장은 여러 번 굴렀지

우리 심장은 생명나무와 잡종 교배한 슈퍼 선악과
질문의 수액은 여지없이 떨어져 자꾸만 바닥을 녹여 가령,
우리는 몇 시입니까?
우리는 어디입니까?
우리는 부끄럽습니까?

외로워 죽거나 지겨워 죽거나
지금 에덴에는 뱀과 하느님뿐

그 외 나머지인 우리는

입을 맞추고 눈꺼풀을 핥고 우주선처럼 도킹하고 어깨를 깨물고
피를 흘리고 그 피를 얼굴에 바르고 입에서 모래와 독충을 쏟고 서로의 심장을 꺼내어
소매 끝에 대롱대롱 달고

재투성이 심장으로 탁구라도 치면서 위대한 죄나 지을 수밖에
뱀마저 자기도 모르게 하느님과 연애한다는데

—「그렇지만 우리는 언젠가 모두 천사였을 거야」 전문

사랑의 변모하는 속성과 무너져내리는 심정을 그린 듯해도, 그것이 빼어난 이 작품의 전모를 말해주는 것은 아닐 것이다. 이 시에는 기다리는 행위가 왜 정한아에게서 필연적인 어떤 귀결을 불러낼 수밖에 없는지, 기다릴 수밖에 없는 처지와 그 양상, 기다리면서 할 수 있는 일이 무엇인지, 그 전모가 죄다 적시되어 있다고 봐야 한다. 우리가 밥 먹듯 하는 연애는 "시각을 모르고 위도와 경도를 모르"는 상태(우연이라고 해야 하나, 운명이라고 해야 하나, 아니면 이 둘의 혼재이라고 봐야 하는가?)에서 상대방과 마주하게 된 우발적인 사건이며, 위험천만한 우연에도 불구하고 우리는 "하루와 천 년을 헛갈리며" 서로의 깊은 속내까지 파고드는 데 익숙하다. 그 과정에서 마치 "모든 사랑은 언제나 처음"인 것처럼, 상대방에게 깊숙이 침투하고 간섭하는 행위도 서슴지 않는다. 바로 여기서 연애는 정한아에게 불완전한 모습, 인간이 취할 수 있는, 어쩌면 가장 인간적일 실천과, 불확실성으로 점철되었음에도 이미 발생한 어떤 사건의 도래를 하나로 묶어내는 알레고리로 거듭난다. 연애의 상황에서 오고갈, 예컨대, 얼마나 서로를 알기에, 또 언제 봤다고 서로 죽고 못 산다고 난리인가, 식의 어투

가, "우리는 몇 시입니까?" "우리는 어디입니까?" "우리는 부끄럽습니까?"처럼, 제 실존을 걸고서 신-타자에게 되묻는 강력한 알레고리로 시에서 하나로 포개어지는 것이다. 아무리 지지고 볶고 해봤자, 의문투성이인 우리, 우리 존재의 신비로운 우연에서 차올라오는 의아함이나 우연이 도모하고 우연에 의해 야기되는 의구심은 변하지 않는다. 관계가 지속된다 해도, 서로가 서로에게 불확실한 존재라는 사실을 떨쳐버릴 길이, 연애의 상황에서나, 실제 삶에서나 가능하지 않다고 생각하기 때문이다. 그렇다고 해서, 함부로 확신의 길로 접어들 수도 없다. 고도가 오지 않는다고 해서, 기다리는 행위를 포기할 수 없는 이유가, 오로지 고도만이 존재의 이유를 말해줄, 예컨대 실존의 비밀, 세상에서 벌어지는 모든 우연적 사건의 원인이자 그 비밀의 열쇠를 쥐고 있는 존재라고 그를 믿고 있기 때문인 것처럼, 정한아 역시, 예정된 저 수순에도 불구하고 이 연애 행위가 멈추어질 수 없다고 여기고 있는 것은 아닐까?

따라서 "뱀과 하느님" "그 외 나머지인 우리"가 할 수 있는 일은 "입을 맞추고 눈꺼풀을 핥고 우주선처럼 도킹하고 어깨를 깨물고/ 피를 흘리고 그 피를 얼굴에 바르고 입에서 모래와 독충을 쏟고 서로의 심장을 꺼내어/ 소매 끝에 대롱대롱 달고", 몸을 섞고, 그러면서 서로에게 상처를 주거나, 독설을 퍼붓는 일일 뿐이다. (시인이 두 차례 기록해놓았듯이) 반복되는 이 모든 일은 "여지없이 떨어져 자꾸만 바닥을 녹"이는 "질문의 수액"을, 다시 말해, 매우 근원적인 차원에 가닿고 있는 어떤 의문을 떨쳐낼 수 없기 때문에 반복되는 것이다. 의문을 간직한 상태에서 수동적으로 행해지는 일들이 시에서 반복되어 나타난다는 것은, 물론 그 행위의 진부함과 속됨을 강조하기 위함일 것이다. 그러나 우리 자신을 소모하고 감정을 모두 소진하여 결국 "재투성이 심장"을 갖게 되더라도, 또한 고작해야 이 "재투성이 심장으로 탁구라도 치면서 위대한 죄나 지을 수밖에" 없는 존재가 우리일 뿐이라고 해도, 아니, 우리 모두가 추방당한 존재, "뱀과 하느님뿐"인 "에덴"에서 쫓겨난 "그 외 나머지"라고 하더라도, 진부하고 반복되는 행위를 멈출 수는 없는 것이다. 멈추는 순간이 바로 실존의 끝이기 때문이다.

이 도저한 절망은 그러나 절망의 종국을 바라보지 않기에, 역설적으로 현실에서 무언가를 기다리며 반복해야 하는 근본적인 이유를 제공해준다. "위대한 죄나 지을 수밖에" 없는 우리의 원죄의식은, 기다림을 방치하지 않은 상태에서, 아니 오로지 기다림을 통해서만, 세상에 대한 과도한 확신을 유보하고, 능숙하고도 또 능란한 신과 세상이 우리에게 행사하는 기만을 물리칠 수 있는, 예컨대, 정한아에게는 오히려 성스러우면서도 민감한 자의식을 성취해낼 어떤 조건으로 거듭나기 때문이다. 이렇게 본다면 시인에게 이 세상은 무언가를 유보할 수밖에 없는 기다림의 장소라고 해야 할 것이며, 이 기다림의 장소는, 비유하자면, 연옥(煉獄)과도 같을 것이다. 잠시 머무르는 곳, 처분을 기다리는 곳, 그럼에도 벗어날 가능성을 완전히 배제할 수 없어, 결국 이곳을 가능하게 해놓은 어떤 존재를 의식하지 않을 수 없는 그런 곳의 본질을 제 소소한 경험에 빗대어 시에서 캐물으며 재현해내는 것이다. 신의 이름으로, 타자의 이름으로 불려나온 모든 것들이 단호하고도 비극적인 자의식의 굴절을 통해 매 순간, 바로 여기에서, 그 진정성을 검증하고 또 확인해나가야만 하는 자신들의 운명을 거부할 수 없게 되는 것도 이 때문이다.

 # 다섯번째 단상: 공포와 기다림/크루소 씨 연작에 관하여

기다림은 공포가 될 수 있는가? 아니 공포를 기다리는 일이 가능한가? 원치 않는 입영 통지서, 언젠가 나를 찾아올 죽음, 예견된 재난은 기다림을 공포로 대치하는 것이 아니라, 기다림의 근본적인 속성을 공포로 변형시킨다. 원하지 않는 대상을 기다려야 하는 것은 인간의 숙명과도 같은 것이기에, 공포 역시 매우 인간적 감정이라고 말해야 한다. 그렇다면 공포는 애초에 어떤 모습이었을까? 불확실성이 주는 공포나 시간 개념을 상실할 수밖에 없는 상태에서 야기되는 공포, 이런 종류의 공포는 우리가 예측하거나 미리 준비할 수 있는 성질의 것이 아니다. 인간의 능력으로는 도저히 대처할 수 없고, 해결할 수 없는 불확실성을 어떻게든 축소하고 제거하기 위해 그럼 우리는 무엇을 할 수 있는가? 공포를 잘게 부수어내어 그것을 감당할 사람을 여럿으로 늘려나감으로써(예를 들어, 공동체의 모색 같은 것) 공포의 몫이 줄어들 것이라고 확신할 수 있을까? 공포의 크기는 그러나 균등하게 나누어지지 않는다. 근대에 들어 공포에 해석과 주석을 달아 체계화해내면서 이성의 지위를 확인하고 점하게 된 것은 과학적 실증주의를 등에 업은 진보의 이데올로기가 뒷받침했기에 가능했을 뿐이었다.

정한아의 첫 시집에 등장하는 여덟 편의 크루소 씨 연작은 개척과 도전으로서의 근대, 문명으로서의 근대가 뿜어내는 공포를 주인과 노예의 변증법에 대입하여, 기다림이라는 숨바꼭질의 형태로 다시 주조해낸다. 근대의 공포, 근대가 조장하는 공포에 대한 수상쩍으면서도 통쾌한 역전이 기다림이라는 알레고리를 통해 탁월하게 빚어지는 것이다. 파선된 배에 남겨진 온갖 문명의 도구들을 훌륭히 이용하여, 고립된 무인도에서 결연히 자연과 맞서 싸우고, 고난과 역경을 물리치는 도구적 인간이자 미지의 개척자, 그 어떤 공포에도 굴하지 않는 불굴의 이성적 인간, 근대 문명과 진보의 상징인 크루소(그는 오로지 역경에 처했을 때만 신을 찾고 기도하지만, 그렇다고 신에게 경외감을 갖고 있는 것은 아니다!)에게 정한아는 전도된 역할을 부여하면서 다니엘 디포의 이야기를 이렇게 변형시켜놓는다.

오늘은 금요일,
햇볕이 좋았어요
하지만 바람이 불어 나갈 수 없었죠
붉은 깃털이 휘날리는 황폐한 사방 벽 사이에서

나는 그냥, 있었다가 없었다가
머리칼 같은 어둠이 내리자 벽들이 다가왔죠
당신의 말들이 밤마다 벽에 씌었다 지워지기를 여러 날
앵무새를 찾으러 간 적도 있어요
일주일에 한 번은 금요일이 와요
당신 옷을 입고 있어요
무언가 받을 것이 있다는데
언제나 말끝을 흐려요

사람들은 당신이 위층에 산대요
내가 보지 않을 때에만 당신이 돌아온다는 걸 알아요
당신이 외출한 뒤 수상쩍은 일들은 시작됐죠
거울 위의 얼룩은 아침마다 자리가 바뀌어 있어요
치워도 치워도 날아다니는 앵무새 깃털들은
어젯밤 드디어 말을 배웠죠
바람 불 때마다 문쩌귀가
불길한 속사정을 털어놓으려 해요
어제 닦은 그릇과 오늘 닦고 있는 그릇 사이에서
기인 한숨 소리가 들린 것도 그즈음이에요
형광등이 깜빡이는 불규칙한 주기 속에서
고양이 털과 고양이 털 사이의 질량의 차이로
그것들이
그것들이
죄 주장하기 시작했어요
이 무서운 풍요
내 말이 내 귀에 닿지 않아요

중요한 게 아무것도 없어요

중요한 게 정말 아무것도 없으면 어떡할까요?
이 섬이 그 섬일까요?
금요일이 오지 않을까 걱정이에요
주기적으로 오니 기다리지 않을 수 없어요

—「크루소 씨가 없는 세계」 전문

패러디의 원작, 『로빈슨 크루소』와의 유사성을 적어볼 필요가 있겠다.

1. "바람이 불어 나갈 수 없"다는 상황 = 무인도에서 표류하는 상황
2. "황폐한 사방 벽" = 고립에 대한 비유
3. "나는 그냥, 있었다가 없었다가" = 무인도에서 할 일 없는 처지
4. "머리칼 같은 어둠" = 세월이 흘러 길게 늘어진 크루소의 머리칼
5. "당신의 말들이 밤마다 벽에 씌었다 지워지기를 여러 날" = 탈출하기까지의 긴 세월에 크루소가 적어낸 일기, 혹은 일지
6. "당신 옷을 입고 있어요" = 무인도에서 문명을 하나씩 개척해나가는 크루소
7. "앵무새 깃털들은/ 어젯밤 드디어 말을 배웠죠" = 크루소가 잡아 길들여, 말을 배우게 한 앵무새
8. "어제 닮은 그릇과 오늘 닮고 있는 그릇 사이" = 크루소가 무인도에서 보내야 했던 막막한 시간

정한아의 연작에서 눈여겨보아야 할 것은 "금요일"이라는 존재이다. 로빈슨 크루소가 야만인들의 손아귀로부터, 하필 금요일에 구출해내어 '프라이데이(Friday)'라는 이름을 붙여준 자, 크루소가 글을 직접 가르쳐

주고, 이후 하인처럼 부렸던 자, 무인도에서 탈출에 성공한 후 본국으로 데리고 가, 근대 문명의 세계로 인도하였다는, 바로 그 흑인이 정한아의 시에서는 공포를 조장하고 기다림을 명령하는 존재로 거듭난다. “크루소 씨”(혹은 그의 아내[4])는 “금요일이 오지 않을까 걱정”을 한다. 게다가 “주기적으로 오니 기다리지 않을 수 없”다고, 심지어 “내가 보지 않을 때에만 당신이 돌아온다”고 말해놓았으니, 우리는 이 문명의 주인이자 근대의 개척자가 뭔가 쫓기는 처지에 놓여 있다는 사실을 간과할 수 없게 된다. 자신의 노예인(였던) “금요일”을 기다려야만 하는 처지로 전락한 “크루소 씨”를 상대로 “금요일”은 심지어 “무언가 받을 것이 있다”고 말하며, 또한 “금요일”이 “외출한 뒤 수상쩍은 일들”이 “크루소 씨”의 집에서 발생하기도 한다. 여기서 주목해야 할 것은 이 “수상쩍은 일들”이 집안의 소도구들, 예컨대 “거울” “문쩌귀” “그릇”이 제 “속사정을 털어놓”고 “기인 한숨 소리”를 내뿜으며, “크루소 씨”가 누리고 있는 “무서운 풍요”에 엉뚱하게도 “죄 주장하기 시작”한다는 대목이다. 이러한 의인화 장치는 근대의 상징인 크루소가 흑인 프라이데이의 도움을 받아 개척하고 획득한 문명의 산물에 대한 비판적 암시이기도 해서, 크루소-“크루소 씨”와 프라이데이-“금요일”의 저 관계가 어쨌거나 주인과 노예의 변증법으로 단단히 얽혀 있다는 사실을 말해주기 때문이다. 따라서 “주기적으로 오니 기다리지 않을 수 없어요”라는 말은, 애초에 주인이었던 크루소가 애초에 노예였던 프라이데이에게 종속될 것이라는 사실을 예고하면서, “크루소 씨”를 공포-기다림의 주체로 탈바꿈시킨다. “주기적으로 오니” “금요일”을 “기다리지 않을 수 없”는 상황에 붙들려매인 “크루소 씨”의 처지에서 시인은 문명과 근대를 유보해야 한다는 강력한 기다림의 알레고리를 고안해내는 것이다. 노예가 주인의 자리를 점령해나가는 과정에서 생겨

4) 화자는 크루소 씨의 아내일 수도 있다. 연작에서 화자는 크루소 씨, 그의 아내, 앵무새, 고양이로, 다시 말해 매우 다각도로 변주되어 나타난다.

난 공포, 공포를 동반하는 기다림을 통해, 정한아는 어떻게 문명과 야만의 대결구도를 역전시키는가?

금요일이 왔다 문 뒤에 숨어 있어도
숨소리가 들려 금요일이 부채를 받으러 왔다
나는 유감이라고 했었다 그것으로 부족하단 말인가?

그는 넥타이를 매고 있었다 속도의 밤은 깊고 거대하게 진행되고
그가 오는 시각은 언제나 한밤중
금요일은 아내에게서 무엇인가 의뢰받았다 한다

너와 나의 항해는 아름답지 않았는가?
꼬리를 끄을며 천구를 함께 지나간 쌍둥이 유성처럼
우리의 순간은 희귀하고 영원하다, 라고 나는 말했다

내 두 볼기짝은 다시는 햇볕을 쪼일 수 없겠지
우리는 모험을 다한 화석
나는 이제 고양이를 키운다, 라고 그가 말했다

나는 유감이라고 했다 그것으로 부족하단 말인가?

자꾸만 금요일이 온다 문들을 닫아놓아도 어둠 속에 떠다니는
하얀 눈자위 하얀 손바닥 하얀 이빨 호으호으 키쿠키쿠 그르렁그르렁
웃음인가 울음인가 앵무새는 자꾸만
문을 열거나 닫으라 하고 안녕하냐 하고 금요일이
무섭다

나는
유감이라고 했는데
그는 모든 문 속에 숨어 있다

―「크루소 씨의 일기」 전문

"넥타이를 매고" "고양이를 키우"는 문화인, 교양인의 모습은 이렇게 프라이데이의 것이 되고, 원작에서 주인의 위치를 점했던 크루소는 "너와 나의 항해"가 "아름답지 않았는가"라며 오히려 프라이데이를 설득하듯, 아니 간청하듯 물어볼 뿐이다. 문명을 공유하는 상태만으로 충족되지 않느냐는 듯, 크루소는 "그것으로 부족하단 말인가"라고 프라이데이에게 반문해보지만, 자기정당화에 실패한 근대 문명의 도구로는 절대 프라이데이를 설득해낼 수 없다. 근대와 문명의 어두운 그늘에서 봉사와 희생의 대상이었던 "하얀 눈자위 하얀 손바닥 하얀 이빨"의 프라이데이는 결국 크루소에게 공포의 대상, 제 정체성과 제가 누려온 풍요로운 삶을 위협하는 무시무시한 존재로 변해갈 뿐이다. 이 연작에서 놀라운 점은, 계몽의 어두운 기획이 쏘아올리지 못한 미완의 세계에 대한 탐구를, 주인과 노예의 역할을 역전시키면서, 기다림과 공포의 숨바꼭질 놀이로 승화시켜내었다는 데 있다. 신과도 같다고 할 크루소의 도움으로 야만과 위험에서 구원받았던 존재, 계몽의 전도사 크루소에 의해 길들여져 마침내 서구 문명의 세계 안으로 편입하게 된 흑인을 "크루소 씨"의 실존을 차츰 장악해나가는 주체로 탈바꿈하면서, 정한아는 원작의 아우라를 걷어내고, 시간의 반복성과 강제된 기다림의 변주를 통해 주인과 노예의 관계를 역전시키는 데 성공한다.

따라서 "모든 문 속에 숨어 있"는 "금요일"과 "크루소 씨" 사이에 발생하는, 기다리고 헤어지는, 도망치고 쫓아오는, 저 기이한 관계가 원작에 대한 기묘한 전복을 일구어내면서 정한아는 기다림-공포의 순환을 통해

"공격성은 안으로 향할 때만 도덕이 된"(「집에 돌아와 십 년째 두문불출인 크루소 씨의 앵무새」)다는 사실을 꼬집어 비판하는 비평의 반열에 조용히 제 의견을 보태놓는 것이다. 그러니 정한아가 "금요일"에게 부여해놓은 이중 장치는 얼마나 교묘하고도 절묘한가? 일주일에 한 번씩 찾아오는 금요일의 거역할 수 없는 반복성에서 착안하여, 근대 문명의 비판적 고리를 강구해낸 정한아의 시적 재능은 공포가 원동력이 되는 기다림이 어떤 형태로 시에서 변주될 수 있는지를 적나라하게 보여줌으로써 제 모습을 드러낸다.

 # 여섯번째 단상: 다시, 기다림, 그리고 시

우리는 신이나 영혼 같은 것을 부정하거나, 적어도 싫어한다고 말해야 하는 입장을 관철시키며 당당하고도 복합적인 주체로 살고 있다는 착각 속에서, 낭만주의의 세계관을 벗어났다는 징표를 가슴에 꽂고 자랑을 일삼는다. 그러나 신이나 영혼의 자장은 복잡하고도 예측이 불가능해서, 고단하고도 지루하며, 일정한 패턴을 지닌 삶의 양식을 일거에 반발하는 저항의 미덕을 품고 있기에, 여전히 시에서 불려나올 만한 가치가 있으며, 정한아의 시에서처럼, 변주와 활용의 능력에 따라서는 인간의 실존에 깊이 관여하는 기폭제가 되기도 한다. 신이나 영혼, 보편성이나 타자는 탈근대가 부정의 징검다리를 밟고 훌쩍 뛰어넘어서 기필코 움켜쥐었다고 말하기 좋아하는 해체나 파괴, 분열과 같은 모호한 개념들이 여기저기 무례하게 활보하지 못하도록 그것의 뒷다리를 '이미' 그리고 '여전히' 잡아채는 강력하고도 파괴력 있는 시적 주제이기 때문이다. 나보다 큰 존재가 나의 불확실성을 제거해준다고 생각하는 바로 그곳으로 침투하여, 큰 존재〔큰 타자(Autre)라고 할 수도 있겠다〕에 흠집을 내는 일은, 내가 현재 어떤 위치에 있는지를 묻고자 할 때, 아니, 나를 둘러싼 현실을 온전히 큰 존재의 알레고리를 통해 재편하는 데 성공할 때나 가능한 일이 된다.

이때 내 삶과 사유의 범주를 주관적으로 담아내려는 자아 안에는, 신이나 큰 타자보다는 오히려 나 자신과 불확실한 주변에 집중할 힘이 적재되어 있다고 보아야 한다. 바깥의 진짜 세상으로부터 차단된 채, 신이 구축해놓은 빈틈없는 질서 속의 가짜 세상에 완벽하게 갇혀 사는 것이 더이상 가능하지 않다고 생각할 때, 그럼에도 편재하는 신이 간헐적으로 휘둘러대는 저 보이지 않는 권력이나, 우리의 관념에서조차 신을 제거하는 것이 불가능하다는 사실을 매번 확인할 수밖에 없는 사사로운 우연조차 결국에는 현실 속에 존재하는 것일 뿐이다. 알려지지 않았거나, 알지 못하는 것들에 둘러싸여 있다고 생각할 때, 그럼에도 우리는 긍정과 부정 중 어느 한쪽에 선뜻 손을 들어주는 낯간지러운 말장난과 현란한 수사에 우리의 실존을 위탁할 수는 없는 것이다. 이러지도 저러지도 못하는 상황 안으로 진입했다고 말하는 행위는, 이 경우, 유약한 자아나 세상의 불확실성에 대한 맥없는 고백과는 완전히 색다른 경험, 이를테면, 권태나 멜랑콜리처럼, 매우 파괴력이 있는 주제를 시 안에 끌어들여, 미지의 세계를 선취하려는 시도 속에서 오로지 빛을 발할 뿐이다. 정한아의 시에서 기다림의 좌표 안으로 진입한 것은 바로 이러한 것들이며, 그것을 성취하려는 끊임없는 시도와 노력이 시에서 일구어낸 가치가 작다고는 말할 수 없다.

 # 끝없는 기다림

신, 일자, 기원은 그것에 도달할 수 없을 때만 신, 일자, 기원이다. 도달이 성취를 의미하는 것이라면, 변증법에서 말하는 합(合)은 세상에서 쉽게 제 성취를 예견해낼 것이다. 그러나 그러한 현실은 없으며, 실제로 현실은 그와 같은 관성에 기대어 굴러가지도 않는다. 정(正)의 토대를 세우고 반(反)을 탐구하는 일은 합리적이고 이성적인 노력, 어쩌면 직관과 예지에 의해서도 가능하겠지만, 이 둘을 녹여내 합을 유추해내는 일은 거의 신비나 마법에 가까운, 경이로운 일에 속하기 때문이다. 합은 정과 반을 서로 녹여내야만 하며, 정과 반의 이분법 너머의 세계를 넘볼 때에야 가능해지며, 정과 반 이상의 것을 정과 반에서 길어올려야 하고, 정과 반이 예견하지 못하는 인식의 난관까지 사유를 밀고 나가야 비로소 성취의 가능성을 가름해보는 것이기 때문이다. 따라서 그것이 손쉽게 성취될 리 없다는 말보다는, 합이 조화로운 해결의 형식을 띠고 우리 앞에 현전하는 것은 아니라는 말을 해야 할 것이다. 합이 있다면 오로지 미끄러지는 합, 잠시 도래하는 정신의 현전이나 순간에 찾아오는 각성이 있을 뿐이며, 분리된 시간으로 곧바로 채워지고 마는 그런 시간,[5] 메시아가 부재하는 메시아적 특성처럼, 간헐적으로 자리할 뿐이다. 막 도래할, 막 당도할, 방금 빠져나갔을, 방금 착수되었을, 그런 메시아적 특성이 현대성의 이름으로 피었다 또 금방 질 뿐인 것이다. 미끄러지는 것, 잠시 당도하지만 정체되지 않는 것, 정체되려는 순간에 다시 빠져나가는 것, 유보의 형태로 기다릴 수밖에 없는 무엇으로 말이다.

이때 말, 발화, 발화의 주체와 그 행위의 고유성이 시에 남겨진다. 베케트가 끊임없이 늘어놓는 말장난은 정한아에게는, 비유하자면, 시를 쓰는 행위와 맞물려 있다. 물론 에스트라공과 블라디미르가 무의미해 보이는 말을 주고받는다고 해서 고도가 오는 것이 아니듯, 정한아가 시에서 내려놓는다 한들 불확실한 무언가가 갑자기 확실성의 탈을 쓰게 되거나, 좀처럼 제 위치를 찾지 못하는 자신의 태도가 단박에 고정점을 찾아낼 리도 만무하다. 방점은 그럼에도 말을 주고받는다는 데에 있다. 다시 말해, 시 쓰는 행위를 개진한다는 데 중요성이 놓인다. 세대론의 관점에서 신형철이 적절하게 지적한 것처럼, 정한아의 시는 "기만을 반성하는 기만을 반성하는 기만을 반성하는…… 작업을 완성 없이 무한히 밀고 나가는 퍼포

5) 벤야민이 말한 폭발의 시간, 파편들이 총총히 박혀 있는 "지금시간(Jetztzeit)" 같은 것이지만, 오히려 시학에서 말하는 주체화(Subjectivation)의 시간으로, 나-여기-지금(je-ici-maintenant)에 가깝다.

먼스"[6] 와도 같은 것이며, 바로 이 과정이 기다리는 행위의 근간을 제공하기 때문이다. 정한아의 시에서 기다림은 이처럼 '무언가를 도모한다'는 동사의 근원을 이루고, 지금-여기서-내가 그 행위의 주체가 되는 데 있어서 없어서는 안 될 지표이자, 끊임없이 개재되는 현대성의 징표이며, 말을 이어가는 행위를 재개하는 것만으로 그 속성을 확인해나간다. 기다림이 없으면, 무언가를 끌어오려는 행위는 달아나버리거나, 거리의 피상적이고 기계적인 측정 속에서 '가까이'와 '멀리'라는 이분법을 오갈 뿐이다.

정한아가 첫 시집에서 보여준 놀라운 능력은 기다림이 진리를 확신하거나 파국을 게시하는 것이 아니라, 사건의 우발성과 도래할 것의 불확실성을 환기하면서, 인간의 예기치 않은 행위를 이끌어내는, 주체의 표현 양식을 고안하고자 도전장을 내미는 형식이 될 수 있다는 사실을 보여주었다는 점이다. 따라서 기다림은 오히려 미래의 기억에 근접할 수 있게 해준다. 기다림은 과거의 쾌거를 예찬하거나, 추방의 기억을 반추하거나, 망각된 것을 해산하거나, 유토피아의 무작위성에서 제 정체성을 끌어오기보다는, 미래의 기억에 접근하고자 하는 욕망과, 진보의 기관차에서 내려와 그 이데올로기가 몰고 올 파국을 정지시키는 힘을 생성해내는, 인간의 근원적인 행위이자 그 가능성의 발현인 것이다. 기다림은 현실에서 성취될 수 없는 것을 성취하려는 임무를, 막 이루어지고 있는 중인 시간, 방금 도래하려는 순간에 위치시키면서, 사유의 변폭을 전 미래의 시제로 이동시킨다. 기다림은 결국 기다려지지 않는 것을 기다리려고 해야만 하는, '끝없는 기다림(immoderatus apparitio)'일 뿐인 것이다.

정한아에게 따라서 기다림은 어쩌다가 찾아오는 다소 모호한 과도기는 아니다. 기다리는 동안, 시간의 편폭/변폭 안에서, 우리가 역사라 부르는 유한한 바로 그곳에서, 기다림이 불러낸 파편적이고 낯선 주제들이 독

6) 신형철, 「끔찍하게 민감한 마음」, 『문학동네』 2011년 가을호, 397쪽.

창적인 제 언어행위에 힘입어, 세계의 이편저편을 활보하기 때문이며, 바로 이 미래도 아니고 과거도 아니며 현재만을 말하지도 않는 각각의 파편적인 순간들에 포획된 인간은, 서로에게 미친 듯 끌리는 감정을 외면할 수 없게 되기도 하며, 거창한 기획에 착수하기도 할 것이며, 은밀하고도 기괴한 꿈을 꾸기도, 비밀스러운 음모와 모반을 꾸리기도 한다. 정한아의 시에서 어정쩡한 태도 때문에 유보되어왔던 정념이, 기다림의 자장 속에 놓여 시에서 제 주도적 입장을 관철해나가기 시작하면, 자아의 절대권이나 환영받지 못해왔던 권태, 유보나 기만의 수사가 시의 품에서 개화(開花)하기 시작하는 것이다. 시적 실천은 이러한 관계, 유한과 무한, 불확실성과 확실성, 아득함과 명료함, 가까이 있음과 멀리 떨어짐, 결국 기다림이 그것을 조장해냄으로써 제시되는 저 다양한 관계를 일깨우기 위한 이상적인 방법이라고 정한아의 시는 우리에게 말하고 있는 듯하다. 결국 오지 않기 때문에 유토피아가 유토피아일 수 있다는 사실을 경험적 사건과 선험적 직관에 기대에 우리가 사는 이곳에 오롯이 내려놓는다는 말이다. 그러니까 정한아의 시는 가장 본능적인 차원에서, 유토피아가 오지 않는다는 것과 유토피아가 실현되면 더이상 유토피아가 아니라는 사실, 그럼에도 가장 본질적인 차원에서 유토피아를 한없이 갈구하면서, 기다림의 시간 속에서 인간이 살아갈 수밖에 없는 존재라는 사실을, 예감해내고, 포획해내고, 넌지시 주장하는 것이다. 포개지는 풍경은, 따라서 다양하고도 우울하다. 짙은 안개에 둘러싸인 거대한 어둠을 걷어내는 일보다, 걷어낼 수 없는 어둠 속에서 작은 불을 지피거나, 아예 그것이 어둠이 아니었다는 사실을 확인하는 작업은 권태의 힘, 유보의 조건, 멜랑콜리의 수사처럼, 시집을 물들이고 있는 기다림의 좌표 속에서 확실히 믿을 만한 것이 되어가는 것이며, 이때 기다림은 환자용 가운을 걸치고서 링거 병을 한 손에 든 채, 병원 복도의 비상구를 빠져나와 어두운 계단 위에 앉아 불편하게 나누는 불치병 환자들의 사랑만큼이나 우연과 위험과 모험과 불확실성과 불확정성을 자양분으로 삼아, 붕괴된 근대의 폐허 위에서 삶의 가치를 다시 쌓아올리는 일을 가능케 해주는 유일한 방식이자 길이 된다. 정한아의 첫 시집은 이런 의미에서 기다림의 보고(寶庫)이기도 하다.

(『문예중앙』 2011년 겨울호)

영벌(永罰)받은 자의 노래
—김성규의 『천국은 언제쯤 망가진 자들을 수거해가나』

현실이, 늘 다른 현실일 수밖에 없다는 사실을 시시각각 통보해올 때, 시는 역설적으로 현실에 대한 강력한 지지를 이끌어낸다. 시가 무언가를 고안해내는 순간은, 기존의 삶이 다른 삶으로 향하는 그 변화의 길목을 지키고 앉아, 모순된 것들이 모이고 또 흩어지는 순간을 발견하고자 힘겨운 내기를 거는 순간이며, 이때 시는 벌써, 부분으로 전체를 예감하고, 전체로 부분을 끌어안으며, 허허벌판에서조차 긍지 하나로 순결한 말을 피워올린다. 김성규의 두번째 시집 『천국은 언제쯤 망가진 자들을 수거해가나』에 감도는 비장함은 바로 이 긍지에서 비롯된 것이다. 그의 시를 읽다보면, 우리 모두가 재난 속에서 살아가고 있는 것은 아닌가 하는 생각을 하게 된다. 김성규는 폭력적 현실에 굴복하거나, 대안을 찾아 삶의 피안을 기웃거리며 희망이라는 차가운 형이상학을 염원하는 대신, 재난의 한복판으로 자신의 모든 것을 짊어지고 뛰어들어, 세계의 적나라하고 추악한 양상들을 땀내나는 언어로 기록해나가는, 한없이 고통스러운 길을 선택한다. 그의 시선이 놓인 곳은 따라서 자본주의의 추악한 세태가 집약된 곳이나 그 비판의 경종을 울리는 진원지가 아니라, 세상의 끝 간 곳에 모여 사는 사람들, 폐허로 변했거나 이미 폐허일 뿐인 곳에서 무언가를 착수하고 또 마감해야만 하는, 우리들의 일그러진 자화상이다. "여기 들어오는 자, 모든 희망을 버려라"라는 "어느 문 꼭대기에 쓰인 어두운 글자들"을 읽으라고 권고하는 단테의 『신곡』이 어쨌든 지옥에서 빠져나오는 이야기였다면, 김성규는 오히려 지옥으로 들어갈 수밖에 없는 이야기, 지옥에서 되풀이되는 비극을 골간으로 삼아, 시집 전반을 "가난이 재난을 찾아내"고 "재난이 가난을 찾아가"(「해열」)는 참혹한 사태로 물들인다. 그 지옥에 출구 따위는 마련되어 있지 않은 것이다. 전말은 벌써 전도되어 있다. 시집의 첫 작품 「적도로 걸어가는 남과 여」의 전문이다.

지뢰밭 가운데서
한 남자가 일직선으로 걸어가고 있었다

적도를 따라 걸어가고 있는 중입니다
왜 적도로 가느냐고 묻자,
전쟁이 끝나 우리가 만날 수 없을 때
부서진 건물 사이를 지나
너는 왼쪽으로 걸어
나는 오른쪽으로 걸을게
서로를 찾아 헤매다 어디에서도 만날 수 없다면
적도를 향해 걸어가자

지뢰밭 가운데서
한 여자가 적도를 따라 걸어가고 있었다

길을 떠나기 전에 남녀는 "지뢰밭의 가운데" 있었다. 애초의 장소가 전쟁터였다는 것일까? "전쟁이 끝나 우리가 만날 수 없을 때"라는 것은 '지금-여기'가 전쟁중이라는 사실을 암시하지만, 하중은 서로 만나지 못할 그들의 운명을 확인하는 데 놓인다. 서로의 거리가 좁혀질 가능성은 아예 존재하지 않거나, 심지어 그래서는 안 된다고 생각하기 때문이다. "적도를 향해" 그저 걸어가야만 하는 것이라면, 이 위도 0°의 장소는 아무것도 존재하지 않는 텅 빈 세계라기보다, 오히려 지옥에 가까운, 지금-여기이며, 그런데도 이곳에서 누구나 같은 길을 가고 있다고 말하는 것은, 우리 모두, 원죄에 붙들려 있는 존재라는 인식이 자리하기 때문이다. 그런데 이 원죄를 짊어지고 있는 사람은 우선 시인 자신이다.

1. 심문관-망명자-정원사의 숨바꼭질

상처뿐인 영광을 간직할 수 있는 사람, 공포가 삶의 원동력을 구성한다고 생각하는 사람, 삶의 인터페이스에 들러붙어 있는 남루하고 비루한 것이 이 세계를 훙건히 적시며, 더구나 삶 자체를 성립하게 해주는 근본적인 조건이라 여기는 사람들은 사실, 예술가들뿐이다. 예술이 최고의 유행을 구가하며 쉴 새 없이 사람들의 입에 오르내리곤 했던 19세기 중후반 서양에서도 예술가들은 제 자신을 스스로 죄를 부여한 자라고 여길 수밖에 없는 사회적 환경을 감내하며 살아가야 했다. 제 몸뚱이 외엔 기댈 곳이 없는 저 저주받은 운명을 그러나 그들은 거부하지 않았다. 그러려야 그럴 수가 없었기 때문이다. 감각의 극대화를 통해서, 총명과 예지를 일깨우기 위해 늘 도취 상태에 젖어 있어야 한다고 자신을 채근하며, 매일같이 세상과 자신을 향해 고통의 주술을 걸어야 했던 그들에게, 저 자신은 벌써 죄인이나 다름없는 타자였다. 그들이 짊어진 마음의 굴레는 존재의 버거움이었으며, 벗어버리기 위해서가 아니라, 자진해서 짐을 져야만 하는 운명을 직시하고 그 무게를 감당하기 위해서라도, 시인들은 혼란스러운 현실에서조차 그 정신만은 항상 예민해서 맑고, 민감해서 각성된 상태를 유지해야만 했다. 제 노동의 산물을 오롯이 점유하지 못하게 된 기술복제사회에서, 시는, 구원을 참칭하는 진단이나 함부로 내뱉는 확신, 선동으로 물든 진보의 프로파간다와 맞서 싸우면서, 힘겹게 피워올린 어둠의 불꽃이자 실존의 몸짓이었다. "다시는 가지 말아야 할/ 그래서 갈 수 밖에 없는 길"(「눈 위에 찍힌 붉은 발자국」)을, "이미 지워진 발자국/ 되돌아갈 수 없는 길"(「유랑」)을, 그러나 밟아나가야 한다고 다짐할 때, 스스로에게 형벌을 부여한 시인은, 상품으로 기어이 모든 것을 환원해내고 마는 이 사회, "밤마다 베고 자던 구름에도 세금을 매기는"(「얼음궁전」) 세상의 한복판에서, 제 시로 구원의 한 자락을 붙잡을 수 있을 것인가.

눈 쌓인 나뭇가지를 만지며 심문관은 하늘을 본다
몇해 전 망명자가 잡고 있던
미루나무 가지에 다시 새잎이 돋는다

심문관도 정원사도 봄눈이 녹으면
일을 그만둘 것이다
그도 최선을 다해 심문을 했고 정원사도
겨우내 죽은 나무에 물을 주느라
허파에 물이 차오르기 시작했기 때문이다

(……)

눈송이가 녹아 흐르는 시간만큼 심문관은 의무를 다할 것이며, 이 세상에 심판 없는 시간만큼 나무들은 자라지 않을 것이며, 아무런 규칙 없는 봄이 끝나면 정원사는 가위를 들고 하늘로 솟구칠 것이다

스스로를 형틀에 매달고 살아가려는 망명자들
그들은 우연을 믿지 않는다
햇볕 속에서 신음하던 나뭇가지가 땅바닥에 떨어진다
오늘 또 한명의 망명자가 체포되었다

—「심문관」 부분

끝 간 곳을 벌써 짐작하고 있는 것일까. 모든 것이 결정된 것이나 다름없다는 저 예언의 말투('~할 것이다')에서 우리는 삶에서 온갖 신비를 거두어들인 한 젊은 시인의 절망과, 새로운 것이란 아예 존재하지 않거나 차라리 존재하지 말아야 한다는, 참혹한 세계관을 엿보게 된다. "스스로를 형틀에 매달고 살아가려는 망명자들"은, 모든 역할이 이미 정해져버린 세계라는 어두컴컴한 감옥의 철창 사이로 새어들어올 빛 따위에 내기를 걸지 않기에, 결코 "우연을 믿지 않는다". "망명자"는 스스로에게 벌을 내린 자이며, 그는 곧 시인이다. 그는 "자신이 새긴 글씨가 상처인 줄 모르고"(「방언(方言)」) 고통의 말을 토해내지만, "세상 끝까지 절름거리며 떠돌아다닐 수 있"다고 말하는 "눈이 멀어버린"(「두 눈을 감고 노래해도」) 장님처럼, 영벌받은 자의 운명을 짊어지고 살아가기에 "마귀가 불러주는 주문"(「방언(方言)」)을 기록해낼 영험을 얻는다. 김성규에게 시인이라는 존재는 "구원받는 자는/ 죄를 모르며 죄는 인간을 사랑하지 않는다는" 사실을 직관으로 "알고 있"(「군항제」)는, 예언자나 "위대한 마법사"(「미식가」)를 자청하는 자이자, 이 세계에서 "자고 일어나면 병이 깊어지는"(「해열」) 사람이며, 그런 자신의 운명이 삶이 내린 기꺼운 행운만은 아니라고 말하는 "망명자"이다. 불길한 기운과 파국의 전조를 예감할 수 있기에, 불행만이 시인의 몫으로 남겨지는 것은 아니다. 김성규는 심문관-망명자-정원사의 숨바꼭질과도 같은, 저 '묻고 대답하고 일하는' 삼각구도의 놀이를 통해, 파국이 몰고 온 폐허 위에서, 톱니처럼 서로 맞물려 제 역할을 반복해야만 하는 정치가-시인-노동자의 속절없는 운명을 알레고리의 산물로 치환해내는 놀라운 재능을 보여주기 때문이다.

모든 나뭇가지가 하늘로 향하고 결국 지상으로 쓰러지듯 모든 길은 결코 집으로 돌아오지 못합니다 딱지를 떼기 전 피가 흘러나오지 않듯 우리가 맛보지 않은 향기는 상처 안에 갇혀, 상처를 벌리지 않고는 아무도 그 향기를 볼 수 없습니다

수없이 피고 지는 망명자의 표정을 보며
그 표정으로 쏟아지는 굴욕적인 햇살과 햇살을 쓸고 지나는 바람을 보며
심문관은 탄복하고

가가가지를자자르지아않고사사살수없는저정원사와
스스스로베베어지길기기다리는마망명자
가같은모양가지가보보고싶은시심문관
우리는하하한번도저저저전지되지않은으으의심을수숨긴자자자들입지요

주인 없는 정원을 떠난 정원사는 형장에 펼쳐진
거대한 나무들을 손질하며 말을 더듬고
형장으로 통하는 길에 심겨진 미루나무
그 나무를 잡고 망명자가 마지막으로 보았던 하늘

—「정원사」 부분

일을 해야 살아갈 수 있는 "정원사"는 '같은 모양의 가지를 보고 싶은 심문관'과 모순 관계에 놓여 있는 것 같아도, 희생양은 이 노동자가 아니라 차라리 시인이다. 자본주의 사회에서 시인은 제 애인을 창녀로 팔아넘

겨야 하는 심정으로 시를 쓰는 존재일 수밖에 없다고 말하는 것일까. "심문관"이 "망명자"를 핍박하는 것은 오로지 정원사의 노동을 부정하는 행위를 통해서만 가능할 뿐이며, 반면 "망명자"는 바로 이와 같은 사실을 직시하고 있기에 '스스로 베어지길 기다리는 것'을 제 운명으로 여길 수밖에 없는 존재로 그려진다는 사실에 주목해야 한다. 김성규의 시가 보여준 독창성은 바로 이렇게, 인물의 분배만으로도 진보에 맞서는 강력한 알레고리를 착안해낼 줄 아는 능력에서 솟아나며, 우리는 부분으로 전체를 꿰뚫는 이 알레고리를 삶의 음화(陰畵)가 아니라, 차라리 역동적인 사실주의의 세계로 입사하는 시의 고유한 형식이라고 해야 할지 모른다. "한번도저저저전지되지않은으으의심"은 이렇게 아무것도 할 수 없다("전지", 剪枝)나 모든 것을 알 수는 없다("전지", 全知), 심지어 나아갈 수 없다는('전진'으로 읽을 경우) 사실도 지시한다. 그러니까, 그 어떤 경우에도 의심을 거두어들이면, 그 순간이야말로 시가 종말을 선언하는 순간이라고 시인은 힘주어 말하고 있는 것이다. 이 재난의 시가 매우 단호한 동시에 정교한 까닭은, 정화나 용서, 구원이나 화해처럼 파괴 이후에 도래할 피난처를 제거해낸 후 그 자리에, 현실에서 육박해오는 공포와 기괴한 증오를 파편과 같은 긴장의 사건으로 치환하여 위치시키기 때문이다. 눈여겨봐야 하는 것은 원죄라는 큰 줄기의 이야기로 자잘한 요소들을 한번 더 뭉뚱그려내야만 하는 독서를 독촉하는 데 김성규의 시가 성공적으로 합류한다는 사실이다. 김성규는 과도한 비관주의자가 아니라, 부분으로 전체를 예고하고, 전체로 부분을 끌어안을 줄 아는 시, 어두워지면 거울이 되는 창(窓)과 같은 알레고리의 시로, 추와 미, 추상과 관념, 구체와 현실의 이분법을 뛰어넘는 곳에서 새로운 감각을 실현하는 투철한 전사인 것이다.

2. 재난의 숭고함

어두워서 찬란한 시, 차라리 아파서 숭고한 시가 있다. 칸트가 그토록 각별히 여겼던 숭고와는 사뭇 다른 숭고, '절대'라는, 지극히 순수한 상태로 우리를 이끌어주는 숭고의 맞은편에 자리한 숭고가 여기 있다. 황홀감과 웅장함, 장엄함과 위대함, 항용 말해왔던 고양으로서의 성스러움은, 차라리 잔혹함과 끔찍함, 절멸의 고통으로 잠식된 괴괴하고도 처참한 세계에 제 주권을 넘겨주어야 할지도 모른다. 지옥의 형해와도 같은, 말끔하기는커녕 우울과 불행으로 일그러진 괴물의 형상과 기형의 "꼽사춤"(「꼽사춤」)에서 뿜어나오는 숭고는 새하얗고 눈부신 숭고가 제 이면에 감추어놓은 얼굴이다. 그것은 고대 그리스 말기의 롱기누스의 숭고, 영혼을 한껏 들어올리는 고양이나 하염없이 차올라오는 환희로 충만한 숭고가 아니다. 김성규의 시를 지배하는 것은 찬란한 서정과 육신의 고고한 텃밭에서 가꾸어낸 영혼의 위대함이 아니라, 재난의 세계에서 파편처럼 솟아올라 산화하는 정신이라는 불꽃의, 그 순간의 장엄함이다. 그것은 고상하고 화려한 숭고가 아니라, 전율과 우울의 지평 위로 괴괴하게 번져난 공포의 숭고에 가깝다. 이 설명하기 어려운 성스러움은 폭설과 한파, 폭풍과 강우, 풍랑과 파도의 음습과 격정 속에서 살아가는, 분노의 얼굴과 늙은 자의 초상에서 번져나며, 재난이 뿌려놓은 전유물들을 위태롭게 부여잡고, 폐허의 가시밭에서 내지르는 함성에서 터져나온다.

옆집도 소용돌이에 떠밀려 천천히 대기권 위로 떠올랐어요 집들이 하늘을 날아다니고 있었어요 화장실 문을 열다 나는 떨어질 뻔했지요 이불을

뜯어라 낙하산을 만들어야지 어머니는 서둘러 바느질을 시작했어요 거대한 나무가 구름 위로 솟아올랐어요 저기에 매달리면 더 높은 곳으로 날아갈 텐데 동생이 말했어요 누나가 머리를 쥐어박았지요 밀가루 반죽 같은 구름을 둘둘 말아 빵을 구워 먹으면 좋겠다 아버지는 또 취해서 정신이 없었어요

폭풍이 멈추면 어떻게 하지? 그러면 우리는 바삭콩이 되는 거야

삼촌은 도표를 그리기 시작했어요 마을 전체가 알 수 없는 땅으로 날아가는 거야, 신난다! 동생이 소리쳤어요 하늘을 보며 기도합시다 하수도관을 타고 동네 목사님의 설교가 시작됐어요 모두들 넋을 놓고 하늘을 봤어요 이곳이 곧 하늘이란다 삼촌은 컴퍼스를 돌리며 말했어요

더 바라볼 하늘이 없었어요, 이 폭풍이 언제 멈출지는 아무도 몰라

(……)

차라리 재앙이 계속되어야 해 올라갈 곳은 없고 오직 떨어질 일만 남았지

바느질을 멈춘 어머니, 몸을 말고 자는 아버지, 지붕 위에서 사방을 바라보는 동생, 기도하는 누나와 잠에서 막 깬 나는 책상에서 볼펜을 놓지 않는 삼촌을 바라봤어요 재앙이 끝나면 우리는 어디로 떨어질까요

—「폭풍 속으로의 긴 여행」 부분

"더 바라볼 하늘"은 없으며, 높이 올려다볼 곳도 존재하지 않는다. "폭풍이 언제 멈출지는 아무도" 알지 못한다. 살아가기 위해서, 어쩌면 폭풍은 계속 몰아쳐야 하는 것인지도 모른다. 폭풍이 멈추는 순간, 우리를 기다리는 것은 오로지 절멸("바삭콩")이라고 말해놓았기 때문이다. "폭염이/ 끓는 젓처럼 유리창 밖에서 쏟아지고" 있는데도, 왜 우리 모두는 "재앙을 기다리는 사람들"(「거구」)이어야 하는가. 이러한 세계관은 시인의 내면을 점령한 체념이나 절망의 크기에 원인을 물어둔 것이 아니라, 오로

지 재난으로만 존재하는 삶, 재난 안에 거주하는 삶만이 유일한 현실이라는 관점에서 다시 세계를 구성해내고, 폐허의 지평 위로 모든 시선을 끌어내린 후에야 열리는 새로운 시야로 우리의 삶을 샅샅이 훑어내고자 한, 저 이지적인 각성에서 비롯된 것이다. 밝은 곳을 척도로 삼을 수 있듯, 어두운 곳을 출발선으로 세계를 다시 그려나갈 수도 있는 것이다. 김성규의 시에서 세계가 온전히 재앙으로 물든 사태처럼 그려진다고 해도, 우리는 그것을 비극적 세계관이나 비통해하는 비관주의의 소산이라고 말할 수는 없다. 오히려 고통으로 살지 않으면 결코 열리지 않는 삶에 시시각각 도전하는, "상처를 벌리지 않고는"(「정원사」) 단 한순간도 주시할 수 없는 관점을 과감하게 차지하고서, 세계를 한번 더 궁굴리는 작업에 전념하고 있다고 해야 한다. 따라서 "눈 이 녹 으 면 우 리 는 멸 망 한 단 다 눈 을 뜨 면 우 리 는 멸 망 한 단 다"(「만년설」), "겨울이 끝나고 다시 겨울이 시작되었네"(「얼음궁전」)라고 노래하는 시인이 제 어깨 위로 운명처럼 짊어진 것은 비관이나 허무로 부풀어오른 자루가 아니라, 폐허와 재난의 지평선 위에서 삶을 다시 구축해야 하는 저주받은 자의 책무인 것이다. 봄은 애당초 존재하지 않는 관념이며, 겨울이 끝나도 오로지 겨울만이 시작될 뿐이라는 식의 절망의 고백과도 닮아 있는 김성규의 시에서 살펴야 하는 것은, 재난만이 존재할 뿐인 삶이나 불행으로 점철된 암흑과도 같은 세계 그 자체가 아니라, 재앙과 불행을 삶의 근본적인 조건이자 토대로 삼아 모든 것을 재편하고자 할 때 열리게 되는 새로운 지점들, "재앙처럼, 축복처럼 눈송이가 쏟아져들어왔다"(「내일」)는 구절처럼, 상반되기에 서로 충돌하면서 풀려나오는 미지의 세계이다. "차라리 재앙이 계속되어야 해"라고 그가 채근할 때, "올라갈 곳은 없고 오직 떨어질 일만 남았"(「폭풍 속으로의 긴 여행」)다고 재난의 편에 서서 세계를 다시 그려보려 시도할 때, 바로 이때, "반짝이는 글자들이 재로 변해 쏟아지"(「열매나무」)기 시작하는 것이며, 지상의 불행과 가난, 세계의 재난과 비극을 밑천으로 삼아 지펴올린 숭고한 시가 탄생하는 것이다.

희망의 제단을 쌓아올리는 대신, 김성규는 과거의 기억들을, 재난의 자격으로 존재하는 고통스러운 지상 위에 포개어, 파편처럼 흩뜨리는 작업에 착수한다. 고귀함과는 거리가 먼 상승들, 예컨대 "돼지비계처럼 떠다니는 구름과 시체의 얼굴로 부풀어오르는 달"과 같은 참혹한 풍경들이나 "뱀의 허물처럼 아이들의 꿈이 밤하늘에 떠다"(「동면, 폐정, 병이 최초로 발생한 곳」)니고 "구렁이의 등에 업혀 하늘로", "대기권을 뚫고 우주로 날아"(「구렁이를 타고 날아가는 아이들」)가는 이미지들은, 폐허 위에서 솟아나 이리저리 떠다니는 처참한 불꽃이며, 죽음을 무릅쓰고 대결에 임하는 검투사의 비장한 표정이자, 재난으로 소란해진 세상에서 힘겹게 피워올린 숭고이다.

아무도 장님인 저에게 돌을 던질 수는 없습죠 땅속으로 파고들어간 방 한 칸, 누가 뭐래도 이 방은 우리의 왕국입니다요 방바닥에는 분유통을 굴리고 노는 어린 동생들, 아무도 우리의 기쁨을 눈치챌 수 없게, 얼른 문을 닫으라고 어머니는 소리 질렀습죠 방 안 가득 꿈틀거리는 비린내를 배 터지도록 들이마시면

주홍빛 꽃송이가 쏟아지는 하늘, 난쟁이들과 춤을 추는 동생들, 사과를 들고 계단을 오르는 처녀들, 안대를 벗겨 내 눈동자에 새겨진 왕국을 하늘에 펼쳐주세요

안대를 풀자 배를 가른 어머니와 장님인 다섯 동생들, 웃으며 아무거나 해달라고 나에게 보챘습죠 눈 감아도 훤히 보이는 어둠 속에는 우리를 밝아줄 아무것도 없었습니다요 차라리 장님으로 행복하게 살고 싶었습니다요 커튼을 열고 눈을 떴습죠

유리창으로 가늘고 가는 빛이 쏟아져들어와 눈을 찔렀습죠 온몸에 숨어 있던 열기가 두 눈으로 쏟아져나왔습죠 눈동자에 새겨진 왕국이 하늘로 솟아올랐습죠

흙으로 묻어놓은 입구를 따라 병든 쥐들이 인도하는 길을 걸으면 어머니는 간과 신장을 팔아 통증의 왕국을 선물하셨네 기억은 언제나 뒤엉켜 꿈을 꾼 흔적들, 천국은 언제쯤 망가진 자들을 수거해가나 우리를 기다리는 고통이 있다면 누가 뭐래도 이곳은 우리의 왕국이라네

—「천국은 언제쯤 망가진 자들을 수거해가나」 부분

현실이 재난으로, 재난이 현실로 완벽하게 자리바꿈을 한 것일까? 재난이 현실이라면, 오히려 평화와 고요가 예외 상황이다. 현실과 재난이 서로 충돌하며 예기치 못한 일련의 이형(異形)의 형상이 시에서 빚어진다는 데 중요성이 놓여 있다. 그것은 우선, 노예나 다름없는 천박한 신분의 검투사가 목숨을 걸고 대결에 임할 때 그의 얼굴에서 솟아나는 광채가 몹시도 성스럽듯이, 이질적인 두 가지 요소가 몽타주처럼 하나로 포개어지며 촉발되는 예측 불가능한 사태나, 양쪽에서 잡아당기는 팽팽한 줄다리기처럼 차츰 고조되며 끝을 예고해오는 대결의 이미지로 나타난다. "땅속으로 파고들어간 방 한 칸"의 저 가난으로 점철된 생활과 "하늘로 솟아" 오르는 "왕국" 사이의 충돌, "장님"의 불행으로만 꿈꿔볼 수 있는 행복한 풍경들과 "안대를 풀자" 시야에 펼쳐지는 "배를 가른 어머니와 장님인 다섯 동생들" 사이에 잦아든 대결의 구도처럼, 김성규는 하나로 섞이기 어려운 두 가지 이상의 모순 항들을 서로 이접시켜, 반대편으로 나아가려는 벡터의 향방을 충돌하는 대결처럼 마주보게 거꾸로 돌려놓는다. "눈감아도 훤히 보이는 어둠"이나 "망가진 자들을 수거"하는 "천국"처럼, 모순된

이물질의 결합으로 구성된 이 낯선 문장들은 선불리 합(合)의 도출을 낙관하는 것이 아니라, 정(正)과 반(反)의 거칠고 투박한 대립의 상태를 그대로 보존하며 제시될 뿐이다. 알레고리적 충돌의 몽타주를 실험해나가면서, 김성규는 하나의 항으로 나머지 하나를 부정하거나 종속시키는 것이 아니라, 양자 간에 긴장감을 최대한으로 고조시켜, 이분법 너머의 세계로 입회할 자그마한 통로 하나를 뚫어놓는다.

'죽이라'는 소멸의 명령과 살아 펄떡거리는 "김이 나는" 이미지를 나란히 붙인 "나를 죽이고 김이 나는 심장을 꺼내가"(「우는 심장」)나 이와 동일한 어법에 따른 "죽은 앵무새가 내 어깨에 앉아 노래했다"(「아직 완성되지 않은 시」), 환유를 통해 검은 것이 흰 것의 겹침을 만들어내는 "검은 구름이 마을을 향해 몰려왔어요/ 가까이서 보니 흰나비들이었어요"(「검은 구름 흰 날개」)나 전 미래적 사유로 시간을 주관적으로 재편한 "내일이 오늘을 배웅하듯"(「자살하는 날의 아침」)과 같은 구성에서 보듯, 김성규는 모순되고 낯설게 두 구절을 겹쳐 포개는 방식의 글쓰기를 견지함으로써, 예측 불가능하고 "원형을 회복하지 못하"(「혈국(血國)」)는 기묘한 상황을 제 시에서 빚어내는 데 성공한다. 아비규환의 세계를 넘나드는 이야기 「구렁이를 타고 날아가는 아이들」이 아귀가 맞아떨어지지 않는 느낌을 주는 것도, 구성이 서툴기 때문이 아니라, 충돌과 모순에 맞추어 구절구절을 짜냈기 때문이다. 중간중간, 이탤릭체로 삽입해놓은 묵시록 같은 대목들이, 멸망을 예언하는 종말론적 비전에 힘을 실어주는 듯해도, "경찰"이나 '교회', "국가"나 "공권력"을 화자인 어린아이와 대비시켜, 오히려 "대공포"가 아이들의 순수함과 거꾸로 맞물리는 사태를 조장하는 데 크게 일조한다는 사실에 주목해야 한다.

김성규는 이 기묘하고도 불편한 충돌을 통해 최대치의 긴장감을 조성해낸다. 이 변증의 논법에서 최후의 승리는 합(合)이라는 조화로운 해결을 저버린, 충돌을 조장한 '반(反)'의 몫으로 남겨지며, 바로 이 충돌로부터 비극이라는 이름의 숭고가 탄생하는 것이다. 숭고는 예컨대 "주홍빛 꽃송이가 쏟아지는 하늘"의 전유물이 아니라, "병든 쥐들이 인도하는 길"을 따라 도달하게 될, 부정과 불행과 고통의 어법에 의지해 지상으로부터 힘겹게 끌어올린 상승의 운동인 것이다. 이 불길하고 축축한 상승의 기운은 비가시적인 것, 실현 불가능한 것, 미지의 무엇처럼 예측할 수 없는 것을 예견하고자 하는 예언자의 목소리에 감겨 울려나온다. 그의 묵시록적 담론은 따라서 지옥이라는 현실 위에서, 불길한 예언, 희망 없는 약속, 세계의 지리멸렬함을 노래하는 나팔일 수밖에 없다.

그 소리는 모든 종말의 순간에 울려퍼진다
그 소리는 죽은 자들을 일깨우며
그 소리는 황혼의 무덤 위에서
그 소리는 근육을 터뜨리고 망치를 들어올린다
그 소리는 피 묻은 대장장이의 손으로
그 소리는 모두를 불러모으고
그 소리는 고통 없이 심장을 뚫고
그 소리는 눈먼 자들을 주저앉히며
그 소리는 분노를 녹여
그 소리는 검은 땅에 패배의 씨앗을 흩뿌린다

—「쇠나팔」 부분

예언을 시작한 이래, 수백년 전의 것들부터 최근까지
보고 듣고 맛보았던 기억들이 솟구쳐올라
도시의 하늘에서 불발탄처럼 폭발했다

—「예언자」 부분

김성규가 펼쳐놓은 재난의 현실에 메시아는 도래하지 않을 것이다. 메시아는 폐허 위에서 살아야 하는 인간에게는 보잘것없는 존재이자, 재난의 세계에서는 너무나도 무능하고 또 허황된 존재이기 때문이다. "그 작은 신의 어깨는 너무 초라해서" 결국 "누구도 그를 두려워하지 않"(「군항제」)는 것이며, "내일은 분명 무슨 일이 일어나리라 무슨 일이 내일은 분명"(「내일」)이라고 기도하듯 반복해본들, 구원은커녕 또다른 재난이 우리를 기다리고 있을 뿐이다. 오히려 그의 시는 처벌("목에서 쏟아지는 피와 함께")이라는 제의를 통해 "보고 듣고 맛보았던 기억들이 솟구쳐"오르는 순간을, 파편처럼 기술하는 데 전념하면서, 불모를 향한 열정 하나로 현실을 완전히 재편하는 데 착수한다. 불모를 향한 이 열정은 무목적성이나 허무라는 양날의 검을 움켜쥐는 것이 아니라, 오히려 성스러움의 지배나 파시스트식 획일성, 진보의 신화나 이성의 횡포, 밝은 것을 가장한 모든 거짓을 거부하고 물리치는 강력한 힘을 만들어낸다고 해야 할 것이다. 그의 시가 재난 이후의 교훈에 붙들어매이거나 정화에 만족하지 않는 것은 재난의 관점에서 세계를 재현하고 있기 때문이다.

3. 악(惡)의 세계에서 피워올린 고통의 꽃

인간은 정육점에 걸려 있는 고깃덩어리만 못할 수 있다. 인간의 고매한 이성과 찬란한 정신으로 쌓아올린 현대의 문명과 그 문명 속의 도시도, 폐허에 다름아닐 수 있다. 이 자본주의사회에서 우리는 실로, 몇 근의 고깃덩어리에 준하는 가치를 창출하며 살고 있는지 생각해봐야 할지도 모른다. 재난을 고증하고 파국의 불꽃으로 세계를 물들이는 김성규의 시를 읽다보면, 그 구절구절, 그 마디마디가 온몸을 속속들이 긁어내는 사포와도 같아, 정신이 갈기갈기 찢겨나가는 것 같은 느낌을 받는다. 무언가 달라지지 않고서는 결코 빠져나올 수 없는 말이기 때문인가? 자연이, 사물이, 동물이, 식물이, 지극히 일상적인 온갖 것들이, 죄다 공포의 대상으로 변하고, 고통과 병마에 시달리는 김성규의 시를 우리는 세상이라는 악에서 피워올린 고통의 꽃이라고 부를 수 있을 것이다.

타인을 만날 때마다 나는 도망쳐요
며칠을 앓고 나니 가슴에 불길이 타올라요
이것을 어떻게 끄죠 타오르는 불을 끄기 위해
독한 술을 들이마셔요 헛산 내 삶을
어떻게 꺼야 할까요
그들의 말 한마디가 나에게 와서
혈액 속에 꽃이 피듯 천천히 독으로 퍼져요
독을 뿜지 않기 위해 혓바닥을 입속에 말아넣어요
(……)
타오르는 불길을 들이마시며 웃는 사람들
천천히 죽어가며,
눈물을 흘려 고통의 불을 꺼야 해요
가슴을 쳐 죄의 불을 꺼야 해요
술이 깰 때마다 종이에 흩어진 글자들을 보면
징그럽게 꿈틀거리는 내 손을 돌로 찧고 싶어요
책을 읽으며,
바닥을 기어다니며 우는 사람들
같은 종족을 확인하듯 흘끔거리며
그들 또한 이제 병으로 세월을 견뎌야겠죠

—「중독자」 부분

"헛산 내 삶"에서 시인이 주시하는 것은 나-타자-세상에 깊숙이 각인된 "고통"이다. 고통과 맞서 싸우기 위해 그는 영벌받은 시인의 운명을 받아들인 것은 아닐까. 어둠의 편에 서서, 어둠으로 밝음을 비추는 일은 어떻게 완성을 바라볼 것인가. "독을 뿜지 않기 위해 혓바닥을 입속에 말아넣어"야 한다며, 속내로 웅얼거리는 그의 노래에서, 세월의 "병"과 "눈물을 흘려" 꺼야만 하는 "불"의 "고통"과 우리의 "죄"가 숭고의 꽃이 되어 세상에 피어오른다. 세상의 질병과 악행을 먹고 자라난 이 꽃이 형용할 수 없이 아름다운 것은 문명과 근대를 발가벗기고 그 권위를 탈취하는 비판의 꽃이자, 의식-문명-자본-근대가 규정할 수 없는 곳에서 무럭무럭 자라나고 화려하게 봉우리를 틔울 고통의 꽃이기 때문이다. 이 꽃은 그러니까, 세상이라는 악을 거름으로 삼아 피어난, 현대 사회가 표현하지 않으며 표현하지 못하는 것을 벌써 주목하는 반성의 꽃이며, 현대 사회가 성취할 수 없는 것들을, 피안으로 달음질치지 않고서, 현대 사회의 지금-여기에서 주시하고자 싹을 틔워낸 예언의 꽃이다. 가마우지가 되는 고통스러운 운명을 받아들이는 이유는 오로지 이 병과 재난과 고통과 어둠의 꽃을 세계에서 피워내기 위해서이다.

죽은 물고기를 삼키는
두루미
목을 부르르 떤다

부리에서 삐져나온
푸른 낚싯줄
흘러내리는 핏물

목구멍에 걸린
바늘을 토해내려
날개를

터는 소리

한번 삼킨 것을
토해내기 위해
얇은 발자국 늪지에 남기며
걸어가는 길

살을 파고드는
석양을 바라보며
두루미가 운다

—「시인」 전문

보들레르가 「알바트로스」 같은 시에서 비유한 것도 이 가마우지와 같은 운명을 짊어지고 살아야만 하는, 저주받은 현대 사회의 시인이었다. 거대한 몸통의 저 성스러운 창공의 왕자 알바트로스도 "갑판 위에 일단 잡아놓기만 하면" 천박한 뱃놈들의 놀림감이 되어 고통에 시달려야 했다면, "두루미"는 "한번 삼킨 것을/ 토해내기 위해" 제 목에서 피를 흘린다. "죽은 물고기"를 삼킨다고 말한 것은, 폐허라는 현실에서 무언가를 길어 올려 자신의 심연에서 제 것으로 녹여낸 다음, 다시 토해내야만 시인의 자격으로 이 세상을 살아갈 수 있다고 생각하기 때문이다. 이렇게 그는 자신이 "쓴 시가 지나간 시간을 되살릴 수 없다는 것"(「혈국(血國)」)을 알고 있는 자이며, 그 사실을 알기 때문에 매일같이 영벌받은 자가 되어, 악행과 병마와 죄악같이, 세상에 고통으로 존재하는 모든 것들을 삼키고 또 뱉어내야 한다고 여긴다. "이제까지 쓴 것들을 다 버리고 다시 써야 해"(「아직 완성되지 않은 시」)라고 자신을 다그치는 것은, 현실이 항상 다른 현실일 수밖에 없다는 인식, 이 다른 현실을 적어내기 위해 고통 속에서 살아야 한다고 믿기 때문이다.

김성규의 시는 인간적인 요구에 응하고 정서적 순환에 의지하는 독서의 등가물을 만들어내는 것이 아니라, 삶에서 덤으로 주어지는 미지의 무엇과 그 불꽃을 우리에게 투척한다. 젊다고 해야 할 시인이, 고통 속에서, 악의 틈바구니에서, 재난과 파국의 한복판에서, 처연하고 불운하며, 불길하고 비통한 시선으로 우리에게 던진, 이 숭고의 말은, 자기의 내부로 침잠하여 세상이라는 악과 맞서 싸우면서 힘겹게 발아한 고통의 꽃이자, 재난과 공포를 온몸으로 견뎌낸 자가 발화한 노래이기에 처음이자 최후인, 마지막이라서 시작인 말이다. 축복할 수 없는 이 세계에서 김성규는 제 자신을 처형하는 자, 자신에게 벌을 부여한 자가 되어 불행과 악과 병과 재난을 노래하지만, 그의 노래가 벌써 다른 현실을 예고하는 데 헌정된다는 사실을 우리는 모르지 않는다. 공포와 악과 재난에서 피워낸 그의 시는 지금-여기의 새로운 가능성을 궁리하는 데 없어서는 안 될 소금과도 같은 것이다. 이 영벌받은 자의 노래를 들으며, 까마득한 심연의 구렁에서 차오르는 고통과 슬픔이 몹시 크다.

(김성규 시집, 『천국은 언제쯤 망가진 자들을 수거해가나』 해설, 창비, 2013)

허무를 견뎌내는 방식
—임곤택의 『지상의 하루』

일상에 대해 최소한의 예의를 갖추려고 부단히 애를 쓰는 시인이 있다. 그는 일상에서 되풀이되는 것들을 무심코 지나치는 대신, 쳇바퀴와도 같아 지루할 저 '반복이라는 이름의 허무'를 기필코 시에서 확인해야 한다고 매일같이 제 어금니를 지그시 눌러 문다. 일상의 기록은 기발한 착상이나 놀랄만한 반전을 동반하지도 않는다. 그의 시에서 일상은 '하루의 역사'처럼 그려지지만, 바튼 기침과 반복되는 자의식으로 비끄러맨 이 개인사의 기록은, 일상이라는 이름으로 그렇게나 자주 출몰했던 각별한 체험이나 쓰라린 고통으로 얼룩진 삶의 시적 재편과는 아무런 상관이 없기 때문이다. 감정의 과도한 투사나 수사의 화려한 변주를 임곤택의 시에서 발견하기 어려운 것은 따라서 우연이 아니라, 그의 세계관 때문이라고 해야 한다. 그가 "한 생애를 약간 들어올렸다"(「이름을 바꾸다」)고 말할 때, 우리가 읽어내야 하는 것은, 시를 통해 그럴 수 있을 것이라는 그의 이 믿음 속에 담겨 있는, 오로지 이런 방식에 의해서만 이전에 비해 "약간" 달라진 형태로 삶이 연장될 수 있다는 도저한 인식이다. 묵묵히 제 앞에 주어진 삶을 견디며 결국 자신마저 튕겨낼 정도로 갑갑해하는 지경에 이르러 게워낸 말이라면 모를까, 그의 일상, 그가 시에 끌고 들어온 저 풍경은 풋풋함이나 패기, 애절함이나 비통함, 성찰이나 깨달음의 통보로 거개의 몸통을 빚어내는, 이른바, 사이비 일상시들과는 근본적으로 상이한 모습을 취하고 있기 때문이다. 오히려 그는 어느 한순간에 포착된 범속한 풍경을 재료로 삼아 묵묵히 삶을 연장하려는 노력을 시에서 조용히 채근해 나갈 뿐이다. 따라서 하루의 모든 시간대가 첫 시집 구석구석에 포진되어 있지만, 임곤택은 시를 이해하는 데 없어서는 안 될 개념어나 독특한 사상적 기반을 표징하는 관념을 따로 고안하지 않는다. 그 대신, 삶에서 기묘하게 어긋나 있는 것들, 감정 그대로의 상태로 존재하는 것들, 어느 한 순간에 찾아든 저 표현하기 어려운 마음의 상태, 그 어떤 희망이나 심지어 절망조차 부여잡기 힘겨운 존재들의 다변적인 모습을, 마치 한 삽에 움푹 찍어 흙을 나를 때 그렇게 하듯, 그것도 "너무 빠르거나 놀랄 만큼 느리지 않게"(「10월」), 시집 안으로 옮겨다놓는 일에 몰두할 뿐이다. 그의 하루 일과를 쫓아가본다.

1. 새벽의 상상력과 펜 끝에서 대롱거리는 말

지나치게 일찍 눈을 뜨거나, 반대로, 좀처럼 잠을 이루지 못해 맞이한 새벽에 당신은 주로 무얼 하는가?

새벽 화장실 불을 켤 때
바다가 보여
돌고래의 피부로 번득거리는 해변
시커먼 파도에 쇠작살 꽂아 넣는 어부들의
고함 소리가 들려

출구를 찾을 수 없는 남미의 정글

탁발을 떠나는 싯달타의 뒷모습이 보여
피골이 상접한 어깨 위로
하루의 태양이 이글거리고

옷자락에 묻은 따가운 살점을 떼어내는
싯달타의 기분을 알겠니

새벽 화장실 불을 켤 때
그가 있어
가테 가테 불태운 시체를 배웅하는 강가
침침하게 꿈벅거리며
바지춤을 내리는 한 사내가 보여

—「실낙원」 전문

새벽에 잠에서 깨어 화장실엘 간다. 그런데 그곳은 한적한 배설의 공간이 아니다. 파멸되고 추방된 곳이자 행복과 자유를 잃어버린 현대인의 자화상을 확인하게 되는 초라한 곳일 뿐이다. 밀턴의 『실낙원』을 염두에 둘 때 가능한 해석이겠지만, 이 작품의 패러디와 착안은 여기서 그치는 것은 아니다. 첫 연이 변기 안의 푸른 물('청크린'을 넣어놓았나?)을 보며 대결 형식의 '노동'이라는 주제를 급작스레 떠올린 것이라고 보면 『노인과 바다』 역시 무관하다고 할 수는 없다. 둘째 연에도 감정의 뉘앙스를 쫓아 순간의 느낌 그대로 무언가를 전사해놓기는 매한가지이다. 오줌을 누는 순간에 불쑥 찾아온, 가령 화장실에는 들어오는 문밖에 없다는 따위의 생각 하나, 사건의 뼈대를 이루는 핵심은 아니지만, 끈덕지다면 또 끈덕지다고 할, 지워버렸으면 하고 내심 바라지만 그럴수록 반복되면서 눌어붙는 상념 하나로부터 "출구를 찾을 수 없는 남미의 정글"이라는 비유가 솟아난다. 작품의 주제와 연관된 죽음은 이렇게 새벽 화장실의 일상적 주제로의 환원 과정을 겪지만, 중요한 것은 화장실의 불을 켜는 순간에 비친 제 모습을 "불태운 시체를 배웅하는 강가"라고 비유해놓았음에도 불구하고, 또 새벽이기에 보다 강렬하게 뿜어나오는 전구의 빛에서 "옷자락에 묻은 따가운 살점을 떼어내는" 고통을 상상해내었다고 해도, 어떤 깨달음이나 해탈을 시에서 노정하지 않는다는 점이다. 이러한 사실을 이해하지 못하면 임곤택의 시는 자연을 상징(특히 나무의 메타포)하고, 깨달음(허무에서 주어지는 결론)이나 달관(장례식과 죽음에 대한 체념)을 밑밥 삼아 지어올린 서정시의 한 갈래로 여겨질 뿐이다. 다시 그의 새벽이다.

여자가 창밖으로 새를 던진다
저녁이어서
여자에게는 새가 많다

여자의 눈 밑에는
한 번 쓰고 버린 혀와
한 번도 쓰지 않은 혀와
굼실거리는 천만 개의 이야기

여자가 창밖으로 새를 던진다

하얀 긴 머리카락
사과 반쪽

여자가 여자에게 새를 던진다

—「그동안 내내」 전문

"여자"는 누구일까? 나일 수도 있으며, 내 안에 거주하는 타자, 아니, 나의 내부에서 뭔가를 생성해내는 존재일 것이다. "저녁"에 세상을 향해 무언가를 부지런히 쏘아올린 이 "여자"에게 "새"는 그러니 저 하고픈 말, 타자에게 건네거나 타자로부터 듣기를 기대하는 말과 다른 것은 아닐 것이다. 저녁 무렵은 하루의 고민이 차곡차곡 쌓여, 고백을 해도 좋을 만큼 사연이 축적된 그런 시간이다. 지금까지 한 말과 앞으로 해야 할 말은 그러나 저녁에 모두 동나는 것은 아니다. 인생의 절반쯤을 살아온("반 쪽") 시인(혹은 "여자")이 새벽을 맞이하여("하얀 긴 머리카락") 비로소 "천만 개의 이야기"를 풀어놓는다고 해놓았기 때문이다. 따라서 "여자가 여자에게 새를 던진다"는 마지막 문장은 내가 나 자신에게, 타자가 나에게, 내가 타자에게 말을 건다는 것이며, 시집의 첫머리에 이 작품을 배치한 것은 새벽이 임곤택에게는 매우 조심스러운 방식으로 제 시의 출사표를 던지는 그런 시간이기 때문이다. 주목해야 할 것은, 새벽에 한껏 어룽지는 그의 목소리, 그의 조심스럽고도 신중한, 너무나도 쑥스러워하는, 그래서 겸양보다는 오히려 단호함을 불러일으키는 어투이다.

2. 그가 아침을 견디는 법

아침이 밝아왔다. 햇살이 창가에 어른거린다. 활기찬 하루가 시작되었다. 간밤의 일기예보는 비를 예고하지 않았다. 출근길의 발걸음이 가볍다. 이런 아침은 시인에게는 역설이거나 오히려 불가능에 가깝다.

더 자라지 않았고 자라고 싶지 않았다
어느 불멸의 손버릇이 내 몸을 버스에 태우고
가방을 들어 올리고 시계를 보게 한다
아침이 다시

아침이 되는 일의 어려움

—「그대에게 닿는 허기」 부분

신문은 오지 않는 게 좋겠다
빨간 코의 유쾌한 광대가 문 두드리면 좋겠다

당신의 나라가 흑백으로 치직거리고
여자는 남자의 어깨를 두들기며 웃고

—「이런 게 필요한 아침」 부분

그의 아침은 "날마다 한 개씩 소진되는 태양의 곳간"에서 시작되는, 오로지 반복되는 실패를 다시금 반복해서 확인해야 하는 시간일 뿐이다. "실패는 살짝 감춰진 은화"(「습관적 실패」)처럼, 미리 예견되어 있으며, 이는 아침에 세수를 할 때마다 확인되는, 다시 말해, 시인이 버릇처럼 늘 가지고 다닐 수밖에 없는 어떤 자의식 때문이다. 세수하는 사이에도 "무언가 속고 있다는 불안"과 "무언가 속이고 있다는 야릇한 피로"(「물에 감긴 아침」)가 이렇게 그를 놓아주지 않는다. 일상적인 "신문"을 대신하여 "빨간 코의 유쾌한 광대"가 찾아오는 아침을 기대해보아도 말짱 헛일이다. 결국 "흑백으로 치직거리고", "여자"가 "남자의 어깨 두드리며 웃"는 상투적인 출근이 어김없이 반복되며 우리를 기다리는 아침, "밤을 새웠지만 사물의 배후는 확인할 수 없"(「물에 잠긴 아침」)는 아침이 다시 찾아올 뿐이기 때문이다.

얼굴을 씻으며, 곤택아 곤택아 몇 번을 부른다
아침의 내가 엊저녁의 나를 부른다
아침의 내가 엊저녁의 나를 씻는다

세수를 하고 나면 내 얼굴 아닌 것같이 희다

입추가 막 지난 8월
바보만 아니면 곧 추워질 것을 안다
바보가 아니므로 거기까지만 안다

발끝이 길 끝에 맞닿았다고
술자리서밖에 할 수 없는 말을
버스타고 청량리서 바꿔 타고 저녁이면 정확히 그 반대로
돌아오는 길마다 웅얼거리곤 한다

광화문 네거리서 저승사자같이 무섭게 생긴
이파리 하나가 어깨를 꽉 붙잡았다
그 어깨가 아직 그곳에 있고
내 어깨에는 여전히 그것이 얹혀 있다고
술자리서나 할 얘기를 혼자
웅얼거리곤 한다

얼굴을 씻으며 미친 새끼 미친 새끼 미친 새끼
거품을 많이 내야 잘 씻어진다
조금 바뀐 내 얼굴이 좋다

—「얼굴을 씻다」 전문

명백히 일기 형식을 취해 하루의 일과를 적어놓은 작품이지만, 주목을 끄는 것은 오히려 그 어떤 변화조차 반복의 굴레를 벗어나지는 못한다는 말투와 그러나 이런 사실을 확인하고 인정해야만 "조금 바뀐 내 얼굴"을

갖게 된다는 시인의 생각이다. 반복되는 이 지루한 일상에서 아주 작은 변화를 모색해내는 임곤택의 고유한 방식이 여기서 생겨난다. '1+1=2'나 '해는 동쪽에서 뜨고 서쪽으로 진다'처럼 우리가 "바보만 아니면" 쉽사리 짐작할, 너무나도 자명한 것들을 제외하고서, 세상의 그 무엇도 함부로 확신하지 못할 것이라는 자신의 생각을 "바보가 아니므로 거기까지만 안다"라는 말로 적어놓았다. 연시(戀詩)의 형식을 차용해온 작품들에서조차 우리가 주목해야 하는 것은 따라서 사랑 타령이나 감정의 기울어짐은 아니다. 가령 "백 일은 붉고/ 백 일은 없는 내 사랑" 같은 구절에서 읽어야 하는 것은 사랑의 속성이 아니라, '붉거나 그렇지 않은'이라는 고리타분한 이항 대립적 반복의 굴레로 하루가 채워진다는 것이며, 우리의 처절한 삶과 애절한 사랑조차 알고 보면 이렇게 "흔한 이야기"(「그대에게 닿은 허기」)일 뿐이라는 사실이다.

> 이빨을 훤히 드러내고 웃어라
> 평범한 자들은
> 아침을 맞는 것으로 하루의 의무를 마쳤으니
>
> —「시민의 의무」 부분

반복한다. 아침이 밝았다. 그러나 아무 일 없었다는 듯, 얼굴을 씻으며 어제의 내가 오늘의 나를 반복한다. 임곤택은 습관적인 행동, 타성에 젖은 사랑, 되풀이되는 시간 속에서 있어도 좋고 없어도 그만인 일상, 아침이라고 달라지지 않는 무기력한 삶을 굳이/반드시 확인해야 한다는 소소한 의지와 최소한의 결론을 가지고 제 시를 적어나간다. 이 절망한 자의 하루에서, 그는 지금의 자신을 있게 해준 세상의 모든 만물과 풍경과 "사랑했던 유물"(「침묵과 뼈」)을 어떤 시선으로 담아내는 것이며, 어떻게 "시민의 의무"를 완수하고자 하는 것일까?

3. 오후의 산책과 "아주 조금" 나아가는 순간들

해가 중천에 걸린다. 푸른 잔디밭에 누워 따스한 햇볕을 즐긴다. 애인의 손을 잡고 있으면 금상첨화다. 주위에서 개가 뛰어놀고 있다. 준비해 온 샌드위치를 꺼내야 하는 순간이다. 오오, 이 얼마나 나른하면서도 여유로운 한낮이란 말인가?

열두시였는지 열두시 반이었는지
의정부역 막차시간을 적어놓을걸

생각은 구부러진 길의 오류를 가로질러
단번에 커지는 空地의 환청으로부터
문턱에 부딪친
발가락의 짧은 통증으로부터

—「처음 온 와본 듯한 곳」 부분

"짧은 통증"과 "환청"에 시달리는 임곤택의 오후 산책은 "문턱"에 걸려 자꾸 넘어지며 끝을 맺지 못하게끔 예정되어 있어 보다 비극적이다. "버스가 사라진 곳"을 본다 해도 "다시 이곳을 지날 것"이라는 직감에 사로잡히며, 더욱이 이 "생각"마저 "점선 같은 걸음으로 절룩"일 수밖에 없다는 사실을 어떻게 임곤택은 미리 알고 있었다는 듯이 말하는 걸까? "잎들의 발목이 길게 늘어져 풍선처럼 슬프다"고 느끼는 정오의 한순간에도 그러나 시인은 그 뒤의 말을 채 맺지 못한다. 말을 매듭짓지 못하는 이 행위는 경악의 표현이나 분노의 표출과는 완전히 다른 것이다. 깊은 상처나 사연을 불러내는 것도 아니다. 일상의 잔혹함과 고독은 오로지 일상적인 방식으로 포착되고 또 드러내야 하는 것이지, 파도처럼 넘실대어서는 몹시 곤란하다고 믿기 때문이다. "예언자의 손가락질"로 주조된 일상을 오로지 일상적인 방식으로 견디는 법을 이 "누더기의 사내"(「비 갠 다음의 K씨」)가 우리에게 가르쳐주고 있는 것은 아닐까.

당신 앞에 횡단보도가 있다
신호가 바뀐 줄도 모르고 선 당신의 앞에
평온의 바다 말고
시간의 아찔한 흰빛 말고

당신은 느티나무 고목 안에 있다
당신은 단단하고 두껍다
얼마나 많은 잎들을 바람과 맞바꾸었는지
당신 앞에는 예닐곱 살 사내아이
손가락에 묻은
과자 부스러기를 맛나게 핥는 사내아이와
긴 횡단보도가 있다

당신 앞에는
바다가 있거나 없다
갈매기들이 얼마나 가까이 다가오는지
뱃노래가 들리는지 당신 앞에는
웃자란 상고머리가 바람에 너풀거리는
사내아이와 긴 횡단보도가 있다

당신은 느티나무 고목 안에 있다
당신이 나기 전부터 고목이었던
그것의 안에서

당신은 무엇을 떠올리거나, 계속 잊는다

당신 앞에는
후텁지근한 바람과 오후의 한가한 버스들
당신이 두 번 파란불을 놓치는 동안

—「여자와 느티나무」 전문

햇볕이 내리 쬐는 한낮에 횡단보도를 건너려는 여자를 본다. 바로 이 순간에 나는 그 여자의 행위와 경험과 역사와 심지어 본질을 굽어본다. 정지시킨 후, 캡처를 하듯 담아낸 여자의 뒤에 "느티나무"가 자리하고, 앞선 아이가 여자의 몸을 잘라먹으며 한번 더 이미지가 고정된다. 그러나 그것뿐, 순간에 "무엇을 떠올리거나, 계속 잊는"일밖에 할 수 없다는 사실 때문에 여자에게 감정을 이입하는 일은 발생하지 않는다. 그 여자의 심원인 "바다"는 "있거나 없다"라는 명백한 두 가지 가운데 하나에 귀속될 뿐인데, 이는 "당신이 나기 전부터" 세상의 풍경이 이미 고정되어 있었다고 여기기 때문이다. 그리하여 만고에 새로울 것이 없는 저 따분한 오후의 한 장면을, 바로 그 확정할 수 없는 방식 그대로 시에서 제시할 때, "두 번 파란불을 놓치는 동안"의 일상적 모습이 시 안으로, 정확히 그만큼 걸어들어온다. 이렇게 오후가 저문다. 발걸음을 옮길 때가 된 것이다.

4. 해질녘의 비애와 약간 더한 것

해가 지고 있다. "하는 수 없이/ 사람들이 터벅터벅 빛을 흘릴 때", "저녁 일곱 시쯤의 자유는 착잡한 것"(「일몰」)이 되어가고, 나는 사방을 둘러본다. 스프링클러가 쉼 없이 돌아가는 잔디밭으로 가서 엉덩이를 붙이고 잠시 앉는다.

당신은 수천수만의 유선형인데
어떤 생애도 거머쥐지 않고 화살의 궤적처럼
지나가는 물의 몸인데
질투와 폭로와 추락과, 달콤하고 축축한
통속의 일화(逸話)
지상에 가까울수록 당신은 무척 바쁘다
어느 단단한 것 위에 당신은 누울까
무심히 주고받는
당신 없는 하루는 너무 길어요 따위의 말들

독한 취기에 며칠 깨어나지 못했네
십 년 이십 년 전의 일처럼 몸을 일으켰네
지팡이가 꽃이 되는 마술
물의 춤과 혼신과 물의 패전을 한 귀로 흘렸네
젊은 꼽추의 주머니 가득, 해 질 때
가슴을 드러낸 붉은 마리아
나무의 발을 씻는, 몸 뻗어 나무의 情을 열어젖히는

저녁 습기가
당신의 뜻으로 와전된다

—「스프링클러」 전문

필경 해질녘에 미칠 것같이 타들어가는 노을을 보았을 것이다. 빙빙거리며 규칙적으로 뿜어내는 스프링클러의 시원한 물줄기로도 식혀질 줄 모르는 그런 정념이 내 안의 그리움을 불러내어 애잔한 감정을 풀어놓는다. 그러나 그리움의 대상은 누구인가? 임곤택의 시집에서 "나무"는 본래적 특성이나 생의 근원, 하나의 우주처럼, 어떤 원형을 대신하는 경우(특히 「여자와 느티나무」 「blues for nothing」 「당신과 나의 숲」)가 상당수를 차지하지만, 이 작품에서는 타자이자 연인, 사랑함에도 구체적으로 지칭할 길이 없는, 그저 막연한 그리움의 대상을 상징한다. 순간에 차오른 감정이 과중하게 적재된 것 같지만, 이 작품은 명백한 좌절을 그린 것으로 봐야 한다. 그리움이 "가슴을 드러낸 붉은 마리아"에 물을 뿌리는 스프링클러의 움직임에 따라 차츰 고조되는 것 같아도, 끝내 저 "나무의 情을 열어젖히는" 행위는 완성되는 것이 아니라, "와전"이라고, 못박듯이 포기를 향하기 때문이다. 아무리 연시의 형태를 띤다 해도, 상상력에 의존해 턱없이 감정을 고조시키는 일은 임곤택 시에서는 찾아보기 힘들다. 오히려 거리를 유지하고서 무언가를 보기, 잠시 젖어들기, 이내 포기하고 제자리로 돌아오기, 이렇게 삼자의 순환구조를 유지한다고 하는 것이 옳다. "다시 한 번이라고 사랑을 속이고 있다"(「침묵과 뼈」)처럼, 포기하는 심정으로, 물러서는 마음으로, 세상을 바라보는 오후의 한 풍경이 시집에서 지속적으로 반복될 수 있는 것은 그가 겸허하고도 단아한 태도로 허무의 시간을 구축해내기 때문이다.

> 가로등에 불이 켜진다 아직 어둡지 않은데
> 왜 그런 오후 있잖아
> 밀리는 차들에 시달리다 느지막이 집에 도착한 오후, 맞은편 아파트 벽이 카메라의 플래시처럼 눈부시고, 서쪽으로 치우친 해가 전속력을 내는
> 그때면 반지를 끼워줄게
> 약속은 반복되고 노부부가 횡단보도를 건넌다
> 열 대의 자동차에 펑크가 나고 비행기가 날고
> 거인의 키가 자란다

거인이 허리를 구부린다 봄날의 아지랑이같이
그의 정강이쯤을 지나는
우리는

—「거인」 부분

"거인"은 "상투를 튼 화전민의 추수"이자 "운동회의 나른한 흙먼지"를 마시며 100m 달리기 출발선에서 "꺾인 무릎을 짚고" 있는 흑백의 시간이기도 하다. "거인"은 허망하게 흘러가는 것, 붙잡을 수 없는 거대한 허무의 시간에 대한 비유일 것이다. 따라서 "무엇이든 꿰뚫고 어디든 닿았으며, 나비처럼 가"벼운 "거인"은 어린 시절과 늙은 모습, 지금은 붙잡을 수 없는 과거와 일상에서 패배한 것들을 동시에 꿰뚫고 있는 시간이며, 한없이 반복되고 교차되면서 되살아나기에 이내 부질없어지는 시간이기도 하다. 그러나 이 시간은 세탁소에 옷을 맡기며 가짜 이름을 대는 순간 세상이 "약간" 바뀔 수 있다고 생각하게 해주는 시간이기에 삶에서 미세한 변화를 일구어내는 계기이며, "플라타너스가 가지"를 늘리면 내가 줄어드는(「이름을 바꾸다」) 타자와의 관계에서 빚어지는 시간이기도 하다. "갈라파고스 거북이"(「물이 잠긴 아침」)의 상대성 논리(수명이 200년이나 되지만, 거북이에게는 우리가 느끼는 20년밖에 되지 않는다는 이론 따위)처럼, 늘었다 줄어드는 오후 시간을 허무한 배회로 마감하며, 마침내 그가 발걸음을 내려놓은 저녁의 풍경이 여기에 있다.

그의 어둠이 그리워지는 데 백 년이 걸리지
싱거웠던 그 토요일은 무엇이었을까

홍어회와 막걸리를 드시는 아버지가 평상 위에
검은 교복과 함께 차려져 있는

일거수일투족의 정적

죄인은 아니었고
병자(病者)도 되지 못한 아버지의 소심한 입맛이
식솔들을 이끌고
박물관의 느긋한 지붕 너머 사라지고 있다

초벌의 풋내는 어디로 갔을까
물가에서 자란 아이는 물내를 싫어해서
아버지의 뱃길을 거슬러
높은 나무들이 가린 곳으로 달렸는데

바닷가의 저녁은
뱃머리에 새긴 칼자국같이 깊고 습기가 많아
미치지 않으려고
물에 던져넣은 술잔은 두 번 불에 구운 것
그 이마의 실금을 찾는 데는
몇 초가 채 걸리지 않고

비색(翡色)의 바닷속 같은
전시관에는 미인도와 녹슨 흉기들
어눌한 두통으로, 누천년의 귓속말을 버티고
유리에 비친
천장의 불빛을 잠깐 들여다보는데

月下의 낚시꾼처럼 빈 배에 앉은 아버지

곧지도 푸르지도 않고 잠시
편안했던 토요일 오후의 그 정적에 대해
어두웠다고 말하고 싶지 않다.

—「박물관의 저녁」 전문

"토요일 오후"에 박물관을 방문했다. 박물관의 유물 하나하나에 이야기가 포개어진다. 가족사가 범속한 일상의 모습과 두 겹의 이미지를 만들어내며 잔상을 늘려간다. "초벌의 풋내"는 그곳이 박물관이기에 촉발된 것이지만, 아버지와 다른 삶을 살아온 나를 고백의 서사에 기대어 내려놓은 대목과도 연관된다. "바닷가의 저녁"도 내 삶의 종착지이자 아버지가 당도한 장소를 포괄하기는 마찬가지이다. 이 두 겹의 서사는 배를 타고 강을 건너다 칼을 빠뜨린 사람이 그 칼을 빠뜨린 뱃전에 칼자국을 내어 표시를 해둔 다음, 배가 모래가 부근에 닿자 칼자국이 있는 뱃전 밑으로 뛰어들었다는 '각주구검(刻舟求劍)'의 이야기에 내 삶이 지나온 굴곡을 포개어놓은 "뱃머리에 새긴 칼자국같이 깊고 습기가 많아"와 같은 구절에서 빛을 발산한다. 따라서 "물에 던져넣은 술잔은 두 번 불에 구운 것"이라는 대목도 두어 차례 각인된 나의 상처를 암시하는 동시에, 실제 흙을 빚어 구운 다음, 유약을 발라 한 번 더 굽는 재벌의 과정을 거쳐 전시된 박물관 어느 구석의 "비색(翡色)" 도자기의 운명도 말하고 있다. "그 이마의 실금" 역시, 촘촘히 들어선 내 주름(아버지가 옳겠다)을 과장 없이 적어놓은 듯하지만, 술잔의 표면에 헤아릴 수 없이 번져난 "실금"이기도 하다. 닳아 없어져 다시 찾아야 하지만 좀처럼 발견할 수 없고 복원과도 거리가 먼, 저 신산스러운 삶과, 그럼에도 불구하고 지속해야 하는 나의 저 "미치지 않으려"는 반복 행위에 대한 비유가, 이렇게 개인사와 박물관의 술잔 사이에 포개어진 두 겹의 서사를 통해 오묘하게 결합된다. 임곤택의 탁월함은 이렇게 겉으로는 "편안했던 토요일 오후의 그

정적"을, 그러나 저 내면은 지글거리며 타들어가고 있는 상태로 과장 없이 치환해내는 데 있다. 그러니 "어두웠다고 말하고 싶지 않은" 저 심정은, 세상에서 엄연히 제 존재 이유를 갖추고 있는, 지극히 사소한 것들로 이루어진 일상에 최대한 예의를 차려 상재한 진솔한 전언이 아니고 무엇이겠는가?

5. 일상에서, 일상을 위해, 일상의 목소리로, 일상과 싸우는 방식

임곤택은 하루의 일기를 마치면서 놀랍게도 "아무것도 포기하지 않을 것이다"(「내 이마의 청동거울」)라고 적어놓았다. 그가 포기하지 않아야 한다고 생각하는 것은 "약간 더", "조금 더" 밀고 나간, 그래서 지극히 일부분만이 자기 것이 되기를 염원하는 그런 일상이다. 그러나 그가 "조금 더" 밀고 나간 일상의 이면에는 비장함과 인내만을 최후의 무기처럼 간직하고서 하루하루를 생존하듯 버티는 사람들이 바글거린다.

꽃을 꺾고 잎을 따는 시늉의 손짓
스스로 숯을 삼키고 벙어리가 된 자객처럼
여자는 국화무늬를 세긴다
올 겨울에는 전대미문의 추위가 닥칠 거라고, 누군가 신문 보도를 인용하고

여자는 역수(易水)를 건너 환생한 자객
가을 깊어도
이번 세상과는 아무 관계도 나누지 않는

반듯하게 잘린 시체 위에 몇 송이 국화꽃을 던지듯
봉지가 채워지고

짧은 목례가 마지막으로 교환된다

—「국화빵 만드는 여자」 전문

암살을 위해 독을 발라 망가뜨린 피부로 위장을 하고, 숯을 삼켜 목소리를 변조한 전국시대의 자객 예양이 거사에 실패한 후, 그러나 제 표적이었던 조양자에게 간청하여 마지막으로 그의 옷을 받아 내려놓고서 세 번 칼로 내리친 뒤, 주군 지백에게 '지하에서 보고 하겠다'는 말을 남기고 자결한 이야기를 우리는 알고 있다. 번어기의 수급과 연나라의 부유한 독항(督亢)의 상세도를 가슴에 품고, 역수(易水)에서 배에 오르려는 자객 형가가 끝내 오지 않은 제 친구 노구천을 뒤로하고 떠나며 남긴 "바람이 소소하니 역수 물 찬데(風蕭蕭兮易水寒), 장사 한번 가면 돌아오지 않으리(壯士一去兮不復還)"라는 구절도 낯설지 않기는 마찬가지이다. 임곤택은 고사에 남을 만한 비장함과 애절함, 목숨을 건 각오나 단호한 결심을 엉뚱하게도 국화빵을 만들어 파는 여인네의 표정에서 읽어낸다. 비장한 이야기는 이 여인의 노동이나 그 노동의 재료, 그 절차와 차례로 대응하며, 마치 삽으로 떠낸 짙푸른 잔디가 황량한 갯벌에서 되살아나듯, 작품에서 이식된다. 굳게 다문 여인의 입술은 예양의 그것과, 묵묵히 빵틀을 반복해서 돌리는 모습은 형가의 비장한 결별과, 예양과 형가가 끝내 끌어안을 수밖에 없었던 죽음은 국화빵 틀의 저 밀가루를 태우며 산화되는 이미지와 조심스레 겹쳐져, 특별한 장치 하나 없이 삼중의 구조가 시에서 층층이 포개지고, 급기야 내게 건네온 "짧은 목례" 하나만으로 일상의 긴장감이 최대치로 고조된다. 경제적인 비유와 효과적인 암시를 통해 임곤택이 일상에서 전개하는 이런 식의 싸움을 우리는 무어라 불러야 좋을까? 치열하게 맞붙는 전면전이 아니라, 참호 안에서 웅크린 채, 저 때를 기다리고, 조금씩 전진을 꾀하는 약전(弱戰)이라고 해야 할 것인가. 아니, 그가 일상에서 벌이는 약전은 실제로 어떠한가.

골목은 길고 수다스럽다. 한물간 사내들이 모여 소주값을 걱정한다. 버스를 기다리는 정류장의 비린내. '기표소'라고 쓰인 휘장을 젖히고 처음 맡았던 냄새. 나란히 번호를 붙인 사생결단의 빈칸들.

어린 연인들이 좁은 골목으로, 잘 맞는 신발처럼 척척 나아갈 때, 가장 먼저 서쪽에 닿은 사람은 아침인사의 격식을 이해한다. 방바닥에 그려지는 긴 수형도. 일몰은 너무 재빨라 한 장으로는 다 그릴 수 없지.

단단한 고목이 쓰러진다. 달리는 버스의 앞바퀴가 덜컥덜컥 빠진다. 눈을 꽉 감은 꼬마들이 치과 앞을 재빠르게 달린다. 자리를 옮겨 앉는 것들로 세상이 공평해 보일 때.

태평성세의 기억을 반으로 나눠 하나는 정오의 하늘에, 나머지 반을 하오의 땅속에 묻는다. 맨질맨질 닳은, 한 쌍의 무릎뼈를 베개에서 발견할 때. 빈 컵을 닦아 다시 선반에 엎어놓을 때

—「그림 맞추기」 부분

부(富)("정오의 하늘")와 빈(貧)("하오의 땅속")의 불평등에서 착안하여, 가령 "어린 연인들이 좁은 골목으로, 잘 맞는 신발처럼 척척 나아갈 때, 가장 먼저 서쪽에 닿은 사람은 아침인사의 격식을 이해한다"와 같은 구절을 금전적으로 부족할 것 없는 젊은이가 유럽 유학("서쪽")을 떠난 후, '구텐 탁'이나 '봉주르' 같은 "아침인사의 격식"을 자기 말처럼 구사한다는 것에 대한 비판적 암시로 읽는다면, 필경 실패에 가까운 해석일 것이다. 죽음으로 치닫는 삶의 정해진 수순("서쪽")과 누구에게나 종말이 예정되어 있기에 "세상이 공평"한 것이라고 말하는 시인에게 삶의 지리멸렬한 순간에 대한 덤덤한 기록이 주된 임무로 주어질 뿐이라고 우리는

줄곧 말해왔기 때문이다. 낮은 톤의 목소리, 덤처럼 약간 더해놓거나 떼어다 붙인 것과도 같은 목소리가 오히려 비판을 노정하는 자그마한 가능성 하나를 만들어낸다고 생각을 전환하는 순간, 해석의 실패는 절반을 잘라먹을 수 있을 것 같다. 찰나와 순간에 포개어지는 일상의 기록에서 불평등이나 부조리에 대한 추정 가능한 비판이 생성되는 것은 따라서 부차적으로 주어진 결과인 것이다. 가령, 이런 구절은 또 어떻게 볼 것인가?

움켜쥐거나 건넬 수 없는 몇 가지 생각
유리 조각 꽂아진 담장 너머
커튼이 펄럭거린다
지나는 아이들의 아이스크림을 핥는다
버스는 정류장을 지나치고
앞만 보고 달리므로 멈출 것 같지 않고
퍼렇게 드러난 핏줄은 정말
가슴 왼편으로 향하는지
정교한 오답들
교문을 일시에 쏟아져나오는 아이들은
한 아이의 분신이라는 생각
버스를 향해 뛰다 멈춘 사람들 모두
버스를 탄 한 사람의 잔상이라는 생각

—「대개는 음화(陰畫) 같은」 부분

사가정역 정류장에서 한 시간 동안
겁먹은 남자 다섯과
제 표정을 부축하며 지나는 行人 다섯을 보았다

(……)

가운뎃손가락을 치켜세운 가로수
풍향은 상관없고
롯데리아에서는 여고생들이 화장을 고치지

—「풍향은 상관없고」 부분

진보에 대한 의문을 개진하는 것으로, 삶에 퍼붓는 야유의 일종으로 각각의 작품을 볼 여지가 있는 것도 사실이리라. “정교한 오답들” 역시 사회 제도, 나아가 우리의 삶 전반에서 자행되는 왜곡과 모순이라고 한다면, “분신”은 분신(分身)이자 분신(焚身)일 수 있으며, 이후의 대목이 ‘공동체에 대한 사유’를 도모하는 행위라는 해석도 가능할 것이다. 중요한 특징 하나가, 기껏해야 ‘야유’, 그것도 드러내놓고 맘껏 고함을 지르지 못하는, 고작 가로수의 모습을 보며 ‘fuck you’를 떠올릴 뿐이라는 우리의 해석에서 솟아난다. 임곤택에게는 죽은 것, 사멸하는 것, 사라져가는 것, 기력을 다한 것에 내려놓은 “약간”의 관심과 그것을 거두어들이지 않은 행위가 중요하기 때문이다. 임곤택의 일상시가 빛나는 것은 바로 이 순간이다. 예컨대 버스나 전철의 그것이 아니라, 갑자기 오른 “택시비 걱정으로 시민의 의무”(「시민의 의무」)를 다할 수 있다며, 저 자신은 “시민”이 아니라고 감추듯 말하는 대목에 주목해보자. 그의 염려나 고민이 소시민의 그것, 소시민의 “이빨을 훤히 드러내고 웃”는 저 “평범한 자들”의 목소리를 오로지 일상적인 방식으로 담아내는 데 달려 있을 뿐이라고 말하는 시인에게 우리는 무슨 말을 하겠는가. 임곤택의 비판이 볼멘 불만의 목소리나 고조된 외침을 과감히 등질 수밖에 없는 근본적인 이유가 여기에 있다. “시민”이 아니라 소시민의 목소리를 유지하면서, 무언가를 덤으로 추정하게 만드는 자그마한 사건에 주목할 뿐, 이 시인에게 지나친 단정과 과도한 비약은 되도록 피해야만 하는 엉터리 시의 요건인 것이다.

6. 허무를 견뎌내는 미처 끝맺지 못한 연가

첫 시집에서 임곤택은 일상의 허무를 우직하게 밀고 나가는 모습을 우리에게 보여주었다. 그에게 연시는 연시가 아니다. 울고 있는 여인에 대한 역설적인 감정으로 뒤발된 「어젯밤부터 오늘 아침까지」도 자세히 따져 보면, 이별이나 그리움조차 허무로 단단하게 붙잡아 되풀어놓은, 결국 하루 한 나절의 이야기일 뿐이다. 너에게 다가갈 수 없어 애틋해진 그리움은 "고맙다, 말 걸지 않아서/ 고맙다, 위로하지 않아서"(「당신과 나의 숲」)처럼, 홀로 가는 고독으로 막바지에 이르러 대치되기 일쑤이며, 리듬 앤드 블루스의 축축한 분위기에 젖어들어서도 "나는 소박해서"를 반복할 수밖에 없는 처지를 되돌아보며, 결국에는 "아무도 불안하지 않을 옛날로 돌아가"(「blues for nothing」)자는 식의, 허무에 젖은 말투가 마이크 블룸필드와 알 쿠퍼의 명연주곡에 포개어지거나, "목화 농장의 어린 노동자"의 기타 연주가 "낡은 LP판의 잡음"(「B. B. King」)을 타고 변주되어 등장했다가 이내 사그라질 뿐이다. 이렇게 허무한 것을 허무한 것으로 지탱해 나가는 그만의 독특한 방식은, 문장 구성의 중의성을 조장하고, 맺지 못한 결구로 시를 마무리하는 원인이기도 하다.

> 첫번째 방에서 당신은 갈색 외투를 벗어
> 사슴뿔 모양의 옷걸이에 척 걸치며 경쾌한 비음으로
> 안녕, 거기 당신은 갇혀
> 얼마나 오래
> 우리는 서로 모른 척할 수 있을까
>
> (……)

당신은 점점 나를 닮는군
당신에게서 빠져나오는 일은 가능하지 않아
벽을 더듬거려 당신의 방 문고리를 잡고
골목을 달리는 오토바이의 소음

—「벽화」 부분

"안녕, 거기 당신은 갇혀" 같은 애매한 구절, 예컨대, 양태의 묘사인지, 지시된 명령인지 모호한 상태를 견지하는 중의적인 뉘앙스는 "당신에게서 빠져나오는 일은 가능하지 않아"와 고스란히 결부되어, 끝을 맺지도, 단정을 짓지도 못하는 태도를 시 전반에 부여하는 원인이 된다. 더듬거리는 말투와 순서 없이 섞어놓은 듯한 배열이 오히려 임곤택의 시에서 허무를 허무로 지탱해내는 독특한 방식으로 되살아나는 것이다. 따라서 시집 곳곳에서 목격되는 이와 같은 맺음의 형식에 보다 섬세한 주의를 기울일 필요가 있다.

걸어갔다 아주 조금
우리는 빠져나왔다 평균치의 인파로부터
평균치의 지옥과 아름다움으로부터

—「피아니스트」 부분

눈을 감거나
멀리 피할 수는 없는

—「목련 아래 비를 피하다」 부분

우리가 무엇을

맘껏 변하게 한다면

—「한나절의 생각」 부분

이처럼 기이한 방식으로 시를 매듭지을 때, 맺지 못한 여운이 남겨지는 동시에 독서 자체를 앞으로 되돌려야 하는 순환의 구조도 생성된다. 임곤택은 일상에서 반복되는 허무의 특성을 바로 이 끝맺을 수 없는 문장을 통해 그려내고 있는 것인가? 하루의 꿈을, 이 돌고 도는 허무의 순환과정을 따라가며 그대로 실현해보려고 그는 이와 같은 맺음을 선택했는가. "멈춘 것은 멈춘 대로 서두르는 것은 뒤돌아볼 겨를 없이"(「거리(距離)—지렁이」) 나아가는 세상에서 "어느 오래된 기억과 가장 새로운 입맛 중 하나를 고르라"(「지금까지 그때부터」)고 강요하는 선택의 시간만이 그에게 주어졌다는 것일까. 교차되는 시간은 화해를 바라보기는커녕, "임오군란 병졸들"과 "날마다 해마다" 배운 "새 말"(「지금까지 그때부터」)의 저 합쳐지지 않는 팽팽한 병렬로 일상을 파고들어올 뿐이다. 옥탑방 관찰기라고 할 「키 큰 나무들의 방」에서도 일상의 자잘한 사건들을 무덤덤하게 병치해내는 기법과 끝을 상정하지 않는 매듭짓기를 통해, 시인은 가난한 삶의 문턱에서 얼씬거리는 허무의 그림자에 주목할 뿐이다. "벽을 기어오"르는 담쟁이("빨간 매니큐어를 바른 손")에 대한 비유는 뛰어나지만, 주목해야 하는 것은 따라서 이 모든 것을 "빤히 보이는"이라고 우물거리듯 마무리지어놓은 결구인 것이다. 남루한 삶에서 온갖 신비감을 걷어낸 시인의 냉정한 태도보다, 그것을 만들어내는 저 어법, 다시 말해, 매듭짓지 않고 열어놓은 맺음의 특이한 방식에서 우리는 허무를 연장하려는 임곤택의 시도가 일상이 지속되는 한, 계속될 것이라는 사실을 어렴풋이 짐작하게 된다.

물 한 병을 산다
발그레한 빛이 국민은행 너머 한신아파트 너머

사람들 흩어진다
저녁을 편안하게 맞고 싶은가
한두 개의 연장으로 구겨진 자동차를 고치는
능숙한 기계공의 손재주를 가졌다면
발밑을 살피지 않은 채 사람들을 만나고
아무렇지 않게 돌아올 수 있다면
당신은 괜찮다, 저녁은 편안할 것이다
병마개가 따르르 몸서리를 치며 발밑에 멈춘다
물 한 모금을 마시고
크리스털 샘물을 노을에 흔든다
아무렇게나 엎어 두는 하루
높다란 선반에서 우르르 쏟아지는 하루
어쩌다 손을 베어도 그놈이 그놈 같아서
어디서 그랬는지 찾아낼 수 없다면
괜찮다, 당신은
정말 그런 하루를 보냈다면

—「쉽게 보내는 하루」 전문

이 작품이 역설로 구성되었다는 걸 알아채는 것은 어렵지 않다. "괜찮다"고 자신을 위로하는 말에는 연속되는 실패에도 불구하고, 물러터진 하루를 보내지는 않았다며, 하루를 견뎌낸 자신을 돌아보는 겸허한 자평이 담겨 있다. 임곤택은 널름하거나 명민하게 하루를 기록하는 시인이 아니다. "눈을 마주치지 않은 채로 용서"하는 그의 방식에, 죽음에 대해 책임지지 못하면서도 위로의 말을 건네는 우리에게 "거짓말을 했다"(「우리는 서로의 입을 막고」)고 말하는 그의 고백에는 이렇게 겸허함과 부끄러움이 담겨 있다.

입 다문 것들도 말벗이 되는가 말 없어도
비문(碑文)은 되겠는가, 비명(碑銘)이 없는 그것에
내 이름을 붙여주어도 좋은가 가장 가까운 벽에
그것을 비춰
아는 얼굴이라고 우겨도 괜찮겠는가

—「침묵과 뼈」 부분

임곤택의 하루는 '이미, 그리고 여전히' 패배할 수밖에 없는, 그러나, 성실함으로 삶을 일궈온 자가 제가 머물던 누추한 공간과 발 닿는 곳 어딘가에 잠시 머물며, 힘겹게 기록해낸 하루이며, 도시 이곳저곳에 잠시 몸을 내려놓고서 그려낸 허무한 하루이기도 하다. 그의 하루는 우리가 사는 지금의 세상에서 그 무엇도 확고하게 제 정체성을 관철해낼 수 없다는 사실 때문에 잠시 유보된 하루이며, 끊임없이 반복해서 자명하다고 떠들어대는 흑백의 두 돌 가운데 어느 하나를 선택할 수 없기에 끊임없이 보류되고 연장된 하루이다. 임곤택이 패배에서 벗어나는 방식은 고작해야 이를 악물고 참는 것이겠지만, 겉으로 다문 입 모양조차 드러내지 않으면서 내적으로 삭이는 일이 결코 쉬운 일은 아니다. 시도 마찬가지이다. 끝맺지 못하는 연가로 변주되는 그의 시가 아름답고 소중한 것은 인내와 고통으로 구절구절이 만들어졌기 때문이며, 삶의 허무를 견뎌낼 방식을 고안하고 일상에 편재하는 절제를 담아내는 몹시도 힘겨운 작업이기 때문이다. 임곤택이 포착해낸 저 평범한 일상의 이면에 생의 비장함과 좀처럼 흉내내기 어려운 결심이 도사리고 있다는 사실은 그의 시를 읽고 난 후에 주어지는 자그마한 보상일 뿐이다. 그에게 "남은 하루", 이렇게 "때를 기다리며 세상을 맴돌"(「산책」)고 있을 그 하루는, 이제 그의 것만이 아니다.

(임곤택 시집, 『지상의 하루』 해설, 문예중앙, 2012)

범람하는 것을 막을 수 없는 이 사랑의 이데아

– 최정례의 『캥거루는 캥거루고 나는 나인데』

생각이 열렬할수록
말은 주문이 된다

—「거위가 말했다—아이오와에서」

1. 유령 연애론

퍼즐이 너무 적었던 탓이었을까? 최정례의 작품에서 연애시의 면모를 언급한 글이 드물었던 것[1]은 그러나 차라리 기이한 일에 가깝다고 보아야 한다. 사랑의 대상에 관해서라면 우리는 『레바논 감정』(문학과지성사, 2006)에서 몇 차례 만난 적도 있다. 가령, "아빠가 되고", "금의환향하고", "번쩍이는 차를" 탄 "옛애인"(「레바논 감정」)이나 "내 속에 함께 했던 너"(「폭탄에 숨다」)는 "날 놓아줘, 부탁해, 제발 다시 사랑할 수 있게 날 놓아줘"(「그녀의 입술은 따스하고 당신의 것은 차거든」)와 같은 절박한 목소리를 시인에게서 끌어내는 주인이자, "우리 모두는 사랑하는 이를 향하여 흐르는 강물"(「냇물에 철조망」)이라는 구절처럼, 사랑하면서 살아갈 수밖에 없는 우리의 운명을 깨달음의 어조로 적어낼, 사랑의 저 기원이자 연애시의 구체적인 대상이라고 보아야 한다. 다섯번째 시집 『캥거

1) 「레바논 감정」을 "옛애인" 이야기로 읽었던 함돈균이 보기 드문 예에 속한다.

루는 캥거루고 나는 나인데』(문학과지성사, 2011)에서 되살아나 시의 몸통을 구성하는 것도 바로 이 사랑 이야기이다. 미리 해두어야 하는 말이 있다면, 이번 시집에서 절정을 움켜쥐는 동시에 연애시의 종착지도 예고되어 있다는 것이다. 최정례에게 연애시는 한 시대를 마감할 이정표이자 하나의 사건은 아니었을까? 빼어난 솜씨로 일상-꿈-타자를 조절해내고 (재)배치하면서, 시의 공간으로 이 셋을 걸어들어오게 한 다음, 이것들을 움켜쥐고 자기 내면의 고유한 목소리를 창조해내었다고 본다면, 누군가를 끊임없이 그리워하고 변함없이 사랑하는 일, 그 마음을 풀어내는 과정이 진부한 것은 아니다. 연애나 사랑을 주제로 시 전반의 풍경을 읽어내는 것은 그러니, 주어진 퍼즐이 많지 않다고 해도 비평이 감내해야만 하는 제약이나 한계는 아니었을 것이다. 너와 나라는, 부인하기 어려운 퍼즐 두 개가 튼튼한 뼈대가 되어 시집 전반을 지탱하고 있기 때문이다. 사랑의 대상, 그리움으로 현실에 호명된 "너"라는 이름의 타자는 이번 시집에서도 여전히 출몰하는 유령인 것이다. 그런데 왜 유령이라고 말하는 것일까? 아니, 연애의 대상은 왜 유령의 모습으로 현실에서 불려나오는 것이며, 유령이 소급되는 방식은 시에서 어떻게 드러나는 것인가? 끊임없이 현실에 출몰하는 이 연애의 정령은 결국 망령이 되어 사라지거나 사라지기를 바랄 것인가? 여기서 잠시 우리는 실종된 애인을 찾아나선 탐정이 되기로 작정한다.

> 너의 눈길 잠깐 스치고, 여름풀 무성하다 쓰러지고 눈 내린다. 혈육과 이별할 일 상상만 해도 눈물 솟지만 너와는 늘 버릇된 일이라 멀리 있지만 가슴속에도 쓰러져 있다. 천둥 벼락치는 한 십 년 또 흐르면 너의 눈길 희미해질 테고 아주 잊어버렸다가도 또 한 번 스쳤으면 바라지만 그렇지 않더라도 여름 산 솟고 가을 강 깊어지듯 너의 눈길 내 속에서 더 그윽해진다. 그 우박치던 눈빛 상상 속에서 내 것인지 네 것인지 알 수 없게 될 쯤에도

또 여름 가을 간다.

—「여름풀」 전문

어디론가 떠날 즈음 시인에게 잦아든 착잡한 심정을 단초로 삼아, 부재하는 너라는 존재를 세월(자연)의 변화에 빗대어 담아낸 이 작품에는, 애인을 찾는 일에 착수한 탐정이 의지할 만한 최소한의 단서가 담겨 있다. 사랑의 화신, 연애시의 기원, 사랑이 지향하는 궁극적 대상은 누구인가? 포착된 정황에 따라 전개해나간 추리의 결과는 이렇다. 그는 우선, 이별을 버릇처럼 생각해야만 하는 존재이자, 내 마음에서조차 서서히 잊혀져가는, "멀리 있지만 가슴속에도 쓰러져 있"는 존재이며, 10년쯤은 더 지나야 희미해질 거라고 말하는 것으로 보아, 그보다 훨씬 긴 세월 동안, 내가 사랑해온 존재이다. 그는 현실에서 마주할 수 없음에도 우연히 맞닥뜨릴 가능성을 배제할 수조차 없는 존재이며, 그러나 만나지 못한들 저 생각만으로도 무언가가 내 안에서 한껏 차오르는 걸 막을 수 없는 원인의 제공자이다. 여기까지는 정황 증거, 즉 추정에 가깝다. 그러나 팩트가 전혀 없는 것은 아니다. 과거에 "우박치던" 어느 날, 눈빛 하나로 사랑을 교환하게 된 존재, 누가 먼저 그 눈길을 보냈는지 "내 것인지 네 것인지 알 수 없게" 되어 지금에서는 기억조차 희미해진 존재이다. 정작 문제는 "여름 산 솟고 가을 강 깊어지듯 너의 눈길 내 속에서 더 그윽해진다"는 구절 때문에 "~될 쯤에도 또 여름 가을 간다"라고 적어놓은 시의 마지막 구절이 그리움의 대상의 부정이나 이별이 아니라, 오히려 영원성을 구축해낸다는 데 있다. "내 속에서 더 그윽해진다"와 같은 표현은 이 존재 하나에 의지해, 제 시의 절반을 완성해왔다는 시인의 고백일지도 모른다. 만날 수 없다고 해도 사랑의 대상이 소멸되기는커녕 그 반대의 양상이 오히려 시 전반에서 구축되고 있기 때문이다.

2. 편재하는 태초의 형상, 그 사랑의 이데아를 찾아서

어떤 존재가 영원성을 지닌다는 것은, 어디에 있건, 어떤 상황에 처하건, 내가 언제고 불러낼 수 있다는 것을 의미하는 동시에 세상의 어디에도 있어 내 의지와는 상관이 없이 나를 뒤쫓는다는 것을 뜻한다. 최정례의 시에서 자주 목격되는, 장소와 대상의 묘연한 교체나 시제와 어법의 급잡스러운 전환은 사랑하는 존재의 바로 이 영원성과 불멸성에서 비롯된 것으로 보아야 한다.

> 이 향기가 어디서 날아온 것인지 갑자기 가로수로 내달려 오렌지를 주렁주렁 매달리게 한다. 꽃송이를 들어 한 잎 두 잎 꽃잎을 날린다. 우연이 필연과 엉겨 기침을 했고, 그 순간이 무언가의 시작이었다는 듯이, 카발레이라 루스티카나, 어찌하여 롤라는 투리두를 잊지 못했고 어찌하여 산투차는 질투에 눈멀게 되었을까. 사랑과 배신 치정과 복수, 피가 뚝뚝 떨어져 땅에 스며들었고, 이야기는 갈대 순처럼 무성하게 허공으로 손을 뻗친다.
>
> —「어리둥절」 부분

봄꽃의 향기를 맡은 모양이지만, 결론부터 말하자면, 어디에 있어도, 무엇을 하건, 마찬가지이다. 이 세상의 모든 "우연"이 시인의 마음속에서 끝내 "필연과 엉겨 기침"을 토해낼 것이기 때문이다. 여기서 "무언가의 시작"인 "그 순간"이 상상력의 촉발에만 관련된다거나 시인의 상상력이 고작 꽃말을 풀어낸 말놀이에 국한될 뿐이라고 생각하면, 시의 묘미는 반감되고 만다. 그러나 시인에게는 무엇이든 좋다. 아니, 세상에 내가 있다는, 단순하면서도 평범한 사실 하나면 내가 그를 호출할 조건이 벌써 절반이나 성립된 것이나 마찬가지이다. 내가 어디에 있다는 사실보다, '늘 어딘가에'[2)] 있는 어떤 근원적인 존재로부터 촉발되는 시적 태도가 중요한 것이기 때문이다. 최정례의 시에서 여전히-아직도(결국과 항상) 중심을 차지하고 있는 저 연애의 대상은 말하자면, 시의 조물주와도 같은 것이리라. 이렇게 "사랑과 배신 치정과 복수"로 가득한 꽃말이 머릿속에 들어차면, 시인은 "우연"에서 비롯된 사소하다고 할 이 풍경으로부터 현실의 또다른 광경을 불러내어 배치하고(예컨대, 다음 연의 "예쁜 여자애가 이어폰을 꽂고 걸어가면서, *그래 여섯 시에 거기에서 만나*. 허공에 대고 말한다"처럼 그 출현이 다소 엉뚱해 보이는 대목), 상상력을 빌미로 자그마한 우회의 경로를 함께 장치해놓아 독자들을 "어리둥절"한 상태로 유인해낸다. 그럼에도 결국에는 연애의 저 형상, 그리움의 기원을 소급해내는 것으로 시는 마무리 된다. 끝 부분이다.

다 잊어버리고 만다. 거기서 살아간다 어리둥절. 그 나라는 가로수가 오렌지나무래, 걸어가다 손을 뻗쳐 따 먹을 수도 있대, 그래 거기서 만나.

대관절 누가 누구를 만난다는 것인지 파악이 어려운 상태에서 시가 마감된다. 그러나 이 모호한 상태는 그리움의 대상을 숨기고, 그를 향한 애초의 내 마음을 감추어놓기 위해 시인이 설치해놓은 장치로 인해 생겨난 교란의 효과를 말할 뿐이다. 최초에 어디선가 불어온 꽃향기가 현실에 가져다놓은 것은 최초의 지점을 점하고 있는, 현실에서는 존재하지 않는 누군가일 수밖에 없기 때문이다. 현실에서 부재하는 이 유령 같은 존재는, 그럼에도/그러나 현실에 편재(遍在)하는 무시무시한 존재인 것이다. 아니, 그가 유령인 까닭은 현실이 사라진 곳, 현물(現物)이 자기 자리를 현실에서 물린 그 이후나 바로 그 순간에 제 자락을 현실에 내려놓은 존재이기 때문이다.

---

2) 스콜피온스의 곡 〈Always somewhere〉을 번역 차용한 것.

나는 콩을 까고 있다
껍질은 왼쪽에 놓여지고
콩은 오른손에 잠깐 들려 있는가 싶더니
바구니에 담긴다

손이 콩의 무게를 느낄 수 없다고 해서
콩에 무게가 없는 것은 아니다

들여다보는 것을 느낄 수 없다고 해서
들여다보지 않는 것도 아니다

—「한 줄기 넝쿨이」 부분

볼 수 없고, 만날 수 없고, 직접 만질 수는 더더욱 없을, 이 그리움의 대상은, 콩을 덜어낸 콩깍지처럼, 내 앞에 그 실체가 없어졌다고 한들 사라지는 것은 아니다. 기왕에 그 존재를 향해 뻗어간 내 생각이 좀처럼 수그러들 줄 모르기 때문이다. 최정례의 시에서 연애의 기원이기도 할 이 유령의 존재는, 소재로 보나 어투로 보나 연애시와 상관없어 보이는 일상적인 주제를 택하여 적어나간 작품에서조차, 그 작품이 주조되는 원형의 틀이 되어 살아나 숨 쉰다. 콩을 깐 후, 버려야 마땅할 콩깍지 안의 빈 공간과 "바구니에 담긴" 콩이 방금 빠져나간 손아귀에서 시인이 보는 것은 무엇인가? 편재하는 저 님의 항구적인 자리, 따라서 현실에서는 비어 있음에도 결국 비어 있지는 않은 자리, 그가, 그의 형상이 있음으로 인해 오로지 충만해질 뿐인, 잠시 빈 자리인 것이다. 그 어떤 장소에 있건, 그 어떤 사물을 보건, 항상 시가 될 것을 궁리하거나, 자잘한 일상의 경험을 시로 전환하고자 노력하는 시인에게 이 유령은 없음을 있음으로, 있음을 없음으로 대치하면서 끊임없이 자기 증식을 거듭하는 화수분과도 같은 존재이다. 연애라는 심상과 그 심상의 마지막 끈을 부여잡고 있는 유령 같은 존재가 시의 근본적인 틀이자 시가 발아되는 근원의 씨앗인 것이다. 편재(遍在)하는 사랑. 그러나 바로 이 편재하는 사랑과 엄연한 현실 사이의 어긋남을 염두에 두면, 오히려 이 상태를 지속적으로 시에 유지하고 그 긴장감을 기술해내었다는 것 자체가 우리에게 놀라움을 선사한다.

> 로데오 선수가 소의 잔등에서 30초도 못 버티고
> 내동댕이쳐지고 만다
> 진흙 밭에서 돼지 등에 올라타려고 기를 쓴다
>
> 미국 국가가 울려 퍼지고
> 카메라의 셔터가 터지는 것이
> 나와 아무 상관이 없다는 걸 안다
> 너에게 나는 아무것도 아니라는 걸 안다
>
> 북극의 얼음이 녹아내린다고 한다
> 남극의 빙하도
> 내 속에 너도 언젠가는 녹아내릴 것이다
> (……)
>
> (……)
> 사실 난 희망 나라와 체결한 계약서 따위는 없었다
>
> —「로데오 구경」 부분

시인은 어쩌면 미국에서 "로데오"의 한 장면을 보았을 것이다. 그런데 무언가를 본다고 하는 것은 이 경우, 너를 현실에 소환하는 빌미에 불과

한 행위가 되어버린다. 사랑의 대상은 "희망의 나라와 체결한 계약서 따위"가 없는, 즉 현실에서는 부정되어야 할 존재이다. 대상에 대한 부정은 연애시의 종말을 예고하는 것이나 다름없을 테지만, 그럼에도 연애시가 지속될 수 있는 까닭은 이 실현 불가능한 유령의 존재를 붙잡고 씨름하면서, 내 안의 새로운 영역을 개척하고 그렇게 타자와 함께 열린 각도 사이에 현실의 풍경을 재구축해놓기 때문이다. 현실에서 사랑할 수 없는 유령은 현실의 모든 것을 사랑의 정경으로 둔갑시키는 요술지팡이와도 같은 것이다.

3. 연애의 요술지팡이를 쥐고서

최정례는 현실에 없는 이 너와, 그럼에도 현실에 편재하는 너 사이의 틈에서 팽배한 자의식으로 길어올린 풍경을 그려쥐고서 나와 너에 헌정된 작품 하나를 완성한다. 나와 너라는 이름으로 고정된 저 최초이자 유일한 활판이 그의 시에 선험적으로 존재한다는 사실이 중요하다. 왜냐하면 거개의 시가 바로 이 너와 나라는 원형의 틀 위에 무언가를 덧붙이거나 원형의 윤곽을 짐작하지 못하도록 우회라는 부비 트랩을 설치해놓았기 때문이다. 따라서 어떤 색의 잉크를 바르고, 또 어떤 형태의 문양을 새겨넣건, 그건 차후의 일이 된다. 예컨대 최정례의 시에서 너를 향해 고정되어 있는 사랑의 이데아는 세상의 모든 것을 끌어들여 하나씩 제 몸에 붙여나가는 자석과도 같은 것이다. 자신이 그 존재를 의식하거나 혹은 모른 채해가면서. 「너는 내가 아니다」의 일부이다.

버스 정류장에서, 맥도날드 앞에서
집을 잃고 구걸의 손을 내밀면서도
해브 어 나이스 데이를 외치는 너
너는 내가 아니다

너는 나를 모른다
안드로메다, 오토 바디, 세이프웨이 앞에서
모르는 말을 귓속에 쏟아붓는 너
수돗물처럼 킬킬거리는 너
날아가는 휴일을 망연히 내다보는 너

낯선 미국 사람들과 빚어진 소소한 일상에서 만나게 된, 내가 모르는 "헤브 어 나이스 데이를 외치는 너"나 "모르는 말을 귓속에 쏟아붓는 너"는 분명 내가 그리워하는 사람과는 상관이 없어 보인다. 이들은 낯선 곳의 체험을 내게 안겨주는 타자일 뿐이다. 그러나 나와 아무런 연관이 없는 이 타국 사람들에게서조차 최정례가 바라보는 것은 내가 사랑하는 너의 형상일 뿐이다. 이렇게 사랑하는 애인이 시에 스며드는 것은 막을 수는 없는 일이 되어버린다. 얼핏 보면 사랑하는 너의 이미지가 타국의 낯선 이들 사이에서 덤으로 불려나온 것 같지만, 오히려 순서는 그 반대라고 해야 한다. 너라는 원형, 사랑의 이데아가 작품의 틀이기 때문이다. 그러니, 연애시의 관점에서 보자면, 이어지는 구절은 또 얼마나 절묘하게 배치되었는가?

나는 하나인데 너는 너무 많다
백 갈래로 쪼개져도 닿을 수 없다

최정례는 연애시로 시의 본령에 오른 시인이다. 단 한 차례도 애인을 구체적으로 묘사하거나 거명하지 않고서도, 누군가는 이렇게 탁월한 연애시를 쓸 수도 있는 것이다. 세상의 이 속되고도 한없이 낯선 풍경조차 너라는 기원과 근본적으로 연결되어 있다는 사실을 어떻게 부정할 수 있겠는가? 최정례의 연애시가 새로운 것은 한없는 그리움이나 사랑의 애절한 감정이 차고 넘치는 어법을 반복하지 않기 때문이다. 빗댈 장치를 고안하고(더러 그의 능청스러움에 놀랄 때도 있다), 연애의 알레고리를 일상에서 고안하여 제 고백과 상상의 수위를 교묘하게 조절해내고(독자가 눈치채지 못하도록), 결국 자기의식을 확장해나갈 대체물로 님이라는 타자를 시에 결부시켜, 연애를 내면에서 벌어지는 자그마한 사건처럼 치환하는 데 성공한다. 예컨대, 우리는 그의 연애시를 읽으며, 빗대놓은 장치에 잠시 어디둥절해하고, 그 알레고리를 쫓아 과거로 침잠하면서 한 번 더 어디둥절해하고, 조절해낸 수위 덕분에 팽팽한 자의식과 긴장감(일종의 대결 구도 속에서 펼쳐지는)을 맛보며, 그 대체물을 통해 놀람을 경험하고, 고유한 목소리로 담아낸 내면의 풍경과 마주하여, 결국 익숙할 수도 있을 연애시에 매우 낯선 감정을 갖고 읽게 되고 마는 것이다.

> 착각하고 봄이 왔다. 네가 왔다. 아니 늑대가 왔다.
> 정말 늑대니? 아니, 늑대는 아니야.
>
> 그때 소년이 소리친다, 늑대가 나타났다아,
> 사실 늑대는 나타나지 않았다, 그때 늑대는
> 숨어서 말을 잡아먹고 있었거든,
>
> 그런데도 사냥꾼의 총에 맞게 되다니.
> 나가면 안 되는데, 착각하고 봄이 왔으니,
>
> 늑대는 경직되기 전에 껍질을 벗겨야 해,
> 어제 이놈이 무얼 먹었을까 위장을 찢으니,
> 그동안 먹었던 말과 말갈기와 말의 뼈 들이

배 속에 남아 있다가,

여기가 어디인지 모르겠다. 내가 누구의
배 속에 있는지 모르겠다.
난 가끔 내가 너인 줄 안다.

어리둥절 배 속을 보여주면서,
머리통을 두드린다. 왜 그랬니, 왜 그랬어,
왜 그렇게 되었느냐고.

그때 현실이 느닷없이 내게 전화한다, 만나자고,
2시까지 나올래? 2시 반까지 나올래?

난 안 나가, 안 나가, 안 나갈 거야,
그러면서도 나가고야 만다.

—「착각하고 봄이 왔다」 전문

"말"의 동음이의 현상에 빗대어 사랑하는 대상에게 제가 보낸, 그러나 그 사람이 아무런 대꾸도 없이 꿀꺽거리며 삼켜놓은 그 말을 모티프로 써 내려간 이 연애시에서 중요한 것은 그 방식이다. 시인의 작품("말")이 그걸 삼킨 "늑대"의 배 속에 있다는 것은, 지금까지의 나의 시가 오로지 사랑하는 사람이라는 한 방향을 향해 가지런히 놓여 있었다는 것에 대한 고백에 다름아닐지도 모른다. 그런데 이 뛰어난 시인은 늑대의 배 속에 있는 나의 말에다가 "어리둥절 배 속을 보여주면서,/ 머리통을 두드린다"고 해놓는다. 제 행동에 대한 후회가 없지 않다는 사실을 남들이 눈치채지 못할 정도의 비유를 통해, 그러나 기필코 적어놓은 것이다. 결국 너의 제

안을 수락하고 만다는 심정을 적은 마지막 문장("그러면서도 나가고야 만다")은 이 작품이 거두어들이고 있는 연애시의 양상이 어떤 비유와 장치를 통해 작동하는지를 잘 보여준다. 어느 날 우연히 TV에서 보게 되었을 수도 있을, 사냥꾼의 총에 맞아 해부되는 지경에 이른 늑대의 우화를 그와 나의 이야기로 기묘하게 비유한 장치에 힘입어 연애시는 제 정체성을 절반쯤 감춘 상태에서 상투성을 벗어버린다. 흥미로운 것은, 태초의 사랑에서 벗어나려는 심정을 매우 이성적인 판단에서 비롯된 이지적인 행동의 결과물처럼 제시해놓았다는 점이다. 최정례의 연애시가 뛰어난 것은 연인과 나 사이의 대결구도를 그리는 데 있어서, 나란히 병치되기 어려운 대상을 고안해내고("늑대"의 경우) 이 고안물의 고유한 특성에서 착안하여, 연애의 감정이나 연애의 상황을 한 번 더 숨겨놓는 저 능숙한 솜씨 때문이다. 가령 「몽롱의 4월」 같은 작품에서 "4월"은 어떤 시기를 말하는 지표이지만, 좌우와 앞뒤처럼 사방에 존재하는 너, "아늑하게 모르는 사람이 되는 너"가 "회색 건물로 들어"서는 어떤 사람("그")의 모습에 투영되어, "이쪽 세상에서 저쪽 세상"으로 내게 압박하며 다가오는 상황을 묘사하는 비유의 전유물로 거듭난다. 과거나 대과거의 혼용도 빼어난 비유의 산물이기는 마찬가지이다.

> 나는 그에 대해 아무것도 모르면서 그를 만나기를 열망하던 때가 있었다. 오래전의 일이다. 그가 자주 다니던 길목에서 무작정 서 있었다. 신호등의 파란불이 다섯번째 바뀌도록, 버스 정거장에서 같은 번호의 버스가 여섯 대가 지나가도록. 그가 지나간 날도 있었고 아주 나타나지 않았던 날도 있었다.
>
> —「떠돌이 개」 부분

어느 면으로 보나 이 구절은 새로울 것이 없다. 그에 대한 회상이 전부이기 때문이다. 담담하다 할 저 회상의 방식 때문에 오히려 상투적인 느낌마저 자아내는 이 두번째 연이 그러나 이대로 끝나지 않는다는 데 문제가 있다. 건조한 묘사 같지만, 시 전체를 놓고 볼 때, 이 건조함이 소란스러운 내면의 사건으로 부각되기 때문이다. 위 구절은 연애시의 종말이 아니라, 연애에서 비롯된 어떤 내적 경험을 사건으로 전환하기 위한 작은 퍼즐에 불과한 것이다. 나머지 연들이 독립된 플래시몹처럼 제시되고 있는 이 작품의 얼개를 살펴보자.

#1연: 나는 개를 키우지 않는다. 나는 아파트에 산다. 개가 내 앞에 나타났다. 나를 보며 개가 펄쩍펄쩍 뛴다. 그러나 나는 개의 표정을 읽지 못한다.

#3연: 내가 나타나면 어김없이 펄쩍펄쩍 뛰는 개, 염소나 늑대처럼 보이기도 하는 이 개에게는 목줄이 있다.

#4연: 내가 학교 선생이었을 때, 어떤 학생이 내 교무실 책상에다 꽃을 놓고 달아났었다. 서로가 서로의 눈길을 피했다.

#5연: 개가 마당을 몇 바퀴 돌다가 사라졌다.

#6연: 나는 개를 기다린다.

소략해 풀어본 이 구절들은 서로 연관이 없어 보인다. 시제 역시 상이한 이 세 개의 이야기(개, 학생, 그)는 그러나 연애시라는 단일한 기원을 기점으로 서로 긴밀하게 묶여 있으며, 이를 우연이라고 보기는 어렵다. 어떻게 묶여 있는가? 표정을 읽을 수 없는 개와 나 사이의 이야기는 실제 현실에서 일어난 일이며, 이 자그마한 사건이 모티프가 되어 과거의 그가, 아니 아무것도 모르면서 만나기를 열망했던 그가 시 안으로 차츰 걸어들어온다. "오래전의 일"이라고 암시해놓았음에도 불구하고 시인은 독자들에게 구체적인 정보를 준 것을 못마땅해하는 듯하다. 도망치듯, 생각은 이내 "배는 홀쭉하고 비쩍 말라 있"는, 그러나 무언가에 붙들려 있는 개에게로 뻗어가고, 다음 연에 새로운 이야기를 채워넣는다. 이 "목줄"에 묶인 "개"는 필경 그에 대한 비유일 것이다. 여기서 시인은 한 번 더 과거로 내달린다. 내가 교사일 때 나에게 연정을 품었던, 그러나 실로 그 나이차가 크지도 않았을 "빈번히 꽃을 놓고 달아"났던 "그 학생"을, "그"가 불려나온 시제와 동일하지는 않을 과거의 시간 속에서 떠올린다. 그러고 나서, 시는 다시 현재의 "개"로 돌아오지만, 이번 이야기에서 개는 사라진 개가 되었다. 중요한 것은 사라졌다는 상태를 고하는 대목에서 그와 학생과 개가 더이상 구분되지 않는 사태에 직면하게 되었다는 사실이다. 5연의 마지막 구절이다.

> 아득한 끝, 먼지 속에서 자라나던 덤불이 느닷없이 사라지는 풍경을, 갑작스런 선을 긋고 사라지는 별똥별을 떠올렸다. 어떤 것들은 제 궤도만을 하염없이 맴돌고, 어떤 것들은 느닷없이 궤도를 이탈하여 타버린다.

"갑작스런 선을 긋고 사라지는 별똥별"처럼 다시는 돌아오지 않을 저 사랑의 대상은 "개"를 모티프로 삼아 결국 하나로 수렴해낸 학생-너이다. 앞서 우리는 이렇게 말했었다. 그는 편재하는 사람이며 어디고 출몰하는 유령이라고. 대과거의 시간에 자리한 "그"는 어떤 상태에서건 끊임없이 현실에 소환되어, 나머지 시제(과거, 현재, 미래)를 조율하고 시의 근간과 질서를 잡아나가면서 절대적인 위력을 행사하는 것이다. 그러나 이 수준에서 끝나는 것도 아니다.

> 나는 그 개를 기다린다. 먹을 것을 주며 말을 걸어보리라. 그러나 이제 그 개가 나타나지 않는다. 나는 그 개가 말을 하는 것을 상상한다. *이상해, 어떻게 아무것도 모를 수가 있지? 난 모든 것을 기억하는데.* 나는 그 개의

눈을 보며 말해본다. *나는 어디에서 왔니? 그리고 나는 지금 누구니? 그리고 너는 누구한테 버림받았지?* 그러나 내가 하는 말은 이상하다. 내가 이해할 수 없는 말이다. *왈왈왈 왈왈* 개의 말이 되어 튀어나온다. 대답은 돌아오지 않는다.

내가 기다리는 개를 상상하며 적어놓은 첫번째 자문(自問)은 그를 투영한 개의 입을 빌려, 그러나 정작 그에게서 듣고 싶은, 그럼에도 내가 하는 말이며, 두번째 독백은 이와 같은 상태에 놓인 자신을 점검하는 자기 검열의 말인 동시에 너의 모습이 투영된 개와도 공감을 이끌어내는 거짓 의문문이다. 여기서 연애시는 자신이 하고 싶은 말을 타자의 입을 통해 토해내는 동시에 독자들이 그 사실을 알아채지 못하게 할 장치도 만들어놓아, 상투성을 타개하고 쉽사리 사랑하는 대상에게 투항하지 않는, 일종의 긴장감을 조성하는 데 성공한다. 세 개의 이야기를 모두 개와의 우화로 수렴해내며, 내게 답하지 않는 사랑의 이야기가 종결되는 듯해도("대답은 돌아오지 않는다"), 사실 그 누구도 이 사랑의 이야기가 끝났다고는 생각할 수 없는 연애시 한 편이 이렇게 우리 앞에 펼쳐진다. 연애시의 통념을 어기고, 그 진행을 방해하는 요소가 오히려 진정한 연애시를 만들어내는 원인이 되는 것이다. 잊지 말아야 하는 것은 이처럼 최정례에게 사랑은 오로지 흑백사진 속에서 화려하게 제 꽃을 피운다는 사실, 총천연색으로 분장된 과거가 현실에서는 연애의 대상에게 이별을 고하는 어떤 의식을 치러내는 특이한 방식을 동반할 수밖에 없다는 점이다. 따라서 현실만을 놓고 따져보자면, 연애의 대상은 유령과 하나로 어우러질 수밖에 없는데 유령처럼 내가 있는 곳으로 이 애인이 침입하게 해놓은 장치가 바로 꿈이다.

4. 너와 나, 너와 나, 너와 나만의 꿈에 대화를

연애의 상태에 빠졌을 때, 흔히 하게 되는 착각은 내 자신을 내가 가장 잘 안다고 주장하는 것이다. 그러나 연애의 관계 속에서 항구적으로 보존되는 나는 없다. 나는 오로지 타자의 짝으로 기능하거나, 타자에 의해 내 자리를 모색할 수밖에 없으며, 흔히 나의 상태라고 말하는 것조차 이미 타자와의 호흡 속에서 제 모습을 타진할 뿐이기 때문이다. 상대방을 속이려야 속일 수 없는 것은, 시간이 거듭될수록 과거의 일을 반추해내면서 지금의 상태를 진단해나갈 힘이 인간의 정신 속에 내장되어 있기 때문이다. 어쩌면 우리의 뇌가 자질구레한 일들을 기억해내는 것이 아니라, 몸이 파편적인 경험들을 체화해 뇌에 어떤 총체적 판단 능력을 전달하는 것인지도 모르겠다. 때문에 누군가를 잊어버린다는 것은 그에 대한 기억이 완전히 사라졌다는 것을 의미하는 것이 아니라, 회상하기가 어려워지거나, 혹은 막혀 있는 상태에 자신이 처했다는 것을 알려주는 지표일 뿐이다. 최정례의 시에서 출구가 막혀 있는 애인과의 기억이 현실에서 펼쳐질 유일한 매개이자 지표는 바로 꿈이다. 꿈은 사랑하는 사람과 연관된 과거의 세계로 달음질치거나 현실에서 유예된 연애의 유령이 결국 현실에 당도할 작은 통로처럼 제시되는 경우가 대부분이다. 문제는 꿈을 빌미로 연애의 유령이 현실에 당도한다는 사실이 아니라, 이것이 수수께끼의 문자나 잘려진 퍼즐 조각처럼 단편적인 정보일 뿐이라는 데 놓여 있다. 애초에 어떤 논리가 자리하는지를 살펴야 하는 임무는 연애라는 커다란 주제를 중심으로 조각을 배분할 때 완수의 희미한 가능성을 타진할 뿐이다.

가끔은
나무 뒤에서 사슴이 튀어나오더군
그렇게 말하고 싶었어요

그러나 영
튀어나오지 않으면 어쩌나

그래도 한 번쯤은 튀어나오지 않겠어요

사슴이 튀어나와 어리둥절했고
그 순간
나도 사슴의 뿔을 뒤집어쓰고 있었다구요
무거운 줄은 몰랐어요

정말로 그렇게 말하고 싶었어요

—「꽃 핀 저쪽」 전문

구체적으로 꿈이라고 명시되어 있지 않은 이 작품은 그럼에도 죽은 자의 풍경, 아니 유령을 대상으로 삼았다는 점에서 꿈으로 볼 여지가 있다. 시인의 애인은 죽었다. 최소한 현실에서는 죽었다. 그런데 자꾸 튀어나온다. 혹은 "튀어나오지 않으면 어쩌나" 걱정을 하기도 한다. 그러나 정작 튀어나오면 시인은 "어리둥절"해할 뿐이다. 물론 반어의 아이러니이다. 이렇게 "사슴이 튀어나"오는 이 순간은 시인이 제 운명의 버거운 무게("무거운 줄은 몰랐어요")를 잠시나마 느끼지 못하게 되는 황홀한 순간이 되며, 그럼에도 유령을 사랑하거나 유령의 출현을 무작정 긍정하지도 못한다. 최정례의 연애시가 태생적으로 걸머쥔 아이러니가 여기에서 발생한다. 시간이 지나도 현시(顯示)하는 애인, 아니 그 최초의 형상은 기다림, 도래, 희망, 바람 따위를 내 안에서 무작정 불러내는 것이 아니라, 이미 그 운명이 결정된 온갖 절망의 문장들로 채워낸 흑백사진이 되어 잠시, 아주 짧게 표현될 뿐이다. 하지만 이걸로 끝은 아니다. 긍정과 부정의 교차를 통해 과거와 현실의 경계가 지워지면서 내가 있는 곳으로 연애의 유령이 범람하는 것을 막을 수 없기 때문이다. 따라서 이 작품은 꿈이 아님에도, 사랑과 결부되어 있는 어떤 시적 상황을 꿈과 현실의 경계가 붕괴된 지점에서 창출해낸다. 흑백사진의 정경들이 현재를 침범하는 것이며, 오로지 흑백의 세계에서만 살아 숨 쉬는 생생한 기억이 내가 살고 있는 현실에서 새로운 공간을 확보해내는 것이라고 본다면, 그의 시는 꿈의 대화, 꿈의 열망, 꿈의 연애시라고 해야 할지도 모른다. 꿈이 차지하는 비중이 커지는 것은 바로 이 때문이다. 꿈과 현실, 이 양자의 순서가 바뀔 수 없다는 점도 부기해둘 만하다. 지금-여기에서 애인은 죽었기 때문이다. 죽은 애인에게 혈류를 공급하고, 형상을 빚어내며, 그 영혼에 숨을 불어넣을 가능성은 꿈과 상상, 환상의 세계를 현실에서 만들어내거나, 일상에서 고안해낼 때만 가능해지는 것이다.

양말을 빨면 꼭 한 짝은 사라진다
우리가 집이라고 부르는 곳에서
장롱 서랍도, 침대 밑도 아닌 그 너머
우리가 모르는 곳으로

양말 짝도 도둑처럼 날마다 진화하는가
문틀이 어긋나는 집을 떠나
허방의 나라를 발명하려고

꿈속의 한구석을 오려내고
몸을 숨기는 것들
눈 뜬 구슬처럼 사라지는 것들

화장터 굴뚝 끝에서 연기로 흩어진 이가
이것이 나다, 나야라고
말해줄 리는 없다

꿈의 계곡 자갈돌 옆에
반짝이는 구슬이 있었다
주우면 그 구슬 아래 그 아래
다 줍지 못했는데 반짝이며 굴러갔다

무엇 때문인지 눈이 내렸고
무엇 때문인지 그가 왔다 갔다

운동화 끈 하나 제대로 못 매니?
신발 끈을 묶어주던 손
아득한 계속 속에 낯익은 손이
사라진 구슬들을 굴리고 있었다

생시처럼 왔다 갔다
한밤중에 깨어나
생각해보니 그렇다
눈인지 흰 꽃잎인지 흩날렸다

—「도둑들」 전문

무언가를 고안하는 힘은 연애시에서 상투성을 걷어내는 데 반드시 필요한, 매우 소중한 능력이다. 넋두리 대신 절제와 비유가 중요한 것도 이 때문이다. 최정례 시의 빼어난 면모는 이와 같은 비유를 고안해내는 능력에 있지만, 그렇다고 연애시 고유의 아련함이나 감정의 흔들림이 덜하다고 생각할 수는 없다. 이렇게 말해보자. 일상에서 짝을 잃은 양말이 얼마나 흔한지는 한 번이라도 빨래를 해본 사람은 안다. 여기서 "도둑"이라는 발상이 시에 들어서고, 그러나 이 도둑이 도둑질한 것은 양말이 아니라, 여하간 내 마음이다. 도둑질이 바로 이렇게 나를 꿈이나 "허방의 나라"로 안내해주는 훌륭한 출입문이 된다는 점에 주목해야 한다. 이 출입문으로 "그"가 들어오고 또 나가기 때문이다. 신발 끈을 매어주던 그, 그와 함께한 과거의 기억과 경험은 오로지 꿈을 빌미로 현실에 당도하여 생생한 장면처럼 되살아날 수 있는 것이다. 시인은 이렇게 '님'을 발명한다. 도둑질하는 심정으로, 꿈을 매개로. 이 작품에서 우리는 그리움의 대상을 현실에 불러내며, 다시 과거로 밀어넣는 특유의 기법을 발견하게 된다. 꿈에서 깨어날 수밖에 없는 제 운명은 그럼 어떻게 감당해야 하는가? 꿈에서 깬 후에, 남겨지는 것은 무엇인가? 꿈의 알레고리가 연애시의 강력한 지지자가 되어가는 과정을 목도한 것으로는 충분하지 않단 말인가.

내 속에 캥거루가 있다면 믿지 않겠지요
나 자신도 믿을 수 없으니까요
캥거루가 새끼를 주머니에 안고 겅중겅중 뛸 때
세상에 별 우스꽝스런 짐승이 다 있네
그렇게 생각했지요
하긴 나도 새끼를 들쳐 업고
이리저리 숨차게 뛰었지만
그렇다고 내 속에 캥거루가 있다고 말하면
안 되겠지요
TV에서 캥거루가 권투를 하는 걸 보았어요
사람이 오른손으로 치면

캥거루도 오른손을 뻗어 치고
왼손을 뻗으면 다시 왼손으로 받아치고
치고 받고 치고 받고
사람이나 캥거루나 구별이 안 되더라구요
호주나 뉴질랜드 여행 중 느닷없이
캥거루를 만나게 된다면 나도 모르게 앞발을 내밀어
악수를 청할 수도 있겠더라구요
나는 가끔 쓸데없는 걱정을 많이 하는 편인데
캥거루 주머니에 빗물이 고이면 어쩌나 하는 식으로
우리 애들이 살아갈 앞날을 걱정하지요
한번은 또 TV에서
캥거루가 바다에 빠진 새끼를 구하려다
물속으로 따라가 빠져 죽는 장면을 보여주더라구요
그 주머니를 채운 물의 무게와
새끼의 무게를 가늠하다가
꿈에서는 내가 물에 빠져 허우적거리기도 했지요
캥거루는 캥거루고 나는 나인데
한밤에 이렇듯 캥거루 습격을 당하고 나면
영 잠이 안 오지요
이따금
캥거루는 땅바닥에 구멍을 판다고 하더군요
그러고는 그 구멍으로 아무것도 안 한다네요
나도 쓸데없이 구멍을 파고
아무것도 안 하게 되네요
캥거루는 캥거루고 나는 나인데

—「캥거루는 캥거루고 나는 나인데」 전문

"캥거루"는 물론 사랑의 대상이다. 시는 내 안에서 요동치며 파문을 일으키는 사랑의 존재를 캥거루의 속성과 습관에 빗대어 매우 능숙하고도 빼어난 솜씨로 그려낸다. 모든 구절이 사랑하는 사람을 빗댄 연애 이야기라고 추정하게 하는 데 없어서는 안 될 알리바이도 바로 꿈이다. 내 안에 들어온 타자의 존재를 내 심연 깊숙이 밀어넣고, 새로운 무언가를 나의 내부에서 고안해내는 과정을 보여주는 이 작품에서, 캥거루를 사랑의 대상으로 대치하고, 여기에 맞추어 약간의 변형을 가하면, 연애시의 구조가 고스란히 드러나게 될 것이다.

내 속에 그가 있다면 믿지 않겠지요
나 자신도 믿을 수 없으니까요
그가 자식을 키우며 부산할 때
세상에 별 웃기는 사람도 다 있네
그렇게 생각했지요
하긴 나도 자식을 들쳐 업고
이리저리 숨차게 뛰었지만
그렇다고 내 속에 그가 있다고 말하면
안 되겠지요
TV에서 그가 활동하는 걸 보았어요
(……)
호주나 뉴질랜드 여행 중 느닷없이
그를 만나게 된다면 나도 모르게 손을 내밀어
악수를 청할 수도 있겠더라구요[3)]

3) 비평가가 이래도 되는 것인가, 한번쯤 자문해보지 않은 것은 아니다.

꿈을 향해 아무런 장식도 없이 반쯤 열려 있는 문으로 그라는 유령이 "캥거루" 가면을 쓰고서 들어온다. 언제나처럼 아무도 없는 곳으로 향하는 이 문은 텅 빈 방을, 과거의 일들로 향하는 내 마음의 장소를 보여줄 것인가? 꿈을 꾸면서, 아니, 꿈속에서라면, 현실에 관해 그 어떤 것도 기억하거나 고집하지 않아도 좋다. 그렇다면 잠시라도 자유로울 수 있다는 생각이 꿈을 끌어들인 것인가? 꿈에서 만지고 느끼고자 하는 사랑의 이데아가 현실에서 그대로 등장할 리가 없다. 자그마한 비극이 여기서 생겨난다. 없으면서 충만한, 충만하면서 결핍된, 결핍되었지만 파편적으로 흩어진, 저 현실, 현실, 바로 이 현실 속의 그. 가장 순수하게 몰입할 수 있는 대상은 오로지 꿈과 결합할 뿐이다. 그러나 이 꿈은 최정례의 시에서 초현실을 불러내는 것이 아니라, 현실과 상상의 경계를 붕괴하거나 이 양자를 이어주는 작은 통로를 만들어낸다는 점을 지적해야 한다. 따라서 꿈이 몽환의 언어로 치장되거나 난해한 구절로 전치되지 않는 것은 당연한 일이다. (추)체험되지 않은 것, 정확히 검증되지 않은 언어, 확실한 의도를 내재하지 않는 난삽한 수사, 막연한 상상에 기댄 추상적인 이미지가 최정례의 시에서 불려나오는 경우가 없는 것은 따라서 우연이 아니다.

5. 너는 더이상 너가 아니다

사랑하는 두 사람 사이를 가로막고 있는 제약이나 결핍은 최정례의 시에서 실현 불가능한 현실이라는 조건을 바탕으로, 내면의 새로운 영역을 개척해내는 근본적인 힘을 생성해낸다. 실현될 수 없다는 것, 이루어질 수 없다는 엄연한 현실적 조건이 시인에게 타자를 깊이 체험할 기회인 동시에 새로운 내면의 세계를 발견하게 해주는 동력이기 때문이다. 마틴 부버의 지적이다.

고독의 얼음 속에서 인간은 가장 엄격하게 자신에 대해 물음을 던지게 되었고, 그 질문이 잔인하게 인간의 가장 깊은 내면의 비밀을 불러 일깨우고 게임으로 이끌어냈을 때 바로 그 순간부터 인간은 자신에 대해 경험을 하게 되는 것이다.[4)]

"모든 진정한 관계에는 삼인칭이 없다"는 부버의 말처럼, 세상의 모든 것을 애인과 함께 공유한 고유한 경험의 풍경으로 바꾸어나가며 최정례는 사랑과 연애에 헌정된 시를 우리에게 보여주었다. 이제 그는 어디론가 떠나려고 한다. 아니 연애라는, 저 낡아서 행복한 유령의 외투를 걸치고 지내온 한 시대를 마감하려고 하는지도 모른다. 시집의 말미에 배치해놓은 세 편의 시는 연애시의 시대에 종지부를 찍으려는 의지이자, 그 징표는 아닐까?

그곳은
집은 무너지고
집의 그림자만 누워 있다
강물은 이미 흘러가버렸고
산도 절도 밥도 시도
숨어서 울게 된다
그림자만 퍼먹게 된다
그림자가 되어
쥐처럼 기어다닌다

어쩌다 빠져나온다 해도
그다음엔

4) 『인간의 문제』, 윤석빈 옮김, 길, 2005, 78쪽.

농사를 지을 수도
광대가 될 수도
장사를 할 수도 없다
비굴하게나마 살아갈 수가 없다

—「늪과 시」 부분

별똥별이 길게 꼬리를 끌며 가다 갑자기 없어졌다
내 생각도 그런 식으로 끊어졌다
내 것도 아니고 네 것도 아닌 빛으로

우리를 안았던 시간은 삭아서 갔고 죽죽 갔고
꿈속에서는 힘도 없는 병사들이 피라미드를 쌓고
내가 쌓는 네 생각도 무너져 내리는 모래 산이다

—「거대한 식당」 부분

내가 살던 옛집으로 당신이 찾아왔어요
그 집 떠나온 지 수십 년이 지났는데
아직도 난 그 집에 살고 있었어요
꿈이라는 것 이런 식으로 터무니없지요

(……)

금새 알아챘지요, 꿈이라는 것
스토커는 자신을 사랑할 수가 없어요
스토커는 남의 집 환한 불빛만을 쳐다봐요

(……)

다음 생엔 당신이 시를 써요
당신이 떠내려가며 꿀꿀거려요
그 집은 팔아버렸고 주소도 사라졌어요

—「홍수 뒤」 부분

이 작품들이 시집의 후반부에 등장하는 것은 우연이라고 보기 어렵다. 그럼에도 이 작품들은 연애의 파국이 아니라 종결을 예고하는 데 바쳐진 것으로 보아야 할 것이다. 이런 말을 덧붙일 수 있겠다. 시인에게는 시를 쓰는 동기이자 고유한 기법인 동시에, 시의 실존적 얼굴이기도 할, 연애의 종결은 세상의 모든 풍경을 현실에 소환해놓은 그 방법과 행위와 이별을 고하기 전에는 상상할 수 없는 것이라고. 그에게 애인이자 기원인, 저 사랑의 이데아는 이제 더이상 그의 시에서 호출되지도, 주인 노릇을 하지 못할지도 모른다. 아니다. 지속될지 그 누가 알겠는가? 아니, 연애시의 앞날을 예고하는 것처럼 멍청한 일이 또 어디에 있겠는가? 그러나 이 경우, 이데아로서의 사랑은 더이상 이데아의 자리를 점하지는 못할 것이다. 여기서 시집 뒤표지에 있는 시인의 글을 참조할 필요가 있겠다.

너는 아름답다. 단번에 시험을 통과했으니까. 나는 못났다. 헤매고 망설이다 늦어버렸으니까. 너는 아름답다. 성공의 아들이니까. 나는 못났다. 좌절의 딸이니까. 너는 부자고 나는 가난하고, 너는 빛나는 별이고 나는 캄캄한 돌멩이고, 발에 차여 굴러다니는, 혼자 구르다 꿈틀거리는,

그렇게 손님별이라는 게 있었다. 없던 자리에 갑자기 밝은 별이 나타나 얼마간 머물다 사라졌다. 그러나 사실은 너무나 멀리 있어 우리 눈에 잘 띄

지 않다가 자신의 최후를 마치면서 장렬하게 쏟아내는 밝은 빛이었다. 때문에 갑자기 별이 없던 자리에 별이 나타난 것처럼 보였다. 스스로의 중력 붕괴에서 생기는 에너지를 다 소비하고 나서 이 별은 우리들 시야에서, 마치 손님이 떠나간 듯 사라졌다. 나는 초신성 SN1987A에게 또 다른 이름을 붙인다. 혼자 우주를 떠돌던 돌멩이별이라고.

"너"와 "손님별"이 다를 거라고 생각하면, 최정례의 시는 연애시가 아닌 다른 무엇이 된다. 그러니 시인에게 1987년이라는 시간은 또 무얼 의미하는 것인가? 시를 쓰기 시작한, 이제는 떠나보내려 하는, 아니 그 순간을 맞이한 "손님별"을 바라보며, 최초의 연애시를 쓰기 시작한 바로 그때는 아닐까? 시를 관통하는 화살이자 원형의 틀, 저 "손님별"과의 작별을 예측하는 일은 죽은 애인이 현실로 돌아오지 않는다는 명제가 참인지를 맞추어보라는 주문과 크게 다르지 않을 것이다.

(『현대시학』 2011년 1월호)

눌변으로 지어올린 실(實)체험의 건축물

— 남궁선의 『당신의 정거장은 내가 손을 흔드는 세계』

시가 근본적으로 상상력을 구동하여 말을 조합해내는 작업이라는 것에 이의를 제기할 수는 없어 보인다. 사물이 되었건 풍경이 되었건, 아니 사람과 부대끼는 일, 즉 삶에서 묻어나오는 구체적인 경험에 있어서도, 최소한의 상상력은 제 말을 여유롭게 부릴 틈새를 시에 열어주는 동시에, 다른 곳(미지의 영역이라 할)을 큰 폭으로 넘나들 힘을 만들어내는 중요한 매개이기 때문이다. 우리가 흔히 시적 자유라고 부르는 것도 따지고 보면, 나란히 놓아두기 어려운 이미지들이나 가지런한 맥락에서 탈구된 문장들을 이어붙이고 한데 포개어놓아, 태연을 가장한 상태에서 어떤 놀람을 통고하는 상상력의 결과일 뿐이다. 상상력은, 이 경우, 시의 전제 조건과 크게 다르지 않으며, 또한 이미지는, 멈추어선 과거의 특정 대상에만 한정되는 대신, 무언가를 적극적으로 현재에서 도모하는, 상상력이 빚어낸 또하나의 행위인 것이다. 그런데 어떤 시를 두고서, 상상력이 전혀(거의) 목격되지 않는다고 한다면, 시가 밀어붙인 외연과 제 쪽으로 끌어당긴 장력에 대해, 아니 이 시인의 시적 자질에 대해 대관절 무슨 말을 할 수 있을까? 남궁선의 첫 시집 『당신의 정거장은 내가 손을 흔드는 세계』는 철저하리만큼 상상력의 물기를 빼낸, 그러니까 매우 건조한 상태에서 뿜어나오는 독특한 경험의 세계를 구축하고 있다는 점에서, 기이한 기록의 보고서라고 할 수 있다. 팩트라고 부를 만한 구체적인 경험 하나를 그려쥐고서, 거기에 또다른 팩트들을 하나씩 덧붙여나가며 조작을 감행한 시를 목격하는 일이 어디 그리 쉽던가. 상황이 이렇다면 시의 구절구절들이 죄다, 몸소 살아낸 체험만으로 구성된 것이라고 해야 옳을 것인데, 그러나 이렇게 말해야 하는 처지가 묘연하기는 마찬가지다. 왜냐하면, 오로지 경험한 사실들로만 적어내었다고 해도, 남궁선은 당위와 현상, 욕망과 현실, 과거와 현재, 나와 타자가 서로 심하게 어긋나거나 유리되는 시를 쓰는 시인이 아니기 때문이다. 이처럼 "이 모든 것은 지금, 내 손바닥 위를 지나가는 증상들"(「이 모든 것은 여기」)이라고, 제1부의 앞에 빼어 문 서시(序詩)격의 작품에서 밝힌 바 있지만, 그러나 이 말도, 그리 믿을 만한 것은 되지는 못한다. 그가 쌓아올린 사실의 기록들은, 사실, 사실을 벗어나, 저만의 문법에 충실하고 저만의 기억으로 굴절된, 어떤 세계에 벌써 가닿고 있기 때문이다.

1. 백지 위에 쌓아올린 입체의 퍼즐들

시집의 제1부, 제2부, 제3부 각각을 여행기, 회상기, 일상기로 구분하는 것이 가능하다 할 정도로, 시집의 구성이 단정해 보이는 것은, 그러니까, 거칠게 말하자면, 기만일 수도 있는 것이다. 이렇게 쉽사리 걸머쥐게 되는 이해의 돌출부에는 항상 함정이 도사리고 있다. 단순하면서도 단단해 보이는 시집의 외형은 그저 외형일 뿐인 것이다. 제1부는 여행지에서의 경험을 토대로 구상했던 (그곳에서 집필했던) 작품들을 모아놓았지만, 좀더 깊숙이 들여다보면, 타자라는, 예기치 못한 주제가 여기저기서 불쑥거리고 있으며, 거개가 과거에 대한 회상에 헌정된 것처럼 보이는 제2부의 작품들에서도 가족사의 복잡하고도 다양한 면면들이 '성장의 서사'라는 복면을 뒤집어쓰고서 나(개인)-가족(공동체)의 윤리를 각성하는 방법을 고지하고 있으며, 제3부에 배치해놓은 저 범속하기 짝이 없는 실생활의 경험담 역시, 소소한 에피소드에 불과하다고만 할 수 없을 정도로, 사회적 긴장감이 곳곳에 스며들어 있기 때문이다. 그러나 이걸로 끝도 아니다. 각각의 커다란 세 덩어리를 하나로 이어주는 죽음이나 강박관념, 냉담함이나 무관심을 잠시 뒷전으로 재쳐두더라도, 사라져가는 것들에 대한 사색이나 소소한 존재들이 삶을 향해 뿜어내는 크고 작은 외침이 소묘풍의 차분한 묘사에 기대어 도출될 때, 우리는 시집 전반에서, 치유될 수 없는 어떤 상태를 담아낸, 생경하면서도 쓰라린 서사 하나로 관통되어, 다양한 해석의 교차점이 생성되고 있다는 사실에 주목할 수밖에 없게 된다. 시인이 이와 같은 주제들을 '만듦(poiesis)'의 대상으로 삼아 제 시집을 효율적으로 구성할 수 있었던 것은, 물론 그 특징들을 집약적으로 표현해낼 언어의 부림이 시집의 주변과 내부를 조율하고 있기 때문이다. 그러나 언어의 부림은 비단 행갈이나 괄호의 사용, "동어반복이 동어를 반복할 때까지"(「유럽식 연애」) 감행된 몇몇 문장의 일시적인 조작만을 의미하는 것은 아니다. 실체험이 유기적인 하나의 건축물과도 같은 모양새를 갖추게 되는 순간이란 오로지 '주제-언어/언어-주제'가 서로 호응하는 순간이라는 사실을 염두에 두고서, 제 글을 매만지고 보살핀 자의 겸허한 기록인 것이라는 점에서, 남궁선의 첫 시집은 나름의 완성된 세계를 넘보고 있다고 해야 할지도 모른다. 예컨대, 이런 것이다. 과거와 이 과거 속에서 진행되는 현재, 또한, 그것을 지금-여기로 끌고 와 우리에게 들려주는 현재의 서술을 각각 구분하여 사용하는 방식은, 시인이 흡사 백지라는 평면 위에 쌓아올린 입체적 구성을 벌써 염두에 둔 것은 아닌가 하는 착각마저 불러일으킨다. 그러니, 우선 괄호의 사용에 주목해보자.

담배도 팔고 라면도 판다던
김충권 씨네 민박집에선

아무것도 팔지 않았다
(건기의 밤엔 나뭇잎이 내 목의 피를 마시러 온다)

축축하고 푸르고 주홍빛이 박혀 있는
뾰족한 표창, 불가사리가 바람을 타고 몰려왔다
(짐승의 울음 되어 커다란 낙엽이
 지붕을 덮을 때, 나무의 뼈를 핥는 달)

객지 사람들이 모두 떠나자 소매물도는
태풍에 휩싸이기 시작했다
(낙엽과 대결하는 이 구도는 오래전 모닥불을 피워놓고
 공포를 계산하던 나의 눈동자)

—「불과 물의 눈」 부분

「불과 물의 눈」의 구성만을 말하자면, A4용지 위에 이중의 건물을 쌓아 올리는 행위를 실천하기라도 하는 모양으로 서사의 얼개가 짜여 있다. 서사구조의 이원화는, 현재 시를 쓰고 있는 시점과 시가 기술하고 있는 과거의 시점을 각기 구별하고자 했기 때문이었겠지만, 그것은 상상력을 몰아낸 후, 그만큼 궁해진 자리를 시제의 혼용으로 상쇄해나간다는 측면에서, 일종의 전략으로 보아도 무방할 것이다. 괄호 안의 말들은 "김충권 씨네 민박집" 주위의 스산한 정경을 묘사하는 괄호 밖의 구절들을 일견 보조하는 역할을 수행하면서도, 화자가 지금-여기에서 독백이라도 하고 있는 듯한 착각을 빚어내면서, 독립적이고도 독특한 이야기 하나를 시에 들어차게 조장한다. 이렇게 되면, 과거와 현재의 구분은 통념이 빚어낸, 시에서는 상투적인 시간으로 고착될 뿐이며, 이러한 통념을 확인해내는 바로 그만큼, 시간은 시가 열어놓은 내재적 공간에서 고유한 시적 사실성을 구축해내는 것이다. 「청평유원지」의 전문이다.

번개가 치자 빗줄기가 잠시 드러났다 사라진다
빠른 속도로 귀가 커지고
천둥소리 기다린다

(이쯤 쓸 때, 웅이가 죽었다는 전화가 왔지)

산중턱에 흉가처럼 몰락한 유스호스텔이 있다
사내들이 현관으로 몰려가 담배를 태운다
번개가 한 번 더 쳐줄까
밤하늘을 올려다본다 비는 가로등 아래서만 내리고

(기차를 타고 장례식장에 간다네)

아람단이었던 소년들이
담배를 비벼 끄며 모텔이나 찜질방에 가자고 일어선다

화요일의 죽음이 일요일의 죽음보다 더
멋지다고 생각해본 적은 없지만
누군가는 화요일에 죽고
수요일에도 금요일에도
몇백 년 동안 늙어 가는 은행나무가 있다

(이곳에선 울음과 웃음이 어쩔 줄 모르고 섞여 있지)

극기 훈련을 마친 소년들이 우르르 단잠에 빠질 때
빗속에서 타오르는 은행나무를 상상하느라
밤새 늙어버린 사내가 있다

(새롭게 단장한 청평 역사에는
 사라지는 얼굴을 기념하는 흑백사진이 걸려 있다네)

청평 유원지에 놀러왔다. 비가 내린다. 나는 이 광경을 한창 시에 적어내고 있는 중이다. (전화 한 통이 걸려온다.) 유스호스텔에서 담배 피우는 사내들을 쳐다본다. 장례식장에 도착하여 어린 시절 함께 보냈던 친구들을 만난다. (장례식장은 희비가 교차하는 곳이다.) 우리를 걱정하는(하셨던) 아버지(어른)의 모습이 떠오른다. (청평 역사에서 나는 흑백사진을 본다.) 이야기는 이렇게 괄호와 괄호 외부로 간단히 나뉜다. 그러나 문제는 마지막 괄호 대목에 이르러 화자가 언제-어디에 위치하고 있는가를 살펴보고자 할 때 발생한다. 아니, 그것을 되묻는 순간, "이곳"이 혹시 "장례식장"만이 아니라 괄호의 시간대에 존재하는 "청평 역사"의 내부일 수도 있다는 곳으로 생각이 뻗치고, 한 걸음 나아가 시 전반의 얼개를 다시 한 번 찬찬히 뜯어보면, 두 개의 서사가 쉴 새 없이 교섭하면서 현재-과거-미래라는, 저 선적 전개의 통념(예컨대, 나는 밥을 먹었고, 지금은 가방을 싸고 있다. 곧 도서관엘 갈 것이다, 따위)을 일시에 무너뜨리는 지점에 우리가 어느덧 당도해 있다는 사실을 알게 된다. 놓치지 말아야 할 것은, 시제의 혼란이 결국에는 죽음의 혼란, 정확히 말해, 편재하는 죽음과 긴밀하게 연관된다는 사실이다. 서로 대칭적이랄 수 있는 "새롭게 단장한"과 "사라지는 얼굴", 이 둘이 "청평 역사"라는 동일한 공간에 위치할 때, 시 전반에서 알레고리로 기능하는 죽음은 현재-과거-대과거를 한곳-한순간(순간의 "역사"가 아닐까?)에 수직으로 내리꽂는, 매우 짧은 시간에 감행된, 일종의 '각성'으로 되살아난다. 따라서 "화요일의 죽음"과 "일요일의 죽음", "화요일에 죽"는 "누군가"와 "수요일에도 금요일에도" 찾아오는 죽음을 하나의 장소-시간에 정지시키는 일을 시에서 견인해낸 것은 결국 괄호의 수사라고 해야 하지 않을까. 여행기-회상기-일상기는 어떻게 또 현실과의 접점을 만들어내는가?

2. 추체험에서 벗어난 눌변의 행렬들

남궁선이 운용하는 언어는 관념으로부터 당도한 사색을 이끌어내는 대신, 경험으로부터 길어올린 낱말들을, 어눌함(짐짓 꾸미지 않는다는 의미에서)으로 감싸안은, 아니, 어쩌면 그렇게 그저 이어 쓴 결과를 펼쳐 보일 뿐이다. 남궁선은 말을 잔뜩 부풀려 한껏 풍성해진 광경을 우리 앞에 풀어놓는 것이 아니라, 이와 반대라고 해야 할 방식, 예컨대 "풍경의 말들"(「김경순 씨 쓰레기 수거해가세요」)을 채집하는 데 집중하고 있다고 해야 한다. 시인은 이렇게 상상력에 근거한 추체험의 어휘들로 형이상학의 고고한 세계 안으로 진입하는 것이 아니라, 범속하고, 단순하고, 평범한 말들로 이루어진 삶의 덩어리를 손에 쥐고서 시를 쓴다. 그러니까, 이 시인은, 잘 모르는 말(이것을 시인 자신이 직접 겪어내지 않은 말이라고 하면, 좀 이상할 수도 있겠다), 과도한 비약과 난해한 비유가 조용히 꼬리를 감춘, 그래서 오히려 싱싱하다고 해야 할 말, 싱싱하기에 오히려 남루한 말, 지천에 널린 그런 말로 시를 쓰는 것이다. "조용한 말들이 골목을 타고 돌아다니는 여름/ 텅 빈 대낮을 견디는 독법(讀法)"(「김경순 씨 쓰레기 수거해가세요」)은 이렇게 "승마 지은 시인이 누구지"라고 묻고 또 "승마나 승무나 그게 그거지"(「온양온천역 왼편 호박다방」)라고 제 우문에 천연덕스레 변명을 늘어놓는 '무식한' 여관집 딸의 입을 통해 풀려나오는, "가격 미정의 값들"과도 닮아 있다고 할 삶의 일상적인 풍경들을 대상으로 삼거나, "꼬리만 보이는 남자와 한여름에도 창문을 걸어 잠그는 여자의 사랑"(「김경순 씨 쓰레기 수거해가세요」)처럼, 범박한 일상사 주위에서 진행되기도 한다. 맞선을 보기로 한 날, "화장을 고치고 진주 목걸이를 쓰다듬었"던 공교로운 자신의 처지가 더러 우습기도 해, 만나기로 약속한 상대방을 "돈키호테"에 비유해 맘껏 떠올려본 다음, 약속 날짜를 착각하여("선을 보기로 한 날은 토요일이 아니라 일요일") 저 혼자 해프닝으로 끝맺게 된, 창피하다면 창피하다고 할 이야기에서 슬그머니 "페로몬이 흘러나오도록 장치하는 일"(「톨시네아 텔 토보소 아씨의 이상형」)에 종사한다고 제 자신을 과장되게 표현하기도 한다. '~거라'는 식의 종결어미를 채택해 상황 전반이 아이러니를 뒤집어쓴 채 전개된 이 이야기가 사실에 근거한 기록인 것과 마찬가지로 「피아노 연습곡 하농」도 고등학생일 때(혹은 중학생일 때, 이미!), "잠원역 화장실 변기에 점심 도시락을 쏟아붓고"서 학교를 농땡이를 친 이야기를 그대로 적어놓은 것이다. "담장이 피로 물드는 맑은 오후", 그러니까 "콩자반을 꼭꼭 눌러 하트를 심어" 주신, "메트로놈" 같은 엄마, "하얀 건반"에서 흘러나온 아름다운 선율이 내 삶을 가득 채우기를 바라는 당신이 있는 집으로 귀가 시간에 맞추어 돌아가야만 하는 처지이니, 내가 보낸 "검은건반" 같은 하루가 얼마나 버거웠을까. "당신이 돌아오는 밤마다 침대에 고이는 하얀 피"(「가위」) 역시, 그저 가위에 눌린 모습을 적어낸 사실의 기록일 뿐이다. 이처럼 시집을 물들이고 있는 거개의 경험들이 실제 사실의 기록이자 직접적인 체험을 담고 있다고 할 때, 추체험을 배제하는 시인의 몸짓은 어떻게 시의 독법을 결정하는가? 「소녀 특별전 — 구미역 2층 역전 다방」의 전문이다.

> 잠들지 말아야 해 내 앞에 놓인 따뜻하고 달콤한 레몬차를 마시지 말아야 해 아저씨를 기다려야 해 아저씨 까무룩 잠이 들 것 같아요 무서운 레몬차 두려운 아저씨 파출소에서 나를 찾아가는 삼촌보다 더 다정한 아저씨 비닐봉지 뒤집어쓰고 할로윈 놀이 같은 건 하지 않았어요 열대어들이 여러

빛깔의 츄파춥스 무늬처럼 몰려다녀요 아저씨는 이 밤에 어디로 간 걸까요 공중전화 부스에서 나를 주운 아저씨 콜렉트 콜 콜렉트 콜 콜렉트 콜 훌쩍이는 나를, 아저씨에게만 살짝 내 단단한 결의를 보여주기로 해요 내 심장이 기차 타는 겨울을 검정을 몹시 사랑해서 떠돌아다니는 눈송이를 나는야 검은 눈을 헤치며 기차 타고 구미역 2층 역전 다방까지 나를 쳐다보는 언니들 어쩜 언니들의 화장법은 나를 감동시키지 못하고 알록달록 어두워져갔을까요 에이스크래커 귀퉁이를 뭉개고 있는 언니의 빨강 손톱 언니를 빨강으로 정의하는 것은 몹쓸 짓이지만, 나의 손바닥도 두근두근 슬퍼져서 땀이 흘러요 아저씨 레몬차의 새콤한 맛을 볼 수 있도록 아저씨

나의 오랜 아저씨 나는 지금 가정음악 양식 같은 기다림을 배우고 있답니다 푸릇푸릇 겨울이 사라지고 있는 것처럼 레몬을 상상해도 침이 고이지 않는 것처럼

오롯이 실제의 경험담이라고 가정해보자. 이 작품은 필경 어떤 위기의 순간—여기서 위기라 함은, 시인이 구미 근방을 가게 되었을 때 당한, 일종의 봉변에서 비롯된 것일 텐데, 이해가 어려우면, (1980년대 후반에서 1990년대 초반으로 추정되는) 저 시골 역전 다방의 음산한 분위기와 위험성을 한번 떠올려보시라—에서 구세주처럼 만나게 된 행운의 "아저씨"에 대한 오마주일 확률이 농후하다. 이 기억은 물론 그 자체로 신산스러운 것이다. 딱히 갈 곳 없어 다방에 들어선 나에게 내온 "레몬차" 안에 혹시 수면제라도 들어 있을까 노심초사하며 "잠들지 말아야 해"라고 자신을 다그쳐야 했던 절대 절명의 순간이 이제 좀 느껴지는가? 당시의 악몽 같은 경험을 사실적으로 그리고 있다면, 바로 이 경험의 사실성이야말로 기실 남궁선 시의 모든 구절을 지탱하는 단 하나의 문법일지도 모른다. 그러니까, 본드를 흡입하지 않았다는 고백("비닐봉지 뒤집어쓰고 할로윈

놀이 같은 건 하지 않았어요")이나 싸구려 삼류 다방의 여종업원에 대한 사실적 묘사("에이스크래커 귀퉁이를 뭉개고 있는 언니의 빨강 손톱")는 그저 전조에 불과한 것이다. "내 심장이 기차 타는 겨울을 검정을 몹시 사랑해서 떠돌아다니는 눈송이를 나는야 검은 눈을 헤치며 기차 타고 구미역 2층 역전 다방까지"라는 구절이 터럭만큼의 상상력도 가미되지 않은 담대한 기술에 근거한 것이라고 가정한다면, 우리는 이 대목을 대체 어떻게 읽을 수 있을 것인가? 아슬아슬한 경험, 다시 말해, 가출한 나 → 기차타고 당도한 구미역 → 역전 이층에 자리잡은 싸구려 다방에 있는 나의 불안한 처지를, 기차의 속도나 흩날리는 눈의 움직임에 맞추어본 리듬, 아니 가출 당시의 흥취(?)를 살려 급박하게 적어놓은 것은 아닌가. "언니를 빨강으로 정의하는 것은 몹쓸 짓이지만, 나의 손바닥도 두근두근 슬퍼져서 땀이 흘러요"도 따라서 다방에서 일하며 매춘에도 종사하는 여인에 대한 연민(연민이라기보다, 위험에 처했음에도 그들의 처지에 함부로 선악의 잣대를 들이대지는 않겠다는 일종의 천진한 고집이라고 봐야 할)이며, 그러나 그 연민이 나에게 공포를 건어가지는 않았기에, 온몸에서 식은땀이 흐를 정도로 압박해오는 불안을 보다 도드라져 보이게끔, 상황 전반을 역설적으로 배치해놓고, 이에 부합하게끔, 앙증맞은 표현을 동원해 적어본 것이리라. 시의 모든 대목들이 이렇게 조금의 비약도 없이, 경험의 사실성을 바탕으로 기술된 것이라고 할 때, 중요한 것은 이와 같은 끔찍한 경험을 통과한 후, 비추어지는 지금의 내 모습이다. 따라서 "나의 오랜 아저씨"는 『나의 라임 오렌지 나무』에 등장하는 뽀르뚜가 아저씨, 그러니까 이제는 볼 수 없는 과거 속의 고마운 사람에 대한 비유일 것이며, 지금의 나는 이 끔찍한 경험 이후, 자칫 내가 처할 수도 있었을 그 어두컴컴한 세계와는 완전히 대비되는, 그래서 자신의 신세를 조롱하고 있는 어투라고 보아도 될, "가정음악 양식 같은" 삶을 살고 있으며, 그럼에도 나는 그 끔찍한 기억에서 아직도 벗어나지 못한다. "레몬차"는 이렇게 가출 이야기를 대변하는 신맛과 그러나 지금에서도 그 신맛을 느끼지 못할 정도로, 즉 침샘을 막아버릴 만큼 당시의 공포가 지속되는 현재, 이렇게 두 세계를 연결하는 알레고리인 것이다. 주목해야 할 것은 이와 같은 일상의 (고통스러운) 경험과 경험의 독특한 세계의 구현이 언어의 운용에 달려 있다는 점이다. 흔하디흔한 동네 목욕탕에 들어설 때의 어색함을 말하고 있는 「흑석동 현대목욕탕」의 도입 부분이다.

> 머리에 분홍 밴드를 두르고 수건으로 알몸
> 을, 가리고 목욕탕에 들어
> 섭니다 미지근한 물에 몸을
> 적십니다 비누
> 거품을 냅니다 머리를 감을 때는
> 분홍, 밴드를 벗어놓아요
> 열탕에 몸을 담그는 순간
> 푸드덕 솜털
> 마다, 그녀들이 깃듭니다 뜨거운 것과 차가운
> 것이, 만나 내가 아닌
> 낯선, 숨결이 나를 쥐고 흔듭니다 여자들은 물을
> 튀기면서 색조 문신을
> 이야기하면서 달걀 껍질을
> 벗기면서 목욕을 합니다

작품을 꿰뚫고 있는 강렬한 주제의식과 형식적 실험 사이에는 항상 내적 연관성이 존재해야 한다. 시에서 형식은 기계로 찍어낸 주물과 같을 수는 없는 것이며, 행과 행, 문장과 문장, 연과 연 사이사이에 결핍과도 같은 지점을 만들어내고, 예기치 못한 공간과 예측하기 어려운 감정을 실현해야 하는 일종의 의무마저 짊어지고 있기 때문이다. 형식적 실험은 따라서 주제와 따로 노는 미적 장식품이 아니라, 시의 구조 전반을 지탱하는 대들보와도 같은 것이어야 한다. 이 작품에서 "을,"은 목적격 조사이자, 갑이나 을이라고 흔히 말할 때의 바로 그 을(乙)도 표현하고 있으며, "적십니다 비누" 같은 배치 역시, 하나의 단위로서의 시구의 단일한 의미망을 교란하고 있지만, 사실 이 교란의 과정에는 "몸을 적신다"의 어색함을 행갈이로 표현하고자 했다거나, 알몸으로 붙어 앉아 큰 동작으로 "비누/ 거품"을 내는 행위가 빚어내는 실로 겸연쩍으면서도 사실적인 감정을 직접 표현해내는 효과도 가미되고 있다고 생각하지 않을 수 없다. 「모래 눈물」 역시 시가 담아보고자 하는 남녀 간의 어색한 관계나 불안한 상태를 우선, 형식의 차원에서 포착하고자 한 시도를 내비친다.

드림랜드 영화관에 가려면 용산
역에서 내리세요 용산 전자상가를 또박
또박 거쳐서
당신은
보라색
하이힐 오전
의, 전자상가에 모인 사람
들은, 그 무엇에도 집중하지
않고, 길을 물으면 모두 힐끔, 친절
하고, 불편합니다 보라색 하이힐
이란 것, 눈에 띄게 높고 건조한 영화
예매는 필요 없어요 차라리 눈물
이나 넣어
두세요 그래도 예매를 했다는

것, 당신답네요 이제 도착
했군요, 전자랜드 5층 드림
랜드 롯데리아가 폐업했다고 실망
하지는 않겠지요 점점이 놓여 있는 빨간
의자 하이힐 밖으로 삐져
나온 발톱, 닮았네요 당신은

—「모래 눈물」 부분

불편한 감정이 느껴진다. 무엇이? 읽는 그 호흡이 불편하고, 가지런한 품사 하나가 둘로 분리되거나, 긴밀하게 통사적으로 연결되어야 하며 논리적으로 제 기능을 수행해야 하는 지점에 대거 쉼표를 붙여놓아("않고," "하고" "의," "이란 것," "것,") 일관된 독서가 방해받기 때문이다. 그러나 바로 이렇게 해서, 남녀의 저 불편하고도 어색한 입장, 이 둘의 한없이 흔들리는 시선, 미끄러지며 어긋나는 관계, 그래서 지속적으로 서걱거리는 느낌으로 다가오는 장소의 이질감마저 시인이 표현하고자 했다는 데 주목해야 한다. 함께 영화를 보아도, 아니, 달콤하거나 고소해야 할 팝콘조차 이러한 상태에서는 그저 "까끌/ 까끌"할 뿐이며, 좀처럼 하나로 이어진 연결점을 찾지 못한 채, 어긋나는 '나와 당신'을 묘사한 시의 결구는 오히려 이렇게 탄력을 받아 사실성을 확보해내는 것이다.

의자 하이힐 밖으로 삐져
나온 발톱, 닮았네요 당신은
창가의 자리를 좋아하는데 유리
벽, 너머 조용한 그곳 윙윙거리는 먼지
만, 보고 있겠군요 팝콘의 까끌
까끌한 표면에 혀를

굴,

리,

면,

서

「소녀 특별전—나쁜 소원을 "쓴다"」도 매한가지이다. 이 작품에서 압권은 동사 원형("쓴다"-"살았다"-"있었다"-"불안하다"-"바치다"-"비치다"-"들추다"-"깎다"-"있다"-"흐르다"-"그만두다")에 가까운 뉘앙스를 살려두고자 한 저 시도에 있다. 명백히 과거에서 일어난 "나쁜" 기억을 누군가에게 '간접적으로' 들려주는 식의 저 동화식 서사를 차용해 기록한 것은 바로 이 기억에서 벗어나고 싶은, 아니 기억하고 싶지 않은 심정 자체를 언어의 특수한 운용에 기대어 활용하고자 했기 때문이다. 예컨대 이 시의 다음 구절을 살펴보자.

밤마다 사그락 사그락
연필깎이 돌아가던 소리 잊고 싶어
사우디아라비아 대사관이 있던 동네에 "살았다"는
좁은 골목 안 기와집 모두
꽃나무 한 그루를 갖고 "있었다"는 것도
백열등이 바람에 흔들려서 "불안하다"
창호에 손가락이 바르르 떨리는 것도 다 "비치다"
나는 감은 눈에 주름이 지도록 한 번 더 감았어
사내는 치마를 "들추다" 내가 몸을 비틀면
연필을 "깎다"

마치 그것의 원형이라도 되는 듯 표기해놓은 동사 주위의 큰따옴표는,

과거를 회상하는 과정 자체에서 현재의 사실성도 확보해낼 수 있도록 물꼬를 터준다는 데서 제 중요성을 부여받는다. 현재진행형처럼 기능하는 것과도 같은 착각을 야기하는, 이 강조된 동사들은, 회상하는 '지금-여기'에서의 내 행위를, 투명지 두 장을 포개어 과거의 풍경 위로 현재를 겹쳐낸, 알레고리의 산물로 읽게끔 도와준다. 남궁선의 시는 이렇게, 어슴푸레한 과거, 어둡고 희미한 과거, 잊고 싶은 과거를 현재에다가 팩트처럼 되살려내는 방식의 고안에 인색하지 않다. 이때 과거는 고정되고 경직된 흑백사진처럼, 정지된 시간에 붙들려 있는 것이 아니라, 현재에도 강력한 영향력을 행사하는, 지금도 진행중인 사건으로 거듭나게 된다. 현재에도 진행중인 이 과거의 사건은, 물론 거개가 불행한 경험, 불우한 체험, 외로운 기억들로 가득차 있다. 「마론의 가을」에서 목격되는 액자형 서술이나 「백설기의 기원」에서 차용해온 과거의 현재적 기술도 마찬가지이다. 과거-현재가 하나 되는 사실성을 확보하기 위해, 아니 현실에서 과거를 들여다보는 행위 자체를 보다 생생하게 표현해내기 위해 시인이 고안해낸 알레고리적 장치로 볼 수밖에 없는 것이다. 남궁선의 시는 우리가 앞서 여행기라고 한데 묶어보았던 작품에서조차, 사실적 기록들로 뒤발되어 있으며, 이러한 관점의 차용이 독서의 향방을 결정한다는 점을 덧붙여야 하겠다. 또한 여기에 비판의 목소리가 배제되어 있는 것은 아니다. 「스테인드글라스」의 전문이다.

여행자의 일요 미사, 성당의 보랏빛 지붕 위로 해가 지고 있습니다 밀떡을 먹으러 신부님께 다가갑니다 길게 늘어선 사람들이 뱀의 혓바닥을 내밀고 사라집니다 조그만 밀떡은 어떤 맛일까요 상처와기적의신부님 구원과은총의신부님 신부님에게 어울리는 이름이죠 입을 벌렸습니다 신부님이 양미간을 찌푸립니다 너의 혓바닥은 너무 짧아 이곳에선 아무도 너를 모르지 너를 모른다는 것만이 네 존재의 표식 얼굴이 활활 타오릅니다 비쩍 마른 자칼이 죽은 것들의 몸을 헤집을 때 완전하게 침묵할 줄 아는 자칼의 눈과 발톱과 이빨의 탐욕을 알고 있습니까 새로운 굶주림이 너에게 찾아왔으니 너는 속된 것을 내어놓고 불멸을 약속받으리라 오른손 중지는 왜 자꾸 오른쪽으로 휠까요 햇빛 아래 이글거리며 증발하는 초록빛, 청개구리를 한입에 꿀꺽 삼킨다면 너는 세상에서 가장 아름다운 노래를 부를 거야 불신은 혓바닥의 진화를 가져왔습니다 벼락과 말씀과 보복으로 가득찬 신부님의 두터운 성대 아직도 비가 오는 날이면 청개구리를 물끄러미 바라보는 습관은 전설입니까 하나의 문장을 만 번씩 쓴다면 그 문장이 옷을 입고 사람처럼 걸어다닌다는 것을 인디언들은 아직도 믿습니까 밀떡은 하얗고 꽃은 아름답습니다 희망의 계획서가 사라진 검은 수첩만이 용감해져갔습니다

구절구절을 사실적인 기록으로 읽어야 하는 것은 일견의 전제가 아니라 오히려 당연한 것으로까지 보인다. "희망의 계획서가 사라진 검은 수첩만이 용감해져갔"다는 것은, 이렇게 시인이 여행에서도 무언가를 기대하지 않는다는 것이며 "불신은 혓바닥의 진화"를 가져왔다는 것은, "속된 것을 내어놓고 불멸을 약속"하는 신부가 늘어놓는 저 말에 대한 비판인 동시에 그것을 조롱하고자 하는, 개인적이고 소극적인 저항의 표현이기도 하다. 이렇게 "너는 세상에서 가장 아름다운 노래를 부를 거야"에 이르러 우리는 기실 "너는"이 신부가 제 설교의 대상으로 삼은 '나'이기도 하지만, "신부님" 자신이기도 하다는 사실을 알게 되며, 바로 이때부터 시는 조용히 자기만의 문법, 자기만의 사실성을 걸머쥘 채비를 꾸리기 시작한다. 조장하는 죄의식과 헛된 믿음(믿음의 헛됨)에 대한 비판의 날은 정확히 그 말투에서 만큼만 강렬함을 완성할 뿐인 것이다. "상처와기적의신부님"과 "구원과은총의신부님"은 따라서 적혀 있는 그대로, 그러니까 빠르게, 붙여 읽을 필요가 있다. "벼락과 말씀과 보복으로 가득찬", 그러나 만고의 진리를 품고 있노라 주장하는 저 신부에게 어울리는 말은 남궁선이 생각하기에 이렇게 빠른 말, 빨리 지나가는 말, 이것저것 붙여놓은

말, 쉬지 않고 지껄이는 말이며, 그러나 신부는 "밀떡은 하얗고 꽃은 아름답"다는 사실조차 알지 못한다. 남궁선은 예언과도 같은 허구의 말들을 우리가 신봉하는 것은 "상처를 받았다고 믿는 습관"(「협탁이 있는 트윈 베드룸」) 때문이라고 생각하고 있는 듯하다. 따라서 신앙과 종교에서 시인은 구원을 찾지 못하는데, 그것은 그 말들이 우선 사실적이지 않으며, 결국 내 현실을 직시하지 못하는 말들, 그러니까 경험에서 벗어난 추체험의 언어이기 때문이다. "영문판 불경과 성경"이 "협탁"에 놓여 있지만, 그걸 펼쳐보는 대신, 시인이 "쓸쓸함"만을 매만지는 이유도 여기에 있다. 시인은 "누구에게나 맛있지도 않고 누구에게도 맛없지도 않은 기내식 같은 표정"(「춤추는 이별」)으로 세상을 보고, 회상하고, 경험을 서술할 뿐이지만, 분명 그는 사실주의자의 반열에 속해 있는 것이다.

> 빛깔이 다른 눈동자를 함께 지니는 것만큼
> 두 개의 눈빛을 바라보는 것 또한 어려운 일
> 편견을 나누는 사랑의 고백처럼
>
> 절벽이란
> 질주하기 위해 존재하는 것은 아니지
> 꽃을 피우기 위해 존재하는 것도 아니지
>
> 회갈색 혹은 푸른색을 선택하는 것은 쓸쓸한 관념
>
> —「오드아이」 부분

절망/희망의 이분법이 무너질 정도로 타국에서 고즈넉함이나 쓸쓸함을 느껴보았던가? 자살마저도 생각할 수 없는 어떤 상태를, 여행지에서 만난 "당신"을 통해, 그곳의 "아무도 투신하지 않는 지루한 절벽"에서, 시인은 다시 확인할 뿐이다. 그렇다면 이 세상은 아니, "이곳은 혓바늘이 돋는 건기"(「타오르는 무덤」)일 뿐이란 말인가. 여기서 우리가 목격하게 되는 것은 남궁선의 시에서 상상력이 제거되는 이유, 그 자리를 대신해서 들어선, 저 눌변으로 엮어낸 실체험들과 타자와의 만남이다. 가령, 아래와 같은 부분 역시 사실의 기록이라고 보아야 할 것이다.

그는 짝눈을 고치려고 일 년 동안
잘 보이는 눈을 가리고 장님처럼 살았다
삼각플라스크 비커 메스실린더에
알 수 없는 원소를 섞으며 놀고 있을 때

그곳은 눈동자가 희어지는 건기

그의 오른쪽 눈을 덮은 교정 안대는 떨어져 나갔다
복숭아에 박혀 꿈틀대는 애벌레를 꿀꺽 삼키던 날들이었다
염산과 수소와 헬륨을 섞었을까
어두운 방 안에서 불길이 솟았을 때

—「타오르는 무덤」 부분

가족에 관한 경험이건, 지인의 이야기이건, 이 말은 모두 사실을 기록해놓은 것이다. 남궁선은 무언가를 불러내고, 헤아려 회상하고, 잠시 걸음을 멈출 수 있는 그런 고통의 흔적을 가지고 시를 쓴다. 여행기는 이렇게 나의 경험을 타자와 겹쳐놓아 현재화를 도모하는 특수한 공간으로 재구축되며, 과거의 내 경험은 여행의 공간을 가득 메우면서 사실이라는 현실성의 외투를 입고 다가오는 저 타자를 내 시에 소급해내는 중요한 계기인 것이다.

3. '시인-( ) 되기': 실패담이 남긴 것

남궁선은 제 첫 시집에서 아귀가 잘 맞는 뼈대들로 지어올린 건축물의 형상을 보여주었다. 크게는 각 부의 나뉨에서, 작게는 각 작품의 배치와 과거-현재의 구분을 무화하는 서사의 운용에서, 심지어, 시집 전반의 방향성을 암시해놓은 「이 모든 것은 여기」를 첫머리에 배치한 것조차 어떤 기획의 소산이다. 그러나 이것으로 모든 것을 살펴보았다고 생각하면 오산이다. 이 시집 전반을 통틀어, 천착한 주제와 가장 잘 맞아떨어지는 언어의 특수한 조작을 여실히 드러내는 작품들은 오히려 행갈이에 치중하거나 괄호를 사용한 작품에만 국한되는 것은 아니기 때문이다. 가족사를 다루고 있는 「오수」의 전문을 읽어보자.

나는 옛집 돌담에 기대앉아 있지
내 뺨에 머릴 기댄 나팔꽃도
꽃잎을 오므린 채
잠을 청하는데
귀를 닫고 쏟아지는 여름잠을 자야지

내가 태어나자 아버지는 밤마다 마니산에 올라 횃불을 밝혔다고 한다 이름 없던 날들의 평화 아버지 그녀가 원하던 뻐꾸기시계를 바치고 외자로 내 이름을 받아오던 새벽녘 횃불을 죽이고 머리맡에서 홀로 인사를 나누었으리라 참성단은 폐쇄되었다 아무렴 전국체전 때에나 불을 밝히지 아버지 어디선가 뻐꾸기처럼 내 이름을 부르고 있을까 아무렴 아무렴 아버지의 봉화는 언제 불을 다시 밝힐까 평화로운 날들을 기억하던 이웃도 사라진 지 오래 정시마다 뻐꾸기시계가 운다 내 이름이 울면 아버지가 돌아오신다고 했다

바람이 녹색의 길을 덮어버리고
뺨을 타고 올라 귓불을 감싸는 나팔꽃
옛집은 어두워져가는데

서늘해진 이마의 땀을 닦고
쏟아지는 저녁 햇살에 눈꺼풀을 올려야지
툇돌에 놓인 구두를 닦아야지

"옛집 돌담에 기대앉아 있지"는 지금-여기에서 과거를 '생각하다-회상하다'와 동의어이다. 곧이어, 꿈인지, 과거에 대한 회상인지, 모호한 상태에서("잠을 청하는데"라고 해놓았으므로) "옛집 돌담"의 이야기가 제시되기 시작한다. 과거의 회상에 해당된다고 할, 산문 형태의 제2연은, 시인이 태어났을 무렵, 특히 이름을 부여받는 과정에 얽혀 있는 아버지와의 에피소드를 이야기한다. "이름 없던 날들의 평화"는 따라서 제 이름을 부여받지 못했던 시절이 오히려 행복했다는 것이며, 우여곡절 끝에 아버지가 무당에게 청해 내 이름을 얻어낸 이후, 공교롭게도 가계가 몰락하기 시작한다. 체념 섞인 나의 희망을 담은 전언("아버지의 봉화는 언제 불을 다시 밝힐까")은 물론 과거의 어느 시점에서 뱉어낸 말이다. 시제의 층위를 따져보면, 제1연은 현재를, 제2연은 과거-대과거를, 제3연은 과거-현재를, 제4연은 과거-현재를 오가는 식으로 구성되어 있다. 여기까지는 특이하다고 여길 만한 것이 도출되지 않는다. 이와 같은 현재-과거-대과거 시제의 혼용이 이야기를 보다 복잡하게 만들면서도, 혼돈만을 야기하는 것이 아니라, 과거 아버지의 상태가 현재에서도 지속된다는, 다시 말해, '몰락한 가계'나 '위험한 가장'의 현재적 지속성을 견인해내고 있다는 점에 주목해보자. 왜냐하면, 마지막 연에 이르러, 잠에서 깨어나(혹은 앉아 있던 자리에서 일어나) 시인이 회상을 멈추고 현실로 되돌아올 때, 이 시인의 두 손에는 아무것도 들려 있지 않은 것이 아니기 때문이다. 과거에서 현재로 지속된, 바로 이 아버지를 내내 붙잡고서 시인은 시를 쓰고 있었던 것이니까. 시련으로 흔들리는 가족 공동체의 위기 속("바람이 녹색의 길을 덮어 버리고"는 집으로 향하는 시인 앞에 펼쳐진 광경도 담아내고 있다는 점에서, 뛰어난 감각을 보여준다)의 아버지는 그러니까 더이상 과거에 홀로 내팽개쳐진 존재가 아니다. 과거를 열어, 기억을 반추해내며 현재로 그 기억을 끌고 와 현재화에 성공한 바로 그만큼, 시인이 그 과정에서 찾아나선(다시 말해, 시가 천착한) 대상이 바로 아버지, 아버지의(를 통한) 경험이 되기 때문이다. 과거와 현재를 뒤적거리면서 애써 가닿고자 한 아버지, 그토록 찾아내고자 한 그 아버지는 그렇다면 발견되었는가? 몰락한 아버지의 처지가 바뀌는 것도, 궁핍한 가계가 살아나는 것도, 아니, 이 세상이 단숨에 아름다워지는 것도 아니다. 단지 시인에게서, 시인이 만들어놓은 시의 내적 세계 속에서 아버지는 거듭날 뿐이다. 아버지의 고통 속으로 시인이 삼투되었을 때, 시인은 아버지와 더불어 성장하고, 이름을 부여받기 전의 젖먹이에서 가계의 고통을 나누어 갖는 존재가 되는 것이며, 공분(公憤)을 벗어나 아버지의 분노를 연민과 사랑으로 치환해낼, 당당한 한 명의 성인의 얼굴을 하고서, 여전히 가난한 현실로 되돌아온다는 데, 가족 이야기의 중요성이 있다. 이 작품은 결국 찾지 못하는 아버지를 말하는, 그것을 찾아나서는 실패담의 전형을 보여주지만, 아버지를 찾아나선 시인이 아버지와 같은 마음, 아버지의 고통을 끌어안는 과정을 보여준다는 점에서, 상처로 얼룩진 가계, 아버지의 고통으로 점철된 가족사의 사실성을 향해 내디딘 진진한 일보에 해당한다고 볼 수 있다. 이렇게 남궁선의 시에서 가족사에 관한 거개의 기록은 '시인-( ) 되기'의 과정이며, 그 과정의 사실성은 생생한 경험이 뒷받침하고 있는 것이다.

고궁박물관에 갔던 날은 섭씨 영하 칠 도, 체감온도 소녀가 사라진 그해 겨울 그 집 웃풍이 고궁박물관 수장대의 깃발처럼 펄럭이던 살림이 동강동강 나던 소녀의 십구 세 십구 세기의 媽媽는 검소가 미덕이시라 고궁박물관에 그 뜻만 남기고 섭씨 영하 칠 도를 꿀꺽 삼킨 지하 로비에서 나는 거품 나는 카푸치노 그리운 소녀의 추억을 마신다 전시관에 걸려 있는 유품 사이로 소녀의 아버지와 어머니의 초상이 겹쳐지고 그들의 얼굴엔 소녀가 집 나갔을 적 지어 보인 절규가 우린 절규를 오해하듯이 당신들의 초상을 오해하고 고궁박물관을 오해하므로 십구 세 소녀의 집에 꽃이 피고 웃음이 흐르길 소망했으리라 mama의 세월이 비탄의 나날은 아니었듯 고궁박물관에서는 마마가 행차 가실 때 타고 다니던 '가마 특별전'을 여는데 가마 타고 떠난 마마는 소식이 없고 소녀는 여기까지 어떻게 왔을까 슬픔을 잃어버리기까지 몇 번의 특별전을 치르며 당도했는지 마마는 흩어져 골목 골목 유물로 떠돌고 소녀의 눈동자 속으로 검은 눈송이 파고들고 있었다

—「소녀 특별전—고궁박물관」 전문

추운 겨울, 어느 날, 고궁박물관에 갔더니 "가마 특별전"이 열리고 있다. 가마는 옛 "마마"가 타고 다니던 것이다. "마마"는 그런데, 나이가 지긋한 여성의 경칭이기도 하지만, 천연두를 앓게 만든다는 마신의 이름이기도 하다. 그래서 "媽媽"라고 적어보았다. 그런데 마마는 mama, 즉 발음상 엄마도 된다. 이야기는 예의 그 사실, 즉 시인이 가출했던(그럴 것이라 추정되는!) 추운 겨울을 회상하는 것으로 시작한다. 이렇게 남궁선의 시에서는 사실만이 오로지 또다른 사실을 불러올 뿐이다. 아니, 사실을 사실의 형태로, 즉, 사실적으로 불러낸다고 해야 한다. 그 사실이, 그 경험이 몹시도 아팠던가? "절규"하는 엄마의 얼굴을 지금도 잊을 수 없다. 정신을 차려보니, 역시나 나는 "가마 특별전"을 보고 있는 중이었다. 그러나 과거의 저 아마득한 역사 속에 존재했을 "마마"들이 타고 다녔다던 "가마"는 이제 별로 중요하지 않으며, 신비하지도 않다. "특별전"이라

는 내 눈앞의 사실이, 내가 지나온 "몇 번의 특별전"과 나란히 병치되어 나타나는, 그와 같은 현재가 내게 주어질 뿐, 이제는 "媽媽"도, "마마"도, "mama"도 아닌, 이 모두를 머금은 "마마"는 실로 고화(古畵) 속에서만 존재할 뿐, 현실에서는 죽어 없어졌으니까. 오로지 내 마음속에서 되살아나는 "마마"는 그러니 결국 엄마였던 것일까? 죽음은 가마를 타고 어디론가 가버렸지만, "소녀의 눈동자 속으로 검은 눈송이"처럼 파고드는 아픔으로 치환되어 현실의 언저리에서 되살아난다. 이때 시인은 다시 묻는다. "여기까지 어떻게 왔을까"라고. 남궁선의 시를 지배하는 사실성은 바로 이것이다. 이야기 전반이 시인 자신을 향하는 자기-지시적 구축물이 되는 순간이 바로 "가마 특별전"에서 불러낸 "마마"가 자기 자신이 되는 순간이기도 한 것이다. 부모-되기의 한 과정은, 감추어놓은 성장의 서사("유품 사이로 소녀의 아버지와 어머니의 초상이 겹쳐지고")를 통해, 자신의 상태를 성찰하는 바로 그 순간, 지금-여기에서 예고되는 현재성("소녀는 여기까지 어떻게 왔을까")으로 승화되고 만다. "媽媽"-"마마"-"mama"는 이렇게 말장난이 아니라, '소녀 적의 나-과거'와 '특별전을 보고 있는 나-현재'의 상태와 적극 호응하면서, 중의성을 벗어버리고 오롯이 내 안("눈동자 속으로")에서 하나로 수렴되기까지의 그 과정과 상태를 적어내는 데 몰두한 결과일 뿐인 것이다. 따라서 말의 특이한 운용("나는 거품 나는 카푸치노 그리운 소녀의 추억")이 시 곳곳에서 주제와 호응하는 것은 그리 놀라운 일이 아니다.

4. 사라져가는 것들을 위하여

시는 실패의 산실이지만, 실패하는 순간마다 그 산실에서는 무언가가 태어난다. 세상의 모든 살아 있는 것은, 죽음, 죽게 된 것들, 죽을 운명에 처한 것들, 죽어가는 것들을 토대로 존재할 뿐이다. 시인은 어쩌면 이 둘 사이의 교감을 읽어내는 자가 될 수도 있다. 「결론으로 향하는 분홍」의 전문이다.

겨울 외투를 입은 사람들이
그녀를 둘러싸고 노래를 부른다
고요한 화음 속에서 드러나는
긴 머리카락 푸른
눈꺼풀 올려 바라보는
창밖의 구름
그녀의 구토는 분홍
간호사도 보호자도 치워주지 않던 분홍
사람들이 멈추지 않고 쏟아내는
얼룩 말 나무 바늘 같은
노래의 보호색 분홍
지붕이 하얗게 높아지는 집
계단에 눈이 쌓여갈수록 연탄재
분홍, 고음이 삐걱거리며
합창곡 부드러운 계단을 따라
삼단논법의 결론 밖으로
그녀가 기다리는 것들에 대해서
곰곰이
뭉개지는 눈 어두워지는 아스팔트
그녀의 머릿결을 닮은
분홍의 결론 같은

사실, 이 시는 상당히 취약해 보이기조차 한다. 작품 전반을 지탱하는 문장들은 빈번히 생략되어 단단함과는 거리가 멀고, 행에서 행으로 옮겨

가는 그 호흡은 자주 끊어진다. 그래서인지, '좋지 않은 시'로 읽힐 확률마저 농후하다. 그런데 나는 남궁선의 힘이 바로 이와 같은 눌변의 배치에 있다고 말하려고 한다. 이렇게 생각해보자. 문장이나 낱말 그 사이사이에 무언가를 생략해놓은 것("사람들이 멈추지 않고 쏟아내는/ 얼룩 말 나무 바늘 같은/ 노래의 보호색 분홍")은, "삼단논법의 결론 밖으로" 밀려난 존재들, 그러니까 삶을 생략해야 하는 환자들의 처지와 큰 말 없이도 조응하며, 성급하게 마무리된 것 같은 결구("분홍의 결론 같은")는, 죽을 날을 미리 받아놓은 환자들의 운명을 반영하는 맥락 속에서 구동되고 있으며, 결국 "분홍색"은 소녀풍의 아름다움을 표상하는 색이 아니라, 붉지도 못한, 그렇다고, 흰 것도 아닌, 어떤 운명("삐걱거리며"), 다시 말해, 살아 있다고 말할 수도 없으며, 그렇다고 죽었다고 할 수도 없는, 중환자실 고유의 색깔로 거듭난다고 말이다. 이 색깔이 고유하다고 한다면, 그것은 물론 평범한 토사물이 시인의 반짝이는 눈 속에 들어온 환자들의 색채로 거듭나고 있기 때문일 것이다. 남궁선의 재능은 여기에 있다. 문장의 어법을 기이하게 틀어놓거나 무언가 어색해 보이는, 예컨대, 눌변으로 얼룩진 듯 보이는 작품들에서, 비틀린 부분은 영락없이 비틀린 주제의식으로 강렬하게 관통되어 나타나고, 어색해 보이는 구절은 어색한 상황과 나란히 포개어져 있는 것이다. 행갈이에서 비롯된 삐걱거림이나, 종결어미나 주어의 중의적 사용을 조장하는 문장의 조립을 서툰 시도나 지나치게 작위적이라고 본다면, 남궁선의 시는 읽을 것이 빈궁한 상태에서 허덕이고 만다. 모든 경구는 내용을 주지하기에 앞서 일단 통사적으로 특이한 것이기 때문이다. 이 어색한 시가 한편으로 우리에게 놀람을 줄 수 있는 까닭은, 바로 언어의 구조, 즉 낱말의 조합과 배치로 인해 거칠면서도 공감할 만한 어떤 운명을 계시하는 데 성공적으로 합류하기 때문이다. 이와 같은 지점들을 마주하여 그간 우리는 지나치게 신비감이나 비유만을 언급하는 데 익숙해져 있었던 것은 아닐까. 남궁선의 시가 논리를 넘어서서 무언가를 우리에게 부여해주고, 우리의 감정을 추동하는 데 성공한다면, 그것은 순전히 고유한 문장과 문법을 창출한 덕분이다.

붉은 글씨는 아무런 동요도 없이 밝네
혼자 들어갔던 응급실을 혼자서 나오네 밤사이 눈이

사생아처럼 내렸네 찰박찰박 젖은 눈 밟으며 가네
손등의 멍 자국, 혈관의 길이 부풀어 오르네

차가워진 손끝이 바라보는
가파른 골목 계단의 스테인리스 손잡이

바람이 구름의 부드러운 눈을 찌르고
검은 눈
검은 피가
맨홀 속으로 흘러가네

우리 동네 새마을금고 안에는 우체국 출장소가 있는데
나뭇가지에 그늘이 깃드는지
눈꽃을 털고 있는 목련화

—「목련의 안부」 전문

아마 그랬을 것이다. 병실에서 보낸 시간이 많았으리라. 시인의 삶 역시 매우 여린 것, 몹시 위태로운 상태에서 유지되어왔거나, 물러터진 경험들로 들어차 있을 것이다. 남궁선에게 좋은 시는 (불행하게도) 그와 같은 상황에서 나오는 것 같다. 어떤 틈이 열리기라도 하는 것일까? 그 틈새는 새로운 상상의 세계를 교교히 펼쳐든 시의 아포리아가 아니라, 낡고 어둡고 축축한, 그러나 팩트들, 그러니까, 명백히 발생했으며, 정확히 겪었던 일들이 두런거리며 메우고 있다. 시인이 주어인, 시인이 관찰자인, 시인이 행위의 주체이거나 피해자인, 그런 사건들, 그 사건들의 헛헛한 진행 과정으로 시는 오롯이 제 옷을 입었노라고 말할 수 있을 것인가? 얼마나 많은 시간을 시인은 삶이라는 이름으로 이곳저곳을 기웃거리며 흘려보내야 했던가. 그런데도 삶은 늘 낯선 것이고, 늘 그리운 것이다. 남궁선의 시를 읽다보면, 새삼 시는 몹시 진지한 것이라는 생각, 시는 땀내나는 삶의 여정이며, 고난하고 힘들인 수고라는 생각, 고통스러운 시선이 하나씩 모여 자아낸 땀방울이라는 생각을 하게 된다. 그래서 시는 항상 화두가 되는 것이며, 시는 경험마저 다시 경험하게 하는 것이리라. 무엇이 한 개인의 시에 활력을 불어넣고 생동감을 주는가? 무엇이 한 시인을 죽이고 또 살리는가? 남궁선의 시에는 어지간해서는, 상상력에 의존해 지어올린 관념이 노출되지 않는다고 우리는 말했다. 구체적인 것, 구체적인 경험, 시인의 삶의 행로 저 구석구석에 녹아 있는 사실들, 이제나저제나 사실인 것들을 빼고 나면, 아무것도 아닌 것이 되어버리는, 그런 말들이, 이 시인의 눌변을 능변으로 바꾸어주는 동력이다.

(남궁선 시집, 『당신의 정거장은 내가 손을 흔드는 세계』 해설,
천년의 시작, 2013)

| 보론 |

에콜의 형성과 시의 개성에 대하여

1. 명칭과 진단: '에콜'과 '개성'의 양립 불가능성

한 시대의 문학운동이나 시의 경향을 갈무리하고자 우리는 흔히 명칭을 붙인다. 아이러니하게도 이 명칭이 역사에 남는다. 상징적이라 부를 만한 포즈를 창출해낸 경우라 해도, 운동의 혁신적인 기류와 그 기류에서 연원한 제안들을 마음 깊숙한 곳에 지우기 어려운 인장처럼 간직하게 되는 것은 얼마간의 시간이 흐른 후대에 이르러서이다. 붙여놓은 사람의 입장에서나 그것을 받아들이는 자에게나 명칭이 애당초 긍정적인 의미를 지니고 있었거나 그렇게 받아들여진 것은 아니었을 수도 있다는 말이다. 기존의 시단을 방어하고자 하는 입장에 부딪혀, 일단 튕겨나오게 되기라도 하면, 새로운 경향과 특성을 잠시 뭉뚱그리고자 단순하게 붙여놓은 명칭은, 적어도 동시대에서는, 애물단지가 되어버리기 십상이다. 명칭에 의해 야기된 사태가 이 수준에서 마무리되는 것도 아니다. 방어하고자하는 이데올로기가 행사하는 구력의 자장 속으로 논지가 포섭되고 휘둘리기 시작할 때, 고작해야 명칭 하나가, 듣는 자(대게는 명칭을 처음 붙인 당사자)와 말하는 자(주로 이를 비판하려는 자)에게 공히 모멸에 가까운 느낌을 불러일으키는, 그러나 그 체감은 정반대인 어휘로 변질되는 경우도 종종 발생하기 때문이다. 애당초 명칭을 붙인 자의 의도와는 크게 상관없이 엉뚱한 방향으로 논의가 흘러가버리면, 심지어 명칭을 붙인 자에게 고스란히 그 책임을 되묻는 기이한 일도 벌어진다. 그렇다. 나는 지금 소위 '미래파'라고 불렸던, 거개가 2000년대 이후 등장한 젊은 시인들 주위로 포개어졌던 논쟁을 암시하고 있다. 이미 몇 차례 지펴진 이 논쟁을 지금에서 다시 끄집어내는 일은 별로 바람직한 것이 아니며, 더구나 그럴 시점도 아니다. 소통이 불가능하다든지, 시인에게는 기본이라 할, 아니 글쟁이라면 응당 갖추고 있어야 할 문법조차 옳게 구사하지 못한다든지, 서정을 포기하고 한없이 주변부를 맴돌며, 폐쇄적인 정서에 사로잡혀 있다든지, 현실 정치에 무관심하며, 개인적이고 이기적인 자아에 매몰되고, 편협한 하위문화에 포획되어 분열을 조장한다든지 등과 같은 저 평가들, 반드시 공론의 장에 불거져나온 것만 아니라[1], 이래저래 마련되는 다양한 기회를 틈타 염려 가득한 얼굴로 (젊은) 비평가들에게 한 움큼씩 내려놓곤 했던 말의 주인과 그들이 제 타깃으로 삼았던, 당시에는 잘 알려지지 않았거나 문단에 갓 첫 시집을 상재한 시인들 사이의 좁혀질 수 없는 견해의 차이와 이 양자의 근본적으로 상이한 관점을 확인하게 된 것이, 오히려, 지금에도 간헐적으로 터져나오는 일련의 시시비비로부터 얻게 된 자그마한 수확이라고 해야 할지도 모른다.

글의 모두에 꺼내놓은 이 거친 요약은, 논쟁을 새삼 확인하고 어떤 특정한 입장을 고수하거나 관철시키기 위해 적어놓은 것이 아니라, '에콜 형성과 시의 개성'이라는 제목 안에 이미, 이 논쟁과의 연장선상에서 '에콜'과 '개성', 이 두 개념을 살펴달라는 주문이 담겨져 있기 때문이다. 더

1) 인쇄 매체에서의 논의들과는 별개로 유령처럼 떠돌아다니는 말들은 블로그에서 강연에 이르기까지 다양한 형태로 전파되며, 이와 더불어 사적이고 공적인 자리에서 빚어지는 강담(講談)들과 일설이 오히려 반목과 공분(公憤)을 가속화시키는 진원지이기도 하다.

구나 본 기획의 주제가 "우리 현대시의 획일성 극복을 위하여—서정 단순 징후/내면 폐쇄 징후"가 아닌가?[2] 주제는 따라서, 서로 간에 양립이 가능하지 않은(을) 두 개념을 하나의 지평 위에서 사유해보라는 권고와 크게 다르지 않아 보인다. 개별적으로 놓고 본다면 두 실사(實辭), '에콜'(형성)과 (시의) '개성'은 상이한 질서를 구성하며, 상이한 범주를 설정하고, 상이한 개념어들을 결부시킨다. 전자는 진단이라는 화두를 몰고 다니는 개념이며, 시급함을 이유로 그 논의의 여부나 테두리와 대상이 결정되기도 하며, 수장(首長)들을 직접 겨냥한 담론을 구현하게끔 조장하는 어원[3]에 포섭되어 있기도 하다. 아니 형성 과정과, 구성의 면면에 대한 세밀한 분석이나 문학사 전반의 맥락을 헤아린 포괄적인 관점을 견지하기보다는, 주로 속 깊은 고뇌나 격려의 몸짓과 함께 발동하여 결국에는 날 세운 비판을 내려놓는 글들[4]을 불러내는 것이 전자라면, 후자는 이러한 비판적 성찰의 역항으로 기능하거나, 전자가 말살한 바로 그 무엇이자 전자의 한계를 표정하는 대안으로 제시될 만한 개념의 후보군에서 일순위를 차지할 가능성마저 농후한 개념이라고 해야 한다.

이는 '에콜'이라는 말이 담고 있는 명백한 한계 때문일 것이다. 전개의

---

2) 이 글은 『현대시학』의 특집으로 발표한 글임을 밝힌다. "우리 현대시"는 요즘의 시, 특히 2000년대 이후의 시를 암시하는 것으로 읽힌다.

3) 문단에서 통용되는 '에콜'이란 말은 프랑스에서와는 약간 다른 뉘앙스를 지니고 있다. 프랑스에서는 말 그대로 '학파'라는 의미가 강하며, 문학사나 예술사에서 한 획을 그은 상징파, 미래파, 주지파 등을 지칭할 때 주로 사용되지만, 그 자체로 패거리의 결성이나 획일적인 배타성을 염려해야 하는 개념은 아니다. 당파성은 에콜의 중요한 특성이지만, 그것이 반드시 부정성을 동반하는 것은 아니다. 입장을 취하지 않는 '~파'를 실제로 목격하기 힘들기 때문이지만, 그 입장을 지지하거나 반대하는 쪽으로 논의가 매몰되지는 않기 때문에 당파성은 특수성과 일정 부분 포개어진다. 따라서 특이한 입장과 이 입장을 뒷받침할 경향은 작품의 특수성을 논의하는 선에서 대부분 결정된다.

4) '에콜'을 주제어로 학술논문이나 비평문을 한번 검색해보라. '문단의 재편 과정'이나 '이데올로기의 관철 의지' '파벌의 형성' '비평의 논쟁화' '내적 폐단' 등이 논의의 중심을 이룬다. 이 주제들이 반드시 부정적이라는 말은 아니다.

구체적인 양상이 어떠했건, 에콜이 엄연히 창시자를 중심으로 구축된 위계와 거개가 대가의 반열에 오른 이 창시자(그가 결성을 원했건 그렇지 않건)의 사유를 (주로 긍정적으로) 평가하거나, 그 의의를 확장해나가면서, 결국에는 그가 남긴 사상적 가치를 계승해나갈 것을 표방하는 일련의 그룹을 의미하기 때문이다. 에콜은 응당 해체되어야 할 개념이거나 그것을 말하는 자의, 거개가 감추어 있게 마련인 그 입장을 옳게 읽지 않고서는 비판이건, 옹호건, 좀처럼 규명이 어려운, 예컨대 논쟁에서, 대개는 논쟁을 벗어난 무언가를 지칭하는 수식어로 기능할 뿐이기도 하다. 에콜의 권위가 해체된 폐허 위에서, 감추어진 의도를 죄다 걷어낸 하얀 백지 위에서 울려퍼지는 개별적인 목소리가 바로 페르소나, 즉 시의 개성이자 시의 맨얼굴이며, 하나의 명칭과 그 명칭이 포괄하는 경향의 범주 안에 놓인다 해도, 좀처럼 단일함이나 획일성에 매몰되지 않는 시의 힘, 즉 시의 특수성일 것이다. 여기에 바로 명칭의 아이러니가 있다. 애당초 명칭을 통해, 구성원 각각의 개성을 에콜이라는 폐쇄적인 집단 안에다가 부당하게 가두어놓으려고 한 경우가 적지 않기 때문이다. 이죽거리는 태도와 삐딱한 시선으로부터 제 명칭을 부여받았던, 단명했으나 지금껏 사유의 폭을 한껏 넓히고 있는 문학운동으로 러시아 형식주의를 이 자리에서 떠올리게 되는 것은 우연만은 아니다.

2. 혁신, 그리고 추방: 1920년대의 러시아

러시아 형식주의. 그 출발은 약소하고도 옹색했으며(그들은 시어를 연구하기 위해 모인 스터디 그룹이었으며, 활동을 시작한 1915년경, 구성원 대부분은 이십대의 젊은이였다!), 함께 일을 도모하고 토론하는 과정은 성기고도 또 외로웠지만(왕성한 활동을 펼쳤던 1920년대 러시아의 정치적 상황을 한번 떠올려보라!), 방대하고도 난해한 연구 주제를 세상에 선보였고, 이후에도 사유의 편폭을 한없이 넓혀(프라하학파의 음운론 연구나 1960년대에 몰아친 신비평 등), 결국 기이한 느낌마저 자아내게 되는 경우에 해당된다. 사람이 취하고 있는 계급과 사상 자체를 기묘하게 압박해오던 당시의 시대적 상황을 여기에 흥분을 부추기는 요소로 추가해놓으면, 문학이든, 예술이든, 에콜의 표본이나 모델로 취급된 이 운동은 팽팽한 정치적 긴장과 예측 불가능한 변수들, 사상적 환절기에 몰아친 거센 이데올로기의 풍력과 그 서스펜스의 체감을 모두 감내해야 했던 한 시대의 훌륭한 증인으로 불려나오기에 부족함이 없어 보인다. 기이하다는 저 말은 따라서 변혁기 러시아의 정치적 배경을 감안한다면, 이들이 머금고 있던 잠재적인 힘과 그 사유의 혁명성에 대한 찬사의 표현일 수도 있다.[5] 중요한 사실은 러시아 형식주의에 속했던 일련의 연구자들이 형식만을 걸머쥐었다는 식의 반쪽짜리 명칭에 갇힐 만큼 편향된 작업을 개진하지 않았으며, 합의된 하나의 독트린을 만들어내지도 않았다는 것이다. 그저 하나로, 한 덩어리로 불렸을 뿐이며, 불만 가득한 자들에 의해, 경직되고 편협한 에콜처럼 인식되었을 뿐이었다.

형식주의라는 명칭에서 휘감겨나오는 그 부정적인 인상과는 달리, 그들은 '시니피앙'이나 '음소'에만 과도하게 천착한 것은 아니었으며, 예술의 자율성만을 전적으로 옹호하고 두둔하면서 오로지 형식을 숭배하는 껍데기 미학을 구현하는 데 모든 걸 희생해야 한다고 몽니를 부린 것도 아니었다. 이들은 오히려 의미와 형식에 대해 감행되어온 양자의 대립

5) "형식주의는 (……) 20세기 초의 당대적 정황을 떠올린다면 지금 우리가 생각하는 것보다 훨씬 혁신적이었다. 영미의 신비평에서, 작가의 의도를 텍스트의 외부적 요소로 기각하려는 「의도의 오류(Intentional Fallacy)」 같은 글이 1950년대에 와서야 씌어졌다는 사실을 떠올린다면, 확실히 형식주의자들의 문제제기는 시대를 앞선 것이었다. 물론 아리스토텔레스의 시학도 '형식적'이며, 미술 분야에서는 이미 뵐플린 같은 이가 『미술사의 기초 이론』 같은 책에서 형식적 분석의 틀을 제시한 바 있지만, 비평사에서 하나의 에콜이 '형식적 방법' 혹은 문학의 '자율성'을 체계적으로 정립하고 제기한 것은 처음 있는 일이었다.", 이장욱, 『혁명과 모더니즘—러시아의 시와 미학』, 랜덤하우스코리아, 2005, 146쪽.

적 관점을 거부하면서, 이 양자 중, 어느 하나도 포기하지 않은 상태에서 둘을 하나로 비끄러매고자 지난한 시간을 보냈다고 말하는 편이 옳을 것이다. 플라톤 이래 서구에서 재생산되어온 이분법[6]을 면전에 두고서, 양자택일을 벗어난 특수한 방식을 고민하는 과정에서 전통적인 관점에 맞서게 되었다고 해야 할지도 모른다. 예컨대, 이들은 의미를 저 구석에 처박아두고서, 홀로된 형식만을 고집한 것이 아니라, 의미 생산의 경제성과 효율성, 문학과 예술의 특이성이나 그 작동 방식의 근본적인 원리를 살피고자, 언어의 재료인 음소나 리듬, 문학의 기법에 대해, 그것도 매우 개성 가득한 개별 연구를 진행했을 뿐이다.

'자율적' 예술을 지향한다는 이들의 태도가 때때로 과도하게 역효과를 불러일으킨 것은 그들이 개진한 '낯설게 하기(ostranenie)' 같은 개념 자체의 난해함과 리얼리즘의 반대편에 속할 것이라는, 자율성이나 문학성이라는 말로부터 주변 사람들이 빚어낸 과도한 추정 때문이었다. 따라서 이분법 안에 가두고서 순수성과 경향성이라는 잣대를 들이댄 것으로 이들의 불운과 시련은 끝나지 않았다. 형식주의자들의, 소위, 예술의 자율성이나 언어라는 문학의 재료에 그들이 가하였던 일련의 실험적이고 혁신적인 조치들은 곧바로 '장식적인 것-미적인 것-추상적인 것-피상적인 것'의 과도한 솟구침이나 절반의 미학에 매료된 유희로 간주되었으며, 결과적으로 이들의 시도를 사회, 이데올로기, 역사로부터 아예 근절시키려는 필요성에서 한차례 탄력을 얻은, 혁명의 일로를 걷고 있던 사회적 분위기에 휩싸여, 결국엔 추방을 명령받아야 할 운명에 처했기 때문이다. 이러한 조치가 그러나 반드시 1924년 1월, 레닌이 사망한 이후 가동되기 시작한 스탈린 체제하에서 예술의 자율성을 주장하는 온갖 이론들이 금지되었기 때문만은 아니었다. 이론적 근간을 아예 박탈하고자 형식주의

6) 내용/표현, 의미/형식, 모방/이데아, 영혼/육체, 개인/사회, 이성/감성 등.

자체를 관념론의 화신으로 몰려는 정치적 의도가 팽배한 가운데, 형식 자체의 비역사성을 고발하려는 일련의 의지와 리얼리즘의 필연성을 증명하고자 하는 논증의 절차가 스탈린 이전에 이미 마련되고 있었다. 1924년에 출간된(따라서 그 이전에 집필이 시작된) 붉은 군대의 수장 트로츠키의 저작 『문학과 혁명』의 한 구절이다.

> 형식주의 학파는 예술의 문제에 적용된 미숙한 관념론을 나타낸다. 형식주의자들은 지나치게 조숙한 신앙을 보이고 있다. 그들은 성 요한의 추종자들이다. 그들은 '태초에 말씀이 있었다'고 믿는다. 그러나 우리는 태초에 행위가 있었다고 믿는다. 말은 그 행위의 음성적(phonetic) 그림자로서 따라왔기 때문이다.[7]

물론 이 뛰어난 혁명가가 형식주의를 마냥 부당하게 여긴 것만은 아니었다. 그는 "예술에 대한 형식주의 이론의 피상적이고 보수적인 성격에도 불구하고 형식주의자들의 연구 작업 가운데 상당 부분이 유익하다"고 언급하기도 하였다. 그럼에도 "사회적 환경의 변화에 의해 생기는 심리적 변화가 없다면, 예술에서도 아무런 변화가 일어날 수 없을 것"(같은 책, 172쪽)이며, 더욱이 그렇게 되면 "사람들은 대대로 성경 구절이나 고대 그리스 신화에 만족하고 있을 것"(같은 책, 176쪽)이라는 식의, 염려를 가장한 제 주장을 내려놓으며 트로츠키는 사실상 형식주의를 반역사적인 운동으로 몰아갔다. 어찌 보자면 그는 단지 "프롤레타리아 계급이 그들 내부에서 이제 막 형성되고 있는 새로운 정신적 견해를 예술로써 표현해야 하며, 예술은 프롤레타리아 계급이 자신의 사상에 맞는 형식을 갖도록 도와야만 한다"고 권장했을 따름이고, 이런 판단을 "계급적 명령이라기

7) 레온 트로츠키, 『문학과 혁명』, 김정겸 옮김, 과학과사상, 1990, 190쪽.

보다는 역사적 요청"(같은 책, 178쪽)이라고 단호하게 매듭지었을 뿐이었다. 이렇게 트로츠키는 자신의 이데올로기에서 표출된 아주 가벼운 주장을 전개한 것처럼 보인다. 논증의 절차를 벗어난 말인 바에, 어찌 이를 무겁게 받아들여야 하겠는가? 이러한 이데올로기의 관철 의지 속에는 형식주의가 문학 텍스트의 특수성에 대해 최소한의 방어선을 구축하려는 운동〔예컨대, 야콥슨이 내세웠던 문학성(literariness) 개념 따위〕일 것이라거나, 고유한 질서 속에서 의미를 구축해내는 대상과 말(언어)의 직접성(특히, 산문의 이론에도 관심을 기울였던 쉬클로브스키의 경우)에 대한 연구를 개진했을 것이라거나, 형식 전반을 고려해서 산출되는 의미 생산의 경로에 대해 세심한 주의를 기울였던 학파였을 거라는 인식은 자리하지 않는다. 마찬가지로, 주제 연구에 있어서 인간의 경험과 텍스트의 질서로 재편되어 서술된 경험의 차이를, 스토리와 플롯의 구분만큼이나 중요시 생각하여 디스쿠르(discours)의 내적 체계 연구〔예컨대, 파뷸라(fabula)와 슈제트(suizhet)의 차이를 규명하고자 한 아이헨바움〕에 기울인 저 땀내 가득한 노력이나[8], 수(數)나 음절, 음성이나 음향이라는 기준을 과감히 저버리고 오롯이 '통사적 관점'에 의거해 리듬 전반의 문제에 접근했던, 그리하여, 형식적이고 추상적인 테크닉이나 기교 대신 의미와 리듬의 상관성 연구의 발판을 마련했던 혁신적인 구상(오시프 브릭의 경우)[9]은 애당초 이들을 에콜로 폄하하려는 자들에게는 관심의 대상이 아니었다.

---

8) 연구 조사한 자료의 방대함만이 아니라, "작가와 그의 독자, 그의 작품에 제조건들, 문학 시장의 범위와 메커니즘 간의 관계와 같은, 작가의 사회적 지위와 관계된 일군의 문제점들"에 대한 지적에서부터, "일부 마르크스주의 이론가들의 경우처럼 문학연구가 사회사의 한 분과가 되는 대신에, 여기서는 사회학이 문학 속으로 삽입" 즉, "내재적인〈*immanent*〉 사회학을 향한 흥미로운 시도"(빅토르 어얼리치, 『러시아 形式主義 — 歷史와 理論』, 박거용 옮김, 문학과지성사, 1983, 162쪽)와 같은 인식론적 혁신.

9) Ossip Brik, 「Rythme et syntaxe」", in *Théorie de la littérature*, Seuil, 1965, pp. 143~153.

그 대신, 음성의 객관성이나 음성적 절대주의라는 슬로건을 앞세워, 형식주의의 취지 자체를 단순화하고자 하는, 예컨대, 죽은 문자와 "음성적 그림자"만을 무모하게 추종하는, "시의 어원과 문맥을 분석하고, 반복적으로 사용되는 모음들과 자음들, 음절들, 그리고 성질 형용사들(epithets)을 계산하는 일"[10]에만 지나치게 몰두하는 '에콜'로 이들을 몰고 갔을 뿐이었다. 이렇게 해서 러시아 형식주의는 막중한 역사적 임무를 내팽개친 반동사상으로서, 오로지 형식미학에 매몰되어 말장난이나 기교에서 발생한 가십 따위를 생산하는 장본인이 되어갔다.

'에콜의 관점'이 붕괴되는 곳은 바로 여기이다. 러시아 형식주의자들에게는 오로지 문학 언어의 구성 체계에 대한 각자의 상이하면서도 간헐적으로 서로 포개어지는 관점과, 시와 문학에 드리운 신선한 의구심이 있었을 뿐, 이들은 입을 모아 숭배하며 감히 거스르지 못하는 대가를 모신 것도 아니었고, 형식에 매몰되어 의미를 놓쳐버리는 절름발이 문학관을 이구동성으로 선호한 것도 아니었기 때문이다. 물론 역사관이 없었던 것은 더더욱 아니다. 역사나 리얼리즘을 무턱대로 옹호하고 신봉하기 이전에, 이 둘을 구축해내는 특수한 말과 그 쓰임에 대한 연구에 무게를 두었기에, 두 눈을 질끈 감고서 역사와 리얼리즘이라는 큰 덩어리를 통째로 삼켜버리는 일을 요행에 기대지 않고서도 피해갈 수 있었다고나 해야 할까? 소위 세계관이라는 것이, 손쉽게 생겨나는 것도, 확신과 믿음을 통해 단박에 획득될 성질의 것도 아니라는 사실을 이들은 벌써 알고나 있었던 것일까? 형식주의자들은 저마다의 개성을 걸머쥐고서, 한 시대의 최전방에서 고유한 문예운동을 개진하였고 그 결과, 모종의 그룹이 형성되었을 뿐이다. 그룹의 형성이 뒤늦게 찾아온 현상이었던 만큼, 에콜이라는 말과 형식주의라는 비아냥거리는 '명칭'은 비난의 칼날을 들어 성급하게 이

10) 빅토르 어얼리치, 앞의 책, 29쪽.

들의 폐부를 겨냥하고자 했던, 정치적 전복의 의지를 한껏 담은 수식어에 불과했던 것이다.

3. 편집장의 빼어난 직관과 문단의 혁신: 1950년대 프랑스

누보로망. 부정적인 뉘앙스를 폴폴 풍기는 명칭에서 촉발되어 급기야 에콜과 동의어로 치부되었던 또다른 예로 꼽아보기에 부족함이 없다. 누보로망은, 무언가를 표현하는 부수적인 매체가 아니라 그 자체로 탐구해야 하는 대상으로 소설을 사유하고자 했으며, '모험을 다루는 글(l'écriture de l'aventure)'을 소설로 여기는 대신, '글 자체의 모험(l'aventure de l'écriture)'을 소설이라는 형식을 통해 개진하고자 했다. 이들은 궁극적으로 소설이라는 개념 자체를 되묻고 소설에 가해진 통념에 끊임없이 의문을 가하는 일련의 과정을 글쓰기의 실천 속에서 확인해나가려 했다는 평가를 받는다. 그러나 애당초 이 '누보로망'은 1950년대 알랭 로브그리예, 나탈리 사로트, 미셸 뷔토르 등의 소설을 뭉뚱그려놓고서, 불만 어린 시선으로 바라보는 과정에서 빚어진, 단정치 못한 명칭이었다. 단 한 차례도 공통된 슬로건을 내건 적이 없었다는 점에서 누보로망 그룹을 통일된 문학운동이라고 부를 수 없다. 단지 이들은 기존의 소설을 관통하고 있는 어떤 권위에서 벗어나고자 새로운 실험을 감행한 작가들이었을 뿐이다. 각각의 방식으로, 각각의 개성을 지닌 채.

상투적인 줄거리를 뼈대로 소설이 진행되면, 소설은 독자의 판단을 강제로 유도할 위험성을 지니게 될 거라는 생각 하나, 인격을 표방하는 인물의 구성과 일사천리에 달음질하는 시간의 선적 전개나 이야기의 가지런하지만 고루하기 짝이 없는 진행을 통해서 구축되는 사건이 오히려 독자를 시대의 통념과 이데올로기적 판단의 구렁텅이로 빠뜨리는 골간을 이룰 것이라는 각성 둘, 소설이 그리하여 윤리나 사상적 주입의 도구가 될 수 없다는 반발 의식 셋, 말의 생성 상태 자체에 주목하는 글쓰기를 통해 소설에서도 시적 기미를 넘볼 수 있을 것이라는 희망 넷, 크게 보아 이렇게 네 가지 정도의 사유를 서로 공유했던 것뿐이었다. 더구나 이 네 가지 공통된 사항은 누보로망 작가들이 저마다 전개했던 상이하고도 다양한 형태의 글쓰기와 전략, 개성과 문체의 혁신을 부정하는 말도 아니었다. 하나둘씩 작품을 발표할 당시, 비평가 에밀 앙리오가 '이것 참, 새로운 소설이구만'(다시 말해, '누보로망이구먼!)이라는 비난 가득한 어투의 말로 일련의 작가들을 갈무리했던 것은 자주 등장하는 낯선 기법과 한눈에 들어오지 않는 기이한 구성, 얼개의 난해함을 부정적인 명칭을 가져다 붙임으로써 조금이나마 해소해보고자 했기 때문일 것이다. 비평가의 임무가 모면되는 과정에서 치명적이거나 후대에 기억하게 될 어떤 명칭이 생겨날 수도 있는 것이다. 따라서 자기들이 대상이 된 이 명칭에 대한 반발감은 작가들 사이에서 오히려 자연스러운 것이었다. 로브 그리예의 지적이다.

> 만일 내가 여러 곳에서 누보로망이라는 용어를 기꺼이 사용하고 있다면, 그것은 동일한 방향에서 작업을 하는 작가들로 구성되고 정의된 하나의 집단을 가리키기 위한 것도 아니고 하나의 유파를 지칭하기 위한 것도 아니다. 여기에는 새로운 소설의 형식을 찾으려고 하는 사람들, 인간과 세계 사이의 새로운 관계들을 표현할 (혹은 창조할) 수 있는 사람들, 소설을 창조하기로, 다시 말해 인간을 창조하기로 결심한 사람들 모두를 포함시키는 편리한 호칭에 지나지 않을 따름이다. 이 사람들은 과거의 형식들의 틀에 박힌 반복이 부조리하고 헛되다는 것을 알고 있을 뿐만 아니라, 그러한 반복이 해로울 수조차 있다는 것을 알고 있다.[11)]

11) 알랭 로브 그리예, 『누보 로망을 위하여』, 김치수 옮김, 문학과지성사, 1981, 13~14쪽.

하나로 뭉뚱그려 평가하지 말 것을 염려하는 수준을 넘어, 누보로망을 겨냥한 일련의 판단에 대한 명백한 금지를 제 이론서의 서두에서 완곡한 어조로 내려놓은 이유는, 에콜이 사실상 허울에 불과하며, 그것을 부여하려는 자들의 과잉된 가치 판단과 불순한 의도가 글쓰기의 개성 자체의 붕괴를 야기하는 무시무시한 압박이 될 수 있다고 여겼기 때문이다. 에콜은 명명하는 자의 이데올로기를 배제할 수 없는 개념이며, 작가들의 개성을 하나로 묶은 다음, 아예 고정시켜놓고자 할 때 보다 위력을 발휘하는 동시에 그만큼 강한 반발에도 부딪히게 된다. 운동의 저 핵심이었다고 해도 좋을 로브 그리예가 구성원 각자의 개성을 애써 강조한 것은 자기 소설을 방어하려는 최소한의 겸양은 아니었던 것이다. 오히려 에콜로 취급받는 순간 줄줄이 딸려나오곤 하는(오게 될), 예의 그 진단 일체를 거부하고, 지지와 비판이라는 이분법적 판단의 압박 속에서, 하나를 선택하는 평가 행위가 크게 보아 문학이나 소설의 발전에 도움을 주지 않을 것이라는 염려의 표현이라고 봐야 할 것이다. 물론 여기에 글의 개성과 문체의 개별화에 대한 적극적인 지지와 작품의 개성적 표현과 에크리튀르의 특수성에 대한 희구가 배제되어 있는 것은 아니다.

누보로망과 관련되어 정작 중요한 사실은 당시에는 낯설기만 했던 젊은 작가들의 새로운 시도와 그 성기고 거친 문장의 가치를 알아본 사람이 바로 출판사의 편집장이었다는 데 있다. 문단에 두루 알려지지 않았으며, 소설에 대한 평도, 심지어 출판된 소설조차 거의 존재하지 않다시피 한, 일련의 젊은 작가들을 주목했던 편집자 제롬 랭동의 심미안은 실로 놀라운 것이었다. 이들에게서 작가로의 새로운 가능성을 감지해낸 랭동의 빼어난 직관과 감별력, 문학에 대한 안목은 당시 문단의 보수적인 분위기에 좌우되거나 그 영향력만으로 쉽게 흔들릴 성질의 것이 아니었다. 랭동은 이렇게 때론 고집스럽게, 때론 아랑곳하지 않고서, 누보로망 작가들이 새로운 문학운동을 주도하고 이끌어나갈 근본적인 발판, 즉 출간의 기회를 창출해내었다.[12] 제2차 세계대전 직후, 랭동을 중심으로 미뉘 출판사 한 곳에서[13] 훗날 누보로망이라는 명칭하에 분류될 작가들, 나탈리 사로트, 미셸 뷔토르, 클로드 시몽, 알랭 로브그리예, 로베르 팽제, 마그리트 뒤라스 등의 초기 소설이 모두 발간되었다는 사실은 편집자의 안목이 문단에 어떤 파장을 불러일으킬 수 있는지, 새로운 문학운동의 창조에 필요한 조건이 무엇인지를 여실히 보여준다.

성공의 가능성이 검증되지 않은 작품들을 독자들에게 과감히 선보인 출판사도 그렇거니와, 프랑스 문단은 물론 세계 곳곳에서 누보로망이 향후 소설적 글쓰기의 혁신을 불러오는 데 결정적인 역할을 한 것은 무명에 가깝던 젊은 작가들의 원고를 일일이 읽어낸 편집자의 끈기와 문학에 대한 깊은 이해, 낯선 것을 끌어안아 세상 밖으로 끄집어낸 편집자의 용기였다. 이러한 노력은 누보로망에만 한정된 것도 아니었다. 랭동은 출간을 의뢰해온 원고 뭉치를 늘 두툼한 가방에 한가득 넣어 다녔으며, 한평생 신인을 발굴하는 일을 게을리 하지 않았고, 독자들이 새로운 작가를 만날 수 있도록 최선의 조치를 감행하였으며, 찾아온 고비마다 신인들이 인정받을 수 있도록 오해를 해명하거나 조치를 취하는 등의 노력을 마다하지 않았다. 누보로망의 뒤를 이어 1980년대 프랑스 문단을 견인해나갔던 소설가 장-필립 투생의 당시 회상이다.

출간을 의뢰했지만 『욕조』의 초고는 파리의 모든 출판사로부터 거절당

---

12) 편집자 제롬 랭동의 면모에 관해서는 다음 책을 참조할 것. Jean Echenoz, *Jérome Lindon*, Les Editions de Minuit, 2001.

13) 미뉘 출판사의 운영에 있어, 제롬 랭동은 전문성을 고집했으며, 글로벌화되어가는 출판 시장의 위협으로부터 소수 출판사의 권리를 법적으로 인정받는 일을 해냈다. 미뉘 출판사의 역사와 제롬 랭동의 역할, 군소 출판사의 권리 획득 및 보존에 관한 사항은 다음 책을 참조할 것. Anne Simonin, *Les Editions de Minuit, 1942-1955. Le devoir d'insoumission*, Editions de l'IMEC, 1994.

했다. 미국에서 강의를 하느라 바빴던 알랭 로브그리예의 미뉘 출판사 책상 서랍 속에서 내 원고는 고통을 겪고 있었다. 어느 날 우연히 제롬 랭동이 내 원고를 발견하고는 (……) 베케트의 작품 『몰로이』에 등장하는 "이 집〔출판사를 의미함〕에서 토마토를 보고서 그것이 무엇인지를 이해하는 사람은 오직 나밖에 없다"는, 지금도 내가 생생하게 기억하고 있는 문장을 뱉었다. (……)

나는 하늘을 유심히 바라보았고, 도시를 물끄러미 보았으며, 코트 깃을 고쳐 올렸고, 더이상 움직이지 않았으며, 저녁 여섯시경의 파리, 어느 한 거리에 앉아 있었는데, 당시 내 나이는 스물여섯으로, 이제 곧 스물일곱을 맞이하게 될 것이었으며, 제롬 랭동과 방금 헤어진 후였고, 『욕조』는 미뉘 출판사에서 이제 곧 출간될 것이었다.[14)]

검증되기 직전의, 아직 알에서 깨어나지 않은 작품들, 그러나 무궁무진한 잠재력과 새로움을 한가득 머금고 있는 작품의 중요성을 직관적으로 알아보고서 출간을 결심할 수 있는 편집자는, 사실 그 누구보다도 문단 전반의 흐름을 바꾸거나 새로운 경향을 이끌어내는 데 앞장을 선 실질적인 주체인 것이다. 그렇다면 러시아 형식주의와 누보로망의 경우를 한곳에 포개어놓은 사례는 없는 것일까?

4. 시의 미래를 기획하는 힘: 2005년 5월 2008년 7월 서울

미래파. 이 명칭은 맨얼굴을 가리고 있는 가면인가? 명칭을 계속해서 사용하는 자는 누구인가? 명칭을 반복해서 작동하게 만드는 원인은 어디에 있는 것인가? 미래파는 왜 자주 평가(절하/절상)의 대상이 되는가? 미래파라는 명칭으로 불리는 순간, 무엇이 움직이기 시작하고 무엇이 뒷전

---

14) Jean-Philippe Toussaint, *La salle de bain : suivi de Le jour ou j'ai rencontré Jérome Lindon*, Les Editions de Minuit, 1985, pp. 136~140.

으로 사라지며, 무엇이 모면을 받거나 덤으로 얹히는가? 미래파는 고작해야 명칭일 뿐이다. 그런데 입에 담으면 모종의 판이 벌어지기 시작한다. 카타르시스를 느끼는 공간이나 속내의 불만이 터져나오는 계기가 형성되는 것을 딱히 부정적으로만 볼 이유는 없어 보인다. 카페에서 시를 쓰는 행위에 대한 사소한 힐난에서, 생성되고 있는 새로운 정서에 대한 거부감에 이르기까지, 아니 날을 벼린 노골적인 비판에 이르기까지, 우리는 모두 불만에 사로잡힌 사람이 되어간다. 불만은 독서의 막막함에서 터져나온 고백과도 닮아 있지만, 그러나 이것이 다는 아니다. 곰곰이 따져보면 각자 고유한 형태로만 존재할 저 문법, 시인의 독특한 문체가, 고정적인 것-항구적인 것-변하지 않는 것이 되어야 한다는 주장에 휘말리게 되는 것도 이때기 때문이다. 시인이 제 감정을 드러내는 방식 자체에 제동을 걸고 근본적인 이의를 제기하고자 하는 불만도 이 미래파라는 하나의 단어에서 새어나오게 되면, 한껏 격상된 어조를 띠게 된다. 각각의 개별적인 목소리에 귀를 기울이기 어려울 만큼 그들의 불어난 덩치가 이제는 제법 거추장스러운 모양새를 갖추기 시작했다고 판단한 것일까? 이해가 충돌하는, 저 민감하기도 한 경계는, 해석에 따라 원하는 바로 그만큼의 모자이크를 필요로 하는 것인지도 모른다. 이 모자이크를 이데올로기의 밑그림으로 바꾸고자 하는 시도가 미래파라는 명칭 주위로 무언가를 참칭하는 담론들을 생산해낸다. 일관된 잣대로 평가하는 수준에 그치는 것이 아니라, 시에 관한 근본적인 세계관 자체를 문제 삼는, 저 성토에 가까운 다양한 담론들이, 자신의 몸뚱이를 불리며 지속해나갈 제 자양분을 미래파로부터 계속 얻어낼 것이다. 한 시대에 새롭게 등장한 시적 경향에 가해진 턱없는 비판이나 감정의 하중이 적잖게 실린 평가를 우리는 진지한 문학운동을 편협한 에콜쯤으로 가두려는 공모의 몸짓이라고 해야 할 것인가? 이러한 관점에서 볼 때, 2005년 5월부터 2008년 7월까지 총 마흔다섯 권의 시집을 선보인 후, 역사의 뒤안길로 사라진, 랜덤 시선의 기획은 여러모로 고찰해볼 가치가 있다.

첫 시집의 출간이 유독 많았던 이 기획에는 '사건'이라 불릴 만한 일이 문단 전반에서 어떻게 생겨나는지, 일종의 모범과도 같은 지형이 담겨 있다. 첫 시집, 젊은 비평가, 안목이 뛰어나지만 부지런함으로 일의 추진력을 가속화시키는 뛰어난 편집자가 한곳에 모여 우연을 다루는 방식에 대해 머리를 맞대고 고민을 한다. 애당초 이들은 디딜 곳 없는 징검다리에 발을 내뻗는 무모한 사람들처럼 보였다. 랜덤 시선을 이끈 자들은, 미래에 시인의 이름을 갖고자 하는 누군가가 보낸 원고 뭉치나, 그들이 발표한 몇 몇 작품들을 읽었을 뿐이다. 투고된 원고 뭉치를 받아든 편집위원이나 편집자에게 우선적으로 필요한 것은 객관적 안목과 본능적 직관, 작품을 오롯이 읽어낼 능력과, 통념에 가려 신선함과 낯섦을 저버리지 않을 용기였을 것이다. 시집의 출간 여부를 결정하는 데 필요한 조건을 우리는 고작해서 이것뿐이라고 말할 수 있을까? 잡지에 발표한 작품 몇몇을 읽고서 시인에게 선뜻 시집 출간을 제의하기가 쉽지 않다는 사실을 모르는 자는 없다. 그러나 랜덤 시선은 이 쉽지 않은 일을 해내었다는 흔적을 지금껏 간직하고 있다. 랜덤 시선의 기획이 주목받아야 하는 이유와 미래파라 불린 일련의 시인들이 에콜을 형성하는 데 급급한 것이 아니라, 새로운 시운동을 창출했다고 보아야 할 이유를 거칠게 꼽아본다.

첫번째, 랜덤 시선은 낯선 시들에 주목했다. 따라서 첫 시집이 발행된 경우가 상당수를 차지한다. 황병승, 유형진, 최치언, 안현미, 여태천, 김병호, 김경주, 박해람, 이은림, 김경인, 이현승, 안시아, 신동옥, 장이지, 최명란, 윤혜영, 곽은영 등이 첫 시집의 주인공이었으며, 김언, 조연호, 이영광, 김록 등이 두번째 시집을 출간했다. 첫 시집을 출간한 시인들 중 몇몇은 랜덤에 출간을 타진하기 이전에 메이저급 출판사에 원고를 보냈다가 거절당한 경험을 갖고 있었으며, 두번째 시집을 기획하고 출간한 시인들도 당시에는 문단에서 탄탄한 뿌리를 내리기 이전이었다.

두번째, 시비평의 자리 역시, 기획과 더불어 보다 공고해지기 시작했다. 해설에 가장 적합한 비평가들을 배치하려는 노력을 아끼지 않았으며 해설을 빌미로 권위를 행사하거나 시인들에게 위계를 조장하지도 않았다. 이장욱, 조강석, 허윤진, 신형철, 함돈균, 송승환, 강계숙, 박상수, 김수이, 이혜원 등의, 비교적(어떤 경우 상당히) 젊은 비평가들이 기획에 대거 포진된 것은 바로 이와 같은 조건 속에서 비평가의 섭외가 이루어졌기 때문일 것이다.

세번째, 그러나 시인이건 비평가이건, 랜덤 시선이 젊은 연령대만을 지나치게 고집하거나 특정한 경향에 과도하게 열중한 것은 아니다. 오히려 시단에서 중요한 위치를 차지하고 있는 시인들을 다시 발굴하거나, 이들이 활동을 재개하는 데 필요한 지원을 아끼지 않으면서 활력을 부여하는 데 열중했고, 비평가의 섭외 역시 젊은 비평가만을 선호한 채 진행되지도 않았다. 젊은 시에 지지를 보내온 중견 평론가나 시인들, 보다 정확히 말하면, 젊은 시인들의 새로운 언어와 문장의 운용, 독특한 상상력을 읽어낼 능력을 갖춘 사람들, 이들의 새로운 정서와 참신한 기법, 진지한 실험을 감당해낼 만한 소장 평론가나 원로 평론가에게도 해설을 청탁했다. 가장 활발하게 뒤표지에 실린 글을 보내준 사람이 김혜순 시인이었던 것은 결코 우연이 아니다.

네번째, 편집자가 그 어느 때보다, 편집위원들과 한데 어울려, 고유한 목소리를 내면서 시집의 출간 일정을 조절하고 진행 과정 전반을 주도해나갔다. 편집자는 적극적으로 시인들을 격려했고, 해설의 배분에도 제 충고를 아끼지 않았다. 시집 기획과 출간에 관한 전반적인 조율은 권혁웅이, 편집은 김민정이 주도해나갔다. 특히 김민정은 시인들과 평론가들 간의 원활한 매치가 이루어질 수 있도록 출간 전반에 적극적으로 관여했으며, 출간 일정이 예정대로 구동되도록, 어찌 보자면 가장 성가신 일이자 하기 어려운 일을 해냈는데, 그것은 시인들을 끊임없이 격려하는 일, 평론가들과 어울려 그들에게 맡겨진 작품에 대한 제반의 사항을 일일이 상의하고, 해설이 엉뚱한 방향으로 흐르는 것을 방지하려는 노력 그 자체였다.

다섯번째, 랜덤 시선은 작품의 선별 및 검증에 있어서 기준을 투명하게 견지하고자 노력했다. 그 기준이란, 시의 완성도, 시의 참신성, 시의 모험성에 무게를 두어 결정되었으며, 이는 작품 이외의 요소들(인맥, 등단 지면 등등)이나 출판사의 파벌을 최대한 배제하려는 노력이 있었기에 가능한 것이었다. 가령, 비교적 문단에서 자주 언급되지 않았던 김병호, 곽은영, 윤예영, 안시아, 신동옥 등이 단행본을 들고 '출현'한 것은, 이와 같은 기준이 효과를 거두어들인 것이라고 볼 수 있다.

여섯번째, 랜덤 시선은 직접적으로 '미래파'라는 명칭을 연동하게 했으나, 에콜을 형성하기 위해 그랬던 것도, 공론을 조장하고, 패거리를 만들기 위해서였던 것도 아니었다. 앞서 언급한 다섯번째까지의 내용을 실천한 결과, 어떤 명칭이 하나 생겨났을 뿐이었다. 시인 하나하나의 개성이 맘껏 발휘되고 문단에서 활동할 수 있도록 시의 공간이 제공되었다고 보면, 미래파는 차후의 파장으로 생겨난, 귀납적인 현상일 뿐이다. 그 결과, 개성과 개성이 서로 결집하고, 특수성과 특수성이 경쟁하듯 어우러지기 시작하였으며, 미학적 혁신과 언어의 전투적인 실험을 토대로 매우 낯설면서도 신선한 시적 감수성을 공유하려는 움직임이 창출되었다고 봐야 할 것이다. 문단의 새로운 경향은 이렇게 탄생한다. 에콜을 조장하려는 의도가 아닌, 바로 개성과 개성의 운집과 그 중요함을 포착해낸 비평가나 편집자의 안목에 의해.

일곱번째, 랜덤의 기획은 결과적으로 기존 출판사의 향후 시집 출간의 방향성을 결정하는 데 적잖은 영향을 끼친 것으로 볼 수 있다. 근간에 첫 시집을 출간하는 시인들의 연령이 대폭 하향 조절된 것은 랜덤의 기획에서 얻은 어떤 교훈(?)에 힘입은 바가 클 가능성조차 농후하다.

여덟번째, 그러나 랜덤 시선을 통해 첫 시집을 출간한 경우를 대부분 포함하여, '미래파'라 불리는 시인들이 그리 이른 나이에 첫 시집을 세상에 내놓은 것은 아니다. 첫 시집을 출간할 당시 황병승은 서른여섯, 김경주는 서른셋, 김병호는 서른아홉, 최치언은 서른다섯이었다. 랜덤에서 출간하지는 않았지만 미래파에서 빠질 수 없는 김행숙과 김민정은 각각 서른둘, 스물아홉에 첫 시집을 출간했는데, 등단한 이후 최소 사오 년은 지난 후였다. 다시 말해, 미래파는 거개가 준비된 상태, (제) 시에 대한 고민의 시기를 거쳐, 또 상대적으로 그만큼의 성숙한 고민들을 쥐고서 첫 시집을 내놓았고, 등단 '전' 후로 적어도 몇 년 간, 숙고와 연마, 각성과 변화를 모색하는 시기를 보냈다.

아홉번째, 랜덤 시선의 기획은 그 자체로 비평가에게도 행운이었다. 랜덤 시선은 어떤 작품이건 그것을 가장 잘 읽어낼 비평가를 파악할 줄 알았고, 이 일에 편견이나 비평가의 능력 이외의 외적 요소의 개입을 최소한으로 줄여나갔다. 이는 랜덤 시선의 기획 전반을 주도한 권혁웅의 해설이 두 차례밖에 목격되지 않다는 데서 유추해볼 수 있는 사실이기도 하다.

열번째, 랜덤 시선은 시인들을 '선점'한 것이 아니라, '발굴'에 초점을 두었으며, 이 사실은 절대 간과되어서는 안 된다. 선점과 발굴은, 목적에서 진행 과정에 이르기까지, 문단의 지형도를 결정하는, 서로 상이한 두 가지 동기이기 때문이다. 전자가 갓 데뷔한 시인들과 서둘러 시집 계약을 진행한다면, 후자는 작품성을 중심으로 출간 여부를 타진하기 위해 새로운 원고를 찾아내는 일에 몰두하는 작업을 의미한다. 자신의 고유한 목소리를 낼 수 있을 때까지 요구되는 시간을 보낸 이후 첫 시집을 선보이는 것이, 제 이력에 도움이 될지도 모를 그런 시인들, 등단 이후 바쁜 일정에서 벗어나 숨을 고르며, 개성적인 문체를 확보하고 특수한 언어를 다져나가는 데 필요한 자극과 자기비판의 시간을 취해야 하는 시인들이 자주 선점의 대상이 된다는 것은 여러모로 안타까운 일이다.

열한번째, 랜덤 시선은 기획력이나 문단에 가져온 파급력의 측면에서, 이를테면 1990년대 말에서 2000년대 초반까지의 선보였던 세계사 시인선의 참신함과 혁신성의 뒤를 계승하고 있다. 진이정, 최정례, 박서원, 이수명, 함기석, 이경림처럼, 당시에 묻혀 있던 시인들[15]의 원고 뭉치를 꼼꼼히 읽고서 공정한 선별을 통해 출간을 감행해나갔던 당시 세계사의 편집위원들이 갖추고 있던 혜안과 혁신성, 그 용기를 이어받은 예에 속한다고 말할 수 있다.

기존에 검증되지 않은 시인들의 시를 읽어내는 능력이 문단에 새로운 바람을 불러일으키는 경우를 우리가 그리 자주 목격하는 것은 아니다. 랜덤 시선에서 첫 시집을 출간한 시인들은, 주변이나 하위문화를 다루었던 기존의 소재주의에서 벗어나, 아예 그 관점 자체로 완전히 시의 포인트를 이전하여 세상을 상이하게 재편해내는 혁신적인 시각이 무엇인지 우리에게 보여주었고, 언어와 대상과의 관계에 있어서 1990년대에 진행된 진지한 고찰(함기석, 이수명, 박상순 등)을 저버리지 않으면서도 한 걸음 더 내딛고자 시도했으며, 일상어에 주목하는 특이한 방법(김광규로부터 꾸준히 이어져오는)을 계승하면서 저속하다고 말해온, 그러나 사회 어디선가 꾸준히 사용되고 있는 언어에까지 그 영역을 확장시켜, 한층 파괴력 있는 무게로 삶의 저음과 사소한 것들에 주목하는 독창적인 목소리를 낼 줄 알았고, 무분별한 차용에서 벗어나 여백이나 메타기호를 시적 장치로 활용하는 독특한 작업을 견인해내었으며, 시간에 대한 덧없음을 감정의 섬세한 흐름과 파장에 맞추어 재구성해내면서 기존의 상투성을 벗어버리

15) 언급된 시인들이 불쾌해할 수도 있는 표현이나, 그대로 사용하는 것은 문단의 맥락과 사회적 인식을 이야기하는 중이기 때문이다.

고자 노력하였고, 부조리의 무대를 시 안으로 끌고 와, 한 편의 연극-시로 남루한 우리의 삶을 되감아내었으며, 에로티즘의 주제에 무작정 천착하는 대신, 에로티즘의 저 순간과 순간에 찾아든 낯설기만 한 새로운 현상을 그대로 적시해낼 정밀한 언어를 시에 연동시켰으며, 삶의 그로테스크한 모습과 가족사의 고통(기형도)을 저들이 살고 있는 2000년대의 현실에 맞추어 재현하는 과정에서 과도한 감정을 탈색해낼 줄 알고 있었고, 환상과 몸과 초현실과 우화를 활용하는 데 있어서 독창적인 어법과 시제를 주조해내었으며, 도시를 구성하는 온갖 자잘한 요소들을 개성적으로 포착하고자 알레고리를 효과적인 방식으로 활용할 줄 알고 있었다. 당시의 이들은 각자의 문법을 갖고 있었으며, 각자의 세계관으로 세상과 맞섰고, 각자의 이데올로기를 손에 쥐고 현실과 나름의 전쟁을 벌이고 있었으며, 각자의 목소리로 삶의 고통을 털어놓았고, 각자의 감추어진 무의식과 미지의 낯선 세계를 기발한 상상력을 통해 펼쳐낼 줄 알고 있었으며, 각자의 꿈과 각자의 유추와 각자의 은유와 각자의 알레고리와 각자의 상징과 각자의 통사법와 각자의 리듬과 각자의 패러디와 각자의 비유와 각자의 수사와 각자의 문체로 제각각 각자의 시를 널름하게 실천하였을 뿐이다. 이들은 모두 러시아 형식주의가 개진한 신비한 모험과 연장선상에 놓여 있다고 부를 만한 개별적인 실험 정신을 우리 시단에 보여주었고, 누보로망과 엇비슷한 시대적 정황에 놓여 있었으며, 편집자-비평가와 함께 공유할 수 있는 점조직, 즉 네트워크를 구축할 줄도 알았다. 이렇게 해서 이들은 에콜로 불렸지만(불리고 있지만) 정작 에콜은 아닌, 시대의 전위에 선 문학운동을 생성해내는 주인공이 되어갔다. 시단에 가져온 랜덤 시선의 크고 작은 기여는 바로 여기에 있다. 황병승과 김경주의 시집처럼, 절판되어 이제는 시중에서 구할 길이 없는, 새로운 시풍과 실험적인 시도로 한 시대의 착수를 알렸던 귀한 첫 시집을, 얼마 후 다시 만나게 될 거라고 기대하는 것은 따라서 지나친 요구가 아니라, 독자나 비평가, 시인의 입장에서 당연한 요청이라고 해야 할 것이다.

5. 다시 '에콜의 형성과 시의 개성에 대하여'

미래파는 에콜이 아니다. 딱히 동인이라고 하기도 어렵다. 비유하자면, 다수의 동인들이 점조직처럼 서로 모였다가 사라지고, 사라졌다가 다시 모이기를 반복하는 왕복운동으로 생겨난, 즉 네트워크처럼 존재하는 가상의 실체일 뿐이다. 이 네트워크가 빚어낸 시적 현상과 시적 사건과 시적 실천 전반을, 나아가 그 경향을 지칭하는 단순하다면 단순하다고 할 일반명사일 뿐이다. 오로지 각각의 시인들이 세상에 내려놓은 작품의 가치를 따져 물을 때, 잠시 형성되거나, 이내 흩어지는 경향과 그 그림자가 우리 앞에 펼쳐질 뿐이다. 작품 이외의 무언가가 개입되어 미래파를 말하는 순간이 바로 이들이 에콜로 내몰리는 순간에 다름아닌 것이다. 시를 통해 감정을 풀어내는 방식에 있어서 고수해야 할 원칙이 어디에 있을 것이며, 시대의 정서를 완전히 빗나가 구천을 헤매는 착란이나 착오가 어떻게 가능하단 말인가? 폐쇄된 내면은 또 어떻게 가늠해낼 수 있단 말인가? 시에서 반드시 지켜야 하는 당위가 있다면 그것은 에콜의 강령이 아니라, 개성, 즉, 특수성일 뿐이다.

에콜이 집단을 조직하여, 이념을 공유하고, 그것을 실천의 강령으로 삼으며, 단일한 세계관을 추구한다면, 아니 이 세계관으로부터 통일된 하나의 미적 경향을 조장하려고 애쓴다면, 이와 반대로 소위, 미래파라 불린 2000년대의 젊은 시인들은, 공유하는 하나의 이념이나 실천의 강령을 거부하는 지점으로부터 고유한 제 시를 궁리하고, 복합적인 세계관을 바탕으로 각자의 특수한 미학적 개혁을 추진해나가며, 언어의 혁신과 감성의 모험을 전개하는 일에, 그것도 오로지 각자의 독창적인 방식으로 몰두할 뿐이다. 이들에게는 지배하려는 패거리 의식보다는 언어와 통사의 근본적인 혁신을 추구하면서 획득되는 저 당파성과 특수성이 존재할 뿐이며, 지금-여기를 시에서 모색하려는, 좀처럼 쉽게 잡히지 않는 고민을 풀어놓을 문체의 꾸준한 실험이 있을 뿐이다. 이들은 의미의 무한성을 염두에 두고서 걸출한 취향과 그것에 부합할 만한 개성을 고안해내고자, 시라는 문학적 실천을 우리가 사는 지금-여기의 세계에 과감히 투척했을 뿐이다. 젊은 시인은, 아니 어떤 시인을 두고서 우리가 젊다고 말하는 것은, 무언가와 맞서서, 우리를 대신해 치열한 영혼의 싸움을 벌일 때에 부여할 수 있는 영예로운 칭호일 것이다. 제 언어와 실존과 목숨을 걸고서 시인들이 치열한 싸움에 한창 열중하고 있는 현장에서 그저 뒷짐을 지고서, 그들의 손에 움켜쥔 돌이 이상하다거나 겨냥한 방향이 삐뚤어졌다며, 아니 돌 자체를 부정하면서, 사랑방의 옛 가락 같은 말이나 풀어놓을 수는 없는 것이다. 난해하지만, 끝까지 읽어야 하는 임무, 내게 낯설더라도 새로운 언어를 읽어내야만 하는 시대의 윤리와 그 요청, 바로 그것을 저버릴 때, 시는 그 처지가 야릇한 상태에서 이유를 모른 채, 제 존재 이유마저 포기해야 하는 난관에 봉착하고 만다. 나와 다르기 때문에 찾아온 놀람을 애써 감추기 위해, 나의 통념에 비추어 낯선 사유나 불편한 미적 혁신에 덧붙일 말이 궁할 때, 반대를 표방하지 않고서는 제 위치를 고수할 수 없다는 위기감이 몰려올 때, 미래파는 유령이 되어 여기저기를 떠돈다.

소위, '오늘날'의 시를, '오늘날'의 소설을, '오늘날'의 비평을, 아니 '오늘날'의 문학이나 '오늘날'의 문단을 운위할 때, 세대론을 들고 나올 때마다 나는 더러 작거나 큰 불편함을 느낀다. 에콜이나 미래파라는 명칭에 대해 내가 갖고 있는 감정도 이와 별반 다르지 않다. 내가 느끼는, 이 작고도 큰 불편은 그것을 말하는 주어의 정체와 그 의도를 헤아릴 길이 사실상 봉쇄되어 있기 때문이다. '오늘날의 ~'이나 에콜 운운하는 담론들은 세상에 복수로 존재하는 것들, 예컨대 하나로 묶는 일이 좀처럼 가능하지 않을 특수하고 개별적인 시도들을 단일한 에콜의 파행적 행위로 치환하는 일에 몰두할 뿐이다. '진단'이나 '점점'도 마찬가지이다. 어디서 시가, 소설이, 비평이, 아니 저 문학이라고 말하는 인간의 정신활동이 생산되고 있는지, 구체적인 규명을 포기하고 무책임하게 투척해놓은 저 말들은 누구에게나 주인 노릇을 할 수 있는 동시에 복종을 해야 한다는 기재도 함께 만들어낸다. 물론 이 말들에서 빚어진 논쟁은 해도 좋고, 그렇지 않아도 무방한, 들어도 좋고, 귀를 닫아버려도 그만일 허사에 불과하며, 그럼에도 불구하고, 무언가를 이야기했고 이로부터 다소간의 반성적인 사유와 뿌듯한 자족감을 획득해내었다는 성취감을 얻게 될 테지만, 그러나 이마저, 그것을 생각하는 사람의 그 수만큼 다양하다 할, 착각과 환상일 뿐이다.

(『현대시학』 2012년 9월호)

문학동네 평론집
시는 주사위 놀이를 하지 않는다

1판 1쇄 2014년 2월 28일
1판 2쇄 2014년 12월 10일

지은이 조재룡
펴낸이 강병선
책임편집 김필균
디자인 김마리 유현아
마케팅 정민호 나해진 이동엽 김철민 | 온라인마케팅 김희숙 김상만 한수진 이천희
제작 강신은 김동욱 임현식 | 제작처 영신사

펴낸곳 (주)문학동네
출판등록 1993년 10월 22일 제406-2003-000045호
주소 413-120 경기도 파주시 회동길 210
전자우편 editor@munhak.com | 대표전화 031) 955-8888 | 팩스 031) 955-8855
문의전화 031) 955-3576(마케팅) 031) 955-2663(편집)
문학동네카페 http://cafe.naver.com/mhdn

ISBN 978-89-546-2415-2 03810

* 이 도서의 국립중앙도서관 출판시도서목록(CIP)은
e-CIP 홈페이지(http://www.nl.go.kr/cip.php)에서 이용하실 수 있습니다.
(CIP 제어번호 : CIP2014004963)

www.munhak.com